समकालीन भारतीय कला का उद्भव व विकास तथा आलोचनात्मक अध्ययन

नीतू नरवाल

एम० ए० फाईन आर्ट (गोल्ड मेडलिस्ट), नेट, जेआरएफ, बी० एड०, एचटेट

आभार पत्र

मेरे तीन जुनून, जिन्होंने मुझे इस पुस्तक लेखन में आरम्भ से अंत तक प्रेरित किया जिनकी वजह से यह शोध कार्य एक बेहतर मौलिक रचना बन पाया है, वह 'अध्यात्म' 'ज्ञान की लालसा' व 'पारिवारिक प्रेम' है।

मेरे स्व० दादा जी 'भूप सिंह' जी की अपार कृपा से मैं परमात्मा के प्रेम द्वारा पल्लिवित होकर इस सांसारिक दुनिया में सामंजस्य करने में सक्षम हुई। जिनके मार्गदर्शन से मुझे भारतीय योग व ध्यान प्रक्रिया के गूढ़ रहस्यों को समझने में सहायता मिली। जिनका मेरी पुस्तक में बहुत महत्त्वपूर्ण योगदान रहा है।

'ज्ञान की लालसा' ने मुझे पूरे कार्यालय के दौरान साधारण जानकारी से संतुष्ट न होकर विशेष की ओर अग्रसर रहने के लिए उत्तेजित किया। मैंने इस दौरान ललित कला अकादमी (नई दिल्ली), वढेहरा आर्ट गैलरी (नई दिल्ली), नेशनल म्यूजियम, नेशनल गैलरी ऑफ मॉडर्न आर्ट के साथ–साथ विभिन्न कलादीर्धाओं व विभिन्न विश्वविद्यालयों के पुस्तकालयों का भ्रमण किया। कला क्षेत्र के प्रमुख व्यक्तियों का साक्षात्कार भी लिया। मेरी शोध निर्देशिका डॉ० मीनाक्षी हुड्ड़ा (दृश्य कला विभाग, महर्षि दयानन्द विश्वविद्यालय) ने मेरा समय–समय पर मार्गदर्शन किया। मैं उन समस्त लेखकों, विद्वानों व प्रकाशकों की भी आभारी हूँ जिनके आलोचनात्मक सामग्री से मेरे शोध कार्य को संपूर्णता मिली। इंटरनेट की विभिन्न वेबसाइट व स्रोतों तथा ई–पुस्तकालय ने मेरे शोध प्रबंध को बेहतर जानकारी प्रदान की है।

परिवार वह बेजोड़ कड़ी थी जिसने मेरे हौसलों को बुलंद रखा। वे सर्वदा मेरे क्षेत्र कार्य के लिए मुझे गंतव्य स्थान पर सहर्ष लेकर गए। माता–पिता के प्रेम व मेरे भाइयों जितेंद्र और रविंद्र व पति विनय ने पुस्तक कार्य में हर संभव मदद की। अंत में मेरे जीवन का अर्थ मेरी बेटी 'आरोही' के बिना अधूरा है। जिसकी मुस्कान में हमेशा मुझे एक आशा की किरण नजर आती हैं जो फिर से कुछ नया करने के लिए प्रेरित करती है।

अतः यह पुस्तक परमात्मा की असीम दया, शिक्षकों व मित्रों की मदद व मेरे अथक प्रयास से प्राप्त एक मौलिक अध्ययन है जिससे आने वाले कला छात्रों व शोधार्थियों को यकीनन लाभ प्राप्त होगा।

– नीतू नरवाल

चित्र सूची

प्रस्तावना

प्राचीन भारतीय कला संस्कृति व संस्कारों का मूर्त रूप रही है। कला द्वारा प्राचीन समय के लोगों के रहन–सहन व रीति–रिवाज की जानकारी प्राप्त होती है। समकालीन भारतीय कला भी विभिन्न संस्कारों, संस्कृतियों, विचारों व व्यवहारों का एक मिला–जुला रूप है। मुगलकाल के पतन के साथ ही कला में तेजी से रूपांतरण देखने को मिलता है। जहाँ कला 'विषय' के साथ–साथ कला तत्वों व तकनीक में भी परिवर्तन हुए।

1850 से 1870 के बीच में चार ब्रिटिश स्कूलों की स्थापना ने 'कारखाना' को स्कूल कक्ष और स्टूडियों तक में बदल दिया जो उल्लेखनीय परिवर्तन का प्रतीक है।[1]

राजा रवि वर्मा ने पाश्चात्य तकनीक से भारतीय विषयों को इतने खूबसूरत तरीके से पेश किया कि उनके द्वारा बनाए गए भारतीय देवी देवताओं के चित्र आम जनमानस के जहन में प्रोटोपाइप की भाँति रचबस गए। जिनका नवीन तरीके से प्रयोग अतुल डोडिया के 'शटर' श्रृंखला में देखा जा सकता है। रवि वर्मा के ऑलियोग्राफ ने भारत की झोपड़ियों तक में जगह तो बना ली थी किंतु उनके इस कैलेण्डर (पॉपुलर आर्ट) ऑर्ट की कला आलोचकों ने जमकर निंदा भी की। जिससे उनकी लोकप्रियता खत्म हुई और 20वी सदी की शुरुआत में भारतीय प्राचीन कला के पुनर्जागरण के रूप में 'बंगाल स्कूल' ने देश की शास्त्रीय व पारम्परिक कला को पुनर्जीवित किया। किंतु यह दौर भी कला में अत्यधिक 'सेंटीमेंटल' प्रतीत हुआ। इस प्रकार खुद टैगोर परिवार से ही आधुनिकता का दौर आरंभ हुआ। जिसमें रविंद्र नाथ टैगोर की बाल कला व अभिव्यंजनावादी प्रतीत होने वाली कला ने आधुनिकता को जन्म दिया। बाद में इसी 'आधुनिक' दौर में जामिनी राय और अमृता ने अपना लोह मनवाया। खैर, गगेन्द्रनाथ ने भी नवीन विषयों जैसें बंगाली जीवन, हिंदू पुजारियों की बेईमानी व कुकर्मों का प्रदर्शन, भद्रलोक के नाम से मशहूर समृद्ध पश्चिमी शिक्षित सदस्यों के दोहरे मानको पर टिप्पणी की। 'बाबू' लोगों का भी पर्दाफाश अपने कैरीकेचरस के माध्यम से किया। इन्होंने घनवादी प्रवृति के सार को अपनाकर उसे अपने

---

1 सिन्हा, जी० (सम्पादक), *आर्ट एण्ड विजुअल कल्चर इन इण्डिया*, मार्ग पब्लिकेशन, मुम्बई, 2009, पृ० 9

ढंग से पेश किया जिसे स्टेला क्रेमरिश ने भारतीय घनवाद कहा। इस कला परिवर्तन का प्रभाव बाद में बहुत से आधुनिक व समकालीन भारतीय कलाकारों पर नजर आया।

1940 का दशक कला विषयों व शैली के प्रयोग में अभिव्यंजनावादी प्रभाव लिए हुए है। कोलकाता ग्रुप (1943) ने इस समय देश में अनेक सामाजिक, राजनीतिक अव्यवस्थाएं देखी तथा अपने अंतर्मन की गहराइयों के साथ उन्हें जोड़कर बेहद संवेदनशील प्रदर्शन किया। लक्ष्मी सिहारे के अनुसार सामाजिक, सांस्कृति और राजनीतिक घटनाओं से आवश्यक प्रोत्साहन मिला। बंगाल का विनाशकारी अकाल, द्वितीय विश्व युद्ध की भयावह कहानियाँ, जन संघर्षों को दबाने के लिए ब्रिटिश शासकों द्वारा क्रूर बल प्रयोग, सांप्रदायिक दंगे, देश का विभाजन तथा शरणार्थियों की समस्याओं ने सबसे अधिक आंदोलित किया। यहाँ तक की कलाकारों को सबसे क्रूर भावनाएं भी, उन्हें इन मानवतावादी और सामाजिक प्रयोग को प्रस्तुत करने के लिए चुनौती दे रही थी।[2]

बंगाल अकाल का आंखों देखा चित्रण चित प्रसाद, जैनुल आबेदिन, परितोष सेन, राम किंकर बैज, सोमनाथ होर द्वारा किया गया। जिनमें शोक, अकाल, गरीबी, भुखमरी का जीता जागता रूप प्रकट हुआ, यहाँ से अब उग्रविचार व भावनाएं अभिव्यंजनावादी शैली में उभरी यही उग्र भावनाएं 1947 के विभाजन के बाद 'प्रोग्रेसिव आर्टिस्ट ग्रुप' के रूप में सामने आई। अब कलाकारों की प्रगतिशील दृष्टि ने कला में अकादमिक यथार्थवाद और समाज में फैले सामंतवाद की बेडियों से मुक्त होकर वास्तविकता की खोज की।[3] 'पैग' के छः कलाकारों ने कला विद्यालय में पढाए जा रहे अकादमिक यथार्थवाद को अस्वीकार कर दिया। यह सूजा के घोषणा पत्र में लिखे शब्दों से स्पष्ट हो जाता है। जिसमें वह 'यूरोपीय स्कूल में यथार्थवाद की फीकीनकल' की निंदा करते हुए बंगाल स्कूल की चित्रकला को 'भावुक' पेंटिंग कहकर खारिज करता है। साथ ही यह भी कहता है कि इसका हमारे समय की गति और पीड़ा से कोई संबंध नहीं है।[4]

---

2 मागो, पी० एन०, *कंटेम्परी आर्ट इन इण्डिया : ए पर्सपेक्टिव*, नेशनल बुक ट्रस्ट, नई दिल्ली, 2012, पृ० 80

3 डालमिया, यशोधरा, *द मेकिंग ऑफ मॉडर्न इण्डियन आर्ट : द प्रोग्रेसिव*, आक्सफोर्ड यूनिवर्सिटी प्रेस, नई दिल्ली, 2002, पृ० 37

4 एशर, एफ० एम० (सम्पादक), *आर्ट ऑफ इण्डिया : प्रिहिस्ट्री टू दा प्रेजेंट*, इनसाइक्लोपीडिया ब्रिटानिका, (यूके), लिमिटेड, 2003, पृ० 130

एम० एफ० हुसैन ने अपनी शैली में विभिन्न भारतीय कला परम्पराओं को व्यक्तिगत शैली में पेश किया। जिसमें रंगों का प्रतीकात्मक महत्त्व, लघु चित्रण का स्थानिक विभाजन, खजुराहों से शास्त्रीय मूर्तिकला तथा लोक कला से सरलीकरण को आत्मसात् करके घनवादी, अभिव्यंजनावादी, प्रभाववादी, तकनीक में प्रस्तुत किया। उनका 'बिटविन द स्पाइडर एंड द लैंप' पूरानी रूढियों पर कटाक्ष है 'प्रोट्रेट ऑफ 20th सैनचरी' स्प्लैस फ्रंट पेज' सामाजिक संदर्भ में महत्त्वपूर्ण है जिसमें खाडी के हिंसक युद्ध का विवरण है।[5]

एस०एच० रज़ा ने 'बिंदु' को आधार बनाकर कला में तंत्र, योग व आध्यात्म को शामिल करके भारतीय प्राचीन ध्यान प्रवृति को रूप दिया। जिसके पीछे उद्दीपन के रूप में उनकी अमेरिका की यात्रा ने महत्त्वपूर्ण भूमिका निभाई। इस प्रकार गायतोंड़े, तैयब मेहता, के० के० हेब्बार, रामकुमार, कृष्णा खन्ना, पदमसी, गुजराल व मोहन सामंत जैसे कुछ कलाकारों ने उस समय की मानवीय दुविधा, सामाजिक वास्तविकता को आईना प्रदान किया। तैयब मेहता ने विभाजन के दंगों के साथ–साथ पशुओं की पीड़ा, दर्द, दुख व यातनाओं को विकृत रूप में चित्रित किया। सतीश गुजराल ने विभाजन के दुखद क्षणों को ढके हुए या अर्धआच्छादित चेहरो के साथ प्रदर्शित किया। इसके बाद दिल्ली शिल्पी चक्र, चोलमंडल आर्टिस्ट विलेज, 'ग्रुप 1890' नव तांत्रिक कला जैसे समूहों का पर्दापर्ण समकालीन भारतीय कला में हुआ।1950–60 के दशक में कलाकारों द्वारा अभिव्यक्ति की एक विशिष्ट शैली विकसित की गई। जो सामाजिक यथार्थवाद के संदर्भ में एक परिवर्तनशील चरण साबित हुआ। जिसमें श्यामल दत्ता रॉय, निखिल बिस्वास, राबिन मंडल, प्रकाश कर्माकार के साथ पूर्वी राज्यों में धीरज चौधरी, जोगेंद्र चौधरी, विकास भट्टाचार्य, गणेश पायने, वीणा भार्गव शामिल थे। पश्चिमी राज्यों और बड़ौदा के समूह से गुलाम मोहम्मद शेख, भूपेन खाखर, गिवे पटेल, सुब्रमण्यम, जेराम पटेल तथा उत्तरी राज्यों में मनु पोरख, अर्पिता सिंह, अंजलि इला मेनन जैसे कलाकार थे। दक्षिण में के० लक्ष्मा गॉड, सी डगलस ने सामाजिक विषयों को चित्रित किया। कलाकारों ने व्यक्तिगत शैली में अपने विचारों को प्रकट किया। उत्तरी भारत में 'समीक्षावाद' नाम से एक सामाजिक कला आंदोलन भी था। जिसने

---

5 झावेरी, ए, *ए गाइड टू 101 मॉडर्न एण्ड कन्टेम्पररी इण्डियन आर्टिस्ट*, इण्डिया बुक हाऊस, मुम्बई, 2005, पृ० 40–41

सामाजिक, राजनीतिक, आर्थिक मुद्दों को चुना व सशक्त चित्रात्मक भाषा को जन्म दिया। इसके प्रणेता प्रोफेसर रामचंद्र शुक्ल थे जिन्होंने 1974 में इसे आरंभ किया। जिसमें कला द्वारा प्रतीकात्मक ढंग से टिप्पणी की जाती थी।[6]

60 के दशक में भारतीय कलाकारों का रुझान भारतीय तंत्र व अध्यात्म की ओर बढ़ा। डॉ० एल०पी० सिहारे द्वारा पहली बार 'नवतंत्र' कला शब्द उन सभी कार्यों के लिए इस्तेमाल में लाया गया जिनमें पवित्र ज्यामितीय व तांत्रिक दृश्य रूपों का समावेश था। इनमें सोहन कादरी, ओमप्रकाश, गुलाम रसूल संतोष, रज़ा, बीरने ड़े थे। जिनकी कला में शिव–शक्ति, प्रकृति–पुरुष, लिंग–योनि, तंत्र–यंत्र आदि को समाहित किया गया। इसी दौर में कलाकारों ने भारतीयता का आह्वान किया जिसमें भारतीय विचारों की प्रधानता थी। जे० स्वामीनाथन की कला, अकबर पदमसी के मैटास्केप, गायतोंडे के रहस्यमई अमूर्तन इसके उदाहरण है। परवर्ती काल में तो इंस्टॉलेशन, पॉप आर्ट, अमूर्त कला व मिनीमल ऑर्ट ने धावा बोल दिया था। जो समकालीन भारतीय कला को स्वरूप प्रदान करते हैं। इनमें सुबोध गुप्ता, विवान सुंदरम, मृणालिनी मुखर्जी, भारती खेरे, अतुल डोडिया शामिल है। जो बहुरूपी कला के ज्वलंत उदाहरण है।

---

6 समीक्षावाद चित्र, from http:// ramchandrashukhla.tt. com/photo3 html.

विषयानुक्रमणिका

खंड – 1

समकालीन भारतीय चित्रकला : उद्भव व विकास

उद्भव व विकास

कला में जितने भी वाद या शैलियाँ है, वे रातों रात उत्पन्न नहीं हुई है बल्कि प्रत्यक्ष या परोक्ष न जाने कितनी घटनाएँ व समाजिक परिवर्तन किसी नए वाद या शैली को जन्म देने में सहायक होती हैं। जितने भी कला परिवर्तन या क्रातियाँ आई उनके पूर्व लक्षण पहले दिखने लगते हैं किंतु एक समय के बाद ही ये परिवर्तन स्पष्ट दृष्टिगोचर होते हैं। जब किसी कला इतिहासकार, आलोचक, कवि, साहित्यकार, पत्रकार या कलाकार के द्वारा उन नवीन चिन्हों या परिवर्तन को चिन्हित कर दिया जाता है तो वह शैली या वाद इतिहास में अपना एक नाम दर्ज करता हैं।

समकालीन भारतीय कला को भी किसी स्पष्ट समय सीमा से आरंभ हुआ नहीं माना जा सकता, क्योंकि आधुनिक कला व समकालीन कला के बीच का अंतर बहुत महीन हैं। दोनों ही समय की कला नूतन, क्रांतिकारी, प्रयोगात्मक, गतिशीलता विविधता के गुण धारण किए हुए है। ऐसे में कोई निश्चित समय या वर्ष की सीमा नहीं खीचीं जा सकती।

समकालीन कला के दो अर्थ हैं। एक तो वह कला जो आज के समय में मौजूद कलाकारों के द्वारा की जा रही हैं जिसमें बदलते सामाजिक परिवेश व बदलती तकनीक, तौर–तरीकों व नवीन प्रयोगों का इस्तेमाल कलाकार अपनी भावनाओं, विचारों, आकांक्षाओं व व्यक्तिगत परिक्षेप्य को दर्शानें के लिए कर रहा हैं।

दूसरी वह कला जो 1950 व 1960 के दशक के बाद कलाकारों द्वारा की गई और अब भी जारी हैं। यहाँ कोई सार्वभौमिक नियम या परिभाषा मौजूद नहीं है जिसकी अक्षरतः अनुसरण करके एक स्पष्ट समय विभाजन किया जा सके। विभिन्न कलाकार है जिन्हें आधुनिक कला में भी व समकालीन कला में भी गिना जा सकता हैं।

समकालीन कला की शैली का अपना दृष्टिकोण है जो इसे दूसरों से भिन्न बनाती हैं हांलाकि इसे परिभाषित करना बेहद कठिन हैं क्योंकि इसमें अत्यधिक विभिन्नता शामिल हैं। समकालीन कलाकार का मूल दृष्टिकोण और लक्ष्य कलाकृति को प्रकृति की चुनौति देना हैं। इसलिए इस कला में कोई एक विशेष एकरूपता शामिल नहीं हैं।

1.1 समकालीन कला की परिभाषा व अर्थ

समकालीन कला की विभिन्न परिभाषाएं जो इसे परिभाषित करती है कुछ इस प्रकार हैं–

- समकालीन कला का एक संदर्भ जिसका अर्थ है ''आज की कला' अधिक मापक रूप से 20 वी० सदी के अंत और 21वी० सदी की शुरूआत में निर्मित कलाकृति शामिल है यह आमतौर पर उत्पोषित कला को परिभाषित करता हैं।''[1]
- समकालीन कला व आधुनिक कला के बीच बहुत कम अंतर है किन्तु ये अन्तर कुछ विद्वानों ने स्पष्ट

1 https://www.iesa.edu/pais/news-events/contemporary-art-definition

करने की कोशिश की हैं। कला समीक्षकों, कला इतिहासकारों, क्यूरटरों व कला संस्थानों ने आधुनिकता के अंत और समकालीन कला की शुरूआत को चिन्हित करते हुए एक बदलाव को मान्यता दी।

- "आधुनिक कला वह है जो 1860 के दशक (कुछ कहते है 1880 के दशक) और 1960 के दशक के अंत (कुछ केवल 1950 के दौरान) के बीच बनाई गई थी। उसके बाद बनाई गई कला (जैसे वैचारिक, न्यूनतावादी, उत्तर आधुनिक, नारीवादी) को समकालीन माना जाता है।"[2]
- आधुनिक कला के विपरीत वर्तमान या हाल के अतीत की कला का वर्णन करने के लिए इस्तेमाल किये जाने वाला शब्द, जो एक अधिक व्यापक शब्द है और इसका उपयोग 20वीं शताब्दी के कई अवांत गार्डे आंदोलनों को भी कवर करने के लिए किया जा सकता है। कला के रूप में जो 'समकालीन' हैं।"[3]
- समकालीन कला 1960 और 1970 के दशक के वैचारिक कला आन्दोलन से प्रभावित है, जब कलाकार रूप से अधिक विचारों को प्राथमिकता देते थे। संकल्पनात्मक कला के कुछ सबसे महत्त्वपूर्ण उदाहरणों में अमेरिकी कलाकार जोसेफ कोसुथ की श्रृंखला (आर्ट ऐज आइडिया ऐज आइडिया), 1966–1967 शामिल है, जिसमें उन्होनें कला शब्दों की शब्दकोश परिभाषाओं को माउंटेड तस्वीरों के रूप में दोहराया है।[4]

इस प्रकार विभिन्न परिभाषाओं से, इतिहासकारों, कला आलोचकों, कला समीक्षकों आदि के वक्तव्य व मतों को ध्यान में रखकर यही कहा जा सकता है कि करीब 1950 या 1960 के दशक के बाद जो भी कलाकार कार्यरत रहें व साथ में जो तब से अब तक वर्तमान में भी सक्रिय है उन्हें समकालीन कलाकार कहा जाता हैं तथा उनकी रचनाओं को समकालीन कला के नाम से जाना जाता है।

1.2 विभिन्न समयावधियों में घटित परिवर्तनों व घटनाओं का प्रभाव

अतीत की प्रतिछाया वर्तमान को भी अनुशासित करती हैं, इसलिए भारतीय कला के इतिहास की कुछ महत्त्वपूर्ण घटनाएँ व तिथियाँ हैं जो समकालीन कला के उद्भव व उसके विकास में सहायक हैं।

भारत में पहली बार प्रिंटिग प्रेस 1556 में आई। उसे पुर्तगाल से अबीसीनिया को ले जाया जा रहा था, किंतु किन्ही कारण वंश इसे भारत में ही रोक लिया गया। इस प्रकार भारत में छापा कला का एक नया अध्याय जुड़ गया जिसके बाद बहुत सी किताबें धर्म से सम्बंधित छपी। भारत के औपनिवेशक काल में सबसे पहला व्यक्ति जिसनें क्रमबद्ध पद्वति से पुस्तक व्यापार (छपाई से संबधित) का अध्ययन किया वह एक ब्रिटिश पादरी जेम्स लॉग (1814–87) था।

पुस्तक छपाई का भारतीय समकालीन कला में महत्त्वपूर्ण योगदान हैं जिसके चलते आने वाले समय में कला पत्रिकाएं, समाचार पत्र, पुस्तकें व कैटलॉग आदि छपे जिनमें कला चर्चाएं व आलोचकों के कथन आम जनता तक पहुंचे। जिससे उनका रूझान कला की दुनिया के प्रति बढ़ा। इस प्रचार–प्रसार को और भी गति मिली जब समय–समय पर विदेशी कलाकार यात्री यहाँ आकर अपनी कला का जौहर भारतीय राजाओं, सामन्तों, सरकार व आम जनता को दिखाते रहें। इनका हमारी कला पर प्रत्यक्ष व परोक्ष, लाभप्रद व हानिकारक दोनों ही प्रकार का प्रभाव रहा। कहीं तो इनके चलते हमारी उच्चकला संकीर्ण होकर कम्पनी कला में बदल गई,

---

2 ब्लूमबर्ग, नाओनाई, *व्हॉट एज दा डिफरेंस बिटविन मॉडर्न एण्ड कंटेम्परी आर्ट?,* अभिगम तिथि– 22 मार्च, 2023, https://www.britannica.com/story/whats-the-difference-between-modern-and-contemporary-art

3 https://www.oxfordreference.com/display/10.1093/oi/authority.20110803095634671;jsessionid=14625BC5 DCBBBA7A7021391117BEFFA5

4 https:/ www.thecollector.com/contemporary.art/

तो कहीं राजा रवि वर्मा सरीखे कलाकारों के द्वारा ओलियोग्राफी के रूप में गरीब की झोपड़ी तक में अपनी पहुँच बनाई। खैर, यह आवागमन तों प्राचीनकला से ही है। मुग़लकाल में हमें विदेशी कलाकारों का वर्णन मिलता है। परंतु औपनिवेशक काल में 1769 में पहला यूरोपियन कलाकार यात्री टिल्ली केटल कलकत्ता में आया और इसके बाद तो मानों विदेशी कलाकार की बाढ़ ही आ गई।

करीब 1700 से 1830 के दशक तक कलाकार यात्रियों का पूरा एक दल यूरोप से भारत आ चुका था। यहाँ की समृद्धि और राजपाठ से उन्हें अल्पकाल में ही प्रसिद्धि मिल गई। इन्होनें भारत की नदियों, पहाडों, जंगलों, सैरादृश्यों के साथ–साथ भारतीयों के रहन सहन, घर–परिवार, रीति–रिवाजों को भी अपनी कला का विषय बनाया। कभी ये सरकारी दस्तावेजों का हिस्सा बने तो कभी मात्र मन बहलाने का जरिया। इनमें से कुछ प्रसिद्ध कलाकार विलियम डेनियल, चार्ल्स डी ऑयली, जेम्स फ्रेजर (जो मशहूर उर्दू कवि मिर्जा गालिब के दोस्त थे) तथा जॉन जोफनी भी थे। जिन्होंने सेंट जॉन चर्च कलकत्ता में मशहूर 'द लास्ट सप्पर' (अंतिम भोज) की 10'' × 12'' की कृति बनाई। जिसे वर्तमान में पुनः संरक्षित किया गया हैं।[5]

इस प्रकार विदेशी यात्रियों के द्वारा की जाने वाली कला भारतीय समाज के लिए नई व अद्भुत थी। मुगलकला का पतन होने के पश्चात अब निराश्रित कलाकार इन पश्चिमी कला तरीकों से आतंकित हो गए। उन्हें तत्काल समय में अपनी पहाड़ी, राजस्थानी व मुगल शैली हीन प्रतीत होने लगी। इसकी वजह थी कम्पनी मुलाजिमों व अफसरों द्वारा भारतीय कलाकारों से निम्न पाश्चात्य शैली में नकल करवाना। ये सरकारी मुलाजिम या पर्यटक भारत की जनसाधारण कला को विदेश में ले जाकर दिखाना चाहते थे। परंतु इसके साथ पाश्चात्य पुट भी चाहते थे। ऐसे में एक नई संकीर्ण कला शैली का जन्म हुआ। अधिकतर मुर्शिदाबाद, पटना व लखनऊ के कलाकारों द्वारा यह कार्य किया जा रहा था। सही मायने में यह संकीर्ण प्रवृति कला में ही नहीं बल्कि समाज के हर क्षेत्र में पनप चुकी थी। सामाजिक दौर में जैंटलमैन इण्डियन लोग जो पोशाक से विदेशी लगते थे तत्काल संकीर्ण धारा के सही उदाहरण हैं। हांलाकि मुग़लकला भी इरानी व भारतीय कला का मिश्रण है परंतु वहां यह प्रवृत्ति थोपी नहीं गई बल्कि धारण की गई थी। किंतु कम्पनी शैली में ब्रितानी प्रभाव भारतीय कला पर थोपा जा रहा था और एक समय के बाद यह वहां के कलाकारों के लिए आर्थिक जरूरत का हिस्सा भी बन गई। वजह थी भारतीय कला का पतन। अब 1785–88 के दौरान पहली बार किसी ब्रिटिश कलाकार के द्वारा हस्तरचित भारत का आँखों देखा विवरण बनाया गया। इस दौरान विलियम होजेस ने 'सलेक्ट क्यिूब्स इन इण्डिया' के नाम से 48 इनग्रेविंग व एक्वांटिट की एक पूरी श्रृंखला प्रकाशित की। यह यकीनन पहली बार किसी कलाकार द्वारा भारत का निजी हस्तनिर्मित अवलोकन था। इन प्रिंटों में भारत के लोगों का रहन–सहन, तौर–तरीका व स्थापत्य कला को भी दर्शाया।[6]

इसी दौरान थॉमस व विलियम डेनियल ने चीन के रास्ते भारत की एक सुरम्य यात्रा "A Picturesque Voyoge to India in the way of China" नामक पुस्तक प्रकाशित की, जिसमें विभिन्न पेड़–पौधों, बंगाल की खाड़ी आदि का चित्रण था। यह भी एक्वाटिंट, इचिंग में हाथ से रंग भरने की तकनीक से बनी थी। इन सब कृतियों ने भारत की संस्कृति व सभ्यता को एक नई पहचान दी जो आज हमें तत्काल समय की झांकी पेश करता है।[7] इसमें 50 हस्तरंगीन एक्वांटिट एंग्रेविंग थी। यह विवरण 1785 व 1794 के दौरान डेनियल द्वारा कि गई

---

5 दत्ता, अनन्या, जोफनी की 'द लास्ट सपर' की पुनस्थापना, अद्यतन तिथि– 19 मार्च, 2010, अभिगम तिथि– 12 जून, 2019, https://www.thehindu.com/arts/Zoffanys-The-Last-Supper-to-be-restored/article 16576799.ece

6 हॉज, विलियम, *ट्रेवल्स इन इण्डिया : डयूरिंग द इयर 1780, 1781, 1783,* ज्ञान पब्लिशिंग हाऊस, पृ० 8–19

7 डेनियल, थोमस, *चीन के रास्ते भारत की एक सुरम्य यात्रा,* लंदन, प्रिंटिंग फॉर लॉगमैन क्लेवलैंड स्ट्रीट, फिटजरॉय – स्क्वायर, पृ० 96–104

यात्राओं का निचोड़ थी।

1820 में जेम्स बैली फ्रेजर द्वारा 'व्यूस ऑफ हिमालयास' प्रकाशित की गई। जिसमें भारतीय स्थलाकृतिक दृश्य थे। इस प्रकार यूरोपियन कलाकारों द्वारा भारत का चित्रित विवरण एक ऐतिहासिक दस्तावेज बन गया और इन चित्रों व प्रिंटस ने भारतीय कलाकारों को भी प्रभावित किया। राजा रवि वर्मा इसके अद्भुत उदाहरण हैं। राजा रवि वर्मा की पेंटिग 'गलैक्सी ऑफ म्यूजिशियन' में 11 महिलाएं जो विभिन्न प्रांत व धर्म से संबधित है को उनकी क्षेत्रीय वेशभूषा व वाद्ययंत्रों के साथ चित्रित किया गया है। जो तत्काल महिलाओं की वेशभूषा का उत्तम उदाहरण हैं।

1819 एक ऐसा वर्ष जिसमें कला का अद्भुत ख़जाना दुनिया के सामने आया। इस वर्ष में भित्ति चित्रों के रूप में भारत का स्वर्णिम इतिहास अजन्ता गुफा के रूप में प्रकट हुआ। एक ब्रिटिश सेना अधिकारी द्वारा इन्हें अकस्मात् ही खोजा गया। बेहतर तकनीक, कलाविधान, संयोजन का उदाहरण होते हुए यह गुफाएं प्राचीन भारतीय चित्रकला की रेखाओं, सुन्दर रंग सांमजस्य, मिश्रण व कला के तत्व के सिद्धान्तों के साथ षडांग का उमदा पालन भी इन चित्रों में किया गया था।

इस घटना के लगभग एक वर्ष बाद भारत में लिथोग्राफी पद्धति का आगमन हुआ। अब से पहले अखबार में इश्तिहार वुडकट पद्धति से छापे जाते थे।[8] 1824 से 1850 के बीच कलकत्ता में बहुत सी लिथोग्राफिक प्रैस स्थापित की गई। साथ ही साथ पूना, दिल्ली, बम्बई, लुधियाना, कोचीन तथा तंजोंर में भी स्थापना हुई।[9] इन प्रैसों का देवी–देवताओं के चित्र, मानचित्र व अन्य व्यावसायिक कार्यो में भी इस्तेमाल किया गया। लिथोग्राफी प्रेस को जर्मन एलोए सेन्फेल्डर द्वारा 1798 में म्यूनिक में खोजा गया। भारत में लिथोग्राफी प्रेस का विकास सर चार्ल्स डी ओयले (1781–1845) जो एक कलाकार थे, के द्वारा किया गया। करीब 19वीं शती के दूसरे दशक में चार्ल्स ने बिहार लिथोग्राफी प्रैस की स्थापना पटना में की। जहाँ उन्होनें अपनी स्वंय की पेंटिग के प्रिंट बनाने आरंभ किए।

लिथोग्राफी प्रेस ने कलाकारों को भी अपनी और आकर्षित किया क्योंकि यहाँ पर रंग और तकनीक को लेकर वे ढेर सारे प्रयोग कर सकते थे। अब चार भारतीय कलाकार भी इस कार्य में जुट गए। जिनमें दीनानाथ दयाल, नाबी चन्द्र घोष, हीरालाला दास, तीनकरी मजूमदार थे।[10]

भारतीय कला औपनिवेशिक काल में झूलसती जा रही थी। ऐसा होना लाजिमी था क्योंकि ब्रिटिश सरकार भारत के कलाकरों को लेकर रति भर भी प्रोत्साहित नहीं थी बल्कि वे तो इनसे अपनी चाकरी ही करवाना चाहते थे। किंतु कुछ उदार ब्रिटिश व्यक्ति थे जिन्होनें भारतीय कलाकरों को प्रात्साहित किया। ऐसे में 1798 में पहला पश्चिमी कला स्कूल ब्रिटिश सर चार्ल्स मॉलेट द्वारा पूना में खोला गया। जिसे जैम्स वेल्स द्वारा संचालित किया जा रहा था। मालेट स्वंय कलाकार व कलाप्रिय व्यक्ति थे। उन्होनें जेम्स वेल्स के साथ बख्त राम और गंगाराम तांबत को ब्रिटिश कलाकारों की सहायता करने के लिए नियुक्ति किया। मालोट ने मांगेराम के साथ जाकर एलोरा के कुछ सुन्दर चित्र भी बनाए थे।[11]

---

8 चौधरी, अरूण, भारतीय विज्ञापन 1780 से 1950 तक टाटा मैकग्राव हिल पब्लिशिंग कम्पनी, लिमिटेड, न्यू दिल्ली, पृ० 8

9 वही, पृ० 47

10 मित्तर, पार्थ, *औपनिवेशिक भारत में कला और राष्ट्रवाद, 1850–1922 : पाश्चात्य और अभिविन्यास*, कैम्ब्रिज यूनिवर्सिटी प्रेस, 12 जनवरी 1995, पृ० 17

11 वही, पृ० 30

1839 में कैलेटा मैकेनिक्स इंस्टीट्यूशन एण्ड स्कूल ऑफ आर्ट्स था। जिसे फ्रेडरिक कोर्बिन द्वारा स्थापित किया गया था। इसी दौरान 1850 में डॉ० एलैक्लेंडर हंटर ने अपने खर्च पर पहला कला स्कूल मद्रास में खोला। जिसने ललित कलाओं की मानवीय संस्कृति के माध्यम से देशी स्वाद में सुधार लाने का उद्देश्य रखा।[12]

फोटोग्राफी व्यापार के साथ यूरोपीय खोजकर्ताओं और सरकारी अधिकारियों के माध्यम से 1840 की शुरूआत में मुम्बई पहुँची। 1854 में भारत की पहली फोटोग्राफिक सोसायटी की स्थापना की गई। यह जानकारी 'द आर्टफुल पोज : अर्ली स्टूडियो फोटोग्राफी इन मुम्बई (1855—1940) में दी गई।

1840 को भारत में कैमरे का आगमन हुआ। 1847 में विलियम आर्मस्ट्रांग ने अजन्ता व ऐलोरा की गुफाओं का भ्रमण किया व एक पुस्तक प्रकाशित की। साथ ही 1870 में ए.एस.आई. में मैजर जनरल अलैक्जेण्डर कनिंघम को नियुक्त किया गया। अब भारत की धरोहर के करीब हजारों नैगेटिव व प्रिंट बनवाए गए।[13]

1857 में बंगाल व मद्रास में फोटोग्राफी सोसायटी की स्थापना की गई। जिससे भारत में फोटोग्राफी विधा की मानों बाढ़ ही आ गई हों। 'सिपाही विद्रोह' के नाम से जानी जाने वाली महत्त्वपूर्ण घटना 1857 की क्रांति ने इतिहास के पन्नों में जगह बनाई। कला पतन हो रहा था अब कलाकार आम जनता की पसंद के अनुसार चित्रण करने लगा व साथ ही ब्रिटिश मुलाजिमों व अफसरों की मांगनुसार भी। ऐसे में एक पारसी उद्योगपति सर जमशेद जीजी भॉय ने कला संस्थान की स्थापना के लिए एक लाख राशिदान की।[14] सच में यह एक बहुत बड़ा कलादान साबित हुआ। इससे सर जे० जे० स्कूल ऑफ ऑर्ट का जन्म हुआ।

कला में परिवर्तन दिन प्रतिदिन हो रहे थे। भारत की चित्रकला के इतिहास में महत्त्वपूर्ण स्थान बनाने वाले भारतीय कलाकार राजा रवि वर्मा की पहली कला प्रदर्शनी 1873 में मद्रास में प्रदर्शित हुई। आंलकारिक व व्यवसायिक कला के क्षेत्र में अच्छे अंलकरण व संरचना को प्रोत्साहित करने के लिए 1875 में मेरी स्कूल ऑफ ऑर्ट खोला गया।

कला स्कूल व कला दीर्घाएं व संग्राहलयों तथा कला सोसाइटी के द्वारा कलाकारों को प्रोत्साहित किया जा रहा था। किंतु कुछ अपवाद भी देखने को मिल रहे थे। अब राज दरबारों का संरक्षण समाप्त हो गया था। केवल कला दीर्घाओं की प्रदर्शनी ही मात्र कला प्रसार का साधन रह गई थी। कुछ कलाकारों के द्वारा पाश्चात्य कला के सीखने पर भी कोई कमीशन उन्हें नहीं मिल रहा था। जबकि राजा रविवर्मा जैसे पाश्चात्य शैली के कलाकार के पास ऑर्ट कमीशनस की भरमार थी।

1888 में मुम्बई कला ऑर्ट सोसायटी की स्थापना हुई।[15] जिसमें कुन्दनलाल मिस्त्री (1850—1930) ने 1889 में मुम्बई ऑर्ट स्कूल से कला शिक्षा ली। फ्रीहेंड ड्राईग में स्वर्ण पदक जीतकर स्लेड स्कूल लंदन में शिक्षा प्राप्त करके भी मेवाड़ के राजसी संरक्षण में रहकर पारम्परिक कला ही की।

भारत में कला समाज (Art Societies) मूलरूप से ब्रिटिश शौकिया कलाकारों के लिए खोली गई थी किंतु समीतियों द्वारा आयोजित प्रदर्शनियों में जनता ने बढ—चढ़ कर भागीदारी प्रदर्शित की। अप्रत्याशित

---

12 *इण्डिया मॉडर्न : नैरेटिवस फ्रॉम 20th सैन्चयूरी इण्डियन आर्ट,* दिल्ली आर्ट गैलरी, नई दिल्ली, जनवरी 2015, पृ० 31

13 राजा दीनदयाल, फोटोग्राफरों का राजा, अभिगम तिथि— 5 सितम्बर, 2022, http://www.rajadeendayal.com/photography.html

14 *इण्डिया मॉडर्न : नैरेटिवस फ्रॉम 20th सैन्चयूरी इण्डियन आर्ट,* दिल्ली आर्ट गैलरी, नई दिल्ली, जनवरी 2015, पृ० 53

15 *इण्डिया मॉडर्न : नैरेटिवस फ्रॉम 20th सैन्चयूरी इण्डियन आर्ट,* दिल्ली आर्ट गैलरी, नई दिल्ली, जनवरी 2015, पृ० 53

ब्रिकी के चलते हुए भी यह नया संरक्षण भारतीय कलाकारों के लिए वरदान था। क्योंकि अभिजात वर्ग का संरक्षण समाप्त हो गया था। प्रेस द्वारा अब व्यापक रिर्पोट की जा रही थी। टाइमस ऑफ इण्डिया ने हर सीजन बाम्बे ऑर्ट सोसाइटी प्रर्दशनी के पाँच नोटिस प्रकाशित किए।[16]

सर रिचर्ड टेंपल के अनुसार उस समय शिमला के अन्दर जलरंग करने वाले कलाकरों की पूरी एक आकाशगंगा थी।[17]

1901–1902 में एडगर थर्स्टन में मद्रास के सरकारी संग्रहालय के रूप में पश्चिमी सिद्धान्त के अनुसार चित्रकला का प्रकृति स्कूल का एक अग्रणी संग्रह बनाया। इस संग्रह को बेहतर बनाने के लिए सोसाइटी द्वारा की जा रही प्रदर्शनियों में से चित्रों को चुना गया तथा साथ ही मौजूदा प्रसिद्ध कलाकारों की प्रतियों को खरीदा भी गया, जिसमें जी० पी० गंगियोली तथा पीठावाला शामिल थे। किंतु राजा रवि वर्मा जैसे प्रसिद्ध भारतीय कलाकारों को अपनी प्रतियों को दान देने के लिए कहा गया।[18]

1889 में कलकत्ता ऑर्ट सोसायटी की स्थापना की गई। मुम्बई ऑर्ट स्कूल के प्रसिद्ध कलाकारों में पेस्टानजी बोमानजी (1851–1988) पारसी कलाकार थे। मंचरथा (1872–1937) बॉम्बे ऑर्ट सोसायटी में लगातार तीन बार पुरस्कार जीतने वाले पहले एक मात्र कलाकार थे।[19]

पेटिंग की बढ़ती मांग के चलते दीवान सर तंजावुर माधव रो ने रवि वर्मा को अपने कुछ चित्रों को यूरोप में ओलियोग्राफ करने के लिए भेजने को कहां। ऐसे में 1894 में राजा रवि वर्मा ने अपनी स्वंय की लिथोग्राफी प्रेस की स्थापना गिरगांव, मुम्बई में की। पहला क्रोमोलिथोग्राफ का नाम था 'शकुन्तला का जन्म'।

1894 में धार्मिक जगह व पूजास्थल तक हर वर्ग की पहुँच नहीं थी। जानकारी के अनुसार करीब 1930 के दशक के आरंभ में जनता के लिए मंदिर खोलने की प्रक्रिया आंरभ हुई व 1936 में त्रावणकारे के मंदिर प्रवेश उद्घोषणा द्वारा यह निषेध कुछ हद तक कम हुआ। ऐसे में राजारवि वर्मा द्वारा देवी लक्ष्मी व सरस्वती तथा अन्य देवी–देवीताओं की पहली लोकप्रिय छवि बनी जो मानव रूप में उन्हें दर्शाती थी। इस प्रकार राजा रवि वर्मा के बनाए चित्रों ने राजामहलों से गरीब की झोपड़ी तक अपनी पहुँच बनाई।

1895 में जापानी कलाकार होकुसाई का कार्य पेरिस में अकस्मात् रूप से दुनिया के सामने आया। जिसकी पूर्वी कला में बेहद परिष्कृत रूचि थी। जिसे जल्द ही कलकता में बुलाया गया जिसने बंगाल स्कूल की वॉश कला को जन्म देने में परोक्ष भूमिका निभाई।[20] जिस प्रकार राजा रवि वर्मा के प्रिंटों की भरमार ने पॉपुलर ऑर्ट व कलेण्डर कला को जन्म देने में महत्त्वपूर्ण भूमिका निभाई।

कलकता में ब्रिटिश प्रिंटिग प्रेस बहुत सी थी। किंतु फिर भी बंगालियों द्वारा स्वयं की प्रिंटिग प्रेस स्थापित की गई, जिसमें सचित्र पुस्तक छापी गई। किंतु उनमें तत्कालिक समाज में चल रही वेश्यावृति, कुकर्मो को भी जगह दी गई। जिसके चलते इन पर सरकारी आदेशानुसार छापा भी मारा गया, इनमें 'बेट–टाला' पुस्तकें

---

16 *इण्डिया मॉडर्न : नैरेटिवस फ्रॉम 20जी सैन्चयूरी इण्डियन आर्ट*, दिल्ली आर्ट गैलरी, नई दिल्ली, जनवरी 2015, पृ० 66

17 वही

18 मित्तर, पार्थ, *औपनिवेशिक भारत में कला और राष्ट्रवाद, 1850–1922 : पाश्चात्य और अभिविन्यास*, कैम्ब्रिज यूनिवर्सिटी प्रेस, 12 जनवरी 1995, पृ० 69

19 मित्तर, पार्थ, *औपनिवेशिक भारत में कला और राष्ट्रवाद, 1850–1922 : पाश्चात्य और अभिविन्यास*, कैम्ब्रिज यूनिवर्सिटी प्रेस, 12 जनवरी 1995, पृ० 81

20 राओ, पी० आर० रामाचन्द्रन, *मॉडर्न इण्डियन पेंटिंग*, अक्षरा, 16–11–1/3, मलकपेट, हैदराबाद – 36, पृ० 7

प्रसिद्ध थी।

1901 में रवीन्द्रनाथ टैगोर ने बह्मचर्य आश्रम की स्थापना की जिसे बाद में पाठ भवन के रूप में जाना गया। यही भवन बदलते समय के साथ प्रसिद्ध विश्वभारती विश्वविद्यालय के रूप में विकसित हुआ। 1902 में मशहुर फिल्म निर्माता सत्यजीत रे के दादा उपेन्द्र किशोर राय चौधरी ने अपनी 'रे–टिंट' प्रक्रिया को प्रकाशित किया जिसका अगले वर्ष इस प्रक्रिया से पत्रिकाओं में रंगीन प्लेट बनाने का कार्य आंरभ हुआ।

1902–1903 में मशहूर जापानी कलाकार काकुजा ओकाकुरा कलकता आए, जिसने भारतीय कला को जापानी सौन्दर्य व तकनीक का ज्ञान दिया। 1904–1905 में अवनीन्द्रनाथ द्वारा वॉश तकनीक से बनाई गई 'भारत माता' चित्र ने लोगों के बीच स्वदेशी लहर का संचार किया।

1907 में इण्डियन सोसाइटी ऑफ ओरियन्टल ऑर्ट की स्थापना गगेन्द्रनाथ व अवनीन्द्रनाथ व जॉन वुडरॉफ द्वारा की गई।[21] प्रसिद्ध अकादमिक यथार्थवादी कलाकार एस० एल० हल्दनकर ने 1908 में बुम्बई में एक कला संस्थान स्थापित किया, जिसका नाम 'द हल्दनकर फाइन ऑर्ट इंस्टीट्यूट' रखा। हल्दनकर की तेल रंगों के साथ–साथ जल रगों पर भी पकड़ थी। उन्होंने रंगो की पारदर्शी परत का बेहतर तरीके से इस्तेमाल किया। इसलिए बोम्बे के कला आलोचकों ने उनकी इस तकनीक के लिए 'ओपन एयर स्कूल' नाम इस्तेमाल किया।[22]

1909–11 के दौरान नन्दलाल बोस, असित हल्दार, समेन्द्रनाथ गुप्ता व वेंकटप्पा ने मिलकर ब्रिटिश भित्ति तकनीक विशेषज्ञ लेडी हरिंघम की टीम के साथ अजन्ता की भित्तिचित्रों की प्रतिलिपियां तैयार की। जिसके बाद और भी गहन रूप से अजन्ता की चित्रशैली बंगाल शैली में घर कर गई।

राजनैतिक परिस्थितियाँ बदल रही थी। अब प्रशासनिक व राजनैतिक ताकत कलकत्ता से दिल्ली चली गई। दिसंबर 12, 1911 राजा जार्ज पंचम के द्वारा दिल्ली को अविभाजित भारत की राजधानी घोषित किया गया। यही वजह रही की दिल्ली आने वाले समय में ढेरों कला दीर्घाओं कला संस्थानों व कला संग्रहालयों का गढ़ बन गई। कलाकारों द्वारा इसे कला क्षेत्र के रूप में चुना जाने लगा।

1911 में अतुल बोस ने रणदा प्रसाद गुप्ता और अन्यों के सहयोग से 'एण्डियन एकेदमी आफॅ आर्ट' की स्थापना की, जो बंगाल शैली के विरूद्ध यूरोपियन अकादमिक शैली को बढ़ावा देने के लिए स्थापित की गई थी। हांलाकि रविन्द्रनाथ टैगोर अक्सर विदेशी/यूरोपियन कला की प्रदशर्नियों को देखा करते थे। 1913 में साहित्य में नोबल प्राप्त करने के बाद उसी वर्ष शिकागों में 1600 कला कार्यो की एक आरमोरी प्रदर्शनी का दौरा किया। जिसमें यूरोपियन उग्र कलाकारों की पेंटिग थी। जैसे फाववाद, भविष्यवाद, घनवाद आदि उग्र विचारों के कलाकारों की पेंटिग को व्यापक रूप से पेश किया गया। यह आधुनिक अमेरिकन कला की महत्त्वपूर्ण प्रदर्शनी थी।[23]

1914 का वर्ष भारतीय समकालीन कला के विकास में बहुत महत्त्वपूर्ण हैं। इस वर्ष पहली बार भारतीय आधुनिक कला की प्रदर्शनी विक्टोरिया एण्ड अल्बर्ट म्यूजियम, लन्दन में प्रदर्शित की गई। इसी वर्ष रविन्द्रनाथ टैगोर के छः कार्य लंदन व पेरिस में प्रदर्शित किए गए।[24] टैगोर परिवार के द्वारा जोरासांको कलकत्ता में

---

21 *इण्डिया मॉडर्न : नैरेटिवस फ्रॉम 20th सैन्चयूरी इण्डियन आर्ट*, दिल्ली आर्ट गैलरी, नई दिल्ली, जनवरी 2015, पृ० 54

22 https://dagworld.com/s.l.haldankar.html

23 मार्टिन्ज, एण्ड्रियू, ए मिक्सड रिसेप्शन फॉर माडर्निज्म : द 1913 आर्मरी शो एट इंस्टीट्यूट ऑफ शिकागो, जस्टर जर्नल, वाल्यूम 19, नं० 1, पृ० 31, अभिगम तिथि– 1 अप्रैल, 2023, https://www.jstor.org/stable/4108763

24 *इण्डिया मॉडर्न : नैरेटिवस फ्रॉम 20th सैन्चयूरी इण्डियन आर्ट*, दिल्ली आर्ट गैलरी, नई दिल्ली, जनवरी 2015, पृ० 55

1915 को विचित्रा नाम से एक सांस्कृतिक केन्द्र खोला गया, जिसमें भारतीय कला, नृत्य, संगीत व नाटक को बढ़ावा दिया गया। 1916 में गगेन्द्रनाथ द्वारा विचित्रा क्लब में लिथोप्रेस स्थापित की गई व उनके 'अद्भुत लोक' नाम की रंगीन बंगाली कार्टून एल्बम इसी प्रेस द्वारा प्रिन्ट की गई थी।[25] पहली बार 1919 में शांतिनिकेतन में 'दृश्य कला' विभाग की स्थापना 'कला भवन' नाम से की गई और नन्दलाल बोस ने विभाग के प्रमुख के रूप में कार्यभार संभाला।

1920 में ओटो रोथफील्ड ने अपनी एक पुस्तक प्रकाशित की जिसका नाम था 'वूमन ऑफ इण्डिया' जिसमें एम० वी० धुरंधर द्वारा चित्र बनाये गए। हांलाकि विषय की विशालता व विविधता के चलते यह आसान नहीं था। फिर भी ओटो ने बेहद सार रूप से विषय प्रस्तुत किया। धुरंधर ने बहुत संजीदगी से कपड़ों की सलवटों व रूप की बारीकियों को चटकीले रंगो द्वारा दर्शाया।[26] 1921 में कलाकार बी० सी० लॉ, अतुल बोस, जे० पी० गंगोली व परर्सी ब्राऊन, महाराजा प्रदयुत कुमार टैगोर द्वारा 'सोसाइटी ऑफ फाईन आर्ट' की स्थापना की गई।[27] वर्ष 1921 से 1929 तक अवनीन्द्रनाथ टैगोर ने समय–समय पर 'बागेश्वरी लेक्चरस' के नाम से कलकत्ता यूनिवर्सिटी में व्याख्यानों की श्रृंखला पेश की। जिसमें कला के बारे में विस्तृत विवरण दिया गया।

स्टैला कैमरिश (1896–1993) ने 1921 से 1923 तक शांतिनिकेतन में भारतीय व यूरोपियन कला का अध्यापन कार्य किया। इसके बाद 1950 तक कलकत्ता यूनिवर्सिटी में अपनी सेवाएं दी। इनका गगेन्द्रनाथ व टैगोर परिवार के साथ गहरा रिश्ता था। स्टैला ने ही बॉहोस से आग्रह किया कि वहाँ के प्रसिद्ध कलाकारों की कृतियाँ भारत में प्रदर्शित करने के लिए भेजी जाएँ। ताकि भारतीय कलाकारों के साथ उन्हें प्रदर्शित किया जा सके। यह बात हैरान कर देने वाली है कि बाहोस की पहली विदेशी प्रदर्शनी यूरोप में नहीं बल्कि भारत के कलकत्ता में प्रदर्शित की गई थी। इस प्रकार इण्डियन सोसायटी ऑफ ओरियण्टल ऑर्ट द्वारा कलकत्ता में दिसम्बर 1922 को बॉहोस के प्रसिद्ध कलाकार ल्योंड फीनिंगर, पॉल क्ली, जोहान्स इटेन, वासिली कैंडिंस्की के साथ भारतीय कलाकार गगेन्द्रनाथ, अवनीन्द्रनाथ तथा जामिनी राय व नन्दलाल का कार्य भी पेश किया गया। इस प्रकार दो अलग–अलग शैलियां, रीति–रिवाजों, सांस्कृतियों की प्रदशर्नी एक साथ की गई।[28]

1923 में शांतिनिकेतन में ग्राफिक विभाग की स्थापना की गई। बाहर से ग्राफिक के बेहतर कलाकारों को शांतिनिकेतन में आमंत्रित किया जाता था। मैक्सिकन कला पारखी फ्राईमैन ने शांतिनिकेतन की यात्रा की तथा इसी दौरान उन्होने जापानी मल्टीकलर प्रक्रिया से वहाँ के स्थानीय कलाकरों को अवगत किया। इस प्रकार का प्रशिक्षण धारण करके रामेन्द्रनाथ चक्रवर्ती ने रंगीन वुडकर में प्रयोग करने आरंभ किए। टैगोर परिवार का सबसे बड़ा गुण यह था कि वे हर देश, राज्य, संस्कृति व साहित्य से सीखकर उसे अपनी विवेकशक्ति से उनका प्रयोग अलग ढंग से करते थे।[29]

1924 में रवीन्द्रनाथ टैगोर ने नन्दलाल बोस के साथ मिलकर जापान, मलाया, चीन, बर्मा की यात्रा की तथा साथ ही लातिन, अमेरिका, ब्राजील व पेरू भी गए। नन्दलाल बोस ने यात्रा के दौरान पूर्वी देशों के स्थानीय कालाकारों से सील व स्क्रोल पेंटिग खरीदी। इस प्रकार रवीन्द्रनाथ अपने जहन में यूरोपियन कला व पूर्वी

---

25 *इण्डिया मॉडर्न : नैरेटिवस फ्रॉम 20th सैन्चयूरी इण्डियन आर्ट*, दिल्ली आर्ट गैलरी, नई दिल्ली, जनवरी 2015, पृ० 55

26 *वही*

27 वही

28 ऑटो एलिजाबेथ, बाहोस एण्ड इण्डिया, अभिगम तिथि– 1 अगस्त 2022, https://artsandculture.google.com/story/bauhaus-and-india/cAXBuNF0R1tPNw?hl=en

29 *इण्डिया मॉडर्न : नैरेटिवस फ्रॉम 20th सैन्चयूरी इण्डियन आर्ट*, दिल्ली आर्ट गैलरी, नई दिल्ली, जनवरी 2015, पृ० 56

कला के गुणों को आत्मसात् करते रहे और समय आने पर एक नवीन शैली द्वारा ये विचार व भावनाएं मुखर हुई। सुरेन्द्रनाथ कर ने लंदन से इचिंग तकनीक सीखी। साथ ही 1927 में 'बाली' की यात्रा करके बाटिक तकनीक का ज्ञान भी प्राप्त किया।

प्रहलाद करमाकर ने पहली बार भारत में न्यूड स्टडी की सुविधा के साथ एक शानदार ऑर्ट स्टूडियों की स्थापना की जो उस समय का भारतीयों द्वारा स्थापित पहला स्टूडियो था।[30]

अब भारतीय कलाकार अपने स्वंय के स्टूडियों व स्कूल खोलने लगे थे। जहाँ अब यूरोपियन कला की जकड़न कम होने लगी। सन् 1926 में अवनीन्द्रनाथ के छात्र शारदा उकील ने अपना स्वंय का उकील स्कूल ऑफ ऑर्ट के नाम से कला केन्द्र स्थापित किया। जो मृत्यु पर्यन्त 1940 तक वहाँ प्रिंसिपल रहे। शारदा की कला तकनीक में मौलिकता थी।

ब्रिटिश काल हांलाकि हर वर्ग के लिए शोषण करने वाला ही रहा। किंतु कुछ महिलाएं जिन्हें अभिजात वर्ग का या टैगोर परिवार का संरक्षण प्राप्त था वे अपनी कला को दुनिया के सामने लेकर आई। उनमें से एक सुनयनी देवी भी रही हैं। 1927 में सुनयनी ने 'वूमन इन्टरनेशल ऑर्ट क्लब' लंदन द्वारा आयोजित की गई प्रदर्शनी में भाग लिया।[31] हांलाकि सुनयनी की कला को 1922 की सोसाइटी ऑफ ऑर्ट में प्रदर्शित भी किया गया था। जहाँ पॉल क्ले व कैंडिस्की जैसे और भी बॉहोस के महान कलाकारों का कार्य था। अवनीन्द्रनाथ की बहन होने के कारण उन्हें बचपन से ही कला का सानिध्य मिला। यद्यपि उन्होनें कभी भी बंगाल शैली में कार्य नहीं किया। इतिहासकारों का मानना है कि उनके ऊपर गाँव की मिट्टी की गुडियों व कालीघाट कला का मिलाजुला प्रभाव देखने को मिलता है। कलाकारों की इस पहल को समकालीन कला में देखा जा सकता है। जहाँ बहुत ही देशी तकनीक व विषय का इस्तेमाल महिला कलाकार करती हैं।

नन्दलाल बोस द्वारा 1928 में हलाकृष्ण उत्सव की याद में इतावली फ्रेस्कों तकनीक से स्वतन्त्र स्थिर दीवार पर चित्र बनाया गया जिसमें कृष्ण की जगह रवीन्द्रनाथ टैगोर को नृर्तकियों, गायकों व ढोलकियों के बीच में बैलों की एक जोड़ी द्वारा खीचें गए हल को चलाते हुए चित्रित किया। इसी वर्ष एशियन कलाकार निकोलस रोरिक जो आध्यात्मिक हिमालय के सैरा दृश्यों के लिए जाना जाता है ने अपना स्वंय का 'उरूस्वती इंस्टीट्यूट ऑफ हिमालयन स्टडीज' नाम का एक केन्द्र पश्चिमी हिमालय में खोला।[32]

1930 में विश्वरूप बोस ने जापान यात्रा में बहुरूपी वुडकट तकनीक सीखी व भारत आगमन पर नन्दलाल बोस के मार्गदर्शन पर कला भवन में प्रिंट मेकिंग का एक नया अध्याय लिखा। इसी वर्ष गांधी द्वारा नमक आन्दोलन पर डांडी यात्रा की गई। जिसमें नन्दलाल बोस ने लिनोकट के द्वारा अपनी स्वदेशी भावनाओं को जाहिर किया। जो बाद में अहिंसा आन्दोलन की एक आइकॉनिक इमेज बनी। इसी वर्ष डबलू० जी० आर्चर द्वारा मुकुल दे के किमती कालीघाट के कलेक्शन को विक्टोरिया एण्ड अलबर्ट म्यूजियम, लंदन में भेजा इस प्रकार स्थानीय कला की पहुँच अब विदेशों तक होने लगी थी।

रवीन्द्रनाथ टैगोर की सोच बहुत आधुनिक थी। वे बंगाल शैली की कला को प्रात्साहित तो करते ही थे। किंतु उसके भीतर कुछ अत्यधिक नवीन व क्रांतिकारी करने की चाह भी उमड़ रही थी। इसलिए 1920 व 1930 के दशक के दौरान रवीन्द्रनाथ ने सपनों व कल्पना के असाधारण बिम्बों को कागज़ पर अपारम्परिक तरीके से

---

30 *इण्डिया मॉडर्न : नैरेटिवस फ्रॉम 20th सैन्चयूरी इण्डियन आर्ट*, दिल्ली आर्ट गैलरी, नई दिल्ली, जनवरी 2015, पृ० 56

31 *वही*

32 *इण्डिया मॉडर्न : नैरेटिवस फ्रॉम 20th सैन्चयूरी इण्डियन आर्ट*, दिल्ली आर्ट गैलरी, नई दिल्ली, जनवरी 2015, पृ० 56ी

उतारा। उनकी कला कविताओं की बंद, तंगहाल, अकेली लाइनों से छटपटाती हुई पट पर आ ठहरी, जिसने उनके अवचेतन मन के कपाट इस कदर खोले की रहस्यात्मक प्रतीत होने वाले दृश्यों को उम्र के करीब 60 वर्ष बीत जाने के बाद वे उन्हें मूर्त रूप देने से नहीं रोक पाए।

सन् 1934 में अमृता शेरगिल का भारत आना, भारत के लिए एक बड़ी सौगात से कम नहीं था, हांलाकि उनका कला नज़रीया गागिन से प्रभावित था। किंतु आत्मा भारतीय होने की वजह से वे भारतीय विषयों को पट पर लाए बगैर नहीं रह सकी। 1957 में उनकी पेंटिग 'ग्रुप ऑफ यंग गर्लस' को बोम्बे ऑर्ट सोसाइटी स्वर्ण पदक दिया गया।

1932 से 1937 के दौरान प्रदोष दासगुप्ता लंदन के रायल अकादमी ऑफ ऑर्ट में मूर्ति कला सीखने के लिए रवाना हुए। दूसरी तरफ भारतीय मूर्तिकार रामकिंकर बैज ने निरी स्थानीय व मौलिक तरीके से रविन्द्रनाथ टैगोर की मूर्ति बनाई। इसी वर्ष यकीनन भारत का आधुनिक मूर्तिकला का उदाहरण 'संथाल परिवार' बनाया जो खुले वातावरण में स्थापित था।

7 अगस्त 1941, इस वर्ष भारत ने अपने दो ऐसे कलाकारों को खो दिया जिनका आधुनिक व समकालीन कला दोनों में ही बहुत योगदान रहा। रवीन्द्रनाथ टैगोर के उम्र के दीए ने बुझने से पहले आधुनिक कला के प्रचण्ड ज्वाला को जन्म दिया, ऐसे ही अमृता मात्र गॉगीन की कला से प्रभावित मात्र नहीं थी बल्कि कहीं न कहीं पूरी जिंदगी उसकी प्रतिछाया बन गई थी। जैसे गॉगीन ने फ्रांस को छोड़कर ताहिती में स्वंय को पहचाना था। वैसे ही अमृता शेरगिल ने भी पेरिस के ग्रे रंग के उदासीन स्टूडियों को छोड़कर भारत जैसे रंगीन देश में अपनी आत्मा की आवाज़ सुनती हैं। जहाँ पर रंग भी जीवित हो उठते हैं।

अमृता ने सही मायने में भारत को आधुनिक कला के साथ चलने के लिए प्रोत्साहित किया। वे भारतीय प्राचीन व शास्त्रीय कला की कदर करती थी किंतु वो चाहती थी कि भारतीय कला सार को सही मायने में समझा जाए। 23 दिसंबर 1936 में लिखे एक पत्र में वो लिखती है कि मैं दो शब्दों में अजन्ता और बंगाल स्कूल की विशेषताओं का वर्णन कर सकती हूँ। अजन्ता की पेंटिग मूल है, और बंगाल शैली को कला के नाम पर मात्र बाहरी खोल मिला है। ऐसा इसलिए नहीं है कि मैं भारतीय कला के खिलाफ पूर्वाग्रह से ग्रसित हूँ। ऐसा इसलिए है, क्योंकि मुझे लगता है कि भारतीय कला में बहुत सारी संभावनाएं है और मैं उन लोगों का विरोध करती हूँ जिन्होंने इसकी संभावनाओं का पता नहीं लगाया और जो इसे चित्रात्मक रूप से गलत समझते है व उसकी निदां करते हैं। लम्बे अरसे से भारतीय शैली की एक बहुत अच्छी तस्वीर देखने की लालसा हैं। मूल रूप से मैं एक उत्साही हूँ यह मुझे एक अच्छी तस्वीर का आनन्द लेने के लिए एक बुरी तस्वीर की तुलना में अधिक खुशी देता हैं। ऐसी ही भारतीयता की छाप यामिनी ने कालीघाट शैली में देखी और आजीवन इस शैली को अपनी पहचान बनाया। 1941 में पी० टी० रेड्डी की अध्यक्षता में 'यंग टर्कस' नाम का ग्रुप बनाया गया। इसे सर जे० जे० के प्रिंसिपल चार्लस गेराल्ड द्वारा प्रोत्साहित किया गया।

बंगाल में सन् 1943 में भीषण अकाल की स्थिति पैदा हुई। जिसमें ब्रिटिश सरकार के गलत रवैयों की वजह से लाखों लोगों की जाने गई। ऐसे में युवा कलाकारों के ग्रुप ने मिलकर बंगाल शैली की लयात्मकता व सौन्दर्य को त्याग दिया व अपनी अभिव्यंजना को प्रकट करने के लिए रौद्र, प्रचण्ड व तेज ब्रूश आघात से पट को सरोबोर कर दिया। इस दौरान सोमनाथ, चितोप्रसाद व अन्य कलाकरों ने मिलकर बंगाल की तत्कालिक स्थिति का आँखों देखा हाल जनता के समक्ष पेश किया।[33] इन्हें कम्यूनिस्ट अखबार जैसे 'पिपुल्स वॉर' व

33 https://sites.google.com/view/ngmaindia/collection/progressive-artists-group-calcutta

'जनायुद्ध' में प्रकाशित भी किया। चितप्रसाद ने 'हंगर बंगाल' के नाम से पुस्तक में अकाल का दस्तावेजीकरण किया।

1943 में रमेन्द्रनाथ चक्रवर्ती गवर्नमेंट कॉलेज ऑफ ऑर्ट में प्रिंसिपल बने तथा वहां ग्राफिक कला को पाठ्यक्रम में जोड़ा।[34] गांधी जी का असहयोग आन्दोलन जोरों पर था। ऐसे में कलाकार भी इस स्वदेशी आन्दोलन में हिस्सा लेने से अछूते नहीं रहे। इसी के चलते 1944 में सूजा को जे० जे० स्कूल ऑफ ऑर्ट से निष्काषित कर दिया गया। यही गुस्सा जूनुन, उग्र होकर 'पैग' (प्रोग्रेसिव आर्टिस्ट ग्रुप) के रूप में उभरा।

15 अगस्त 1947 का वर्ष भारत के इतिहास में महत्त्वपूर्ण हैं। क्योंकि इस दिन भारत ने अपने शासन की बागडोर स्वंय संभाल ली थी। लेकिन इसकी कीमत बहुत बड़ी थी। लाखों लोगों की जाने गई। धर्म के नाम पर यह बहुत बड़ा खूनी बंटवारा था। जिसकी छाप साहित्य व कला में देखी जा सकती है। गुजराल, सरीखें कलाकारों के चित्रों में विभाजन के दर्द को देखा जा सकता है।

इसी वर्ष बोम्बे में 'प्रोग्रेसिव आर्टिस्ट ग्रुप' 1947 में कुछ नवीन, क्रांतिकारी व प्रगतिशील कलाकारों के द्वारा बनाया गया। 'पैग' किसी 'वाद' की भांति नहीं था, जिसमें एक ही परिपाटी के कलाकार शामिल हो बल्कि यह एक विचारवाले किंतु शैलीगत विभिन्नता धारण किए हुए कलाकारों का समूह था जिनका मकसद पुरानी चली आ रही शैली व विषयों को त्यागकर कुछ नया करने का मन था[35], जिससे वे अपने विचार, भावनाएं, उद्वलन और जूनुन को प्रकट कर सके।

नेहरू के शब्दों में 'अवाकस टू फ्रिडम' (awakes to freedom) द्वारा प्रभावित होकर के० एच० आरा ने 1947 में गलियों में आजादी के जश्न को देखकर उसे एक बडे कैनवास पर चित्रित किया। साथ ही नेहरू के शब्द 'भाग्य के साथ प्रयास करे'[36] ने कलाकारों को अपने स्वतन्त्र विचारों को रखने के लिए प्रेरित किया। इस प्रकार इन मुख्य घटनाओं व परिवर्तनों के चलते समकालीन कला का उद्भव हुआ तथा धीरे–धीरे वह विकास की ओर अग्रसर हुई, जहाँ भारतीय समकालीन कलाकारों के कार्यो ने विश्वपटल पर इसे नयी जगह प्रदान की। कुछ और महत्त्वपूर्ण पहलू व परिवर्तन है जिसके चलते समकालीन कला के विकास ने गति पकड़ी। जो इस प्रकार हैं –

1.3 संग्रहालयों व कला दीर्घाओं का समकालीन कला के विकास में योगदान

समकालीन धरोहर, स्मारकीय सूचनाओं व वस्तुकला आदि के साक्ष्यों का संग्रह होता है। यह तत्कालिक समाज के लोगों को अतीत की याद दिलाता है। कला के विकास में सभी संग्रहालयों का बहुत योगदान हैं। समकालीन कलाकारों द्वारा इनमें स्थित वस्तुओं को देखकर उन्हे नवीन ढ़ग से अपनी कला में पेश करने की जिज्ञासा पैदा होती हैं।

यूरोप में पुनर्जागरण के समय व्यापारिक रास्तों का दूसरे देशों के द्वारा इस्तेमाल में लाकर वहां से कलात्मक व चुंनिदा चीजों को इकट्ठा करके अमीर लोग अक्सर अपने घरों में सजाते थे। इसी से प्राइवेट क्लेक्शन की धारणा शुरू हूई। 1523 में ग्रिमनी भाइयों (ग्रिमनी ब्रदर्स) ने अपना संग्रह वेनिस के शहर को दान कर दिया था।

---

34 *इण्डिया मॉडर्न : नैरेटिवस फ्रॉम 20th सैन्चयूरी इण्डियन आर्ट,* दिल्ली आर्ट गैलरी, नई दिल्ली, जनवरी 2015, पृ० 59

35 खन्ना, बलराज एवं अजीज कुर्था, *आर्ट ऑफ मॉडर्न इण्डिया,* थेम्स एण्ड हडसन, लंदन, पृ० 21

36 वही, पृ० 20

ग्रीक शब्द 'माउसियन' का अर्थ 'मूस की सीट' था जिसका अर्थ 'दार्शनिक संस्थान' या 'चिंतन का स्थान' से था। ऐसा प्रतीत होता है कि लेटिन व्युत्पति संग्रहालय का उपयोग रोमन काल में मुख्यतः दार्शनिक चर्चा के स्थानों तक ही सीमित था। यह पहली बार प्रकाश में तीसरी शती ईसापूर्व में आया। इसे 'प्टोलमी प्रथम सोटर' द्वारा एलेक्जेंड्रिया में मुख्यतः एक पुस्तकालय या विश्वविद्यालय के प्रोटोटाईप रूप में बनाया गया था।[37]

1683 में जनता के लिए खुलने वाला पहला संग्रहालय एशमोलियन था जिसे इलियास एशमोल द्वारा खरीदकर आक्सफोर्ड यूनिवर्सिटी को दान में दे दिया गया था। इसमें जॉन ट्रेडस्कैंट का संग्रह शामिल था। पहली बार 'संग्रहालय' शब्द इसके लिए इस्तेमाल किया गया था।[38]

'ब्रिटिश संग्रहालय' की नींव एक संग्रहालय के बतौर ही रखी गई। डेनिस डाइटगेट ने 1765 में अपने एनसाइक्लोपिडिया के अन्दर 9वें वर्ष खण्ड में पहली बार एक राष्ट्रीय संग्राहलय के लिए नियमबद्ध तरीके से एक विस्तृत योजना के लिए अपनी स्पष्ट रूपरेखा के बारे में वर्णन किया।

भारत में अग्रेजों के औपनिवेशिक काल में संग्रहालय का यूरोपियन विचार भारत आया। ब्रिटिश इतिहासकार सर विलियम जोन्स ने भारत की सांस्कृतिक और ऐतिहासिक विरासत का अध्ययन करने के लिए 1784 में कलकत्ता में एक सोसायटी का गठन किया जिसमें आने वाले समय में संग्रहालय की नींव रखी, वह थी 'एशियाटिक सोसाइटी'। 1796 में इसके सदस्यों ने एक संग्रहालय की स्थापना को अपनी मंजूरी दी। जिसके परिणाम स्वरूप भारत में पहला संग्रहालय 1814 में भारतीय सग्रंहालय (पहले इंपीरियल संग्रहालय) कलकत्ता में स्थापित किया गया। यह न केवल भारतीय उपमहाद्वीप में बल्कि दुनिया के एशिया प्रशांत क्षेत्र में सबसे पुराना व बड़ा संग्रहालय हैं।

भारतीय पुरातत्व सर्वेक्षण स्थल संग्रहालय, नागार्जुनकोंडा का कार्य राष्ट्रीय स्मारकों के संरक्षण का हैं। इसमें बहुविषयक संगठन हैं। इसमें रसायनिक संरक्षण अन्वेषण, उत्खनन, बागवानी संचालन, संग्रहालय, पानी के नीचे पुरातत्व, पुरालेख प्रकाशन आदि शामिल है। इसकी स्थापना 1861 में की गई। अल्बर्ट हॉल का नाम विक्टोरिया एण्ड एल्बर्ट म्यूजियम लंदन से लिया गया है। इसे सैमुअल स्विंटन जैकब द्वारा 1887 में पूर्ण किया गया। इसकी नींव 1876 में रखी गई थी। इसमें मूर्तियाँ, हथियार विभिन्न प्राकृतिक पत्थर आदि के साथ–साथ मिनिएचर भी हैं जिसमें बूंदी, कोटा, किशनगढ़, उदयपुर व जयपुर शैली के उदाहरण है।

1865 में 'हिल पैलेस पुरातत्व संग्रहालय, त्रिपुनिथुरा में बनाया गया। इसमें 18 शाही दीर्घाएँ हैं। जिसमें तंजौर पंटिग्स भी हैं। महाराजा जयाजी राव सिंधिया द्वारा 1874 में स्थापित 'जय विलास पेलेस' और म्यूजियम में अतीत का बहुत सुन्दर संग्रह हैं। इसके दरबार हाल की दीवारों को सुनहरी पत्तियों से बनाया गया है। 10 जनवरी 1922 में छत्तरपति शिवाजी महाराज वास्तु संग्रहालय की स्थापना की गई इसमें भारतीय मिनिएचर कला के साथ–साथ मराठा हथियार व वस्त्र है साथ ही रतनटाटा व सर दोरबजी टाटा के संग्रह से भी बहुत सी किमती वस्तुओं का संग्रह संग्रहित है। चीन, जापान व यूरोपियन देशों से प्राप्त कलाकार्य भी यहाँ एकत्रित की गई है।

रायॅल अकादमी लंदन के द्वारा भारत व ब्रिटेन सरकार की जुगलबंदी से बर्लिगंटन हाऊस लंदन में 1947–48 के दौरान भारत के विभिन्न संग्रहालयों से भारतीय कला व कला वस्तुओं की प्रदर्शनी लगाई गई। इसके बाद यही प्रदर्शनी भारतीय राष्ट्रपति भवन में बुलाई गई, जिसके बाद भारत में एक ऐसे संग्रहालय की कमी महसूस

---

37 http://www.historyofmuseums.com/

38 वही

की गई जहाँ ये सब चीजें संग्रहित की जाए। 1946 में मोरिस ग्वायेर कमेटी द्वारा मई 1946 में 'राष्ट्रीय संग्रहालय' के नाम से नई दिल्ली में 15 अगस्त 1949 में एक संग्रहालय की स्थापना की गई, जिसमें सिंधु घाटी से होते हुए विभिन्न राजवंशों की धरोहर के साथ अन्य जनजातियों का भी संग्रह है। राष्ट्रपति भवन में लगी प्रदर्शनी ने समकालीन भारतीय कलाकारों के बीच भारतीयतता की चेतना को जागृत किया।

हैदराबाद में स्थापित सालारजंग संग्रहालय की स्थापना 1951 में की गई थी। इसमें पांडुलिपि, सैरेमिक, मैटलकार्य, कालीन, घड़ियाँ, पेंटिग्स, वस्त्र आदि के साथ–साथ अलीखान जिसे सालारजंग तृतीय के नाम से जाना जाता है कि विस्तृत संग्रह है। चीन, जापान, बर्मा, नेपाल, ईरान, मिस्त्र, यूरोप व उतरी अमेरिका व भारत से प्राप्त विभिन्न किमती कलात्मक चीजे भी यहाँ है। जवाहरलाल नेहरू द्वारा 4 दिसम्बर 1947 को इलाहाबाद संग्रहालय की नींव रखीं गई जिसे जनता के लिए 1954 में खोला गया।

भारतीय प्राचीन संस्कृत के साथ–साथ जनजातिय संस्कृतियों की धरोहर के संग्रह के लिए 1970 में कोहिमा संग्रहालय की स्थापना की गई। जिसमें सभी 16 जनजातियों जो नागालैण्ड से है, के कला वस्तुओं को संग्रहित किया गया। साथ ही 14 फरवरी 1982 में स्व० प्रधानमंत्री इंदिरा गांधी द्वारा भारत भवन की नीवं रखी गई। यहाँ कलादीर्घाएं भी हैं। जहाँ खुला व आंतरिक थियेटर, ओडिटोरियम, कलात्मक वस्तुएँ व भारतीय कविताओं, शास्त्रीय व लोक संगीत का संग्रह हैं। इन संग्रहालयों से प्ररित होकर कलाकार अपने अतीत को कला में आत्मसात् करते हैं।

कला दीर्घाएं देश–विदेश के यात्रियों, कलाकारों व कला समीक्षकों, आलोचकों व प्रंशसकों को एक ऐसा स्थान प्रदान करती हैं जिससे वे वैश्विक रचनात्मकता को एक छत के नीचे देख सकते हैं। भारत में कलादीर्घाओं का चलन चित्रशालाओं के रूप में देखने को मिलता है। जहाँ श्यनकक्ष, हरम, जलमण्डप व दरबार में चित्रशलाओं का चलन था। विष्णोधर्मोतर पुराण में तो यहाँ तक भी कहा गया है कि राजा के घर व प्राइवेट हाऊस में केवल श्रृंगार, हास्य या शांत रस को प्रदर्शित करने वाले चित्र ही लगाने चाहिए।

निजी चित्रदीर्घाएं 19वीं शताब्दी में स्थापित हाने लगी थी। 20 वीं शताब्दी की भूमिमल ऑर्ट गैलेरी भारत की पहली निजी कलादीर्घा मानी जाती है, इससे पहले दिल्ली में कला के प्रति ऐसा वातावरण नहीं था। यह कलादीर्घा एक स्टेशनरी की भांति शुरू हुई थी जिस प्रकार यूरोप में कुछ दुकानदार कलाकारों को रंग आदि सामग्री उचित दाम में देकर उनसे पेंटिग उपहार में या पैसों में खरीदते थे। वैसे ही राम बाबू जैन कलाकारों की मदद करते थे। धीरे–धीरे इसका इतिहास भारतीय आधुनिक कला व समकालीन कला के विकास के साथ जुड़ गया। भारत के जाने माने कालाकारों जैसे जामिनी राय, शैलोज मुखर्जी, अबदुर्रहमान चुगताई, फ्रांसिस न्यूटन सूजा, भावेश चन्द्र सान्याल व रामकुमार आदि से जुड़कर इस कलादीर्घा को प्रसिद्धी मिली। 1960 के दशक में इंन्दिरा गांधी ने कला के प्रोत्साहन के लिए भरसक प्रयास किए। ऐसे में देश–विदेश से आने–जाने वाले राजनेता धूमिमल कलादीर्घा से पेंटिग खरीदकर उपहार स्वरूप देते। जे० स्वामीनाथन ने इसके नाम को ख्याति प्राप्त करवाने में अहम् भूमिका निभाई। उसने अर्पिता सिंह व परमजीत सिंह व अन्य प्रसिद्ध समकालीन भारतीय कलाकारों को दिशानिर्देश दिए। भारत की कुछ ऐसी प्रसिद्ध कला दीर्घाएं व संग्रहालय है जिन्होंने समकालीन कला को प्रोत्साहन देने में महत्त्वपूर्ण स्थान निभाया। असल में कला दीर्घाएँ ऐसा स्थान है जहाँ कलाकारों को कला रसिक के साथ–साथ कला के विक्रेता व क्रेयता दोनों ही मिल जाते हैं।

गवर्नमेंट म्यूजियम, चैन्नई की स्थापना 1851 में की गई थी। यह भारत का दूसरा सबसे पुराना संग्रहालय व कलादीर्घा है, जिसमें मुगलकाल, राजपूत पेंटिग, तंजौर चित्रकला राजा रवि वर्मा के साथ–साथ अन्य कलाओं

का संग्रह भी है।

विक्टोरिया मैमोरियल, कलकत्ता भी एक पुरानी कला दीर्घा है जिसे जनता के लिए 1921 में खोला गया। इसमें मिनिएचर कलाओं व अन्य कलाओं को सुरक्षित रखा गया हैं। 1933 में कलकला के इण्डियन म्यूजियम में 'दी इण्डियन अकादमी ऑफ फॉइन आर्ट' की स्थापना की गई। कुछ समय उपरान्त 1962 में रवीन्द्र गैलरी के नाम से एक स्थाई दीर्घा खोली गई। इसके साथ समय की मांग के अनुसार इण्डियन म्यूजियम में ही मिनिएचर ऑर्ट गैलेरी व समकालीन कलादीर्घा 1966 में, प्राचीन टैक्सटाइल गैलरी 1968 में, प्राचीन कालीन गैलरी 1969, प्राचीन इनग्रविंग गैलरी 1970 तथा अंत में 1976 में समकालीन ग्राफिक कला के लाइन ड्राइंग दीर्घा की स्थापना की गई।

सर चित्रा ऑर्ट गैलरी, तिरूवंतपुरम की स्थापना 1935 में केरल में की गई थी। ऑल इण्डिया फाईन आर्ट्स एण्ड क्रॉफट सोसाइटी (आइफैक्स) की स्थापना 1928 में दिल्ली में की गई थी। यह कला के क्षेत्र में नीवं का पत्थर साबित हुई। समय पर यहाँ समकालीन कलाकारों की प्रदर्शनी के द्वारा कला जगत की खबर देश–विदेश तक पहुंचती रहती हैं।

मुम्बई आधुनिक कला का गढ़ बन गया था। 1953 में कला की ओर प्रोत्साहन देने के लिए 'जहाँगीर ऑर्ट गैलरी' नाम से एक कलादीर्घा की स्थापना की गई, जिसमें विभिन्न समकालीन कलाकारों की प्रदर्शनी लगाई जाती थी। जिसके चलते उन्हें एक राष्ट्रीय अन्तराष्ट्रीय पायदान मिलता था। 1974 में मुम्बई में चेतना बुक सेंटर के द्वारा 'चेतना ऑर्ट गैलेरी' की भी स्थापना की गई। यहाँ कैफे व साथ ही शतंरज खेलने की सुविधा भी चेतना ग्रुप द्वारा दी जाती थी।

ताज होटल अपनी खूबसूरती के लिए जाना जाता है। ऐसे में 1960 के दशक में यहाँ 'ताज ऑर्ट गैलेरी' भी खोली गई थी, जिसे 1990 के दशक में बंद कर दिया गया था, लेकिन 21वीं सदी में इसे फिर से खोला गया जहाँ हुसैन, सबावाला, राजकुमार व लक्ष्मण श्रेष्ठ आदि थे। लक्ष्मण श्रेष्ठ द्वारा यहाँ 1963 में लगाई गई प्रदर्शनी में उनकी बहुत–सी पेंटिग्स को नेपाल के राजा द्वारा खरीदा गया था।

1963 में ही काकू और खोरशेद गाँधी द्वारा मुम्बई में चैमोल्ड कला दीर्घा की नींव रखी। जिसका उद्देश्य था कलाकारों के कार्यो व उनके नवीन प्रयोगों को देश के सम्मुख प्रस्तुत करना। जिसमें मुख्य रूप से रज़ा, तैयब मेहता, भूपेन खक्कर, अतुल डोडिया व अंजुडोडिया तथा एल० एन० तलुर आदि थे।

इसी वर्ष 1963 में मुम्बई में पंडोल कलादीर्घा की स्थापना काली पंडोल द्वारा की गई। यह अपने समय की जीवंत उभरती हुई कला को स्थान देने वाली दीर्घाओं में से एक थी। इसका लम्बे समय तक प्रसिद्ध समकालीन कलाकारों आरा, गायतोडें, आदि डेविएयरवला, सूजा, बद्रीनारायण, राजकुमार, अकबर पदमसी और शमशाद हुसैन, कृष्ण खन्न्ना, शक्ति बुरमन लक्ष्मण श्रेष्ठ, लक्ष्मागौड, प्रभाकर कोल्ट, जोगेन चौधरी आदि से सम्पर्क रहा।

विभिन्न कलादीर्घाओं के साथ–साथ कला संस्थान भी ऐसे हैं जहाँ कला के बीज अंकुरित हुए और इसकी प्रसिद्धि देश–विदेश तक फैली। ऐसी ही एक कला संस्थान हैं 'ललित कला अकादमी', नई दिल्ली। इसके स्थापना भाषण में मौलाना अब्दुल कलाम ने कहा था कि अकादमी को अतीत की गौरवशाली परम्पराओं को संरक्षित करने और हमारे आधुनिक कलाकारों के काम से उन्हें समृद्ध करने के लिए काम करना चाहिए।

द गवर्नमेंट म्यूजियम एण्ड ऑर्ट गैलेरी, चण्डीगढ़ की जनता के लिए 1968 में खोला गया जहाँ विभिन्न मूर्तिशिल्प, पोट्रेस, राजा रवि वर्मा की कृति व नन्दलाल बोस जैसे कलाकारों का संग्रह हैं।

1987 में 'वढेरा ऑर्ट गैलेरी' की स्थापना दिल्ली में की गई। इसका लक्ष्य भारतीय आधुनिक व समकालीन भारतीय कलाकारों को देश–विदेश में नई पहचान दिलाना तथा कला जगत की आवाजाही से उन्हें रूबरू करना है। विभिन्न संग्रहालयों, कलादीर्घाओं व संस्थाओं ने समय–समय पर कला की दुनिया को निरन्तर बढ़ावा व विकास देने के लिए भरसक प्रयत्न किए है व वर्तमान में भी किए जा रहे। इन कलादीर्घाओं व संस्थाओं के द्वारा कला की पुस्तकें, प्रदर्शनी के कैटलॉग, मोनोग्राफ, पत्रिकाएं आदि प्रकाशित किए जाते हैं। यहाँ कला दीर्घाओं में पेंटिग्स की ब्रिकी भी की जाती हैं। जिससे कलाकारों को एक आर्थिक सुरक्षा भी मिलती हैं।

10 जनवरी 1922 को छत्रपति शिवाजी महाराज वास्तु संग्रहालय की स्थापना की गई, जिसे पहले प्रिंस आफॅ वेल्स म्यूजियम आफॅ वेस्ट के नाम से जाना जाता था। इसमें लघु चित्रण के साथ मराठों के किमती व बहुमूल्य साजो सामान संग्रहित हैं। रतन टाटा व सर दोराब जी टाटा के दान पूंजी से इसे बहुत ही सुन्दर व सक्षम बनाया गया ।

1982 में भोपाल में भारत भवन की स्थापना सांस्कृतिक विभाग, मध्य प्रदेश के द्वारा की गई। इसका उद्घाटन तत्काल प्रधानमंत्री इंदिरागांधी द्वारा किया गया था। यहाँ मध्यप्रदेश सरकार द्वारा धनराशि दी जाती है परंतु स्वतंत्र 12 सदस्यों द्वारा इसे संचालित किया जाता है। जो भारत भवन ट्रस्ट में शामिल हैं।

बाल छाबड़ा एक उम्दा कलाकार के साथ–साथ एक गैलरिस्ट, संग्रहकर्ता व फिल्ममेकर भी थे। 1957 में छाबड़ा ने यह महसूस किया की शहर में कोई भी ऐसी कला दीर्घा नहीं हैं जिसमें समकालीन कलाकार अपनी कलाकृतियों का प्रदर्शित कर सकें, तो ऐसे में उन्होंने 'गैलरी 59' के नाम से मुम्बई में कलाकारों को एक स्थान दिया जिसमें वे अपने विचारों को दर्शकों व आलोचकों के बीच पेश कर सकें।

1975 में जैनुअल आबेदिन ने लोककला के लिए ढाका के पास सोनारगाव (बंग्लादेश) में संग्रहालय की स्थापना की। पंडोल गैलरी भी भारत की पुरानी कलादीर्घाओं में से एक हैं। जिसमें 1963 में नीलामी घर भी स्थापित किया गया था। इसने बहुत से भारतीय आधुनिक व समकालीन कलाकरों के कलाजीवन को नई ऊँचाइयों तक पहुंचाया जिसमें हुसैन, गायतोंडें, पद्मसी, रामकुमार व एफ०एन० सूजा आदि उल्लेखनीय हैं।

कलादीर्घाओं के साथ–साथ नीलामी घरों ने कलाकारों को एक आर्थिक संतुष्टि व सुरक्षा प्रदान तो की ही साथ में उन्हें देश–दुनिया के सामने प्रस्तुत भी किया। इनमें सैफरोन कला नीलामी घर, ऑशियन, आर्टबुल, बिड–एन–हैमर के साथ–साथ दुनिया के सबसे बडे निलामी घरों क्रिस्टीज व सोथबिज की शाखाओं ने भारत में अपने केन्द्र स्थापित किए, जहाँ से वे कृत्तियों व बहुमूल्य तथा प्राचीन चीजों को खरीदकर बडे स्तर पर बेचते हैं।

1905 में भारत में बंग–भग तथा अंतरर्राष्ट्रीय स्तर पर क्रांति का बिगुल बज उठा। 1913 में नील्स बोर ने क्वांटम सिद्धांत पर आधारित परमाणु के लिए एक सिद्धांत प्रस्तावित किया, आइंस्टीन ने जनरल थ्योरी ऑफ रिलेटिविटी पर पहला पेपर लिखा व रवीन्द्रनाथ टैगोर को नोबल पुरस्कार से सम्मानित किया गया। 1913 में ही न्यूयार्क आरमॉरी शो के प्रदर्शन में मातिस व पाब्लो पिकासो द्वारा ऐसे चित्र पेश करना जिन्होंने नवीन प्रतीत प्रभाववादी शैली को भी झंकझोर दिया था।

1949 में पहली बार राष्ट्रीय कला दीर्घा का विचार किया गया जहाँ देश–विदेश से आयी कृतियों व देश के कलाकारों की कृतियों को लम्बे समय तक प्रदर्शित किया जा सके। साथ ही प्रसिद्ध कलाकारों के कार्य को एक ही स्थान पर लम्बे समय तक रखा भी जा सके। ऐसे में प्रधानमंत्री जवाहरलाल नेहरू मौलाना आजाद व हूमाँयू कबीर द्वारा इस विचार को मोहर लगाई गई। 29 मार्च 1954 को उपराष्ट्रपति डॉ० एस० राधाकृष्णनन

ने नेशनल गैलरी आफॅ मॉडर्न आर्ट, नई दिल्ली का औपचारिक उद्‌घाटन किया। समय के साथ–साथ इसकी कुछ अन्य शाखाएँ भी देश के कई स्थानों पर खोली गई। 1947 में जवाहरलाल नेहरू द्वारा इलाहाबाद संग्राहलय की स्थापना की गई, जिसे आम जनता के लिए 1954 में खोला गया।

1.4 विश्व युद्धों व घटनाओं का भारतीय समकालीन कला के विकास में योगदान

अतीत की घटनाऐं वर्तमान को भी रूप देती है। प्रथम विश्वयुद्ध (1914–1918) व द्वितीय विश्वयुद्ध (1939–1945) इस बात का सबूत पेश करते हैं। प्रथम विश्वयुद्ध से पहले कला का रूप यर्थाथवादी और सौम्य व सीमित था। हालांकि प्रभाववाद ने एक उग्र नवीन शैली को जन्म दिया था किन्तु वह भी सादृश्यता का गुण रखती थी। सेजॉन द्‌वारा बनाई गई कतियों में यह गुण थोड़ा कम होता गया किंतु 20 वी शताब्दी के आरंभ में तो शैली, विषय व तकनीक बिल्कुल परिवर्तित होती चली गई। इसकी वजह थी देशों में आपसी झगड़े, सरकारी गलत नीतियों से जनता में बढ़ता आक्रोश व साथ ही विज्ञान की नित नई खोज। इस विज्ञान का विनाश प्रथम विश्वयुद्ध में नजर आया। जिससे कलाकार आंतकित हो गया। उन नजारों से साहित्यकार, कवि, कलाकार, संगीतज्ञ आदि सब लोगों में आक्रोश पैदा हुआ जिससे मधुर संगीत बेताल हो गया, कला की सौम्यता अब उग्र आक्रोशित तेज तूलिका आघात में बदल गई। जिससे घनवाद अमूर्तकला, रेडिमड कला, अमूर्त अभिव्यंजना आदि कला का जन्म हुआ।

द्वितीय विश्वयुद्ध ने भी संस्कृति में बेहद परिवर्तन किए। अब कला में मिनिमलिज्म के नाम पर टयूबलाईट तक म्यूजियम में लगाई जाने लगी। इन सब का प्रभाव भारत की कला पर भी देखने को मिलता है। यहाँ हेब्बार, शैलोज, यामिनी, बन्द्रे जैसे कलाकारों ने शांति निकेतन की मधुर लायात्मक सौम्य रेखाओं व रंग संयोजन को छोड़कर अपनी व्यक्तिगत शैली को अपनाया जिनपर यदा–कदा पाश्चात्य प्रभाव भी था। खैर यह शुरूआत तो स्वंय शांतिनिकेतन के निर्माता रवीन्द्रनाथ टैगोर ने अपनी अभिव्यंजनावादी रहस्यात्मक काल्पनिक शैली द्‌वारा कर दी थी। किन्तु 1947 की आजादी अपने साथ विभाजन का जो दर्द लेकर आई वह भारतीय समकालीन कलाकारों के लिए असहनीय था। जिन्होंने स्वंय अपनी आखों से वह दर्दनाक रक्तपात देखा। तैयब की 'फालिंग सीरीज' इसी घटना से प्रेरित है। प्राणनाथ मांगो व सतीश गुजराल ने विभाजन के दर्द को तूलिका के घुमावदार आघात द्‌वारा दर्शाया। तो हुसैन ने पुरानी रीति को छोड़ अपने स्वंय की शैली को ईजाद करके देश–विदेश में भारतीय समकालीन कला को गति दी। गायतोडें, रज़ा साहब, कृष्ण खन्ना, आरा, सूजा, स्वामीनाथन, पन्निकर, रामचन्द्रन आदि कलाकारों ने देशी व विदेशी शैली का अध्ययन करके नवीन तकनीक व विषयों को अपने पट पर जगह दी। इस प्रकार ये घटनाएं मानवीयता को झंकोर देने वाली थी किंतु फिर भी कलाकार ने डटकर इस स्थिति का सामना किया व अपने विचारों, मनोभावनाओं व आकांक्षाओं को चित्रपट पर बदलते समाज के साथ–साथ पेश किया। जिसका परिणाम आज देश विदेश की अंतराष्ट्रीय निलामी घरों में बिक रही भारतीय समकालीन कलाकारों की कृतियाँ है।

1974 में एक ऐतिहासिक घटना घटित हुई। इस वर्ष 10 मई को बुद्ध पूर्णिमा के दिन भारत ने अपना पहला परमाणु बम परीक्षण किया। इस मिशन का नाम 'स्माइलिंगबुद्धा' रखा गया था। राजा रमन्ना (भाभा परमाणु अनुसंधान केन्द्र के तत्कालीन निदेशक) ने परीक्षण के सफल होने पर प्रधान मंत्री इंदिरा गांधी को 'बुद्ध अंततः मुस्कुराया' का संदेश दिया।[39] भला कलाकार इस घटना से अछूता कैसे रह सकता था। के० के० हेब्बार ने

---

39 चतुर्वेदी अमित, मुस्कुरात बुद्ध : कैसे भारत ने पोखरण में पहलों परमाणु परीक्षण सफलतापूर्वक किया, अद्यतम तिथि– मई 2018, अभिगम तिथि– 27 अक्टूबर, 2022, https://www.hindustantimes.com/india-news/smiling-buddha-how-india-successfully-conducted-first-nuclear-test-in-pokhran-101621301524390.html

तुरंत परमाणु परीक्षण पर आधारित चित्रों की एक पूरी श्रृंखला बना डाली। हालांकि कुछ समय के बाद उन्होनें कुछ चित्रों को स्वंय ही नष्ट कर दिया क्योंकि वहां परीक्षण मानव के सम्मुख तुच्छ नजर आ रहा था। इस प्रकार सभी राजनैतिक, सामाजिक व सांस्कृतिक परिवर्तन कलाकार की तूलिका को भी उद्वलित करते हैं।

1.5 चीनी और जापानी कला का प्रभाव, भारत व चीनी कला का आदान–प्रदान

कला समाज के साथ बदलती रहती है, कभी सौम्य, मधुर तथा कभी कर्कश, बैचेन, आंतकित हो जाती हैं। ये सब प्रभाव वह अपने आस–पास के परिवेश से लेती है। भारत पर प्राचीन समय से ही विदेशी हुकूमरानों व आक्रमणकारियों का कब्जा होता रहा है, जिससे यहाँ की कला व संस्कृति में विभिन्नता के दर्शन होते हैं। पाश्चात्य कला का प्रभाव 20वीं सदी में भारतीय कलाकारों पर देखनें को मिला। ऐसे में पूर्वी देशों के प्रभाव भी भारत पर कम नहीं रहे हैं। जापान व चीन ऐसे देश हैं जिनके ऊपर हमारे बौद्ध धर्म का प्रभाव बहुत ज्यादा रहा हैं। साथ ही उनकी चीनी व जापानी कला शैली का भी भारतीय कला पर गहन प्रभाव देखने को मिलता है। खासतौर पर बंगाल स्कूल के समय टैगोर परिवार ने कई देशों की संस्कृति को देखकर वहाँ से खास तत्वों को अपनी कला शैली में समाहित किया। 20वीं सदी में ओकाकुरा काकुजा व रवीन्द्रानाथ टैगोर ने एक खास सांस्कृतिक बंधन दोनों देशों में पैदा किया।

भारत व चीन की कला का आदान–प्रदान

चीनी यात्रियों का भारत में आगमन का लम्बा इतिहास है, किंतु चीनी कलाकारों का आना व भारतीय कलाकारों की चीनी कला से प्रत्यक्ष सम्पर्क तब हुआ जब 1924 में रवीन्द्रनाथ टैगोर ने चीन की यात्रा की।

20वीं शती में चीन की संस्कृति पाश्चात्य प्रभाव की वजह से आंतकित हो गई। चीन की अपनी कला शैली सौन्दर्यशास्त्र, तकनीक, विषय सामग्री व वैभव है किंतु विदेश में चारों तरफ 'पाश्चात्यीकरण' के चलते इसकी जड़े हिलने लगी थी। ऐसे में बदले समाज में माइकल सुलिवान कहते है कि "अपने आवश्यक चीनीस्व को बचाते हुए, आधुनिकरण कैसे किया जाए, जिसका अर्थ काफी हद तक पश्चिमीकरण करना है।[40]

भारतीय कला बौद्ध धर्म की शुरूआत से ही चीनी कला में अपनी जगह बना चुकी थी। दुनहुआंग भित्ति चित्र एक बेहतर प्रतीकात्मक उदाहरण है, जो इस बात का साक्ष्य है कि भारतीय आकृति विज्ञान और रैखिक परिपेक्ष्य के तत्वों ने किस प्रकार चीनी आकृति चित्रकला को प्रभावित किया।[41]

झांग दकियान के भीतर चीनीकला की आदिम जीवंतता की तलाश की इच्छा थी। उसने चीनी कला की आकृतिरूपक कला की पेंटिग्स जो सूई वंश और तांग वंश में बनाई गई थी को दोबारा से जांचने की कोशिश की, बजाए कि सोंग वंश की परिदृश्य कला को ही बनाते रहने की। उसने डुनहुआंग में 1941–43 तक प्रवास किया तथा मोगाओं कुटी में बौद्ध भित्तिचित्र की नकल करने के लिए खुद को समर्पित कर दिया। इतना ही नहीं बौद्ध कला की उत्पत्ति का अध्ययन करने के लिए वह 1950 में भारत आया। यहाँ तीन महीनों तक अजन्ता गुफाओं की भित्ति चित्रकला का अध्ययन भी किया। इस दौरान उसने बौद्ध शैली की तकनीक में भारतीय महिलाओं के पोट्रेट बनाए। बहुत से चीनी कला सुधारकों का मानना है कि भारतीय कला बहुसांस्कृतिक परम्पराओं का अभिसरण करती हैं। जिसमें मिस्त्र फारस, ग्रीक, चीन आदि के प्राचीन कला का विलय है।[42]

---

40 20वीं सदी में भारत–चीन कलात्मक जुड़ाव, द न्यूज लैटर, नं० 87, 2020, अभिगम तिथि– 2 मार्च 2023, पृ० 18, https://ega.shanghai.nyu.edu/wp-content/uploads/2020/42/11AS-NL87.pdf

41 वही, पृ० 19

42 वही, पृ० 18

चीनी कलाकरों में गाओ जियानजू, झांग डाकियान और जू बेइहोंग (Gao Jianju Zhang Daqian and Xu Beihong (1895-1953)) जैसे कलाकारों ने भारतीय कला का अध्ययन किया कला प्रदर्शनियाँ भी की। जू बेइहोंग जो चीन के प्रसिद्ध पाश्चात्य कलाकार है, इसने अपने छात्र को कला का असली सार समझने के लिए भारत जाने के लिए प्रोत्साहित किया। नन्दलाल बोस के चीनी छात्र चांग शिउफेंग (1915–2010) ने उनके निरीक्षण में साधारण चीजों के जुनून से प्रेरित बंगाल की रोजमर्रा की जिंदगी के ऊपर एक चित्रकला की श्रृंखला तैयार की।[43]

जापानी प्रभाव

जापान 'मेजी काल' (1894–1916) के दौरान शानदार कलात्मक सफलता हासिल करने वाला पहला एशियाई राष्ट्र था। जापान ने सतह के उपचार और यर्थाथवादी अवलोकन के लिए एक पूर्वाग्रह के साथ 19 वी. शताब्दी में पश्चिमी चित्रकला से शैलीगत तत्वों जैसे कानो और रिनपा स्कूलों को प्रभावी ढ़ग से गहन रूप दिया था। नए कला विद्यालय निहोन बिजुत्सूइन का उल्लेखनीय उदभव, जिसे प्रतिष्ठित कला समीक्षक ओकाकुरा काकुजों, चित्रकारों ताइकान योकोहामा शिमामुरा कंजन, हिसिडा सनसो, हसीमातो, गाहा और अन्य उल्लेखनीय चित्रकारों द्वारा स्थापित किया गया था।[44]

बंगाल कला स्कूल ने बहुत उच्च स्तर की सौन्दर्यात्मक संवेदनाओं को स्थापित किया जिसमें पूर्वी परम्पराओं फारस व भारतीय मिनीएचर स्कूल, पूर्वी एशिया कैलेग्राफी परम्परा के साथ 'निहोगां' पेंटिग के गुणों को भी प्रभावित किया।[45] इससे प्रभावित होकर गाओ जियानफू व अन्य कलाकारों ने मिलकर चीन में लिंगनम (Lingnam) स्कूल के नाम से कला स्कूल की स्थापना की। यहाँ कला उस तरीके से सीखाई गई जिससे बंगाल स्कूल की भांति सभी पूर्वी कला परम्पराओं के साथ–साथ प्रसिद्ध ओकाकुरा काकुजा की 'पान एशियन' सिद्धान्त को भी मिलाकर एक बेहतर कला का रूप प्रदान किया।[46]

गाओ जियानफू ने 1930–31 तक दक्षिण एशियाई देशों के यात्रा की जिसमें शिलांग से हिमालय तक यात्रा तथा भारत के बहुत से प्रसिद्ध ऐतिहासिक दृश्यों के साथ अजन्ता का भी अद्‌भुत अध्ययन किया। वह दार्जिलिंग में टैगोर से भी मिले। गाओं ने अवनी व गगेन्द्रबाबू से चीन व भारत के 'षडांग' के ऊपर विस्तृत चर्चा की।

गाओ ने भारतीय व चीनी षडांग में समानता देखी तथा यह तर्क उनकी मरणोपरांत पुस्तक 'मार्डन नेशनल पेंटिग पर मेरे विचार (1955)' में प्रकाशित हुए। गाओं वॉश पेटिंग की खोज में बंगाल स्कूल की सफलता की समीक्षा के साथ–साथ भारत में अखिल एशियाई सिद्धांत के ओकाकुरा काकुजो के प्रभाव को बढ़ाना था। चांग शिउफेंग (1915–2010) ने 1947 में भारत के शांतिनिकेतन में नन्दलाल के निरीक्षण में कला अध्ययन किया व 14 साल भारत में बिताए।

जू फैनचेंग (1909 जन्म) 1945 में सरकारी ग्रांट पर शांतिनिकेतन आए। यहाँ उन्होंने चीना भवन (Cheena Bhawan) जो रवीन्द्रनाथ व टैन युग शान द्वारा 1937 में स्थापित चीनी अध्ययन केन्द्र था। यहाँ कलाकारों व चीनी विद्वानों ने मिलकर प्राचीन भारत व चीन के सांस्कृतिक संबधों को पुनर्स्थापित करने की कोशिश की। फैंगचेंग ने 3 साल शांतिनकेतन में लगाकर वाराणसी में कालिदास के मेघूदत का चीनी अनुवाद किया। 1951

---

43 20वीं सदी में भारत–चीन कलात्मक जुड़ाव, द न्यूज लैटर, नं० 87, 2020, अभिगम तिथि– 2 मार्च 2023, पृ० 19, https://ega.shanghai.nyu.edu/wp-content/uploads/2020/42/11AS-NL87.pdf

44 वही, पृ० 19

45 वही, पृ० 20

46 वही

में पांडुचेरी गया। इन्होंने सर अरविंदो घोष की किताबों का चीनी अनुवाद किया और उसके आश्रम में 300 पेंटिग दान में दी। इनकी शैली में चीनी परिदृश्य, बास व फूलों की रंगीन व स्याही द्वारा चित्रण था।[47]

1.6 कला आलोचक का समकालीन भारतीय कला के विकास में योगदान

आलोचक का स्थान हमेशा से अहम् होता है चाहे वो साहित्यि, राजनीति या कला क्षेत्र से हो। वह अक्सर स्थिति का जायजा लेकर आम जनता के सामने उसके सभी पक्षों पर अपने अनुभव के आधार पर प्रकाश डालता है। कला के क्षेत्र में तो इसकी भूमिका और भी महत्त्वपूर्ण हो जाती है। क्योंकि दर्शक को कला के प्रत्यक्ष व परोक्ष दोनों ही रूपों से यह अपनी कौशल से रूबरू करता हैं। एक मनोरंजक साहित्यिक निबंध में श्रिवटर्स कहते है "आलोचक एक खास किस्म का इंसान होता है।"[48]

कला आलोचक ऑर्ट स्टूडियों से गैलरी, गैलरी से संग्रहालय, सग्रहालय से जनता तक के समृद्ध विकास विस्तार में महत्त्वपूर्ण भूमिका निभाते हुए कलाकारों के साक्षात्कार, कला पर अपने विचार प्रकट करने आदि तक का कार्य करता है। इस दौरान यदि उसके भीतर पहले से ही कुछ पूर्वाग्रह है तो वह यकीनन उस से ग्रस्त होकर तटस्थ व्याख्या नहीं करेगा। जॉन रस्किन ने भारत की कला के बारे में बहुत नकारात्मक आलोचना की हैं। इसकी वजह थी कि वह पहले से ही भारतीय कला के प्रति पूर्वाग्रह से ग्रस्त या उनकी नजर में भारत ने प्रकृति का चित्रण नहीं किया बल्कि राक्षसी वस्तु का एक समामेलन पेश किया हैं। इतना ही नहीं उन्होंने भारतीय देवी–देवताओं के बारे में कहा की उन्होंने मानव न बनाकर बल्कि अष्टभुजाओं वाले दानव (राक्षस) को बनाया है।[49]

ऐसा ही मत आलोचक सर जॉर्ज वर्डवुड ने दिया है कि ललित कला के रूप में पेंटिग और मूर्तिकला भारत में मौजूद नहीं हैं। अब यदि इन मतों को अक्षरतः मान लिया जाए तो भारतीय कला की सौन्दर्य आभा का सर्वनाश हो जाऐगा। ऐसे में समाज को हमेशा एक तटस्थ सुविचारक, विवेकी और दूरदर्शी आलोचक की आवश्यकता रहती ही है।

प्राचीन काल में भरत द्वारा 'नाटयशास्त्र' कला की सुन्दर विवेचना व आलोचना का भी अच्छा उदाहरण है, जिसमें कला को नाट्य मंच सजाने व उसके विभिन्न तरीकों का वर्णन है। इसके बाद 8वी. से 13 वी. सदी तक शिल्पशास्त्र, शिल्परत्न, मानसोल्लास, मनासार आदि कला व शिल्प पर रचित रचनाएं हैं।

भारत में प्राचीन समय से ही भाष्य परम्परा है। लोगों की इच्छा कला को जानने की हमेशा से थी। विष्णुधर्मोतर पुराण के चित्रसूत्र में राजा वज्र ऋर्षि मार्कण्डय से कला से जुड़ी आवश्यक बातें पूछता है। यह कला के बारे में जानकारी देने वाला महत्त्वपूर्ण सन्दर्भ हैं। कला आलोचना की रीति औपनिवेशक काल में ही शुरू हो गई थी। किंतु वह पाश्चात्य प्रभाव से ग्रस्त थी। पाश्चात्य कला में मशहूर कला आलोचक साहित्य से संबधित है। जैसे अपोलिनेयर कवि थे ऐसे ही भारत में भी निसिम, ईजेकील, रिचर्ड बार्थोलोम्यू और अशोक वाजपेयी बेहतर कला आलोचक हैं। ऐसा माना जाता है कि जोनाथन रिचर्डसन द एल्डर (इग्लिश पेंटर व लेखक) ने पहली

---

47 20वीं सदी में भारत–चीन कलात्मक जुड़ाव, द न्यूज लैटर, नं० 87, 2020, अभिगम तिथि– 2 मार्च 2023, पृ० 21, https://ega.shanghai.nyu.edu/wp-content/uploads/2020/42/11AS-NL87.pdf

48 संगीता, *आजादी के बाद भारत में आधुनिक कला आलोचना का विकास : आजादी के बाद भारतीय कला आलोचना*, नोशन प्रेस डॉट कॉम, प्रथम संस्करण 2017, पृ० 76

49 वही, पृ० 4

बार 'कला आलोचना' शब्द का इस्तेमाल 18वी. शताब्दी के आरम्भिक समय में किया।[50] कुछ ही समय के भीतर 1715 से 1719 के बीच उन्होंने कला के सिद्धान्तों पर कई किताबें लिख डाली साथ ही कला आलोचना के विषय पर भी।

अपनी पुस्तक (आलोचना की सम्पूर्ण कला पर एक निबंध) में उन्होंने एक सूची तैयार की जिसमें रचना, ड्राइंग, रंग आदि के आधार पर एक मूल्यांकन तालिका तैयार की और दावा किया की किसी भी पेंटिंग का मूल्यांकन इस प्रकार मोटेतौर पर किया जा सकता है। इसमें उन्होंने 0 से 18 के बीच अंक दिए और यह बताया की पेंटिग को कैसे आंका जा सकता हैं।[51]

अन्नदा बागची ने बंगाल में पहली कला मैग्जीन प्रकाशित की जिसका नाम था 'शिल्प पुष्पांजलि' इसके साथ–साथ 'द टाइम्स ऑफ इंडिया' में 19वीं सदी में बोम्बे में बहुत जोर शोर से कला के कोलम छापे जा रहे थे। टैगोर परिवार द्वारा 'प्रवासी' व 'भारती' नामक मैगजीन चलाई जा रही थी, जिन्होंने कला के प्रति पुराने रूढ़िवादी धारणा को औपनिवेशिक काल में बदलने में महत्त्वपूर्ण भूमिका निभाई। 1900 सदी का आरंभिक समय भारतीयता की भावना से भरा हुआ था। राज में स्वदेशी भावना को जगाने के लिए कलात्मक राष्ट्रवाद को लेकर पहली पुस्तक 'द राइज ऑफ फाइन आर्ट्स' आर्टिस्टिक स्किल ऑफ द आरयनस' श्यामचन श्रीमनी द्वारा 1874 में प्रकाशित की गई।

इसके बाद 1920 में इण्डियन सोसायटी ऑफ आरियेन्टल ऑर्ट द्वारा 'रूपम' एक अंग्रेजी ऑर्ट जनरल प्रकाशित किया गया, जिसे ओ० सी० गांगुली द्वारा एडिट किया गया था। इसमें कुमार स्वामी, असिल हल्दार व ओ० सी० गांगुली आदि लेखक थे।

1930 व 1940 के दशक के नग्न स्त्रियों के चित्र बनाने वाले कलाकार हेमंत मजूमदार ने अपनी मैगजीन 'शिल्पी' आरंभ की। राष्ट्रीयवाद समय की मशहूर आलोचकों में सिस्टर निवेदिता, हवैल, कुमार स्वामी, नंदलाल बोस, मुल्क राज आनंद और स्टैला कैमरिश, आदि थे।

1943 की बंगाल अकाल ने कलाकारों को तूलिका व कलम उठाने पर मजबूर कर दिया। अब बंगाल की भावनाओं से व्यापक रूप से तृप्त 'बंगाल शैली' तत्काल कलाकारों को नीरस नजर आने लगी। ऐसे में कलकत्ता ग्रुप में 1947 के अपने घोषणा पत्र में स्पष्ट रूप से लिखा। "कला जब तत्काल सामाजिक कार्य करना बंद कर देती है तो या तो सभी जीवन शक्ति खो देती है या रूप की समस्याओं में भावुक शोध बन जाते हैं।"

अब समय बदल रहा था आजादी के बाद विभिन्न उग्र कला दल सामने आए जिनके साथ अब पुराने कला आलोचक सांमजस्य नहीं बैठा सके। बेनोए कुमार सरकार अब नई पीढ़ी के कला आलोचकों में के०जी० सुब्रमण्यम, कार्ल खंडालवाल, श्यामलाल, चार्ल्स फावरी, ए० एस० रमन, विनोद मुखर्जी, जया अप्पास्वामी, जे० स्वामीनाथन आदि इनमें कुछ कलाकार भी थे जो समय–समय पर जनरल में कला के प्रति विचार रखते।

कुमार स्वामी पहले कला आलोचक थे जिन्होंने राजपूत कला को एक स्वतंत्र शाखा बताया।[52] 1930 तक आलोचकों के आकर्षण के केन्द्र ज्यादातर बंगाल स्कूल के कलाकार ही थे। किन्तु 1940 के दशक में मुम्बई

---

50 हयूस्टन, केर, *कला आलोचना का परिचय : इतिहास, रंणनीतियाँ, आवाजें,* पीयर्सन, प्रथम संस्करण, 15 जनवरी 2013, पृ० 24

51 वही

52 प्रताप, रीता, *भारतीय चित्रकला एवं मूर्तिकला का इतिहास,* राजस्थान हिन्दी ग्रन्थ अकादमी, जयपुर, पृ० 179

में कलाकारों ने आधुनिकतावादी रूप में कार्य करना आरंभ किया। रिचर्ड बार्थोलाम्यू कहते है कि ''आलोचना के एक कार्यात्मक सिद्धान्त के बिना कुछ भी नहीं बनाया जा सकता। हिनरिक जिम्मर के आरंभिक पुस्तकालय में भारतीय व पश्चिमी कला की विशेषताओं का तुलनात्मक अध्ययन किया गया हैं। 1926 में प्रकाशित पुस्तक 'आर्टिस्टिक इमेजेस एंड योग' ने भारतीय कला के प्रति पश्चिमी दृष्टिकोण को बदलने में अहम भूमिका निभाई। हेनरिक ज़िमर ने कहा है – ''मेरा सपना भारत की शास्त्रीय किताबों को इस कदर पढ़ना था जैसे कोई फ्रेंच उपन्यास को रेल में पढ़ता है।''

1947 में एक पेग ग्रुप बना जिसके प्रोत्साहन में मुम्बई टाइम्स आफॅ इण्डिया के आलोचक रुडी वॉन लेडेन और दिल्ली चार्ल्स फावरी ने अपने लेखों द्वारा इन्हें प्रोत्साहन दिया। 1947 में ही भारतीय शास्त्रीय और समकालीन कला को लेकर 'मार्ग' नामक पत्रिका प्रकाशित की जो आज भी प्रकाशित की जा रही हैं।

1963 में ललित कला 'कंटेम्परी' नाम से पत्रिका प्रकाशित की गई। 1965 के प्रकाशन के साथ ही हिंदी में आधुनिक कला पर गंभीर व उच्च कोटि का लेखन आरंभ हुआ। इससे पहले छिटपुट कुछ परिचयात्मक लेखन छपते रहे हैं। राय कृष्णदास की पुस्तकें 'भारत की चित्रकला' और 'भारतीय मूर्तिकला' अपने ढंग की बेहतर भारतीय कला की पुस्तकें हैं। हिंदी में कला लेखन में लेखक कविता से जुड़े पश्चिम में बोदलेयर, रिलके, एपोलिनिएस आदि भी प्रमुख कवि हुए हैं जिन्होंने कला से आलोचना को नया रूप दिया। 60 से 70 के दशक की पत्रिकाओं में 'नवनीत', 'कल्पना', 'प्रतिक', 'आधार', 'धर्म युग', 'सारिका' व कलानिधि जैसी कुछ हिंदी पत्रिकाएं हैं, जिनमें भले ही गंभीर कला वार्ता या लेख ना हो पर कुछ टिप्पणियां महत्त्व रखती है।

श्री पंत राय की 'कहानी' में भी आधुनिक कला के लेखों को स्थान मिला। क्रिटिकल मैस में एडिटर राफेल रूबिंस्टीन व माइकल डंकन कहते है कि ''समकालीन आलोचना की नपुंसकता के लिए अकादमिक सिद्धांत को काफी हद तक जिम्मेदार ठहराया जा सकता है।'' अवनींद्रनाथ ने कला इतिहास के साथ–साथ अपने स्वंय के अनुभव के साथ कला संवाद का आदान प्रदान किया जो गुण हम बाद में के०जी० सुब्रमण्यम द्वारा दोहराया हुआ देखते हैं।

चार्ल्स फाबरी ने अमृता शेरगिल को बहुत प्रोत्साहित किया। जबकि रूप कृष्ण ने अमृता के चित्रों को कृतित्व उसके सामने ही बालकनी से बाहर फेंक दिया था, क्योंकि उनका मानना था कि अमृता की कला पश्चिम की नकल है जो अब कई दशक पुरानी प्रतीत होती है। ऐसे ही अजंता के इतिहास के बारे में प्रशंसा करते हुए कला विद्वानों की कलम नहीं थकती किंतु दूसरी तरफ चार्ल्स फाबरी के अनुसार अजंता के चित्र संयोजन मूल्यांकन पर खरे नहीं उतरते। क्योंकि वे अत्यधिक भीड़ भाड़ वाले हैं और एक दूसरे के पास बने चित्र आपस में अतार्किक रूप से मिलते नजर आते हैं। उनमें व्यवस्था स्पष्टता तथा सुव्यवस्थित अंतराल की कमी है। किंतु इस वक्तव्य को सच मानकर अज्ञानता की कला के सौंदर्य व कलात्मक तकनीक को छोटा नहीं माना जा सकता। इस पर रसिक को भी विवेकी होना बहुत जरूरी है, न कि आलोचक की भाषा व विचारों को अक्षरतः मानना।

विनोद बिहारी मुखर्जी अंग्रेजी भाषा के प्रैस आलोचन पर कहते हैं कि 'नए शिक्षक समाज में हर जगह कला आलोचना में 'तर्क' के स्थान पर 'कटाक्ष' और 'सौंदर्य निर्णय' के स्थान पर आकर्षण था, उसके लिए कला के मामले में एक अंग्रेज का फैसला अंतिम शब्द हुआ करता था।''

जे० स्वामी नाथन अपने प्रकाशन 'कंट्रा' में कला समीक्षकों के बारे में लिखते हैं ''अखबार की दुनिया में इन परिधीय पेन पुशर्स के रूप में वर्णित किया जो कला की सरहाना के लिए एक शराबी के दृष्टिकोण को लाते हैं।''

कुछ कलाकार आलोचकों में गुलाम शेख, भूपेन खाखर जिन्होंने गुजराती में 'वृश्चिक' का संपादन किया व जोगेंन चौधरी ने बंगाली भाषा में कल आलोचनात्मक लेखन का कार्य किया।

हालांकि आधुनिक दौर में आलोचना एक नया विषय प्रतीत हो रहा है हालांकि 9 वी. शती में मल्लिनाथ जैसे लेखकों ने कालिदास पर उच्च कोटि का आलोचनात्मक व विश्लेषणात्मक लेखन लिखा। साथ ही केशवदास में 17 वी. शताब्दी में जब रसिक प्रिया लिखी तो 300 भाष्यों ने उस पर लेखन किया।

1905 से 1920 का दौर कला आलोचना में तथा लेखन में राष्ट्रवादी संघर्ष का समय था। 1906 में अरविंद घोष वंदे मातरम् जैसे समाचार पत्र संपादित किए। कला समीक्षक का नजरिया एक साधारण व्यक्ति से भिन्न होता है। वह मात्र रसिक ही नहीं बल्कि अपने क्षेत्र को विशेषज्ञ होता है। वह कलाकार व रसिक के मध्य पुल का कार्य करता है। वह कृति की रचना से लेकर अंत तक उसका आशय, आकार, ऊंतर्वस्त्र, भावों व प्रतीक तकनीकी कुशलता को अजागर करता है। कला–समीक्षकों के भी भिन्न दृष्टिकोण उनके कार्यो के दौरान स्पष्ट होते हैं। एक समीक्षा की विधा भिन्न संदर्भो का विश्लेषण करना आवश्यक समझाती है अतः उसको 'कंटेक्स्टुअल क्रिटिसिझम्' कहा जाता हैं।[53]

रामानंद चटर्जी हाउस सोमेंदूनाथ टैगोर ने अवनी बाबू व उनके अनुयायियों के लिए बहुत सानुभूतिपूर्ण लिखें जिसे 'नव बंगाल स्कूल' के रूप में जाना जाता है। टाइम्स ऑफ इंडिया में रूड़ीवॉनलेडेन लाहौर में सिविल एंड मिलिट्री गजट में चार्ल्स फाबरी व बाद में दिल्ली साथ रिचर्ड बायोलोमियों ने दिल्ली में कला लेखन को बढ़ाया। प्रोग्रेसिव आर्टिस्ट ग्रुप पर वॉन लेडेन और शेरूगील, निसिम इब्नेकील व सतीश गुजराल पर चार्ल्स फाबरी और बार्थोलोम्यू 50 से 80 के दशक में रामकुमार के प्रति अपने समर्थन लेखन के लिए प्रसिद्ध है।

1946 में कालखंडाला वाला की प्रकाशित पुस्तक से लेकर, 1972 का 'मार्ग' 'वॉल्यूम यशोधरा' डालमिया और विवान सुंदरम की एक किताब में अमृता शेरगिल को महत्त्वपूर्ण स्थान मिला। रिचर्ड बार्थोलोम्यू 1960 से 1962 तक कुनिका गैलरी के निदेशक थे। 1958–62 तक द इंडियन एक्सप्रेस, 1955–1960 में 'थॉट' के आलोचक और 1962 से 1980 तक 'द टाइम्स ऑफ इंडिया' के आलोचक रहे। 1977 में ललित कला अकादमी के सचिव रहे कुष्णा रेडी व एम० एफ० हुसैन 1971 पर अपने मोनोग्राफ व आलोचनात्मक लेख लिखें। गीता कपूर नए भूपेन खाकर वह नसरीन मोहम्मदी पर निबंध लिखा।[54]

समकालीन कला शिक्षकों में गीता कपूर, यशोधरा ड़ालमिया, रूपिका चावला, पारूल, रंजीत होसकोट आदि प्रमुख है। इस प्रकार एक अच्छा कला आलोचक उस कलाकार की तरह होता है जो रचनात्मक प्रक्रिया समाप्त होते ही अपने काम को आलोचक बना सकता है और स्वंय वहां से बाहर आ जाता है।

1.7 विभिन्न अंतर्राष्ट्रीय प्रदर्शनियों तथा बिनाले, त्रिनाले का समकालीन कला के विकास में योगदान

अंतरराष्ट्रीय प्रदर्शनियों ने भारतीय समकालीन कलाकारों के लिए बाह्य जगत की खिड़की खोल दी जिससे उन्होंने दूसरे देशों की कला में हो रहे प्रयोगों को देखा व अपने ढंग से आत्मसात् किया। समकालीन कला के विकास को गति देने में बिनाले व त्रिनाले प्रदर्शनियों की भी अहम भूमिका है। इनका प्रदर्शन स्थान वाइट

---

53 गुप्ता, श्यामला, *सौन्दर्य तत्व मीमांसा,* सीमा साहित्य भवन, प्रकाशक एंव वितरक, 283 जी, न्यू लायल पुर, दिल्ली 110051, संस्करण –1996, पृ० 149

54 भारत में कला आलोचना : एक संक्षिप्त इतिहास और आलोचनात्मक अनिवार्यता https://criticalcollective.in/CC.Archivelnner/aspx?Aid=o&Eid=255

क्यूबस नहीं होते हैं। वाइट क्यूब अक्सर उन बड़े–बड़े सफेद दीवारों वाले संग्रहालयों व गैलरी को कहा जाता है जहाँ प्रसिद्ध कलाकारों की कृतियों को ही स्थान मिलता है। बिनाले व त्रिनाले का उद्देश्य आम जनता से कला को जोड़ना है। यह सत्य भी है कि अधिकतर अभिजात वर्ग ही म्यूजियम में जाकर कला प्रदर्शनी को देखते हैं। ऐसे में गली, मोहल्ले, नुक्कड़ पर बनी दुकान वाले, फेरीवाले या मध्यम व निम्न वर्ग अकसर इस कला से अछूते रह जाते हैं। ऐसे में बिनाले व त्रिनाले को जनता के बीच लाया गया। अब कलाकृतियों को गोदाम, दुकानों के सामने खाली पड़ा क्षेत्र, बंद फैक्ट्री या भवन जो उपयोग में नहीं है, में प्रदर्शित किया जाने लगा। कभी–कभी समुंदर के किनारे खुले में प्रदर्शनी की जाती है ताकि आम जनमानस के बीच कला का अंतरराष्ट्रीय परिप्रेक्ष्य पेश किया जा सके। सही मायने में कला का वैश्वीकरण बिनाले व त्रिनाले से सार्थक हो पाया है।

1960 में न्यूयॉर्क में बहुत बड़े पैमाने पर इस प्रकार के स्थान का इस्तेमाल कला प्रदर्शन के लिए किया गया। हालांकि 1981 में लंदन के पैलेस में प्रदर्शनी लगाई गई जो जनता के लिए लगाई गई थी किंतु बिनाले मॉडल 1895 में बेनिस बीनाले से आया। इसके आने से विश्व के अन्य देशों में मानों बिनाले को लेकर होड़ लग गई। सबसे बड़ा बिनाले साओ पाओलो बिनाले है जो 1951 में आया। इसके बाद डॉक्यूमेंटा जर्मनी 1955 में बिनाले ऑफ सीडनी 1973, इस्ताम्बुल बिनाले 1967 में प्रदर्शित किया गया।

बिनाले की अवधि 2 वर्ष में एक बार है जबकि त्रिनाले कि 3 साल में एक बार। भारत में पहली त्रिनाले प्रदर्शनी 1968 में आयोजित किया गया। जिसकी अध्यक्षता मुल्कराज आनंद ने की थी। यह करीब एक महीने तक ललित कला अकादमी में प्रदर्शित रही।

इन कला प्रदर्शनों ने स्थानीय कलाकारों की सोच के दायरे को बढ़ावा दिया तथा उसे जानने का मौका दिया कि विश्व में फिलहाल कला जगत में क्या चल रहा है और इसी से समकालीन कला के विकास को गति मिली। भारतीयों द्वारा इन प्रदर्शनों में हिस्सा लेने से उन पर अंतरराष्ट्रीय कला का प्रभाव पड़ा तथा प्रत्यक्ष या परोक्ष परिवर्तन उनके विषयों व तकनीक में समय–समय पर देखने को मिले।

1893 में वर्ल्ड कोलम्बियन एक्सपोजिशन के लिए भारत से दो मेधावी प्रतिभाओं को चुना गया जिसमें एक धर्म चर्चा के लिए विवेकानंद जी थे, तो कला प्रदर्शनी के लिए राजा रवि वर्मा और दोनों ने ही शिकागो में भारत का प्रपंच लहराया। राजा की 10 में से 8 कलाकृतियों को प्रदर्शित किया गया। यह एक ऐतिहासिक सफलता थी जिसने भारतीयों के भीतर जोश भर दिया।[55]

1914 में गगेंद्रनाथ ठाकुर के छह चित्र लंदन व पेरिस के पवेलियन मार्शन में प्रदर्शित किए गए। जिससे गगेंद्र को पाश्चात्य कला परिवेश की नई कला शैली से परिचय मिला। जिससे आने वाले समय में उन्होंने बंगाल शैली को त्यागकर घनवाद को अपनी कला यात्रा में चुना। मुकुल डे जैसे कलाकार की महज 18 साल की उम्र में ड्राइंग व पेंटिंग की प्रदर्शनी इंडियन सोसाइटी ऑफ ओरिएंटल ऑर्ट कलकला के द्वारा पेरिस व लंदन में प्रदर्शित की गई। 1922 में बाहोस के चुनिंदा कलाकारों की कृतियों को कोलकाता में प्रदर्शित किया गया था। 1939 में प्रहलाद करमाकर की पेंटिंग्स को सेन फ्रेस्को अंतर्राष्ट्रीय प्रदर्शनी में प्रदर्शित किया गया जहाँ उन्हें रजत पदक मिला। 1943 में सेन फैंसिस्को बिनाले में प्रह्लाद करमाकर को ब्रांज मेडल मिला वहीं पर मातिस को स्वर्ण पदक मिला। 1948 चिंतामणि को उनके 'स्केटिंग द सटैग' के लिए लंदन ओलम्पियाड

---

55 गणेश, वी० शिव स्वामी, राजारवि वर्मा और 1893 की शिकागो प्रदर्शनी, अभिगम तिथि– 22 जनवरी 2022, https://artsandculture.google.com/story/fwXB7XBV5G-HIA

में रजत पदक मिला।

1950 में रामकिंकर बैज के तीन कार्य 'सैलून रियलिटीज नोबेल' पेरिस में प्रदर्शित किए। 1952 में अकबर पद्मसी को अपने कार्य 'वूमन विद द वर्ल्ड' के लिए लंदन प्रदर्शनी में बहुत सम्मान मिला। 1959 में हरेनदास के कार्य को तीसरी अंतरराष्ट्रीय ग्राफिक ऑर्ट प्रदर्शनी, ल्युब्ल्याना में प्रदर्शित किया गया। 1962 में बहुत से भारतीय कलाकारों ने साओ पाओलो बिनाले में हिस्सा लिया। 1974 में हरेनदास ने नार्वेजिअन अंतरराष्ट्रीय प्रिंट बिनाले में हिस्सा लिया तो 1974 में शंको चौधरी ने पहला बिनाले आफॅ अरब आरर्टिस्ट में कार्य प्रदर्शित किया। उसी वर्ष (1974) में अनुपम सूद ने न्यूयॉर्क में वुमन इंटरनेशनल प्रदर्शर्नी में हिस्सा लिया।

1979 में फुकुओका ऑर्ट म्यूजियम में '100 ईयर ऑफ मॉडन इण्डियन आर्ट' प्रदर्शनी में बहुत से भारतीय आधुनिक कलाकारों ने हिस्सा लिया। ऐसे ही भूपेन खक्कर ने जर्मनी की बहुचर्चित अंतरराष्ट्रीय कला प्रदर्शनी डॉक्यूमेंट में भारतीय 'पान की दुकान' को ही इंस्टालेशन ऑर्ट के रूप में प्रदर्शित किया।[56] इस प्रकार अंतरराष्ट्रीय प्रदर्शनियों ने होने भारतीय समकालीन कला के परिदृश्य को प्रभावित किया तथा कलाकारों को नवीन प्रयोग से रूबरू भी किया जाता हैं।

1.8 विदेश में कला की शिक्षा, कला प्रदर्शनी तथा विदेशी छात्रवृर्तियों व सरकारी वजीफों पर दूसरे देश में शिक्षा ग्रहण करना

समकालीन कला देश–विदेश की कला का मिलाजुला रूप है। समय–समय पर देश के कलाकारों ने विदेशों की यात्राएं की। वहां की कला प्रदर्शनियों को देखा व शिक्षा ग्रहण करके भारत में उस नवीन तकनीक का नए तरीके से इस्तेमाल किया।

प्राचीन समय से ही बाहरी दुनिया का भारत के साथ व्यापारिक संबंध रहा है। साथ ही आक्रमणकारियों द्वारा वहां की संस्कृति का यहाँ की संस्कृति के साथ मेल होता रहा। मुगल कला इसका अच्छा उदाहरण रही है। आधुनिक समय में बदलते परिवेश, तथा बाहरी दुनिया से संपर्क ने हमारी कला को और भी वैश्विक रूप दिया।

1893 में वर्ल्ड कोलम्बियन एक्सपोजिशन के लिए भारत से दो मेधावी प्रतिभाओं को चुना गया जिसमें धार्मिक चर्चा के लिए विवेकानंद जी थे तो दूसरे कला की प्रदर्शनी के लिए राजा रवि वर्मा। दोनों ही विभूतियों ने शिकांगो में भारत का प्रपंच लहराया। राजा के दस में से आठ पेंटिंग्स को प्रदर्शित किया गया। यह एक ऐतिहासिक सफलता थी, जिसने भारतीयों के भीतर जोश भर दिया अब बाहरी कला जगत में भारत की सनसनी पहल की शुरुआत हो गई थी।[57]

1914 में गगेंद्रनाथ के 6 चित्र लंदन व पेरिस के पवेलियन मर्शन में प्रदर्शित किए गए जिससे गगेंद्र को पाश्चात्य कला परिवेश की नई कला शैली से परिचय मिला। आने वाले समय में उन्होंने बंगाल शैली को त्याग कर घनवाद को अपनी कला यात्रा के रूप में चुना। मुकुल डे जैसे कलाकार की महज 18 साल की उम्र में ड्राइंग व पेंटिंग की प्रदर्शनी इंडियन सोसाइटी ओरिएंटल ऑर्ट कोलकाता के द्वारा पेरिस व लंदन में प्रदर्शित की गई।

---

56 भारद्वाज विनोद, *वृहद आधुनिक कला कोश,* वाणी प्रकाशन, 21ए दरियागंज, नई दिल्ली, पृ० 249

57 गणेश, वी० शिव स्वामी, राजारवि वर्मा और 1893 की शिकागो प्रदर्शनी, अभिगम तिथि– 22 जनवरी 2022, https://artsandculture.google.com/story/fwXB7XBV5G-HIA

स्टेला क्रैमरिश(1896—1993) ने 1921 से 1923 तक शांतिनिकेतन में भारतीय व यूरोपियन कला का अध्यापन कार्य किया। इसके बाद 1950 तक कोलकत्ता यूनिवर्सिटी में अपनी सेवाएं दी। इनका गगेंद्रनाथ व टैगोर परिवार के साथ गहरा रिश्ता था। स्टेला ने ही बाहोस से आग्रह किया कि वहां के प्रसिद्ध कलाकारों की कृतियाँ भारत में प्रदर्शित करने के लिए भेजी जाएं ताकि भारतीय कलाकारों के साथ उनके कार्यों को प्रदर्शित किया जा सके। इस प्रकार इंडियन सोसाइटी ऑफ ओरिएंटल ऑर्ट द्वारा कोलकाता में दिसंबर 1922 को बाहोस के प्रसिद्ध कलाकार ल्योड फेनिंगर, पॉल क्ले, जोहान्स इटेन, वासिली कैंडिस्को के साथ भारतीय कलाकार गगेंद्रनाथ, अवनींद्रनाथ तथा जामिनी राय व नंदलाल का कार्य भी पेश किया गया। इस प्रकार दो अलग—अलग शैलियों, रीति—रिवाजों, संस्कृतियों की प्रदर्शनी एक ही साथ पर प्रदशित कि गईं। जिससे तत्काल कलाकारों का विश्व कला से रूबरू साक्षात्कार हुआ।

1924 में रविंद्रनाथ टैगोर ने नंदलाल बोस के साथ मिलकर जापान, मलाया, चीन, वर्मा, लातीन, अमेरिका, ब्राजील व पेरू की यात्रा भी की। नंदलाल बोस ने यात्रा के दौरान पूर्वी देशों के स्थानीय कलाकारों से सील व स्क्रोल पेटिंग खरीदी। इस प्रकार रवीन्द्रनाथ अपने जहन में यूरोपियन व पूर्वी कला के गुणों को आत्मसात् करते रहे और समय आने पर एक नवीन शैली द्वारा ये विचार व भावनाएं मुखर हुई। 1925 में सुरेद्रनाथ कर ने लंदन से इचिंग तकनीक तथा 1927 में 'बाली' की यात्रा के दौरान बाटीक तकनीक सीखी।

धीरेन्द्र कृष्णा ने 1919—1928 के दौरान शांतिनिकेतन में नंदलाल बोस की देखरेख में शिक्षा ग्रहण की। बाद में रॉयल कॉलेज ऑफ आर्ट, लंदन में म्यूरल पेंटिंग का प्रशिक्षण लिया। सुधांशु शेखर चौधरी ने भी इंडियन सोसाइटी ऑफ ओरिएंटल आर्ट, कोलकाता में अवनीबाबू व गगेंद्रनाथ बाबू के द्वारा शिक्षा ग्रहण करके 1928 में थाईलैंड व कंबोडिया की यात्रा की। 1929—32 के दौरान इंग्लैंड में निवास किया तथा लंदन की मशहूर फाइन ऑर्ट सोसाइटी में व्यक्तिगत प्रदर्शनी की। 1929 में रनदाचरण उकील ने यूरोप की यात्रा की, जहाँ उन्होंने प्लास्टर पर पेंटिंग की शिक्षा ली।[58] विश्वरूप बॉस में 1930 में जापान यात्रा में जापानी बहुरूपी वुडकट तकनीक सीखी व भारत आगमन पर नंदलाल बोस के मार्गदर्शन पर कला भवन में प्रिंट मेकिंग का एक नया अध्याय लिखा।

विनोद बिहारी मुखर्जी ने 1937—38 में जापान की यात्रा के दौरान जापानी मास्टर याकोयामा ताइकॉन से बातचीत की। प्रदोष दास गुप्ता ने 1937—39 तक रॉयल अकादमी आफ ऑर्ट लंदन में स्कलपचर की शिक्षा ग्रहण की। 1949 में के० के० हेब्बार ने अमृता शेरगिल के पूर्व व पश्चिम शैली के बेहतर मिश्रण से प्रभावित होकर यूरोप में शिक्षा के लिए भ्रमण किया। 1949 से 1951 के बीच कुछ भारतीय कलाकार जैसे रामकुमार, अकबर पदमसी, एस० एच० रजा, एफ०एन० सूजा व लक्ष्मण आदि ने यूरोप में शिक्षा ग्रहण की तथा यात्राएं की जिससे उनकी कला को लेकर अनुभव प्रगाढ़ हुए।

रज़ा साहब ने इकोले नेशनेल सुपीरियर डेस बीक्स आर्टस्, पेरिस से शिक्षा ली। जिससे उनकी कला जीवन में एक नया मोड़ आया। अब अभिव्यंजनावाद से अमूर्तवाद की यात्रा आरंभ हुई। लक्ष्मण ने 1951 से 1961 के बीच पेरिस में रहकर काम किया व वहां सूजा व रज़ा का सानिध्य भी लिया। सतीश गुजराल ने 1952 में मैक्सिको में जाने—माने म्यूरल कलाकार डिएगो रिवेरा से म्यूरल कला सीखी। 1960 के दशक में गुजराल ने बहुत से सार्वजनिक भवन बनाएं। के०जी० सुब्रमण्यम ने 1955—56 में स्लेड स्कूल ऑफ ऑर्ट में शिक्षा प्राप्ति के लिए ब्रिटिश काउंसिल रिसर्च स्कॉलरशिप हासिल की व वहां प्रिंटमेकिंग का प्रशिक्षण लिया। प्रदोष दासगुप्ता

---

58 https://www.k.k.habar.com/magazine/features/celebrating-londons-india-house-art.aspx

1960 में इंटरनेशनल एसोसिएशन ऑफ प्लास्टिक ऑर्ट कांग्रेस, विएना में प्रेसिडेंट चुने गए।

1960–1963 में सुनील दास ने एतेलियर–17 से ग्राफिक कला की शिक्षा प्राप्त की। मनजीत बावा ने 1964 से 71 तक ब्रिटेन में सिल्क स्क्रीन का कार्य किया साथ में पेंटिंग की और शिक्षा भी ग्रहण की। जोगेन चौधरी ने पेरिस के इकोले नेशनेल सुपीरियर डेस नीक्स आर्ट्स में पढ़ाई की व 1966 में उन्हें पेरिस के ले प्रिक्स डे जा जेने पेंटयोर अवार्ड से नवाजा गया। ईशा मोहम्मद, भारतीय कलाकार ने जर्मनी में डसेलडोर्फ अकादमी में भ्रमण किया जहाँ उनका सामना मैक्स बेकमैन के कार्य के साथ–साथ जर्मन अभिव्यंजनावादी कलाकार से हुआ।

बाल छाबड़ा में 1969 में म्यूजियम ऑफ मॉडर्न ऑर्ट टोक्यो में अपना कार्य प्रदर्शित किया। प्रकाश करमारकर ने 1969–1977 तक फ्रांस में यात्रा की। जिसमें स्कॉलरशिप के आधार पर कला संग्रहालय की शिक्षा प्राप्त की। मशहूर कलाकार व प्रिंटमेकर अनुपम सूद ने 1971–72 में स्लेड स्कूल ऑफ आर्ट, लंदन में शिक्षा प्राप्त की। ज्योति भट्ट जैसे मशहूर प्रिंट मेकर ने ऐतेलियर से प्रिंट की शिक्षा ग्रहण की। 1948 में चिंतामणिकर को उनकी रचना 'स्केटिंग द स्टैग' के लिए लंदन ओलंपियाड में सिल्वर मेडल प्राप्त हुआ।

रामकिंकर बैज के तीन कार्य 1950–57 के बीच सैलून डेस रियलिटी नोवेलर, पेरिस में प्रदर्शित किए गए जिनमें उनकी पेंटिग 'वूमन विद बर्ड' को ख्याति मिली। 1959 में हरेनदास के कार्य को थ्रड इंटरनेशनल ग्राफिक कला प्रदर्शनी 'ल्युब्ल्याना यूगोस्लाविकया' में लगाया गया। 1962 में गायतोंडे ने रॉकफेलर फेलोशिप के आधार पर यू०एस०ए की यात्रा की तथा उसी वर्ष न्यूयॉर्क में अपनी व्यक्तिगत प्रदर्शनी भी की।

1974 में अनुपम सूद ने न्यूयॉर्क में वूमन अंतरराष्ट्रीय प्रदर्शनी में हिस्सा लिया। तो 1979 में '100 ईयर ऑफ मार्डन इण्डियन आर्ट' के नाम से जापान के 'फुकुओका ऑर्ट म्यूजियम' में बहुत से प्रसिद्ध भारतीय आधुनिक कलाकारों ने हिस्सा लिया। कालांतर में न जाने कितने कलाकारों ने विदेशों से कला शिक्षा ली व उसे अपनी शब्दावली में बदलकर समाज को नया परिप्रेक्ष्य दिया। इस प्रकार देश विदेश के विचारों को सांझा करने पर पूर्व व पश्चिमी के मिलन से नवीन प्रयोग कला के क्षेत्र में हुए। जिससे समकालीन भारतीय कला को नया मोड़ मिला तथा इसकी एक विशेष पहचान पूरी दुनिया में बनी।

भारत में रॉकफेलर अनुदान ने भारतीय कलाकारों को विश्व स्तर पर अपनी कला को उभारने व प्रदर्शन का मौका दिया। कुछ भारतीय कलाकारों को अमेरिकी कला को देखने और समझने तथा सांस्कृतिक आदान–प्रदान के माध्यम को बढ़ावा देने के लिए यह अनुदान दिया गया था। इस अनुदान से भारत के कई कलाकारों को बहुत लाभ प्राप्त हुआ जिन्होंने पश्चिमी तत्कालीन कला से प्रभावित होकर उसे अपने परिवेश में नवीन ढंग से तथा भिन्न शब्दावली के साथ पेश किया। जिसके चलते भारतीय कलाकारों का विश्व परिप्रेक्ष्य में महत्त्वपूर्ण स्थान स्थापित हुआ। इन कलाकारों में वी० एस० गायतोंडे, तैयब मेहता, अकबर पदमसी, रामकुमार, बाल छाबड़ा, कृष्ण खन्ना, नटवर भावसागर, ज्योति भट्ट, के०जी० सुब्रमण्यम, अविनाश चंद्र, अरुण बोस, परितोष सेन, विनोद दवे, के० एस० कुलकर्णी, भूपेन खाखर, रेखा रोडवितिया आदि है।[59]

---

59 https://dagworld.com/india-s-rockfeller-artists.html

खंड – 2

समकालीन चित्रकला का स्वरूप

युगों से चली आ रही कला अपने आप में तत्काल संस्कृति व समाज का आईना है। जिस प्रकार आईने के सम्मुख जो भी अक्स आता है वह उसे भली–भांति दर्शाता है। ठीक वैसे ही कला भी तत्काल समाज के परिवर्तनशील रूप को दृश्यमान बनाती है। शैल चित्र हो या सिंधु घाटी सभ्यता उनके साक्ष्यों से हमें उस समय के मानव जीवन के रहन–सहन, सांस्कृतिक क्रियाओं व रीति–रिवाजों का अनुमान लगाना संभव हो पाया। अजंता की भित्ति चित्रकला ने लयात्मक रेखाओं से अद्‌भुत प्रकृति का चित्रण किया। पोथी चित्रण ने भारतीय प्राचीनकला के विकास में गति दी जो वर्षों बीत जाने के बाद भी उस समाज के कलाकारों की निपुणता का बेजोड़ उदाहरण पेश करती है। अपभ्रंश शैली में कठपुतलियों–सी सादृश्यता है तो राजस्थान की पोथी चित्रण में स्थानानुसार रेखा, रंग व चेहरों में अद्‌भुत विविधता की छंटा दर्शनीय है। ईरानी शैली व राजस्थान शैली के साथ मिलने से एक नई शैली 'मुगल शैली' ईजाद हुई, जिसने आने वाले समय तक कला पर प्रत्यक्ष व परोक्ष प्रभाव डालें। इसके बाद मुगल शैली का समय बीतने के साथ पतन होना आरंभ हुआ। कलाकारों के सामने अब अपनी आजीविका उपार्जन करने की भयंकर समस्या सामने आई।

1600 में ब्रिटिश ईस्ट इंडिया कंपनी व्यापारी के छद्‌म वेश में भारत जैसे संपन्न राष्ट्र में प्रवेश करती है और धीरे–धीरे व्यवसाय, राजनीतिक, सांस्कृतिक, सामाजिक और आर्थिक पक्ष में अपनी मनमानी करने लगती है। नतीजा, कंपनी शैली का उद्‌भव हुआ। जिसमें भारतीय विषयों को घटिया ब्रिटिश प्रभाव के साथ पेश किया गया जो न तो संपूर्ण भारतीय कला थी और न ही पूर्णतः ब्रिटिश। इस संक्रमित कला को 'कंपनी शैली' के नाम से जाना गया।

19वीं शताब्दी के अंत में राजा रविवर्मा कला क्षेत्र में एक नायक की भांति उभरे। उनके चित्रों में विषय भारतीय व तकनीक पाश्चात्य रही। अपनी ओलियाग्राफ प्रेस की स्थापित करने के बाद तो मानो उनके चित्रों ने बाढ़ की भांति पूरे भारत को समेट लिया साथ ही अपने पतन की अवस्था में भी 'कैलेंडर आर्ट' व 'पॉपुलर आर्ट' को जन्म दिया। इनके ठीक विपरीत था टैगोर परिवार का स्वदेशी बेजोड़ प्रेम, जिसने भारतीयों को उनके अद्‌भुत गौरवशील प्राचीन इतिहास से रूबरू किया। वॉश तकनीक के द्‌वारा भारतीय प्राचीन के विषयों को मूर्त रूप दिया। बंगाल शैली ने भारत की रेखा प्रधान कला को महत्त्व दिया। जिनकी मानव आकृतियों की लचक, लालित्य व रंगों में अद्‌भुत लावण्य समाहित था। धुंधले व सौम्य रंगों ने चित्रों में जान फूंक दी। किंतु पश्चिमी कला में यह समय परिवर्तन का था। अव्यवस्थित जीवन के चलते कला भी अपने पारम्परिक स्वरूप व दायरों से बाहर निकल रही थी। 1905 में भारत में बंग–भंग की घटना हुई साथ ही अंतरराष्ट्रीय स्तर पर रूसी क्रांति व 1913 में आइंस्टीन का जनरल 'थ्योरी ऑफ रिलेटिविटी' पर पहला पेपर लिखना, ये सब बेहद क्रांतिकारी परिवर्तन थे। 1913 में ही नील्स बोर ने क्वांटम सिद्धांत पर आधारित हाइड्रोजन परमाणु के लिए एक सिद्धांत प्रस्तावित किया।[60]

इन सभी परिवर्तनों का कला के स्वरूप पर भी गहरा प्रभाव पड़ा। अब बंगाल स्कूल की दौड़ से हटकर कुछ

---

60 संगीता, *आजादी के बाद भारत में आधुनिक कला आलोचना का विकास : आजादी के बाद भारतीय कला आलोचना*, नोशन प्रेस डॉट कॉम, प्रथम संस्करण 2017, पृ० 34

नया चित्रित किया गया। गगेंद्रनाथ ने घनवाद को आधार बनाकर भारतीय घनवाद का आरंभ किया, जिसकी झलक आज के समकालीन कलाकारों में भी देखने को मिलती है। समकालीन कला में नीवनता की विस्तृत श्रृंखला शामिल है जिसे वर्गीकृत करना लगभग असंभव है और वह इस गति से आगे बढ़ती जा रही है कि उनका अनुमान लगाना भी असंभव जान पड़ता है। बीसवीं शताब्दी के आरंभ में कुछ ऐसे अद्भुत व असाधारण प्रतिभाशाली कलाकारों का उदय हुआ जिन्होंने कला के माध्यम और राजमर्रा की वस्तुओं के बीच की सीमाओं को तोड़कर कला को नवीन परिभाषा दी। उनमें चॉर्ज ब्रॉर्क, पाब्लो पिकासो, वैसिली फ्रैंडिंस्की, मार्सेल डुचैम्प आदि शामिल थे। इन्होंने लंबे समय से चली आ रही प्राचीन धारणाओं व परिपाटी' पर सवाल उठाया। उत्तर आधुनिक कला आंदोलनों के कलाकार (वैचारिक कला, न्यूनतम कला, इंस्टोलेशन, प्रदर्शन कला, वीडियो इंस्टालेशन) एसेलम किफ़र, क्रिस्टों जोसेफ बेयूस, जीन क्लाउड और राबर्ट स्मिथसन जैसे कलाकारों ने नए कला रूपों का उपयोग करते हुए कला को इस स्तर तक ले आए कि वह अब कुछ भी हो सकती है। 'प्रदर्शन कला' 'संस्थापन कला' के साथ–साथ कंप्यूटर एडेड मूवमेंटस जैसे डिक्स्ट्रक्टिविज्म और प्रोजेक्शन ऑर्ट आदि सभी 'कला' का ही रूप बन गई।

1. कला में विविधता व विभिन्नाएं हमेशा से देखने को मिलती हैं। कहीं यह विविधता भूगौलिक परिवर्तन के चलते तो कहीं धार्मिक व सामाजिक रीति–रिवाजों की वजह से होती है, किंतु समकालीन कला में जो परिवर्तन और नवाचार है, वह सार्वभौमिक प्रतीत होता है। नित–प्रतिदिन प्राचीन व वर्तमान कला के मिश्रण से कुछ नवीन प्रयोग समाज के सामने आ रहे हैं। जैसे तंत्र कला के प्राचीन उदाहरण राजस्थान में देखने को मिलते है ठीक वैसे ही थोड़े परिवर्तन के साथ हमें समकालीन चित्रकार रजा, वीरेन डे व अंबादास के चित्रपट पर भी देखने को मिलते हैं।
2. प्राचीन समय में चाहे पाश्चात्य शैली हो या पूर्वी शैली, वहां वर्तमान तत्काल परिस्थितियों के प्रतिबिंब के रूप में कलाकार को अपने विचार, आकांशओं, मनोभावों व कुंठाओं को प्रदर्शित करने की आजादी नहीं थी। किंतु आज का कलाकार सामाजिक जटिलताओं व स्वंय की कुंठाओं को चित्रपट, स्थापत्य, मूर्तिकला, इंस्टालेशन व अन्य विधाओं द्वारा पूर्ण रूप से जाहिर करने में सक्षम हैं चाहे फिर उसे कला आलोचकों या राजनीति का सामना ही क्यों न करना पड़ा। जैसे – हुसैन साहब द्वारा इन्दिरा गांधी को दुर्गा देवी का रूप देना तथा हिन्दू देवी देवताओं के आपतिजनक चित्र बनाए जाना जिनके चलते उन्हें भारत छोड़कर दूसरे देश में रहना पड़ा। सूजा द्वारा नग्न स्त्रियों के चित्र बनाने पर आलोचना की कलम की धार का सामना करना पड़ा। अब रचनाधर्मिता के क्षेत्रों में 'प्रयोग' शब्द आधुनिकता का समकालीन पयार्य बन चुका हैं। यह शब्द वैज्ञानिक युग की देन हैं।
3. समकालीन कला में विषय व माध्यम दोनों से ही कलाकार विमुक्त हो चुका है। स्वतंत्रता के बाद प्रत्येक व्यक्ति अपने हिस्से की आजादी का आनंद लेना चाहता था ऐसे में कलाकार भला पारंपरिक विचारों व शैली से कैसे जुड़ा रह पाता। समकालीन कलाकार आज किसी भी विषय जैसे पान की दुकान[61], माध्यम के रूप में गोबर, बाल, बिजली के तार, लकड़ी, रेत, फट्टे, कपड़े, यूरिन पॉट बर्तन इत्यादि का इस्तेमाल इंस्टालेशन आदि में करता है। ऐसे विचार यकीनन दादावाद से ही उत्पन्न हुए जहाँ पुराने कलात्मक धड़ल्ले को छोड़कर नवीनतम व अपारंपरिक शैली व विषयों का आग्रह किया गया था। धुंशा द्वारा यूरिन पॉट का इस्तेमाल, एण्डी वरहोल द्वारा कोल्ड ड्रिंक्स कैन को विषय बनाने से भी भारतीय समकालीन कला के दौर में भी परिवर्तन आए।
4. कलाकार हमेशा से रूप के प्रति आसक्त रहा है। किंतु आधुनिक व समकालीन कलाकार ने बाह्य रूप

61 भारद्वाज, विनोद, *वृहद आधुनिक कला कोश,* वाणी प्रकाशन, 21–ए दरियागंज, नई दिल्ली, पृ० 249

को गौण करके आंतरिक रुप की संरचना करने की कोशिश की। जहाँ से अमूर्त कला आधुनिक व समकालीन काल का हिस्सा बनी। साथ ही मात्र रंगों से विचारों को दर्शक तक संचारित किया। भारत में रज़ा साहब, गायतोडें व अन्य तंत्र कलाकारों ने बाह्य रूप को नकारकर भीतरी चक्षुओं के दर्शन को महत्त्व दिया। रज़ा साहब द्वारा बनाया गया 'सौराष्ट्र' व 'राजस्थान' चित्र सादृश्य में रत्ती भर भी नाम से समानता नहीं रखता है बल्कि उनमें उक्त स्थान की विशेषता का लाक्षणिक दर्शन जरूर मिलता है।[62] यहाँ रंगों की विविधता से राजस्थान की संस्कृति को दिखाया है।

5. कुछ समकालीन कलाकार अपनी कला के प्रति व्यक्तिगत विचारों की इतनी प्रबलता रखते है कि वहां सामाजिक हित या मूल्यों का स्थान ना होकर केवल 'स्वयं' की अधिकता परिलक्षित होती है। यूरोपियन कला में डाली द्वारा बनाया गया 'हस्तमैथुन' चित्र व भारतीय समकालीन कला में सूजा के नग्न महिला चित्र उनकी व्यक्तिगत भावनाओं को प्रबल रूप में प्रकट करते हैं बिना सामाजिक मर्यादा का ख्याल किए हुए।
6. 'विषयों' में अब कलाकार की कल्पना विलासिता का दर्शन मिलता है। वह स्वयं की कल्पनिक मंडलों में विचरण करके वहां से अपने विषयों को चुनता है। गणेश पाइन, ब्रुटा सरीखे कलाकार के प्रसिद्ध समकालीन कलाकारों की कला में फंतासी के दर्शन होते हैं।
7. अभिव्यंजनावाद में कलाकारों को आत्मिक अभिव्यक्ति का अवसर मिला। जिसके द्वारा कलाकारों ने तेज तूलिका आघात, मटमैले व चटक रंग, अपारम्परिक विषय व तकनीक से अपने विचार प्रकट किए।
8. किसी भी विषय वस्तु के सारतत्व की अभिव्यक्ति तभी संभव है जब उससे जुड़ा अतिरिक्त सत्य पूर्ण रूप से आत्मसात कर लिया जाए। समकालीन कलाकार ने इसी चेतना शक्ति व आंतरिक रहस्य को समझकर अपने निजी प्रयोगों में अभिव्यक्त देने की कोशिश की जिनमें गायतोंडे, जे० स्वामीनाथन, अकबर पदमसी, अंबादास, सोहन कादरी आदि शामिल है।
9. अब कलाकार अपने प्रत्यक्षीकरण व आंतरिक चक्षुओं के तारतम्य द्वारा किसी भी वस्तु के स्वभाव को आत्मसात कर लेता है व स्वयं को उसके रूप में स्वतंत्र कर देता है यही वजह है कि बहुत से समकालीन कलाकार प्रकृति की नकल न करके अपने स्वयं के रूप प्रकट कर रहे हैं।
10. बदलते परिवेश में कलाकार अब अलंकरण का त्याग करके वस्तु के मूल रूप को पहचानता है जिसकी उत्पत्ति सेज़ान के चित्रों से हुई थी। जिसने ऑर्गेनिक स्ट्रक्चर का अनुकरण किया था।
11. अब कलाकार किसी एक वातावरण से समझौता नहीं करना चाहता। यही वजह है कि अब विभिन्न वादों व आयामों का प्रादुर्भाव हो चुका है।
12. समकालीन कला का स्वरूप गतिक है। क्योंकि मशीनीकरण व तकनीकी प्रगति के चलते रोज कला के क्षेत्र में नवाचारों का प्रादुर्भाव हो रहा है। समकालीन भारतीय कला समीक्षा अनुराधा मजूमदार जिन्होंने न्यूयॉर्क में ''सोथबी'' के नीलामी घर के लिए कार्य किया, ने कहा ''भारतीय समकालीन कला एशियाई कला में सबसे तेजी से बढ़ती श्रेणी के रूप में उभर रही है।
13. विवान सुंदरम, अनीश कपूर, सुबोध गुप्ता जैसे ऐसे बहुत से कलाकार है जो लगातार नए क्रांतिकारी तरीकों को पेंटिंग, इंस्टॉलेशन में स्थापित कर रहे हैं।
14. समकालीन कलाकार एक तरफ तो अप्रत्यक्ष रूप से विज्ञान के विभिन्न पहलुओं और प्रयोग धर्मिता के प्रति खिंचाव महसूस कर रहा है तो दूसरी ओर यांत्रिक जड़ता के बंधन से मुक्त होने की चेष्टा भी कर

62, गांगुली, डॉ० मंजुषा, *चित्रकार रज़ा : परम्परा और परिवेश*, समान्तर प्रकाशन, 7/7, दरियागंज, नई दिल्ली, 110002, पृ० 79

रहा है।

15. वैज्ञानिक सभ्यता के तीव्र विकास ने मनुष्य के हृदय और मस्तिष्क को बड़ी गहनता से आंदोलित किया। मानसिक विधाओं, बिम्बों, नए–नए मुहावरों और साहसिक प्रयोगों ने सारे क्षैतिज को ही बदल डाला। सुबोध गुप्ता जैसे कलाकार इंस्टॉलेशन में दूध के पात्र, गिलास, चिमटा, थाली, परात, कटोरी आदि घरेलू रसोई के बर्तनों से अपने विचारों को मूर्त रूप देकर पूरे विश्व में अपनी अलग पहचान बना सके हैं।[63]
16. कला आज देश और काल के आवरण को तोड़कर स्थानीयता से मुक्त होने की चेष्टा कर रही है। चित्र की विषय वस्तु को त्यागकर कलाकार धरातल के विन्यास, लिपिमूल्क गुणों के निर्वाह, आकारों के तनाव, रंगों के आकर्षण और विकर्षण और बुनावटों की ओर अधिक आकर्षित हो रहे हैं।
17. समकालीन कला में आज कलाकार ने राजनीतिक दायरों को तोड़ दिया है जिस प्रकार प्राचीन समय में और औपनिवेशिक काल में राजनीतिक हस्तक्षेप कला में देखने को मिलता था जैसे पाश्चात्य कला में सरकारी सैलून द्वारा चित्रकला के कुछ नियम व वर्गीकरण किए गए थे जिसका विरोध कलाकारों ने स्वतंत्र प्रदर्शनियों द्वारा किया। ऐसे ही आज समकालीन कला में कलाकार ने किसी भी पूर्व स्थापित नियमों के ढांचे को नकार दिया है। 'धुंशा' के 'यूरिन पॉट से यह रेडीमेड क्रांति कला में आई।
18. समाज से सामंजस्य की कोशिश में कलाकार निरंतर शैलिगत परिवर्तन कर रहा है। जैसे अतुल डोडिया व भारती खेर नवीन तरीकों से अपने विचार प्रकट कर रहे हैं।
19. कलाकार जमीनी विषयों को भी चुन रहा है। जिससे वह स्थानीय लोगों के साथ संबंध स्थापित कर सके। भूपेन खाखर द्वारा बनाई गई पेंटिंग में मध्यम वर्ग की जीवन शैली व तौर–तरीकों को दर्शाया गया है। जिसमें नाई की दुकान, जलेबी खाता व्यक्ति आदि शामिल है। साथ ही कृष्ण खन्ना ने बैंड बाजे वालों को लेकर एक सीरीज बनाई गई।[64]
20. अब तक प्रसिद्ध कलाकारों के कार्यों को ही कला दीधाओं में जगह मिलती थी लेकिन समकालीन परिस्थितियों ने लोक कलाकारों को भी प्रोत्साहित किया है। आज जनजातीय या गांवों के जनसाधारण लोगों द्वारा की जाने वाली पारम्परिक कला को भी संग्रहालयों का हिस्सा बना दिया है। यामिनी राय जैसे अकादमिक प्रशिक्षित कलाकार ने भी लोककला को अपनी शैली बनाया।
21. शांति की तलाश में समकालीन कलाकार तंत्रकला का सहारा ले रहा है। हालांकि वह सधा हुआ तांत्रिक नहीं है। कला में अब पेचिदें तंत्र व यंत्रों को भी जगह दी गई है।
22. आज की कला में कामुक चित्रों की भी भरमार है। यहाँ कलाकार समाजिक कुरीतियों पर भी प्रहार करता है। जैसे सूजा सरीखे चित्रकारों ने गर्भवती महिलाओं की व्यथा को चित्र में दिखाया। साथ ही कहीं–कहीं इन हाव भावों से कुछ कलाकार इन्हे अपनी काम पूर्ति का साधन भी बना लेते हैं।
23. बीसवीं शताब्दी के मध्य चरण में भारतीय कलाकारों ने विभिन्न यूरोपियन शैलियों का अंधाधुंध अनुसरण किया किंतु 70 से 80 के दशक के दौरान एक भारतीयता की लहर कला विषय रूपों में दौड़ पड़ी, जिसमें रजा, हुसैन, गायतोंडे, स्वामीनाथन, पन्निकर जैसे कलाकार प्रमुख थे।
24. समकालीन कला में माध्यम व विषय की भिन्नता बहुत ज्यादा है। मृणालिनी मुखर्जी द्वारा जूट का बिल्कुल अपारम्परिक तरीके से इस्तेमाल किया गया है।[65] साथ ही शीला द्वारा गोबर व मानवीय बालों के द्वारा इंस्टालेशन की जा रही है।

---

63 http://www.Subodh-gupta.com/

64 https://dagworld.com/krishenkhanna.html

65 https://www.metmuseum.org/-/media/files/exhibitions/2019/mrinalini_mukherjee_label_book.pdf

25. समकालीन कला में परमत्व की परछाई दिखाई भी देती है। बहुत से कलाकार लौकिक व अलौकिक विषयों को आधार बनाकर उनसे परमत्व व परमात्मा के सानिध्य को महसूस करते हैं। सूजा ने द्वारा 1990 मैं एक पार्टी में गायतोंडे के चित्र के बारे में कहा कि गायतोंडे ने सुंदरता को पा लिया है जबकि मैं आज भी उसकी तलाश में हूं। इस पर गायतोंडे ने सूजा की कह टिप्पणी में संशोधन करते हुए कहा कि मैंने सुंदरता को मात्र छुआ है, बस उसे छू ही पाया हूं।[66]
26. समकालीन कला में दर्शक की बहुत सक्रिय भूमिका है। कुछ कलाकार तो कहते है कि दर्शक अपने व्यक्तिगत अनुभवों, विचारों व व्याख्या से कलाकार्य को पूर्ण बनाते हैं। वे पूरक की भूमिका निभाते हैं।
27. समकालीन कलाकार नई तकनीक को खोजता है। उसकी कला आज के समय की भांति गतिक है वह जो भी कला रचना करता है वह तेजी से मीडिया संतृप्त समाज में मीडिया साक्षरता को प्रोत्साहित करता है। अब साधारण सामग्री का भी अप्रत्याशित तरीके से पुनः व्याख्या व पुनर्निर्माण हो रहा है, कलाकार अंबादास द्वारा किरोसीन, अलसी के तेल और वार्निश वगैरह से एक अमूर्त दुनिया की खोजी गई है।[67]
28. चाहे विषय अच्छे हो या नकारात्मक समकालीन कला वहीं प्रदर्शित करती है जिस काल में हम रह रहे हैं। यह आज का प्रतिफल है। आज के समाज का प्रतिबिंब है। प्राचीन कला की भांति ऐतिहासिक घटनाओं, धार्मिक काव्य ग्रंथों तथा अतीत की घटनाओं का वर्णन मात्र ही नहीं है बल्कि यह बेहद साधारण जनजीवन के विषयों को भी उजागर कर रही है।
29. अब कलाकार का ध्येय मात्र कृति को सुंदर बनाना नहीं है क्योंकि इस कला का अर्थ गहन व्याख्या में छिपा है। परंतु फिर भी चमकीले तूलिका घात व पैटर्न और जटिल रूपाकनों में गैर एकरूपता चित्रकार की सुंदर कल्पना को प्रकट करता है। समकालीन कला प्रेरक के रूप में भी कार्य करती है। यह अद्वितीय व रचनात्मक परिपेक्ष्य प्रदान करती है। मनो–चिकित्सकों का मानना है कि कला को देखने से लोगों को अधिक रचनात्मक रूप से सोचने में मदद मिल सकती है, साथ ही कुछ प्रसिद्ध चित्रकार यह मानते है कि एक समकक्ष द्वारा किए गए कलात्मक कार्य उन्हें कुछ और नवीन बनाने के लिए प्रेरित करते हैं जैसे रोथ्को के कार्य से रज़ा का प्रभावित होकर तंत्र कला में नवीन प्रयोग करना।
30. आज की कला में 'रेडीमेट' व 'कट पेस्ट' का चलन बहुत ज्यादा है जो इसे नवीन व उग्र भी बनाती है जिसके द्वारा कलाकार ज्वलंत विषयों को भी दर्शाता है यहाँ पश्चिम की डिकोलाज कला का प्रभाव भी है।[68]
31. समकालीन कला की चिंतनशील अपील इसे सुखद बनाती है। जब भी आप समकालीन कलाकृति को देखेंगे तो पाएंगे कि बहुत सी कृर्तियां अमूर्त या बेहद गहन है, जो आपके मस्तिष्क को एक प्रकार की ध्यानावस्था में छोड़ देगा।
32. आज का कलाकार रंगों का इस्तेमाल अपरंपरागत तरीके से कर रहा है। वह पात्र के चेहरे में लाल रंग, हरा आकाश, नीला घास और दर्जनों रंगों का व्यवस्थित या अव्यवस्थित रूप से इस्तेमाल कर रहा है। पूर्व कला आंदोलनों में कलाकारों को एक विशेष वर्गीकरण या निश्चित परिपाटी में कार्य करने का अवसर था किंतु समकालीन कला व्यापक है और कलाकारों को यथासंभव व्यक्तिगत स्वतंत्रता की अनुमति देती है। यह 'स्टेरीयोटाइप' होने के खिलाफ हैं।
33. आज की कला में राजनीतिक संदर्भ भी हैं। इस अंतहीन सारणी में युद्ध, गरीबी, आर्थिक असमानता,

---

66 भारद्वाज विनोद, *वृहद आधुनिक कला कोश,* वाणी प्रकाशन, 21–ए दरियागंज, नई दिल्ली 110002, पृ० 9

67 वही, पृ० 9

68 https://www.nationalgalleries.org/art-and-artists/glossary-terms/decollage

कट्टपंथी, अन्याय, नारीवाद के विरोधी बयान भी शामिल है। समकालीन कलाकार अक्सर वैश्विक मुद्दो और समाजिक सरोकार जैसे विचारों से निपटता हैं वह अक्सर अपनी कला को प्रदर्शित करके अपने संदेश को संप्रेषित करता है। ताकि यह उनके कला सरक्षकों के लिए सुलभ हो। भारती खेर बिंदी द्वारा तो अनीश कपूर अपनी मूर्तिकला व इंस्टॉलेशन ऑर्ट से मूर्तिकला व कला की दुनिया के बीच की रेखाओं को धुंधला कर रहे हैं।

34. समकालीन कलाकार दुनिया के सामने नवाचार व नई कला शैली पेश करने के लिए जाने जाते हैं। कला के नए प्रकार उसी समय उत्पन्न होते हैं जब अद्वितीय कला माध्यम जुड़ते हैं और विविध विचारों को व्यापक या मिश्रित करते हैं। समकालीन कला अपारंम्परिक विषय माध्यम का खजाना है। अतुल डोडिया की सिक्योरिटी शॅटर सीरीज में नवीन–प्राचीन, पाश्चात्य–पूर्वी कला का समावेश है इसमें शटर के ऊपर कहीं पिएट मोंड्रियान, रो लिचटेंस्टीन की पेंटिंग बनाकर इसके नीचे राजा रवि वर्मा की शकुंतला सीरिज को बनाया है तो कहीं ऊपर लक्ष्मी देवी को बनाकर नीचे शटर खोलने पर सामाजिक व पारिवारिक क्लेश व समस्याओं के चलते लड़की व औरतों को फांसी पर लटके दिखाया है। अतुल डोडिया ने फोटोग्राफरों के पास पड़े पूराने फोटो लेकर उनका नवीन तरीके से पेंटिग में इस्तेमाल किया।

35. समकालीन कला जगत में कलाकार उन चीजों का इस्तेमाल माध्यम के रूप में करता है जिन्हें जनसाधारण द्वारा कबाड़ समझा जाता है। कलाकार ने बेकार पड़ी कारों, कुर्सियां, बक्से, अखबार आदि का इस्तेमाल करके 'जंक ऑर्ट' को जन्म दिया। शीला गौड़ा जैसे कलाकार गाय की खाद, धातु, वैरल, मानव बाल आदि के द्वारा दमित अल्पसंख्यक मजदूरों के खतरनाक अनुभवों पर जोर देती है।

36. विवान सुंदरम ने एक बेहद नई तकनीक के इस्तेमाल द्वारा अमृता शेरगिल की डायरी व तस्वीरों को व्यवस्थित करके एक नई शैली इजाद की। उन्होंने इंस्टॉलेशन में भी बहुत नवीन प्रयोग किए हैं। ऑर्ट को जब प्रतिष्ठा मिली तो भारत में कलाकार भूपेन खक्कर ने 'किच' कला का बेहद सार्थक इस्तेमाल अपनी कृतियों में किया। मधु जैन द्वारा किए गए शो 'किच किच होता है' में भूपेन की बहुत सी कृतियों को प्रसिद्धि मिली।

37. अंजलि इला मेनन ने समकालीन राजनीति व सिनेमा से प्रेरित होकर 'किच' कुर्सियों की रचना की। अतुल डोडिया, नटराज शर्मा 'रविंदर रेड्डी' भारती खेर, बीरेंद्र आदि ने 'किच' कला का प्रयोगधर्मी इस्तेमाल किया। अतुल डोडिया ने अपनी एक कृति में बिलक्लिंटन को ताजमहल के सामने अपनी बेटी के साथ घूमते हुए दिखाया जिसमें बिल के हाथ में हनुमान चालीसा की प्रति दिखाई।

38. जनसाधारण से जुड़ने के लिए इंस्टॉलेशन ऑर्ट एक अच्छा उदाहरण हैं। 'विवान सुंदरम' इंस्टॉलेशन ऑर्ट के बारे में टिप्पणी करते हुए कहते है कि मैं जानता हूं कि मेरी इंस्टालेशन ऑर्ट के विभिन्न रूप, जब वे किसी अटारी में पड़े होते हैं तो उदास जर्जर नजर आते हैं यानि जब वे डिस्प्ले में नहीं होते हैं। जबकि बुरी तरह से धूल–धूसरित पेंटिंग को भी तुरंत साफ करके एक नई चमक दी जा सकती है इस बात की कोई संभावना नहीं है कि अटारी में पड़ा कोई इंस्टालेशन मास्टर पीस कलाकृति कहलाएगा। बहुत से समकालीन कलाकार यह मानते है कि संस्थापन कला भारतीय जीवन का हिस्सा है इसे आसानी से खोजा जा सकता है तो इसे संग्रहालय में क्यों लाया जाए ? स्व० भूपेन खक्कर ने जर्मनी की एक प्रसिद्ध अंतरराष्ट्रीय प्रदर्शनी 'डॉक्यूमेंटा' में एक बार भारतीय पान की दुकान को ही इस्टेशन ऑर्ट के रूप में प्रदर्शित किया।

39. वीडियो इंस्टॉलेशन भी समकालीन कला का एक नया रूप है, जिसमें 'विवान सुंदरम्' सुब्बा घोस, प्रतुल दास, रणवीर सिंह कालेका, नलिनी मलानी, सुबोध गुप्ता, प्रतुल दास आदि अनेक नए पुराने कलाकार

इन दिनों इस विधा से जुड़े हैं।[69]

40. 70 के दशक में 'गोपी गजवानी' ने 16 एम०एम० के कैमरे से दो छोटी फिल्में 'टाइम' और 'द एण्ड' बनाई। रामेश्वर बरूटा ने एक फिल्म जिस्म (द बाडी) पर बनाई जिसमे बरूटा ने अपने ही जिस्म व उंगलियों के सहारे एक स्मरणीय वीडियो फिल्म का जादू पैदा किया।[70] हुसैन साहब ने गजगामिनी ,थ्रूद आइज ऑफ पेंटर, मिनाक्षी आदि फिल्में बनाई।
41. समकालीन कला में पर्याप्त विविधता और प्रयोगधर्मिता आ चुकी है। आज वातावरण कला, वीडियो कला आर्ट, एसेंबलेस आर्ट, ग्रुप मटेरियल साइटस्पेसिफिक आर्ट, हैप्पनिंग्स आदि बहुत सी पश्चिमी कला आंदोलन आज कला का हिस्सा बन गए हैं। 1990 में लंदन में 'म्यूजियम ऑफ इंस्टॉलेशन' की स्थापना की गई। अब समकालीन कलाकार पूराने तरीके से बिनाले के पवेलियन में अपना कैनवास नहीं लगा कर बल्कि संपूर्ण पवेलियन को ही कला प्रदर्शन का हिस्सा बनाना चाहता है।
42. समकालीन कला में युवा कलाकारों परंपरागत चित्र रचना या शिल्प की ओर से रुख मोड़ कर 'बॉड़ी आर्ट' के नाम पर नाटकीय ढंग से विचार प्रकट कर रहे हैं। बॉडी ऑर्ट में खुद मूर्तिशिल्पी 'पेडेस्टल' पर दिनभर मूर्ति की तरह खड़े रहने तक को तत्पर है।
43. समकालीन कला में नारी की भी एक सक्रिय भूमिका है। 1985 में 'गोरिल्ला गर्ल्स' (छापामार योद्धा लड़कियों) के नाम से एक टोली ने दुनिया में नस्ल व सेक्स के आधार पर वर्गीकरण का विरोध किया।[71] खैर पश्चिमी के कला जगत में नारी की उपेक्षा की भी गई थी। किंतु भारतीय समकालीन कला जगत में अनगिनत स्त्री कलाकारों के कार्यों को अंतर्राष्ट्रीय संग्रहालयों व कला दीर्घाओ व प्रदर्शनियों में देखा जा सकता है। जिन्में अंजिली इला मेनन, गोगी सरोजपाल, अनुपम सूद जैसे कलाकार शामिल हैं।
44. समकालीन कला में ग्राफिक ऑर्ट ने भी नए आयाम स्थापित किए हैं जहाँ एचिंग, ड्राई प्वाइंट, फोटो ट्रांसफर पेंटिंग द्वारा नए विषयों को रूप दिया जा रहा है। रिनी धूमाल, जयझरोटिया, सुशांत गुहा, कंचन चंदर, लक्ष्मागौड़, अनुपम सूद जैसे प्रिंटमेंकर सामाजिक विषयों को भी दर्शाया है। अनुपम सूद ने आरक्षण जैसे ज्वलंत मुद्दों को भी विषय रूप में चुना।
45. समकालीन कला में उग्र भाव की अधिकता है जिसकी शुरुआत दुंशा द्वारा पश्चिम में देखी गई। दुंशा ने उच्च व 'हाई' कला का मखौल उड़ाया था। उन्होंने मोनालिसा को मूछे लगा दी थी व कहा कि रेंब्रा की पेंटिंग को इस्त्री करने के बोर्ड के रूप में भी इस्तेमाल किया जा सकता है। दादावादियों ने घनवाद को 'गोबर का गिरजाघर' घोषित कर दिया था।
46. एंथनी ग्रीन ने नैरेटिव कला को नए अर्थ दिए। बरसों से वे अपने ही परिवार की कहानियां कैनवास पर उतार रहे हैं। माँ–बाप, सास'ससुर और पत्नी की कहानियों को ग्रीन ने असंख्य बार चित्रित किया है। समकालीन भारतीय कला में गुलाम मोहम्मद शेख और भूपेन खाखर के चित्रों में ग्रीन सरीखी 'नेरेटिव कला देखी जा सकती है।
47. अब कलाकार मात्र एक विधा का धनी नहीं है बल्कि अपनी रोजमर्रा की जरूरतों के लिए वह एक से ज्यादा माध्यमों पर कार्य करता है। कभी–कभी तो यह इसके लिए जुनून बन जाता है। सतीश गुजराल द्वारा एंबेसी का डिजाइन। कुनहीरामन (तिरुअनंतपुरम से) मंदिरों का भी डिजाइन करते थे।[72]

---

69 भारद्वाज विनोद, *वृहद आधुनिक कला कोश,* वाणी प्रकाशन, 21–ए दरियागंज, नई दिल्ली 110002, पृ० 250

70 वही, पृ० 252

71 https://www.getty.edu/research/special_collections/notable/guerrilla_girls.html

72 भारद्वाज विनोद, *वृहद आधुनिक कला कोश,* वाणी प्रकाशन, 21 ए दरियागंज, नई दिल्ली 110002, पृ० 245

चित्र 1.1 : रूद्र (भय का देवता), 1982, मृणालिनी मुखर्जी, जूट का कार्य, https://images.app.goo.gl/XcH6GrwHZsMcNgV29

चित्र 1.2 : वेरी हंग्री गॉड, 2006, सुबोध गुप्ता, स्टेनलेस स्टील के बर्तनों से बना, https://publicdelivery.org/subodh-gupta-very-hungry-god/

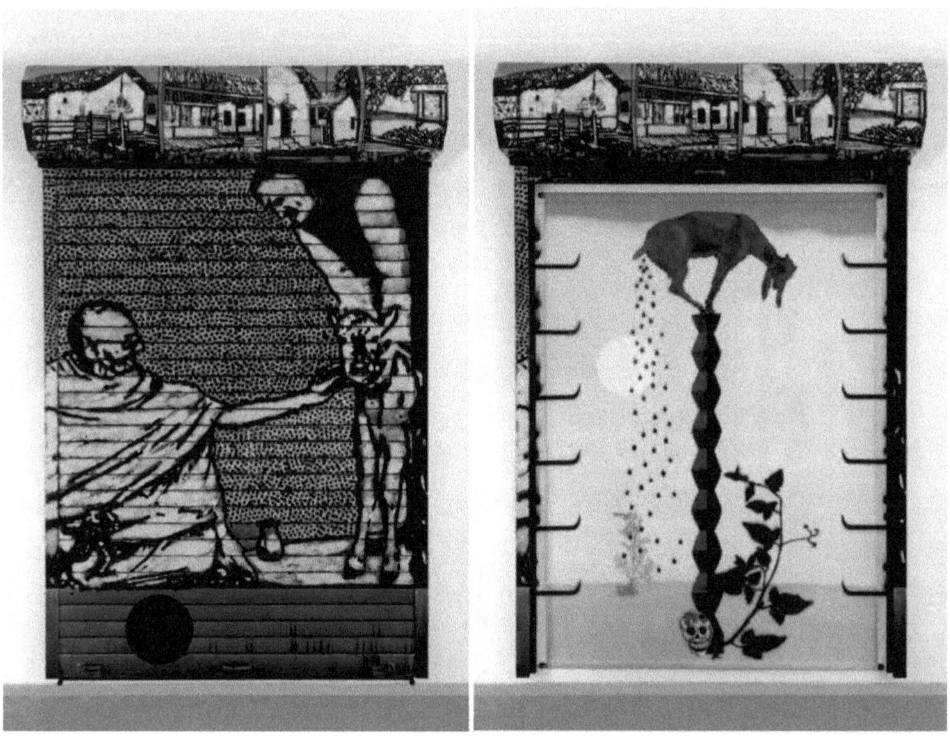

चित्र 1.3 : ग्रेस, 2012, अतुल डोडिया, स्ट्टर पर ऐनामल पेंट, भीतर कैनवास पर एक्रेलिक, तेल, मार्बलडस्ट, https://images.app.goo.gl/5E4UjEjemskZi9uy6

2.1 समकालीन चित्रकला में भारतीय चित्रकारों का योगदान

''दुनिया एक राजा की तरह है जो महानता दिखाने के लिए चापलूसी की मांग करती है लेकिन सच्ची कला स्वतंत्र इच्छा से जन्मी होती है जो चापलूसी के रूप में कार्य नहीं करती हैं।''[73] यह पंक्ति समकालीन कला पर सटीक साबित होती है। कला का हुनर भगवान की देन मानी जाती है। यह आदिम काल में भी स्वतंत्र थी और आज समकालीन समय में भी स्वतन्त्र है। हालांकि वक्त के थपेड़ों ने इसे समय–समय पर जर्जर किया। लेकिन वह दोबारा अस्तित्व में आई। राजाओं ने इसे अपना शौक बनाया (मुगल शैली, राजस्थान शैली, व पहाड़ी शैली) तो कहीं किसी के लिए जीविकोपार्जन का माध्यम बनी (पटुओं की कालीघाट शैली)। बादशाहों के लिए चाटूकार, तो आजादी के दीवानों के लिए तेज तलवार की भांति प्रचंड भी हुई (बंगाल स्कूल में नंदलाल द्वारा बनाई गई डांडी यात्रा के पोस्टर, अवनींद्रनाथ की 'भारत माता')। प्रेम में सौम्य व मधुर रूप धारण किया हुई तो दूसरी और सामाजिक हित में यह तत्काल परिस्थितियों का आईना बन गई (विभाजन के चित्र जिन्हें सतीश गुजराल द्वारा बहुत ही मार्मिक ढंग से बनाया गया, तैयब मेहता की 'फॉलिंग फिंगर' श्रृंखला)। किंतु आज की कला (समकालीन कला) किसी बंदिश, नियम, सिद्धांत व दरबारी हुकूमत या सरकारी दबाव से स्वयं को मुक्त कर चुकी है। समकालीन कलाकार ने मानों अपने मानसिक व शारीरिक, व्यक्तिगत और सामाजिक सभी प्रकार के अनुभवों को कला में झोंक दिया है। यही वजह है कि आज समाज नित प्रतिदिन परिवर्तनशील है। जो वैश्वीकरण के द्वारा संसार के हर कोने से जुड़ा है। यह सब कलाकार के द्वारा ही संभव हो पाया है। यकीनन अतीत में भी कलाकारों व कवियों ने ही विभिन्न संस्कृतियों को जीवंत बनाया था।

''राष्ट्र कलाकारों और कवियों द्वारा बनाए जाते हैं न कि व्यापारियों और राजनेताओं द्वारा कला में जीवन के गहरे सिद्धांत निहित हैं।''[74]

–आनन्द कुमार स्वामी

इस कथन में कोई दोराय नहीं की राष्ट्र कलाकारों व कवियों द्वारा ही बनाए जाते हैं। भारत का वैभवशाली इतिहास इन्हीं के बलबूते आज विश्व में प्रसिद्ध है। प्राक् इतिहास के शैल चित्र हों या सिंधु घाटी की 'नृतकी' या मोहरें, ये सब उस समय के उम्दा कला अभ्यास व कौशल को दर्शाती है। किंतु ब्रिटिश राज के दौरान चित्रकला में बहुत बड़ा बदलाव आया। अब उसका संरक्षण शाही घरानों व दरबारों से निकलकर शैक्षणिक संस्थानों में परिवर्तित हुआ साथ ही वह कारखानों (मुगल काल में चित्रकला की कार्यशाला को कारखाना कहा जाता था) से स्टूडियो व स्कूल रूम में जा पहुंची।[75]

ब्रिटिश राज के सबसे शक्तिशाली प्रभावों में से एक प्रभाव कलात्मक व्यवहार पर था। विक्टोरियन भ्रामक कला और कलात्मक प्रगति की धारणा ने भारत में मजबूती से जड़े जमा ली। जिसने तेल चित्र, प्राकृतिक परिदृश्य और अकादमिक नग्नता जैसी नई शैलियों को जन्म दिया।[76]

---

73 बिकलमैन, उर्सुला एंव निसिम एज़ेकी, *कलाकार आज : पूर्व पश्चिम दृश्य कला मुठभेड़,* द मार्ग फाउण्डेशन, 1 दिसम्बर 1987, पृ० 9

74 संगीता, *आजादी के बाद भारत में आधुनिक कला आलोचना का विकास : आजादी के बाद भारतीय कला आलोचना,* नोशन प्रेस डॉट कॉम, प्रथम संस्करण 2017, पृ० 8

75 सिन्हा, जी (सम्पादक), भारत में कला और दृश्य संस्कृति, मार्ग पब्लिकेशन, मुम्बई, 2009, पृ० 9

76 मित्तर, पार्थ, *भारतीय कला,* आक्सफोर्ड यूनिवर्सिटी प्रेस, न्यूयार्क, पृ० 171

19वीं शताब्दी के मोड पर हालांकि राष्ट्रवादी आंदोलन ने बल इकट्ठा किया। किंतु 1920 के दशक में भारत में राष्ट्रीय आधुनिकतावाद के आगमन ने इन मुद्दों को और भ्रमित कर दिया। क्योंकि आदिमवाद और स्वदेशीवाद को कला की नई राष्ट्रवादी विचारधारा में बारीकी से पहचाना जाने लगा।[77]

परिवर्तन का पहला संकेत 18 वी शताब्दी के अंत में भारतीय शक्तियों के पतन व भारत में दरबारी संरक्षण के नुकसान के रूप में प्रकट हुआ। यह कलाकारों को अपने काम को घटिया सामग्री और शिल्प कला के साथ समझौता करने के लिए मजबूर करता है हालांकि ऐसी सभी कलाएँ निम्न गुणवत्ता की नहीं थी। पश्चिमी बंगाल, पटना, बिहार, मुर्शिदाबाद के कलाकारों ने एक स्वच्छ रेखीय शैली का विकास किया, जिसने पहले की दरबारी कला और बाद में ईस्ट इंडिया कंपनी के बीच एक पुल का निर्माण हुआ।[78] जिसे कम्पनी शैली के नाम से जाना जाता है। फिर भी 1850 के दशक तक राज द्वारा कला शिक्षा पर औपचारिक नियंत्रण की परिकल्पना नहीं की गई थी। 1854 में ईस्ट इंडिया कंपनी ने अपने नैतिक सुधार के हिस्से के रूप में भारतीय कला स्वाद को सुधारने की एक परियोजना शुरू की। कला विद्यालय और कला समाज दो प्रमुख विक्टोरियन संस्थान, अकादमिक कला के प्रसार के साधन बन गए। जबकि पश्चिमीकरण परियोजना की देख–रेख सार्वजनिक निर्देश के निर्देशक द्वारा की गई थी। शुरू में कारीगरों को प्रशिक्षित करने के लिए तीन मुख्य औपनिवेश शहरों कोलकाता, मुंबई और मद्रास में कला विद्यालय स्थापित किए गए थे। भारतीय सजावटी कलाओं को बचाने के लिए हेनरी कॉल, विलियम मॉरिस जॉर्ज, बर्डवुड व अन्य प्रभावशाली हस्तियों के जोरदार अभियानों ने राज को उनकी दुर्दशा को दूर करने के लिए मजबूर किया था।[79]

इस बीच भारतीय कला के क्षेत्र में अब तक चली आ रही परिपाटी से बिल्कुल भिन्न; अकादमिक कला से प्रभावित किंतु भारतीय शास्त्रों में आदर्श से निर्देशित कलाकार के रूप में 'राजा रवि वर्मा' पूरे देश में उभर कर आए। जैसा कि एक समीक्षक ने कहा है ''रवि वर्मा के लिए चुनौती उन छवियों की अध्यक्षता में थी जो दिखने में 'सजीव' थी और प्रेरणा में अक्सर पश्चिमी नवशास्त्रीय थी व व्यवहार रूप से भारतीय संस्कृति प्रतीकों के रूप में थी। उन्होंने पश्चिम से भारतीयता का रास्ता प्रशस्त किया, 'वास्तविक' से 'प्रतिष्ठित' तक। इस प्रकार व्यक्तिगत मॉडल और वास्तविक महिलाओं के चित्रों में, अन्य अर्थो (सौंदर्य, सामाजिक, धार्मिक और पौराणिक) की परतों का अधिग्रहण किया, जिसने उन्हें स्त्री और राष्ट्रीय प्रतीक में बदल दिया।''[80]

जैसे–जैसे राजा रवि वर्मा के चित्रों की मांग बढ़ती गई तो उन्होने 1892 में मुंबई में अपनी ओलियोग्राफ मशीन स्थित की। जिसमें दो जर्मन प्रशिक्षित सहायक भी रखे। मांग पूर्ति के लिए राजा ने ओलियोग्राफ के लिए ही कार्य करना शुरू किया। जिसमें मुख्य केंद्रीय आकृति अक्सर राजा बनाते उसका भाई व अन्य सहायक बाकी के संयोजन को भरते। जैसे–जैसे माँग के बढने से शैली रूखी हुई, वैसे ही रवि वर्मा की छवि भी क्षीण होने लगी। अंत में बंगाल स्कूल की पुनरूत्थानवादी दृष्टिकोण ने इस प्रक्रिया को और भी तेज कर दिया।

20वीं शताब्दी की शुरुआत तक, कई भारतीयों ने अपनी कला मंच पर उपस्थिति दर्ज करानी शुरू की। उनमें से कई केरल के इस महान चित्रकार से प्रभावित थे। मुंबई में एम० वी० धुर्धंर, एम०एफ० पिथावाला, पेस्टोनजी बोमानजी, एस० एल० हल्दंकर ने भारतीय वास्तविकता को चित्रित करने के लिए प्राकृतिक साधनों का

---

77 वही, पृ० 172

78 वही पृ० 172

79 मित्तर, पार्थ, *भारतीय कला,* आक्सफोर्ड यूनिवर्सिटी प्रेस, न्यूयार्क, पृ० 173

80 डालमिया, यशोधरा एवं अन्य, *भारतीय समकालीन कला : आजादी के बाद,* वढेरा आर्ट गैलरी, नई दिल्ली, पृ० 9

इस्तेमाल किया और बॉम्बे ऑर्ट सोसायटी से उनके काम की मान्यता में स्वर्ण पदक प्राप्त किया।[81]

पेस्टोनजी बोमनजी की 'पारसी गर्ल', एम० वी० धुर्धंर का 'विवाह समारोह' या त्रिनेद का 'फ्लोरा' रवि वर्मा की प्रतिध्वनी है। रोजमर्रा के जीवन से विषयों के चित्रण के साथ–साथ यथार्थवाद की बढ़ती महारत ने पिथावाला जैसे कलाकारों के कार्यों की विश्वस्ता बढाई, जिन्होंने बॉम्बे ऑर्ट सोसायटी से 1907 से 1909 तक अपने चित्रों के लिए तीन बार स्वर्ण पदक जीता।

1857 में मुंबई में स्थापित जे०जे० स्कूल ऑफ ऑर्ट के साथ–साथ अन्य बहुत सी कलात्मक गतिविधियों के स्रोत ने वास्तविकता को चित्रित करने के सटीक तरीकों पर बहुत जोर दिया था। पिठावाला और बोमनजी सहित छात्रों की कई पीढ़ियाँ पुरुषों, महिलाओं और उनके आस–पास की वस्तुओं की नकल करते हुए बड़ी हुई। 1888 में यूरोपीय शैली में पेंटिंग करने वाले लोगों की बढ़ती संख्या के परिणामस्वरूप बॉम्बे ऑर्ट सोसायटी का गठन हुआ, जिसने बड़े पैमाने पर यूरोपीय शौकिनों को पेंटिंग करने के लिए प्रोत्साहित किया। बॉम्बे ऑर्ट सोसायटी की वार्षिक प्रदर्शनियों का भव्य उद्घाटन राज्यपाल द्वारा बड़ी धूमधाम और चमक–दमक के बीच किया गया। हालांकि यहाँ केवल 1892 में था कि भारतीय कलाकार एम० वी० धुर्धंर ने एक पुरस्कार जीता और अपने साथ ही छात्रों के लिए मिसाल कायम की।[82]

तीन महान कलाकार जिन्होंने समकालीन भारतीय कला को अप्रत्यक्ष रूप से ही सही, किंतु बहुत प्रभावित किया वे महान विभूतियाँ रविंद्रनाथ टैगोर, अमृता शेरगिल व यामिनी राय थे। तीनों की शैली एकदम भिन्न तथा नवाचार को धारण किए हुए थी।

रविंद्रनाथ टैगोर की कला स्वचालित प्रक्रिया के तहत तथा अभिव्यंजनावाद व बालक कला के समीप जान पड़ती है। वही अमृता की कला गॉगिन के रंगों से अजंता का प्रभाव लिए भारतीय विषयों को प्रकट करती है, तो यामिनी ने अपनी पहचान कालीघाट के पटुओं की कला को आत्मसात् करके बनाई। उन्होंने आजादी के पहले के परिप्रेक्ष्य को प्रभावित किया, किंतु आजादी के बाद संपूर्ण वातावरण बदल चुका था। आजाद ख्याल से आजाद चित्रण करने वाले उग्र कलाकारों का जमावड़ा, कला के विभिन्न समूहों व ग्रुपों के रूप में उभर कर सामने आया। किसी कला ग्रुप का उद्देश्य पारंपरिक व बंगाल कला को छोड़कर नवीन पाश्चात्य् उग्र शैलियों को आधार बनाकर चित्रण करना था तो किसी ने परंपरावादी कला को नवीन ढंग से पेश किया। तो कहीं पाश्चात्य रंग क्षेत्रीय चित्रकला से प्रभावित होकर तंत्र कला उभर कर आई। अब कथा कहानियों की काल्पनिक रचनाओं ने भी चित्रपट पर स्थान लिया। कुल मिलाकर आजादी के बाद रंग, रेखा, तान के साथ–साथ चित्रकारों ने कला के सिद्धांतों को भी पलट कर रख दिया। केवल 'नवाचार' व 'प्रयोग' चित्रण पर हावी हुए जो तत्काल समय की मांग भी थे।

जैकसन पोलॉक का आधुनिक कला को लेकर कहना था कि मेरा यह मत है कि नई कला को नवीन तकनीकों की जरूरत होती है और आधुनिक कलाकारों को अपने विचार बयां करने के लिए नए साधन प्राप्त हो गए हैं। मुझे लगता है आधुनिक चित्रकार हवाई जहाज, परमाणु बम व रेडियो के युग को पुराने रूपों या पुनर्जागरण की संस्कृति के अनुसार व्यक्त नहीं कर सकता है क्योंकि प्रत्येक युग की अपनी तकनीक होती है।

समकालीन कला को विचारों और सिद्धांतों द्वारा तो संयोजित किया ही जाता है, साथ ही यह कला और संस्कृति को अनुभव के अन्य साधनों जैसे– सिनेमा, टेलीविजन, मास मिडिया, मनोंरजन और डिजिटल

---

81 डालमिया, यशोधरा एवं अन्य, *भारतीय समकालीन कला : आजादी के बाद*, वढेरा आर्ट गैलरी, नई दिल्ली, पृ० 10
82 वही पृ० 11

प्रौद्योगिक के बीच अंतर धुंधला करने की भूमिका भी निभाई है।

नंदलाल बोस ने अपने शिल्प कला नामक लघु कृति में पृष्ठ संख्या 7 पर लिखा था कि आनंद से अगर किसी भी चित्र या मूर्ति का उद्भव हुआ है तो वह दूसरों को भी आनंद का अनुभव देगी। यथार्थ शिल्प सर्जन सजीव होता है, वह अमर है। अगर अजंता एलोरा के सारे चित्र और मूर्तियां नष्ट हो जाए तो भी वास्तव में उनका नाश नहीं होगा। कारण यह है कि रसिकों के चित्त में तब भी वह अमर बना रहेगा। अगर एक भी कलाकार ने उसे देखा है तो उसकी कृतियों के अंदर से उसका प्रभाव, उसकी सत्ता काम करेगी। अर्थात निष्कर्ष यह निकला है कि शिल्प सर्जन होने के कारण वह जीव धर्मी हैं। रवीद्रनाथ टैगोर के चित्रों की पहली प्रदर्शनी 1930 मई में पैरिस की गैलरी पिंगले में प्रदर्शित की गई। जिसमें अति यथार्थवादियों के चैंपियन हेनरी ब्रेटन ने टैगोर की 'स्वचालित पेंटिग' और अतियथार्थवादियों के बीच बहुत समानताएं बताई। इसी तरह जर्मनी में एक कला समीक्षक ने कहा कि कल्पना के पुनरुत्थान के लिए यह कितना आवश्यक था कि वह उस गहराई तक उतरे जहाँ से जीवन आता है, ताकि भ्रम के भयानक दिनचर्या से छुटकारा मिल सके। वे चित्र दिलचस्प हैं क्योंकि वे दिखाते है कि भारतीय अमूर्तता व आधुनिक यूरोपीय लोगों के विचारों का जुड़ाव संभव है।

टैगोर के चित्रों का जन्म उनके द्वारा गद्य, पद्य में की गई काट–छांट व 'मिटाने' से जन्म हुआ था। वे भी ऑर्ट नोव्यू और जुगेंडस्टिल चित्रकारों दवारा विकसित 'टेक्सट' और छवि के अभिनव संयोजनों से मोहित थे। खासतौर पर एडाल्फ़ होल्जेल द्वारा टैगोर कलम और स्याही से चित्र बनाते, सीमित रंगों का इस्तेमाल करते हुए मिटाने की प्रक्रिया के द्वारा मानव व पशु आकार लेते। उन्होंने उत्तर अमेरिकी पश्चिमी तट हैडा लोगों और ओशिनिया की 'कुलदेवता' (टोटैम आर्ट) कला में अपनी रुचि प्रदर्शित की।[83]

बंगाल कला शैली के बारे में रविंद्र नाथ टैगोर का कहना था कि ''जितना अधिक मैं इन जापानी या अमेरिकी चित्रों को देखता हूँ उतना ही अधिक आश्वस्त हो जाता हूँ कि जो कला बंगाल में फल–फूल रही है उसका अपना एक विशेष स्थान है। यह अफसोस की बात है कि बंगाली अपने सभी प्रतिभाओं के साथ इतनी कम ऊर्जा रखते हैं। मनुष्य होने के नाते हम समय और स्थान के विशाल विस्तृत परिप्रेक्ष्य में अपने देश व कार्य को देखने में अक्षम है।[84]

अमृता ने पेंटिंग के विषय तो भारतीय चुने लेकिन उनकी संयोजन की तकनीक गागिन से ली। ताहिती की चित्रकला में सभी औरतों व मानव आकृतियों की सूरत आलसी व स्थिर अवस्था में दिखायी है। ठीक वैसे ही अपनी सभी कलात्मक कृतियों में अमृता ने एक भी व्यक्ति को नृत्य, खुशी, दौडते या क्रियाशील अवस्था में नहीं दिखाया। उसके सभी आकृतियाँ आलसी है व आराम कर रही हैं।[85]

भारतीय आधुनिकतावाद की दूसरी बड़ी घटना थी 'आदिमवाद'। 19वीं शताब्दी के उत्तरार्ध में बंगाल के राष्ट्रवादी कला मेलों ने अलंकृति कला (सजावटी कला) को उच्च स्तर पर पहचान दी, जो अब तक क्षेत्रीय स्तर तक ही सीमित थी। लेकिन गांधी द्वारा चलाया गया सत्याग्रह आंदोलन ने सही मायने में ग्रामीण लोगों को ब्रिटिश राज्य के विरोध में ला खड़ा किया था। यह सत्य है कि उन्होंने सीधे तरीके से आदिवासी जनजातियों को संबोधित नहीं किया किंतु उनकी आवाज को इतना तो बुलंद कर ही दिया था कि अब

---

83 लोगो, एम० एवं रोनाल्ड वारविक, *रविन्द्रनाथ टैगोर : पर्सपेक्टिव टाईम*, पालग्रेव मैकमिलन, लंदन, 1989, पृ० 21

84 पॉल, प्रतापदित्य, *रविन्द्रनाथ टैगोर : 150वीं सालगिरह*, वाल्यूम, मार्ग पब्लिकेशन, पृ० 35

85 बेथलेनफाल्वी, गेजा, चार्ल्स लुईस फेब्री : उनका जीवन और कार्य, स्टलिंग प्रकाशक, प्राइवेट लिमिटेड, नई दिल्ली, 110016, पृ० 95

अभिजात वर्ग को यह मानना पड़ा कि भारतीय समाज मूल रूप से ग्रामीण ही है।[86]

1920 के दशक में संथाल पूर्वी भारत की बंगाली चेतना में आदर्श 'कुलीन जंगली' के रूप में उभरे। हालांकि उनकी यह रूढ़िवादी छवि औपनिवेशिक नृविज्ञान द्वारा बनाई गई थी।[87] जबकि शांतिनिकेतन विश्वविद्यालय में वे भारत के मूलनिवासी 'आदिवासी' के रूप में ही उभरे। संथाल महिलाओं की बेहद रोमांटिक छवि बंगाल स्कूल के चित्रों में पहले ही प्रकट हो चुकी थी। इस प्रकार अभिजात वर्ग के सामने आदिवासी दुनिया की सुंदरता का पिटारा खुल गया। लेकिन हमेशा की तरह एक अंतर्निहित विवाद जो कभी खत्म नहीं हो सकता वह यह है कि अभिजात वर्ग तो पूरी तल्लीनता के साथ आदिवासी कला व संस्कृति को समझने में जुट गया किंतु इसका उल्ट अर्थात् आदिम लोगों द्वारा शहरी संस्कृति के साथ पूर्णतः मेल असंभव जान पड़ता है।

1920 तक भारत में सामाजिक सामंजस्य टूटा नहीं था। क्योंकि भारत अभी भी एक गैर–औद्योगिक देश था। भारतीय कलाकार इस दशक तक यूरोपीय अवांत–गार्ड के संपर्क में आ चुके थे, इसलिए हर कलाकार आधुनिकता के मुद्दों पर अपने ही ढंग से प्रतिक्रिया दे रहा था।[88] 1920 में गगेंद्रनाथ की घनवादी कला नें कलाकारों में एक अभूतपूर्व रचनात्मक ऊर्जा जारी की। गगेंद्रनाथ की कला यूरोपीय परिदृश्य से दूर थी क्योंकि घनवाद की सजावटी संभावनाओं तथा उसके टूटी हुई सतहों व छाया प्रकाश के प्रभावों के साथ हीरे की फलक पर रोशनी पड़ने जैसा प्रभाव उन्हें ज्यादा प्रभावी जान पड़ा। उत्तरार्ध में किए गए कार्यों पर उनकी काव्य उड़ानों का ज्यादा दबदबा रहा जिस वजह से उन्हें 'पोस्ट क्यूबिस्ट' कहा जा सकता है। क्योंकि बर्लिन में 1923 में कला की एक प्रदर्शनी में जर्मन आलोचक ने अभिव्यंजनावादी कलाकारों व भारतीय कलाकारों की कृतियों के बीच इस संबंध को काफी नजदीक पाया।[89]

चालीस के दशक में कलाकारों ने राजनैतिक व तत्कालिक सामाजिक परिस्थितियों को चित्रात्मक ढंग से पेश करना आरंभ किया। 'कलकत्ता ग्रुप (1943) ने दिन–प्रतिदिन हो रहे सामाजिक बदलाव को चित्रण का विषय बनाकर जनता पर ब्रिटिश राज द्वारा किए गए अत्याचारों को विद्रोह के रूप में प्रकट किया। लक्ष्मी सिहारे के अनुसार सामाजिक, सांस्कृतिक और राजनीतिक घटनाएं कला को आवश्यक प्रोत्साहन देती है।[90]

यही वजह थी कि बंगाल का विनाशकारी अकाल, द्वितीय विश्वयुद्ध की डरावनी कहानियाँ तथा ब्रिटिश शासन की गलत रणनीतियों के चलते जनसामान्य में मृत्यु दर का का बढ़ना साम्प्रदायिक दंगे आदि ने कलाकारों को तूलिका उठाकर प्रचण्ड तूलिकाघात (स्ट्रोक्स) लगाने के लिए मजबूर किया।

बड़ौदा विश्वविद्यालय के ललित कला विभाग की स्थापना 1949 में हुई जिसका उद्देश्य कला को रोजगार या व्यवसाय के रूप में पेश करना था। इस बौद्धिक पृष्ठभूमि ने छात्रों को उनके सर्वांगीण विकास के लिए एक आधार प्रदान किया, जिसे कलाकार व शिक्षाविद् के० जी० सुब्रमण्यम ने बढ़ावा दिया। सुब्रमण्यम ने राज्य के हैंडलूम बोर्ड के लिए स्वयं पारम्परिक कला की शिक्षा प्राप्त की तथा बोर्ड के लिए कार्य किया।[91] उन्होंने राजस्थान के चित्रकार के साथ मिलकर शांतिनिकेतन भित्ति परंपरा को जारी रखा जिसमें अपने गुरु विनोद

---

86 मित्तर, पार्थ, *भारतीय कला,* आक्सफोर्ड यूनिवर्सिटी प्रेस, न्यूयार्क, पृ० 192

87 वही, पृ० 189

88 मित्तर, पार्थ, *भारतीय कला,* आक्सफोर्ड यूनिवर्सिटी प्रेस, न्यूयार्क, पृ० 189

89 गोम्ब्रिच, आर० एच०, आलोचक मैकस ओसबोर्न, रूपम से उद्धृत, वाल्यूम 14–15 (1923), 74 'ए सेंस ऑफ ऑर्डर, लंदन, पृ० 149

90 मागो, पी० एन०, *भारत में समकालीन कला : एक परिप्रेक्ष्य,* नेशनल बुक ट्रस्ट, नई दिल्ली, पृ० 80

91 मित्तर, पार्थ, *भारतीय कला,* आक्सफोर्ड यूनिवर्सिटी प्रेस, न्यूयार्क, पृ० 224

बिहारी मुखर्जी के शिक्षण सिद्धांतों को लागू किया।

1947 का विभाजन भारतीय कलाकारों के लिए बहुत बड़ा मानसिक परिवर्तन साबित हुआ। सतीश गुजराल की 1949 की प्रसिद्ध पेंटिंग 'मातम' में अवसाद, विलाप व विभाजन के परिणामरत व्यक्तियों के दुख को दर्शाया है। उसके बाद मैक्सिको जाने से उनकी कला में नया मोड़ आया। वहां की म्यूरल ऑर्ट से वे बहुत प्रभावित हुए। उनके अनुसार म्यूरल को बुनियादी रूप से स्थापत्य का हिस्सा होना चाहिए।[92] समकालीन कला में इंस्टालेशन ऑर्ट के महत्त्व पर वो कहते है कि हम लोगों में ''सेंस ऑफ हिस्ट्री'' की कमी है। हमारे देवता जैसे– गणेश, दुर्गा, त्यौहार जैसे – दिवाली, लोहडी आदि सभी में इंस्टालेशन ही है। वे अपने पेपर फोल्डेड ऑर्ट को भी इंस्टालेशन का हिस्सा मानते हैं। उनके पेपर कोलॉज में लोककला, धातु मूर्तिशिल्प में तंत्रकला के व काष्ठ मूर्तिशिल्प में आदिमकला के दर्शन होते हैं, जबकि लकड़ी के बुरादे के आधार से बनी पेंटिंग में जमीन के टैक्सचर का आभास होता है। सन् 2000 में बनाए गए चित्रों में खुशी, हर्ष, मस्ती का माहौल है।[93] इनमें ड्रम बजाते, पतंग उड़ाते, खेलते व्यक्तियों की आकृतियों में विभाजन की दर्दनाक छवि गायब हो चुकी है।[94]

नई तकनीक मध्यम वर्ग का उदय तथा समाज का धर्मनिरपेक्षीकरण आदि के परिणामस्वरूप नए परिप्रेक्ष्य में कला का निर्माण, प्रदर्शन व चर्चाएं तथा संगोष्ठी आरंभ हुई। जिससे आगे चलकर समकालीन कला को नया 'रूप' प्रदान किया गया। 1960 के दशक तक की भारतीय कलाकारों की पीढ़ी के उत्तर औपनिवेशिक कलाकार एक निश्चित सौंदर्य भाषा के अभ्यास में आ गए थे। उनमें से अधिकतर कलाकारों ने संकेतों के सीमित प्रदर्शनों पर एक आत्मसंतुष्ट महारत हासिल कर ली थी।[95]

60 के दशक में शांतिनिकेतन का पतन लगभग हो चुका था। टैगोर परिवार के साथ नन्दलाल, विनोद बिहारी मुखर्जी व रामकिंकर ने जो प्रभावशाली माहौल उत्पन्न किया था अब उसे विश्वविद्यालय के अकादमिक तथा रूढिवादी (रस्मी) किस्म के वातावरण ने नष्ट करना आरंभ कर दिया।[96]

कुछ नवीन परिवर्तन समय के साथ चित्रकला में देखे गए। मकबूल फिदा हुसैन ने जब 'जमीन' चित्र बनाया तो लगा कि अब भारतीय यकीनन पश्चिमी पायदान पर मजबूती से खड़े रह पाएंगे क्योंकि नई शैली व भारतीय विषय ग्रामीण परिवेश से अर्थपूर्ण रूप से जुड़ा हुआ था, किंतु 60 के दशक में ही अमेरिकी 'अमूर्त कला' व 'पॉप कला' का बोलबाला धीरे–धीरे संपूर्ण विश्व में हो गया। अब भारतीयों को अपनी ही काल उनके स्तर पर निम्न लगने लगी और स्वयं को उनके मुकाबले बौना महसूस करने लगे। ऐसी धारणा पूर्वकाल के पाश्चात्य कला समीक्षकों द्वारा भारतीय उम्दा कला को निम्न आंकने की धारणा की वजह से ही हुआ। अब भारतीयों के लिए अपनी पहचान बना पाया थोड़ा मुश्किल प्रतीत होने लगा था। लेकिन सत्तर के दशक में बडौदा कला विभाग में के० जी० सुब्रमण्यन ने भारतीय कला की जड़ों को फिर से जीवंत करने में अपना महत्त्वपूर्ण योगदान निभाया। यहाँ अब कला व शिल्प को एक साथ स्थापित करने की मुहिम शुरू हुई।[97] वैसे देखा जाए तो बंगाल स्कूल में भी ऑर्ट एण्ड क्रॉफ्ट दोनों ही कार्य होते थे। यह धारणा बेहद बड़े स्तर पर

---

92 भारद्वाज विनोद, *वृहद आधुनिक कला कोश,* वाणी प्रकाशन, 21–ए दरियागंज, नई दिल्ली, पृ० 121

93 वही पृ० 123

94 वही पृ० 123

95 होसकोटे, रणजीत, *समकालीन भारतीय कला : एक संक्षिप्त सर्वेक्षण,* पृ० 92,
https://www.jpl.go.jp/j/publish/asia_exhibition_history/pdf/22-privateMythology_3_e_pdf

96 भारद्वाज विनोद, *वृहद आधुनिक कला कोश,* वाणी प्रकाशन, 21 ए दरियागंज, नई दिल्ली, पृ० 237

97 वही पृ० 237

बॉहोस (जर्मनी) में प्रकट हुई थी जहाँ कला व उपयोगी कला, ग्राफिक आर्ट, डिजाइनिंग, आर्किटेक्ट आदि में नवीन प्रयोग एक ही छत के नीचे किए गए। अब सुब्रमण्यन की अध्यक्षता में भारतीय परंपरा और पश्चिमी आधुनिकता के सार्थक संबंधों को रेखांकित किया गया।

रंजीत होसकोट के अनुसार 1960 से 1970 के दशक में कुछ ऐसी कलाकारों की पीढी उभरी जो राजनीतिक व सौंदर्य दोनों क्षेत्रों में क्षेत्रीय प्रतिबद्धता पर ज्यादा ध्यान दे रहे थी। एक तरीके से कलाकारों ने वास्तविक, सांस्कृतिक और राजनीतिक वातावरण को त्याग दिया था। काल्पनिक, दूरदर्शी, परिदृश्य व आलंकारिक आकृतियों को तत्काल समय में अधिक अहमियत दी।[98] रंजीत होसकोट ऐसे रूढ़िवादी समूहों को मुख्यतः चार समूहों में विभाजित करते हैं–

1. वे कलाकार जो के० सी० पन्निकर व चोलमण्डल से जुडे हुए थे (चाहे वैचारिक या व्यक्तिगत रूप से)
2. वे कलाकार जो नव–तांत्रिक व अमूर्तवाद को अपना विषय बना बैठे थे (बीरेन, ओमप्रकाश, सोहन कादरी, संतोष रज़ा)
3. वे कलाकार जो 'ग्रुप 1890' का हिस्सा थे व जगदीश स्वामीनाथन के साथ जुड़े
4. उन कलाकारों का समूह जो एम० एस० बड़ौदा, विश्वविद्यालय के ललित कला विभाग के अंदर इर्द–गिर्द घूम रहे थे।[99]

पहले समूह में पन्निकर ने अनुष्ठानिक चिन्हों, कुण्डली के समान प्रतीत रूपों व तंत्र जैसी रचनाओं को आधार बनाया। यह बंगाल स्कूल की विचारधारा से बिल्कुल विपरीत था। दूसरा समूह अमूर्तवादी नव–तांत्रिक चित्रकार थे जिनमें गायतोंडे, नसरीन मोहम्मदी, लक्ष्मणश्रेष्ठ, बीरेन डे, ओमप्रकाश, गुलाम रसूल, संतोष रज़ा और एस० एच० रज़ा आदि थे जिन्होंने प्रगतिशील विषयों को तंत्र के विभिन्न पंथो के पवित्र आरेखों में पाया। इनमें कहीं–कहीं कैलीग्राफिक रूपों की कठोर शुद्धता व वस्तुनिष्ठता को भी देखा जा सकता था।

'ग्रुप 1890' के लिए जे० स्वामीनाथन का घोषणा पत्र था कि हम राजा रवि वर्मा की अशिष्ट प्रकृतिवाद और बंगाल स्कूल के देहाती आदर्शवाद को अस्वीकार करते हैं, जो क्रमिक रूप से विकसित अवधारणाओं को लागू करने के परिणामस्वरूप संकर तरीके से नीचे आते हैं........ समय के साथ बढ़े ताकि पहचान की योग्यता प्राप्त हो सकें। स्वामीनाथन के अनुसार समकालीन भारतीय कला तभी विकसित हो सकती है जब वह स्वयं को कला विद्यालयों व महानगरों की गैलरी से बाहर निकालकर लोक और जनजातीय कला के शक्तिशाली संसाधनों में स्वयं को घुलने मिलने दे।[100]

1970 के दशक में फिर से चित्रात्मकता को बढ़ावा देने में बड़ौदा के महाराजा सयाजीराव विश्वविद्यालय के ललित कला विभाग की महत्त्वपूर्ण भूमिका थी। वहां से प्रकाशित 'बिच्छू' 'वृश्चिक' पत्रिका एक बुलंद वैचारिक हथियार थी।

इस विश्वविद्यालय ने पूर्व–पश्चिम की कला के मिलन व क्रॉस फर्टिलाइजेशन का कार्य किया। जिसके लिए 1960 के दशक में बड़ौदा ने लंदन के प्रसिद्ध रॉयल कॉलेज ऑफ ऑर्ट के साथ घनिष्ठ संबंध बनाए। खासतौर पर अंग्रेजी चित्रकार हावर्ड हॉजकिन का बड़ौदा के कलाकारों के साथ घनिष्ठ संबंध रहा। खासतौर पर भूपेन खाखर के साथ 1980–81 के बीच यहाँ चल रही एक बहस में टीमोथी हाइमन (अभिव्यंजनावादी यथार्थवाद)

---

98 होसकोटे, रणजीत, *समकालीन भारतीय कला : एक संक्षिप्त सर्वेक्षण*, पृ० 92, https://www.jpl.go.jp/j/publish/asia_exhibition_history/pdf/22-privateMythology_3_e_pdf

99 वही, पृ० 92–94

100 वही, पृ० 93

का सक्रिय योगदान रहा।

समकालीन कला समीक्षक गीताकपूर ने अपने लेख द्वारा कला जगत में जागृति पैदा की। उन्होंने कहा कि 'भारतीय कैसे पश्चिमी आधुनिकता को समझे बिना उसे अपने आप पर लागू कर सकते हैं?[101] इस प्रकार के गतिशील विचारों ने भारतीय कलाकारों में आत्मविश्वास पैदा किया और उस आत्मविश्वास के बलबूते पर भारतीय कलाकारों ने पश्चिमी कला शिक्षकों, गैलरी मालिकों और कला व्यापारियों द्वारा नियंत्रित अंतरर्राष्ट्रीय कला बाजार के विरोध प्रदर्शन करना आरंभ किया।

चौथे समूह के कलाकारों में गुलाम मोहम्मद शेख, नसरीन, निलीमा शेख, नागजी पटेल, भूपेन खाखर, विवान सुंदरम्, नलिनी मालिन, गिवे पटेल, सुधीर पटवर्धन जैसे कलाकार थे। जिन्होंने स्वदेशी प्रतीकवाद और अमूर्त आदर्शवाद की भव्य कल्पनाओं से खुद को विच्छेदित करते हुए समाज की तत्कालिक और अनिवार्य रूप से मिश्रित वास्तविकताओं के साथ जोड़ने की अपनी इच्छा पर जोर दिया। किसी ने दैनिक जीवन के क्रियाकलापों को अपने ढंग से पेश किया। सही मायने में इसी ऐतिहासिक पृष्ठभूमि में समकालीन भारतीय कला के नवीन रूप को देखा जा सकता है। इस नई सहस्त्राब्दी के प्रयोगधर्मी कलाकारों ने संस्थापन कला (इंस्टॉलेशन आर्ट) और ग्राफिक कला के क्षेत्र में बेहद प्रायोगिक काम किया।

सुब्रमण्यन के प्रतिभावान छात्रों में से एक विवान सुंदरम भी है जिसके पारिवारिक रिश्ते अमृता शेरगिल के साथ थे। वे अक्सर वैश्विक परिप्रेक्ष्य को अपनाते हुए मार्क्सवादी वैचारिक संघर्ष के कलात्मक समकक्षों की तलाश में रहते हैं।[102]

बड़ौदा स्कूल की दो मौलिक विभूतियों में गुलाम मोहम्मद शेख और भूपेन खाखर प्रमुख है। इन दोनों ने ही नैरेटिव कला को अपनाया जिसमें वे विभिन्न अर्थों को समझाने के लिए मल्टीपल लेवल 'बहुस्तरों' का उपयोग करते हैं। शेख रॉयल कॉलेज आफ ऑर्ट से प्रशिक्षित थे।

इनके 'पॉलीसेमिक' शहर के दृश्यों की कल्पना शाहजहां के पदशाहनामा के विशाल पैनोरमा के रूप में की गई।[103] उनके विषय व्यक्तिगत अनुभव तथा सामाजिक गतिविधियों से प्रेरित हैं जिसमें यौन प्रतीकात्मकता, कुरान चित्रण व बचपन की यादें तथा दैनिक मुद्दों को समाहित किया गया है। वह अकसर भारतीय घरों में घर और बाहरी दुनिया के बीच सीमा रेखा के रूप में 'आंगन' को प्रतीकात्मक ढंग से चित्रित करते हैं।

भूपेन खाखर अपने विस्तृत कथात्मक शैली के लिए 'किच' इमेजरी को एकत्र करते हैं। अकसर कैलण्डर जैसी रंग संगति का इस्तेमाल करते हुए दैनिक जीवन की सामान्य प्रतिक्रियाओं को कैनवास के छोटे–छोटे तलों में बाँट कर पेश करते हैं। बेहद जमीनी हकीकत को चित्रित करते हुए वह जलेबी खाता हुआ आदमी, नाई की दुकान तथा घड़ी ठीक करने की दुकान तक को अपने संयोजन के लिए चुनते हैं। खाखर की 'पॉप कला' पश्चिमी पॉप कला की तुलना में व्यंग्यात्मक कम व सरल ज्यादा है। उनकी पेंटिंग में समलैंगिकता को भी स्थान दिया गया है। खाखर के विषय सामाजिक संप्रदायवाद से या अपनी समलैंगिकता के साथ–साथ छोटे–छोटे गांव कस्बों व तीर्थयात्राओं के दौरान किए गए स्कैच का परिणाम है। कभी–कभी वे अपने घर व स्टूडियों में दिवास्वप्न के दौरान भी अपनी पेंटिंग के विषय ढूंढ लेते हैं।

रिर्चड बार्थोलोम्यू का कहना था कि कला मानव मन का उत्पाद होती है। कलाकार एक सर्जनकर्ता है। कला

---

101 मित्तर, पार्थ, *भारतीय कला,* आक्सफोर्ड यूनिवर्सिटी प्रेस, न्यूयार्क, पृ० 222

102 मित्तर, पार्थ, *भारतीय कला,* आक्सफोर्ड यूनिवर्सिटी प्रेस, न्यूयार्क, पृ० 226

103 वही, पृ० 225

रहस्यों का खुलासा करने, अभिव्यक्ति करने, समन्वय करने, संश्लेषण करने, ज्यामितीय समानता उत्पन्न करने के रूप में कार्य करती है।[104]

1970 का दशक कला जगत में परिवर्तन का समय रहा। 'मुक्त बाजार' के युग (1980 का दशक) में तो कलाकार अब अपनी कला के प्रति बहुत सजग हो गया। क्योंकि यह वह समय था जब बड़े–बड़े शहरों में कला दीर्घाएँ दिन प्रतिदिन अपना विस्तार करती जा रही थी। अब लोगों के बीच कला प्रदर्शनी को लेकर उत्साह पैदा होने लगा था। कलाकारों ने अब अस्पष्ट, तेरते हुए काव्य कार्य पसंद किए जैसा कि शगाल के काम में था।[105]

सुधीर पटवर्धन (1949) व गीव पटेल ने मुंबई में अपना मौलिक कार्य किया। गणेश पाईन ने बंगाल स्कूल के मोड़ में जल रंगकर्मी के रूप में नई शुरुआत की। उन्हें यह समझ पॉल क्ले के कार्य से प्राप्त हुई। उन्हीं से उन्होंने अपने काम में अस्पष्टता व विखण्डन की आधुनिक भावना को जोड़ने की कोशिश की।

कलाकार पुराने तौर–तरीकों को बदलकर नवीन, मौलिक व अलगांव की भावना को धारण कर रहे थे। इस अलगांव की भावना का स्त्रोत भी अंग्रेजी अस्तित्ववादी लेखक विल्सन की कृति ''द आउटसाइडर'' थी जिसमें लेखक ने अपने ही ढंग से राग को पेश किया जो अलगाव की तीव्र भावना से चिहिन्त था।[106]

औपनिवेशिक भारत में शौकिया तौर पर (वे अकादमिक शिक्षा से प्रशिक्षित नहीं थी) कला क्षेत्र में आने वाली ज्यादातर महिलाओं की पृष्ठभूमि कलाकारों से जुडी थी। आजादी से पहले महिला कलाकारों की पहली प्रदर्शनी सन् 1879 में कलकता में लगाई गई थी। जिनमें पच्चीस महिलाओं ने हिस्सा लिया था।[107]

20वीं शताब्दी की शुरूआत में टैगोर की भतीजी सुनयनी देवी ने एक प्रसिद्ध किंतु सरल कलाकार का जीवन जीया वहीं दूसरी तरफ अमृता शेरगिल पहली व्यावसायिक पेशेवर कलाकार बनी। आजादी के बाद पहले दशक में कुछ महिला कलाकारों ने जैसे शानू लहरी, कमला राय चौधरी, कमला दास गुप्ता (प्रदोष दासगुप्ता की पत्नी), अमिना अहमद (चिंतामणिकर की पत्नी) आदि की कला क्षेत्र में अच्छी साख रही। नेहरूवियन युग में महिलाओं ने कलात्मक ढांचे के भीतर व्यक्तिगत अभिव्यक्ति को टटोला। साथ ही कला में महिलाओं के प्रतिनिधित्व और महिलाओं के रूप में उनके 'आत्म प्रतिनिधित्व' के बीच की भाषा में फंस गई।

स्वतंत्रता के बाद यदि महिला मूर्तिकार की बात की जाए तो मीरा मुखर्जी प्रमुख है, जिन्होंने अपने पश्चिमी प्रशिक्षण को त्यागकर बस्तर जनजाति की कास्य–कास्टिंग तकनीकों को अपनाया। वे स्वयं को कलाकार पहले व महिला बाद में मानती है[108] और यही वजह है कि उनकी कला में नारीवाद की झलक प्रकट नहीं होती है। उन्होंने स्वयं बस्तर के लोगों के बीच रहकर उनके साथ एक करीबी संबंध बनाया ताकि वे गहन व गूढ़ प्रशिक्षण की प्राप्ति कर सकें। उनका कहना था कि ''मेरे विचार से, प्रत्येक कलाकार को एक कारीगर भी होना चाहिए। जो अपने काम में भक्ति व त्याग लाता है।[109] उन्होंने पाया कि आधुनिक व्यक्तिवादी कलाकार नई समस्याओं को हल करने और नए अनुभवों की खोज में व्यस्त हैं जबकि पारंपरिक कारीगरों की सीमित दुनिया है। वो यह समझ गई थी कि आधुनिक कलाकार तो पारंपरिक कला को सीखकर लाभ उठा सकता

---

104 बार्थोलोम्यू रिचर्ड, *आधुनिक भारतीय चित्रकला,* ललितकला कंटेम्पररी–34, ललितकला अकादमी, नई दिल्ली, पृ० 45

105 मित्तर, पार्थ, *भारतीय कला,* आक्सफोर्ड यूनिवर्सिटी प्रेस, न्यूयार्क, पृ० 221

106 दत्ता, ईला, *गणेश पाईन : लाइफ एण्ड टाइम,* बी० एच० एशिया, कलकत्ता, 1998, पृ० 146

107 मित्तर, पार्थ, *भारतीय कला,* आक्सफोर्ड यूनिवर्सिटी प्रेस, न्यूयार्क, पृ० 227

108 मित्तर, पार्थ, *भारतीय कला,* आक्सफोर्ड यूनिवर्सिटी प्रेस, न्यूयार्क, पृ० 227

109 वही

है किंतु आदिवासी, निम्नवर्ग व अभिजात वर्ग के बीच की खाई को कभी कम नहीं कर पाएगा।

शांतिनिकेतन में नन्दलाल के अधीन अध्ययन करने वाली जया अप्पास्वामी ने भारत के कई हिस्सों से प्रिंट्स को इकट्ठा किया। जिसमें राजस्थान, मैसूर, बंगाल व पंजाब आदि थे। अपने संग्रह व लेखों से उन्होंने भारतीय कला परिप्रेक्ष्य का नया अध्याय लिखा। 1947–50 के दौरान उन्होंने बीजिंग में चाइनीज कला को सीखा खासतौर पर सुंगवंश के दौरान की तकनीक का अध्ययन किया।[110]

नारीवाद के आने से महिला कलाकारों ने अपने जीवन व आकांक्षाओं का पूर्ण मूल्यांकन किया। कलाकारों ने आत्मकथात्मक विधा में नई चेतना को प्रकट किया। इनमें एंजोली इला मेनन, नलिनी मालिनी, अर्पणा कोर का महत्त्वपूर्ण स्थान है, साथ ही रेखा रोडवित्या, नीलिमाशेख और मृणालिनी मुखर्जी भी प्रमुख है।

अंजोली एला मेनन को अपनी स्वयं की शैली ईजाद करने में मैक्सिकन चित्रकार फ्रांसेस्को टोलेडो से सहायता मिली। जिन्होंने हार्ड बोर्ड पर लेयर और बनावट से उन्हें परिचित कराया। वह अपने विषयों को रहस्य के स्पर्श से जोड़ती है। उनकी 'खिडकी' श्रृंखला में विषय वास्तविक खिड़की के फ्रेम के भीतर ही सीमित रहते हैं। वह अपने चित्रण को नॉनफिनिटो क्वालिटी देने के लिए कभी–कभी पेट को सतह से पोछती भी है।[111]

रेबा होर, शानू लहरी, दमयंती चावला, अमीनाकर व कमलाराय चौधरी आदि महिला कलाकारों ने भी अपनी महत्त्वपूर्ण उपस्थिति को कला क्षेत्र में उजागर किया। किंतु समय–समय पर उन्हें कला आलोचकों के कटाक्ष का भी सामना करना पड़ा। 1950 के दशक में जब कमला राय ने अपनी न्यूड ड्राईंग्स की प्रदर्शनी की तो प्रैस ने उस कार्य को लोगों की नैतिकता के लिए खतरा बताया।[112]

नसरीन मोहम्मदी (1937–89) शुद्ध मीनिमल रेखाओं, रंगों व बनावट को अपनाने वाली चुनिंदा कलाकारों में से एक है। उन्होंने लंदन के सेंट मॉर्टिन स्कूल ऑफ ऑर्ट से प्रशिक्षण लिया था। जहाँ 1960 के दशक में उन्होंने लिखा कि यह मेरे जीवन का सबसे महत्त्वपूर्ण समय है। शुद्धतर्कवाद के लिए नई छवि। शुद्ध बौद्धिकता जिसे भावना से अलग करना पड़ा, जिसे मैंने अब देखना शुरू किया। दर्द व खुशी से परे एक स्थिति और फिर से एक मुश्किल स्थिति शुरू हो जाती है। उनके ये विचार उनकी कला के भांति ही अमूर्त अर्थ लिए है।

पहले उन्होंने रंगीन अमूर्त अभिव्यक्तिवादी व जैविक रूपों को संयोजन के लिए चुना किंतु अंत में मात्र काली स्याही व पेंसिल चित्र तक आ गई। धीरे–धीरे ग्रिड और सीधी रेखाओं की ज्यामिति को सटीक उपकरणों के साथ सहायता प्रदान की। अपनी बीमारी के चलते अंतिम दिनों में उन्होंने कांदिस्की के बारे में उदासी से लिखा कि ''फिर से मैं कांदिस्की से आश्वस्त हुई बाहरी वातावरण से लेकर उसे आंतरिक आवश्यकता के रूप में लाने की जरूरत थी।

गोगी सरोजपाल ने कला में अपने ही भाषा गढ़ डाली। उन्होंने मोटी–मोटी आँखों वाली स्त्री आकृति को कभी पशु तो कहीं पक्षी व देवी के रूप में चित्रित किया। उनकी 'हठयोगिनी नायिका' प्रसिद्ध चित्र है। उनके द्वारा नारी सशक्तिकरण का संदेश हमेशा दिया जाता है। 'मदर एंड डॉटर' श्रृंखला में एक बड़ी स्त्री को बंदूक लिए हुए छोटी स्त्री के साथ चित्रित किया गया है, जो माँ व बेटी है। यहाँ बंदूक की तुलना देवी के शास्त्रों व अस्त्रों से की गई है। कहीं–कहीं 'नारीवाद' स्वर भी उनके चित्रपट पर उभरे हैं। नारी की जनशक्ति की प्रशंसा के लिए उन्होंने स्त्री को गाय रूप में भी चित्रित किया। ज्यादातर उनके द्वारा बनाई गई स्त्रियां छोटी

---

110 मागो, पी० एन०, *कंटेम्परी आर्ट इन इण्डिया : ए पर्सपेक्टिव,* नेशनल बुक ट्रस्ट, नई दिल्ली, 2012, पृ० 32

111 मित्तर, पार्थ, *भारतीय कला,* आक्सफोर्ड यूनिवर्सिटी प्रेस, न्यूयार्क, पृ० 229

112 मागो, पी० एन०, *कंटेम्परी आर्ट इन इण्डिया : ए पर्सपेक्टिव,* नेशनल बुक ट्रस्ट, नई दिल्ली, 2012, पृ० 32

व नग्न होती हैं। यहाँ उनका मकसद मात्र अपने विचारों व अभिव्यंजनाओं को अभिव्यक्ति देना होता है न कि शास्त्रीय व सौन्दर्य प्रशंसा।

अनुपम सूद के समग्र कार्य में संकीर्ण रूप से 'नारीवाद' को देखा जा सकता है। किंतु मुख्य रूप से वहां पुरुषों और महिलाओं की उनकी दृढ़ता से खींची गई छवि पुरुष और महिला के बीच, पुरुष और समाज के बीच मनोवैज्ञानिक तनाव की ओर हमारा ध्यान खींचती है। चियारोस्कोरो की वजह से उनके इटैग्लियों और मिश्रित मीडिया प्रिंटों के भीतर आकर्षण उभर कर आया है। 1976 में कॉलेज ऑफ आर्ट, नई दिल्ली से डिप्लोमा करके ब्रिटिश काउंसिल छात्रवृत्ति के साथ उन्होंने स्लेड स्कूल ऑफ आर्ट, लंदन (1971–72) में प्रिंट मेकिंग का अध्ययन किया।[113]

बीसवीं शताब्दी में कला के बहुत से समूहों का जन्म हुआ। जो थोड़े ही समय के लिए रहे किंतु अपनी एक खास छाप तत्काल समय पर छोड़ गए। उन्होंने अपनी पहचान बनाने और भारतीय आधुनिकतावाद की एक उपयुक्त दृश्य भाषा के लिए संघर्ष किया। 1962 में एक ऐसा ही ग्रुप उभरा जिसका नाम ग्रुप 1890 था। इसका नेतृत्व जे० स्वामीनाथन, गुलाम मोहम्मद शेख, हिम्मत शाह, जयराम पटेल व अंबादास, ज्योतिभट्ट, राघव कनेरिया, एम० रेडड़प्पा नायडू, राजेश मेहरा, एरिक बोवेन, एस० जी० निकम और बालकृष्ण पटेल शामिल थे। इस समूह की दिल्ली में सिर्फ एक ही प्रदर्शनी लगी थी जिसका उद्घाटन जवाहरलाल नेहरू ने किया था। यह जल्दी ही गुमनामी में चला गया था किंतु बाद के वर्षों में इसके सदस्य कलाकारों की उपलब्धि ने भारतीय आधुनिकतावाद हो गहराई से प्रभावित किया।

नोबेल पुरस्कार विजेता सोवियत उत्प्रवासी कवि जोसेफ ब्राडस्की ने कवियों के बारे में जो बात कही है वह चित्रकारों के लिए भी उतनी ही प्रासंगिक है। आज के जमाने में यह धारणा बहुत आम हो चुकी है कि लेखक को अपनी रचना में खासकर कवि को अपनी कविता में, गली–कूचे में बोली जाने वाली भाषा यानी 'भीड़ की भाषा' का प्रयोग करना चाहिए। वह एक नितात निरर्थक धारणा है, चाहे इसने कितना ही बड़ा प्रजातांत्रिक मुखौटा लगा रखा है। दरअसल आम आदमी को चाहिए कि वह साहित्य की भाषा बोले।[114]

एफ० एन० सूजा बिना किसी फिल्टर के बेधड़क एक बच्चे के समान समाज से तत्वों को धारण करके बेबाक अंदाज से, बिना समाज के विरोध के डर को मन में रखते हुए; चोड़ी और बोल्ड लाइनों से तेजी से हमला करते हुए कैनवास को रंगों से भर देते थे। सूजा का कहना था कि मैंने अपनी कला को मेटाबॉलिज्म बना दिया। मैं अपने अस्तित्व को बनाए रखने के लिए रंगों में अपनी अभिव्यक्ति देता हूँ। जब भी मैं रंग करता हूँ तो अपने आप में आनंदित व सिमटा रहता हूँ। गर्भ में एक भ्रूण की तरह लिपटा हुआ केवल यह जानता हूँ कि मेरे लिए प्रत्येक पेंटिंग या तो एक मील का पत्थर है या एक समाधि का पत्थर है। जब मैं पेंट करता हूँ तो खुद को नहीं खोलता जबकि लिखते समय मैं स्वयं को खोल देता हूँ।...... मुझे पेंट की गंध से नफरत है मेरे लिए पेंटिंग सुंदर नहीं है।[115]

सूजा साठ के दशक के अंत में भारत, यूरोप व अमेरिका में विभिन्न प्रदर्शनियों के बाद अपनी पहली पत्नी को तलाक देकर दूसरी बीवी के साथ न्यूयॉर्क रहने लगे जहाँ 1971 में उनका पहला बच्चा हुआ। जिसके चलते कलाकार के चित्रों में नाटकीय परिवर्तन आए। यहाँ अब अधिक चटकीले व खुशनुमा रंगों का प्रयोग किया। सूजा की कार्यशैली पूर्व व पश्चिम तकनीकी और रूपों का सामांजस्य है। मंदिर की मूर्तियों, पूराने यूरोपियन

---

113 डालमिया, यशोधरा एवं अन्य, *भारतीय समकालीन कला : आजादी के बाद*, वढेरा आर्ट गैलरी, नई दिल्ली, पृ० 294

114 कुलकर्णी, के० एस०, *ललित कला अकादमी*, नई दिल्ली, 110001, 1988

115 सूजा, एफ० एन०, *एफ० एन० सूजा : शब्द और रेखा*, नितिन बहयान प्रकाशक, नई दिल्ली, 1997, पृ० 10

कलाकारों का कार्य, कैथोलिक धर्म, अफ्रीकी जनजातीय कला के साथ–साथ यूरोपीय आधुनिकतावाद के प्रति मोह भी नजर आता है। गोवा में उनके बचपन के दिनों में सूजा के भीतर कैथोलिक धर्म की दृश्य संस्कृति का जुनून पैदा हुआ। उन्होंने मसीह के चित्रों की पूरी श्रृंखला भी बनाई थी। साथ ही विकृत मानव आकृतियों, परिदृश्यों, आत्म चित्रों, मानव कामुकता और पुरुष महिला संबंधों में संघर्ष भी देखने को मिलता है। सूजा का मानना था कि धार्मिक कला जब 'किच' होगी तो ही वह स्वीकार्य होगी तभी उसे पूजा जाएगा। मेरे धार्मिक चित्र 'किच' हैं। किच का अर्थ है वह लोकप्रिय कला जिसमें सौन्दर्यशास्त्रीय निखार नहीं है।[116]

रेखाओं व रंगों के मास्टर एम०एफ० हुसैन ने भारतीय मंदिरों व घनवाद से प्रेरणा हासिल की। हिंदू पौराणिक कथाओं व लोक कला से पशुओं जैसे हाथी, बंदर, घोड़े, बैल आदि को लिया। नारी को जीवन व प्रेमदायिनी के रूप में उन्होंने अलग–अलग तरीके से पट पर उतारा। कहीं प्रसिद्ध हीरोइन माधुरी दीक्षित, तब्बू, अमृता राव तो कहीं मदर टेरेसा से इंदिरा गांधी तक को अपनी विचार वाहिनी के रूप में चुना। सिनेमा हॉर्डिंग से कैरियर शुरू करने वाले तथा फ्री हैंडड्राइंग और जीवन रंगों का उपयोग करते हुए समकालीन यूरोप कला आंदोलनों मुख्यतः घनवाद और अभिव्यंजनावाद की शैली में भारतीय जीवन व विषय वस्तु का चित्रण किया। उन्होंने भारतीय देवी–देवताओं, विभिन्न त्यौहारों व रिवाजों, ऐतिहासिक वंश (मौर्य, मुगल, ब्रिटिश) ऐतिहासिक शहरों (दिल्ली, वाराणसी, कोलकाता) भारतीय नृत्य रूप व मुद्रा, त्रिमूर्ति को अपनी तूलिका से मूर्त रूप दिया।[117]

हुसैन के सबसे आकर्षित कार्य 50 के दशक के हैं। 1958 में बनाया गया 'लैंप और मकड़ी के बीच' एक महत्त्वपूर्ण चित्र है। 70 के दशक में मानों वे चेहरे और प्राणी चित्रण से ऊब चुके थे तभी 90 के दशक में एकाएक एक कैमरा उठाकर फिल्मी दुनिया में जा पहुंचे। उनकी 'थ्रू द आइज ऑफ पेंटर' को बर्लिन फिल्म महोत्सव में 'गोल्डन बियर' पुरस्कार मिला।[118]

अभिव्यक्ति के माध्यम का व्यंजनात्मक गुण बहुत लोचपूर्ण रहता है। इसके कारण माध्यम के अवयव अनेकार्थक होते हैं। किंतु कलाकार उनका संयोजन इस प्रकार करता है कि वे सभी एक निश्चित अर्थ की ओर ढल जाते हैं। इससे क्रांति के अर्थ में किसी प्रकार की अस्पष्टता नहीं रहती।

कला समीक्षक रिचर्ड बार्थोलोम्यू का कहना था कि हुसैन में शारीरिक व रचनात्मक दोनों ही स्तरों पर विस्मयकारी ऊर्जा है और 'इंप्रोवाइजेशन' की अद्‌भुत प्रतिभा ने हुसैन को कला में महत्त्वपूर्ण स्थान दिया है। बहुत काम करने के बाद भी उन्होंने कल्पना के कभी न खत्म होने वाले भंडार का आभास देते हुए भी अक्सर अपने को दोहराया है। किंतु उन्होंने अपना खंडन नहीं किया है।[119]

इंडो–डच मूल के श्रीलंकाई कलाकार जार्ज कीट के व्यवहार में बौद्ध, हिंदू, मुस्लिम और यूरोपीय संस्कृतियाँ है। वे बुद्ध जातक कथाओं से प्रभावित थे तो दूसरी ओर यूरोपीय शैली के लिए कीट का आकर्षण पहले सीज़ॅन बाद में क्यूबिज्म की ओर रहा, जो उनकी पौराणिक और बौद्ध आख्यानों और भारतीय कामुक आइनोग्राफी के लिए प्रेरणा बनी। रूडीवॉन लेडेन ने 1940 में कीट के कार्य के बारे में बोला था कि यदि वह पिकासो की भाषा बोलते हैं तो वह ऐसा अपने स्वंय के एक समृद्ध और सार्थक मुहावरे में करते हैं। भारत में उनकी कई यात्राएं रही जिनके चलते हिंदू पौराणिक कथाओं का उन पर प्रभाव पड़ा।

---

116 भारद्वाज विनोद, *वृहद आधुनिक कला कोश,* वाणी प्रकाशन, 21–ए दरियागंज, नई दिल्ली, पृ० 96

117 https://www.vam.ac.uk/content/exhibitions/mfhusain/about-the-exibition

118 भारद्वाज विनोद, *वृहद आधुनिक कला कोश,* वाणी प्रकाशन, 21–ए दरियागंज, नई दिल्ली, पृ० 87

119 भारद्वाज विनोद, *वृहद आधुनिक कला कोश,* वाणी प्रकाशन, 21 ए दरियागंज, नई दिल्ली, पृ० 90

के० एच० आर० (1914–1985) ने तो सूजा की भांति न तो कामुकता को चुना और न ही हुसैन की भांति लोक कला पर दोबारा तूलिका चलाई। उनकी कला हमेशा सहज, सरल, कल्पनाशील रही। उनका विचार था कि एक कलाकार को कभी भी अपने मानवता या सामाजिक सद्भावना नहीं खोनी चाहिए। मुझे लगता है कि मैं एक कलाकार से ज्यादा एक इंसान हूँ और मेरी तस्वीर गर्मजोशी और खुशी के मामूली प्रतीक है।

कृष्ण खन्ना के शुरुआती कला दौर पर अपने समकालीन कलाकारों के भांति सामाजिक व राजनीतिक रूप में मानव विरोध की चिंता नहीं थी। उनके विषय साधारणतः तत्कालीन तटीय लोग व ग्रामीण व्यक्ति थे। मछुआरों, फल, सब्जी, मछली विक्रेताओं के साथ सरल आकृतियों वाले सुसंगत लोग उनकी चित्रण सामग्री रहे। बांग्लादेश और उस समय की आपातकालीन परिवर्तन और स्वतंत्रता के लिए हो रही लड़ाई की विवरण गतिविधियों को श्रंखला 'दे गेम' के नाम से जोड़ा जा सकता है। इस श्रंखला के प्रत्येक आदमी का एक प्रतीकात्मक पात्र के रूप में उसके हाव भाव प्रकट किए गए हैं।

कृष्ण खन्ना ने 'ट्रक सीरीज' में कईं चित्र बनाए। इनमें कहीं बोरो पर बैठी धूल मिट्टी से सने मजदूरों की आकृतियाँ को बनाया।[120] साथ ही उन्होंने बेहद साधारण विषयों जैसे बैंड बाजे वाले लोगों को अपने पट पर स्थान दिया। 1938 में सर जे०जे० स्कूल ऑफ ऑर्ट से डिप्लोमा लेने के बाद के०के० हेब्बार ने 1949 में यूरोप की यात्रा की तथा एकेडमिक जूलिया पेरिस में अध्ययन किया। यूरोप से लौटने के बाद हेब्बार के काम में एक नया अध्याय जुड़ा। 'महिम दरगाह' को 1956 में राष्ट्रीय पुरस्कार मिला। वैसे हेब्बर के कार्य में मानवीय चित्रों को उत्कर्ष माना जाता है। उन्होंने मानवीय गरीबी, भूखमरी, युद्ध व परमाणु विस्फोट से हुए विनाश जैसे विषय पर ध्यान केंद्रित किया। साथ ही कत्थक नृत्य की कई शारीरिक भंगिमाओं को अपनी रेखाओं से चित्रपट पर उकेरा जो उन्हें उनके समकालीन कलाकारों से भिन्न स्थान प्रदान करती है। उनकी मुर्गों की लड़ाई के चित्र भी प्रसिद्ध है। उनकी 1989 में बनाई गई पेंटिंग 'रिचुअल' (केनवास पर तेल रंग) में श्राद्ध की परंपराओं को दर्शाया है कि किस प्रकार अन्न दान व भोजन से कौओ को प्रसन्न किया जाता है।

उनका कहना था कि मेरा कार्य पर्यावरण के प्रति मेरी गहन भावना से उत्पन्न होता है। मैं खुद को ढूंढना चाहता हूँ और जहाँ भी यह मुझे ले जाता है इसका पालन करता हूँ। इस प्रकार छवियों में कोई भी यात्रा हमेशा जारी रहती है ऐसा उन्होंने 1993 में वढेरा ऑर्ट गैलरी में लगी अपनी प्रदर्शनी के दौरान कहा था।[121]

रज़ा (1922–2016) प्रोग्रेसिव आर्टिस्ट्स ग्रुप के संस्थापक सदस्यों में से एक और भारतीय आधुनिक कला के प्रमुख कलाकार थे। वह अपने अमूर्त ज्यामितीय चित्रों के लिए जाने जाते थे। जिसमें चमकीले रंग और 'बिंदु' (भारतीय दर्शन में सर्जन अंनतता का प्रतीक एक केंद्रीय बिंदु') का प्रतिनिधित्व किया गया था। रज़ा की रचनाएं उनके आध्यात्मिक और दार्शनिक विश्वासों से प्रभावित थी।

भारत में हिंदी कला लेखन के० एन० कक्कड, विनोद भारद्वाज, प्रयाग शुक्ल तथा अंग्रेजी में कृष्ण चैतन्य, रिचर्ड बोर्थोलोम्यू, एस० ए० कृष्णन, केशव मलिक, जोसेफ जेम्स, शांतो दत्त, वर्षा दास आदि कुछ कवि व लेखकों ने अपनी कला समीक्षाओं से अपनी पहचान बनाई और इन्हीं प्रयत्नों के चलते 80 के दशक में कला समालोचना की शिक्षा की परंपरा आरंभ हुई। जिनके शुरुआती दौर में डॉक्टर लक्ष्मी प्रसाद सिहारे एवं गीता कपूर उभरकर आए। इसी बीच समकालीन कलाओं के लेखन से उनके विकास में भी गति आई। अब जब स्वंय कलाकारों ने अपनी कला पर लेख लिखना शुरू किया तो वहां अर्थ और भी गंभीर व स्पष्ट होने लगे।

---

120 शुक्ल प्रयाग, *आज की कला,* राजकमल प्रकाशन, नई दिल्ली, इलाहाबाद, पटना, प्रथम संस्करण 2007, पृ० 41

121 डालमिया, यशोधरा एवं अन्य, *भारतीय समकालीन कला : आजादी के बाद,* वढेरा आर्ट गैलरी, नई दिल्ली, पृ० 153

जया अप्पासामी, राम कुमार, दिनकर कौशिक, जगदीश स्वामीनाथन, रामचंद्र शुक्ल, जगदीश गुप्त, परमानंद चोयल आदि ने अपने कार्य तथा तत्काल कला का संवेदनात्मक ढंग से पूरी प्रक्रिया को मद्देनजर रखकर विवरण लिखना आरंभ किया।[122]

1960 के दशक में कला का लोकप्रिय बनाने के लिए तथा एक व्यापक बाजार स्थापित करने के उद्देश्य से पण्णिकर ने एसोसिएशन के भीतर छोटे–छोटे प्रारूप कला (छोटे आकार की मूर्तियां व चित्र) की अवधारणा स्थापित की 1971 और 1972 में पुणे, चेन्नई, मुम्बई में एसोसिएशन की प्रदशनियों को पेश किया गया जहाँ उन्हें बहुत उत्साह पूर्ण परिणाम प्राप्त हुए। इस दौरान 1961–1982 तक 'आर्टट्रेण्डस' नाम से त्रैमासिक पत्रिका भी प्रकाशित की, जिसका संपादन पहले पन्निकर ने व बाद में केवी० हरिदासन व जेम्स जोसेफ ने किया। इसके भीतर भारत और दुनिया भर में आधुनिक कलाकारों और कला आंदोलनों पर लेख शामिल थे, साथ ही प्रदर्शनी की समीक्षा भी दी जाती थी। इस एसोसिएशन के कलाकार 'चोलमंडल विलेज' की शुरुआती कलाकारों के रूप में भी शामिल थे। इनमें एसजी वासुदेव, केवी हरिदासन, एमवी देवन, जे० सुल्तान अली, वी० विश्वनाथन, एल मुनुस्वामी, रेडडेप्पा नायडू आदि थे।

तंत्र कला प्रणाली ध्यान में सहायक, व ज्यामितीय और अमूर्त रूपों के आधार पर यंत्र (आरेखों) का उपयोग करती है। मालेविच ने भी कुछ ऐसे ज्यामितियों का उपयोग किया था जैसे – वृत, त्रिभुज, वर्ग इत्यादि। लेकिन 1960 के दशक में अजीत मुखर्जी (भारतीय कला इतिहासकार) ने पश्चिम में तंत्र कला की एक ऐतिहासिक प्रदर्शनी लगाई। इसके परिणामस्वरूप सुरुचिपूर्ण डिजाइनों ने अमूर्त के साथ आधुनिक संवेदनाओं को पेश किया। नीरोद मजूमदार (ल्होट की स्टूडियो से प्रशिक्षित) ज्यामितीय अर्ध–आलंकारिक आकृतियों के लयबद्ध उपयोग में सिद्धहस्त हुए जो प्रारंभिक नव–तांत्रिक चित्रकार में से एक थे।

निरोद मजूमदार के कार्य में तंत्र की उपस्थिति वीरेन डे संतोष व पन्निकर से थोड़ी भिन्न है। उनका कहना था कि लोगों की कुटिलता से मुझे कोई परेशानी नहीं होती लेकिन उनके ओछेपन से मुझे बेहद चिढ़ है। आज जो भारतीय कला के नाम से चलाया जा रहा है, यह बहुत ही ओछा और औसत है। निरोद कोलकाता ग्रुप के मुखियाओं में से एक थे। वे न तो प्रतिक्रियावादी कलाकार थे न ही पुनर्जागरणवादी। उन्होंने अपने भीतर की वस्तुओं को मूर्त रूप देने के लिए मिथकों को चुना। इन्होंने प्रतीकों का प्रयोग कभी मनमाने ढंग से या केवल अलंकरण के उद्देश्य से या दमित काम भाव को व्यक्त करने के लिए नहीं किया बल्कि उन्हें चित्र की संरचना का आधार बनाकर किया जो प्रतीकात्मक और बुनियादी था।

कोलकाता ग्रुप में प्रदोषदास गुप्ता परितोष सेन, गोपाल घोष व निरोद मजूमदार जैसे कलाकार मुख्य थे। कोलकाता ग्रुप के कलाकारों ने अलंकारिक अमूर्त और अभिव्यक्तिवादी सहित कई शैलियों को अपनाया। वे अक्सर रोजमर्रा के जीवन, सामाजिक, राजनीतिक मुद्दों और स्थानीय परिदृश्यों से प्रेरणा लेकर उन्हें व्यक्तिगत और आत्मविश्लेष्णात्मक तरीके से प्रस्तुत करते हैं। उन्होंने राष्ट्रवादी विषयों और अकादमिक यथार्थवाद के प्रभुत्व को चुनौती देते हुए कला में व्यक्तित्व के महत्त्व पर जोर दिया।

अब्दुल अजीज रायबां (1922 से 2016) को 1942 में छात्रवृत्ति प्राप्त हुई, जिसके चलते 'सर जे०जे० स्कूल ऑफ आर्ट' में लघु चित्रकला का अध्ययन किया। हालांकि वे 'पेग' के शुरुआती सहयोगी रहे किंतु मतभेद के चलते अलग हो गए। मिनीचर प्रशिक्षण के बावजूद उनके काम में बोल्ड रूप और मजबूत रूप रेखाएं हैं। किंतु द्विआयामी व्यवस्था है। त्रावंणकोर कोचीन लोक कला शब्दावली से तैयार की गई उनकी रचना में लघु

122 *समकालीन कला*, नवम्बर 1987, मई 1988, अंक 9–10, ललित कला अकादमी, पृ० 21

प्रभाव बना रहता है। साथ ही साथ वें प्रिंट मेकर भी हैं। जिन्होंने जूट पर पेंटिंग की कठिन कला में भी महारत हासिल की। वे 1957–59 तक कश्मीर में रहे वहां कांगडा लघु चित्रों ने उन्हें आकर्षित किया। साथ ही दक्षिण भारत के परिदृश्य और कोंकणी समुदाय के जीवन की उनकी व्यक्तिगत व्याख्या भी देखने को मिलती है। उन्होंने कहा भी था कि कश्मीर ने मेरे कथनों को परिष्कृत किया और मैंने जो देखा उसे याद करने में सक्षम था।

वीरेन डे (1926–2011) विभाजन से पहले अपने परिवार के साथ कोलकाता चले गए थे। उनकी कलात्मक अभिव्यक्ति में परिवर्तन पश्चिमी देशों, न्यूयार्क व अन्य महाद्वीपों की यात्रा से आया। 1956 के बाद से उनकी अलंकारिक रचनाओं में विघटन होना शुरू हुआ। डे ने अब कल्पना से कमल, चक्र, सूर्य और फूटते हुए बीजों की पुनरावृति प्रतीकों के माध्यम से आध्यात्मिक आत्म निरिक्षण को उद्घाटित करना शुरू कर दिया। तांत्रिक कला के साथ प्रयोग करते हुए उन्होंने अमूर्त प्रतीकों के माध्यम से पुरुष और महिला की शारीरिक मिलन को व्यक्त किया। महिला को प्रदर्शित करने के लिए 'यू' आकृति को बनाया। उनका लक्ष्य अविभाजित चेतना के प्रति जनमानस की जागृति था, जिसके चलते कलाकार गहरे नीले और चमकदार लाल रंग का इस्तेमाल करता है। पश्चिम की 'हाई एज' अमूर्तता के विपरीत उन्होंने विचारोत्तेजक ज्यामितिय फैलाव व प्रसार का प्रयोग किया। वीरेन डे का कहना था कि मैं आज्ञेय वादी हूँ.... मैं इन तांत्रिक चीजों के बारे में बात नहीं करता लेकिन मैं ऊर्जा के बारे में जानता हूँ।.... उनके चित्र 'व्यवस्था' (1962), गर्ल वेटिंग (1957), मालाबार 1955 आदि में घनवाद, अमूर्तता तथा जार्ज कीट की शैली का प्रभाव नजर आता है। किंतु बाद में चित्रों में नव–तांत्रिक प्रभाव स्पष्ट दृष्टिगोचर होता है।

संतोष (1929–1997)को न चाहते हुए भी पिता की मृत्यु के बाद पेपरमेशी व बुनकर कार्य करना पड़ा। किन्तु रज़ा की सिफारिश पर उन्होंने बड़ौदा में एम० एस० यूनिवर्सिटी में एन० एस० ब्रेन्द्रे की अध्यक्षता में अध्ययन किया। हालांकि कश्मीर में दीना नाथ रैना से जलरंग में परिदृश्य चित्रण पहले सीख चुके थे। उन्हें हिंदू व बौद्ध तांत्रिक पथों से प्रेरणा मिली, जिसके चलते वे सूफी रहस्यवाद की ओर आकर्षित हुए। 1964 में अमरनाथ यात्रा में उन्हें जीवन में एक नया मोड़ दिया। उन्होंने ज्यामितीय रूपों व विरोधाभासी रंगों के सामंजस्य से यौन व पारलौकिकता के मिले जुले रूप को चित्रित किया। उनका मानना था कि तंत्र के बारे में आम धारणा जादू की रही है। तंत्र से संबंधित कला को इसी धारणा द्वारा सूचित किया गया है।

जहांगीर संबावाला के चित्रण में अकादमिक प्रभाववादी, क्यूबिस्ट तत्वों को देखा जा सकता है। उनका घनवादी प्रभाव भारतीयता लिए हुए हैं। गगेंद्रनाथ की भांति इनके चित्र में हीरे के फलक की भांति एक आकृति में कई हिस्सों को दिखाया है।

अकबर पदमसी के शुरुआती चित्रों और परिदृश्य ने उनके अर्ध–आध्यात्मिक रुझान को प्रदर्शित किया और बाद में उनके मूल को समाप्त कर दिया। इनके मेटास्केप उनके अमूर्त चित्रण शैली के अच्छे उदाहरण है। यह कार्य उनकी कैरियर में महत्त्वपूर्ण मोड़ साबित हुआ, जिसने उन्हें बहुत गहरी अवचेतन परतों में डूबो दिया। अब पहले से मौजूद औपचारिक और सौंदर्यवादी तत्वों के अलावा एक नया मनोविश्लेषणात्मक आयाम जोड़ा गया। उनका चुना हुआ माध्यम जो भी हो वह स्थान, रंग, रूप के उपयोग पर उनका एक विशिष्ट अधिकार था। उनके तेल चित्रों में गहरी चमक व तीव्रता है जबकि उनके चित्रों में एक शांत अनुग्रह भी है।

उनका कहना था कि मेरे लिए कला अदृश्य को व्यक्त करना है। कोई नैतिकता, कोई मूल्य, कोई पदानुक्रम इसके क्षेत्र में प्रवेश नहीं कर सकता। उन्होंने बाद में कागज पर कंप्यूटराइज ग्राफिक प्रिंट को लेकर भी कार्य किया।

1935 में कोलकाता में जन्मे सनत कर ने गवर्नमेंट कॉलेज ऑफ ऑर्ट एंड क्राफ्ट कलकत्ता से मैट्रिकुलेशन की। कर की आकृतियों में एक बालक जैसी मासूमियत और कविता की भावना स्पष्ट दिखती है। संपूर्ण संयोजन में स्वपन का गुण व्याप्त रहता है। भिन्न–भिन्न प्रकार की बनावट के साथ कृतियों में निपुणता झलकती है। झिलमिलाते रंग, दानेदार सतहें, धब्बेदार, खरोंचे, डूडल वाली रेखाएं अपना स्वंय का जादू प्रकट करती है। जिसमें मोटी फटी हुई आँखें उसे और भी आकर्षित बना देती है।

कुछ कलाकारों को उनके परिवेश में हो रहे सामाजिक व राजनीतिक घटनाओं ने बहुत प्रभावित किया। तो कुछ ने प्रतीकात्मक व रहस्यवाद के साथ अपने लोकाचार व सौंदर्य को स्थापित किया। कहीं पर कलाकारों ने अपने काव्य कल्पनाओं को मूर्त रूप प्रदान किया जैसे– विकास भट्टाचार्य, जोगेन चौधरी, शमशाद हुसैन, उमेश वर्मा, सूरज घई, अपर्णा कौर, ए० रामचंद्रन, राजेश मेहरा, धीरज चौधरी, मनु पारेख आदि ने मानवता की समस्याओं को उजागर करके उन पर प्रकाश डाला।

ए० रामचंद्रन को रंगों की प्रेरणा केरल के भित्ति चित्रों से मिली और राजस्थान की गौडिया लौहार, जो कि एक घुमंतू जाति है उनके पुरुष व स्त्रियाँ उनके लिए पेंटिंग का विषय बने। वे उनके रहन–सहन, अलंकरण, वेशभूषा से प्रभावित हुए। इनमें उन्होंने अजंता व बाघ की गुफाओं के चित्रों–सी जीवंतता उनके स्केचिंग में नजर आई। 'ययाति' उनकी प्रसिद्ध श्रृंखला है। 'ययाति' से पहले के चित्रों में आधुनिक समाज में मनुष्य की त्रासद स्थिति और दुर्दशा को एक अति यथार्थवादी मूर्त अभिव्यक्ति दी हैं।

1975 में रामचंद्रन ने न्यूक्लियर विस्फोट से प्रभावित होकर 'न्यूक्लियर रागिनी' श्रृंखला को चित्रित किया। उनके इत्तर–तीतर पड़े कटे सिर व अंगों ने आण्विक ऊर्जा के नकारात्मक पक्ष को उजागर किया। इनमें चेहरा छुपाए राजस्थानी स्त्रियों को चित्रित किया है। जो भयभीत है।[123]

'ययाति' श्रृंखला के रंगों, रूपों, आकारों में मानों प्रकृति की सुंदरता पूर्ण रूप से उभर कर आ रही हो। यहाँ कमल के फूल की ही न जाने कितनी अलग–अलग आकार व आभा है।

'उर्वशी श्रृंखला' जो 1989 में प्रकट हुई, इसमें कलाकार की एक प्रसिद्ध पेंटिंग है जिसमें वह प्रसाधन की मुद्रा में खड़ी है और कलाकार उसे आइना दिखा रहा है। आईने में हमें पिकासो की आधुनिक स्त्री की छवि दिख रही है। दरअसल उन्होंने हर वस्तु को कलाकार की नजर से देखना आरंभ कर दिया था और यह प्रेरणा उन्हें अपने 'जापानी गुरु' से मिली थी। जो 1962 में शांति निकेतन में विजिटिंग प्रोफेसर के रूप में आई थी। वही फूफो अकीनो ने रामचंद्रन को बताया था कि अगर आप एक कलाकार की आँख से देखेंगे तो प्रकृति की कोई भी चीज (आब्जेक्ट) दिलचस्प व सुंदर नजर आएगी।[124]

न्यूक्लियर बम के विस्फोट से हेब्बार भी उद्वलित हो गए थे जिन्होंने पूरी श्रृंखला इस विषय पर बना डाली थी किंतु कुछ को बाद में स्वंय हेब्बार साहब ने नष्ट कर दिया था। क्योंकि उनका मानना था कि आण्विक शक्ति के सामने मनुष्य की आकृति बहुत बडी नजर आ रही थी। अपने आरंभिक दौर में अकादमिक शैली में परिदृश्य बनाएं। जिनमें प्रभाववादी झलक देखी जा सकती है। आनंदकुमार स्वामी के प्रवचनों से प्रभावित होकर उन्होने जैन, राजपूत व मुगल लघुचित्रों वाली पारंपरिक भारतीय कला से रचनात्मक कार्य आरंभ किया। इन्होंने पश्चिमी पुट के साथ अमूर्तता व भारतीयता के बेहतर सामंजस्य को पेश किया। अमृता शेरगिल की कार्यशैली से बहुत प्रभावित होकर 1949 में पश्चिमी कला प्रशिक्षण के लिए यूरोप चले गए थे। यहाँ एकेडमी

---

123 भारद्वाज विनोद, *वृहद आधुनिक कला कोश,* वाणी प्रकाशन, 21–ए दरियागंज, नई दिल्ली, पृ० 134

124 वही, पृ० 135

जूलियन में इम्प्रेशनिस्ट पेंटर प्रोफेसर कैवेल्स और बाद में इकोले एस्टीने में ग्राफिक्स का अध्ययन किया। 1964–75 के दौरान कार्य प्रदर्शित किया साथ पूरे यूरोप की यात्रा की। लौटने के बाद उन्होंने सहज व सरल रूप से क्षेत्रीय लोगों को चित्रित किया। ताल व लय को समझने के लिए कथक को भी सीखा व बहुत–सी स्केचिंग भी की। उनका कहना था कि यदि कला का एक काम तकनीकी पूर्णता प्रदर्शित करता है और एक निश्चित मूड व विचार व्यक्त करता है तो संचार अधिक सार्थक हो जाता है।[125]

1970 के दशक में सोमनाथ होर ने प्रिंटिंग माध्यम में नए प्रयोग करने आरंभ किए जिसमें सीमेंट प्लेट, पेपर पल्प आदि के साथ लगातार कार्य करते हुए अपनी प्रसिद्ध श्रृंखला 'घाव' (वाडस्) बनाई जिसने उन्हें पूरे देश में पहचान दी।

इसी दशक में तैयब मेहता ने अपने तनाव की चरम सीमा को महसूस किया। जिसके चलते उन्होंने काले रंग की तियर्क रेखा को पूरे कैनवास पर तेजी से लगा डाला। इसी से उनकी विश्व प्रसिद्ध चित्रण श्रंखला 'डॉयग्नल' का जन्म हुआ। हांलाकि उस समय बरनेट न्यूमैन नाम के अमेरिकी कलाकार के अमूर्त चित्रण बहुत प्रसिद्धि कमा चुके थे जिनमें क्षैतिज व लंबवत् रेखा या एक रंग की पट्टी को कैनवास पर लगाया गया था। तैयब की चित्रण विधा पर न्यूमैन का प्रभाव स्पष्ट नजर आता है।

वहीं मनजीत बावा का कलात्मक व गति लिए हुए हड्डी रहित मानव आकृति व पशु आकृतियाँ एक अद्‌भुत संगीतमय माहौल को कैनवास पर बनाते हैं। उनके कार्य में गति सिल्क–स्क्रीन के प्रशिक्षण से आई। कुछ खास फ्लोरोसेंट रंगों की आभांए इनके कार्यों में देखने को मिलती है। बैंगनी, गुलाबी, पन्ना हरा, आसमानी, नीला आदि रंग उन्हें उनके समकालीन सहयोगियों से अलग बनाते हैं। उनके कला कार्य पर पंजाब के 18 वीं शताब्दी के पहाड़ी राज्य के चित्रकारों की प्रेरणा का प्रभाव हैं। इसलिए मनजीत बावा कहते भी हैं की विषय तो सार्वभौमिक है इसलिए आप रूप, रंग, स्थान पर ध्यान केंद्रित कर सकते हैं।[126]

1980–81 में दिल्ली व बम्बई में आयोजित प्रदर्शनी 'प्लेस फॉर पीपुल्स' में कुछ कलाकारों ने जानबूझ कर पश्चिम की गैर–आंलकारिक आधुनिकतावाद को त्याग दिया और ललित कला व पोपुलर ऑर्ट तथा लोक कला के बीच के अंतर को समाप्त किया।[127]

लक्ष्मण पै का आलेखन कौशल उच्च कोटि का हैं। उनकी रेखा–प्रयोग की प्रवृति उन्हें एक सुनिश्चित दिशा प्रदान करती है। पेरिस प्रवास के दौरान वह सन् 1954 में जयदेव के गीत गोविंद पर आधारित राधा–कृष्ण, विषयक चित्रमाला तेल रंगों में बनाई। कुछ समय बाद 60 वें दशक के पूर्वार्ध में ऋतुसंहार पर पेंटिंग्स की पूरी श्रृंखला चित्रित की।[128] 'उत्पत्ति' वसंत, पै के चित्रों में अत्यंत महत्त्वपूर्ण बिम्बविधान में से है।

1967 के संगीत विषय पर आधारित चित्रों में सब और अमूर्तन और विशुद्धता है। ये चित्र रागों के प्रति उनकी व्याख्या को दर्शाते हैं इनमें उमड़ते, टेक्सचर का इस्तेमाल है। 'पै' की चित्रण शैली ने अमूर्त, अतियथार्थ, कल्पना, घनवाद व ज्यामिति हर प्रकार के कला पहलू व शैली को अपनाया।

बड़ौदा समूह के सदस्यों में के०जी० सुब्रमण्यन, भूपेन खाखर, गुलाम मोहम्मद शेख, जेराम पटेल आदि थे। इन कलाकारों ने विविध प्रकार की शैलियों को अपनाया। जिसमें वर्णनात्मक चित्रांकन, लोक प्रेरित कला,

---

125 https:// dagworld.com/k.khebhar.html

126 सेन, गीती, इमेज एण्ड इमेजिनेशन, ग्रंथ कॉरपोरेशन, अहमदाबाद, 1999, पृ० 74

127 मित्तर, पार्थ, *भारतीय कला,* आक्सफोर्ड यूनिवर्सिटी प्रेस, न्यूयार्क, पृ० 223–224

128 मोहन सौमित्र (सं०), लक्ष्मण पै, *ललित कला अकादमी,* नई दिल्ली, अनुवाद– शैल चोयल, हिन्दी संस्करण 1986, पृ० 6

सामग्रियों और तकनीकों के साथ प्रयोग शामिल है। एक विशिष्ट दृश्य भाषा बनाने के लिए उन्होंने अक्सर स्थानीय परंपराओं लोक कथाओं और सांस्कृतिक प्रथाओं का सहारा लिया। के० जी० ने भारतीय कला के लिए एक अधिक समावेशी और बहुलवादी दृष्टिकोण को बढ़ावा देते हुए पारंपरिक और समकालीन तत्वों के सम्मिश्रण पर जोर दिया।

के० जी० सुब्रमण्यम का उद्देश्य कारीगर और कलाकार के बीच फर्क को खत्म करना था जिसके चलते उन्होंने बड़ौदा के पाठ्यक्रम में ग्रामीण व आदिवासी कला की जीवंत परंपराओं को शामिल किया।

सुब्रमण्यम के रूमानी आदिमवाद ने आदिवासी कला के साथ गैर–भ्रमवादी कला की बराबरी की तथा क्यूबिज्म के संरचनात्मक तंत्र को भारतीय लोक कला की द्विआयमिता से जुड़ा माना।[129]

सुब्रमण्यम ने 'आधुनिकता' पर कड़ा प्रहार किया जिसके चलते अमृता शेरगिल के बाद के कलाकारों ने बंगाल स्कूल के महत्त्व को नकार दिया था। उन्होंने यह जोर देते हुए कहा था कि कलाकार की भूमिका को कला कार्य के साथ जोड़ना जरूरी है। साथ ही रचनात्मकता को प्रासंगिक बनाने और सांस्कृतिक सामाजिक और पर्यावरणीय मुद्दों के साथ कला को फिर से जोड़ने की मांग की।[130]

के०जी० सुब्रमण्यम ने 1979 में ग्लास पेंटिंग में 'बाजार कला' की अद्भुत चित्रण 'शैली' पेश की। कांच की भारतीय परंपरा को नवीन रूप दिया। बाद में एक्रेलिक शीट पर रिवर्स पेंटिंग तकनीक से कल्पनाओं और परीकथाओं को अभिव्यक्ति दी। जिनमें बेहद स्वाभाविक व साधारण विषयों को दर्शाया है जैसे – सेना के अधिकारी की पत्नी का दिवास्वपन, कहीं सांड युद्ध प्रशिक्षण, स्त्री–पुरुष केले खाते हुए।[131]

1979 के बाद में सुब्रमण्यम ने अलग–अलग चरणों में ग्लास पेंटिंग की। जो कहीं मोहक है तो कहीं दुर्भावना से भरी, भड़कीले व सौम्य है। वे एक व्यापक स्तर पर कामुकता को घेरे हुए हैं। स्पार्कलिंग फोकस में एक साथ जकड़े हुए आकृतियों और वस्तुओं का एक विशिष्ट क्लोजअप हैं।

कांच के चित्रों में कहीं पर लड़कियां प्रेम की देवियों से मिलती–जुलती प्रतीत होती है तो कहीं आभूषणों से सुसज्जीत महिलाएं अपने अंगों को फैलाते व इधर–उधर धकलती नजर आती है तो कहीं फल चबाती, जानवरों को दुलारती हुई दिखी[132] धीरे–धीरे साठ के दशक में लक्ष्मा गौड़ ने एचिंग में अपनी स्वंय की शैली व्यक्त की जिसमें प्रबल पारंपरिक कामुक भावनाओं को दृश्य रूप दिया। ग्रामीणों और जनजातीय जीवन की बचपन की यादों पर आधारित चित्र जिसमें खुले हुए, व्यंग्यात्मक कामुक और प्रकृति लिप्त होने की अनुभूति प्रकट होती है। 70 के दशक में एक्वाटिंत माध्यम अपनाने पर आकृतियाँ सौम्य किन्तु और भी उत्तेजना प्रकट करने वाली प्रतीत होने लगी। आभूषणों का चित्रण गांव के परिधान को और भी स्पष्ट रूप से उभार रहा है साथ ही अब मानवीय आकृतियों मनोवैज्ञानिक विशेषताओं की संवाहक प्रतीत हो रही है। उनके द्वारा बनाई गई पेंटिंग भी एक अलग ही अवतार धारण किए हुए हैं। उन्होंने मजबूत हट्टे–कट्टे मानवीय शरीरों को चित्रित किया। उनके द्वारा बनाया गया चित्र 'अन्टाइटल्ड' 1972 में स्त्री पुरुष को निर्वस्त्र दिखाया है जिसमें उन्हें अपने जननांगों को छूते हुए चित्रित है। यहाँ सुंदरता से ज्यादा विषय को प्रमुखता दी गई है। उन्होंने पेस्टल,

---

129 मित्तर, पार्थ, *भारतीय कला,* आक्सफोर्ड यूनिवर्सिटी प्रेस, न्यूयार्क, पृ० 224

130 वही, पृ० 225

131 भारद्वाज, विनोद, *वृहद आधुनिक कला कोश,* वाणी प्रकाशन, 21 ए दरियागंज, नई दिल्ली, पृ० 117

132 कपूर, गीता, के० जी० सुब्रमण्ययन, ललितकला अकादमी, नई दिल्ली, पृ० 37

ग्वाश आदि में भी कार्य किया है।[133]

सी० डगलस द्वारा 70 के दशक में बनाई गई रंगीन ड्राइंग पर के०एस० पन्नीकर के व रामानुज का प्रभाव नजर आता है। इनके शुरुआती कार्यों में चमकीले ज्यामितीय अमूर्त रूपों की अधिकता थी किंतु 1981 से 1988 तक जब वे जर्मनी में रहे तो आकार और भी सौम्य हुए किंतु उनमें धूसर रंगों की अधिकता हो गई। नव अभिव्यंजनावादी, क्लेमेंट और एसेलम कीफर के साथ उनका परिचय चोल मंडल में लौटने के बाद केवल उनके पूर्वी परिपक्व काम को उत्साहित करता है। वहां हिंसा, यौन इच्छा, निर्माण, चिंतन, पीड़ा, धीरज और प्यार, अपघटन व पुनर्जन्म ने अराजकता तथा रचनात्मकता आदि के रूप नजर आते हैं।[134]

रामकुमार ने अपने शुरुआती दौर में मूर्त चित्रण किया। जिसमें मानवीय संवेदनाओं का प्रभुत्व था। किंतु बनारस यात्रा के दौरान उन्होंने महसूस किया कि स्पष्ट रूप से सब कुछ चित्रित करना असंगत सा है। दर्शक के सामने सब कुछ यथार्थवादी ढंग से रख देना कला का उद्देश्य नहीं है इसलिए उन्होंने अमूर्त कला को अपनाकर कालजयी शहर बनारस को नवीन शब्दावली में प्रकट किया।[135]

उनका कहना था कि अजंता, एलोरा, खजराहों इतनी दूर की और इतिहास की चीजें है कि आज के समय में उनसे कोई संबंध स्थापित नहीं हो सकता है। लेकिन जब परंपरा को सामान्य जीवन के रिश्तों की तरह जैसे संगे–संबधियों, मित्रों के प्रति दृष्टिकोण के रूप में लें तो आज भी आस्था और विश्वास के स्तर पर परंपरा से टूटने की बात नहीं नजर आती। इस प्रकार हम कितने ही आधुनिक क्यों न हो जाए किंतु पुराने संस्कारों को छोड़ना संभव नहीं है।[136]

दक्षिण भारत में अमूर्त कला को जन्म देने वाले कलाकारों में आदिमूलम का स्थान महत्त्वपूर्ण है। डी०पी० राय चौधरी के मद्रास स्कूल ऑफ ऑर्ट एंड क्राफ्ट के आचार्य बनकर आने से पहले केवल लकड़ी की खुदाई व मूर्ति बनाने के काम से ही वहां के लोग अपनी जीविका उपार्जन करते थे। किंतु राय चौधरी ने 'बंगाल स्कूल' की सुकोमलता व 'रॉयल स्कूल ऑफ आर्ट' इंग्लैंड की यथार्थवादी को मिलकर नवीन प्रयोग पर जोर दिया।[137]

एस० धनपाल०, पी०एल० नरसिंह मूर्ति, के० श्रीनिवासुलु आदि ऐसे कलाकार थे जिन्होंने भारतीय प्राचीन कला में विभिन्न रूप ढूंढे तथा पाश्चात्य प्रभाव के साथ समझौता नहीं किया। श्रीनिवासुलू की 'कमल फूलों की माला' तथा 'हरे कमरे' नामक का चित्रण में लेपाक्षी मंदिर का कला का प्रभाव परिलक्षित होता है। दूसरी तरफ नरसिंह मूर्ति को भारतीय गांवों की सादगी पूर्ण लोककला ने आकर्षित किया। उन्होंने प्राचीन विषयों को भी चुना। गणेश, नरसिंह व लिंग को अमूर्त रूप दिया। रामायण पर 300 से ज्यादा चित्र बनाए।

एस०पी० शांतनराज ने अंतरिक्ष को जीवन के साथ जोड़कर अमूर्त रूप प्रदान किया। उनका 'लाल अंतरिक्ष' चित्र मशहूर है। जे० सुल्तान अली डॉक्टर वेरयर एल्विन से प्रभावित थे, जो आदिवासी कला के एक अधिकारी थे। अली ने बस्तर की यात्रा के साथ–साथ शांति निकेतन के जीवन को भी नजदीक से देखा और वापिस मद्रास आकर फंतासी चित्रण आरंभ किया। अब उनमें प्राचीन आदिमानव युग व तत्कालीन समाज के चिन्ह

---

133 डालमिया, यशोधरा एवं अन्य, *भारतीय समकालीन कला : आजादी के बाद*, वढेरा आर्ट गैलरी, नई दिल्ली, पृ० 140

134 वही, पृ० 134

135 मोहन सौमित्र, *समकालीन कला,* ललित कला अकादमी की पत्रिका, प्रवेशांक 1982, नई दिल्ली 110001, पृ० 14–15

136 भारद्वाज, विनोद, *वृहद आधुनिक कला कोश,* वाणी प्रकाशन, 21 ए दरियागंज, नई दिल्ली, पृ० 106

137 मोहन, सौमित्र, *समकालीन कला,* ललित कला अकादमी की पत्रिका, प्रवेशांक 1982, नई दिल्ली 110001, नवम्बर 1987, मई अंक 1988, अंक 9–10, पृ० 33

नजर आने लगे जैसे–सांप, चिड़िया, धात्री मां, चंद्र, गरूड़, बैल, राजा आदि।[138]

एस० धनपाल व के० सी० एस० पन्नीकर के सानिध्य में पी०वी० जानकी राम, एस० कनियप्पन व टी० आर० पी० मुकैया उभरे जिनकी मूर्तिकला भिन्न थी। पी० वी० जानकीराम ने ताम्र, कास्य, पीतल की नई तकनीक से नयी संभावनाओं को जन्म दिया, जिनमें 'औरत', 'कालियामर्दन' मुख्य है। मुकैया ने टेराकोटा के माध्यम से पशु–पक्षी, मनुष्य, प्रकृति और पौराणिक कथा आदि को मूर्त रूप दिया। उनकी मृण्मूर्तियों में 'योद्धा', 'सांप और पक्षी', 'परिवार', 'ड्रमर' आदि मुख्य थे।[139]

एस०कनियप्पन ने धातु, मृर्तिका आदि से बेहद सरल व स्पष्ट अर्थो वाले रूपों को बनाया तथा स्वंय भीड़ का हिस्सा बन गए ताकि लोग आसानी से उन्हें समझे। अल्फांसो कट्टर ईसाई परिवार से थे। पहले ईसा पर कार्य किया बाद में कृष्ण के ऊपर तंजौर शैली में काम किया।

आर० बी० भास्करन ने संपूर्ण ब्रह्मांड को समझने के लिए लिंग, त्रिशूल, मंदिर, सर्प आदि प्रतीकों को चुना। सी० दक्षिणामूर्ति का कहना था कि 'मेरे पास कोई वाद नहीं है न हीं किसी ब्रांड का नाम। मैं केवल अपनी निजी शैली से जाना जाता हूँ। मैं मौलिक हूँ। सृजना करना ही मेरी मौलिकता है।''[140]

के० सी० पन्निकर द्वारा 1944 में स्थापित प्रोग्रेसिव प्रिंटर्स एसोसिएशन ऑफ मद्रास में गवर्नमेंट कॉलेज ऑफ फाइन आर्ट्स, चेन्नई के कलाकारों के कार्यों को दुनिया के सामने पेश करने व बेचने के लिए एक मंच के रूप में कार्य किया। विकास भट्टाचार्जी (जन्म 1940) का अतियर्थाथवाद भारत के तत्कालीन समय में एक विस्फोट की तरह उभरा। उनके कार्य में फोटोग्राफ की भांति प्रकाश व गहरी छाया का मजबूत विरोधात्मक प्रदर्शन देखा जा सकता है। यह भारत में एक पूर्णतः नवीन प्रतीत हो रहा था जो अतियथार्थवाद से प्रभावित था। खासतौर पर उनकी 'डॉल' श्रृंखला तो अति यथार्थवादी मूर्तिकार व चित्रकार हंस बेल्मर से प्रभावित जान पड़ती है जो 1936 में बनाए गए थी।[141] हालांकि विकास ने इसे अपने भारतीय वातावरण के अनुकूल ढाला है जिसमें वह विक्टोरियन गुड़िया तत्कालिक बंगाल के राजनैतिक प्रशासन के तौर–तरीकों के खिलाफ हिंसा का प्रदर्शन है। विकास द्वारा मध्य और निम्न वर्ग की बंगाली औरतों की चित्रण शैली भ्रामक रूप से अकादमिक है किंतु गहन अध्ययन पर उनमें बुरे सपनों का प्रतिरूप पाया जाता हैं।

जोगेन चौधरी जो एक ऐसे काव्य यर्थाथवादी हैं। जिन्होंने मानवीय आकृतियों को बड़े ही अलग ढंग से दर्शाया जो उनकी मौलिकता को प्रदर्शित करता है। मानों उन आकृतियों में हवा भरकर निकाल दी गई हो जिससे एक अलग ही प्रकार का ढीलापन व झूर्रियाँ नजर आती है। जिनके चेहरे के भाव भी उनके शरीर की भांति सुस्त हैं। जोगेन चौधरी ने भद्दे पुरुषों की अपनी स्वंय की शैली ईजाद की। जिसमें बोरे जैसे भद्दे, मोटे पेट वाले, ढीली–ढाली चमड़ी के लटकते बेडोल स्तनों वाली स्त्रियां को बनाया। जिनके चेहरे व शरीर सुन्दरता से कोसो दूर हैं। पेरिस ने उनकी विशिष्ट व्यक्तिगत शैली के विकास में मदद करते हुए उनकी रचनात्मक विचार प्रक्रिया को तेज किया। चौधरी की शारीरिक व्याख्या उनके रचनात्मकता की एक्स रे दृष्टि के माध्यम से है। उनकी चित्रण विधा में पृष्ठभूमि की भूमिका नहीं है क्योंकि वे अक्सर खाली पृष्ठभूमि के खिलाफ आकृतियों को बनाते हैं। वे वातावरण से ज्यादा जेस्चरल मार्ग–मेकिंग के माध्यम से भावनाओं को व्यक्त करते

---

138 मोहन, सौमित्र, *समकालीन कला,* ललित कला अकादमी की पत्रिका, प्रवेशांक 1982, नई दिल्ली 110001, नवम्बर 1987, मई अंक 1988, अंक 9–10, पृ० 35

139 वही, अंक 9–10, पृ० 36

140 वही, पृ० 40

141 मित्तर, पार्थ, *भारतीय कला,* आक्सफोर्ड यूनिवर्सिटी प्रेस, न्यूयार्क, पृ० 221

हैं। उनका मानना है कि भारत में कला न तो लघु परंपराओं में समाहित है और जनता न ही अजन्ता में, क्योंकि भारत कोई स्थिर इकाई नहीं है। इसलिए भारतीयता की धारणा को समय में नहीं बांधा जा सकता। उनकी सघन, क्रॉसहैच्ड़ रेखाएं शरीर के बालों का अनुकरण करती हैं। नसों का एक जाल जीवन की रूपरेखा को प्रकट करता है जिसके चलते शास्त्रीय व पारंपरिक कामुक शरीरिक चिकनी शरीर की बनावट छीन जाती है। जोगेन की स्त्रियां हष्ट–पुष्ट माँसलता वाली हैं जिनमें रेंखाकन की बारीकियां है, किंतु तकनीकि जटिलता नहीं। उनका 'नटी विनोदिनी' चित्र में बंगाल की रंगमंच कलाकार की मुश्किल जिंदगी के जीवन पर आधारित है। उन्होंने उसका एक नाटक देखने के बाद यह चित्र बनाया था। इन्होंने गणेश का भी चित्रण किया साथ ही राजनेता, देवता, व्यापारी आदि साधारण विषयों को भी चुना।[142]

70 के दशक में रामेश्वर ब्रूटा की तकनीक अपने समकालीन सहयोगियों से भिन्न हैं। वे इस समय कैनवास पर चांदी (सिल्वर) के रंग का लेप लगाते हैं। फिर उस पर काली स्याही का लेप लगाते हैं। रंग सूखने पर वे काले रंग को अपनी कृति के आकृति अनुसार रखते हैं। इस प्रकार टेक्सचर की उनकी कला में महत्त्वपूर्ण भूमिका है। उनकी दृश्य भाषा में यथार्थवाद और अभिव्यंजनावाद के तत्व है। 1970 के दशक की उनकी 'एप' श्रृंखला में अलंकारिक, विचित्र, व्यंग्यात्मक रूप उभरते हैं जिनमें उन्होंने अभिजात वर्ग के बीच भ्रष्टाचार और पतन की आलोचना की। बाद में उन्होंने कालातीत के दायरे से निकलकर पदार्थ और आत्मा के विरोधी खिंचाव की खोज की। ब्रूटा ने ज्यादातर भूरे, नीले, सफेद व स्वर्ण, चांदी और कोपर के मैटेलिक टोन पर कार्य किया। इनकी मैन, फेसेस एंड स्क्रिप्टेड इन टाइम' में ब्रूटा की कल्पना का लेटमोटिक 'मैन' है। यह यहाँ पूरी मानव जाति का प्रतिनिधित्व करता है। एप के शरीर के रूप में पुरुष नग्न धड शक्ति व बल का प्रतीक है।

अंजू डोडिया ने आंतरिक और बाहरी वास्तविकता का पता लगाने के प्रयास में आत्म–छवियों को अंतरंग, कभी–कभी नाटकीय स्थितियों में रखा। डोडिया ने अपनी काल्पनिक दुनिया को जलरंगों के चटक साफ व सौम्य तरीके से कागज पर उतारा है। इनके चित्रों में अतियर्थावादी पुट भी दिया गया है। साथ ही पशु–पक्षियों व मानवीय आकृतियों को एक स्वपनिल वातावरण की पृष्ठभूमि में दर्शाया है। उनके चित्र 'दू ओरिओल्स' 1996 कागज पर जल रंग, प्रसिद्ध है।[143]

शिल्पा गुप्ता की वैचारिक कलाकृतियाँ पहचान, सीमाओं और निगरानी के विषयों को संबोधित करती है, जो अक्सर दर्शकों को इंटरएक्टिव अनुभवों में उलझाती हैं। रीना बनर्जी की मूर्तियों और प्रतिष्ठानों में विभिन्न प्रकार की सामग्री शामिल है जो सांस्कृतिक संकरता और वैश्वीकरण के विषयों की खोज करती है। सुदर्शन शेट्टी की मूर्तिकला स्थापना मल्टीमीडिया कार्य पारंपरिक शिल्प कौशल, स्मृति को शहरीकरण को दर्शाते हैं। एन०एस० हर्ष के जटिल चित्र प्रतिष्ठान सामाजिक और राजनीतिक मुद्दों पर टिप्पणी करते हैं जो भारत में रोजमर्रा की जिंदगी से प्रेरणा लेते हैं।

जी० आर० इरन्ना की अमूर्त पेंटिंग और प्रतिष्ठानों में अध्यात्मिकता, सामाजिक असमानता और मानवीय स्थिति को दर्शाया गया है। भूपेन खाखर के अलंकारिक फिगरेटिव चित्रों ने समलैंगिकता, पहचान और समाजिक वर्जनाओं के विषयों की खोज की जो भारत में एक विचित्र कलात्मक प्रवचन में योगदान करते हैं। नलिनी मलानी अपने चित्रों में लिंग, हिंसा और राजनीतिक अशांति के मुद्दों को संबोधित करती हैं। उनका काम "इन सर्च ऑफ वैनिश्ड ब्लड" भारत के विभाजन का एक शक्तिशाली अन्वेषण है। उनके काम में हिंदू

142 भारद्वाज, विनोद, *वृहद आधुनिक कला कोश,* वाणी प्रकाशन, 21–ए दरियागंज, नई दिल्ली, पृ० 179

143 डालमिया, यशोधरा एवं अन्य, *भारतीय समकालीन कला : आजादी के बाद,* वढेरा आर्ट गैलरी, नई दिल्ली, पृ० 130

पौराणिक कथाओं, प्राचीन ग्रीक और भारतीय इतिहास, प्रागैतिहासिक कल्पना, पारिस्थितिक आपदाओं और महिलाओं के मुद्दों से ली गई है।

अतुल डोडिया की पेंटिंग पॉपकला और पारम्परिक भारतीय मिनिएचर पेंटिंग के तत्वों को जोड़ती है। वह अक्सर गांधी और भारतीय स्वतंत्रता संग्राम जैसे प्रतिष्ठित आकृतियों तथा ऐतिहासिक घटनाओं का संदर्भ देते हैं। जितीश कष्ट की रचनाएं शहरीकरण, प्रवासन और मनुष्यों और प्राकृतिक दुनिया के बीच संबंधों के विषयों का पता लगाती है। 'सार्वजनिक सूचनाएं' एक उल्लेखनीय कार्य है जिसमें महात्मा गांधी के एतिहासिक भाषण के पाठ को शामिल किया गया है, जो 11 मार्च 1930 को डांडी नामक यात्रा से पहले दिया गया था। अनीश कपूर बड़े पैमाने पर मूर्तिकला कार्यों के लिए जाने जाते हैं जो अक्सर अवधारणाओं से जुड़े होते हैं। शिकागो के मिलेनियम पार्क में 'क्लाउड गेट' उनकी सबसे प्रसिद्ध स्थापना में से एक है।

रकीन शॉ की जटिल पेंटिंग भारतीय लघुचित्रों, यूरोपीय कला और काल्पनिक विषयों के तत्वों को जोड़ती है। उनके अत्यधिक विस्तृत कार्य अक्सर काल्पनिक परिदृश्य और पौराणिक प्राणियों को चित्रित करते हैं। सुबोध गुप्ता अपनी इंस्टालेशन कला के लिए जाने जाते हैं। वे भारतीय समाज में वैश्वीकरण और उपभोक्तावाद के विषयों की पड़ताल करते हैं। उनके उल्लेखनीय कार्यों में से एक 'नियंत्रण रेखा' है जो स्टेनलेस स्टील के बर्तनों से बने बड़े पैमाने पर एक इंस्टॉलेशन है।

भारतीय समाज में स्त्रीत्व की पहचान और महिलाओं की भूमिका के विषयों का पता लगाने के लिए भारती खेर की कृतियों में अक्सर बिंदी (माथे की पारंपरिक सजावट) शामिल होती है। 'द स्किन स्पीक्स ए लैंग्वेज नॉट इट्स ओन'' यह उनकी एक संस्थापना कला का उदाहरण है। इस प्रकार समकालीन भारतीय कलाकारों के नवीन कार्यों ने समकानीन कला को नया रूप प्रदान किया।

खंड – 3

समकालीन चित्रकला के स्वरूप पर पाश्चात्य कला का प्रभाव

भारत सदा से ही संस्कृति, सभ्यता और साहित्य का धनी देश रहा है। यहाँ पत्थर में भी जीवंत कला के दर्शन होते हैं। समय–समय पर विदेशी यात्रियों, कलाकारों व आक्रमणकारियों द्वारा यहाँ नवीन परिवर्तन होते रहे। कभी सकारात्मक तो कभी नकारात्मक। मुगलों के आगमन से मुगल शैली का जन्म हुआ। जिसने भारतीय मध्यकालीन कला में विशेष भूमिका निभाई तो दूसरी तरफ कम्पनी शैली के प्रभाव से तत्काल कला में गिरावट आई। खैर, परिवर्तन समय की मांग है। इन्हीं परिवर्तनों के चलते देश–विदेशों में कला की अनेक शैलियों का जन्म हुआ। जिनसे कला को नवीन रूप देने वाले 'वाद' (ism) प्रकट हुए जो कल्पना, स्वप्न, द्वंद्व व प्रकाश के चित्रण तथा ज्यामितीय प्रभावों को आत्मसात किए हुए हैं।

डेरेक बोशिर का 'कला आंदोलनों' के बारे में कहना है कि कलावाद आते जाते रहते हैं। किंतु वे कला के दृश्य शब्दावली में शामिल करने के लिए अपने पीछे एक निश्चित अनुमेयता छोड़ देते हैं। जो अब से पहले उपयोग में नहीं थी। उदाहरण के लिए अमूर्त अभिव्यक्तिवाद (अभिव्यंजनावाद) कैनवास पर रंग को फेंकने का एक 'विचार' लाया कि किस तरफ से आप रंग फेंकते हैं। ऐसे ही पॉप कला ने विषय वस्तु के रूप में 'कुछ भी' उपयोग करने की क्षमता को पीछे छोड़ दिया। हालांकि ऐसे में कुछ बुरी बातें भी हैं लेकिन फिर भी आंदोलन एक तरह की विरासत को पीछे छोड़ देता है।[1] जिससे इतिहास दर्ज होता चला जाता है।

पश्चिमी देशों में शुरू हुए विभिन्न कलावादों का पूरी दुनिया पर परोक्ष या प्रत्यक्ष प्रभाव रहा। किंतु इसका अर्थ यह नहीं है कि जिस देश में उसका सूत्रपात हुआ उससे ज्यादा वह दूसरे देश में प्रसिद्ध या प्रभावित रहा हो। दरअसल सभी कला परिवर्तन अपने उद्‌गम क्षेत्र में ज्यादा प्रभावी व शुद्ध रहते हैं। समय, सीमा व स्थान बदलने पर उनमें परिवर्तन निश्चित है। जैसे घनवाद का प्रभाव जितना पेरिस में रहा उतना भारत में कभी नहीं रहा और ना ही होगा। क्योंकि भौगोलिक, सांस्कृतिक, राजनैतिक, ऐतिहासिक मुद्दों के चलते कला में स्थान दर स्थान परिवर्तन होते ही हैं। अतः आंदोलनों का महत्त्व उसी स्थान का होता है जहाँ से वे शुरू होते हैं अन्य किसी जगह से उनका संबंध बेहद झीना होता है। किंतु जो भी प्रभाव फिल्टर होकर आते हैं उनमें दूसरे स्थान की झलक जरूर प्रकट होती है। गगेन्द्रनाथ का घनवाद भारतीय घनवाद था। जिसमें ज्यामितीय यांत्रिकता की जगह भारतीय सौम्यता के दर्शन होते हैं। शैलोज मुखर्जी की अभिव्यंजनावादी तूलिका में देसी पुट स्पष्ट नजर आता है तो रज़ा साहब की सपाट रंगो के क्षेत्रों में पाश्चात्य प्रभाव रंगक्षेत्रीयवाद के प्रभाव के साथ–साथ सृष्टि के उद्‌भव के साक्ष्य तथा जीवन का अंकुरण प्रकट हुआ। विकास भट्टाचार्य की रहस्यमयी कृतियाँ साल्वाडोर डाली से बेहद भिन्न है किंतु फिर भी अतियथार्थवाद की अच्छी उदाहरण है। भारतीय कलाकारों ने सभी पाश्चात्य कला शैली को अपने ढंग से आत्मसात किया। किंतु एक समय ऐसा भी था जब पश्चिमी कला से प्रेरित कलाकार अपने आप को प्रगतिशील आंदोलन के 'मुखिया' कहते थे साथ ही पश्चिमी कलाकारों की कोरी नकल को दंभ से कहते थे कि ''टू एबजॉर्ब दि ग्रेट मास्टर्स स्टाइल्स इज आल्सो

---

1 *भारतीय कला आरंभ से ही पहचान की तलाश में,* कलाकार हस्तशिल्प संघ चोलामण्डल, कलाकार विलेज, मद्रास, 60004, पृ० 7

क्रिएटिविटी।"[2]

इस प्रकार वो अपनी समृद्ध कला परंपरा को नीचा दिखाकर पश्चिमी कला शैलियों को सर्वोपरि साबित करते। जो बेहद सतही व सांसारिक है। जबकी 1919 के मार्शल दुचम्प ने प्रसिद्ध इटालियन मास्टर की कृति मोनालिसा की मूंछे बनाकर उसका मजाक उडाया। वे प्राचीन नियमों की खिल्ली उडा रहे थे। हाँ, यह सत्य है कि विभिन्न स्कॉलरशिप को लेकर पश्चिम में गए भारतीय कलाकारों ने समय–समय पर वहां के परिवर्तनों को अपने देश से सांझा किया और यह जरूरी भी है कि कलाकार समय के साथ दुनिया में हो रहे कला परिवर्तनों को लेकर सजग रहे। साथ ही स्थितिनुसार अपने अनुभवों के द्वारा उसे नवीन तरीके से पेश करें। इसे ही रचनात्मकता कहा जाता है रज़ा साहब की प्रेरणा भारतीय योग व तंत्र रही किंतु प्रस्तुतीकरण के स्रोत के आरंभ पश्चिमी रंगक्षेत्रीय कला व अमूर्त अभिव्यंजनवादी कला रही। ई० वी० हैवेल का कथन यहाँ बेहद उचित प्रतीत होता है कि किसी भी कला में परिवर्तन संभव है किंतु आमूल परिवर्तन नहीं ऐसे में कला की स्वच्छता भंग हो जाती है।

नवीनता का आग्रह करने पर कला समीक्षकों व आलोचकों का रवैया भी कलाकार के प्रति कभी–कभी कटु हो जाता है। एक बार लंदन में सूजा ने बताया था कि जॉर्ज बूचर भारत से जो प्रदर्शनी लेकर आए थे उस पर विलियम आर्चर ने कटाक्ष करते हुए अपनी समीक्षा में लिखा था कि "हुसैन इज नथिंग बट अरलियर मातिस।"[3]

3.1 प्रभाववाद का प्रभाव

"प्रकृति में कोई रेखाएं नहीं है, एक दूसरे के खिलाफ केवल रंग के क्षेत्र हैं।"

–माने

पाश्चात्य कला में छाया–प्रकाश व भारतीय कला में रेखा की प्रधानता रही है। किंतु बदलते समय के साथ कला का रूप, शैली व प्रकृति बदलती रही है। कलाकारों ने अपने अस्तित्व के औचित्य को बनाए रखने के लिए समाज के साथ ही अपनी कलम का रुख भी बदल लिया। ऐसा ही बदलाव फ्रांस में भी देखने को मिला जब कलाकारों ने यथार्थवाद और स्वछंदतावाद के नियमों को नकार कर अपने कुछ मौलिक कला के सिद्धांत स्थापित किए। जिसे प्रभाववाद के नाम से जाना गया। प्रभाववाद के शुरुआती लक्षण 1862 से आरंभ हुए, व पतन 1892 के करीब माना जाता है। प्रभाववाद से पहले यथार्थवाद भी अपने पूर्व के कला नियमों व तौर–तरीकों के विरुद्ध खड़ा हुआ था। क्योंकि उस समय फ्रांस में दमनकारी शासन था। ऐसे में कलाकार मात्र पौराणिक कथाओं व शास्त्रीय कला का गुणगान कर रहे थे। कुर्बे जैसे उग्र कलाकार ने अपने नवीन विषय में मौलिकता से यूनिवर्सल एक्सपोजिशन (पेरिस) के खिलाफ 1855 में अपनी प्रदर्शनी लगाई। जो नई विचारधारा रखने वाले कलाकारों के लिए पथ प्रदर्शक साबित हुई। अब तत्काल समाज की परिस्थिति तथा दशा को लेकर कलाकार की कूची गंभीर हो गई। उसकी नजर अब काल्पनिक कथाओं व कहानियों का महिमामंडन न करके तत्काल समय में घटित हो रही सामाजिक घटनाओं पर टिक गई।

किंतु समय के साथ मात्र समाज के यथार्थ चित्रण से भी कलाकार उब गया। आखिर चित्रकला में यदि यथार्थ से हटकर कुछ नया परिवर्तन नहीं दर्ज किया जाए तो वह नीरस हो जाता है। ऐसे में प्रभाववादी कलाकारों ने लीक से हटकर नई पद्धति को अपने पट पर स्थान दिया। अब तक कला में विषय का बहुत महत्त्व था

---

2 *समकालीन कला,* नवम्बर 1987, मई 1988 अंक 9–10, पृ० 47

3 *समकालीन कला,* नवम्बर 1987, मई 1988, अंक 9–10, पृ० 48

किंतु प्रभाववादियों ने विषय के महत्त्व को नकार दिया। उसके स्थान पर बेहद साधारण दैनंदिन प्रसंग को अपनी तूलिका से चित्रित किया। अब ऐतिहासिक व पौराणिक महिमामंडन को त्याग कर तत्काल समाज की जीवन शैली पर आधारित चित्रण आरंभ हुआ।

3.1.1 प्रभाववाद के जन्म के मुख्य कारण

चार्ल्स बोडेलेयर (1821–67) ने 1846 के आरम्भ में सैलून प्रदर्शनी के दौरान कलाकारों के अतीत की परिपाटी पर चित्रण करने के ढंग की आलोचना करते हुए कहा था कि कलाकारों को आधुनिक जीवन पर ध्यान केंद्रित करना चाहिए। जीन बैप्टिस्ट केमिली कोरोट ने नवशास्त्रीय सिद्धांतों को यथार्थवाद के नजरिये के साथ मिश्रित किया। यहाँ उन्होंने 'एन प्लेन एयर' (आउटडोर) पेंटिंग के माध्यम से इसे हासिल किया। जिसकी शुरुआत 19वीं शताब्दी में जॉन कॉन्स्टेबल (1776–1837) तथा जे० एम० डब्ल्यू द्वारा की गई थी।[4]

पेरिस का विकास 1853 में शुरू हुआ। अब पुरानी संकरी गलियों की जगह समृद्ध पूंजीपतियों के लिए विस्तृत बुलेवार्ड, दुकाने, अपॉइंटमेंट ब्लॉक व कैफे बने। आज के आधुनिक पेरिस के विकास का श्रेय बैरन हॉसमैन को जाता है। इस समय नए रेलवे टर्मिनल शामिल किए गए जो नए–नए उपनगरों में परिवहन प्रदान करते थे। ये उपनगर सीन नदी के किनारे बसे जो पूंजीपतियों के लिए मनोरंजन की गतिविधियों का अड्डा बन गए। इन्हीं परिवर्तनों को कलाकारों ने चित्रित किया। एडुआर्ड मैनेट सबसे पहले ऐसे कलाकार थे जिन्होंने अपनी पेंटिंग 'म्यूजिक इन द टयूलरीज गार्डन 1862' में बोडेलेयर की आधुनिक जीवन के चित्रण के आह्वान को चरितार्थ किया था।[5]

1863 में आधिकारिक वार्षिक कला सैलून द्वारा बहुत बड़े पैमाने पर स्वतंत्र विचारों को व्यक्त करने वाले कलाकारों की कलाकृतियों को नकारा गया। क्योंकि उनके तरीके थोड़े अपरंपरागत थे। अब तक तेल रंगों की रंगाकन पद्धति में पहले गहरे क्षेत्रों को अंकित किया जाता व बाद में ऊपर हल्के रंगों के क्षेत्रों को रंगा जाता। परंतु माने ने इस परिपाटी को नकारते हुए सर्वप्रथम हल्के रंगों व बाद में गहरे रंगों से वांछित क्षेत्रों का ऊपर से दबाया। ऐसा करने से छाया के क्षेत्र और भी चमकीले व पारदर्शी दिखाई पड़े। परंतु ऐसा अपरम्परागत कार्य सैलून द्वारा मान्य नहीं था।[6]

माने द्वारा बनाया गया 'तृण पर भोजन' इसी पद्धति का उदाहरण है। इसमें चित्रित नग्न स्त्री में किसी शालीन शास्त्रीय या किसी देवी के दर्शन ना होकर समकालीन वेश्या के गुण प्रतीत हो रहे थे। जो अकादमिक के नियमों के विरुद्ध था। हालांकि माने के समर्थकों ने इसे राफेल द्वारा बनाई गई 'पेरिस का निर्णय' प्रकृति के एक हिस्से में बनाए गए तीन देवताओं के समूह से प्रभावित बताया किंतु यह मान्य नहीं था।[7] इन सभी के चलते प्रभाववादी कलाकारों ने नवीन चित्रण शैली का आगाज किया।

3.1.2 प्रभाववाद का नामकरण

1874 में लगी प्रदर्शनी को देखकर 'लुई लेराय' ने एक व्यंग्य पत्रिका 'ले चिवारी' में 'प्रभाववादियों की प्रदर्शनी' नामक शीर्षक से लेख प्रकाशित किया। जिसमें सभी कार्यों की निंदा करते हुए मोनेट की 'इंप्रेशन सनराइज' के लिए 'इंप्रेशन' शब्द का व्यंग्यात्मक ढंग से बार–बार प्रयोग किया गया जिसने न सिर्फ इन कलाकारों को

---

4 रोबिंसन, माइकल, *इम्प्रेशनिस्ट मास्टरपिस्जि ऑफ आर्ट*, फ्लेम ट्री पब्लिशिंग, पृ० 6

5 वही, पृ० 7

6 साखलकर, र० वि०, *आधुनिक चित्रकला का इतिहास*, राजस्थान हिंदी ग्रंथ अकादमी, जयपुर, संस्करण 25वां 2013, पृ० 43

7 वही, पृ० 44

नया नाम व पहचान दी बल्कि उनके भविष्य को भी प्रदर्शित किया।[8]

3.1.3 प्रभाववाद की विशेषता

इस कलावाद ने प्रकाश के महत्त्व पर ध्यान केंद्रित किया व उसका संपूर्ण वातावरण पर पड़ने वाले प्रभाव को पट पर चित्रित किया। बाहरी रेखा को समाप्त करके मात्र रंगों के ही गहरे व हल्के तूलिकाघात से वस्तुओं को एक–दूसरे से पृथक किया। कलाकारों ने असाधारण परिप्रेक्ष्य दृष्टिकोण को अपनाया जो स्पष्ट रूप से फोटोग्राफी का प्रभाव थी।

प्रभाववादी कलाकारों पर जापानी वुडकट का प्रभाव था। इन्होंने प्रकृति दृश्य और व रोजमर्रा के ऐसे विषय को चुना जो जापानी प्रिंटस से प्रभावित प्रतीत होते हैं। क्योंकि मोनेट के पुल को लेकर बनाए गए दृश्यों की सादृश्यता यूकियों के प्रिंट्स में नजर आती है और डेगास द्वारा बनाई गई औरतों के स्नान दृश्य 'ला टायलेट' जापानी प्रिंट में बनाई गए स्त्रियों के स्नान दृश्यों से बेहद साम्य रखते हैं।[9]

प्रभाववादियों की यह विशेषता थी कि उन्हें चित्रण के लिए किसी खास काल्पनिक या महत्त्वपूर्ण विषय की आवश्यकता नहीं थी। बल्कि उनका मूल सिद्धांत था कि चराचर सृष्टि की घटनाएं व प्रसंग सौंदर्य से भरे हुए हैं। क्योंकि सर्जन प्रक्रिया आत्मनिष्ठ है वस्तुनिष्ठ नहीं। जब भी किसी भाव का उदय होता है तो वह कलाकार की मानसिक अवस्था से संबंध रखता है विषय से नहीं।[10]

इस प्रकार प्रभाववादियों ने नए ढंग से दैनिक विषयों को चित्रित किया। उनकी पेंटिंग क्षणिक प्रकृति की तेजी से की गई रिकॉर्डिंग लगती है। आधुनिक जीवन और परिदृश्यों के त्वरित स्कैच जैसे विचारों का निर्माण करने के लिए इन्होने रेखा को त्याग कर सीधा रंगो में चित्रण किया।[11]

इस प्रकार की विशेषताओं को प्रभाववादियों के कार्यों में देखा जा सकता है किंतु यदि गहन अध्ययन किया जाए तो प्रभाववादियों की अपनी–अपनी कुछ खास विशेषताएं भी थी। क्लाउड मोनेट ने वातावरण की बदलती परिस्थितियों को चित्रित करने के लिए एक ही स्थान का चित्रण समय व मौसम के अनुसार किया। जिसमें पल–पल, क्षण–क्षण के बदलते सूर्य प्रकाश से संपूर्ण पट का नजारा ही बदल गया। इस प्रकार कलाकक्ष से बाहर चित्रण करने की पद्धति को 'प्लेन एयर' के नाम से जाना गया।

पियरे अगस्टे, मैरी कसाट, रेनायर व बर्थे मोरिसोट जैसे प्रभाववादी कलाकारों ने मानव रुप या नामक के मनोविज्ञान पर ध्यान दिया बजाय के पल–पल बदलते प्रकाशीय प्रभाव के चित्रण के। एडगर डेगास जैसे कलाकार ने आधुनिक शहरी जीवन जैसे संगीतकार, बैले नृत्य रिहर्सल तथा कैफे आदि में बैठे लोगों का चित्रण किया। डेगास ने अपने पात्रों के लिए मोटे ब्रश तूलिका घातों, कड़ी रेखाओं का प्रयोग किया जो मोनेट की तुलना में अधिक स्पष्ट थे।

रेनायर ने मोंटमाट्रे के अपने पड़ोस के पात्रों की दैनिक गतिविधियों को पट पर बेहद जीवंत रंगों के साथ चित्रित किया। इनके ब्रश स्ट्रोक बेहद हल्के व सौम्य थे। इन्होंने वातावरणीय प्रभाव पर ध्यान केंद्रित न करके

---

8 रोबिंसन, माइकल, *इम्प्रेशनिस्ट मास्टरपिस्जि ऑफ आर्ट*, फ्लेम ट्री पब्लिशिंग, पृ० 10

9 रिचमैन कैली, किस प्रकार जापानियों ने यूरोपियन प्रभाववादी कलाकारों को प्रभावित किया, अद्यतन तिथि– 14 दिसम्बर 2017, अभिगम तिथि– 27 अक्टूबर 2018, https://mymodernmet.com/japanese-art-impressionism-japonism

10 साखलकर, र० वि०, *आधुनिक चित्रकला का इतिहास*, राजस्थान हिंदी ग्रंथ अकादमी, जयपुर, 302004, पृ० 40

11 लुईस, मैरी टोम्पकिन्स (सम्पादक), *प्रभाववाद व उत्तर–प्रभाववाद में आलोचनात्मक अध्ययन : एक संकलन*, यूनिवर्सिटी ऑफ कैलिफोर्निया प्रैस, 2007, पृ० 1

बल्कि पात्रों के शारीरिक व भावनात्मक गुणों पर ध्यान दिया। बर्थ मोरिसोट ने तत्काल महिलाओं के जीवन को चित्रित किया जिसमें मुख्यतः मां व बच्चे के बीच मातृप्रेम को चित्रित किया।

3.1.4 भारत में प्रभाववाद का प्रभाव

प्रभाववाद का प्रभाव राजा रवि वर्मा के कुछ आरभिंक चित्रो में आंशिक रूप से देखा जा सकता है। भारत में प्रभाववादी प्रवृति का सर्वप्रथम परिचय जे०जे० स्कूल ऑफ ऑर्ट के निदेशक लेडस्टोन सोलोमन ने दिया था। नंदलाल बोस द्वारा भी कहा गया था कि भारतीय कला में प्रभाववाद के कुछ तत्वों का पता लगाया जा सकता है।

एन० एस० बेंद्रे

1910 में इंदौर में जन्मे एन० एस० बेंद्रे ने 1929 में वहाँ इंदौर के राजकीय कला विद्यालय से प्रशिक्षण प्राप्त किया। उनके शुरुआती चित्रों में प्रभाववादी तथा अकादमिक शैली का प्रभाव दृष्टिगोचर है। उनका 'समर फॉरेस्ट' चित्र (1956/कैनवास पर तेलचित्र) बिंदुवाद का उदाहरण है। जिसके प्रणेता सोरा रहे हैं हालांकि यह भारतीय कला इतिहास में प्रचुर मात्रा में पहले से ही व्याप्त था क्योंकि आइवरी ड्राइंग एक प्रकार की बिंदुवादी कला ही है। इसमें गहराई और छाया बनाने के लिए पूरी तरह से बिन्दुओं के समूह होते हैं। बेन्द्रे कहते है कि मुंबई से कश्मीर लौटने पर उन्होंने अपने आप में बढ़ती बेचैनी को पहचाना व स्वंय को राष्ट्रीय कला आंदोलन की मुख्य धारा से कटा हुआ महसूस किया। वह मानते थे कि कश्मीर ने उनके विकास में योगदान दिया है। इसकी सुंदर भव्यता ने उन्हें एक परिदृश्य के बदलते मूड को रिकॉर्ड करने के लिए तेजी से स्केचिंग करने की तकनीक सीखने में मदद की। उन्होंने वायुमंडलीय रंगों के अलग-अलग ओवरटॉन को भी पहचाना, जो मौसम के साथ बदलते थे। एक और महत्त्वपूर्ण अहसास यह था कि मौके पर चित्रण करते समय दृश्य का तत्काल प्रभाव रंग की किसी भी व्याख्या की अनुमति देने के लिए बहुत अधिक शक्तिशाली था।[12]

बेंद्रे ने 1930 व 1940 के बीच बनाए गए इंदौर, कश्मीर, बनारस व हरिद्वार के सैराचित्रों में प्रभाववादी चित्रकला का इस्तेमाल है। कला शिक्षा में उनके प्रयोग बड़ौदा में परिपक्व हुए। यहीं से उन्होंने अपने गंभीर अन्वेषणों का आरंभ किया। अब तक उन्होंने जलरंग माध्यम को संभालने में जबरदस्त अनुभव को प्रदर्शित किया, खास तौर पर अपारदर्शी 'गौचे' और पेस्टल के उपयोग दोनों में उन्होंने सैरादृश्य व मानवीय अध्ययन किया, जिसे प्रभाववादी शैली में गिना जाता है। इसमें उन्होंने उष्णकटिबंधीय प्रकाश और धूप के प्रति संवेदनशीलता दर्शाते हुए प्रभाववाद के प्रति अपनी तूलिका की दक्षता को प्रकट किया। 1930 से 1940 तक जारी उनके इस कार्य को ब्रिटिश कलाकारों के साथ सरेखित करता है। घूमने की लालसा ने बेंद्रे को भारत के कई हिस्सों में घुमाया उन्होने कश्मीर के पर्यटन विभाग में नौकरी की। इस दौरान हर की पौड़ी, हरिद्वार, बनारस घाट, ओंकारेश्वर व इंदौर के पास के दृश्यों को विषय रूप में चुना। शायद ही बेंद्रे से पहले इन 'प्लेन एयर' परिदृश्यों को प्रभाववादी शैली में किसी ने बनाया होगा। इसमें उन्होंने स्पेक्ट्रम के संदर्भ में रंग के टूटने के साथ वायुमंडलीय प्रभाव, खास तौर पर धूप के संयोजन का वैज्ञानिक निरीक्षण किया। यहाँ रंगों की अतिश्योक्ति के साथ काले रंग को भी जोड़ा गया जो प्रभाववाद में अनुपस्थित रहा है यहाँ जर्मन अभिव्यक्तिवादी शैली के साथ 19वीं सदी के उत्तरार्ध की फ्रांसीसी प्रभाववादी शैली का बेहतर प्रयोग है।

1947 में मुंबई में गठित प्रोग्रेसिव आर्टिस्ट ग्रुप (पी०जी०) के प्रतिष्ठित कलाकारों के समूह ने देश के आधुनिक

---

12 चटर्जी, राम, *बेंद्रे : द पेंटर एण्ड व पर्सन*, द बेंद्रे फांउडेशन फार आर्ट एण्ड कल्चर एण्ड इंडस कॉर्पोरेशन, पृ० 22

कला परिदृश्य में बदलाव को जन्म दिया। प्रसिद्ध लेखक मुल्क राज आनंद द्वारा इन सदस्यों का 'भारतीय कला की दुनिया में एक नई सुबह के अग्रदूत' की संज्ञा दी गई। यह सत्य भी है क्योंकि उन्होंने अपने समय के रूढ़िवादी कलात्मक प्रतिष्ठानों को नकारे हुए उन्हे अपने ढंग से चुनौती दी। इसका परिणाम यह हुआ कि प्रभाववाद, उत्तर प्रभाववाद तथा अभिव्यंजनावाद व घनवाद का भारतीय विषयों के साथ सुंदर ढंग से संश्लेषण हुआ।

तैयब मेहता ने अपने आरंभिक चरण में प्रभाववादी शैली को थोड़े समय के लिए अपनाया था। ऐसे ही रज़ा साहब तथा अन्य प्रोगेसिव आर्टिस्ट ग्रुप के कलाकारों के चित्रण में भी प्रभाववादी तूलिका संचालन नजर आता है।

गाडे ने प्रभाववादी शैली में कई चित्रों का सर्जन किया। किंतु उनके रंगों की तान प्रभाववादी नहीं है वहां उनमें चटक व तेज रंगों के साथ छोटे तूलिका घात लगाए है। बाह्य रेखा धुंधली कर दी गई है बल्कि कहीं–कहीं तो बाह्य रेखा न दिखाकर मात्र रंगों के क्षेत्रों से ही संयोजन को बांटा गया है। उनके लिए रंग, रेखा से ज्यादा अहमियत रखते थे। चित्र 'हाउसिंग कॉम्पलेक्स, 1960 (कैनवास पर तेल रंग), शिवालिक 1990 (कैनवास पर तेल रंग) में प्रभाववाद का दबदबा रहा है साथ ही उत्तर प्रभाववाद की प्रवृत्ति को भी कुछ चित्रों में धारण किया।

गोपाल घोष के चित्रों में काव्यात्मकता तथा अभिव्यंजना शामिल हैं। लेकिन उनके चित्रों में प्रभाववादी शैली के गुण भी हैं। ये कलकत्ता ग्रुप के संस्थापक सदस्य रहे। इनकी पैलेट में उनके पसंदीदा तेज रंग के पैच के साथ टूटे हुए मधुर धुंधले रंगों को देखा जा सकता है। उनके द्वारा बनाए गए चित्र 'मंसूरी के पास गांव' में तूलिका के छोटे–छोटे स्ट्रोक्स दर्शनीय। साथ ही धुंधली सीमा रेखा ने चित्र में कोमलता को प्रकट किया है।

हालांकि जहांगीर सबावाला के कार्य में घनवादी प्रभाव की अधिकता है, किंतु वहां प्रभाववाद भी नजर आता है। दरअसल उनकी कला, अकादमिक प्रभाववादी व घनवादी बनावट का मिश्रण है। 'ऑफ ट्री एंड ट्रीज' 1978 चित्र में आकाश, परिदृश्य, पेड़–पौधे व लोगों को एक तरह से विलीन होते दिखाया है जो प्रकाश, रंग व टेक्सचर पर जहांगीर की सिद्धस्ता का अच्छा उदाहरण है। सीमा रेखा को धुंधला कर दिया गया है।

निखिल विश्वास तकनीकी विचारों के साथ–साथ हमेशा समकालीन कलात्मक विचारों में परिवर्तन लाने के लिए तत्पर रहते हैं। वह कलकत्ता ग्रुप, चित्रांगशु ग्रुप, सोसाइटी ऑफ कंटेम्प्ररेरी आर्टिस्टस, कलकत्ता के संस्थापक सदस्य भी थे। जब भारतीय कला जगत अमूर्त लहर के बीच डोल रहा था तब निखिल ने मानवतावादी पूर्वाग्रहों की घोषणा की।

उनके अनुसार ''मैं समाज से निर्वासित और एकांत हूं और अंतहीन पीड़ा मेरी गवाह है। 1950 के दशक में उन्होंने मानवतावादी आकृतियों को अभिव्यक्ति देने के लिए तथा बाहरी और आंतरिक स्व के बीच नश्वर संघर्ष के क्षण में काली स्याही और महीन रेखाओं का उपयोग किया। इनके द्वारा 1953 में मेसोनाइट बोर्ड पर तेल रंग से बनाया गया अन्टाइल्ड चित्र जिसमें दो महिलाओं का पोट्रेट चित्रित किया है, में प्रभाववादी शैली में रंगों के छोटे–छोटे घूमावदार तूलिका घातों का इस्तेमाल किया है यद्यपि रंगों को मिश्रित नहीं किया।[13]

बंगाल में जन्मे अवनी सेन प्रतिभाशाली भावुक कलाकार थे। उनके चित्र, रेखाचित्र आने वाली पीढ़ी के लिए एक मार्गदर्शक हैं। स्वयं अवनी सेन ने कहा है कि मेरे चित्रों में मैं स्वयं को उन चीजों के रूप में परिवर्तित

---

13 https://dagworld.com/nikhilbiswas.html

करने की कोशिश करता हूं। जिन्हें मैं चित्रित करता हूं चाहे वह चमचमाती रोशनी हो या सबसे गहरी छाया। मैं वस्तु के प्रति समर्पित हो जाता हूं चाहे वह स्थिर गतिमान या जीवित ही क्यों न हो और इस प्रयास के दौरान मुझे एक शाश्वत आनंद का आवेग महसूस होता है।[14] इनके चित्रो में भी प्रभाववादी लक्षण दृष्टिगोण पर होंते है।

प्रभाववादी चित्रकारों में डी०पी० धूलिया, रणवीर सक्सेना, रणवीर सिंह बिस्ट, सै० अजमत शाह, मो० सलीम, रामकुमार भी ऐसे कलाकार हैं जिनके चित्रण कार्यों में आंशिक या पूर्णत प्रभाववादी झलक को कभी–कभी देखा जा सकता है।

चित्र 2.1 : पॉपलर आन द एप्टे, 1891, कलाउड मानेटए
https://www.nationalgalleries.org/art-and-artists/glossary-terms/impressionism

14 पंत, गरिमा, एक कलाकार अपनी पेंटिंग के दायरे तक सीमित नहीं रहता, अद्यतन तिथि– 14 फरवरी 2003, अभिगम तिथि– 19 दिसंबर 2022, https://www.tribuneindia.com/2003/20030214/ncr2.htm

चित्र 2.2 : मंसूरी के पास का गांव, गोपालघोष, https://www.mutualart.com/Artist/Gopal-Ghose/BEB94B9154FC2AFF/AuctionResults

3.2 अभिव्यंजनावाद का प्रभाव

प्रभाववाद ने समय के बदलते क्षण को प्रकाश के प्रभाव के साथ चित्रित किया। उन्होंने अपनी नजर को बाह्य दृश्यों के प्रति इतना समर्पित कर दिया था कि मानव मस्तिक को भावनाओं व संवेदनाओं के लिए उनके पट पर कोई स्थान नहीं था। इस प्रकार जब कलाकार ने बाहय रूप की उपेक्षा करके अपनी निजी भावनाओं को अभिव्यक्त करने के उद्देश्य से कला चित्रित की तो ऐसी कला को अभिव्यंजनावादी कला कहा गया। इस शैली में कलाकार व्यक्ति के शरीर व वस्तु के नैसर्गिक रूप को अपनी सोच विचार व भावनाओं के अनुकूल विकृत बनाता है। किसी भी प्रकार की आकर्षक रंगसंगति का विचार प्रकट नहीं किया जाता है बल्कि भावनाओं के पोषक रूप में गहरे एवं विरोधी रंगों का प्रयोग होता है। इसमें रेखांकन पद्धति का मूल कौशल, अध्ययन व नियंत्रण न होकर बल्कि सहज प्रवृत्ति होती है।

कुछ ऐसे साहित्यिक, सामाजिक व राजनीतिक कारण रहे जिनके चलते अभिव्यंजनावादी प्रवृति का जन्म हुआ। आंरी बर्गसों (फ्रेंच दार्शनिक) की पुस्तक 'सर्जनशील उत्क्रांति' में जो विचार प्रकट किए गए थे। उनका विंडेलबांट ने तथा जीम्मेल ने जर्मनी भाषा में प्रसार किया। इन विचारो का जर्मनी कलाकारों पर बहुत प्रभाव पड़ा। साथ ही बर्गसों ने सहज ज्ञान के द्वारा किसी भी कृति व रचना आदि के निर्माण पर बल देते हुए कहा कि जब हम बाह्य बंधनों से स्वयं को मुक्त करके कार्य करते हैं तो ही सर्जन होता है।[15] इस प्रकार इन विचारों ने कलाकार को कठोर शास्त्रीय बंधनों से मुक्त होने तथा पारंपारिक परिपाटी को त्यागने का एक वैकल्पिक सुझाव दिया।

फ्रांस व जर्मनी दोनों ही देशों में उथल–पुथल का वातावरण था। औद्योगिक विकास के परिणाम स्वरुप एवं युद्ध की आकांक्षा के चलते व्यक्ति में पैदा हो रही विकार ग्रस्त मनोवृति ने कला व संस्कृति पर प्रतिकूल प्रभाव

---

15 साखलकर, र०वि०, *आधुनिक चित्रकला का इतिहास*, राजस्थान हिंदी ग्रंथ अकादमी, जयपुर, पृ० 173

डाला। जिसके चलते कलाकार ने संयमित व सौम्य कलाकृति के स्वरूप को त्याग कर विकराल रूप धारण कर लिया। जिस प्रकार फ्रेंच विचारधारा में बुद्धि तथा तर्क निष्ठा का प्रभाव होने पर घनवाद जैसी तार्किक व गणितीय आधारित कला की रचना हुई वैसे ही जर्मनी के कलाकारा में औद्योगिक विकास व यांत्रिक वातावरण के प्रति घृणा थी। जिसके चलते उनकी कला ने मानव के आंतरिक जीवन को प्रकाशित करने के लिए प्रतीकात्मक रंगों से भावनाओं द्वारा विकृत आकारों की नई रचना की गई। यद्यपि अभिव्यंजनावाद के विकास में घनवाद व फाववाद की प्रेरणा रही है। किंतु जर्मन चित्रकारों ने विश्व के आंतरिक सत्य की खोज करने की कोशिश में मात्र दुख, निराशा व मृत्यु को ही पाया। इस वाद के प्रमुख कलाकारों में मंक, एन्सोर, कान्डिन्सकी आदि गिना गया है।

?ब्रॉक, मार्क, लेजे व श्लेमेर की कला कृतियों की तुलना करने पर यह पता चलता है कि फ्रेंच कला में भौतिक सौंदर्य के साथ आंलकारित्व, रचना व सुन्दर रंगसंगति पर ध्यान दिया जाता था जबकि इसके ठीक विपरीत जर्मन कला में मनोवैज्ञानिक अतृप्ति, रोमांच, रहस्य व मानवीय तत्वों की अभिव्यक्ति की उत्कुंठा की मौजूदगी रही। इसी को स्पष्ट करने का कार्य वेर्नेर हाफ्टमन के कथन ने किया जिसमें उन्होंने कहा था कि हम फ्रेंच व जर्मन कलात्मक दर्शन की भिन्नता को दो निम्न शब्दों में व्यक्त कर सकते है। 'आंलकारिक के विरोध में कथनात्मक' यदि इन शब्दों का व्यापक अर्थ में प्रयोग करे तो।''[16] एक समय था जब प्रसिद्ध जर्मन कला समीक्षक वाल्डेन ने जितने भी प्रभाववाद के खिलाफ आन्दोलन थे उनको तथा उनके लिए अभिव्यंजनावाद शब्द का इस्तेमाल किया था।[17]

इस प्रकार धीरे–धीरे जिस कला में यथार्थ के स्थान पर व्यक्ति की व्यक्तिगत प्रतिक्रिया व भावनाओं को ज्यादा महत्त्व दिया जाने लगा उसे ही अभिव्यंजनावादी कला कहा गया। इसमें कलाकार भावनाओं व संवेगों के द्वारा एक भिन्न किस्म की सृष्टि की रचना करता है व। यहाँ अकसर मृत्यु, दुःख, यंत्रणा, भय, निराशा, उत्कुंठा, बैचेनी, वेदना आदि को विषय के रूप में चुना गया। जो दर्शक में तीव्र भावनाओं को जागृत करती थी।

ई० एल० किर्चेनर का कहना था कि जर्मन कलाकार अपनी कल्पना व आंतरिक दृष्टि से बना है। उसके लिए यथार्थ प्रकृति के रूप केवल एक प्रतीक है।[18]

इसी वक्तव्य को और भी दृढ़ करते हुए कार्ल श्मिट–रोटलफ ने कहा था कि मैं वास्तव में कुछ ऐसी कृति को बनाने के प्रति जिज्ञासु हूँ जो बेहद दृढ़ है। क्योंकि युद्ध ने अतीत को समाप्त कर दिया गया है। अब मुझे सब कुछ कमजोर लगता है। मैं अचानक चीजों को उनकी भयानक शक्ति में देखता हूँ। मुझे कभी भी आखों को आर्कषित करने वाली कला पसंद नहीं आयी। इसलिए मेरा मानना है कि हमें अधिक दृढ व मजबूत रूपो की आवश्यकता है और वे इतने मजबूत होने चाहिए की उन्मादी जनता के बल का सामना आसानी से कर सकें।[19]इस प्रकार अभिव्यंजनावादी कलाकारों ने मानवता के बढ़ते असंतोषपूर्ण संबंधों को प्रकट करने के लिए आध्यात्मिकता की खोई हुई भावनाओं को प्रकट किया। अब नए कला मानकों की स्थापना हुई। कला मात्र अब बाहरी प्रकृति चित्रण की बजाय कलाकार के आंतरिक मानसिक चित्रण का साधन बन गई। इन्होंने अपने कार्यों में लहराते, घूमते, टकराते व काटते हुए अतिशयोक्तिपूर्ण तूलिकाघातों का इस्तेमाल किया। इनका

---

16 साखलकर, र०वि०, *आधुनिक चित्रकला का इतिहास*, राजस्थान हिंदी ग्रंथ अकादमी, जयपुर, पृ० 179

17 भारद्वाज, विनोद, *वृहद आधुनिक कला कोश*, वाणी प्रकाशन, 21–ए दरियागंज, नई दिल्ली, 110002, पृ० 23

18 https://www.theartstory.org/movement/expressionism/

19 https://www.theartstory.org/movement/expressionism

उद्देश्य भौतिक दुनिया की तकलीफों, वेदनाओं व हताशा की प्रतिक्रिया को प्रकट करके उग्र भावनात्मक स्थिति को व्यक्त करना था। कलाकारों ने टेढ़े–मेढे अलंकारिक प्रतिपादन व तेज रंगों से सामाजिक आलोचना व कटाक्ष का एक शक्तिशाली तरीका विकसित किया।

3.2.1 अभिव्यंजनावादी शब्द की उत्पत्ति

1910 में कला इतिहासकर एंटोनिन माटेजेक के द्वारा 'अभिव्यंजनावाद' शब्द को प्रभाववाद के विपरीत कला कार्य के लिए गढ़ा गया था। प्रभाववादियों ने रंगों के जरिए प्रकृति, मानव रूप व शरीर की महिमा को व्यक्त किया। ठीक इसके विपरित माटेजेक के अनुसार अभिव्यंजनावादियों ने केवल आंतरिक जीवन को व्यक्त करने की मांग की।यद्यपि डाई ब्रुके तथा इससे संबंधित अन्य उप–आन्दोलनों ने स्वयं को अभिव्यंजनावादी के रूप में संदर्भित नहीं किया।

'अभिव्यंजनावाद' शब्द की सही एक उत्पत्ति को ढूंढ पाना कठिन है। हेर्वार्ट वाल्डेन के प्रयत्नों से बर्लिन में आयोजित कला प्रदर्शनी में उन सभी कृतियों के लिए 'अभिव्यंजनावादी' शब्द का प्रयोग किया जिनमें यथार्थवाद, प्रभाववाद व आदर्शवाद के अतिरिक्त अन्य उग्र व क्रांतिकारी प्रभाव पैदा हुए थे।

किंतु बुक्खाइम के अनुसार 'अभिव्यंजनावादी' शब्द का प्रयोग पहली बार 'पौल कासिरेए' ने बर्लिन में आयोजित 'नाय जेत्सेयोन' की कला प्रदर्शनी में किया। जहाँ उन्होने पेश्टाइन से पूछा की ''क्या यह चित्र प्रभाववादी है?'' तब उन्हें जबाव मिला कि नहीं, यह तो अभिव्यंजनावादी है।

इन कलाकारों में अहं की भावना की अधिकता थी। तीव्र आंतरिक अनुभूतियों के चलते ये कलाकार ज्यादातर मज्जातंतु के दौर्बल्य से ग्रस्त थे। इनमें वानगो, मुंख, पांस, सुटिन व किर्शनेर आदि आजीवन विचित्र मानसिक व्यथा से पीड़ित रहे। इन्होंने आत्महत्या के प्रयत्न भी किए जिनमें से तीन सफल भी रहे।

कहा जाता है कि बर्लिन के कला डीलर पॉल कासिरेए ने प्रभाववादी कला से भिन्नता देखते हुए एडवर्ड मंच के कार्यों को अभिव्यक्तिवादी या अभिव्यंजनावादी कहा। 1926 में प्रकाशित एक पुस्तक ''एक्सप्रेशनिस्मस एण्ड फिल्म'' में पिएटू मोड्रियन, कासिमिर मालेविच, व्लादिमीर, टैटलिन, मेन रे व श्रिटर्स जैसे कुछ कलाकारों को भी काफी जगह दी गई थी। जबकि आने वाले समय में इन कलाकारों ने अलग–अलग 'वाद' में अपनी अहम् भूमिका निभाई।[20]

हालांकि अभिव्यंजनावाद केवल ललित कला तक ही सीमित नहीं रहा अन्य क्षेत्रों में भी इसका महत्त्व था। सूत्रों के अनुसार एक समय था जब 'इक्सप्रेस्सियुनिजम' शब्द का प्रयोग प्रथम विश्व युद्ध से पहले की अवधि के दौरान यूरोपीय कला में वस्तुतः सम्पूर्ण उग्र कला आन्दोलन को निरूपित करता था।[21]

अभिव्यंजनावाद में महिला कलाकारों का भी एक समूह था। 1928 में हैंस हिल्डेब्रांट ने अपनी पुस्तक 'द वुमन एज आर्टिस्ट (डाई फ्राउ एल्स कुन्स्टलरिन, 1928) में प्राचीन व वर्तमान महिला के योगदान का सर्वेक्षण किया।[22]

कैथे कोलविटज का कार्य निराशा, दुख से व्याप्त कृतियों के केंद्र में रहा। 1903 के दौरान बड़े बेटे की गंभीर

---

20 एलगर, डिटमार, *अभिव्यंजनावाद : जर्मन कला में एक क्रांति,* बेनेडिक्ट टैस्चेन वेरलाग जीएमबीएच, होहेन जोलर्नरिंग, 53, क– 50672, कोल्न, पृ० 7

21 बेहर, शुलमिथ, वुमन इक्सप्रेशनिस्ट्स, 'शुलमिथ बेहर', रिजोलियन, पृ० 14

22 वही

बीमारी के चलते उन्हें एक गहन विषयगत प्रेरणा मिली। 1890 के दशक की शुरूआत में इन्होंने पेंटिंग छोड़कर पर्शिया के कलाकार मैक्स क्लिंगर के प्रिंट माध्यम को आत्मसात् कर ऐसे प्रिंट बनाए जिनमें मानवीय भावना व्याप्त है। उनके एक प्रिंट में पिएता की पुर्नव्यवस्था में अपने मौलिक ढंग से एक नग्न महिला के शरीर के साथ उसके मृत बच्चे को उसमें ही समाया हुआ दिखाया है।[23]

इस प्रकार यह वाद भावनाओं का वाद था। जिसमें कलाकार ने नजर को अपने भीतर समटते हुए आंतरिक द्वंद्व के साथ बाहरी समस्याओं व तकलीफों के साथ तारतम्य से उम्दा कृतियों की रचना की। यह कला शैली अब नियमों व सिद्धांतों को ताक पर रखकर केवल मानवीय संवेदनाओं की अहमियत दे रही थी।

3.2.2 भारत में अभिव्यंजनावाद का प्रभाव

अभिव्यंजनावाद एक ऐसा शब्द है जो भावनात्मक मूल्यों पर आधारित है। इसके अन्दर कलाकार विषय का प्रतिनिधित्व करने के तर्कसंगत और पारम्परिक तरीकों को जानबूझ कर विरूपित करता है। अब रूप सौन्दर्य का महत्त्व भावनाओं के सामने तुच्छ हो गया। विरूपण की ओर यह प्रवृति खासतौर पर जर्मनी में 20वीं शती की शुरूआत में कला के प्रभाव को प्रदर्शित करती है।

इनकी विशेषता यह थी कि कलाकारों के कार्यों में रंग, रेखा और सामग्री के शक्तिशाली तत्व शामिल थे जो दर्शकों पर भावनात्मक प्रभाव डालते थे। भारत में अभिव्यंजनावाद स्वयं में एक आंदोलन रहा है। जिसका शुरूआती चरण रवीन्द्रनाथ की कला में प्रकट हुआ। उसके बाद शैलोज मुखर्जी के चित्रों में तूलिका संचालन अभिव्यंजना को जाहिर करता नजर आया।[24] साथ ही रामकिंकर की कृत्तियों में भी इसने अपनी जगह बनाई (उनकी नेपाल वैली (जलरंग कागज पर) दो महिला, सितार वादन जैसे चित्रों में रेखाएं व रंग संवेदनाओं के वाहक है न कि पात्र की सुन्दरता व सौम्यता के)। इसके बाद तो प्रोग्रेसिव आर्टिस्ट ग्रुप के लगभग सभी कलाकारों ने इस प्रचण्ड रंगों व रेखाओं को प्रदर्शित करने वाले कलावाद को अपनाया।

भारत सदियों तक गुलामी की जंजीर में जकड़ा रहा। यहाँ तनाव, दमन व विद्रोह के आतंकित वातावरण की वजह से प्रचण्ड तूलिकाघातों का चित्रण में आना स्वाभाविक ही था। पाश्चात्य कला के अभिव्यंजनावाद में विकृति का बोलबाला रहा। भारतीय कला में अपभ्रंश वो कला शैली थी जिसमें कटी हुई, मुड़ी हुई रेखाओं तथा चटक रंगो का इस्तेमाल हुआ। वह समय राजनैतिक व सांस्कृतिक तौर से भी विचलित था। मुस्लिम शासकों के आक्रमणों के चलते अब कलाकारों ने भित्ति चित्रण की जगह 'पोथी' में कला व इतिहास को संजोना शुरू किया। अजन्ता के सौम्य रंगों को त्यागकर चटक लाल, सिंदूरी रंगों ने चित्रों में स्थान लिया। ऐसे में यहाँ अभिव्यंजना के तत्वों का समावेश तो नहीं था। किंतु शैली व रंगों का इस्तेमाल धरातलीय स्तर पर या आंशिक रूप से अभिव्यंजनावादी माना जा सकता है। यद्यपि रंग उभरे हुए न होकर सपाट भरे जाते थे। फिर भी पहली नजर में देखने पर रंगों का प्रभाव चटकीला प्रतीत होता है।

जैनुअल आबेदीन का जन्म 1914 को बंग्लादेश में हुआ। इन्हें 'शिल्पाचार्य' के नाम से भी जाना जाता है। इन्होंने गर्वमेंट स्कूल ऑफ ऑर्ट कलकत्ता से कला की शिक्षा ली। जहाँ अकादमिक कला शिक्षा का बोलबाला था। स्लेड स्कूल ऑफ फाईन आर्ट, लंदन से अपनी ट्रेनिंग लेने के बाद इन्होंने अपनी बंगाली शैली इजाद की। जिसमें लोक कला के रूपों को ज्यामितीय आकारों व अर्द्ध अमूर्त रूपाकृतियों में प्राथमिक रंगों के साथ

---

23 बेहर, शुलमिथ, वुमन इक्सप्रेशनिस्ट्स, 'शुलमिथ बेहर', रिजोलियन, पृ० 16

24 सेठ, प्रतिमा, *कलाकारों की भारतीय कला का शब्दकोश : तकनीकी कला शब्द सहित*, मैपिन पब्लिशिंग प्राइवेट लिमिटेड, 31, सोमनाथ रोड़, उसमनपुरा, अहमदाबाद 380013, पृ० 128

चित्रित किया। किंतु थोड़े समय बाद ही उन्होंने दोबारा ग्रामीण प्रकृति तथा दैनिक विषयों पर चित्रण करना आरंभ किया। इनकी जीवंत प्रतिभा के दर्शन बंगाल अकाल, 1943 के दौरान बनाए गए भूखे गरीब लोगों के चित्रों में होते है, जिनमें जबरदस्त मानवीय संवेदनाएं दुःख व विडम्बना के दर्शनीय है। इसके लिए उन्होंने स्वयं की चारकोल से स्याही बनाई व साधारण रेपिंग पेपर पर चित्र बनाए। उन्होंने इस बेहद अमानवीय घटना की मानवीय छवि को अत्यंत भावनात्मक रूप से बनाया जिससे ये तस्वीर मानवीय संताप का आदर्श रूप बन गई। उन्होंने दुखद दृश्यों को एक दस्तावेजी वस्तुनिष्ठ और एक कलात्मक शक्ति के साथ संयोजित किया। आबेदिन के अकाल दृश्यों को देखने के बाद सरोजिनी नायडू का कहना था कि वे सबसे वाक्पट और भावपूर्ण शब्दों की तुलना में अपनी मार्मिक अपील में अधिक वाकपटु हैं। यह सत्य ही है कि मानव जीवन के भयानक चरणों में सुन्दरता के उपासक के रूप में सुन्दर और भयानक दोनों ही रूपों का चित्रण किया। सर एरिक न्यूटन ने 1952 में आबेदिन के रेखाचित्रों के बारे में कहा था कि वे शानदार रेखाचित्र है... यहाँ कोई उस संयोजन को देख सकता है, जिसे किसी ने पूर्व और पश्चिम का संयोजन लगभग असंभव समझा था।

तेज तूफानी प्रचण्ड तूलिकाघातों के साथ विषय में भावनाओं को जोड़ा गया है जिससे मूकचित्र वाणी से गूंज उठे हैं। 1966 में बनाया गया रेखांकन अन्टाईटल्ड (बुल 1966) में तूलिकाघातों को बड़ी गति के साथ दर्शाया है। स्याही व तूलिका से बनाये इन रेखाकनों में गति व जीवन नृत्य है। जिसका उत्तम उदाहरण 'मनपुरा आइलैण्ड 1970' नामक कुण्ड़िलत चित्र है। आबेदिन के लिए कला 'कला के लिए नहीं' बल्कि दैनिक जीवन से संबंधित संवेदनशीलता के लिए थी।[25]

रामकिंकर ने भी अभिव्यंजना को अपनाया। अभिव्यंजनावादी कलाकार के रूप में उनकी कृति समुद्रीदृश्य, (1951 पेपर एवं जलरंग), लैण्डस्केप (1945, पेन और स्याही), स्एिस्टा (1952 जलरंग व पेपर), राजगिरी (1948 ए विलेज पाथ), शिलांग (लैण्डसकेप पेपर पर जलरंग) है। इन सभी चित्रों में अभिव्यंजना के दर्शन होते हैं जिनमें रंग व रेखा दोनों ही भावनाओं को पोषित किए हुए है।[26]

तैयब मेहता, एम० एफ० हुसैन तथा रज़ा साहब के कार्यों में भी यदा–कदा अभिव्यंजनावादी रंग, रेखा तथा तूलिका संचालन नजर आता है। रज़ा की सौराष्ट्र, जोधपुर, जयपुर कृतियों में अमूर्त अभिव्यंजनावाद के दर्शन होते हैं।

तैयब मेहता के चित्रों में भी अभिव्यंजनावादी तत्व परिलक्षित होते हैं। उनकी मानसिक अवस्था तथा उद्वलनों को उनके चित्र में स्थान मिला हैं। मनुष्य की आकृति (बोर्ड पर तेला रंग 127×102), फिगर विद ट्रस्ड बुल (1958, 60×90 Inch कैनवास पर तेल रंग), नायिका 1962, (बोर्ड पर तेल रंग) इन चित्रों में इम्पैस्टों तकनीक के साथ तीव्र रेखा संचालन तथा मटमैले रंगों का प्रयोग भावनाओं व अभिव्यंजना के अनुकूल प्रतीत हो रहा है।[27]

राबिन मोंडल (1929–2019) के ऊपर 1943 के बंगाल अकाल व 1946 के कलकत्ता साम्प्रदायिक दंगों ने गहरा प्रभाव डाला। जिसके चलते वे कम्युनिस्ट पार्टी में शामिल हो गए। इस विरोध के अंतिम हथियार के रूप में मंडल के हाथ में कला ही थी। उनके कल्पना जीवन के क्षेत्र में मानव जाति के नैतिक पतन के प्रति बढ़ती घृणा ने स्थान घेर लिया था। मोंडल की छवियों में गहराई से महसूस किया जाने वाला एक आदर्श रूप है। उनकी चित्र श्रृंखला 'क्वीनकिंग' 'मैन' उन आकृतियों का प्रतिनिधित्व करती है जो दुख, निराशा व

---

25 चतुर्वेदी, डॉ० ममता, *समकालीन भारतीय कला : 1850 ई० से वर्तमान तक*, राजस्थान हिंदी ग्रंथ अकादमी, जयपुर, तृतीय संस्करण 2012, पृ० 69

26 http://www.ngmaindia.gov.in/virtual-tour-of-ramkinkar-baij.asp

27 होसकोटे, रंजीत, *तैयब मेहता : आइडिया इमेज इक्सचेंज*, वढ़ेहरा आर्ट गैलरी, नई दिल्ली, पृ० 59, 67, 64

बेरहमी से बिखर कर बर्बाद हो चुके है,। इसके लिए सौम्य खुबसूरत देखने वाली कला सामग्री व सिद्धांतों को छोड़कर समाज में गिरावट व पतन के प्रति अपनी पीड़ा और रोष व्यक्त करने के लिए नवीन शब्दावली ईजाद की। जिसमें बिखरे हुए रंगों का अभिव्यंजनावादी उपयोग व काले रंग का बोल्ड प्रयोग महत्त्वपूर्ण है। उनकी कृतियाँ 'मास्टर के आने का इंतजार 1982 (कैनवास पर तेलरंग) शीर्षकहीन 1972 (कैनवास पर तेल रंग) अभिव्यंजनावाद का उदाहरण है। जिनमें रंगों व रेखाओं में सौम्यता की जगह संवेदना का स्थान है।

जी० आर० संतोष द्वारा 1963 में कैनवास पर तेल और एन्कॉस्टिक के द्वारा बनाया गया चित्र 'कश्मीर की बर्फ में' रंग, रेखा, तूलिकाघात का संचालन हू–ब–हू कांडिस्की की कृति के जैसा प्रतीक होता है। इसमें उनके अमूर्त अभिव्यंजनावादी चित्रण का प्रभाव नजर आता है।

हरि अंबादास गाडे ने भी उग्र कलाकारों की भांति पारम्परिक परिपाटी को त्यागकर पश्चिमी शैलियों को अपनाया था। इस दौर के दौरान उन्होंने अभिव्यंजनात्मक शैली को अपने पट पर अनुकूल मानते हुए अपने ढंग से चित्रण किया। उनके चित्र अन्टाइटल्ड (1950 – कागज पर ग्वाश) में रंगों के प्रचण्ड तेज तूलिकाघात के दर्शन होते हैं साथ ही 'अन्टाइटल्ड 1950' द येलो चर्च में अभिव्यंजनावादी व उतर–प्रभाववाद की झलक है। मदनलाल नागर, सुनील दास, सोमनाथ होर, रामकुमार व सतीश गुजराल के चित्रो में अभिव्यंजनावादी शैली का उपयोग है। गुजराल के विभाजन को लेकर बनाई गई कृतियों में अभिव्यंजनावादी तत्व है। जिन्में गति, घुमाव, तनाव को देखा जा सकता है। 'विनाश का नृत्य' चित्र इसका उदाहरण हैं।

चित्र 2.3 : वसंत जुताई, 1918, एडवर्ड मंच,
https://images.app.goo.gl/T6NWyqd3kJ371a6L6

चित्र 2.4 : वाशिंग डे, शैलोज मुखर्जी, https://prinseps.com/research/sailoz-mukherjee-indian-artist/

3.3 घनवाद का प्रभाव

"घनवाद एक वास्तविकता नहीं है जिसे आप अपने हाथ में ले सके हैं बल्कि यह एक इत्र की तरह है। आपके सामने, आपके पीछे, पक्षों तक; सुंगध हर जगह है लेकिन आप यह नहीं जानते कि यह कहां से आ रही है।"

—पाब्लो पिकासो

बीसवीं सदी के शुरुआत में घनवाद एक अवांत गार्डे (विरोधी) उग्र विचारधारा वाले कला आंदोलन के रूप में प्रकट हुआ। जिसने यूरोप के पुनर्जागरण काल से चले आ रहे नियमों को ताक पर रखकर अपने स्वयं के सिद्धांत स्थापित किए। प्रभाववाद को करीब तीन दशक हो चुके थे और फाववाद के रंग व रेखाएं भी अब लोगों के लिए उत्साह का विषय नहीं रही थी। ऐसे में कला की नई शैली के रूप में घनवाद का जन्म हुआ।

अब इस नए कला आंदोलन नें वस्तुओं की ठोस उपस्थिति और प्रकृति के स्थाई रूपों के प्रति झुकाव को पैदा किया। सेज़ॉन ने तो इन दोनों ही बातों का अपनी कला में बेहद नाटकीय ढंग से निर्वाह किया। इसलिए उसे आधुनिक कला का पिता (Father of Modern Art) कहा गया।[28]

सेजान का सबसे अहम् कार्य था वस्तुओं का घनत्व प्रस्तुत करने वाले रंगों की खोज। 1907 में दर्शकों के सामने एक ऐसी पेंटिंग प्रस्तुत की गई जिसे देखकर अप्रत्याक्षित टिप्पणियां व कटाक्ष किए गए। हेनरी मातिस ने उसे देखकर 'अपरिपक्व और कर्कश' कहा तो गर्टूड स्टीन ने उस चित्र को 'असली प्रलय' की संज्ञा दी।

---

28 अग्रवाल, गिर्राज किशोर, *आधुनिक चित्रकला*, ललित कला प्रकाशन, अलीगढ़, द्वितीय प्रकाशन, पृ० 72

आंद्रे डेरेन ने अपनी भड़ास यह कहकर प्रकट की कि यह 'कलाकार जल्द ही आत्महत्या करेगा।'[29]

यह चित्र असल में स्पेनिश कलाकार पाब्लो पिकासो द्वारा बनाया गया 'डेमोइसेलस डी 'विग्नन' था। जिसे दोबारा जनता में बहुत अरसे तक प्रदर्शित नहीं किया गया। 1939 में इसे जनता के लिए म्यूजियम ऑफ माडर्न आर्ट, न्यूयार्क में दिखाया गया।

इस प्रकार एक नवीन विचार व सोच का पुर्जोर विरोध हुआ किंतु इस आलोचना ने ही उसे नई पहचान भी दी। ऐसे कार्य को देखने के बाद ब्रॉक के भीतर भी कुछ नया कर गुजरने की भावना ने जन्म लिया। रोजर फ्राई का दावा है कि फर्नाड लेगर ने सेजॉन के नवाचारों को घनवादी शब्दावली में परिवर्तित करने में पिकासों की मदद की जो 1910 के अंत में उनसे मिला था।[30]

3.3.1 घनवाद का जन्म

घनवाद का जन्म भी अपनी पूर्व के कला आंदोलनों के विरोध में हुआ था। जिसका उद्देश्य परिप्रेक्ष्य, यथार्थ आकृति व नैसर्गिक रूप को परिवर्तित करके दर्शकों के सामने पेश करना था। यद्यपि इसके शुरुआती लक्षण पॉल सेजॉन की पेंटिंग में परिलक्षित हो चुके थे। 1907 में पॉल सेजॉन की मरणोपरांत कार्य की प्रदर्शनी (सैलून डी' ऑटोमने) लगाई गई। जिसका प्रभाव पाब्लो पिकासो व ब्रॉक पर अभूतपूर्व रूप में पड़ा और यहीं से घनवाद की नींव आरंभ हुई। गत वर्षों में पिकासों का सामना गैर यूरोपियन कला से भी हो रहा था। उन्होंने एक प्रदर्शनी में मातिस के अफ्रीकी कार्य को देखा जिससे उनके भीतर प्रिमिटिव ऑर्ट को लेकर जिज्ञासा उत्पन्न हुई; साथ ही स्पेन में इबेरियन कला को देखकर उनके कुछ तत्वों को अपनी कला में धारण किया पिकासों दवारा बनाया गया अपना स्वंय का व्यक्ति चित्र (1906) में भी इबेरियन प्रभाव है। 'अविग्नयों की स्त्रियां' जैसी ऐतिहासिक कलाकृति पर भी यह प्रभाव स्पष्ट है।[31] जिसे प्रोटो या प्री क्यूबिज्म का कार्य माना जाता है।

दरअसल घनवाद ने एक जिज्ञासु बच्चे की भांति आकृतियों को तोड़कर फिर से नए ढंग से कैनवास पर जोड़ा। अब तक पुनर्जागरण काल से चली आ रही परिप्रेक्ष्य की परंपरा को छोड़ दिया गया। जिसमें एक बिंदु से वस्तु को देखकर बनाया जाता था। अब विभिन्न कोणों से वस्तुओं को दर्शाया गया। क्यूबिज्म के बारे में कहा गया कि यह पहाड़ पर एक निश्चित बिंदु पर खड़े होकर चारों ओर देखने जैसा है। जिसमें ऊपर जाने पर वस्तु दृश्य भिन्न होगा व नीचे आने पर फिर से अलग रूप दिखाई देगा। घनवाद में इन सभी दृश्य बिंदुओं को एक साथ एक पट पर चित्रित किया अब की भांति किसी एक बिंदु से चित्र को नहीं बनाया जाता था। जॉन ग्रीस के अनुसार घनवाद एक वस्तु के चारों ओर घूम रहा है ताकि एक साथ कई दृश्यों को आत्मसात् करके एक ही चित्र में जोड़कर पुनर्गठित किया जा सके। पिकासो ने घनवाद की तुलना सुंगध से की जिसका कोई एक स्त्रोत या छोर नहीं है बल्कि वह सर्वव्यापी है।

घनवादी कलाकार कैनवास पर एक छवि के रूप में विभिन्न या क्रमिक कोणों से वस्तु को चित्रित करता है। उन्होंने वस्तुओं को बेलन, गोल और शंकु में बदल कर एक ही तल में रंग दिया जैसे कि किसी वस्तु के

---

29 स्टॉयन, वी० एसगौरेव, *कैसे पेरिस ने कट्टरपंथी नवाचार में क्यूबिज़्म (और पिकासो) की अस्पष्टता और विखण्डन को जन्म दिया*, प्रकाशित 23 अप्रैल 2013, अभिगम तिथि– 26 अक्टूबर 2022, https://doi.org/10.1287/orsc.1120.0819

30 एंटिलिफ, मार्क एवं पेट्रीसिया लीटेन, *ए क्यूबिज्म रिडर : डाक्यूमेन्टस और आलोचना 1906–1911*, (जीन मैरी टोड–अनुवादक), यूनिवर्सिटी ऑफ शिकागो प्रैस, शिकागो व लंदन, पृ० 4

31 पिकासो : इबेरिया की गूंज, मिनरवा मैगजीन, तिथि– 17 जून 2021, https://the-past.com/feature/picasso-echoes-of-iberia/

सभी चेहरे एक साथ या क्रमिक रूप से दिखाई दे रहे हों। कलाकारों ने आकृतियों को ज्यामितीय रूपों में खंडित किया व चित्रित करने के लिए कई दृश्य बिन्दुओं का उपयोग किया। शंकु, बेलनाकार, घन आदि के साथ ज्यादातर सीधी रेखाओं व समकोण का इस्तेमाल है। आकृतियों के वाल्यूम और विमानों की गतिशील व्यवस्था का उपयोग कर के बहुआयामी चित्र बनाए जिनमें अग्रभूमि व पृष्ठभूमि को मिलाकर मात्र आकृति के निरूपण पर जोर दिया गया। ये सब नियम कला इतिहास में पूर्णतः नवीन थे।

3.3.2 घनवाद का नामकरण

पिकासों की 'अविग्नयों की स्त्रियाँ' (1907) पेंटिंग से प्रभावित होकर ब्रॉक ने अपनी कार्यशैली में परिवर्तन करने आरंभ कर दिये थे। जिसके परिणामस्वरूप 1908 की गर्मिया में 'ल एस्टाक' के परिदृश्य में प्रकृति को सरलीकृत कर दिया व पेड़ो, पहाड़ों को छांयाकित घन, पिरामिड में रूपातंरित करके उन्हें प्राकृतिक रूप की बजाय वस्तुशिल्प में परिवर्तित किया। जो देखने में बेहद अचंभित करने वाला था। 1908 में रूए विग्नान पर डेमिनयल हेनरी काहन्वीलर की गैलरी में ब्रॉक ने अपनी व्यक्तिगत प्रदर्शनी में जनता के सामने इन चित्रों को पेश किया। जिसे देखकर फ्रांसीसी कला समीक्षक लुई वॉक्ससेल्स ने व्यंग्यात्मक रूप से 'विचित्र क्यूबिक' कहा। जिससे इस कलावाद को अपना नाम 'घनवाद' प्राप्त हुआ। अब से पहले चित्रपट को पेंटिंग में एक खिड़की की भांति माना जाता था जिस पर कलाकार रंग व रेखाओं के द्वारा यथार्थ का भ्रम पैदा करते थे। किंतु घनवाद ने इस भ्रम को नकार दिया। जॉन बर्गर के अनुसार पुनर्जागरण चित्रकार ने दर्पण और खिड़की के प्रतिमान का उपयोग किया, जबकी क्यूबिस्ट चित्रकार ने आरेख का उपयोग किया।[32]

3.3.3 घनवाद के प्रकार

घनवाद को समयानुसार शैलीगत विभिन्नताओं के आधार पर मुख्यतः दो भांगों में बांटा गया है।

1. विश्लेषणात्मक घनवाद
2. संश्लेषणात्मक घनवाद

1. विश्लेषणात्मक घनवाद

इसमें कलाकार ने आकृति व वस्तुओं को विभिन्न कोणों से दर्शाया तथा साथ ही पृष्ठभूमि को अग्रभूमि में मिला दिया। पिकासों व ब्रॉक ने विषय के रूप में प्रचलित पोट्रेस व स्टिल'लाईफ को चुनकर रूपों को बेहद सीमित कर दिया। उन्होंने मोनोक्रोमैटिक संयोजन को अहमियत देते हुए। साथ ही विभिन्न अर्थ टोन व स्लेटी रंगों की कई विभिन्न आभाओं का इस्तेमाल किया। विश्लेषणात्मक घनवाद ने निश्चित परिप्रेक्ष्य की सीमाओं को लांघकर सीमित रंगों के द्वारा आकृति को विभिन्न टुकड़ो में तोड़ा। ब्रॉक की 'वायलिन और पैलेट' 1909 तथा पिकासो की 'MA Jolie' (1911-1912) 'मा जॉली' इसका अच्छा उदाहरण है।

एक ही तल पर एक से अधिक अतिव्यापी दृष्टिकोण का इस्तेमाल किया गया। पिकासों व ब्रॉक सीधी रेखाओं व समकोण का इस्तेमाल करते थे जो उनके अनुसार वक्र रेखाओं की तुलना में ज्यादा शक्तिशाली थे।[33] इसके परिणामस्वरूप विघटित, ज्यामितीक व अमूर्त आकृति का चित्रण होता है। तटस्थ भूमि रंगों की तान तथा मोनोक्रोमैटिक तान ने संयोजन को सही रूप प्रदान किया। क्योंकि एक ही रंग की विभिन्न तान व शेड्स के शंकु, घन, बेलनाकार आकृतियों को विचित्र रूप मिला। 1935 में क्रिस्चियन जर्वोस को दी गई टिप्पणी में

---

32 बर्जर, जॉन, *द मोवमेन्ट ऑफ क्यूबिज्म : सलेक्टेड ऐंससे और आर्टिकलस,* पेनगुइंग, हार्मंड्सवर्थ, 1972, पृ० 150

33 Britannica.com/art/cubism

पिकासों ने कहा था कि मैं अपनी तस्वीरों में अपनी पसंद की सभी चीजों को डालता हूँ, चीजें जो चाहे उनके दर्शकों के लिए बहुत बुरी हो, उन्हें बस इसे सहना होगा।

ब्रॉक व पिकासों के अनुसार किसी भी वस्तु का पूर्णतः सौन्दर्य उसे विभिन्न दृश्य बिन्दुओं व कोणों द्वारा एक ही तल पर प्रकट करने से प्राप्त किया जा सकता है। इसलिए उन्होंने एक स्थिर बिन्दु दृश्य की धारण को नकारा जो पुनर्जागरण काल से प्रसिद्ध थी। इन्होंने दिखाया कि किस प्रकार बिना माडलिंग व परिप्रेक्ष्य के ठोसता व दृश्य संरचना को प्राप्त किया जा सकता है। यहाँ सपाट द्विआयामी आधार पर जोर दिया गया। घनवाद ने विचारों पर जोर दिया बजाय वस्तु की सुन्दरता पर।

मोनोक्रोमैटिक रंग योजना वस्तु की जटिल तथा एक से अधिक दृश्यों को प्रस्तुत करने के लिए उपयुक्त थी। क्योंकि एक ही रंग की तान को कम–ज्यादा, पारदर्शी व अपारदर्शी करके आच्छादित हिस्सों को दर्शाया जाता था।[34]

2. संश्लेषणात्मक घनवाद (सिंथेटिक घनवाद)

जहाँ विश्लेषणात्मक घनवाद में विखंडित रूपों व रचनाओं के विश्लेषण पर बल दिया जाता था, साथ ही एक ही तल पर बहुआयामी चित्र व दृश्य बिन्दुओं के द्वारा संयोजन किया गया। वहीं संश्लेषणात्मक घनवाद में कलाकारों ने विषय को समतल बनाने के साथ गैर–पारम्परिक कला वस्तुओं के संयोजन से नवीन 'पेपर कोल' तकनीक का निर्माण किया। अब रंगों की तान भूमि रंगों, तटस्थ या मोनोक्रोमैटिक न रहकर तेज, चटक व रंगीन आभाओ में बदल गई। कोलॉज तकनीक के साथ सिंथेटिक घनवाद ने लोगों को पहले से परिचित चीजों से नई संरचनाओं को बनाने के साथ–साथ बनावट व रंग पर भी सोचने के लिए मजबूर किया।

ग्रिस के चित्रों में अपने सहयोगियों की तुलना में ज्यादा गहराई, भ्रमात्मक विरूपण तथा अभिव्यंजक रंग पैलेट नजर आती है। संश्लेषणात्मक घनवाद के बारे में जॉन ग्रिस का कहना था कि मैं उसे संक्षिप्त करने की कोशिश करता हूँ जो अमूर्त है..... मेरी कला संश्लेषण की एक कला है। मैं मानता हूँ कि चित्रकला का स्थापत्य पक्ष गणितीय है, अमूर्त पक्ष है, मैं इसे मानवीय बनाना चाहता हूँ।

कोलॉज के प्रयोगों के माध्यम से समाचार पत्र के टुकड़े, सिगरेट के रैपर, रस्सी, कपड़ा आदि अपारम्परिक कलात्मक चीजों से सपाट छवियों को उभारा। जिसमें व्यापक रंगों की पैलेट व सरल ज्यामितीय विमानों ने बहुआयामी व बहुदृश्य बिन्दुओं को त्याग दिया था। जॉर्ज ब्रॉक के अनुसार "मेरे चित्रों में पपीयर्स कॉल्स (पेपर कोले) ने भी मुझे एक तरह की निश्चितता दी है।"

"क्रिस्टल घनवाद (1915–22) यह घनवाद का गौण चरण है। प्रथम विश्वयुद्ध के परिणामस्वरूप पैदा हुई अराजकता से विचलित होकर कई फ्रांसीसी कलाकारों ने नवीन प्रयोगात्मक शैली को त्यागना आरंभ कर दिया था। क्रिस्टल घनवाद सैलून व गैलरी (ब्रॉक व पिकासो) दोनों कलाकारों के साथ जुड़ा था। एक इतिहासकार ने इसे 'एक प्रगतिशील समापन के अंतिम उत्पाद' के रूप में वर्णित किया। युद्ध के बाद बड़े स्तर पर एक प्रचलन शुरू हुआ जिसे 'व्यवस्था की ओर चलना' (Return to order, also known as Interwar classicism) कहा गया जो पेरिस स्कूल के कलाकारों से मुख्यतः जुड़ा था। क्रिस्टल घनवाद भी इसी का हिस्सा था। इसका उदाहरण 1921 में लेगर द्वारा बनाई गई 'थ्री वूमन' पेंटिंग है। जिसमें न तो बहुकोणों का इस्तेमाल था और न ही अतिव्यापी वस्तुओं को कम उभरे वास्तुशिल्प की भांति चित्रित किया था अपितु अब पहले से ज्यादा ठोस किनारों की संरचना थी। जो धातु की परत के जैसी प्रतीत हो रही थी। लेगर का घनवाद खुद में अनूठा

34 Britannica.com/art/cubism

था। क्योंकि उसने ज्यामितीय रूपों को ट्यूबलर 'नलीनुमा' आकृतियों में शानदार प्राथमिक रंगों के साथ एक बोल्ड काली बाह्यरेखा के साथ बनाया। 1910 में उनकी इस शैली को 'टयूबिज्म' नाम दिया गया।

घनवाद तथा आधुनिक विज्ञान में अनेक समानताएं देखी जा सकती हैं। जैसे कि कला की दृष्टि में अनेक कोणीयता (Simultaneity of vision or shiftiong points of view) तथा भौतिकी में देशकाल का विचार (Space time physics)[35] । इस प्रकार वास्तविकता यही है कि सेजॅान के द्वारा किये गए प्रयोगों तथा रिनेसांकालीन परिप्रेक्ष्य का विरोध का अगला चरण घनवाद ही था।

3.3.4 घनवाद का भारतीय समकालीन कला पर प्रभाव

घनवाद 20वीं शती के आरंभिक दशक के अंत में एक नवीन उग्र कला आन्दोलन के रूप में पूरी कला दुनिया के सामने प्रकट हुआ। उस समय लोग प्रभाववाद व फाववाद से ऊब चुके थे। ऐसे में परिप्रेक्ष्य, भ्रम, दृष्टिलघुता जैसे नियमों व तरीकों को त्यागकर सपाट चित्रपट पर लगभग मोनोक्रोमेटिक रंग योजना से ज्यामितीय आकारों में प्रकृति को रूपातंरित करके कई दृश्य बिन्दुओ से बहुआयामी चित्रण किया गया जो अब तक की एक ऐतिहासिक पहल थी।

किंतु भारत में इस समय राष्ट्रीयता की लहर दौड़ रही थी। प्राचीन ग्रंथों व लेखों का विभिन्न भाषाओं में अनुवाद किया जा रहा था। यूरोपियन विद्वान भारत की प्राचीन कला व संस्कृति को समझकर उसका गुणगान कर रहे थे। टैगोर बंधुओं की वॅाश तकनीक का बोलबाला था। प्राचीन भारतीय कला, जापानी, फारसी आदि कला शैलियों को मिलाकर अवनी बाबू ने न जाने अपने हुनर से कितने बेहतर कलाकारों को प्रशिक्षित किया जो पूरे भारत में अलग–अलग जगह गए। किंतु उनमें बहुत से कलाकार पारम्परिक परिपाटी के विरोध में थे। जैसे :– रामकिंकर, देवी प्रसाद, विनोद बिहारी।

टैगोर परिवार के तीन स्तम्भों– अवनीन्द्र, रवीन्द्रनाथ व गगेन्द्रनाथ में से गगेन्द्रनाथ ऐसे कलाकार थे जिन्होंने बंगाली शैली की वॅाश तकनीक को त्यागकर 1921 के बाद घनवाद को अपनाया। वे भारतीय कला को विश्व कला के मैदान में देखना चाहते थे। जिसके चलते उन्हें शायद यह परिवर्तन बेहद जरूरी लगा। वैसे भी वो समय आधुनिकता की अंधी दौड़ में लगा था और कहीं–ना–कहीं इस आधुनिकता का अर्थ 'पाश्चात्य शैली' से जोड़ा जा रहा था। अर्थात् जो पश्चिमी शैली से जुड़ा है वह आधुनिक है नहीं तो उसे सिरे से नकारा जा रहा था।

बरहाल गगेन्द्रनाथ को घनवाद की तरफ आकृष्ट होने ने भारतीय कला के इतिहास में एक नया अध्याय जोड़ा। जिससे आने वाले समय में भारत में आधुनिक कलाकारों का दबदबा रहा। गगेन्द्रनाथ की कला कार्य को चार चरणों में बांटा जा सकता है। पहले चरण (1911 का अंत) में पुरी के परिदृश्य, आकृतियाँ, स्कैच, कलकत्ता के दृश्य तथा कुछ पोट्रेट आदि है। जिसमें जापानी ब्रुश तकनीक का इस्तेमाल था। दूसरे चरण में (1911–15) 'चेतन्य' श्रृंखला के साथ 'शरणार्थीयो' की श्रृंखला तथा कुछ चित्र उनकी कल्पना से भी शामिल है। तीसरे चरण में (1915–1925) कैरीकेचर व हिमालय पेंटिंगस शामिल है। चौथे चरण में घनवाद प्रभाव देखने को मिलता है। जो 1921–1925 तक रहा 1925–1930 तक में पोस्ट क्यूबिस्ट पेंटिग शामिल थी जो सफेद व काले रंग से बनाई गई थी। कला इतिहासकार व लेखक पार्थ मित्तर के अनुसार गगेन्द्रनाथ टैगोर पहले भारतीय कलाकार थे जिन्होनें 1940 के दशक में सबसे पहले घनवाद का इस्तेमाल किया।

गगेन्द्रनाथ टैगोर ने चित्रो में पश्चिमी घनवाद के साथ अपनी व्यक्तिगत शैली को मिलाकर भारतीय घनवाद

---

35 अग्रवाल, गिर्राज किशोर, *आधुनिक चित्रकला*, ललित कला प्रकाशन, अलीगढ़, पृ० 123

को जन्म दिया। जहाँ रेखाएँ और आकार चौड़े व भिन्न प्रतीत हो रहे थे। तेज रंगों के साथ निरूपित ज्यामितीय रूपों का प्रदर्शन किया। उनके चित्र' तीरों की शैय्या, मंदिर व वारक पुरिंद शहर का रात्रिदृश्य आदि घनवादी चित्र है। हालांकि इनके घनवाद के उतरार्द्ध में बनाए गए चित्रों में जैसे 'द हाउस ऑफ द डेड' में ज्यादातर 'काले व सफेद रंगो' के ही चित्र बनाए है।

3.3.5 गगेन्द्रनाथ टैगोर की घनवादी विशेषताएं

गगेन्द्रनाथ के तीरो की शैय्या (भीभ) चित्र को इस नाटकीय प्रभाव दिया गया है। यहाँ परिप्रेक्ष्य के प्रभाव को देखा जा सकता हैं जो आंशिक है। जबकी घनवाद में इसे नकार दिया गया था। पश्चिमी घनवाद में पिकासो व ब्रॉक ने सीधी रेखाओं व समकोण का इस्तेमाल ज्यादा किया है किंतु गगेन्द्रनाथ के घनवाद में वक्रता के गुण हैं। यहाँ वस्तुओं की ठोसता को अब कम कर दिया गया। किनारों को कोमल करके एक ही रंग की विभिन्न आभाओं द्वारा दिखाया गया है। रंगों में पारदर्शिता के गुण है। तीरों को झुकी हुई रेंखाआ से चित्रित किया है व जिस पर सपाट क्षैतिज दिशा में भीषम लेटे हुए हैं। इस प्रकार संयोजन में विरोधात्मक गुण हैं। चित्र के ऊपर, नीचे व चारों तरफ गहरी आभाओं की वजह से सीधे चित्र की मुख्य आकृति भीष्म पर ध्यान केंद्रित होता हैं। पिकासो के घनवाद में किसी प्रकार के मानवीय भाव नजर नहीं आते और अगर गवर्निका में कुछ चीख व भय के भाव प्रदर्शित किए भी है तो वे मात्र सतही है। जबकि गगेन्द्र की पेंटिंग में भीष्म के चेहरे पर एक आत्मिक सुकून व बलिदान के भाव है। जिससे शांत रस की प्रतीती हुई है। एक चश्म चेहरे के साथ कहीं भी आकृति को बहुरूप (Multi faces) नहीं दिखाया है। अग्रभूमि में एक नीला अश्व अपने नसैर्गिक रूप में हैं उसकी आंख को सुर्ख लाल रंग से बनाया है। जो युद्ध की भीष्णता के रक्तपात का सूचक है। इस प्रकार उनके अन्य दृश्यों में भी घनवाद के तत्व भारतीयता लिए हुए है।

घनवादी चित्रों की पहली श्रृंखला 1922 में 'रूपम' में प्रदर्शित की गई थी। जो गगेन्द्रनाथ टैगोर द्वारा चित्रित थे। स्टैला क्रेमरिश द्वारा इस लेख को 'द इंडियन क्युबिस्ट' शीर्षक दिया गया था।[36] उन्होंने प्रकाश और अन्तराल (स्थान) के साथ कई प्रयोग किए। वह घनवाद के नजदीक पहुंचा किंतु कोणीयता का कोमल होना विश्लेषणात्मक घनवाद के साथ विरोधी प्रतीत हो रहा है। गगेन्द्रनाथ का रूझान अब राष्ट्रीयता से हटकर काव्य व परियों की कहानियों के प्रति अधिक तीव्र हुआ। नरम, कोमल, सौम्य कोणीयता भारतीय स्वभाव के प्रफुल्लित गीतवाद से सहसा ही जुड़ गई। उन्होंने नारंगी, पीले व नीले रंगों की विभिन्न तानों का उपयोग कर पारदर्शिता को भी प्रदर्शित किया।

नंदलाल बोस गगेन्द्रनाथ के घनवादी प्रभावों से सहज रूप से सहमत थे। उन्होंने लिखा भी था कि गगेन्द्रनाथ यूरोप की प्रयोगात्मक कला से प्रेरित जरूर है किंतु उसने स्वयं को पूरी तरह नहीं बदला है यद्यपि उनकी कालांतर चित्रों में 'नवीन रूप' और मूड कैसे होते है। उसे विदेशी व परिचित शैली के एक पूर्ण संयोजन के माध्यम से बनाया था।[37]

गगेन्द्रनाथ टैगोर के कार्य पर लियोनेल फिनिंगर की चित्रण विधा का प्रभाव था। इनके द्वारा कॉमिक्स ड्राइंग भी बनाई गई थी। गगेन्द्रनाथ भी कैरिकेचर करते थे तो संभवतः उन्होंने इनके कार्य से प्रेरणा ली होगी। खैर,

---

36 मंडल, दिशा, भूले हुए बंगाली क्युबिस्ट कलाकार गगेन्द्रनाथ टैगोर, क्वेस्ट जर्नल, मानविकी और सामाजिक विज्ञान में अनुसंधान जनरल, वाल्यूम, संस्करण 9, अंक– 3, पृ० 35–37, https://www.questjournals.org/jrhss/papers/vol9-issue3/2/H09033537.pdf

37 वही, पृ० 36

टैगोर बाबू के चित्रों में भी वहीं हीरे के कोणों की भांति फलक सैरादृश्य व सिटिस्केपस बनाए गए।[38]

गगेन्द्रनाथ के प्रसिद्ध घनवादी चित्रों में 'सिटी इन द नाइट, 1925, (विक्टोरिया मैमोरियल हाल, कोलकत्ता), पांसिग ऑफ द आर्टिस्ट इन अनेदर वर्ल्ड (विक्टोरिया मैमोरियल हॉल, कोलकत्ता,) संत भाई चम्पा (विक्टोरिया मैमोरियल हॉल, कोलकत्ता), विस्परिंग द्वारका पुरी, संग्रह–विक्टोरिया मैमोरियल हॉल, कोलकाता। इन सभी चित्रों में गगेन्द्रनाथ ने प्रकाश को अलग–अलग फलक में बांट कर स्थान के साथ अद्भुत सामंजस्य बिठाया है। इनके संयोजन में मोनोक्रोमेटिक एनालिटिकल घनवाद की झलक कम प्रतीत होती है। मानो यहाँ तो रंगों की होली को बड़े ही रचनात्मक ढंग से चित्रित किया है। क्षितिश रॉय का गगेन्द्रनाथ के बारे में कहना है कि गगेन्द्रनाथ की रेखा और स्थान से हटकर परिप्रेक्ष्य बनाने की उत्कृष्ट क्षमता उनके चित्रो में प्रभावशाली रूप से सामने आई है।

श्रीलंकाई परिवार में जन्में जार्ज कीट की परवरिश में बौद्ध, हिंदू, मुस्लिम और यूरोपीय संस्कृतियों का मिश्रण था। जिनका मिला–जुला रूप उनके कार्य में भी नजर आता है। उनके विषयों का आधार पौराणिक कहानियाँ बौद्ध आख्यान व भारतीय कामुक आईकनोग्राफी रही थी। लेकिन उनकी रेखांकन तकनीक पर पहले सेजॉन व बाद में क्यूबिज्म हावी रहा। विशेष रूप से पिकासो की रेखाएं और रूपों का संरचनात्मक प्रतिपादन उनके कार्य में दर्शनीय है। चित्रो में पात्रों की कुछ अवस्था तो कोणार्क व खजुराहों के मंदिरों की मूर्तिकला से मिलती है। किंतु तकनीक पाश्चात्य होने पर उनकी नवीनता दर्शनीय है। जिन के पात्र अविन्नयों की स्त्रियों की भांति है। यद्यपि उनको परिष्कृत किया गया है। उनकी कला पर पिकासो, ब्रॉक व लेझे का प्रभाव स्पष्ट देखा जा सकता है। 1920–25 के दौरान वे रवीन्द्रनाथ के लेखन व कार्य से प्रभावित हुए। इसके बाद हिंदू धर्म का गहन अध्ययन तो किया ही साथ में बौद्ध धर्म को भी अपना लिया।[39]

1920 के दशक के अंत में किए गए उनके शुरूआती चित्रों में प्रकृति के हरे–भरे वन अभ्यारण्य का चित्रण है। परिप्रेक्ष्य के प्रयोगों में वे क्यूबिस्ट पद्धति से प्रभावित थे। भारतीय कलात्मक प्रभाव उनके चित्रों में बढी हुई बादाम के आकार की आंखे और बोल्ड, भारी लाइनें उनकी औपचारिक विशेषताओं को परिभाषित करती है। 1930 के दशक में बौद्ध जातक व जन्म कथाओं को चित्रित किया जिसकी परिणति 1940 के 'बोरे ला' में गौतमी विहार के प्रतिक्षा कक्ष की दीवारों पर बुद्ध के जीवन को लेकर हुई। उसी समय 1940 में ही वे पिकासों व ब्राक के कार्यों से प्रभावित हुए तथा घनवादी तकनीक में भारतीय विषयों को चित्रित किया। इन्होंने घनवाद के सार को ग्रहण किया ना कि अक्षरतः नकल की है। उनमें अजन्ता–ऐलोरा के वक्र घुमाव व लय भी कहीं–कहीं नजर आती है।[40]

के० एस० कुलकर्णी की कला में विविधता के दर्शन होते हैं वास्तव में सभी महान कला परम्पराओं ने उनकी संवेदना को समृद्ध किया है। नीग्रो कला, चोल कांस्य कला प्रभाव, बाल कला आदि सभी की छलक इनके कार्य में प्रतिबिंबित होती है। पिकासो के कार्य का प्रभाव इनकी कई रचनाओं में देखा जा सकता है किंतु उनमें भारतीयता की झलक भी स्पष्ट नजर आती है। उनकी कृति 'द'लास्ट सप्पर (कैनवास पर एक्रेलिक, 1987), सिस्टरस (कैनवास पर एक्रेलिक, 1984) 'बुल एण्ड द फ्रार्मरस फेमिली (1969), में घनवादी प्रभाव है

---

38 बरैनसन, माइकल, हास्य कलाकार और व्यंग्यकार का गैलरी दृश्य : एक चित्रकार का विकास, अद्यतन तिथि– 13 मई 1990, अभिगम तिथि– 22 मार्च 2023, https://www.nytimes.com/1990/05/13/arts/gallery-view-from-comic-artist-and-caricaturist-a-painter-evolves.html

39 भारद्धाज, विनोद, *वृहद आधुनिक कला कोश*, वाणी प्रकाशन, द्वितीय संस्करण, 2015, पृ० 291

40 https://artiana.com/Artist/George-Keyt

किंतु यह बहुत ही सरल घनवादी रेखाएं है एनालिटिक्ल क्यूबिज्म की भांति रेखाओं की उमड़ती भीड़ नहीं है। उनकी कृति दो बहनों के रंग व रेखांकन कीट की कला से मिलती–जुलती है।[41]

कृष्ण शामराव कुलकर्णी (1918–1994 कर्नाटक) ने अंलकारिता और अमूर्तता के बीच काम करते हुए ब्रुश के साथ बहुत प्रयोग किए। जिसमें शुरूआती कला कार्य में अजन्ता भित्ति चित्र, चोल कास्य, कागंडा के लघुचित्र थे। बाद के वर्षों में पिकासों की कला का प्रभाव जनजातीय कला के रूपों के साथ समन्वय साधते नजर आए। रंग व विषय इनके स्वयं के हैं किन्तु तकनीक पर भिन्न–भिन्न शैलियों का प्रभाव दृष्टिगत है।[42]

घनवाद में पेंटिंग, संगीत, ज्यामिती के साथ कविता का भी गहरा रिश्ता था। फ्रांसीसी कवि वालेरी के अनुसार आरंभ में घनवादियों के कार्य में फर्क करना मुश्किल था। इसलिए वोल्फगांग पालेन ने यह कहा कि ऐसा इसलिए था क्योंकि घनवाद ने एक सामूहिक रास्ता अपना लिया था।

रामकिंकर बैज (1906–80) बहुत विद्रोही प्रवृत्ति के कलाकार रहे हैं। इनके छात्र रह चुके के० जी० सुब्रमण्यन इन्हें 'खेपा बाउल' (मैड मिस्टिक) कहा करते थे। रामकिंकर की कला में मौलिकता के गुण विद्‌यमान है। उन्होंने हमेशा अपनी कला को बंगाल स्कूल की 'सेंटीमेंटल' दुनिया से अलग रखा था। किंतु घनवाद, अभिव्यंजनावाद सरीखी पश्चिमी कला से उन्होंने संवाद अवश्य स्थापित किया। हालांकि उनके घनवादी चित्र पिकासो व ब्रॉक से भिन्न थे। क्योंकि एक तो उन्होंने विषय स्थानीय रखे दूसरा वे किसी भी शैली को अक्षरतः अपने स्वभाव में नहीं लाते थे बल्कि उसके सार को आत्मसात् करके अपने ढ़ंग से तूलिका की दिशा निश्चित करते थे। उनके चित्र मेज पर मुर्गे (मैसोनाइट बोर्ड पर तेल रंग) में घनवादी प्रवृत्ति प्रलक्षित होती है। बैज का मानना था कि ''जब मैनें पेंटिंग या मूर्तियां की, तो बार–बार मेरे मन में आया कि मुझे स्वंतत्र होना है। जमकर स्वतंत्र।''[43]

1941 में बनाया गया 'तालाब' (कैनवास पर तेलरंग) चित्र में रंग व रेखाएं पश्चिमी घनवादी झलक लिए हुए है। किंतु संयोजन प्रवृति उनकी स्वयं की है। यह एक बेहतर घनवादी चित्र का उदाहरण है। 'टेन्डरसीडिंग' चित्र में रंगों के क्षेत्रों को अलग–अलग रूपाकारों में बांटा गया है।

1944 में जलरंग से बनाया गया 'सैरा चित्र' क्यूबिज्म के एनालिटिकल क्यूबिज्म के अंतर्गत शामिल है। जिसमें धरातल को रंगों के द्‌वारा कई क्षेत्रों में विभाजित किया गया है। किंतु रंग भूरे स्लेटी की धूमिल आभा न लेकर नीले, हरे, पीले का जीवंत उदाहरण है। 1951 में बनाया गया चित्र जिसमें खेत में एक किसान परिवार को बैलों के जोड़ों के साथ कार्यरत चित्रित किया है भी घनवादी प्रवृति का प्रयोग है।[44]

उन्होंने रूढ़िवादी रवैया नहीं अपनाया जिस शैली में उन्हें सीखने लायक जो भी दिखा उसे थोड़े वक्त के लिए अपनी कला में उतारा किंतु बाद में अपनी ही शैली ईजाद की। कलाकार किसी मांग की प्रतीक्षा नहीं करता बल्कि अपने अलंकरण की मांग को हमेशा सहेजे रखता है। रामकिंकर के लिए कला कर्म एक चुनौति के समान था। चुनौति जो समकालीन समय की धारा के विपरीत भी क्यों न हो मात्र हवा के बहाव में बहना उन्होंने नहीं सीखा था।[45]

---

41 *के० एस० कुलकर्णी*, ललित कला अकादमी, 1988

42 भारद्धाज, विनोद, *वृहद आधुनिक कला कोश*, वाणी प्रकाशन, द्वितीय संस्करण, 2015, पृ० 27

43 https://dagworld.com/ramkinkarbaij.html

44 रामकिंकर, *ललित कला अकादमी*, नई दिल्ली, हिंदी संस्करण, 1982

45 *अमरनाथ सहगल*, ललित कला अकादमी, ब्रिजेन्द्र त्रिपाठी, पृ० 6

अमरनाथ सहगल के भी कुछ मूर्तिशिल्प घनवादी है। जिसके लिए वे पिकासों को प्रेरणा स्त्रोत मानते थे। उनके 'गिरते हुए पते' (कास्य 1973) में घनवाद की परिपाटी को अपनाया गया है। दरअसल उसके कार्यों में घनवादी, अभिव्यंजनावादी, अतियथार्थवादी, अमूर्तनवादी का प्रभाव है। वे पिकासो, अर्प, गिएकोमेत्ती व अर्नेस्ट से प्रभावित थे।

वाई के शुक्ला ऐसे कलाकार थे जिन्होंने पूर्व व पश्चिम के स्त्रोतों से नवीन विषयवस्तु के माध्यम तथा पद्धतियों को पेश किया। वे हमेशा नए विचारों को स्वीकार करके उन्हें अपने कला कर्म में उतारने के लिए सक्रिय रहे। उन्होंने सूदूर पूर्व और पश्चिम की विभिन्न कला शैलियों का अध्ययन किया व अपने मनोयोग से उन्हें प्रकट किया। इसलिए उनके लिए कोई भी कला शैली विदेशी नहीं थी। उन्होंने चीनी पद्धति व पश्चिमी अभिव्यंजनावादी व यथार्थवादी पद्वति से कार्य किया किंतु अन्य कलाकारों की भांति वह भी घनवादी प्रभाव की प्रतिछाया से स्वयं को नहीं बचा पाए। इनकी सिर सहित धड़ (1984 कागज पर तेल रंग) में पूर्णतः स्त्री का चित्र बनाकर उसमें रंग भरने के तरीके में घनवादी प्रभाव है।[46]

एफ० एन० सूजा ने रूप की एक अपरम्परागत विकृति को अपने ढंग से प्रदर्शित किया। जिसमें उन्होंने क्यूबिज्म और पश्चिमी शैलियों के साथ गोवा की लोककला को बेहतर ढ़ग से चित्रित किया। रतन परिम द्वारा एक पुस्तक में लिखे लेख क्यूबिस्ट 'इन्फ्लूएंसिस ऑफ मॉडर्न इण्डियन पेंटिंग' में लिखते हैं कि गगेन्द्रनाथ ने गैर–फ्रांसीसी घनवाद (फ्यूचरिज्म व ब्लू–राइटर) को देखा था। क्योंकि 1922 में कलकत्ता में जर्मन बाहोस के कलाकारों के मूल चित्र प्रदर्शित किए गए थे। यकीनन गगेन्द्रनाथ के लिए भी वो प्रेरणा का स्त्रोत थे किंतु बाद में भारतीय कलाकार फ्रेंच घनवाद से प्रभावित हुए।

भारतीय कला प्राचीन समय से ही समृद्ध रही हैं कला आलोचक स्टेला क्रैमरिश का कहना था कि इतनी वैभव व सुन्दरता से सम्पन्न तथा चिरकाल से परिवर्तनशील भारतीय कला व पश्चिमी घनवाद में बहुत विरोधाभास है। क्योंकि वह घनवाद के अनिवार्य रूप से सघन स्थिर गुणवत्ता के विपरीत हैं इसलिए ये दोनों (भारतीय कला व घनवाद) असंगत है। इसका उदाहरण हमें भारतीय घनवादी कलाकारों के चित्रों में भी नजर आता है। जॉर्ज कीट ने पिकासों के 30 के दशक के कार्य को देखकर घनवादी प्रेरणा में कार्य किया था। यहाँ उन्होंने मोटी बाह्यरेखा (आउटलाइन) तथा पिकासों की मानव आकृति का सम्रग चित्रण किया मगर उसका संयोजन में प्रयोग भारतीय खजुराहों व कोणार्क के मंदिरों में स्थिति महिला श्रृंगार भंगिमाओं से प्रेरित था। साथ ही विषयों के रूप में नायिकाओं को भी चुना। 1950 के दशक में बेन्द्रे ने घनवाद व भारतीय लघुचित्रों का मिला–जुला रूप अपनाया। उन्होंने सिंथेटिक तथा भारतीय राजपूत कला की तरफ वाल्यूम व स्पेस को सपाट दर्शाया।

रामकिंकर ने भी अपने समय की बंगाल कला को दरकिनार कर पश्चिमी कला के तत्वों को धारण किया। उन्होंने घनवादी आखों के माध्यम से प्रकृति को चित्रित करना शुरू किया। संथाल जीवन के लैंडस्कोप या आकृति को घनवादी संरचना में बदल दिया। स्थान व वाल्यूम को परिभाषित करने के लिए अपने ही ढ़ंग से रेखा, कम–कुंजी वाले रंग व विमानों का प्रयोग किया और 'औपचारिक सचित्र' की समस्या को बदलने वाले पहले भारतीय चित्रकार भी बन गए। ऐसे ही हुसैन, जहांगीर सबावाला, त्रिकोल के कार्यों में भी भारतीय घनवाद के दर्शन होते हैं रामकुमार द्वारा बनाए गए दृश्यों में भी पहली नजर में देखने पर घनवादी विकृतिकरण का प्रभाव नजर आता है।

---

46 *वाई० के० शुक्ला,* ललित कला अकादमी, नई दिल्ली, 1988

बड़ौदा में घनवाद 60वें दशक के उतरार्द्ध में देखने को मिलता है जिसमें एन० एस० बेन्द्रे ,के० जी० सब्रमण्यम, त्रिकौल कॉल, ज्योति भट्ट व संतोष आदि के चित्रों में घनवादी लक्षण उभर कर आए। बेन्द्रे तथा सब्रमण्यन के चित्रों में आकृतिमूलक चित्रों का सौष्ठव के साथ विरूपित शैली का प्रयोग हुआ है तो ज्योति भट्ट के विभिन्न स्थिर चित्रों व आकृति विषयों में भी वस्तुओं को घनवादी तरीके से पेश किया। साथ ही शंखु चौधरी की मूर्तिकला भी घनवाद से बच नहीं पाई। यही प्रवृति थोड़े बदलाव के साथ आगे चलकर विनोद शाह के टेक्सचर के विभिन्न स्तरों में विभेद करती हैं और सफेद 'एनामेल्ड' क्षेत्रों को रंगीन रूपाकारों के समकक्ष रखते है। जयंत पारिख ने ऐसी आकृति मूलक शैली को ईजाद किया जिसमें अलग–अलग वर्ण स्तरों के साथ विभिन्न विभाजन बड़ी सफाई के साथ किए।[47]

हरि अंबादास गाडे ने मूर्त, अमूर्त व विभिन्न पाश्चात्य शैलियों को अपने पट पर सांझा किया। उनके द्वारा बनाए गए चित्र 'मकान 1964 (कैनवास पर तेल रंग) में घनवादी प्रभाव नजर आता है। यहाँ पर ज्यामितीय रूपाकारों की मोटी व बोल्ड बाह्य रेखा दिखाई है जो पिकासों के 1930 के बाद के दशक में नजर आती है। 1949 में बनाई गई 'रॉकलाइफ (कैनवास पर तेल रंग) में सेजॉन की कृत्तियों में जिस घनवाद की परिणती हुई थी उसका दोहराव नजर आता है। इस प्रकार वे भी घनवाद की लहर से अछूते नहीं रहे।

एन० एस० बेन्द्रे (1910 जन्म) ने स्त्री–पुरूष के शहरी ग्रामीण जीवन के विभिन्न पहलूओं नारी सौन्दर्य के भिन्न रूपों का अंकन तथा प्रकृति के विभिन्न सुन्दर आयामों को अपनी शैली से मूर्त रूप प्रदान किया। उनकी कला पर मुगल, राजपूत, चीनी, जापानी पद्धति के साथ–साथ गोगिन व मातिस का भी प्रभाव रहा है। उनके द्वारा बनाई गई क्यूबिस्ट कृतियों में मानवाकृतियाँ व स्टिललाइफ प्रमुख हैं। जिन पर गगेन्द्रनाथ के घनवाद का प्रभाव है। यह सत्य है कि गगेन्द्रनाथ ने घनवाद की परिभाषा को समझ कर अपने शब्दों में परिवर्तित करते हुए नवीन भारतीय घनवादी शैली को जन्म दिया था। जो भारतीय परिदृश्य व वातावरण के अनुकूल थी।

बेन्द्रे ने शांतिनिकेतन में नंदलाल बोस, राम किंकर बैज व विनोद बिहारी मुखर्जी के साथ–साथ कलकत्ता में जैमिनी राय से भी मुलाकात की। उनके आरंभिक कला कार्य पर अकादमिक व प्रभाववादी शैली की झलक हैं किंतु 1950 में बड़ौदा जाने के बाद उनके जीवन में नवीन चरण आरंभ होता है जिसमें क्यूबिस्ट अभिव्यक्तिवादी और अमूर्त प्रवृतियों के प्रयोगों को शामिल किया गया। जिसमें 'थार्न' 1955 के दौरान उन्होंने यूरोपीय आधुनिकतावाद के साथ–साथ भारतीय औपचारिक और विषयगत विचारों के बीच समन्वय बनाया। 'थार्न' उनकी घनवादी प्रवृति को परिलक्षित करती है। जिस प्रकार घनवादी कलाकारों का कवियों के साथ गहरा संबंध था वैसा ही रिश्ता साबावाला का भी कवि व कविता से रहा है। पिकासों ने स्वयं स्वीकार किया है कि "वह एक ऐसा वक्त था जब कवियों और चित्रकारों में एक–दूसरे को प्रभावित किया।[48]

सबावाला ने भी कविता से प्रेरणा लेकर चित्रकला की है। उन्होंने अपनी स्वयं की क्यूबिस्ट शैली में सैमुअल टेलर कोलरिज की 'कुबला खान' व गर्ट्रड स्टीन की सेक्रेड एमिली जैसी कविताओं को चित्रात्मक रूप प्रदान किया। साथ ही कवियों व लेखकों को अपनी कला से प्रेरित होकर कविता लिखने की ललसा पैदा की जिनमें जेरी पिंटो, रंजीत होसकोटे व अंरूधति सुब्रमण्यम शामिल है।

जहांगीर सबावाला की मूल प्रेरणा जूआन ग्रिस है। अपने सूक्ष्मतर पहलुओं में घनवाद ने उन्हें हमेशा आकर्षित

---

47 कक्कड़, कृष्ण नारायण, *समकालीन कला संदर्भ तथा स्थिति*, ललित कला अकादमी, नई दिल्ली, प्रथम संस्करण, 1980, पृ० 36

48 भारद्धाज, विनोद, *वृहद आधुनिक कला कोश*, वाणी प्रकाशन, द्वितीय संस्करण, 2015, पृ० 21

किया है। सबावाला क्यूबिज्म की सच्ची भावना में विमानों, स्वरों, कोणों के तेजी से परिभाषित उन्नयन के भारतीय प्रतिपादकों के बीच उत्कृष्ट है। वह अपनी टूटी हुई सतहों में एक गेय और विदेशी स्वाद का संचार करता है, एक ही समय में सेरेब्रल औपचारिकता के क्यूबिस्ट चरम से बचता है।[49] जहांगीर सबावाला के अनुसार संयोजन में रेखा, रंग, आकर तथा रचना प्रक्रिया के मध्य आकर्षित करने वाले तत्वों का समावेश अत्यंत आवश्यक है। क्योंकि किसी भी कलाकृति का मूल तत्व–सौंदर्य ही है। इनके प्रारंभ में चित्रित चित्रों में प्रभाववादी प्रभाव है तथा बाद में घनवादी प्रतिछाया है। इन्होंने घनवादियों की भांति रूपों को त्रिमितीय आयामों में दिखाया है कितु उनमें कोणात्मक प्रभाव प्रलक्षित होता है। मानों घनवादी चश्मों से सम्पूर्ण चराचर को देखा जा रहा है। इन्होने प्रभावशाली त्रिमीतिय रूपाकारों, धरातल, रेखा व रंगों को भूदृश्यीय बनावट में रूपान्तरित किया तथा प्रकृति के रूपाकार जिनमें पहाड़ियां, पर्वत, झील तथा जमी हुई नदियाँ, उड़ते पक्षी आदि है, का प्रकाश व रंग के परिवर्तनों के साथ काव्यात्मक संश्लेषण किया है।[50]

उनके शुरूआती चित्रों में जैसे आब्जेक्ट्स कम्पोज, 1955, डाउन टू ए 1962, आदि में पश्चिमी घनवाद का प्रभाव है। उनकी रेखाएं व वस्तुओं का संयोजन भी पाश्चात्य झलक लिए हुए है। किंतु कालांतर में कालाकार ने अपने कलात्मक अनुभव से घनवाद में अपनी शैली का पुट डाल दिया। जिससे चित्रों में घनवादी झलक तो दिखती है किंतु रूपात्मक प्रभाव अब भिन्न नजर आता है। वे पूरे कैनवास पर ब्रुश के घुमावदार छोटे–छोटे तूलिकाघात लगा देते है जो घनवादी तकनीक से घिरे हुए प्रतीत होते है।

उनके बाद की कृति जैसे स्टारस दैट बैकन्स 1968, कुमाऊ हीलस, उपस्थिति चित्रों में अब बाह्य किनारें नर्म व कोमल होते नजर आते हैं साथ ही रंगों की आभा भी हल्की व गहरी तान का प्रभाव लिए है।

सबावाला कहते है कि मेरी कला, अकादमिक प्रभाववादी और घनवादी बनावट, रंग व रूप के मिश्रण हैं इनके द्वारा 60 के दशक के मध्य में एक अलग शैली हासिल की। प्रत्येक चरण के साथ मैंने नया अनुभव विकसित किया है।

अरूण खोपकर के द्वारा सबावाला के जीवन व उनकी कला यात्रा पर फिल्म 'कलर्स ऑफ एब्सेंस' बनाई जिसे 1994 में राष्ट्रीय पुरस्कार मिला था। 2010 में उनके जीवन पर एक और फिल्म बनी ''द इनहेरिटेंस ऑफ लाइट : जहांगीर सबावाला।

उनकी प्रसिद्ध कृति 'द स्टार दैट बेकन' में रेत, समुद्र व अकाश में गहराई का एक भ्रामक बोध प्रकट करता है जो प्रकाश, बनावट व रंग पर उनकी महारत को दर्शाता है। उन्होंने ज्यादातर गेरूए, भूरे, लाल, नीले रंग के कोमल रंग पैलेट के साथ कृतियाँ बनाई, जिसमें रहस्य के गूढ़ तत्वों की मौजूदगी के साथ अनावश्यक विवरणों से भी रचना को बचाया है।

उनके प्रारंभिक कार्यों में घनवाद व प्रभाववाद का रहस्यमय मिश्रण है तो बाद में उनकी व्यक्तिगत शैली ईजाद होने पर चित्रों में अकसर बहुरूपदर्शक के माध्यम से दुनिया देखने का जरिया मिलता है।

---

49 रमन, ए० एस०, *द क्रिटिकल विज़न : सलेक्टेड राइटिंगस,* ललितकला अकादमी, नई दिल्ली, 1993, पृ० 55

50 चतुर्वेदी, डॉ० ममता, *समकालीन भारतीय कला,* राजस्थान हिंदी ग्रथ अकादमी, जयपुर 302004, तृतीय संस्करण 2012, पृ० 111

चित्र 2.5 : चाय का समय, 1911, जीन मेट्ज़िंगर,
https://philamuseum.org/collection/object/51056

चित्र 2.6 : तीर्थयात्रा द्वितीय, जहाँगीर सबावाल,
https://www.artflute.com/artworks/pilgrimage-ii

3.4 अमूर्त कला का प्रभाव

20वीं शताब्दी की शुरूआत में अमूर्तकला के विकास को नवाचारों की एक श्रृंखला के परिणाम के रूप में देखा जा सकता है। जो कि स्पष्ट तौर पर घनवाद व भविष्यवाद की तकनीकी और विश्लेषणात्मक खोजो से प्रेरित थे। इनमें सौन्दर्य व आध्यात्मिक मूल्यों की विवेचना भी की गई। कलाकारों द्वारा यह महसूस किया गया कि प्रतिनिधित्व कला के पारम्परिक विषय कलाकार की अंतदृष्टि की पूर्ण शुद्धता व शक्ति को अभिव्यक्त करने में अपर्याप्त थे। इसी समय आधुनिक जगत के तीन ऐसे दिग्गज कलाकार है। जिन्होंने अमूर्तकला के बीज तो बोए लेकिन स्वयं पूर्णतः अमूर्त रचना नहीं की। पॉल क्ले, पिकासों व मीरो ने अपने बहुत से अमूर्त चित्रों में जानबूझ कर कुछ ऐसे रूपों को शामिल किया जिनसे किसी आकृति या चेहरे का भ्रम पैदा हो। क्योंकि पिकासों का यह मानना था कि कोई अमूर्तकला नाम की चीज नहीं है। आपको हमेशा किसी के साथ शुरू करना ही चाहिए।[51]

1910 में अमूर्त कला का जन्म माना जाता है। इस वर्ष कुछ कलाकारों ने अपने कार्य से अमूर्त कला के लिए एक स्थान बना लिया था। इनमें कांडिंस्की व मौंड्रियान महत्त्वपूर्ण थे।[52] यह सत्य है कि जर्मनी, रूस और हालैण्ड में विभिन्न आंदोलनों जिनका नेतृत्व अमूर्तकला के प्रमुख अग्रदूतों मालेविच, मोंड्रियान कैंडिंस्की ने किया था उन्होंने कला को विशिष्ट सौन्दर्य समाधान के रूप में देखा। आध्यात्मिकता को कलाकार के व्यक्तिपरक रचनात्मक और सहज आवेग, परम सद्भाव और संतुलन के रूप में देखा गया।

रूस में शुद्ध ज्यामितीय रूप और एक सफेद जमीन पर इसकी व्यवस्था कलाकार के सौंदर्यबोध की भावना को व्यक्त करता है। कैंडिंस्की के कला कार्यों में रंगों की अभिव्यक्तिवादी उपयोग का उद्देश्य कलाकार के आध्यात्मिक आवेग को जगाना और दर्शक की आध्यात्मिक संवेदनशीलता को प्रेरित करना था। हालैण्ड में मोंड्रियान के औपचारिक सामंजस्य ने परम और शुद्ध संतुलन की भावना को प्रतिबिंबित किया। साथ ही भिन्न–भिन्न तरीकों से पॉल–क्ले भी अपनी व्यक्तिगत आध्यात्मिक दृष्टि का प्रतिनिधित्व करने में तल्लीन रहे। जबकि अमेरिका में अमूर्ततावादियों की एक पीढ़ी कैंडिंस्की से प्रभावित व प्रेरित रही। न्यूमैन, रोथ्को, पोलाक व पॉजेट डार्ट सहित अमेरिकी अमूर्त कलाकारों की यह पीढ़ी युद्ध के बाद आध्यात्मिक कला के साथ अमूर्तकला के संलग्न को पुनर्जीवित करती है।

अमूर्त शब्द का अर्थ व अमूर्तकला की परिभाषा – अमूर्त का अर्थ है जो मूर्त न हो। अर्थात् जिसमें मूर्तता का साक्ष्य प्रतिबिंबित न हो।

अमूर्त का यदि संधिविच्छेद किया जाए तो 'अ+मूर्त' = अमूर्त। अर्थात् 'मूर्त' में 'अ' उपसर्ग लगाने से 'अमूर्त' शब्द बन जाता है। अमूर्त का अर्थ है जो मूर्त न हो।[53] भारतीय इतिहास में इसके संदर्भ में 'निराकार' 'निररूपा व अरूपा जैसे पर्यायवाची शब्दों को भी इस्तेमाल किया गया है। जिसका अर्थ परमपिता परमात्मा की उपस्थिति से भी है अर्थात् जो दिखाई न दे, न ही जिसका कोई निश्चित आकार हो।

चित्रकला में इंग्लिश भाषा में इसके लिए 'एब्सट्रेक्ट' शब्द का उपयोग किया जाता है जबकि साहित्य में इसे किसी विषय, कथा, लेख, पुस्तक आदि के सारांश व सारंगर्भित बातों से सम्बंधित होता है। अमूर्त कला के लिए नॉन–फिगरेटिव कला शब्द को भी व्यवहार में लाते है जिसका अर्थ है जिस कला में 'फिगर' न हो

---

51 एच० जॉनस, एलेन, मॉडर्न आर्ट एण्ड द ओब्जेक्ट : ए सेंच्यूरी ऑफ चेंजिंग एट्टियूड, थेमस एण्ड हडसन, लंदन, पृ० 97

52 भारद्धाज, विनोद, *वृहद आधुनिक कला कोश*, वाणी प्रकाशन, द्वितीय संस्करण, 2015, पृ० 52

53 राजलक्ष्मी, के०, अमूर्तकला भारतीय चित्रकला के परिप्रेक्ष्य में, 2018, पृ० 123, https://hd/.handle.net/10603/371486

अर्थात् 'रूप' व मूर्तता न हो।

शब्दकोश की परिभाषा के अनुसार एक अमूर्त चित्र वह है जो प्राकृतिक जीवन से पूरी तरह से स्वतंत्र है – भले ही उसका मूल प्रकृति में हो। इस प्रकार अमूर्त कलाकृति वह है जिसमें रंग व रेखाएं सादृश्यता व नैसर्गिकता से हटकर अपना एक स्वयं का संसार रचती है गैर आकृतिमूलक और गैर–वर्णनात्मक कला को अमूर्त कला कहा जाता है।[54]

इस प्रकार अमूर्तकला के लिए कलाकार को अपने आंतरिक गुणों व आंतरिक आवाज को सुनना पड़ता है। वह किसी वस्तु के भीतरी गुणों को दर्शाता है व बाहरी वस्तु की नकल करने की अपेक्षा, गैर–प्रतिनिधित्व और व्यक्तिपरक विधियों का प्रयोग करता है। ऐसे में अमूर्तकला एक काल्पनिक व सहज रचनात्मक प्रवृति से बनाई गई विचित्र कृति है। जिसमें आड़ी–तिरछी रेखाओं या मात्र रंगों से ही चित्र होता है। इन चित्रों का रूप न तो वस्तु का वास्तविक रूप होता है और न ही प्रकृति का, किंतु सूक्ष्मता की प्रवृति लिए यह पूरी प्रक्रिया चित्रकार को आनंद प्रदान करती है। यह कल्पना व प्रतीकों का रूप होती है। जिसका आधार अभिव्यंजनात्मक और मनोवैज्ञानिक है।

प्लेटों ने अमूर्तकला के बारे में लिखा है कि "वृत, आयत ऐसे आकार हैं जो किसी बाह्य कारण की उपयुक्तता की वजह से सुन्दर नहीं है। बल्कि सौंदर्य उनकी प्रवृति है एवं उनसे ऐसी सौंदर्यानुभूति होती है जो निर्विकार है इस प्रकार रंगों के विशुद्ध प्रयोग में भी यह सौंदर्य है।[55] रोथ्को, न्यूमैन जैसे कलाकारों के सपाट अमूर्त रंगीन पट स्वयं में एक अद्भुत कृति है। जो भावनाओं को समेटे हुए है।

3.4.1 पश्चिम में अमूर्तकला का विकास व उद्भव

अमूर्तकला के दर्शन 19वीं शताब्दी के अंत में देखे जा सकते हैं, क्योंकि यह बदलाव का समय था। चारों ओर विज्ञान के नवीन आविष्कारों का बोलबाला था। कहीं कैमरे के इस्तेमाल ने कलाकारों को आतंकित कर दिया था तो कहीं प्रभाववाद ने अब तक चली आ रही चित्रपट प्रणाली को ही बदल कर रख दिया। छाया–प्रकाश के रंगों में बदलाव किया व पल–पल बदलते क्षणों में रूपांतरित होते प्रकृति के नजारों को पट पर लाया गया। इसके पीछे एक खास वजह तेल रंगों की ट्यूब का आविष्कार भी था। क्योंकि इनके आविष्कार से कलाकार खुली हवा में चित्रण (प्लेन–एयर) करने में सक्षम हो पाये। रेलगाड़ी के जाल बिछने लगे, देश–विदेश की दूरी कम हो रही थी। कई देशों में सिविल क्रांति का बिगुल बज चुका था। गॉगिन, सेजान, वॉन गॉग के रंगों व विषयों ने मानव को एक नवीन प्रकृति बनाने का विचार दिया। जिसमें वह मनमाने रंग व रूपों को जगह दे रहा था। जिसका परिवर्तन के साथ स्वर्णयुग पिकासो के चित्रों में दिखा, जिसने परिप्रेक्ष्य को तथा एक दृष्टि बिन्दु से चित्र निर्माण पद्धति को नकार दिया। जहाँ से अमूर्तता के गुण नजर आने लगे थे। क्योंकि सिंथेटिक व एनालिटिक क्यूबिज्म में अमूर्तता की झलक है। भिन्न आकारों का एक साथ कई आयामों में दिखाना यथार्थ से बिल्कुल अलग किंतु कल्पना के बेहद नजदीक था। इसलिए बोदलेयर और बॉल्जाक के लेखों में समकालीन कला का भविष्य में अमूर्तता में बदलने की संभावनाओं की ओर संकेत किया गया था।[56]

---

54 भारद्वाज, विनोद, *वृहद आधुनिक कला कोश*, वाणी प्रकाशन, द्वितीय संस्करण, 2015, पृ० 29

55 वालिया, जे० एस०, *भारतीय चित्रकला का आलोचनात्मक इतिहास*, अहम पाल पब्लिशर्स, एन० एन० 91, गोपाल नगर, जालन्धर शहर (पंजाब), पृ० 366

56 वालिया, जे० एस०, *भारतीय चित्रकला का आलोचनात्मक इतिहास*, अहम पाल पब्लिशर्स, एन० एन० 91, गोपाल नगर, जालन्धर शहर (पंजाब), पृ० 366

कुछ लोगों का यह मानना है कि कलाकार रिनेंसा जैसी कठिन चित्रकला परिपाटी से बचने के लिए विकल्प के तौर पर अमूर्तकला को अपनाने में जरा भी देरी नहीं लगाते हैं। वे बड़ी–बड़ी कठिन शब्दों वाली व्याख्याओं से दर्शक को प्रभावित भी करने की कोशिश करते है। किंतु यह अंशतः सच है पूर्णतः नहीं। एक ऐसा कलाकारों का वर्ग है जो अपनी अकुशलता की आड़ में अमूर्त कला को अपनाते है। किंतु वासिली कैंडिंस्की के विचारानुसार सभी कलाओं में सबसे कठिन अमूर्तकला है, क्योंकि इसके अनुसार आपको अच्छी तरह से कला आनी चाहिए। रचनाओं और रंगों के लिए आपकी संवेदनशीलता अधिक हो और आप एक सच्चे कवि हों, यह अंतिम विशेषता है।

अमूर्त की जड़ों को प्राचीन ग्रीक व इस्लाम में देखा जा सकता है जहाँ मृदभाण्डों की ज्यामितीय रेखांकन, क्यूनीफार्म (कीलाक्षर) व अनगढ़ पिक्टोग्राम में अमूर्तता के दर्शन होते हैं। पिक्टोग्राफ्स लिपिबद्ध रेखाचित्र ही होते हैं लिपि का आविष्कार व विकास आदिकाल के कलात्मक प्रदर्शन द्वारा हो सका।[57]

इस्लाम लिपि में भी अमूर्त सौंदर्य की झलक नजर आती है किंतु जिसे अमूर्त शैली के रूप में जाना जाता है उसका प्रारंभ 20वीं शताब्दी के आरंभ तथा 19वीं शताब्दी के अंत में सेजॉन के काम में भी देखा जा सकता है। सेजॉन ने परिप्रेक्ष्य के नियम व कलाकृति के रूढ़िवादी संरचनात्मक तत्वों को तोड़कर अपने ही ढंग से कला तत्वों का इस्तेमाल किया जिससे अमूर्तता का शुभारंभ हुआ।

कैंडिंस्की के कार्यों में जैसे 1911 में बनाया गया इम्प्रोवाइजेशन 19, अमूर्त कला का शुरूआती उदाहरण है। ऐसे ही मालेविच के सुपरमैटिज्म में भी अमूर्त ज्यामितीय आकारों से वस्तुनिरेपक्ष चित्रण का सृजन किया गया। रोडचेंको का 1915, 1919 में बनाया गया 'नॉन आब्जेक्टिव काम्पोजिशन तथा 'काम्पोजिशन 1919' में भी अमूर्त रूप व ज्यामितीय रेखाओं की मनमाने ढंग से व्यवस्था की गई थी।

पहले पिकासो द्वारा बनाई गई पेंटिग लैण्डस्केप नीयर चेरेट, 1911 में भी किसी भी प्रकास से परम्परागत सैरादृश्य से समानता नहीं है। यहाँ भूरे स्लेटी व पीले रंगों को ज्यामितीय रेखाओं द्वारा आच्छादित विचित्र रूपाकारों की इस प्रकार रचना की है कि वो एक उच्च अमूर्तकला का उदाहरण प्रतीत होती है। साथ ही काजीमीर मालेविच की पेंटिंग 'पिसंट हैड 1913' में मानवीय रूप का रत्तिभर भी सरोकार नहीं है। बल्कि धातु के शंकु कोण या चादरों की मुड़ी–तुड़ी संरचना ने अमूर्त चित्रण को बढ़ावा दिया।

1918 के करीब मशीनीकरण का प्रभाव 'शुद्धतावाद', 'ट्यूबवाद' व अर्द्ध–अमूर्तवाद के रूप में दिखाई दिया। जिसमें स्टील लाइफ से संयोजन तक में मशीनी पुर्जों, रोबोटिक इमेज व मशीनीकरण का बोल–बोला रहा। जिसमें फर्नाडं लेजर द्वारा 1919 में बनाई गई 'द सिटि' पेंटिंग जो फिला ऑर्ट म्यूजियम में है के अन्दर रोबोट व मशीनी पुर्जों से आच्छादित वातावरण नजर आ रहा है।

अर्द्ध–अर्मूतन में मैक्स अर्नेस्ट द्वारा बनाई गई कृति 'द बर्ड दैट कैन फ्लाई' तथा एल लिसित्सकी की प्रोअन 1 ए ब्रिज, 1919 में अमूर्तन में थोड़ा रूप का सम्मिश्रण प्रतीत हो रहा है।[58]

इंग्लैण्ड में टर्नर ने 1841 के आस–पास कुछ ऐसे रहस्यमय प्रकृति के अमूर्त सौन्दर्य को दर्शाया जिनमें अमूर्तन के दर्शन थे। रंगों का उमड़ता भवँर रूप को दरकिनार करता नजर आया। इस तरीके ने प्रभाववादियों से

---

57 आर्य, जयदेव, कला अध्ययन, पृ० 178

58 सी० पापाडाकेस, एंड्रियास, *अमूर्तकला और आध्यात्मिक की पुन : खोज,* अकादमी ग्रुप लिमिटेड, 7 हौलेंड स्ट्रीट, लंदन W84NA, पृ० 25–28

घनवादियों तक अमूर्तन के लिए रास्ता बनाया और उन्हें नवीन के प्रयोग की ओर अग्रसर किया।[59]

अमूर्तन भी कई प्रकार का है, एक तो वह जो मात्र रंगों से प्रकट किया जाता है दूसरा जो ज्यामितीय रेखाओं से तीसरा जिसमें कल्पना के आधार पर दृश्य जगत की चीज को इस कदर तोड़–मरोड़ दिया जाता है कि वह मानवीय चक्षुओं को एक नई रचना प्रतीत होती है। जो उसके प्रत्यक्षीकरण का हिस्सा अब तक नहीं थी। अमूर्तकला के प्रसिद्ध इतिहासकार का कहना है कि अब समय आ गया है कि हम कला के अमूर्तन का अर्थ किसी प्रकृत्ति विरोधी चीजों से न जोड़े। क्योंकि यह संभव ही नहीं है।

इसलिए पॉल क्ले कभी प्रतिनिधात्मक आधार से शुरू होकर अमूर्त की ओर चले जाते थे तो कभी अमूर्तन से शुरू होकर आकृतिमूलक को अपना लेते थे।

बाहोस में तो 'अमूर्तवाद' शुद्धिकरण के साथ–साथ 'स्व' की तलाश का एक माध्यम भी बन गया था। जिसे चित्रकला, स्थापत्य व डिजाइन थ्योरी के रहस्यात्मक व अजीबो गरीब तत्वों के साथ जोड़कर पेश किया जाने लगा। बाहोस की 1919 में स्थापना की गई, 1 A3 से 1926 में देसाउ स्थानान्तरित किया गया। नाजीवाद के चलते 1933 में इसे बंद कर दिया। यह सर्वविदित है कि बाहोस में अमूर्तवाद एक शैक्षणिक मैथडोलॉजी बन चुका था।[60] यहाँ के कलाकारों व शिक्षकों के कार्यों में नवीनता थी। जैसे जोहान्स इटेन द्वारा बनाई गई कृति 'एकसेंट एण्ड पॉज' 1919 में रंग–बिरंगी ज्यामितीय आकृतियों को पारदर्शी व ऑपेक रंगों के द्वारा एक दूसरे के ऊपर व नीचे इस प्रकार गूंथा गया है मानों रंगों के विभिन्न रूप टिड्डीदल की भांति पट पर उमड़ आए हो। इटेन द्वारा इसमें रंगों की विभिन्न आभाओं को दर्शाया है। यह ज्ञात है कि उन्होंने रंगों के सिद्धांतों के ऊपर गहन अध्ययन किया था। उनकी प्रतिष्ठा न केवल एक चित्रकार के रूप में बल्कि परिचयात्मक पाठ्यक्रम पर टिकी हुई है जिसे उन्होंने बाहोस में स्थापित किया था। जहाँ उन्होंने 1919 से 1923 तक अध्यापन कार्य भी किया। इटेन की चित्रकला में कई तरह के प्रारंभिक अमूर्त पूर्वाग्रहों का पता चलता है। रंग सिद्धांत में रूचि और रूप के संबंध में इसकी उत्पत्ति अभिव्यक्तिवादियों के रंग के शक्तिशाली भावनात्मक उपयोग दोनों में हुई है।[61]

एक समय के बाद अमूर्तवाद पूरी दुनिया में थोड़े–बहुत सामाजिक, भूगोलिक, राजनैतिक तथा व्यक्तिगत बदलावे के साथ फैल गया था। कला विद्वानों के अनुसार यह फ्रांस में पनपी कला–प्रवृत्ति का प्रभाव हैं क्योंकि पेरिस आधुनिक कलाकारों के लिए काबा–काशी बन चुका था और विश्व के सर्वश्रेष्ठ कलाकेन्द्र के रूप में स्थापित भी था।[62]

किंतु इस कलावाद के पीछे बेहद बैचेनी और कुंठा है, जिसके चलते बाह्य रूप गौण हो गए। वारिंगर लिखते है कि अमूर्तता का आग्रह बाहरी दुनिया की घटनाओं से मनुष्य में प्रेरित एक महान आंतरिक अशांति का परिणाम है। हम इस स्थिति को अंतरिक्ष के एक विशाल आध्यात्मिक भय के रूप में वर्णित कर सकते हैं।[63]

20वीं शताब्दी में निर्मित कला के कार्यों के वर्णन के लिए अमूर्त, गैर–उद्देश्य और गैर प्रतिनिधित्व आदि कई

---

59 भारद्धाज, विनोद, *वृहद आधुनिक कला कोश*, वाणी प्रकाशन, द्वितीय संस्करण, 2015, पृ० 29

60 सी० पापाडाकेस, एंड्रियास, *अमूर्तकला और आध्यात्मिक की पुन : खोज*, अकादमी ग्रुप लिमिटेड, 7 हौलेंड स्ट्रीट, लंदन W84NA, पृ० 30

61 वही, पृ० 50

62 गैरोला, वाचस्पति, *भारतीय चित्रकला का संक्षिप्त इतिहास*, लोक भारती प्रकाशन, इलाहाबाद, 2009, पृ० 97–98

63 फोस्टर, हॉल व अन्य, *द आर्ट सिन्स 1900 : मॉडर्निज्म, एंटी–मॉडर्ननिज्म, पोस्ट – मॉडर्निज्म*, थेमस एण्ड हडसन, लंदन, पृ० 98

शब्दों को नियोजित किया गया था। असल में सभी शब्द एक ऐसी कला को संदर्भित करते हैं जो पूरी तरह से रंग, रेखा और आकार पर निर्भर करता है न की रूपात्मक रूपांकनों से।

समतल जमीन पर साधारण वर्ग का निर्माण, मालेविच के लिए आध्यात्मिक रहस्योद्घाटन का आन्दोलन साबित हुआ। चित्रकला के इतिहास में पहली बार उन्होंने यह महसूस किया कि एक चित्र बाहरी दुनिया के किसी भी प्रतिबिंब या नकल से पूरी तरह से स्वंतत्र हो सकता है। इसमें मालेविच का 'ब्लैक स्कवेयर' एक अंतिम ज्यामितीय सरलीकरण के लिए अमूर्तता का दावा कर सकता है।[64]

मालेविच ने अपने सुपरमैटिज्म की शब्दावली की व्याख्या के लिए बहुत से आयताकार, वृत्त और इनका आपस में क्षैतिज तथा ऊर्ध्वाधर रूप से काटते हुए कई रूपांकनों को बनाया। जिससे एक नवीन अमूर्तन की परिभाषा उत्पन्न हुई। अंत में उन्होंने सफेद की भिन्न तानों के प्रयोग से अंतिम कला के सरलीकरण को प्राप्त किया, जिसमें सफेद रंग 'अनंत की वास्तविक अवधारणा' के रूप में इस्तेमाल किया गया था।[65]

'दी स्टिजल' (द स्टाइल) कला ग्रुप ने गीतवाद और भावनाओं के साथ–साथ परम्परा के भी पूर्ण अवमूल्यन के लिए समर्पित कला का निर्माण किया। इससे जुड़े कलाकारों ने 'अमूर्तता और सरलीकरण' की आवश्यकता पर जोर दिया। प्रभाववाद तथा बारोक कला के सभी रूपों के खिलाफ यह एक गणितीय संरचना पेश करते हैं। जिसमें स्पष्टता, निश्चितता और व्यवस्था के लिए कला बनाई गई। यहाँ सीधी रेखा, आयत व घनों के माध्यम से प्राथमिक रंगों, लाल, पीला, नीला के साथ तटस्थ स्लेटी, काला व सफेद रंगों से कला को सरलीकृत किया। वैन डोजबर्ग और मोंड्रियन के लिए सरलीकरणों का पूर्वी दर्शन और थियोसोफी के रहस्यमय शिक्षाओं के आधार पर प्रतीकात्मक महत्त्व था, जो एक लोकप्रिय आध्यात्मिक आन्दोलन था जिसे 'डी स्टिजल' कलाकारों के बीच कैंडिंस्की की पुस्तक, 'द स्पिरिचुअल इन आर्ट' के द्वारा आंशिक रूप से जाना जाता था।[66]

मोंड्रियान मुख्यतः क्षैतिज और ऊर्ध्वाधर रेखाओं के रहस्यमय निहितार्थों से ग्रस्त हो चुका था। जिसने अपना शेष जीवन उसकी खोज में ही बिताया। 1912 की शुरूआत में 'द ट्री' एक रेखीय ग्रिड में गायब हो गया जिसने कैनवास की सतह को पूरी तहर से ढ़क लिया था। पेरिस में मोंड्रियान घनवाद से गहन प्रभावित हुआ। लेकिन बहुत जल्द उसे यह महसूस हुआ कि यह शैली अपनी खोजों के तार्किक परिणामों को स्वीकार नहीं करती। यह शुद्ध वास्तविकता अभिव्यक्ति के अपने अंतिम लक्ष्य की अमूर्तता विकसित नहीं कर रही थी। उसने महसूस किया कि यह केवल शुद्ध प्लास्टिकवाद से स्थापित किया जा सकता है।

1942 में दिए गए अपने इस बयान में उन्होंने दो शब्दों पर जोर दिया जो उनके सम्पूर्ण जीवनकाल की पहेली का सारांश प्रस्तुत करता है। पहला 'प्लास्टिक' दूसरा 'वास्तविकता'। उनके लिए 'प्लास्टिक अभिव्यक्ति' का अर्थ साधारणतः रूप व रंगों की आपसी क्रिया से था।[67]

मोंड्रियान की चित्रकला रेखा और प्राथमिक रंग के लगातार शुद्ध उपयोग की ओर एक क्रमिक औपचारिक प्रगति दिखाती है। वह डच थियोसोफिकल सोसाइटी के सदस्य थे ओर यह सर्वविदित है कि थियोसोफी ने

---

64 अर्नासन, एच० एच० एवं मार्ला एफ० प्रेथर, *आधुनिक कला का इतिहास : चित्रकला*, स्थापत्य, वात्सुकला, फोटोग्राफी, थेमस एण्ड हडसन, लंदन, चतुर्थ संस्करण, पृ० 224

65 वही, पृ० 224

66 अर्नासन, एच० एच० एवं मार्ला एफ० प्रेथर, *आधुनिक कला का इतिहास : चित्रकला*, स्थापत्य, वात्सुकला, फोटोग्राफी, थेमस एण्ड हडसन, लंदन, चतुर्थ संस्करण, पृ० 231–232

67 वही, पृ० 233

अमूर्तता की खोज के लिए सैद्धांतिक प्रतिमान प्रदान किए थे।[68] शुद्ध अमूर्तता की ओर एक आन्दोलन पियट के लिए एक आवश्यक और परम सद्भाव का पर्याय था।

कैंडिंस्की बालकला और हेनरी रूसों के कार्य, दोनों को एक मुक्त अभिव्यक्ति की ओर उद्घृत करता है। उनकी अमूर्त कला का विकास रूडोल्फ स्टीनर के लेखन (जैसे थियोसोफी) में रूचि के साथ हुआ था।[69] आमतौर पर कहा जाता है कि रंग आत्मा को प्रभावित करते हैं। रंग की–बोर्ड (कुंजी) है जबकि आंखें हथौड़ा, आत्मा पियानो है जिसमें कई तार हैं कलाकार वह हाथ है जो आत्मा में कम्पन पैदा करने के लिए जानबूझ कर एक या दूसरी कुंजी को छूकर बजाता है।[70] इस प्रकार कैंडिंस्की ने रंग की भावनात्मक मनोवैज्ञानिक और आध्यात्मिक अपील में रूचि विकसित करने के लिए प्रेरित किया। 1920 के दशक का काम कैंडिंस्की के रंग के शुद्ध क्षेत्रों का उपयोग करके अर्ध–ज्यामितीय रूप और रचना की शुरूआत के लिए अभिव्यक्तिवादी अमूर्तता के रूप से प्रगतिशील परिवर्तन दिखाता है। पॉप क्ले रंग के मानसिक और भावनात्मक दोनों गुणों से अवगत थे। उन्होंने रेखीय प्रतीकों का एक जटिल उपयोग विकसित किया जो अकसर सुलेख, अंकों और संकेतों को शुद्ध रंग के साथ जोड़ते थे। उन्होंने जर्मन रहस्यवादी परम्परा को भी आर्कषित किया।[71]

1910 में कुफ्का ने शुद्ध अमूर्तता का एक रूप विकसित किया। 19वीं सदी के अंत से ज्यामितीय रूप और रंग सिद्धांत की समझ पर उनके 'न्यूटन डिस्क' श्रृंखला प्रारंभिक प्रतीकवादी काम है।[72] जैक्सन पॉलाक युद्ध के बाद के अमेरिकी कलाकारों की पीढ़ी में से एक थे, जिन्होंने व्यक्तिपरक सहज दृष्टि की प्रधानता को व्यक्त करने के लिए अमूर्तता को एक व्यक्तिगत रूप से विकसित किया। 1947 और 1948 पाश्चात्य कला में अमूर्तवाद के लिए बेहद महत्त्वपूर्ण है। क्योंकि इस समय पोलॉक ने अपनी 'आल ऑवर ड्रिपिंग तकनीक' में काम करना शुरू कर दिया था। न्यूमैन ने 'वनमेन्ट' (जनवरी 1948) चित्रित की। जो अमूर्तन का अच्छा उदाहरण है साथ ही रोथ्को ने अपने पहले परिपक्व कैनवास 'मल्टीफार्म' चित्र को बनाया जिसे अब उन्होनें शीर्षक नहीं दिया था बल्कि मात्र संख्या या रंग से उसे प्रकट किया।[73]

मार्क रोथ्को की प्रतिष्ठा काफी हद तक अमूर्तता के रूप पर आधारित है उनका कहना था कि मेरे लिए कला आत्मा का एक किस्सा है। उनकी चित्रकला में पारलौकिक की भावना को दुःख की भावना के साथ मिलाया जाता है जोकि उनके जीवनकाल के अंत में अमूर्त रागिनी 'Abstract Tonality' में परिवर्तित व परिलक्षित हुई थी और 1972 में उनकी आत्महत्या के साथ समाप्त हो गई।[74]

बार्नेट न्यूमैन अमेरिका के युद्ध के बाद की पीढ़ी के सबसे मुख्य कलाकारों में से एक थे जिन्होंने आध्यात्मिक आवेग को अमूर्तता से जोड़ा। न्यूमैन के सबसे प्रसिद्ध कार्यों में एक पतली पट्टी या 'बार' द्वारा विभाजित शुद्ध रंग के क्षेत्र शामिल है। उदात्त की अभिव्यक्ति के लिए न्यूमैन की खोज अमूर्तता के साथ अटूट रूप से

---

68 सी० पापाडाकेस, एंड्रियास, *अमूर्तकला और आध्यात्मिक की पुन : खोज,* अकादमी ग्रुप लिमिटेड, 7 हौलेंड स्ट्रीट, लंदन W84NA, पृ० 38

69 वही, पृ० 35

70 वही, पृ० 37

71 वही, पृ० 48

72 वही, पृ० 52

73 फोस्टर, हॉल व अन्य, *द आर्ट सिन्स 1900 : मॉडर्निज्म, एंटी–मॉडर्ननिज्म, पोस्ट – मॉडर्निज्म,* थेमस एण्ड हडसन, लंदन, पृ० 405

74 सी० पापाडाकेस, एंड्रियास, *अमूर्तकला और आध्यात्मिक की पुन : खोज,* अकादमी ग्रुप लिमिटेड, 7 हौलेंड स्ट्रीट, लंदन W84NA, पृ० 58

जुड़ी हुई थी। उन्होंने स्वयं को घनवाद और पिएट मोंड्रियान के अमूर्त कार्य दोनों से दृढ़ता से अलग कर लिया था। जहाँ पहुंचने के बाद ज्यामिती (यहाँ पूर्णता) ने उनके तत्वमीमांसा को पूर्णतः आत्मसात् कर लिया था।[75]

3.5.2 भारत में अमूर्तवाद

अमूर्तवाद की धारणा भारतीय शास्त्रों में प्राचीनकाल से ही देखने को मिलती है। जिसको साधारणतः उस सर्वशक्तिमान परमात्मा के संदर्भ में माना गया है। जिसका अंश हर मानव व जीव में व्याप्त है। इसे 'आत्मा' कहा गया। यह भी इंद्रियों के पहुंच से परे का अनुभव रही है। इस प्रकार अमूर्तन शब्द तो भारत के लिए बहुत प्राचीन है किंतु अमूर्तवाद कला में एक नवीन पहलू के रूप में उभरा। भारत में अमूर्तकला की शब्दावली का विकास किसी एक विशेष घटना की पराकष्ठा से नहीं हुआ बल्कि यह तो 50 और 60 के दशक में कलाकारों द्वारा रंग, रेखा, रूपाकार आदि को शुद्धता के साथ उनके मूल रूप में खोजने से हुआ। हालांकि कुछ कलाकारों का अमूर्तन पाश्चात्य शैली से प्रभावित है कितुं उसके पीछे प्रेरणा स्त्रोत निश्चित रूप से भारतीय ही है। जिस प्रकार वी० एस० गायतोंडे को जेन (झेन) दार्शनिकता ने प्रभावित किया जिसके चलते उनकी आत्म निरीक्षण प्रकृति ने रंग, बनावट के साथ जुड़कर कैनवास की सतह से निपटने का एक अद्भुत संतोषजनक तरीका ढूंढा, जबकी नसरीन मोहम्मदी के चित्र कठोर सौन्दर्यशास्त्र को प्रकट करते हैं, जो किसी भी अधिकता की अनुमति नहीं देते, कुछ कलाकार सैरादृश्यों से अमूर्तता की ओर चले जिनमें रज़ा साहब उल्लेखनीय हैं जिन्होंने नाद, स्वर, पंचतत्व, कुण्डलिनी से होते हुए बिंदु तक अपना सफर तय किया। भारत की अमूर्तकला का संग्रह रंगों, रूपों, सामग्री व बनावट के विविध उपयोग को दिखाता है साथ ही यह विभिन्न मनोदशा को दर्शाने के लिए मनोवैज्ञानिक ढंग का इस्तेमाल करते हुए मोक्ष की ओर अग्रसर होने के लिए एक तपस्वी व साधक सी सादगी को भी धारण किए हुए है।

प्रसिद्ध भारतीय कला समीक्षक प्रो० रामचन्द्र शुक्ल का अमूर्त कला के बारे में बेहद व्यक्तिगत विचार है। वे कहते है कि आज पूरे विश्व में अमूर्त (अरूप) कला का बोलबाला है। यह इस सदी की बहुत ही प्रभावोत्पादक देन है। हालांकि यह सत्य है कि साधारण मनुष्य इसका आनन्द लेने में समर्थ नहीं है। वह इसे देखकर भौंह सिकोड़ता है क्योंकि अमूर्तकला से प्रभावित चित्रों की सींग–पूँछ पहचानना मुश्किल है। यहाँ तक कि यदि किसी चित्रकार से पूछा जाए तो वह भी समर्थ नहीं होता क्योंकि बहुत से कलाकार यूरोपीय 'एब्सट्रेक्ट आर्ट' की महज नकल करते हैं। ज्यादा से ज्यादा वे जटिल भाषा में कुछ उलटे–सीधे शब्दों से समझाने की चेष्टा करते हैं व बातों को और भी जटिल बनाकर पेश करते है। यही है आधुनिक अमूर्तकला (सूक्ष्मवादी कला) की स्थिति।[76]

यह सत्य भी है कि कलाकारों का एक दल इस प्रकार के कला कार्य से अपनी कमजोरी को छिपाकर अमूर्तन के नाम पर एक झूठी, अनगढ़ व अपरिपक्व शैली को पेश करते है। इस बात का स्पष्टीकरण मनजीत बाबा के इस कथन से हो जाता है कि वे एक साक्षात्कार में कहते है कि ''मैं कैनवास पट पर अंधाधुंध धड़ाधड़ तूलिकाघात (स्ट्रोक्स) लगाने वाली पेंटिंग तो करता नहीं हूँ जो कि शराब पीकर भी की जा सकती है। वैसे

---

75 वही, पृ० 60

76 शुक्ल, प्रो० रामचन्द्र, *आधुनिक चित्रकला,* साहित्य संगम, इलाहाबाद, 2006, पृ० 25

अब मैं पार्टियों में कम ही जाता हूँ। ताकि सुबह काम करने में दिक्कत न हो।''[77]

यह तो स्पष्ट है कि समाज का एक बड़ा हिस्सा अमूर्तन के खिलाफ है। कला में अमूर्तन का जन्म पश्चिमी देशों में ही हुआ है। यह मायने रखता है कि कोई किसी अन्य देश से कितना उधार लेता है यहाँ उसकी गुणवत्ता मायने रखती है। जैसे पोस्ट–इंप्रेशनिस्ट (उतर प्रभाववाद) के दिग्गजों ने एशियाई और अफ्रीकी स्त्रोतों से स्वतंत्र रूप से तत्वों को लिया किंतु उन्होंने जितना लिया था उससे कहीं अधिक लौटाया भी, वो भी एक सर्वश्रेष्ठ कला के रूप में। भारत में आधुनिक कला को गलत रूप से अमूर्तकला के साथ पहचाना जाता है और आंलकारिक कला के रूप में साथ पारम्परिक कला को। लेकिन सत्य तो यह है कि एक अच्छी व उच्च स्तर की अमूर्तकला की रचना को चित्रित करना उतना ही मुश्किल है जितना की एक अच्छी आंलकारिक रचना को चित्रित करना। बहुत से कलाकार बिना यह जाने व समझे की अमूर्तन कला के पीछे क्या सौंदर्यात्मक स्वीकृति है? वे महज इसे स्टेट्स सिंबल (सम्मान का विषय) मान लेते है। पश्चिम में अमूर्तकला एक परिपक्व कलाकार के विकास का अंतिम चरण है, जबकि भारत में यह आधुनिकतावादी के कमजोर प्रयोग का पहला और अंतिम चरण है। एक गंभीर कलाकार कई कारणों से अमूर्त कला को अपनाता है। सबसे पहले बौद्धिक रूप से यह अपनी सांकेतिक, संक्षिप्तता व प्रतीकवाद के कारण अलंकारिक व पारम्परिक कला से अधिक संतोषजनक है। दूसरा इसमें तकनीक की मांग अधिक है क्योंकि रेखा, रंग, डिजाइन के अंत्यत कठोर सरलीकरण पर इसका जोर है। यह जरूरी है कि एक गैर–प्रतिनिधित्वात्मक चित्रकार को पहले ज्ञात से अज्ञात की ओर बढ़ना चाहिए और फिर अपनी खोज के सकारात्मक ज्ञात पर लौट जाना चाहिए। यह सर्वविदित है कि अमूर्तकला के नायक के रूप में कोई तब तक सफल नहीं हो सकता जब तक कि कोई बौद्धिक ईमानदार और सौन्दर्यपरक शोधन द्वारा समर्पित पेशेवर विशेषज्ञता के उच्च स्तर को हासिल नहीं कर लेता। भगवान शिव के लैंगिक प्रतीक 'लिंगम' से अधिक शक्तिशाली अमूर्तता के बारे में नहीं सोचा जा सकता है।[78]

समय के चलते भारतीय कलाकारों ने जब अपने अतीत की ओर देखा तो वहां तंत्र कला, योग कला, ध्यान आदि ने उन्हें एक नवीन विषय दिया। जिसमें उनकी स्वयं की शैली परिलक्षित हुई। अब भारतीय कलाकारों ने भी अमूर्तकला को गंभीर रूप से लिया। ऐसा कहा जाता है कि प्रसिद्ध अमेरिकी अमूर्तवादी जोसेफ अल्बर्स पीले रंग के लगभग 70 शेड्स का उपयोग कर सकते थे और दर्शकों पर दृश्य और भावनात्मक प्रभाव के कई पहलूओं को अलग–अलग डिग्री से पेश करते थे।[79] रवीन्द्रनाथ टैगोर का कहना था कि ''चित्रकला में केवल रंग और रेखाएँ अकेले कोई संदेश नहीं देती है बल्कि उनमें ध्वनि व लय व्याप्त होती है। जिनका अंतिम उद्देश्य कलाकार की बाह्य कल्पना का सम्प्रेषण करके सानुपातिक समग्रता का विकास करना होता है।[80]

कलाकारों ने समय के साथ प्राचीनकला के नियमों, लक्षणों व परिभाषा को त्याग दिया क्योंकि यह जरूरी भी हो गया था। प्राचीन कला की जरूरत तत्काल समय की मांग थी, किंतु आज समय के साथ राजनैतिक, सामाजिक, सांस्कृतिक तथा मनोवैज्ञानिक परिवर्तनों के चलते यह जरूरी है कि कला में वो लचीलापन हो जो समय की मांग को पूरा करे। दो विश्व युद्धों से गुजरकर तथा विभाजन की पीड़ा व त्रासदी ने कलाकारों को

---

77 भारद्धाज, विनोद, *वृहद आधुनिक कला कोश*, वाणी प्रकाशन, 21–ए, दरियागंज, पृ० 160

78 रमन, ए० एस०, *द क्रिटिकल विज़न : सलेक्टेड राइटिंगस*, ललितकला अकादमी, नई दिल्ली, 1993, पृ० 50

79 रमन, ए० एस०, *द क्रिटिकल विज़न : सलेक्टेड राइटिंगस*, ललितकला अकादमी, नई दिल्ली, 1993, पृ० 51

80 गोस्वामी, डॉ० प्रेम, *आधुनिक भारतीय कला के आधार स्तम्भ*, राज हिंदी ग्रंथ अकादमी, जयपुर, चौथा संस्करण 2011, पृ० 38

खिसी पिटी परीपाटी से हटकर नवीन की ओर प्रेरित किया। अब वे हौंसलो से बुलंद होकर पूर्व–पश्चिम दोनों स्थानों की कला को आत्मसात् तो करता है किंतु उसे मूर्त या नया रूप अपने स्वभावानुसार देता है। यहाँ अब कलाकार चित्रित विषयों के माध्यम से अपनी कला में 'स्व' का समावेश करता है अर्थात् विचारों और दृष्टिकोण में स्वतन्त्रता का पक्ष महत्त्वपूर्ण होता गया। इसमें रूप और आकर में स्वतन्त्रता, रंग और रेखा से स्वतंत्रता, तकनीक व विषयों की भी स्वतंत्रता से कला के मूर्त ने अमूर्त की स्वतन्त्रता तक का सफर किया।

जतिनदास का कहना है कि कविता या चित्र दोनों का ही सही साक्षात्कार अकेले में होता है। यह ठीक ही कहा गया है कि चित्र का एक अपना पर्दा होता है आप उसे अच्छी तरह से देखें तो वह अपने आप ही खुल जाता है इसलिए किसी भी चित्र की भीतरी तहों तक जाने के लिए प्रेक्षक को रसिक होना चाहिए।[81]

भारतीय अमूर्तन में भी कलाकारों ने समयानुसार उदात्त कला के साथ साक्षात्कार किया और रसिक चक्षुओं ने उन्हें पहचाना भी। एक सवेंदनशील ब्रितानी डेविड ओलिवेंट ने जब एक प्रदर्शनी में अंबादास की अमूर्त कला को देखा तो उनकी टिप्पणी थी कि ''बहुत अच्छा काम है अभी तक इतना दिलचस्प काम मैंने भारत में नहीं देखा था।''[82] अमूर्त कला का लक्ष्य मनोभावों को प्रकट करने की स्वतन्त्रता देना है जिसके चलते कलाकार तर्क, सिद्धांत, विज्ञान, सत्य–असत्य को दरकिनार करके अपने निजी ढ़ंग से अपनी निजी कृति बनाता है। रूप कलाकार को बांधते हैं व यथार्थ उसे जकड़ लेता है। सादृश्यता उसे बैचेन करती है जिसके चलते यदि वह अपने क्षणिक भावों को प्रकट करना चाहे जो कि अमूर्त है तो केवल गैर–प्रतिनिधित्वात्मक अमूर्त कला तकनीक ही बचती है। जिससे वह स्वयं की व्याख्या करता है। कभी मात्र रेखाओं से तो कभी वर्ण से। भारत में अमूर्तता की प्रधानता को धार्मिक ग्रंथों में देखा जा सकता है। यहाँ पंचतत्वों को विभिन्न ज्यामितीय रूपाकारों व रंगों से दर्शाया जाता है। मानवीय शरीर में मौजूद चक्र जिनका आधार कुण्डिलिनी है को भी ज्यामितीय रूपों व कुछ निश्चित रंगों से मूर्त रूप दिया गया है। यहाँ 'बिन्दु' का अर्थ सम्पूर्ण रचना है तो त्रिभुज अग्नि का प्रतीक है व वृत्त वायु का प्रतीकात्मक चिन्ह है।

जिस प्रकार पिकासो ने अमूर्तकला के अस्तित्व को नकारते हुए कहा था कि अमूर्तन जैसा कुछ भी नहीं है वैसे ही बहुत से भारतीय कलाकारों का भी यह विचार है कि अमूर्त एक शैली नहीं है बल्कि यह तो वह गुण है जिसके द्वारा अज्ञात को वर्णित किया जाता है। भारतीय समकालीन कलाकार मनु पारेख का कहना है कि ''मैं जो महसूस करता हूँ उसके अनुसार पूर्णतः अमूर्त कुछ होता ही नहीं। अगर कलाकार आकृतिमूलक करते हैं तो उसमें भी अमूर्तन है और जब अमूर्त करते हैं तो उसमें भी मूर्तन का अंश होता है। कैनवास पर किसी आकृति या रूपाकार के आने पर अमूर्त कहाँ रह जाता है। वहाँ आकृति की बनावट में अमूर्तता होती है, जो बेहद सूक्ष्म होती है। उसे समझने की जरूरत होती है क्योंकि कला में अमूर्तन की भी सीमा है।''[83]

जैसा कि पहले बताया भी है कि अमूर्तन का संप्रत्यय प्राचीन है किंतु अमूर्तवाद नवीनशैली है। विष्णुधर्मोतरपुराण में कहा गया है कि एक प्रतिभा सम्पन्न कलाकार उसी चित्र को चित्रित करेगा जो संभावित है या विश्वास योग्य है ऐसा बिल्कुल भी नहीं जो इससे परे हो। साथ ही यहाँ वात्स्यायन के 'कामसूत्र' टीकाकार यशोधर पंडित ने भी भारतीय चित्रकला के महत्त्वपूर्ण सिद्धांतों में एक 'सादृश्यम्' को जोड़ा जिसका अर्थ सत्याभास से

---

81 भारद्धाज, विनोद, *वृहद आधुनिक कला कोश*, वाणी प्रकाशन, 21–ए, दरियागंज, पृ० 149

82 वही, पृ० 111

83 जोशी, डॉ० ज्योतिष (संपादक), *समकालीन कला*, भुवनेश्वर भास्कर की प्रख्यात चित्रकर मनु पोरख से बातचीत, कैनवास एक मंच है और रंग चरित्र है (अंतरंग), ललित कला अकादमी, नई दिल्ली, अंक– 42–43, पृ० 72

है ताकि दर्शन की सामान्य स्वीकृति उसे प्राप्त हो सके।[84]

इस प्रकार प्राचीन भारतीय कला के रूप के साथ गुण, रस, भाव आदि को तो जोड़ा जाता था किंतु अमूर्तता के लिए कोई जगह नहीं थी। सिवाए तंत्र या प्रतीक चिन्ह के बडौदा में 60 वें दशक के उतरार्द्ध व 70वें दशक के आरंभ में अरूपगतशैली का कोलॉज के साथ महत्त्व बढ़ा। जिनमें एन० एस० बेन्द्रे के अरूप चित्र थे। जिसमें अपारम्परिक सामग्री जैसे रेत, जूट का प्रयोग शुद्ध द्विआयामी संयोजनों के आधार पर किया, जिसे बाद में यौवन रूप सुब्रह्मनयन व ज्योति भट्ट द्वारा दिया गया। ज्योति भट्ट ने सौराष्ट्र की अनुभूतियाँ को जो कशीदाकारी में पाई जाती है के जैसा दिखाया।[85]

रतिन परिम के अरूप चित्रों में अभिलेखों व रेखाकनों का विभिन्न रंगीन स्तरों पर एक हल्के जाल की तरह बुने हुए माध्यम से हुआ। इनमें धातु में पाये जाने वाले सुनहले तथा चांदी जैसे रंगों के तुल्य वर्ण समक्ष पीले व लाल रंग का विशेष आकर्षण उत्पन्न होता है।[86]

रामकिंकर बैज ने घनवाद, अभिव्यंजनावाद के साथ–साथ अमूर्तता में भी अपना हाथ आजमाया था। उन की कृति 'अबस्ट्रेक्ट कोम्पजिशन' (पेपर पर जलरंग) में अमूर्त कला के दर्शन होते हैं। वह एक ऐसे मुहावरे को अपनाते हैं जो उत्पुल्ल तथा ओजस्वी है। साथ ही उनके आकारों में विकसित होने का गुण विद्यमान है। क्रांतिदर्शिता तथा नये 'विजन' के कारण वह भारत के सर्वोच्च कलाकारों में गिने जाते हैं। उनके द्वारा बनाई गई मूर्तिशिल्प संचरना (1949 प्लास्टर), गति (1953 प्लास्टर) तथा दीप स्तंभ (1941 सीमेंट) में अमूर्तता है जिनमें प्राकृतिक रूप की सादृश्यता नहीं, बल्कि वे अभिव्यंजनात्मक गुणों से निहित है।[87]

अकबर पदमसी भारतीय कला के इतिहास में उल्लेखनीय नाम है। इन्होंने मूर्त, अमूर्त दोनों माध्यमों में काम किया है। 1928 को मुम्बई में जन्में तथा प्रसिद्ध जे० जे० स्कूल ऑफ ऑर्ट से ग्रेजुएशन किया। अमूर्तन में उल्लेखनीय कार्य के लिए इनके कला शैली में भारतीयता की छाप है। इनकी 1988 में लगी एक प्रदर्शनी के बारे में सुरेश शर्मा की टिप्पणी है कि संवेदना की विभिन्न परतों को उन्होंने लाल रंग की सघनता और विरलता से अभिव्यक्त किया है। पूरे कैनवास पर फैले हुए पदमसी के गहरे लाल रंग शोर नहीं करते। वे एंकात और शांति का माहौल बनाते हैं। रंगों के नए प्रयोग से उसके परंपरागत अर्थ से भिन्न अर्थ पैदा करना एक उपलब्धी है।"[88] कुमार शाहनी ने इनके ऊपर एक डॉक्यूमेंट्री फिल्म भी बनाई है।

पद्मसी के मेटास्केप श्रृंखला 1970 के दशक में प्रारंभ होती है। चित्र मेटास्केप III (1976) में पूरे कैनवास पर टैक्सचर दिया गया है, जिससे एक खुरदरे आधार की निर्मिती हुई है। इस अमूर्त लैण्डस्कोप में कही भी घर, मनुष्य, पेड़–पौधे नहीं है मात्र रंगीन पट्टियों से ही अग्रभूमि व आकाश को विभाजित किया है। इसमें अर्द्धचन्द्र भी शामिल है जो प्रकृति के शाश्वत तत्वों में से एक है।

मैटास्केप श्रृंखला में वह अंतरिक्ष रूप को परिभाषित करने के लिए प्रभावशाली रंगों का उपयोग करता है। इसके लिए नीले और सफेद रंगों का उपयोग लाल, भूरे और गेरूए पहाड़ियों के मध्य से तेजी से बहने वाली

---

84 रंजन राय, नीहार, *भारतीय कला का अध्ययन,* दि मैकमिलन कंपनी ऑफ इंडिया लिमिटेड नई दिल्ली, बुम्बई कलकत्ता, मद्रास प्रथम संस्करण, 1978, पृ० 113

85 कक्कड़ कृष्ण नारायण (सम्पादक), *समकालीन कला : संदर्भ तथा स्थिति,* प्रकाशन ललित कला अकादमी, नई दिल्ली, प्रथम संस्करण 1980, पृ० 36

86 वही, पृ० 36

87 रामकिंकर, प्रकाशन, *ललित कला अकादमी,* दिल्ली, हिंदी संस्करण, 1982, पृ० 14, 15, 16

88 भारद्धाज, विनोद, *वृहद आधुनिक कला कोश,* वाणी प्रकाशन, 21–ए, दरियागंज, पृ० 269

नदी को चित्रित करने के लिए करता है। बादलों को धूसर, मटमैले और सफेद रंग के मिश्रित रंगों से बनाता है। पदमसी कहते है। ''....... रंग फेलते और सिकुंडते हैं, रंग स्थिर पेंटिंग की सतह पर यात्रा करते हैं .... रंग प्रक्षेपवक्र रणनीति है........... एक रंगकर्मी को कुछ रंगों को शांत करने की कला में महारत हासिल करने की जरूरत होती है, ताकि दूसरों को मुखर बना सके।[89]

पदमसी ने कहा है ''मेरे मेटास्केप में सूर्य और चन्द्रमा का उपयोग करने का विचार तब उत्पन्न हुआ जब मैं अभिज्ञान शांक्तुलम् के परिचायत्मक छदों को पढ़ रहा था, जहाँ कालिदास ने भगवान शिव के आठ दृश्य रूपों का नाम लिए बिना उनका उल्लेख किया। उदाहरण के लिए वह सूर्य और चन्द्रमा को समय के नियंत्रकों के रूप में सुझाता है। यह रस प्रक्रिया के द्वारा है, वर्णन या नामकरण से नहीं, बल्कि चित्रात्मक चिन्ह पर द्वितीयक और तृतीयक सिमेंटिक विमानों के अध्यारोपण द्वारा एक नया रूप उत्पन्न होता है जो कलाकार के दिमाग से सम्बंधित होता है, प्रकृति से नहीं।[90]

'पदार्थ' और 'आत्मा' के दोहरे खिचांव उनके काम में हमेशा छिपे रहते हैं.... वह अपने कार्य को तनाव के प्रदर्शन के पट के रूप में देखते है जिसे रेखीय, औपचारिक, तान और रंगों द्वारा बनाया जाता है। जिस पर रूप स्वयं की व्याख्या करता है।[91]

हरि अंबादास गाड़े (1917–2001) को भारत में आधुनिक कला के इतिहास में सबसे प्रतिभाशाली कलाकारों में से एक के रूप में जाना जाता है। 1947 में गाडे बॉम्बे प्रोग्रेसिव आर्टिस्ट्स ग्रुप के सचिव बने। समूह की विचारधारा को मजबूत करते हुए गाडे ने भी नवाचारों को अपनाते हुए राष्ट्रवाद प्रतीकों का प्रतिनिधित्व नहीं किया इसके बजाय अमूर्त रचनाएं बनाना आरंभ किया। हालांकि उन्होनें मूर्त रूपाकारों को भी परिभाषित किया। गणित में रूचि के चलते कुछ कार्यों में घनवाद से प्रभावित व नियोजित रूप परिलक्षित होता है। उनके द्वारा बनाई गई पेंटिंग 'अन्टाइटल्ड 1992' जिसे धूमिमल गैलरी में संग्रहित किया गया है में पूरे कैनवास पर रेखांकन की उपस्थिति शून्य है मात्र रंगों के कार्यों में ज्यादातर घर व छोटे कस्बे ही दिखाई देते है जो 1950 के दशक के अंत तक इन घरों ने भी अमूर्तता को धारण करते हुए विभिन्न तान के साथ ज्यामितीय रूप जैसे 'घन' के रूप में परिवर्तित हो गए। उन्होंने रंगों के विभिन्न क्षेत्रों में कैनवास को बांटा जिनमें सफेद, स्लेटी, नीले, भूरे, काले आयताकार ब्लॉक में विलिन होते नजर आते हैं। आंलकारिक कार्य हमेशा गाडे के कैनवास पर गौण स्थान रखते है। उनका कहना था कि मैं लोगों को मात्र एक आकार के रूप में पहचानता हूँ मेरे लिए एक इंसान या एक पेड़ एक रंग क्षेत्र है और कुछ नहीं, क्योंकि मुझे इलस्ट्रेशन पसंद नहीं है, इलस्ट्रेशन एक आधुनिक पेंटिंग नहीं है और मैं इससे बचता हूँ। उनके लिए रंग का महत्त्व बहुत ज्यादा था।[92]

उनकी अन्टाइल्ड (बाम्बे) 1950 (बोर्ड पर तेल रंग) में पूरे पट पर गहरे धूमिल रंगों के बीच क्षैतिज में लाल रंग की एक पट्टी बनाई है जो देखने में बर्नट न्यूमैन से प्रभावित प्रतीत होती है। समय की तलछट (कैनवास पर तेल रंग) में रवीन्द्रनाथ टैगोर की शैली की भांति डूडलिंग की गई है।

गणेश हलोई (1936 जन्म) ने कलकत्ता कला महाविद्यालय से शिक्षा ग्रहण की। इनके कार्य में लैंडस्केप और अमूर्तन को एक निजी भाषा मिली है। गुरूचरण ने भी अपने कला सफर की शुरूआत अमूर्त कला से की थी।

---

89 पदमसी, अकबर, *एण्डिया मिथ एण्ड रियलिटी : आस्पेक्ट्स ऑफ मॉडर्न आर्ट*, आक्सफोर्ड, 1982, पृ० 17

90 वही

91 दत्ता, इला, अकबर पद्मसी, आर्ट हैरिटेज 8, नई दिल्ली, 1988–1989, पृ० 40

92 http://www.ha-gade.com

बाद में उन्होंने आकृतिमूलक शैली को अपनाया। जयश्री चक्रवर्ती (1956) ने अपने संवेदनशील टैक्सचर से मूर्त से अमूर्त की यात्रा की।[93]

जगदीश स्वामीनाथन की कला में भी अमूर्तन व तंत्र कला के दर्शन होते है उन्होंने स्वयं 1978 में कहा कि इस अभिव्यक्ति के पीछे शायद बचपन में पहाड़ो के बीच पलने और बड़े होने की अनुभूति है। तकनीक के लिहाज से पेंटिंग–स्पेस में मैं क्लासिकी ज्यामिती का प्रयोग नहीं करता, बल्कि वक्र की धारणा का प्रयोग करता है जिसमें वृक्ष, पर्वत, पक्षी की परछाई सब अपना–अपना देशकाल निर्धारित करते हैं। फिर भी वे दो आयामी कैनवास की पूर्णता को भंग नहीं करते। यह धारणा दार्शनिक रूप से मेरी आध्यात्मिक प्रवृत्ति के भी निकट लगती है और मुझे अपने सांस्कृतिक अतीत से भी जोड़ देती है। ''जे० स्वामीनाथन के बेटे हर्षवर्धन का कार्य भी अमूर्तन की संवेदनशीलता के लिए जाना जाता है।[94]

1930 में गुजरात में जन्म जे राम पटेल भी कागज पर चीनी स्याही से काले रंग के नित नए अर्थ खोजते रहे है। दमयंती चावला (1920) की कथा शैली भी आकृति मूलक व अमूर्तन दोनों से ही प्रभावित हुई है। नसरीन मोहमदी (1937–1990) ने पेंटिंग व कोलाज से शुरूआत की लेकिन इनके स्याही से बने रेखांकनों से इन्हें पहचान मिली है। ज्यामितीय रूपाकारों की संतुलित रचनात्मकता इनके कार्य शैली की विशिष्टता है। प्रभाकर कोल्टे ने भी अपनी शैली में अमूर्तन को अपनाया। मोनाराय के कार्य में टैक्सचर का महत्त्व है इन्होंने त्रिवेणी कला संगम से कला का प्रशिक्षण लिया। अमूर्तन की गहरी छाप इनके कार्य में प्रलक्षित होती है।

मनीषा पारेख (1969) ने हैण्डमेड पेपर व राइसपेपर पर अमूर्तन की रचना की। इनके कार्य में विलक्षणता की गहरी छाप है।

यूसुफ (1952) के कार्य में भी जटिल रेखाओं व अर्मूत रूपाकारो की अलग दुनिया नजर आती है। योगेन्द्र त्रिपाठी (1965) ने अमूर्त रंग–रूपाकारों को काव्यात्मक अभिव्यक्ति दी है।[95]

रामकुमार का बनारस घाट का अमूर्तन चित्रण बहुत विलक्षण और विशिष्टता रखता है। रामकुमार ने स्वयं कहा है ''एक सत्य बराबर परिपक्व होता गया कि वाराणसी में झेली हुई पीड़ा निराशा की अंतिम परिणति, दुःख और उदासी की फैली हुई घनी छाया, जीवन और मृत्यु के बीच कमजोर कगार पर खड़े रहने की नियति, अर्थहीन और उद्देश्यहीन जीवन की सार्थकता, मणिकर्णिका घाट पर शवों के साथ चिपटे हुए जीवित चेहरों की आंखों में बरसी शून्यता..... इन सबको व्यक्त करने के लिए कोई दूसरा ही रास्ता अपनाना होगा।'' इस संदर्भ में मात्र अमूर्त कला ही इन भावों, डर, अकेलेपन, विरक्तों आदि को पट पर उतारने का सामर्थ्य रखती थी जिसका बेहद तकनीकी ढंग से रामकुमार ने इस्तेमाल किया।

राजेन्द्रधवन (1936) के कार्य में प्रकृति की अत्यंत सूक्ष्म छवियों को अमूर्त रूप में देखा जा सकता है। वे दिल्ली 1906 में स्थापित 'अननोन ग्रुप' के महत्त्वपूर्ण स्दस्य भी रहें है।[96]

जे० जे० स्कूल ऑफ ऑर्ट से प्रशिक्षित व फ्रांस में अध्ययन करने के बाद लक्ष्मण श्रेष्ठ ने अमूर्त कला में अपना स्थान बनाया। उनके बारे में मनमोहन सरल का विचार है कि एक–एक कदम संभालकर पर्वत पर सधा हुआ आरोहण उनके प्रत्येक चित्र में देखा जा सकता है, जिसमें हर रंग और हर ब्रश स्ट्रोक अपनी जगह उसी

---

93 भारद्धाज, विनोद, *वृहद आधुनिक कला कोश,* वाणी प्रकाशन, 21–ए, दरियागंज, पृ० 286

94 वही, पृ० 333

95 भारद्धाज, विनोद, *वृहद आधुनिक कला कोश,* वाणी प्रकाशन, 21–ए, दरियागंज, पृ० 315

96 वही, पृ० 319

परिपूर्णता के साथ आते हैं जैसे कि सिंफनी में ताल और सुर एक के बाद एक आते हैं।[97]

वी० एस० गायतोंडे (1924–2000) ने अपनी अमूर्तन की शैली से रहस्यमयी दुनिया के चित्रों को मूर्त रूप दिया। उन्होंने लौकिक से अलौकिता की रचना के लिए अमूर्त शैली को एकदम उपयुक्त माध्यम के रूप में पाया है। धुंधले रंगों के बीच तूलिकाघात तो कहीं कागज की कतरनों से प्राचीन गुफा की दीवारों सा वातावरण प्रकट किया है। प्रयाग शुक्ल का गायतोंडे के बारे में विचार है कि अमूर्तन का एक बिल्कुल भिन्न रूप गायतोंडे के चित्र प्रस्तुत करते हैं और आधुनिक भारतीय चित्रकला को जैसे आकृति और अमूर्तन की बहस से भी परे ले जाते हैं। उनके चित्रों के सामने खड़े होकर हम चित्र रचना के परिचित उपकरणों की उपस्थिति तक भुला देते हैं।

वी० विश्वनाथन (1940) ने कई चर्चित फिल्मों का निर्देशन तो किया ही है साथ में पेरिस में रहकर अमूर्त रंग–रूपाकारों से अपनी भावनाओं को विशिष्ट रूप दिया है। सूर्यप्रकाश (1940) के कार्य पर रामकुमार के वाराणसी श्रृंखला का प्रभाव तो है ही साथ में पदमसी के चित्रों ने भी उन्हें आकर्षित किया है। उनके अनुसार जो अन्य कलाकार रेखाओं से प्राप्त करते हैं उसे वे मात्र रंगों से हासिल करते हैं।

सैयद हैदर रज़ा (1922) का कार्य, मुम्बई व कश्मीर के सैरादृश्यों से आरंभ हुआ व पेरिस के घनवादी चित्रण से होते हुए अंत में भारतीय अमूर्तन की ओर मुड़ गया। जिसका आधार उनको बचपन में सीखाया गया 'बिन्दु' था। यहाँ वे तंत्र कला के तत्वों को अपने कार्य में समाहित करते हैं। इसी के साथ उन्होंने राजस्थान, सौराष्ट्र आदि के चित्रों को अमूर्तन रूप दिया। जिसने उनकी कला को अंतर्राष्ट्रीय स्तर पर प्रसिद्धी दिलवाई। इनके रंग अभिव्यंजनात्मक रूप लिए हुए हैं व रेखाएं मुड़ी, तुड़ी, कटी हुई तथा अंत में ज्यामितय सरलता को धारण करते हुए बिन्दु पर ही सिमट गई।

रजा पुरस्कार से सम्मानित कलाकार सुजाता बजाज ने (1958) हालांकि आदिवासी कला का गहन अध्ययन किया है किंतु उनकी अंतर्राष्ट्रीय स्तर पर पहचान रंगों के समृद्ध संसार और अमूर्तन के कारण है। पेंटिंग व प्रिंटमेकिंग की उच्च शिक्षा के लिए अमेरिका में अध्ययन (1968–70) के लिए गए। सुरेश शर्मा के कार्य में ज्यामितीय रंग–रूपाकारों व अमूर्त कला का प्रभाव है। क्योंकि उस समय अमेरिका में अमूर्त का बोलबाला था। जहाँ रंगक्षेत्रीय शैली, ऑप कला, अमूर्तकला अपने चरम पर चल रही थी। ऐसे में इनके कार्य पर अमूर्तकला का प्रभाव संभव ही था।

तैयब मेहता, अकबर पदमसी व मोहन सांमत जैसे कलाकारों के सहपाठी रह चुके, अंबादास को जे० स्वामीनाथ के सम्पर्क में भी रहने का अवसर मिला व 1962 में ग्रुप '1980' के सदस्य भी रहे। इनकी गैर प्रतिनिधित्वात्मक चित्रकला में रंग, प्रक्रिया और तकनीक ने महत्त्वपूर्ण भूमिका निभाई व 1972 के बाद से नार्वे में ही बस गए।

अंबादास को तारपीन से एलर्जी थी तभी 1960 में अचानक किरोसीन (मिट्टी का तेल) की बूंद कैनवास पर गिर गई जिससे तरह–तरह की दरारें उभर कर सामने आई और एक रहस्यमयी सृष्टि की रचना पट पर हुई। जिसने अंबादास को बनावट और रंग योजना के प्रति सजग बना दिया। रंगों के बारे में उनका कहना है कि मैं नहीं जानता कि कौन से रंग भारतीय है? और कौन से पश्चिमी? पीला, लाल, सुनहरा आदि रंगों को भारतीय संवेदनाओं से जोड़ा जाता है तथा सौम्य रंगों को पश्चिम से। किंतु जहाँ तक मेरा मानना है रूपाकारों को अलग करने के लिए लाल के विरोध में नीला व काले का इस्तेमाल मुझे आता है। उन्हें पॉल क्ले के कार्य में मेटाफिजिकल संवेदनाएं नजर आती है। यूरोपीय अमूर्तन में वही बनता है जो दिखता है किंतु

97 भारद्वाज, विनोद, *वृहद आधुनिक कला कोश*, वाणी प्रकाशन, 21–ए, दरियागंज, पृ० 320

जो नहीं दिख रहा दरअसल अमूर्तन उसी को होना चाहिए।[98]

अमिताभ दास का अमूर्तन अपने ही ढंग का है जो कहीं–कहीं पर आकृतिमूलक भी हो जाता है। उनकी बनाई गई जल रंग की श्रृंखला 'आई एम नॉट मी, में बिना आंख नाक वाले इंसान का मात्र सिर व आधे धड़ को सीधी कटी टांगों से अटपेट ढ़ग से जोड़ा गया है और फिगर लैण्डसकेप – 3 (कैनवास पर तेल रंग) में पूरे कैनवास पर मात्र दो टांगें नजर आ रही हैं जिनके ना पैर है ना शुरूआती आधार, रंग भी नैसंर्गिक नहीं बल्कि अपने ही ढंग से इस्तेमाल किए गए है।[99]

अमीना अहमदकर का नाम महिला कलाकारों में उल्लेखनीय है। इन्होंने भी अमूर्त रंग–रूपाकारों में अपनी आजमाईश की है लेकिन जीवन के अंतिम दिनों में वह कला की दुनिया से कट गई थी 1994 में उनका देहावसान हो गया।

विनाशचन्द्र (1931–1991) का कहना है कि यदि मैं कहूँ कि सीधी रेखा खींचने के नब्बे हजार तरीकें है तो क्या आप यकीन करेंगे, नहीं ना। क्योंकि बहुत से लोग रेखा भी नहीं बनाना जानते, ना सरल और नहीं कोई और।[100] किंतु अविनाश द्वारा किया गया अमूर्तन कार्य पश्चिमी अब्स्ट्रेक्ट ऑर्ट के नजदीक है उनके चित्र संगीत (1962) (पेपर पर जल रंग) व स्याही चित्र के रंग, रेखाएं व संपूर्ण वातावरण पश्चिमी प्रतीत होते हैं। कभी उनकी रचनाएं पॉल क्ले के नजदीक है तों कहीं भारी–भरकम स्त्रियों की विकृत व अमूर्तन छाप भी नजर आती है। उनके रंग, रेखाएं विषयानुसार बदलते रहें है।

मूर्त अमूर्त का मिलाजुला रूप हमें आर० बी० भास्कर के चित्रों में भी नजर आता है। उनका कहना है कि मेरी पेंटिंग आपको कुछ अफ्रीकी जनजातियों द्वारा किए गए विस्तृत चेहरे की याद दिलाएगी। जो चेहरे के एक तरफ से टकराते हुए प्रकाश के दूर के स्त्रोत के साथ गहरी छाया में रखे गए है। वे संवेदनशील है और चिंतनशील दिखाई भी देते है।[101] उनके कार्यों में पॉल क्ले की कला की तरफ आटोमैटिक ऑर्ट जो बालकला के जैसी भी नजर आती है।

सबसे अच्छे अमूर्तन कभी पेंट नहीं किए जाते। वे पेंटर की विजन में छिपे दबे रहते हैं मैं अपने आप को तब तक दोहराता हूँ जब तक मैं थक नहीं जाता। अचूतन का कहना है वे कविता व दर्शन में रूचि रखते थे तथा रंगों के अंदर जाकर रोशनी को पाना चाहते थे।[102]

मयूर शाह कहते है कि जब भी वे अचूतन को अपनी कला की व्याख्या करने के लिए कहता तो वो हमेशा जवाब में कहते थे कि 'आप जो चाहते हैं उसकी व्याख्या करें, आप यह क्यों जानना चाहते है कि मैं क्या सोचता हूँ?'' सर्वविदित है कि अमूर्तन कला का व्यवहार ही ऐसा है जिसमें हर व्यक्ति अपनी व्याख्या रखता है। कलाकार सी० डगलस के अनुसार उनकी अमूर्त कला में सार्वभौमिकता है, क्योंकि यह उनकी व्यक्तिगत अभिव्यक्ति है। अचूतन के रंग उनके मूड के अनुसार बदलते रहते है। कुदल्लूर ने 1960 के दशक के अंत और 70 के दर्शक की शुरूआत में आलंकारिक से अमूर्तकला की ओर बढ़ते हुए अपनी स्वयं की शैली के साथ–साथ स्वयं के कैनवास भी अपने मिजाज के अनुसार तैयार किया। उन्होंने मोटे कैनवास कपड़े पर, गोंद

98 भारद्धाज, विनोद, *वृहद आधुनिक कला कोश,* वाणी प्रकाशन, 21–ए, दरियागंज, पृ० 112

99 http://bharatbhawan.org/html/urban_art002.html

100 https://dagworld.com/avinashchandra.html

101 https://www.saffronart.com/artists/r-b-bhaskaran

102 भारद्धाज, विनोद, *वृहद आधुनिक कला कोश,* वाणी प्रकाशन, 21–ए, दरियागंज, पृ० 273

की मोटी परत व जिंक आक्साइड व सफेद सीसे की परत लगाई।[103] अचूतन का अमूर्तन समयानुसार बदलता रहा है। कभी वह घनवाद की झलक दिखाता है तो कभी प्राचीन पिक्टोग्राफ को सपाट रंग के ऊपर इस प्रकार बनाते है मानों चाइनीज कैलेग्राफी हो।

मैं तभी पेंट करता हूं जब मैं मूड में होता हूं। रंग हमेशा मेरे दिल में रहते हैं पृष्ठभूमि में एक अनदेखी शक्ति मुझे उन्हें कैनवास पर उतारने के लिए प्रेरित करती है, बिमलदास गुप्ता के ये विचार उनकी अमूर्तन को सही ढंग से बयां करती हैं। इन्होंने अपने यूरोप के दौरे के बाद थोड़े बहुत घनवाद के साथ प्रयोग किया बाद में नव तंत्रवाद से घिर गए तो अंततः शुद्ध अमूर्तता को जल रंगों व एक्रेलिक रंगों से इस प्रकार निष्पादित किया कि वह उनकी स्वयं की शैली बन गई। इन्होंने रंगों व जल के सानिध्य से होने वाले फैलाव का प्रभाव दिखाया है।

बनारस में जन्मे विश्वनाथ मुखर्जी कला के प्रति इतने आसक्त थे कि किशोर व्यवस्था में ही कलाकार बनने के लिए घर छोड़ दिया था। इनकी शैली कई रूपों में तकनीकों को समाहित किए हुए हैं। वह कभी तंत्र कला के गुण लेती है तो कभी ऐसा लगता है कि मानो मार्क रोथ्को के कैनवास को लंबवत खड़ा कर दिया गया हो। खैर, इन्होंने अमूर्त व मूर्त दोनों ही शैली में कार्य किया। इनका कहना था कि वॉश वॉटरकलर तकनीक जिसका मैं उपयोग करता हूं विषय को धीरे–धीरे पृष्ठभूमि के साथ मिश्रित करता है क्योंकि सीमाएं पिघल जाती हैं एक ऐसा प्रभाव पैदा करता है जो रहस्यमय और आकर्षक है।

केरल में जन्मे कैटफील्ड डग्लस मद्रास कला आंदोलन से जुड़े कलाकारों की तीसरी पीढ़ी से ताल्लुक रखते हैं। उनका मानना था कि कला घावों के बारे में है इन्होंने विभिन्न माध्यमों, विशेष रूप से कागज के साथ भिन्न–भिन्न प्रयोग किए कहीं उसे जलाकर तो कहीं पानी में भीगा कर। इन्हें अमूर्त के साथ अभिव्यक्तिवादी व मानव केंद्रित दोनों तरह का कलाकार माना जाता है इनकी कृतियों में विकृत मानवाकृतियों को अटपटी सी पृष्ठभूमि में दिखाया है जो कभी–कभी ऐसी लगती है मानों अंतरिक्ष से जमीन को देखा जा रहा हो।

बांग्लादेश में जन्मे गणेश हलोई (1936) के 70 के दशक में शुरू हुआ कार्य परिवर्तन के साथ 1978 के मेटास्केप श्रृंखला में समाहित हुआ। अब उन्होंने यथार्थवाद से अमूर्तता का एक क्रमिक संक्रमण का सीमांकन किया। तब से ही हलोई ने प्रकृति को उसके नैसर्गिक रूप में न दिखाकर अमूर्त शब्दावली का उपयोग करना आरंभ किया। उनके अनुसार सृजन करने की इच्छा अमूर्तता है। इसी से एक ऐसी दुनिया अस्तित्व में आती है जो मात्र आपकी ही है क्योंकि समझ से कला विस्मय की ओर चली जाती है।

जे सुल्तान अली का कार्य आकृतिमूलक व अमूर्तन दोनों का बेहतर मिश्रण है। उन्होंने प्रसिद्ध मानव विज्ञान वेरियर एल्विन के लेखन से प्रेरणा लेकर भारतीय जनजातीय कला की खोज की साथ ही अली ने हिंदू पौराणिक कथाओं से प्रेरणा ली। आईकनोग्राफी की जटिलता में देवताओं का अध्ययन किया व नई कल्पना के लिए एक और खोज ने उन्हें शब्दों और ध्वनियों के सुलेखन प्रतीकों की दार्शनिक गहराई को व्यक्त करने के लिए प्रेरित किया। उनका मानना है कि अगर आप आम के पेड़ को बनाना चाहते हैं तो उस पेड़ के साथ संचार स्थापित करें। उसके नीचे बैठकर एक दिन बिताओ फिर घर जाकर उसे कॉपी (नकल) न करके बल्कि जो आपने आत्मसात् किया है उसे पेंट करें।[104] इन्होंने आदिवासी कला की ताजगी व सादगी को पाने के

103 मुथलाली, शोनाली, अच्युथन कुदल्लूर : भारत के प्रभावशाली अमूर्त कलाकार और कई लोगों के लिए एक गुरू, अद्यतन तिथि– 25 जुलाई, 2022, अभिगम तिथि– 12 जनवरी 2023, https://www.thehindu.com/entertainment/art-indias-influential-abstract-artist-achuthankudallur-passes-away-aged-77/article65653221.ece/amp/

104 https://dagworld.com/artist.html

लिए मध्यभारत में बस्तर के आदिवासी समुदायों के साथ जुड़कर नई–नई शैलियों का अध्ययन आरंभ किया।

वी० विश्वनाथ (1940 जन्म) के विभिन्न माध्यमों के साथ उनका जुड़ाव प्रकाश और रंग के मिश्रित रूपों में लाल, हरे, मौवे और क्रिमसन के साथ संतृप्त उनकी रचनाएं उनके विभिन्न भौगोलिक स्थानों के साथ जुड़ाव को दर्शाता है। संगीत से प्रेरित होने के कारण वे यह मानते है कि चित्र मुक्त ध्वनि है। पहले उन्होंने अंतरिक्ष, तांत्रिक मंडलों और ज्यामिति रूपों को अपना कला आधार बनाया बाद में समकालीन पश्चिमी कला के संपर्क में आने के बाद अपनी स्पेस की परिभाषा को बदला। हालांकि रंग अब भी चटकीले व गर्म ही थे किंतु अब स्पेस को ज्यामितीय रूपाकारों की गूढ़ धारणा से अलग करके समय के रूप में अंतरिक्ष की व्याख्या करनी आरंभ की। उन्होंने कुछ चित्रों में रोथ्को की भांति रंगों को ब्रुश के सपाट आघात के साथ कैनवास पर लगाया है।

के० एस० कुलकर्णी के भी कुछ चित्रों में जैसे शीर्ष रहित 1971 (मैसोनाइटबोर्ड पर एक्रिलिक), 1974 में बनाया 'अन्टाइल्ड' व 1970 में बनाया कैनवास पर एक्रिलिक चित्रण अमूर्त कला के उदाहरण है।[105] के० जी० सब्रह्मण्यन के लंबे रचनाकाल में 1965–67 में अमूर्त चित्र की बहार देखी जा सकती है। हालांकि उनके अन्य कार्यों की तुलना में ये साधारण नजर आते हैं परंतु कला समीक्षक गीता कपूर ने उन्हें अमूर्त कला के कुशल नमूनों में गिना है।

जोगेन चौधरी के अमूर्तन के बारे में विचार है कि यूरोप में ऐसा समय आया था जब रेखा, रंग, आकार, बनावट आदि सब को बेहद वैज्ञानिक ढंग से देखा जाने लगा था। ऐसे में तो अगर आप माइक्रोस्कोप से इन्सानी त्वचा को भी देखेंगे तो उसमें आपको अभिभूत करने वाली संरचना नजर आएगी। आपको लगेगा की यही चीज सत्य है किंतु बात वही खत्म नहीं होती। यदि अमूर्तन ही सत्य है तो मोनलिसा का आज के संदर्भ में कोई अर्थ नहीं बच जाता है। किंतु देखा जाए तो मोनालिसा में कला रूपाकारों के सभी गुण होने के साथ–साथ अमूर्तन का भी प्रभाव है। मोनालिसा के चेहरे, उसकी मुस्कान तथा शरीर की परछाई व रोशनी में अमूर्तन छिपा हैं। यह ऐसे ही है जैसे मनुष्य की पांचों उंगलियों का स्वतंत्र रूप से चित्रण थोड़ा अपरिचित जान पड़ेगा किंतु एक साथ होने पर अर्थपूर्ण।[106]

रणवीर सिंह बिष्ट की कला में आकृतिमूलक व अमूर्तन के साथ–साथ प्रभाववादी व अभिव्यंजनावादी प्रवृतियों के गुण भी नजर आते हैं। 1977 में बनाई गई कृति (कैनवास पर तेल रंग) में पूछल तारें की भांति नीले रंग में चटक संतरी रंग की एक किरण को बनाया है। साथ ही नीचे जमीन के लिए मात्र नीले व सेप ग्रीन रंग की हल्की अभाओं के मात्र अव्यवस्थित तूलिकाघात पूरी कृति को अद्भुत रूप प्रदान कर रहे हैं। साथ ही 'फ्री फॉम' कम्पोजिशन (कैनवास पर तेल रंग, 1971), ग्रामीण दृश्य 'I' (कैनवास पर तेल रंग, 1965), ग्रामीण दृश्य 'II' (कैनवास पर तेल रंग, 1965) ये सभी कृति उनकी अमूर्तन के प्रति झुकाव के अच्छे उदाहरण है। ग्रामीण दृश्य श्रृंखला में रंगों को पतला करके इस प्रकार लगाया गया है कि वे पट पर ऊपर से नीचे तक रेखाओं की भांति बहते हुए प्रदर्शित हो रहे है।

'ब्लू इक्सपिरीयंस' (1980 कैनवास पर तेल रंग), 1982 की श्रृंखला में पूरे कैनवास पर कभी क्षैतिज तो कभी कर्णवत ढ़ंग से नीले रंग के प्रवाह को कैनवास के एक छोर से दूसरे छोर की तरफ बहता हुआ इस प्रकार बनाया है मानों वह उनकी भावनाओं व संवेदनाओं का प्रवाह है जिसे वे किसी भी मूर्त या ज्ञात रूप में प्रकट

---

105 भारद्धाज, विनोद, *वृहद आधुनिक कला कोश,* वाणी प्रकाशन, 21–ए, दरियागंज, पृ० 117

106 वही, पृ० 183

करने में सक्षम नहीं थे इसलिए मात्र रंग से ही अपनी अभिव्यंजनाओं को अमूर्तन के सहारे प्रकट कर रहे है।

चित्र 2.7 : शीर्षकहीन, 1988, अंबादास खोबरागड़े,
https://images.app.goo.gl/CYqCS5ZARGhqYSTEA

चित्र 2.8 : शीर्षकहीन, 1974, वी० एस० गायतोंड़े,
https://www.vadehraart.com/artists/40-v.s.-gaitonde/

चित्र 2.9 : जोधपुर, 1976, एस० एच० रज़ा,
https://www.saffronart.com/auctions/postwork.aspx?l=32735

3.5 आदिमकला का प्रभाव

आदिमकला एक सार्वभौमिक कला है। क्योंकि विभिन्न जनजातियों द्वारा देश विदेश में हर जगह इन कला विशेषताओं को देखा जा सकता है। अफ्रीका की आदिमकला बहुत प्रसिद्ध है इनके लकड़ी व पत्थर के बने कुल देवता में सच्ची व उच्च आदिमकला के दर्शन होते हैं। भारत में भी कई ऐसी जनजातियाँ अब भी मौजूद हैं जो इस प्रकार की कला करती हैं। दरअसल, कलात्मक शब्दों में आदिमकला यथार्थवाद को अस्वीकार करके तकनीक को सरल बनाने और अभिव्यक्ति के औपचारिक साधनों को 'आदिम' स्थिति में कम करने के बारे में है। हालांकि 'आदिमवाद' शब्द कला जगत में पश्चिमी कला से आया है। जहाँ 1890 के दशक में पॉल गॉगिन दवारा बनाई गई ताहिती और उसके स्थानीय लोगों की छवियों में आदिम संस्कार प्रकट हुए। 1907 में पाब्लो पिकासों द्वारा बनाई गई 'अविग्नयों की स्त्रियों' में भी अफ्रीकी कला के मुखौटों के समान स्त्री का चित्र बनाया गया। 1940 में हेनरी मातिस द्वारा बनाए गए 'कट–आउट' भी आदिम कला के अच्छे उदाहरण है। भारत में आदिमकला का अर्थ कलाकारों द्वारा 'वापसी' के मतलब से था अर्थात् स्थानीय का पुनरुत्थान। जबकि पश्चिमी कलाकारों के लिए यह आदर्शवादी, मायावी व रहस्यमयी भी रहा।

माइकल क्लार्क का कहना था कि इस प्रकार की जातियाँ कला में पश्चिमी कलाकारों की विशेष रूचि थी। 1905–35, तक फाउव्स, क्यूबिस्ट और डाई ब्रुके के साथ यह शुरू हुआ जिन्होंने इसके तत्वों को अपने काम में शामिल किया। इसके बदले में मानव विज्ञानी और कला इतिहासकारों दोनों ने इस विषय का गहन अध्ययन भी किया।[107]

आदिमवाद आदिमकला की आधुनिक शैली है। कलाकारों ने आदिमकला से संकेतों, रूपों, प्रतीकों व सुलेखों को लिया तथा अपने ढंग से नवीन रूप में पेश किया। नव–आदिमवादियों ने काम करने के एक अधूरे और अनगढ़ व अपरिष्कृत तरीकों को अपनाते हुए कला में आदिमवाद की गुणवत्ता को जोड़ा। इन कलाकारों का कार्य बेहद बचकाना, भद्दा व अनगढ़ प्रतीत होता है। हालांकि यह शुद्ध आदिमकला से भिन्न है। जामिनी रॉय की लोक प्रेरित रचनाएं भी कभी–कभी आदिमवाद के साथ भ्रमित प्रतीत होती हैं। कुनाई–कन्हीरमन द्वारा बनाई गई मातृ देवी के स्मारकीय कार्य भी आदिम रूप लिए हुए है।[108]

अमृता शेरगिल के कार्यों में पॉल गॉगिन की ताहिती समय के रंग संयोजन का प्रभाव उनके भारतीय जनजीवन की कृतियों में नजर आता है। जिसमें गरीब परिवारों की शक्ल व आकार जनजातीय प्रभाव प्रकट करता है। जिससे कहीं–कहीं उनके चित्रों में आदिम प्रभाव भी नजर आता है। यशोधरा डालमिया का कहना था कि अमृता की आकृतियों का रवैया न तो यथार्थवादी परंपराओं द्वारा और न ही लघु चित्रों की शैलीकरण द्वारा समाहित किया जा सकता है।[109]

दिल्ली ऑर्ट गैलरी दवारा मुंबई में 2019 में लगाई गई 'आदिमवाद' और 'आधुनिक भारतीय कला' नाम की प्रदर्शनी में अमृता शेरगिल के कार्य को भी प्रदर्शित किया गया था। इनके साथ सूजा, माधवी, पारेख, जॉर्ज कीट, हिम्मत शाह, जे० सुल्तान अली, जामिनी राय, जोगेन चौधरी, के० जी० सुब्रमण्यम, के० एस० कुलकर्णी, एम० एफ० हुसैन, मोहन सामंत, राबिन मोंडल व रवीन्द्रनाथ टैगोर आदि के कार्य को 'आदिमवाद और आधुनिक भारतीय कला' नाम की प्रदर्शनी के दूसरे संस्करण में 18 दिसंबर 2021 से 24 अप्रैल 2022 के दौरान प्रदर्शित

---

107 Dagworld.com/primitivism-and-modern-indian-art-second-edition.html

108 सेठ, प्रतिमा, कलाकारों की भारतीय कला का शब्दकोश : तकनीकी कला शब्द सहित, मैपिन पब्लिशिंग प्राइवेट लिमिटेड, 31, सोमनाथ रोड़, उसमनपुरा, अहमदाबाद 380013, पृ० 284

109 Dagworld.com/amritasher-gil.html

किया गया।

मनु पारेख की पत्नी माधवी पारेख ने पॉल क्ले से प्रभावित होकर चित्रकला आरंभ की। उन्होंने लोक रूपांकनों, किंवदंतियों के अलावा अमूर्त अभिविन्यासों में काल्पनिक पात्रों का भी उपयोग किया। वह लय व दोहराव से संयोजन को बेहतर व जीवंत बनाती है। इनकी चित्रकला में आदिमकला–सी सादगी है जो अकादमिक शैली से कोसों दूर है। क्योंकि वे स्व–शिक्षित कलाकार हैं शायद इसलिए उनके चित्रण में आदिमकला पूर्ण रूप से उभर सकी। कहीं–कहीं यह बालकला के नजदीक भी प्रकट होती है। इनमें बिंदुओं, रेखाओं, वृत्तों और त्रिकोणों की उपस्थिति देखी जा सकती है। ये प्रतीक सिंधु सभ्यता में भी प्रचलित थे।

उनके चित्र 'चांदनी में घुड़सवार' 1982 (कैनवास पर तेल रंग), जानवरों के साथ खेलना (कैनवास पर तेल) में प्रिमिटिव ऑर्ट के दर्शन होते हैं।

राबिन मोंडल की कला में भी जनजातीय कला व आदिम कला की शक्तिशाली सरलीकरण की उर्जा देखी जा सकती है। हिम्मत शाह द्वारा बनाई गई टेराकोटा व धातु की मूर्तियाँ भी आदिमकला का अच्छा उदाहरण हैं। 1950 के दशक के आरंभ में मोहन सामंत की कला पर अपने शिक्षक शंकर पल्सीकर का प्रभाव था किंतु बाद में उन्होंने स्वयं की तलाश में आदिमकला, अमूर्तकला व अभिव्यंजनवादी शैली को भी अपनाया। सामंत के आधुनिक आदिमवादी कला को उनके रंगों के अपरंपरागत मिश्रण, कुरकुरी, उभरी रेखाओं, छिटपुट बनावट द्वारा बल दिया गया है। उनकी चित्रकला की भाषा विभिन्न विचारों, आस्थाओं व संस्कृतियों के संगम से उपजी थी। जिसमें प्राचीन मिस्त्र कला की प्रधानता है किंतु मुगल लघुचित्रों, जैन पांडुलिपि व जनजातीय व लोक प्रतीकों कें तत्वों को भी लिया गया।[110]

जार्ज कीट, जोगेन चौधरी, के० जी० सुब्रमण्यम, एम० एफ० हुसैन तथा रविंद्र नाथ टैगोर की कला में भी प्रिमिटिव कला के गुण कहीं–कहीं दृष्टिगोचर होते हैं।

3.6 तांत्रिक कला

तंत्र, यंत्र, मंत्र ये तीनों शब्द प्राचीन भारतीय ग्रंथों में सहज ही मिल जाते हैं। सिंधु घाटी सभ्यता में भी तांत्रिक कृतियों के कुछ चिन्ह मिले हैं। कुछ विद्वानों ने दृढ़ता से यह मत रखा है कि हड़प्पावासी तांत्रिक विधियों के जानकार थे। असल में तंत्र की मान्यता इंडो–आर्यन मूल में भी है। रहस्यात्मक साधन पद्धतियों व वामाचार की विभिन्न कामरत क्रियाओं के साथ–साथ प्राचीन मेसोपोटामिया, मिस्त्र, यूनान में भी तांत्रिक क्रियाओं के साक्ष्य मिले हैं।

तंत्र किन्हीं खास रहस्यमय व गुप्त प्रश्नों के उत्तर देने में सक्षम होता है। "मैं कौन हूँ, कहां से आया हूँ मेरा गंतव्य क्या है?" इन प्रश्नों के उत्तर विभिन्न गुप्त क्रियाओं से साधक को प्राप्त होते हैं।[111]

'तंत्र' शब्द संस्कृत की 'तन्' धातु से निकला है जिसका अर्थ है 'विस्तार'। 'त्र' साधन को कहते हैं। इस प्रकार तंत्र का अर्थ 'ज्ञान के साधन का विस्तार' कहा जा सकता है। तंत्र द्वारा मनुष्य स्वयं में निहित आध्यात्मिक शक्ति का विकास करता है। स्वामी विवेकानंद का कहना था कि भारत में जितने भी धार्मिक पंथ या संप्रदाय

---

110 www.dagworld.com/mohansamant.html

111 अग्रवाल, डॉ० गिर्राज किशोर, *कला निबंध*, ललित कला प्रकाशन, 27–ए, साकेत कॉलेनी, अलीगढ, (उ० प्र०), द्वितीय संस्करण 1989, पृ० 241

हैं उन सब में तंत्रों का प्रयोग अवश्य रहता है बस वे अपने अनुसार उसे विकसित करते हैं।[112]

तांत्रिक मतानुसार प्रत्येक व्यक्ति में समस्त ब्रह्मांड है तथा समस्त ब्रह्मांड में व्यक्ति की उपस्थिति है।[113] जिसे बाइबल में कहा गया है कि 'ऑल इन वन एंड वन इन ऑल' 'All in one and one in all' इस प्रकार यदि एक व्यक्ति का पूर्ण विश्लेषण कर लिया जाए तो संपूर्ण ब्रह्मांड को समझा जा सकता है। क्योंकि मनुष्य के पैर से लेकर सिर तक सभी देवी–देवताओं, रहस्यमय ताकतों के साथ परमपिता परमात्मा की मौजूदगी भी विद्‌यमान है। जिसका ज्ञान कुंडलिनी के जागृत होने पर महसूस किया जा सकता है। सृष्टि की रचना अंडे के रूप में की गई है। ब्रह्माशक्ति में यह अण्ड व्यापक होने की वजह से ही इसे ब्रह्मांड नाम दिया गया। तंत्रों में त्रिभुज का बहुत महत्त्व है इसमें चित्र, नाद, रूप इन तीन बिंदुओं को मिलाकर त्रिकोण बनता है। उल्टे त्रिकोण का मध्य बिंदु परावाक् होता है।[114]

इस प्रकार भारत की तंत्र विद्या प्राचीन काल से ही संपन्न है। राजस्थान से 17वीं व 18वीं शताब्दी में तांत्रिक चित्र प्राप्त हुए हैं। अजीत मुखर्जी ने पहली बार 20वीं शताब्दी के आरंभ में इन सभी चित्रों को खोजा व उनकी कला के साथ तुलना की जिससे आने वाले कलाकारों को कला में तंत्र विद्या की उपस्थिति को दर्शाने का अवसर मिला। आधुनिक भारतीय चित्रकला में सन 1960 के करीब चित्रकला में तांत्रिक प्रवृतियाँ उभरकर आई। अब यहाँ उनका उपयोग प्राचीन तंत्र कला की भांति न होकर मात्र रूपों की सादृश्यता थी। हालांकि यह वस्तु निरपेक्ष कला का ही एक विस्तृत रूप था बस यहाँ प्रेरणा तांत्रिक विद्या से मिली थी।

जिस प्रकार पश्चिम में अमूर्त अभिव्यंजनवादी कलाकार कृतियाँ बना रहे थे वैसी ही रूपों की सादृश्यता हमें भारतीय कलाकारों के चित्रों में देखने को मिली। मार्क रोथ्को ने रंगों के विशाल क्षेत्रों कों कैनवास पर लगाया व नोल्ड ने 'टॉरगेट' नाम से बिंदु व विभिन्न वृत्तों, त्रिकोण को चित्रित किया। वैसे ही चित्रात्मक समानता सैयद हैदर रज़ा के चित्रों में देखने को मिलती है किंतु वे इसे पंचभूत, कुण्डिलिनी, बिंदु, नाद, प्रकृति, वृक्ष आदि का नाम देते हैं। साथ ही 'वर्ग' का इस्तेमाल मालेविच की सुपरमेटिज्म चित्रों में देखने को मिला किंतु वही रूप भारतीय कलाकारों के लिए तथा तंत्र में 'भूपूर' होता है। पन्निकर ने ऐसे चित्रों को बनाया जिनमें तंत्र विद्या के अक्षर, आकृतियां, जन्म कुंडली जैसी समानता देखने को मिलती है।

इस प्रकार तंत्र में विभिन्न प्रतीकों का इस्तेमाल किया जाता है। मनोविज्ञान की दृष्टि से प्रतीक का जन्म पहले मस्तिष्क में होता है उसके पश्चात प्रकृति पर उसका आरोप होता है। इन्हें व्यक्त करने के लिए भाषा व कला उसके माध्यम बनते हैं। पूर्वी दार्शनिक व रहस्यवादी विचारक इस तथ्य को नहीं स्वीकारते हैं उनके अनुसार प्रतीकवादी 'अणु–ब्रह्मांड' है।[115]

1957 में के० सी० एस० पन्निकर ने कला तथा शिल्प के राजकीय विद्यालय में प्राचार्य पद पर आसीन हुए। अब तक मद्रास में पोस्ट इंप्रेशनिस्ट शैली का संदेश पहुंच चुका था। विदेशी अभिव्यंजनवादी आंदोलन में 'दादा' द्वारा भारतीय पुराख्यानों को नया स्वरूप देने की कोशिशों का पाश्चात्य देशों में मजाक उड़ाया जा रहा था। ऐसे में पन्निकर ने सारी स्थिति को समझा तथा कहा कि कला में अपनी जड़ें या भूमि के साथ ही

---

112 अग्रवाल, डॉ० गिर्राज किशोर, *कला निबंध*, ललित कला प्रकाशन, 27–ए, साकेत कॉलेनी, अलीगढ, (उ० प्र०), द्वितीय संस्करण 1989, पृ० 241

113 वही, पृ० 243

114 वही, पृ० 248

115 अग्रवाल, डॉ० गिर्राज किशोर, *कला निबंध*, ललित कला प्रकाशन, 27–ए, साकेत कॉलेनी, अलीगढ, (उ० प्र०), द्वितीय संस्करण 1989, पृ० 97

स्वाभाविकता भी होनी चाहिए। इस प्रकार भारतीय पुराख्यानों को यूरोपीय कला की शक्ति के द्वारा नया रूप देने की ओर अग्रसर नीति को उलट दिया गया।

पन्निकर का मानना था कि कला वही हो जिसकी आत्मा भारतीय हो तथा साथ ही वह विश्व स्तर पर समकालीन भी हो। क्योंकि यूरोपीय कला की शक्ति वास्तविक आयाम के तर्क पर आधारित थी। इसलिए पन्निकर ने ऐसे रहस्यमय आयामों की शक्ति पेश की जो अभिलेखन रूपों को बीजगणित के माध्यम से पेश करती थी। यहाँ कला के पूर्वी सिद्धांतों को पुनः स्थापित किया गया। ऐसे में पन्निकर के प्रेरणा स्त्रोत जामिनी राय व विनोद बिहारी रहे। जिन्होंने रेखा तथा पैटर्न के सिद्धांतों पर कार्य किया। यहाँ यूरोपीय कलाकार पॉल क्ले का भी प्रभाव नजर आता है। पन्निकर ने इन सभी चित्रकारों के बीजगणित दृष्टिकोण को एक तकनीक के रूप में समग्रीकृत करके इसका संबंध पूर्व की ऐतिहासिक कला से जोड दिया। किंतु अपनी इस तांत्रिक अभिलेखन प्रवृति में वे जैसे–जैसे गहराई में उतरते गए वैसे–वैसे उनका अन्य लोगों से अलगाव बढ़ता गया।

बालकृष्ण पटेल ने विशुद्ध अमूर्तन के साथ तंत्रिक आकारों में रंगीन क्षेत्रों के माध्यम से एक रहस्यमय यात्रा की। अश्विन मोदी भी एक तांत्रिक कलाकार हैं जिनकी कृतियाँ मानचित्र जैसी प्रतीत होती हैं। जे० स्वामीनाथन के चित्रों में कई तरह की शैलियों का दर्शन होता है। वे अमूर्त कला के लिए पॉल क्ले से प्रभावित रहे तो कभी उनमें आदिम कला के गुण नजर आए। जिसके बारे में उनका कहना था कि आदिम स्त्रोतों की ओर पहुंचना क्षितिज को छूने के लिए समुंद्र के किनारे से छलांग लगाने और उसी प्रकार पलटाव में किनारे पर लौटाने जैसा है। किंतु कुछ समय बाद उनकी कृतियों में डार्क रिचुअल नजर आए जिन्हें उन्होंने 'स्पेस ज्यामिति' कहा। इनमें साधारण ज्यामितीय रूप त्रिकोण, वर्ग में खंडित वृत्त को कोमल चमकदार रंगों के साथ पेश किया। यहाँ उन्होंने स्वयं को तंत्र कला के साथ ऐतिहासिक या धार्मिक रूप से नहीं बल्कि चित्रात्मक सादृश्यता से जोड़ा। तंत्र में यह माना जाता है की गैर वर्णनात्मक रचनाओं में सचित्र तत्व जादुई आह्वान करने में सक्षम है जो एक दर्शक को गहन एकाग्रता के लिए मजबूर कर सकते हैं। यह तंत्र ही है जो रेखा, रंग, रूप, स्थान के द्वारा कलाकार को स्वयं से जोड़कर उसे उसके स्वयं के अनुभव से भी आगे लेकर जाता है।[116]

यह अनुभव स्वामीनाथन ने अपने भीतर भी देखा और तंत्र में कहा भी गया है कि यदि आप उन चीजों को करते हैं जो तांत्रिकों ने खोजी हैं, तो आप स्वंय को इस दुनिया की सच्चाई के अनुभव के समीप पाएंगे। भारत महान तार्किकों व गणितज्ञों की भूमि रही है इसलिए यहाँ तंत्र का महत्त्व और भी सार्थक है। तंत्र का सीधी भाषा में प्रयोग यह है कि भौतिक के हृदय में छलांग लगाकर समय के प्रश्नों का सामना करें। इस प्रकार जे० स्वामीनाथन ने अपनी विशिष्ट जीवन शैली व कला शैली से भारतीय कला क्षितिज में अपना महत्त्वपूर्ण स्थान बनाया। उनका कहना था कि पश्चिमी का दृष्टिकोण कभी भी भारतीयों का दृष्टिकोण नहीं हो सकता। क्योंकि हम भौतिकवादी नहीं हैं हमारा चिंतन सदैव दर्शन पर आधारित रहा है। हम जीवन और जगत का अध्ययन हमेशा आध्यात्मिक स्तर पर करते रहे हैं।[117]

पश्चिम के कलाकारों द्वारा अमूर्तता के नाम पर कुछ ऐसे चित्र बनाए गए हैं जो भारतीय प्राचीन तंत्रकला के समरूप तथा कहीं पर तो हु–ब–हू प्रतीत होते हैं। ऐसे में पश्चिम का प्रभाव भारत की समकालीन कला पर

---

116 कपूर, गीता, रिचिंग आउट टू द पार्ट, ललितकला अकादमी 40 : स्पैशल ईश ऑन, जे० स्वामीनाथन, अमित मुखोपाध्याय (सम्पादक), ललितकला अकादमी, मार्च 1995, पृ० 17

117 गोस्वामी, डॉ० प्रेमचन्द्र, *आधुनिक भारतीय चित्रकला के आधार स्तंभ*, राजस्थान हिंदी ग्रंथ अकादमी, जयपुर, आठवां संस्करण, 2021, पृ० 106

पड़ा है या भारतीय प्राचीन तंत्र कला का प्रभाव पश्चिम पर पड़ा यह कहना थोड़ा कठिन है।

राजस्थान में 17वीं शताब्दी में बनाया गया खगोलीय गणना का एक चित्र जिसमें कागज पर ग्वाश से ग्रिड बनाई गई हैं जिसमें रंगीन रंग भरे गए हैं यह पॉल क्ले द्वारा बनाई गई 'एंशिएनट साउंड' 1925 (Ancient sound 1925) से हूबहू मिलती है मात्र वर्णों की रंगत का फर्क है। ऐसा ही चित्र 'राशिचक्र' जो ज्योतिष गणना के लिए है वह राजस्थान से 18वीं शती में प्राप्त हुआ। यह पियत मोंड्रियान द्वारा बनाया गया चित्र 'घाट और सागर' (1914) में बेहद समानता रखता है।[118]

रूड़ोल्क स्टीनर, एनी बेसेंट व हेलेना ब्लावात्स्की के थियोसोफिकल लेखन के जरीये भारतीय धार्मिक विचार फिल्टर होकर कैंड़िस्की की रंगीन संगीत की छवियों को प्ररित करते है। स्वामी विवेकानंद के शिकांगो व्याख्यानों में प्रतिपादित योग प्रणाली ने मालेविच और उनके समूह की कला में एक भूमिका निभाई। इस प्रकार भारतीय चित्रकारों ने पश्चिम की ओर रूख करके उनकी कला की नकल करनी आरंभ की जबकी यूरोपीय अवांट–गार्ड़ ने प्रेरणा के लिए पूर्व की ओर रूख किया।[119]

8 अक्टूबर 1926 को फरीदपुर (वर्तमान बांग्लादेश) में जन्में वीरेन डे ने शिक्षा के बाद न्यूयॉर्क में बिताए वर्षों और महाद्वीपों की व्यापक यात्रा दवारा अपनी कलात्मक अभिव्यक्ति को नया रूप दिया। 1956 के बाद उनकी अलंकारिक रचनाएं मुक्त आकृतियों में बदल गई। अब उनकी कल्पना में कमल, चक्र, सूर्य तथा फटते हुए बीजों के पुनरावृति प्रतीकों ने एक अध्यात्मिक आत्मनिरीक्षण को प्रकट करना आरंभ किया। तांत्रिक कला के साथ उन्होंने अमूर्त प्रतीकों के माध्यम से पुरुष व महिला के शारीरिक मिलन को व्यक्त करने की कोशिश की। इन्होंने गहरे नीले व चमकदार लाल रंगों का इस्तेमाल अधिक किया है। पश्चिम की 'हार्ड एज' अमूर्तता के विपरीत उनके चित्रों में तरल पदार्थ और विचारोत्तेजक ज्यामितीय रूपों का प्रसार है। उनका कहना था कि मैं अज्ञेयवादी हूं..... मैं इन (तांत्रिक) चीजों के बारे में बात नहीं करता लेकिन मैं ऊर्जा के बारे में जानता हूं।[120]

1974 में बनाई गई अन्टाइटल्ड कृतियाँ जिनमें सूर्य व कमलाकृति में प्रकाश का पुंज बनाया गया है। ये चित्र उनकी तंत्र कला के उदाहरण है। 1929 में कश्मीर के श्रीनगर में जन्मे गुलाम रसूल ने अपनी पत्नी के हिंदू नाम 'संतोष' को अपने साथ ऐसे मिला लिया जैसे शिव का अर्धनारीश्वर रूप। और यही शक्ति की भक्ति हमें उनके चित्रों में भी नजर आती है। संतोष को हिंदू और बौद्ध तांत्रिक पंथों से प्रेरणा तो मिली ही थी साथ में 1964 में कश्मीर में अमरनाथ गुफा के दर्शन से उनमें गहरी अध्यात्मिकता भी प्रकट हुई। उन्होंने पुरुष प्रकृति की अवधारणा से प्रेरित होकर यौन व पारलौकिकता के संलयन को नव–तांत्रिक रूप में प्रकट किया। उनके अनुसार तंत्र के बारे में आम धारणा जादू की रही है। तंत्र से संबंधित कला को इसी धारणा द्वारा सूचित किया गया है।[121]

2 नवंबर 1932 को पंजाब में जन्मे सोहन कादरी का सात साल की उम्र में ही तंत्र अध्यात्म की ओर रुझान हो गया था। वे उनके खेत में रहने वाले दो आध्यात्मवादियों से मिले। जिनसे उन्होंने संगीत, ध्यान व नृत्य के माध्यम से आध्यात्मिक आदर्शों का ज्ञान लिया। पहले वे हिमालय भाग गए वहां कई महीनों बीताकर तिब्बत

---

118 मुखर्जी, अजीत, योग आर्ट, न्यूयार्क ग्राफिक सोसाइटी, बोस्टन, पृ० 141

119 मित्तर, पार्थ, *औपनिवेशिक भारत में कला और राष्ट्रवाद, 1850–1922 : पाश्चात्य और अभिविन्यास*, कैम्ब्रिज यूनिवर्सिटी प्रेस, 12 जनवरी 1995, पृ० 6

120 https://dagworld.com/birende.html

121 Dagworld.com/g.r.santosh.html

की यात्रा की। वहां से लौटने पर कादरी ने चित्रकला आरंभ की तथा 1965 में देश दुनिया की यात्रा भी की। उनकी कृति से प्रतिनिधित्व गायब हो चुके थे। उन्होंने तांत्रिकवाद और दर्शन से प्रभावित कृतियों को जीवंत रंगों में चित्रित किया। उनकी 'डॉट' श्रृंखला तंत्र व अमूर्त कला का अच्छा उदाहरण है वे अकसर कहते थे कि मैं अपनी कला में जो व्यक्त करने की कोशिश करता हूं वह शून्यता और शांति का संश्लेषण है, जो शक्ति को विकर्ण करता है।[122]

3.7 अतियथार्थवाद कला का प्रभाव

"मैं एक वस्तु की बजाय एक विचार की तस्वीर खींचूंगा, एक विचार की बजाय एक सपने की।"

—मन रे

स्वप्न मानवीय मस्तिष्क की वह अवस्था है जिसमें वह ज्ञात संसार अर्थात लौकिक जीवन के सुख—दुख व उन्माद से पूर्णतः विमुक्त होकर ऐसी दुनिया में खो जाता है जहाँ उसकी स्वैच्छिक इच्छाओं का कोई स्थान नहीं होता। ऐसे में जो भी क्रिया होती है व अचेतन मस्तिष्क द्वारा संचालित की जाती है। इसी अचेतन की क्रियाओं को अतियथार्थवादियों ने अपनी कला का विषय बनाया जो अब तक कला जगत के इतिहास में एक नवीन प्रयोग था। अति यथार्थवादी कलाकार स्वयं को रहस्यात्मक अज्ञात एवं अचेतन तक पहुंचा हुआ मानता है।[123]

अतियथार्थवाद एक ऐसा कला आन्दोलन था जो 1920 के दशक में यूरोप में उभरा। अचेतन द्‌वारा स्वचालित क्रियाओं में मनुष्य अपनी आंतरिक प्रेरणा के वश में होकर कार्य करता है। अतियथार्थवाद का जन्म कार्ल मार्क्स की राजनैतिक व सिगमण्ड फ्रायड की मनो—विश्लेषण विचारधारा से हुआ था। फ्रायड के अनुसार कला दमित वासनाओं का उभरा हुआ रूप है। अपनी पुस्तक 'द इंटरप्रिटेशन ऑफ ड्रीम्स' (1899) में फ्रॉयड ने मानवीय भावनाओं और इच्छाओं के खुलासे के रूप में स्वप्न और अचेतन के महत्त्व को वैद्य ठहराया; कामुकता, इच्छा और हिंसा के जटिल और दमित आंतरिक दुनिया के उनके प्रदर्शन ने अतियथार्थवाद के लिए एक सैद्धांतिक आधार प्रदान किया।[124]

3.7.1 अतियथार्थवाद का नामकरण

फ्रांसीसी कवि व कला आलोचक गुइल्यूम अपोलिनेयर ने पहली बार अतियथार्थवाद शब्द का प्रयोग किया था। लेकिन अतियथार्थवाद का एक विशेषतः 'वाद' के रूप में आरंभ आंद्रे ब्रेटन ने 1924 में प्रकाशित अपने घोषणापत्र 'डु सुरेलिज्म' से किया। जिसमें कहा गया कि 'अतियथार्थवाद विशुद्ध मनोवैज्ञानिक सहजता है जिसे कलाकार लेखक, भाषण अथवा चित्रण आदि किसी भी माध्यम से व्यक्त करता है। इसमें हमारी विचार करने की क्रिया का वास्तविक स्वरूप सामने आता है। इसमें तर्क, सौन्दर्य अथवा नैतिकता आदि किसी बाहरी वस्तु का अकुंश नहीं है।[125]

अतियथार्थवाद में दो भिन्न प्रकार की शैलियाँ देखने को मिलती है। पहली जिसमें साल्वाडोर डाली, यवेस, टेंगुई और रेने मैग्रीट जैसे कलाकारों ने कार्य किया जिसमें वस्तुओं का स्पष्ट विवरण चित्रित किया गया था

---

122 Dagworld.com/sohanqadri.html

123 अग्रवाल, गिर्राज किशोर, *आधुनिक चित्रकला*, ललित कला प्रकाशन, अलीगढ़, पृ० 146

124 https://www.theartstory.org/movement/surrealism

125 अग्रवाल, गिर्राज किशोर, *आधुनिक चित्रकला*, ललित कला प्रकाशन, अलीगढ़, पृ० 143

और त्रि–आयामी के भ्रम के साथ उनमें सपने जैसी गुणवत्ता पर जोर दिया गया। इन कार्यों में रंग ज्यादातर या तो संतृप्त या मोनोक्रोमैटिक थे, दोनों ही विकल्प स्वप्न अवस्था को व्यक्त करते थे।

दूसरी शैली में कलाकार स्वचालिता या स्वचालित लेखन पर बहुत अधिक निर्भर थे। इनमें जोन मिरो, मैक्स व अर्न्स्ट जैसे कलाकारों ने कोलॉज, डूडलिंग, फ्रेटेज, डिकैल्कोमैनिया और ग्रैटेज सहित अप्रत्याशित और अक्सर विचित्र इमेजरी बनाने के लिए विभिन्न तकनीकों का उपयोग किया।

प्राचीन भारतीय कला में इसके कई उदाहरण प्राप्त हुए हैं जो इस बात का साक्ष्य पेश करते है कि वह 'वाद' कोई मात्र पेरिस में उद्घाटित हुआ नहीं है बल्कि एक सार्वभौमिक कला है जिसमें एक अवस्था के दौरान कलाकार स्वचालित क्रियाओं को अनायास ही या स्वैच्छिक ढंग से उत्पन्न होने देता है। कर्नाटक में 7वीं शताब्दी की एक ऐसी अद्भुत मूर्ति प्राप्त हुई जिसने पाश्चात्य अतियथार्थवाद की परिभाषा को भी झकझोर दिया। यह ज्ञात है कि डाली द्वारा 'द बर्निंग जिराफ' पेंटिंग में एक नग्न स्त्री के शरीर के अन्दर लकड़ी के आले बनाए है किंतु भारत से प्राप्त इस मूर्ति में एक नग्न देवी कमलामुखी (पत्थर में, 7वी० शती, बादामी संग्रहालय) को बैठी (उकड़ु) अवस्था में दर्शाया है इसमें मानवीय शरीर पर मुख के स्थान पर कमल का फूल है जो इतिहास में अन्यत्र कहीं देखने को नहीं मिलता। यह प्राचीन भारतीय कला में अतियथार्थवाद का बेजोड़ उदाहरण है।[126]

भारतीय पौराणिक ग्रंथों में भी देवताओं के अवतार के रूप में मानव व पशु के मिले–जुल रूपों का वर्णन मिलता है। विष्णु का हयग्रीव अवतार जिसमें मानव शरीर का घोड़े के सिर के साथ आठ भुजाओं को दर्शाया गया है। गणेश के रूप में मनुष्य धड़ पर हाथी का मुख है।[127]

भारतीय कलकारों द्वारा बनाए गए काल्पनिक सदृश रचनाओं से कलाकार जरा भी विचलित नहीं था क्योंकि वह इस ज्ञान से निर्देशित था कि 'रूप' कभी भी अंतिम नहीं हो सकता। हालांकि मानव, पशु व पक्षियों की मिली–जुली आकृतियों के उदाहरण में मिस्त्र के स्फिंक्स मूर्ति अतियथार्थवाद का उमदा उदाहरण है। 15वीं शताब्दी ईसा पूर्व जिसमें पुरूष आकृति के सिर की जगह काले रंग का जानवर सम्भवतः कुत्ता का मुख बनाया है।[128]

ऐसी ही एक मूर्ति नियो–असेरियन कला में पंखों वाले प्रहरी (865–860 ईसापूर्व) को घड़ा गया है जिसे लामासू कहा जाता है। इसमें ढ़ाढ़ी वाले मानव मुख का निचला हिस्सा घोड़े का बनाया है जिसे चील के पंख भी लगाए हैं।[129]

ये सब उदाहरण रहस्यात्मक, काल्पनिक व अतियथार्थ की प्राचीन समय में मौजूदगी को उद्घाटित कहते हैं।

मैक्स एर्नस्ट (अतियथार्थवादी कलाकार) द्वारा 1927 में बनाए गए तेल चित्र 'मोन्यूमेन्ट टू दा बर्ड' में एक विचित्र आकृति आकाश में उड़ रही है जिसमें पांच व छः पक्षियों की आकृतियों को अप्राकृतिक व अद्भुत तरीके से चित्रित किया है जो आपस में एक–दूसरे के साथ गूंथे हुए प्रतीत हो रहे हैं।

दूसरी तरफ राजस्थानी कला में कोटा शैली के 1750 ई० में ग्वाश जलरंग से बना चित्र 'ए कम्पोजिट राम'

---

126 डब्ल्यू. बंस, फ्रेड्रिक, *एन इनसाइक्लोपीडिया ऑफ हिन्दू डाइटस, डेमी–गूलस, गोडलिंगस, डेमस एण्ड हीरोज : विद स्पेशल फॉक्स ऑन आइकनोग्राफी एट्रिब्यूटस*, डी० के० प्रिंट वर्ल्ड, प्राइवेट लिमिटेड, नई दिल्ली 110015, पृ० 1450

127 वही, पृ० 1430, 1422

128 फार्थिंग, स्टीफन (सम्पादक), *आर्ट : द हुल स्टोरी*, थेमस एण्ड हंडसन, लंदन, पृ० 28

129 वही

है जिसमें पशु की आकृति में सभी जानवरों व मानवीय आकृति को भी समाहित किया हैं। इसमें शेर, बकरी, सांप, अजगर, हाथी, घोड़ा व महिला आदि के साथ–साथ कई ऐसी विचित्र आकृतियों को एक–दूसरे के साथ मिश्रित कर दिया है जो सरसरी नजर से देखने पर एक समग्र पशु आकृति प्रतीत होती है। यह अतियथार्थवाद का अद्भुत उदाहरण हैं साथ ही 'सभी प्राणी मात्र में एक आत्मा का निवास है, कथन को भी सार्थक करता है।

चित्र – ए कम्पोजिट राम, कोटा, राजस्थान, भारत, 1750 ईस्वी (कागज पर ग्वाश रंग, Arturo Sehwarz Collection)

ऐसे ही चित्र व मूर्तिकला में भी मनुष्य एवं सर्प का मिश्रण इतिहास में उल्लेखनीय है। 13वीं शताब्दी में हलेबिद से प्राप्त 'शिव नाग के साथ' मूर्ति में शिव के आकार जितना ही नाग को दिखाया है जिसका धड़ से ऊपर का हिस्सा मानव का व नीचे नाग रूप है[130] जो कल्पना व अतियथार्थता का अच्छा उदाहरण है।

भारतीय कला नियमित रूप से कल्पना मिथक और रहस्यमय विषयों की खोज करने वाले अचेतन के दायरे में रहती है। तंत्रकला स्वयं में एक अद्भुत अतियथार्थ है और इसमें कोई दोराय नहीं है कि इसकी प्राप्ति हमेशा अचेतन मन में ही होती है। जब साधक समाधि की अवस्था में होता है तो वह स्वैच्छिक क्रियाओं से हटकर आत्मिक क्रियाओं से रूबरू होता है जो एकदम स्वाभाविक व स्वचालित होती है।

भारतीय तंत्र में यह सर्वमान्य विचार है कि सभी वादों का उद्देश्य एक ही है, सभी रूपों के माध्यम से निराकार का एहसास करना। होशपूर्वक या अनजाने में अभिव्यक्ति का हर तरीका चाहे वह कलात्मक हो। धार्मिक हो या वैज्ञानिक उस परम् वास्तविकता तक पहुंचने के लिए संघर्ष कर रहा है।

20वीं शताब्दी में एक भारतीय कलाकार ने फिर से अपनी अतियथार्थवादी कला की शैली से दुनिया का ध्यान आकर्षित किया। यहाँ उनकी कला की शुरूआत स्वचालित क्रियाओं से होकर अज्ञात की यात्रा पर निकल पड़ी। वह महान कलाकार थे प्रसिद्ध कवि रवीन्द्रनाथ टैगोर जिन्होंने करीब 67 साल की उम्र में एकाएक कविता की पंक्तियों में हुई गलती को स्वचालित ढंग से रेखाओं के एक विचित्र जाल से ढ़ककर अपनी कला का जन्म होते देखा। उनकी चित्रण विधा में अतियथार्थवाद के दर्शन होते हैं जो स्वचालित क्रियाओं द्वारा प्रेरित है। बेहद विचित्र रहस्यमय जीव–जंतुओं की अप्राकृतिक छवियां उनकी कला का आधार बन गई। रवीन्द्रनाथ स्वयं कहते है कि रचना उर्जा की प्रचुरता से उत्पन्न होती है जो मुझसे परे किसी शक्ति से है।[131]

डब्ल्यू जी० आर्चर ने अपनी पुस्तक 'इण्डिया एण्ड मॉडर्न आर्ट' में रवीन्द्रनाथ की पेंटिग्स पर एक लेख में उन पर अचेतन के प्रभाव को सत्यापित किया। साथ ही मॉडर्न रिव्यू ऑफ कलकत्ता के जनवरी 1917 के संस्करण में 'आटोमैटिक ड्राइंग' नाम का लेख प्रकाशित किया। इसी संस्करण में रवीन्द्रनाथ जी के पत्रों का कुछ अंग्रेजी अनुवाद भी छपा था। आर्चर साहब का मानना है कि जरूर टैगोर जी ने इस आर्टिकल को पढ़ा होगा जिसमें लिखा था कि फ्रायड, जंग और उनके स्कूल के मनोवैज्ञानिक सिद्धांतों ने आधुनिक कलाकार के ढंग और दमित कल्पनाशील विचारों को मुक्त करने में सहायता की। जो घुमावदार और इंटरलेसिंग लाइनों के 'स्वचालित' स्क्रिबलर को अवचेतन विचारों के जन्म के रूप में अनुमति देता है।[132]

---

130 फर्ग्यूसन, जेम्स, *सांची और अमरावती में वृक्ष और नाग की पूजा,* एशियाई शैक्षिक सेवा, नई दिल्ली, द्वितीय संस्करण, पृ० 74

131 पॉल, प्रतापदित्य, रविन्द्रनाथ टैगोर : 150वीं सालगिरह, वाल्यूम, मार्ग पब्लिकेशन, मुम्बई, संस्करण 62, अंक–3, पृ० 34

132 वही, पृ० 33

भारतीय समकालीन कला में भी कलाकारो ने अपने ही ढंग से स्वचालित क्रियाओं व विचारों को नवीनता से प्रकट किया है। अतियथार्थवाद शैली के साक्ष्य गणेश पाइन, मंजीतबाबा, सरोजपाल गोगी, विकास भट्टाचार्य, रामेश्वर बरूटा, जोगेन चौधरी, पार्थ, प्रतिम देव, असित मोंडल, दीपाली भट्टाचार्य आदि कलाकारों के चित्रों में देखा जा सकता है।

गणेश पाइन ने अपनी दादी, नानी द्वारा बचपन में सुनाई गई कहानियों की यादों को अपने अचेतन से निकालकर पट पर स्थान दिया तो रामेश्वर बरूटा ने 'गोरिल्ला' श्रृंखला में अतियथार्थवाद के लक्षणों को चुना। रामचन्द्रन के बिना सिर वाले भागते नग्न मानवाकृतियों में रहस्य का समावेश है जबकि मंजीत बाबा ने संगीतमय वातावरण दर्शाने के लिए गायों के झुण्ड को हवा में उड़ता चित्रित किया। सरोजपाल गोगी ने स्त्री को परी, चिड़िया व मधुमक्खी के समान माना व गाय के शरीर पर औरत का मुख लगाकर उसकी आकांक्षाओं को भिन्न पर्यायों के संदर्भ में चित्रित किया इस प्रकार यहाँ सटिक यथार्थवाद के दर्शन होते हैं।

भारतीय कला में आइकनोग्राफी अतियथार्थवादी रूपकों के एक अद्वितीय चित्रमाला का प्रतीक है। भारतीय महाकाव्यों, लोककथाओं, समारोहों और विभिन्न लोक कलाओं के व्यापक चयन आदि कलाकार के असामान्य छवि को दर्शाते हैं।

अतियथार्थवादी भारतीय कलाकारों में सनतकर, गणेश पाइन, जोगेन चौधरी, पार्थ प्रतिम देव, दीनानाथ पाथी, पी० आर० नार्वेकर है। विकास भट्टाचार्य सबसे प्रसिद्ध व उल्लेखनीय अतियथार्थवादी कलाकार है। सनतकर के कार्यों में सपने जैसे तत्व दिखाई देते हैं। उन्होंने कला में कल्पना का पूरा क्षेत्र खुला रखा है। रतिन परिमू ने जीवन में अनुभव की गई जटिलताओं व भावनाओं से प्रभावित होकर एक कलात्मक और दूरदर्शी दुनिया को रचा। शक्ति बर्मन के कार्यों में यथार्थवाद से अलग चमकीलें रंगों के उपयोग के साथ पुरुषों, महिलाओं, बच्चों, पक्षियों और जानवरों द्वारा उपनिवेशित पौराणिक दुनिया को प्रकट किया गया है।

गणेश पाइन अपने चित्रों में काव्यात्मक अतियथार्थवाद का एक क्षेत्र बनाने के लिए प्रकाश और छाया के अभिनव उपयोग के संयोजन के साथ, रोमांटिकतावाद, काल्पनिक और मुक्त रूप के तत्वों को पूरी तरह से मिश्रित करता है। विकास भट्टाचार्य द्वारा बनाई गई 'डॉल' श्रृंखला में अतियथार्थवाद के गुण नजर आते हैं। जो बाद में फोटोरियलिज्म में बदल गया। इस श्रृंखला में कलाकार ने दिखाया है कि किस प्रकार एक जीवन रहित वस्तु सामान्य जिंदगी में रहस्यात्मक रूप से दखल दे रही है। यहाँ विकास में राजनैतिक दखल को कटाक्ष स्वरूप पेश किया है। वे अकसर सामाजिक, सांस्कृतिक और राजनीतिक घटनाओं पर टिप्पणी करने के लिए प्रतीकात्मकता और अतियथार्थवाद के तत्वों के साथ एक अकादमिक, आलंकारिक शैली का संचार करते हैं। चर्चित 'गुडिया' श्रृंखला में, भट्टाचार्यी ने 1970 के दशक के दौरान कम्युनिस्ट नक्सलियों के खिलाफ पुलिस को बर्बरता से शहर की खोज करते हुए चित्रित किया। लक्ष्मण पै की कला में भी काल्पनिकता व अतियथार्थवाद के तत्वों को देखा जा सकता है, धूमिमल गैलरी में संग्रहित 'हम दो' (कैनवास पर एक्रेलिक) चित्र में एक चेहरे की आकृति में पुरुष व महिला के मिले–जुले रूप को दिखाया है।

के० जी० सुब्रमण्यन की 'फेयरी टेलस ऑफ पूर्वापल्ली' चित्रों में मनुष्यों के शरीर के नीचले हिस्से को कहीं पक्षी तो कही पंख लगी हुई परियों के रूप में कलाकार ने एक काल्पनिक दुनिया का सृजन किया है। पेंटिंग फेयरी टेलस ऑफ पूर्वापल्ली 1986/1987 नेशनल गॅलरी ऑफ माडर्न ऑर्ट में संग्रहित है। एम० एफ० हुसैन के चित्रों में उड़ते घोड़े तथा लुढ़कता सूरज आदि अतियथार्थवाद के तत्व हैं।

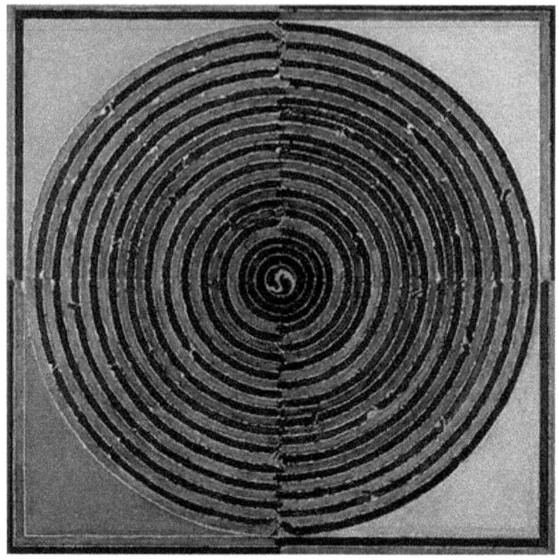

चित्र 2.10 : कुंडलिनी (रज़ा, 1999)

https://images.app.goo.gl/fP53MWh7hnfK2WZF6

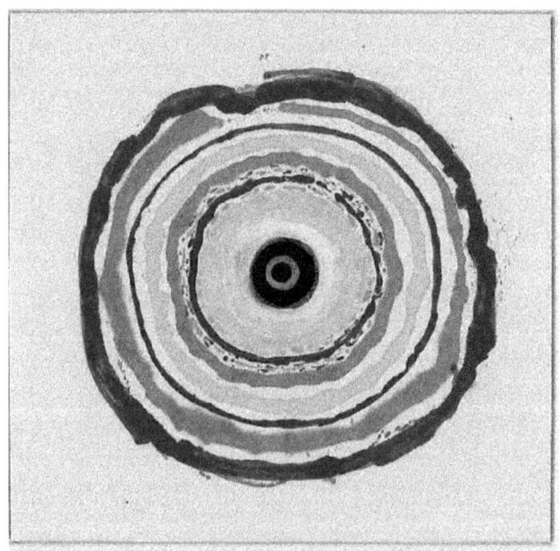

चित्र 2.11 :एस्क्यू (केनेथ नोलैंड, 1958)

https://www.miandn.com/exhibitions/kenneth-noland

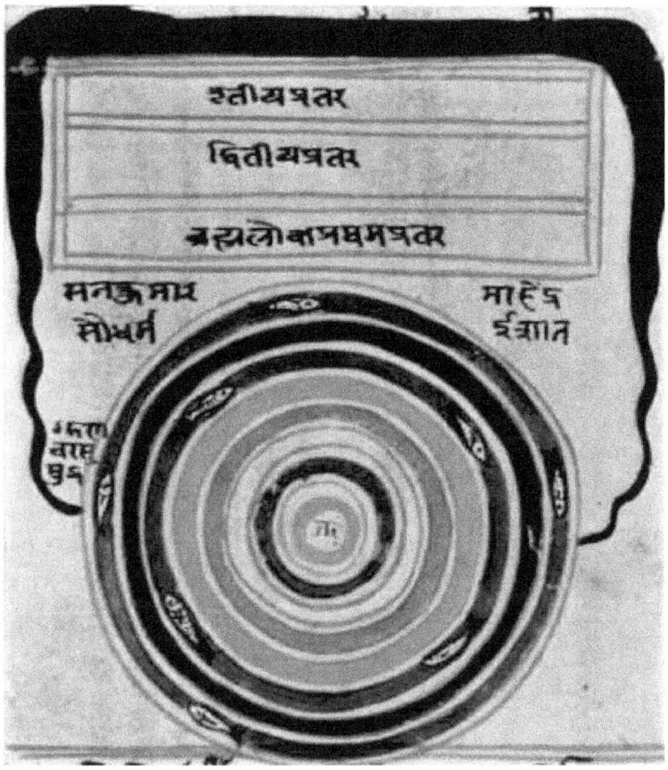

चित्र 2.12 : ओम हरम, 19वीं सदी, राजस्थान

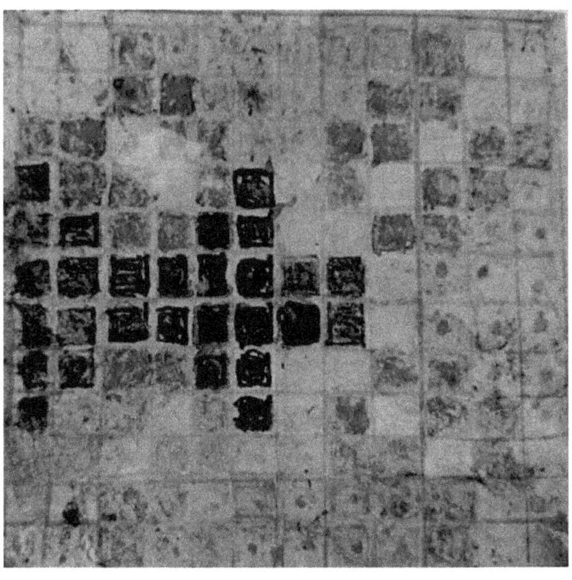

चित्र 2.14 : ज्योतिष गणना (राजस्थान 17वीं सदी), पेपर पर गौचे

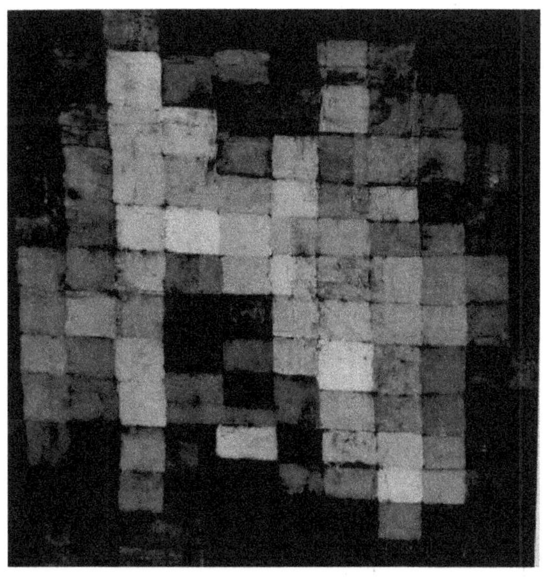

चित्र 2.13 : प्राचीन ध्वनि (1925), कैनवास पर तेल रंग, पॉल क्ले

चित्र 2.15 : पंचतत्व (रज़ा, 2014)

चित्र 2.16 : शीर्षक रहित नं० 24 (मार्क रोथोको, 1951)

खंड – 4

समकालीन कलाकारों की जीवनी एवं कला यात्रा

4.1 के० के० हेब्बार

जिस तरह इस ब्रह्मांड का कोई आदि नहीं, कोई अंत नहीं, ये भी अपने किनारों पर निरंतर बढ़ता ही चला जा रहा है। रेखा में भी यही गुण विद्यमान है। समय की यात्रा करते हुए, एक ऐसे मुसाफिर को देखा जिसने रेखा को अपने जीवन में इस कदर समा लिया कि रेखा ने उसको भी अनंत बना दिया। इसीलिए उस मुसाफिर को उसका जीवन सफर पूरा होने के बाद भी आज तक याद किया जाता है और याद किया जाता रहेगा। रेखा के इस साधक को इतिहास के स्वर्णिम अक्षरों में श्री कटिंगेरी कृष्णा हेब्बार के नाम से जाना जाता है।

के० के० हेब्बार का जन्म कर्नाटक के उडुपी जिले के कटिंगेरी में एक कन्नड़ भाषी शिवल्ली माधवा ब्राह्मण परिवार में 15 जून 1911 को हुआ। जब हेब्बार थोड़ा बड़ा हुआ तो खेलने–कूदने के साथ–साथ वह अपने पिता को मिट्टी की मूर्तियाँ बनाते हुए बड़ी लगन के साथ देखता था। उनके पिता श्री नारायण हेब्बार एक मूर्तिकार थे, जो गणेश की मूर्तियाँ बनाते थे। इनके परिवार में श्रीमति सीथम्मा हैब्बारी इनकी माता तथा दो भाई राघवेंद्र हेब्बार, नरसिम्हा हेब्बार थे। अपने पिता को मूर्तिकला का कार्य करते देख जब हेब्बार के मन में भी कला उमंग उठती थी तो वे बचपन में मिट्टी के साथ खेलकर वस्तुएँ बनाते थे।

चित्रकला के प्रति इस लगाव के परिणामस्वरूप चमराजेंद्र वाडियार टेक्निकल में उनका प्रवेश हुआ। मैसूर में कुछ प्रारंभिक प्रशिक्षण के बाद फिर उन्होने मुंबई में जे० जे० स्कूल ऑफ ऑर्ट में शिक्षा ग्रहण करके कला में डिप्लोमा प्राप्त किया। सन् 1938 में जे० जे० से अपना डिप्लोमा प्राप्त के बाद उन्होने 1940–45 तक जे० जे० स्कूल ऑफ ऑर्ट में अध्यापन का कार्य भी किया। हेब्बार अपनी कला को उन्नत बनाने हेतु और अपने कला ज्ञान को विकसित करने के लिए पेरिस चले गए। वहाँ उन्होंने 1949–50 में अकादमी जूलियन में इम्प्रेशनिस्ट पेंटर प्रोफेसर कैवेल्स से चित्रकला की शिक्षा ग्रहण की और इकोले एस्टिन, पेरिस से ग्राफिक्स का कार्य सीखा।[1] हेब्बार की कलात्मक परिपक्वता स्वतन्त्रता के बाद के युग में उभरी जब उन्होंने पहचान बनाने के लिए विभिन्न संघर्षो से गुजरना पड़ा, जैसे पूर्व बनाम पश्चिम, परम्परा बनाम आधुनिकतावाद, राष्ट्रवाद बनाम अंतर्राष्ट्रीयतावाद। हेब्बार ने तेल माध्यम और टेंपरा माध्यम में भी चित्र बनाए, जो सराहनीय और अर्थपूर्ण है। के० के० हेब्बार ने देश–विदेश की अनेक महत्त्वपूर्ण प्रदर्शनियों में भाग लिया जिसमें वेनिस बिनाले, साओ पाऊलो बिनोले और टोक्यो बिनाले जैसे अंतर्राष्ट्रीय कला महोत्सव शामिल हैं।

पिकासो की कला को देखकर उनकी कला से प्रभावित होने पर हेब्बार एक साक्षात्कार में जवाब देते है कि यह जरूरी नहीं है कि किसी कलाकार की कला का प्रभाव नकल की ओर ले जाए। मैंने व्यावहारिक रूप से पिकासो के कार्य के संपूर्ण स्ट्रक्चर को देखा साथ ही उनके फ्रांस के दक्षिण में बने भित्तिचित्र से उनके चीनी मिट्टी की चीज व ड्राइंग भी। यह स्पष्ट है कि वे नीग्रो कला से प्रभावित थे किंतु यह प्रभाव अद्भुत रूप से रचनात्मक था। उसमें निश्चित रूप से पिकासो की मौलिकता है। मुझे मातिस की सजावटी ड्राइंग ने भी

---

1 https://dagworld.com/k.k.hebbar.html

प्रभावित किया लेकिन राउल्ट के रंग उनसे अधिक तीव्र है। मैं राउल्ट को बहुत अच्छी तरह से जानता था।[2]

ललित कला अकादमी, नई दिल्ली द्वारा प्रकाशित 'भारतीय कला की समकालीन श्रृंखला' में एक मोनोग्राफ में बी० आर० अंबेडकर ने कहा था कि ''न तो हेब्बार और न ही उनकी पेंटिंग अतिश्यता (चरमपंथी) लिए हुए है, वे आपसे कुछ हद तक शर्मीले लेकिन आश्वस्त करने वाले प्रेरक स्वर के साथ अपील करते हैं। वे अपनी राष्ट्रीयता का उच्चारण करते हैं फिर भी डिंग नहीं मारते।[3]

अकादमी जूलियन पेरिस में प्रोफेसर कैवेल्स के निरक्षण में चित्रकला सीखी। वे प्रभाववाद के बानोर्ड स्कूल के अनुयायी थे इसलिए यहाँ हेब्बार ने प्रभाववादी तकनीक में कार्य किया।[4]

हेब्बार कहते है कि पेरिस में पचास के दशक तक प्रभाववाद, घनवाद, भविष्यवाद, अतियथार्थवाद और कई वादों को पुराना माना जा रहा था। इन वादों के चैंपियन स्वयं तेजी से अपनी शैली बदल रहे थे। युवा कलाकार सनसनी पैदा करने के लिए नए रास्ते तलाश रहे थे।

हेब्बार ने अमृता की भांति पश्चिमी पद्धति को भारतीय रूपाकारों पर थोपा नहीं था बल्कि वे निजी आकृतियों को लयबद्ध, शक्तिशाली रेखाओं द्वारा पश्चिमी पद्धति तक ले गए। यहाँ उनकी रेखा की तुलना सहज रूप से पिकासों की रेखा से की जा सकती है।[5]

के० के० हेब्बार को विश्व स्तर पर ख्याति तब मिली, जब लंदन और ब्रुसेल्स में 'समकालीन भारतीय कला' नामक प्रदर्शनी में उनके चित्र विदेशों में प्रदर्शित किए गए। हेब्बार अपने रेखाचित्रों की वजह से अत्यंत लोकप्रिय रहे।

मालाबार और तुलु नाडु के क्षेत्रों के परिदृश्य के चित्रण के कारण हेब्बार की शुरूआती कलाकृतियों को 'केरल चरण' कहा जाता है। उन्होंने अपनी भारतीय कला और जूलियन अकादमी में सीखी पश्चिमी कला के बीच हेब्बार ने अपनी एक अलग पहचान बनाई। वे अपने विस्तृत वातावरण के प्रति सचेत, जागरूक और संवेदनशील बने। उन्होंने पूरी दुनिया में घूमकर सब जगह के प्रभावों को आत्मसात् किया, परन्तु किसी भी प्रभाव को स्वयं की कला पर हावी नहीं होने दिया। इसी कारण उनके चित्र आधुनिक होते हुए भी शुद्ध भारतीय हैं।

एक साक्षात्कार के दौरान के० के० हेब्बार बतातें है कि उनका पहला कलात्मक चरण पश्चिमी शैली अर्थात् अकादमिक था। हालांकि उन्होंने पहले भारतीय लघुचित्रों के साथ भी कार्य किया किंतु जब उनके शिक्षक ने कहा कि भारतीय महिलाओं को पहाड़ी लघुचित्रों की परम्परानुसार केवल एक चोली और गरारा में ही बनाना चाहिए न कि साड़ी में। ऐसे में मैंने स्वयं ही यह शैली त्याग दी क्योंकि यहाँ नवीन की संभावनाएँ नहीं थी।[6]

के० के० हेब्बार ने कला इतिहासकार आनंद कुमार स्वामी के लेखन, अंजता, बाघ, ऐलोरा आदि गुफा चित्रों की कला, राजपूत और मुगल शैली में बने लघुचित्रों से प्रेरणा ली। इसके अलावा उन्होंने जैन पांडुलिपियों का भी अध्ययन किया तथा उन्हें अपने अनुभवों के साथ मिश्रित करके अतियर्थाथवाद और अमूर्तता के साथ पेश किया। हेब्बार पॉल गॉगिन और अमृता शेरगिल से प्रभावित थे। सेजॉन के कार्य ने भी उनको आकर्षित किया। हेब्बार ने एक साक्षात्कार के दौरान बताया कि वे अजन्ता से प्रभावित नहीं रहे बल्कि उनके रचना की भावना,

---

2 रमन, ए० एस०, *द क्रिटिकल विज़न : सलेक्टेड राइटिंगस,* ललितकला अकादमी, नई दिल्ली, 1993, पृ० 66

3 हेब्बार, के० के०, *द सिंगिंग लाईन*, अभिनव पब्लिकेशन ई–37 हॉज खास, नई दिल्ली

4 हेब्बार, के० के०, *द सिंगिंग लाईन*, अभिनव पब्लिकेशन ई–37 हॉज खास, नई दिल्ली, पृ० 8

5 भारद्वाज विनोद, *बृहद आधुनिक कला कोश,* वाणी प्रकाशन, 21–ए, दरियागंज, नई दिल्ली 110002, पृ० 480

6 रमन, ए० एस०, *द क्रिटिकल विज़न : सलेक्टेड राइटिंगस,* ललितकला अकादमी, नई दिल्ली, 1993, पृ० 65

अंतराल (स्पेस) के लिए उनकी समझ व रहस्य की भावना ये सभी जैन लघुचित्रण से प्रभावित है।[7]

हेब्बार साहब 60 के दशक में प्राचीन व नवीन दोनों के लिए ही बहुत उत्सुक थे। वे इकोले डे पेरिस के साथ–साथ कट्रपंथी बंगाल स्कूल के लिए भी उतने ही उत्साहित थे। वे अलौकिक कौशल और संवेदनशीलता के साथ सुन्दरता को गीतात्मकता के साथ जोड़ता है।[8]

वे रूपों को एक प्रकार की चौडाई प्रदान करते हैं साथ ही वर्ण की ताजगी, गर्माहत, रेखीय अनुग्रह, लय व प्रवाह और संवेदनशीलता ये सब पॉल गोगिन की याद दिलाते हैं किंतु उन पर यह प्रभाव अमृता से फिल्टर होकर आया था, उनके चित्रों में प्रतीकात्मकता है।[9]

इसके अलावा उन्होंने लय को समझने के लिए कथक नृत्य भी सीखा और नर्तकियों की भाव–भंगिमाओं को चित्रित किया। उन्होने कथक नृत्य के आचार्य पंडित सुंदरलाल से नृत्य कला की शिक्षा ग्रहण की।

हेब्बार ने बड़े ही सामंजस्यपूर्ण ढंग से भारतीय रूप में पश्चिमी कला के अति यथार्थवाद और अमूर्त कला जैसे तत्वों को मिश्रित किया। बाद में हेब्बार 'रेखा' के प्रति इतने आकर्षित हुए कि हेब्बार ने अपना पूरा ध्यान रेखाचित्रों पर लगा दिया। अधिकतर चित्र हेब्बार ने ऐसे बनाए हैं, जिसमें उन्होंने बिना कलम उठाए लगातार रेखांकन किया। बाद में जब वे रेखा में गहनता से डूबे तो उन्होंने एक नई शैली विकसित की। अब हेब्बार ने ध्यान इस बात पर दिया कि चित्र में रेखा की अभिव्यक्ति इतनी ज्यादा सशक्त हो कि न्यूनतम रेखाओं के प्रयोग से ही भाव स्पष्ट हो जाए। हेब्बार की यह कला उनके लिए तपस्या बन गई और इस कला तपस्या के फलस्वरूप वे इतने सक्षम हो गए कि बिना कलम उठाए सिर्फ एक रेखा के ही निरंतर प्रवाह से वे चित्र को पूरा कर देते थे और इसी अनूठे हुनर ने उनको जगत प्रसिद्ध कर दिया। इस प्रकार कागज पर परिणाम देखकर मेरा हाथ अपने आप चलने लगा, भावना से ओत–प्रोत और संगीत द्वारा निर्देशिता इस प्रक्रिया में रेखा का प्रवाह ही मायने रखता था। लैंड स्केप व सीस्केप बनाते समय उन्होंने इसी अनुशासन का पालन किया। इस प्रकार आंतरिक लय को समझने की कोशिश की जो स्पष्ट तो नहीं थी किंतु एक ऐसी रचनात्मक अभिव्यक्ति थी जो मानव को उतेजित करने में सक्षम थी।[10]

भारतीय कला में प्रारंभ से ही रेखा सौंदर्य पर बल दिया गया है। रेखा त्रिआयामी को द्विआयामी में परिभाषित कर देती है। रेखांकन में अक्सर सिर्फ रेखाओं से भी चित्र को जीवंत बना दिया जाता है। के० के० हेब्बार ने एक एकल रेखा खींचने की तकनीक विकसित की, जो केवल एक खुली हुई रेखा में अपने विषय के सार को चित्रित करने में सक्षम थी। मुल्क राज आनन्द का हेब्बार के बारे में कहना था कि हेब्बार जैसे परिपक्व कलाकार के मामले में वक्र रेखा लम्बे समय से गतिशील रूप से सक्रिय रही है। आत्म–चेतना की अवधि के दौरान उन्होंने अपने हाथो को दृश्य अनुभव के सरल चरणों से परे नए और मूल रूपों में जाने की अनुमति दी जो गहन रचनात्मक प्रक्रिया का पालन करता है। जिसमें स्थान को घेरकर अचेतन आग्रहों द्वारा गतिशील बनाया जाता है इस प्रकार ड्राइंग के लिए उनके भावुक प्रेम की गतिशील अभिव्यक्ति स्वयं प्रकट होती है जो रैखिक लय के अभ्यास के लिए होती है।[11]

---

7 वही, पृ० 65

8 वही, पृ० 64

9 रमन, ए० एस०, *द क्रिटिकल विज़न : सलेक्टेड राइटिंग्स*, ललितकला अकादमी, नई दिल्ली, 1993, पृ० 64

10 हेब्बार, के० के०, द सिंगिंग लाईन, अभिनव पब्लिकेशन ई–37 हॉज खास, नई दिल्ली, पृ० 1–4

11 हेब्बार, के० के०, द सिंगिंग लाईन, अभिनव पब्लिकेशन ई–37 हॉज खास, नई दिल्ली, पृ० 1–4

भारतीय चित्रकार शुरू से ही रेखा सौंदर्य में माहिर रहे हैं। रेखाएँ सिर्फ आकार निर्धारण ही नहीं करती बल्कि ये गतिशील, अभिव्यंजक और रचनात्मक भी होती है। प्रत्येक काल में रेखा का प्रयोग अलग–अलग ढंग से हुआ है जैसे अंजता के गुफा चित्रों में कोमलता, लयात्मकता, भाव प्रवीणता, गीतात्मकता का गुण विद्यमान है, परंतु ईरानी और मुगल शैली में रेखा सौंदर्य अलंकारिक हैं। अपभ्रंश शैली के चित्रों में रेखाएँ कठोर हैं जबकि राजस्थानी, पहाड़ी, दक्षिणी, बंगाल शैली में अलग–अलग ढंग से रेखा सौंदर्य चित्रित किया गया। आधुनिक युग में रेखांकन में नित नए प्रयोग हो रहे हैं। हेब्बार की कला प्रयोगवादी और आधुनिक है। पश्चिमी परंपरा में प्रशिक्षण के बावजूद हेब्बार के काम की जड़ें भारत की लोक परंपराओ में निहित रही। परिदृश्य और आकृति रचनाओं के उनके प्रारंभिक चित्रों ने उन्हें अनुशासित किया और अपनी अनूठी शैली बनाने के लिए प्रेरित किया।

के० के० हेब्बार ने कला में कई प्रयोग किए। रेखाचित्र अब उनके नाम का पर्याय बन चुके थे। मुल्क राज आनन्द ने उनके उपर एक पुस्तक लिखी जिसका शीर्षक था 'द सिंगिग लाइन'। उनका मानना था कि प्राचीन भारत में वक्र रेखा को संगीत की गुणवत्ता धारण किए हुए कहा गया है इसलिए इसे अकसर 'गायन रेखा' सिंगिंग लाइन कहा जाता है क्योंकि यह रेखा हाथ के तंत्रिका सिरों के उन सामंजस्यपूर्ण गीत का विचारोतेजक है जो शरीर व आत्मा को सुन्दर गोल आकार के साथ जोड़ती है। इस प्रकार रचनात्मक घुमावदार रेखा सीधी रेखा के विपरित होती है क्योंकि घुमावदार रेखा गीतात्मक भावनाओं को रूपांतरित करती है और सुसंगत अनुभव प्रस्तुत करती है जबकि सरल रेखा शुद्ध ज्ञान की तलवार की तरह सीधी, कठोर व स्पष्ट होती है तथा एक–दूसरे के बीच विभेदीकरण करती है।[12] इस प्रकार रेखाओं के लयात्मकता के चलते वे बहुत जल्दी प्रसिद्ध हो गए। उन्होंने समस्त भारत में अनेक जगहों की यात्रा करके अपने कला ज्ञान को सुदृढ़ किया। उन्होंने महाराष्ट्र में कार्ला में प्राचीन गुफाओं का भी अध्ययन किया। इस विशेष यात्रा के फलस्वरूप प्राप्त एक रेखाचित्र के कारण उन्हें बॉम्बे ऑर्ट सोसायटी से स्वर्ण पदक मिला। हेब्बार की कला का सबसे प्रभावशाली हिस्सा 1950, 60, 70 के दशक में बनाए गए रेखाचित्र हैं।

हेब्बार ने प्राचीन तमिल महाकाव्य, शिल्पादिकारम् के लिए 51 चित्र बनाए, जो अत्यंत प्रभावशाली हैं। हेब्बार ने मूर्तिकला का भी कार्य किया, उनके द्वारा बनाई गई भारतीय मूर्तियाँ प्रसिद्ध स्मारकों को सुशोभित करती हैं। प्रयोगवादी विचारधारा होने के कारण पैंसिल, पेन, चारकोल से समुच्य रेखाएं खींचकर फिर सत्यता प्राप्त करने के लिए रंग का उपयोग भी किया। हेब्बार जो भी चित्रित करना चाहते थे, उसे चित्रित करने में उन्होंने कुशलता हासिल कर ली। मन और हाथ के इस संतुलित अनुशासन के साथ मैंने प्रसिद्ध स्मारकों को सुशोभित करने वाली भारतीय मूर्तियों को चित्रित करना शुरू किया। इन रेखाचित्रों में उन्होंने अतिरिक्त विवरणों को हटा दिया। लेकिन इन आकृतियों के माध्यम से चलने वाली लयबद्ध गुणवत्ता को बनाए रखा।[13] अब तक उनका उद्देश्य वही था, जो उन्होंने देखा या कल्पना की, उसे सटीक रूप से पुनः पेश करना। लेकिन इस कौशल को प्राप्त करने के उपरांत उन्होंने रेखाओं की परस्पर क्रिया में छिपी सुंदरता को खोजना शुरु कर दिया। सीधी और घुमावदार रेखाओं की लयबद्ध गति करने का यह गुण उनका ध्यान अधिक आकर्षित करने लगा। हेब्बार की कार्यशैली में हमें प्रभाववाद और अभिव्यंजनावाद का अनोखा संगम देखने को मिलता है।

के० के० हेब्बार ने कहा था कि मानव आकृति और मानव आनंद तथा दुख, मेरी रचनाओं में एक महत्त्वपूर्ण स्थान पर हैं। के० के० हैब्वर को सशक्त रेखांकन के लिए जाना जाता है व्यक्ति चित्रों के साथ–साथ उन्होंने

---

12 हेब्बार, के० के०, द सिंगिंग लाईन, अभिनव पब्लिकेशन ई–37 हॉज खास, नई दिल्ली, पृ० 1–4

13 वही

भित्ती चित्रण का भी कार्य किया। उन्होंने व्यावसायिक चित्रकार के रूप में भी काम किया। हेब्बार चित्रकार, मूर्तिकार, नर्तक होने के साथ–साथ कवि तथा लेखक भी थे। उन्होंने 'लाईफ ऑफ आर्ट' तथा 'लाईफ ऑफ सिंपलीसिटी' के अतिरिक्त अन्य कई शोध पत्र प्रकाशित किए। राष्ट्रीय ललित कला अकादमी ने हेब्बार के चित्रों पर एलबम तथा इनके व्यक्तित्व व कार्यों पर एक मोनोग्राफ भी प्रकाशित किया।

के० के० हेब्बार ने सन् 1956 से 1958 तक लगातार तीन बार ललित कला अकादमी का राष्ट्रीय पुरस्कार प्राप्त किया था और वे 1980 से 1984 तक राष्ट्रीय ललित कला अकादमी के अध्यक्ष भी रहे। सन् 1990 में उन्हें महाराष्ट्र गौरव से सम्मानित किया गया। उन्होंने 1953–73 तक कलाकार केंद्र, मुंबई के अध्यक्ष के रूप में काम किया। उन्हें 1961 में सर्वोच्च नागरिक पुरस्कार 'पदम श्री' तथा 1989 में 'पद्म भूषण' प्राप्त हुआ। सन् 1990 में वे बॉम्बे ऑर्ट सोसायटी के अध्यक्ष भी रहे। के० के० हेब्बार ने ज्यादातर यक्षगान (कर्नाटक में एक पारंपरिक नृत्य) तथा कांबला (एक वार्षिक भैंस दौड़) और भूत कोला (पूजा का प्राचीन अनुष्ठान), ग्रामीण खेलों और लोक कथाओं और लोक कलाओं को चित्रण का विषय बनाया। उनके बनाए गए कुछ प्रमुख चित्र निम्नलिखित हैं– वीणा, भूमि के स्वामी, द्रौपदी का त्याग, वन, बंग्लादेश का जन्म, खोज, प्रवाह, मवेशी हॉट, जाड़े की रात, महीम दरगाह, गोवर्धन, परम्पराएं, निर्माण, संगीत, श्रद्धा, धान कुटते हुए, नागमंडला, कृष्ण और पांचजन्य, साधु, सुनहरे गुलाब, बाढ़, होली, दीवाली, मयूर, तमाशा, लोक नृत्य, अर्जुन की निराशा, पनघट, मुर्गे की लड़ाई, विवाह उत्सव, भिखारी, कथक नृत्य, बहुआयामी शिवराम कारंत, कृष्ण–सारथी, हाट बाजार, ढोलक वादक आदि।

एक साक्षात्कार के दौरान हेब्बार कहते है कि अमृता के माध्यम से गॉगिन ने उन्हें प्रभावित किया। किंतु केरल के लोग उनके लिए ब्रिटानी व ताहिती साबित हुए। उन्होंने केरल की यात्रा से अपनी कलर पैलेट को समृद्ध किया। यहाँ से उन्होंने अमृता व पॉल गॉगिन के आकारों के सरलीकरण व विरोधी रंगों के सामांजस्य को उनकी सफेद वेशभूषा तथा आसपास एमराल्ड ग्रीन (पन्नाहरा) रंग की वनस्पति के बीच मानों रंग व रूप का अद्भुत संसार उमड़ पड़ा हो। मानों गॉगिन की आकृतियाँ जिंदा हो उठी हो। हेब्बार का कहना है कि काश गॉगिन ने इस 'कलाकार के स्वर्ग केरल' की यात्रा की होती। हेब्बार ने अपने कुछ चित्रों में केरल के सामान्य जनजीवन को भी चित्रित किया है। उनका मानना था कि कलाकार को हमेशा परिश्रमशील होना चाहिए। हेब्बार का परमाणु शक्ति के महाविनाश का चित्र बहुत प्रसिद्ध हुआ था लेकिन स्वयं हेब्बार ने ही इस चित्र को नष्ट कर दिया था उनका कहना था कि चार साल बाद पुनः विचार करने पर उन्हें लगा कि वे इससे संतुष्ट नहीं हैं। इसमें बनी मानव आकृति परिप्रेक्ष्य के माध्यम से सही नहीं है। जबकि विशाल परमाणु विस्फोट के आगे मानव आकृति को तुच्छ चित्रित किया जाना चाहिए था, साथ ही इस चित्र में बहुत ज्यादा नाटकीयता आ गई थी। यहाँ उनके भीतर एक तटस्थ कला आलोचक के गुण भी नजर आते हैं, क्योंकि एक अच्छा आलोचक उस कलाकार की तरह होता है जो रचनात्मक प्रक्रिया समाप्त होते ही अपने काम का आलोचक बन सकता है और स्वयं वहां से बाहर हो जाता है।[14] फिर हेब्बार ने परमाणु शक्ति के महाविस्फोट पर एक चित्र दुबारा बनाया जिसे ऑस्ट्रेलिया के राष्ट्रसंघ में प्रदर्शित किया गया।[15] वे बहुत ही संवेदनशील कलाकार थे। अकसर अपने आस–पास हो रहें बदलावों से वे स्पष्ट रूप से प्रभावित होते थे।

हेब्बार अपनी पेंटिग में बड़ी ही चतुराई से प्रतीकों का इस्तेमाल करते हैं हालांकि वे अपना विषय मानव को

14 *ललित कला कंटेम्परारी,* ललित कला अकादमी, रविन्द्रा भवन, नई दिल्ली, पृ० 5

15 हेब्बार के० के०, *कला व कलाकार,* अभिव्यक्ति पत्रिका में लेख, 16 दिसम्बर 2002, अभिगम तिथि– 15 सितम्बर 2022, www.abhivyakti-hindi.org/kaladirgha/kalaakaar/hebbar.htm

मानते हैं और सामाजिक सरोकार की आड में वे उन पारलौकिक प्रतीकों को बनाते है। एक साक्षात्कार के दौरान वे कहते भी है कि मुझे शिवलिंग, योनी, त्रिकोण, स्वास्तिक, सर्प आदि जैसे घिसे–पिटे, प्रतीकों की आवश्यकता नहीं है। कोई भी इन्हें काम्पैक्ट पैटर्न के पुनर्व्यवस्थित कर सकता है और फिर बेहद प्राच्य होने का दावा भी कर सकता है। किंतु मैं अपने प्रतीक स्वयं बनाता हूँ। मैं किसी भी चीज को भावुक व रूमानी नहीं बनाता। मैं बस अपने व्यक्तिगत प्रतीकों का उपयोग सच्चाई पर जोर देने के लिए करता हूँ।[16]

के० के० हेब्बार ने परमाणु विनाश के अलावा गरीबी, भुखमरी जैसे विषयों पर भी अपनी बात प्रमुखता से रखी है जो दर्शक को भयावह परिणामों के प्रति आगाह करती हुई स्पष्ट दिखाई देती है।

बाद के कार्यो में हेब्बार ने वैज्ञानिक और तकनीक विकास की ओर ध्यान दिया। दो विश्व युद्धों से गुजरने के बाद, हेब्बार की विज्ञान के प्रति आकर्षण बिना किसी परेशानी के नहीं है। वे कहते भी थे कि मैं विनाश के उन बीजों के प्रति सचेत था जो तकनीक अपने गर्भ में लिए हुए थी।[17]

के० के० हेब्बार कला को सदैव राजनीतिकरण से दूर रखने के पक्ष में थी। इसी कारणवश वह किसी भी कलाकार ग्रुप के सदस्य नहीं बना। 1970 के बाद की अवधि के उनके चित्र जीवन की वास्तविकता को प्रकट करते प्रतीत होते हैं। वे अपने आस–पास की दुनिया के प्रति जागरूक हुए। ज्ञानपीठ पुरस्कार विजेता शिवराम कारंत हेब्बार के करीब दोस्त थे। हेब्बार 1975 से 1993 के बीच कला अकादमी, बर्लिन के संबंधित सदस्य भी रहे।

के० के० हेब्बार का विवाह श्रीमती यमुना से हुआ और इनके तीन बच्चे थे। इन्हें अपनी बेटियों रेखा हेब्बार तथा रजनी हेब्बार से लगाव होने के कारण उन्होंने इनके लालन–पालन व शिक्षा में अपनी तरफ से कोई कसर नहीं छोड़ी। बाद में विवाह के उपरांत रेखा राव कलाकार बनी और रजनी प्रसन्ना कला इतिहासकार बन गई।

हेब्बार साहब अकसर कहा करते थे कि अपनी महान सांस्कृतिक विरासत छोड़कर पश्चिम का अंधानुकरण न करें। हमारे पूर्वजों ने भी अजंता, एलोरा जैसा महान सृजन किया है। हमें उनसे प्रेरणा लेकर अधिक ऊँचाई तक जाना चाहिए न कि इनकी नकल करके निर्माण करें। परेशानी तब होती है जब हम नकल करते हैं। मैं नकल के सख्त खिलाफ हूँ।

हेब्बार का सफर बहुत लंबा हो चुका था। माना कि रेखा अनंत है परंतु वह रेखा जिसका प्रारंभ भी है और अंत भी है, उस जीवन रेखा का अंत हेब्बार के सफर में 26 मार्च, 1996 को 85 वर्ष की आयु में मुंबई में हुआ। मरणोपरांत उनकेकार्य को अनेक प्रदर्शनियों में प्रदर्शित किया गया। उनकी बेटियों ने पिता की विरासत को दुनिया के सामने पेश किया। कला के इतिहास में इस रेखा के जादूगर को कभी ना भुलाया जा सकेगा। जैसा कि हेब्बार के बारे में प्रारंभ में कहा भी गया था कि "रेखा ने उसको भी अनंत बना दिया" सत्य साबित हुआ।

4.2 सैयद हैदर रज़ा

'बिंदु' अगर ज्यामिती में आए तो प्रांरभ करता है, अंग्रेजी में आए तो वाक्य का अंत कर देता है, हिंदी में आए तो मोतियों की तरह सज जाता है, बिंदु से आकृतियाँ और आकृतियों से कला बनती है। ध्यान 'बिंदु' पर

---

16 रमन, ए० एस०, *द क्रिटिकल विज़न : सलेक्टेड राइटिंगस*, ललितकला अकादमी, नई दिल्ली, 1993, पृ० 65

17 https://www.christies.com/en/lot/lot-4876296

जिसने लगाया, उसने एकाग्रता को पाया। सब इससे ही आया और फिर इसमें ही समाया।

भारत के मध्यप्रदेश राज्य के मंडला जिले में बाबरिया नामक स्थान पर जिले के उप वन अधिकारी सैयद मोहम्मद रज़ा को अपनी पत्नी ताहिरा बेगम द्वारा 22 फरवरी 1922 को पुत्र रत्न की प्राप्ति हुई। घर में खुशियों का माहौल था। इस लड़के का नाम 'सैयद हैदर रज़ा' रखा गया। इस परिवार में इस्लाम के अनुसार हर कार्य किया जाता किंतु हिन्दू रीति–रिवाज का भी सम्मान उनके भीतर था।

धीरे–धीरे जब 'रज़ा' बड़ा हुआ तो उनके जीवन के प्रारंभिक वर्ष घर पर ही गुजरे। इन्होंने 12 वर्ष की उम्र में चित्रकला सीखी, फिर उसके बाद 13 वर्ष की उम्र में मध्य प्रदेश के 'दमोह' चले गए। दमोह जाकर इन्होंने राजकीय उच्च विद्यालय, दमोह से अपनी स्कूली शिक्षा प्राप्त की। फिर इसके बाद उन्होंने नागपुर जाकर नागपुर कला विद्यालय (1939–43) में चित्रकला का ज्ञान प्राप्त किया। सर जे० जे० कला विद्यालय, बंबई (1943–47) से अपनी आगे की पढ़ाई पूरी की।

मुम्बई रज़ा के लिए एक नया शहर और एक नया अनुभव था। अब वो युवावस्था में प्रवेश कर चुके थे, जबकि उनका बचपन दमोह, काकैया, मंडला में बीता था। बचपन के दिन उनके नर्मदा नदी के आसपास के जंगलों में और गोंड जनजाति के बीच बीते, क्योंकि पिता उप वन अधिकारी थे इसीलिए इनका जंगली जानवरों और वनों से खास लगाव रहा है।

रज़ा का कहना है कि न केवल भारत में बल्कि सम्पूर्ण एशिया में यह संबंध व लगाव 'मनुष्य और प्रकृति' अत्यंत महत्त्वपूर्ण है जो जीवनभर मेरे साथ जुड़ा रहा।[18] इनके परिवार में माता–पिता के अलावा चार भाई सईद युसुफ रज़ा, सैयद इमाम अली, सैयद हसन इमाम, सैयद मोहसिन रज़ा और एक बहन मोहम्मदी बेगम थी। इनकी शिक्षा व पालन–पोषण पर इनके माता–पिता बहुत ध्यान रखते थे। 'रज़ा' ने स्कूल में अपने शिक्षकों से हिंदू दर्शन और वेदों के बारे में बहुत कुछ सीखा जबकि इनके घर पर इस्लाम का अभ्यास किया जाता था। प्राथमिक विद्यालय में प्रधानाध्यापक, श्री नंदलाल झरिया ही वो व्यक्ति को जिन्होंनें स्कूल की दीवार पर एक 'बिंदु' लगाकर 'रज़ा' का उस पर ध्यान लगवाकर एकाग्रता का ऐसा पाठ पढ़ाया कि यही बिंदु इनके जीवन में आमूल परिवर्तन का कारण बना।[19]

सन् 1943 में उनकी मुलाकात प्रसिद्ध यूरोपीय कला समीक्षक रुडॉल्फ वॉन लेडेन से बॉम्बे ऑर्ट सोसाईटी में हुई। वर्ष 1947 में के० एच० आरा, एच० ए० गाडे, एस० के० बाकरे ने एक 'प्रोग्रेसिव आर्टिस्ट ग्रुप' का गठन किया। इस संघ ने अपना एक घोषणापत्र पेश किया, जिसके तहत इस प्रगतिशील कलाकार संघ ने बंगाल स्कूल ऑफ ऑर्ट (बंगाल शैली) की राष्ट्रवादी परंपरा को खारिज कर दिया। इस संघ ने भारतीय कला की एक नई पहचान कायम करने के लिए नए यूरोपीय कला आंदोलनो को अपनाया। गीता कपूर, जो कि कला इतिहासकार के रूप में कार्यरत थी, उन्होने कहा कि भारतीय आधुनिक कला के क्षेत्र में प्रोग्रेसिव आर्टिस्ट ग्रुप के कलाकार ही सबसे 'सही' आधुनिकतावादी थे।

एम० एफ० हुसैन, के० एच० आरा, एफ० एन० सूजा और एस० एच० रज़ा, संस्थापक सदस्य, आजादी के बाद के दशकों में सबसे सफल कलाकार बन गए। नाजियों के तीन शरणार्थियों द्वारा उन्हें आधुनिकता में शामिल किया गया। अभिव्यक्तिवादी चित्रकार वाल्टर लैंगहैमर, जो 1938 में टाइम्स ऑफ इंडिया में कला

---

18 बिकलमैन, उर्सुला एंव निसिम एज़ेकी, *कलाकार आज : पूर्व पश्चिम दृश्य कला मुठभेड़,* द मार्ग फाउण्डेशन, 1 दिसम्बर 1987, पृ० 15

19 *रज़ा,* ललित कला अकादमी, रवीन्द्र भवन, नई दिल्ली, 1990, पृ० 1

निर्देशक के रूप में शामिल हुए उनके गुरू बने। इमैनुएल स्लेसिंगर, जिन्होंने बम्बई में एक दवा कम्पनी स्थापित की उनके मुख्य संग्रहकर्ता बने और रूडीवॉन लेडेन, जो कला समीक्षक के रूप में टाइम्स ऑफ इंडिया में शामिल हुए, ने उनके कारण का समर्थन किया। तीन प्रवासियों ने कट्टरपंथी उपन्यासकार मुल्कराज आनंद और प्रभावशाली केमोल्ड गैलरी के मालिक केकू गांधी के साथ शामिल हो गए। इसके अन्य सदस्य एस० के० बाकरे और एच० के० गाड़े थे, जो बाद में कृष्ण खन्ना और वी० एस० गायतोंडे से जुड़ गए। सूजा सबसे मुखर व्यक्ति, ने अपने औपचारिकतावादी सिद्धांत को प्रतिपादित किया ''सौन्दर्य व्यवस्था, प्लास्टिक समन्वय और रंग संरचना के मौलिक और शाश्वत नियम। प्रगतिशील कलाकार दयालु आत्माएँ थी, जिनमें से कई आंद्रे लोटे के अधीन प्रशिक्षित थे जिनमें बॉम्बे से अकबर पद्मसी (1928), जहागीर सबावाला (1922), उतर भारत से रामकुमार (1924), निरोद मजूमदार (1916–82) शामिल है और कलकत्ता से परितोष सेन (1918) और पाकिस्तान में लाहौर से जुबेदा आगा (1922–97) शामिल थे।''[20]

वर्ष 1940 के शुरूआती दौर में परिदृश्यों, शहरी परिवेश के चित्रों का निर्माण 'रज़ा' का विषय रहा, परन्तु बाद में उनकी कला का झुकाव चित्रकला की गहन अर्थपूर्ण भाषा, मस्तिष्क के चित्रण की ओर हो गया। सैयद हैदर रज़ा की पहली एकल प्रदर्शनी सन् 1946 में बॉम्बे ऑर्ट सोसायटी में प्रदर्शित हुई। सोसायटी ने उन्हें रजत पदक से सम्मानित किया। सन् 1947 में उन्होंने के० एच० आरा तथा एफ० एन० सूजा (फ्रांसिस न्यूटन सूजा) के साथ मिलकर 'बॉम्बे प्रोग्रेसिव आर्टिस्ट ग्रुप' की स्थापना की। इस ग्रुप का मुख्य उद्देश्य भारतीय परम्परावादी कला के प्रभावों से मुक्ति और इसमें नवीन अंतर्दृष्टि का समावेश करना था। इस ग्रुप ने अपनी पहली कला प्रदर्शनी सन् 1948 में आयोजित की।

प्रोग्रेसिव आर्टिस्ट ग्रुप ने लोगों पर बहुत प्रभाव डाला। इसे बहुत प्रशंसा तथा प्रतीकूल आलोचना दोनों ही प्राप्त हुए। सभी बहुत उत्साहित थे। कला संरक्षकों ने कला के लिए संरक्षण की कमी पर अफसोस जताया, तो दूसरी तरफ बुद्धिजीवियों ने विस्तृत सौन्दर्य सिद्धांतों को प्रतिपादित किया, देश भक्तों ने आधुनिक कला की निंदा की। किंतु कुछ कला समीक्षकों और कला प्रेमियों भारतीय व यूरोपीय ने इस नई पहल की गतिशीलता को पहचाना और हमें पूरे दिल से समर्थन भी दिया।[21]

दो प्रमुख प्रदर्शनियों ने उस समय के कलाकारों को बहुत उत्तेजित किया। पहली जो प्राचीन भारतीय कला की विशाल प्रदर्शनी थी। फिर से प्राचीन मूर्तिकला व चित्रकला जीवन शक्ति बनकर वापिस घर आई। दूसरी बुंबई में फ्रांसीसी वाणिज्य दूतावास द्वारा प्रस्तुत आधुनिक फ्रांसिसी चित्रकारों के बड़े प्रिंट शामिल थे, जो ब्रॉक, राउल्ट व मातिस के कार्यों को लेकर थे। इस समय इरविंग स्टोन की किताब 'लस्ट फॉर लाइफ' ने विन्सेंट वॉन गॉग के भावुक जीवन को खोलकर रख दिया था। रज़ा साहब कहते है कि अब हमारे अंदर अंतर्राष्ट्रीय कला केन्द्रों में मूल कार्यों को देखने की इच्छा जगी। अंततः बहुत से कलाकार यूरोप के लिए निकल पड़े। सामंत व गायतोंडे समूह को विस्तृत करने के लिए ग्रुप से जुडे। हालांकि हमारा विदेश में जाना कोई बाधा नहीं थी इसके विपरित पेरिस या लंदन में प्राप्त सफलता से हमारे काम की जीवन शक्ति की पुष्टि हुई और समकालीन भारतीय चित्रकला और मूर्तिकला के लिए नए क्षैतिज्ञ खोले। समय के साथ अब भ्रातृ, संघ निरंतर बैठके और चर्चाएँ, प्रारंभिक अवस्था के वे आवश्यक विश्लेषण सब अब बेमतलब से प्रतीत होने लगे। सयम बीतने के साथ आंतरिक संवाद आरंभ हुआ और समूह के लगभग हर सदस्य ने अपनी व्यक्तिगत आकांक्षाओं, आवेगों व अंतर्ज्ञानों का जवाब अपने स्वयं के विशिष्ट पथ का अनुसरण करके दिया। इस प्रकार समूह अपने

---

20 मित्तर, पार्थ, *भारतीय कला,* आक्सफोर्ड यूनिवर्सिटी प्रेस, न्यूयार्क, पृ० 206

21 वही, पृ० 16

दृश्यों से दर किनार हो गया और 1956 में इसे भंग कर दिया गया।[22]

लेकिन वर्ष 1947 और 1948 ने उनके जीवन को झकझोर दिया क्योंकि वर्ष 1947 में भारत–पाक विभाजन हुआ। तब हालात बद से बदतर हो गए। इसके बारे में सैयद हैदर रज़ा ने कहा कि एक तरफ यह राष्ट्रीय त्रासदी थी तो दूसरी तरफ मेरे परिवार के लिए निजी इतिहास के रूप में, 1947–48 के यह महत्त्वपूर्ण वर्ष त्रासदी और जुदाई के वर्ष थे। जुलाई 1947 में मेरी माँ का मुंबई में अपने घर में निधन हो गया, 1948 में साल के शुरूआत में मेरे पिता का मंडला में निधन हो गया। दंगो और हत्याओं और नफरत से भरी इस अवधि के साथ मेरा निजी इतिहास और खो देने की मेरी व्यक्तिगत भावना जुड़ी है। साम्प्रदायिक उन्माद का प्रकोप और सबसे बढ़कर गांधी जी की हत्या। रातों–रात सबकुछ अंधकारमय, निराशा और खाली दिखाई देने लगा। धीरे–धीरे हम शून्य से उभरने लगे। अब हम उन शक्तियों को समझना चाहते थे जिन्होंने हमें आकार दिया, वह नियति जो हमारी होनी थी। हम अपने मूल्यों, संस्कृति व कला के बारे में सोचने लगे जिससे हमारे जीवन में ही जाँच का एक बेहद बेचैन दौर आरंभ हुआ।[23]

सैयद हैदर रज़ा के दो प्रमुख चित्र 'सिटीस्केप' (1946) और 'बारामुला इन रुइन्स' (1948) भारत के विभाजन तथा मुंबई के दंगो में मुसलमानों के उत्पीड़न के दुख को दर्शाते हैं। संवेदनशील और चौकस रहते हुए एक अल्पसंख्यक बनकर जीना, ऐसा जीवन दुनिया भर में अनेकों लोग रोजाना जीते हैं। रज़ा के अधिकतर शहरी दृश्य के चित्र महरूम हैं, निर्जन हैं। उनमें कोई पक्षी तक भी चित्रित नहीं है। उन चित्रित शहरों में सन्नाटा है।

रज़ा साहब बताते है कि मुझे गाँव से जाकर बाहर समायोजन में बहुत जटिलताओं का सामना करना पड़ा। मनोविज्ञान व मनो–विश्लेषण की समस्या, धार्मिक आस्था से द्वंद्वात्मक, भौतिकवाद, विकासवादी परिवर्तन से क्रांतिकारी परिवर्तन, लोककला से पॉपुलर कला और आधुनिक चित्रकला की नयी प्रवृत्तियों के साथ भिडंत ने मुझे बेचैन कर दिया था। यहाँ मेरा युवा होना एक सौभाग्य की बात तो थी ही किंतु एक जिम्मेदारी भी थी। हर विषय जैसे– परिवार, समाज, अर्थव्यवस्था, धर्म और कला पर तर्कसंगतता से बहुत कुछ सीखना था। उन रोमांचक दिनों में मैं खोजता था।[24]

उन दिनों बुंबई की कला दुनिया में समकालीन दृश्य के बारे में जागरूकता बढ़ रही थी। कई विचार थे जिन्हें शहर के कई चित्रकारों द्वारा अलग–अलग तरीके से सांझा किया जा रहा था। समकालीन फ्रांसीसी कला और जर्मन अभिव्यक्तिवादियों ने हम पर गहरा प्रभाव डाला था। किंतु मुगल और फारसी लघुचित्रों की तुलना में राजपूत और जैन चित्रकला अधिक महत्त्वपूर्ण लगी। अब हमें यह एहसास हुआ कि पेंटिग की प्रासंगिकता मात्र विषय या थीम में ही नहीं है बल्कि उन ऑर्केस्ट्रेशन के एक नए कथित औपचारिक क्रम में भी है।

कुछ समय बाद रज़ा ने फ्रांस जाने का निश्चय किया। यह विचार रज़ा को तब आया जब उन्होंने 1948 ई० में कश्मीर में यात्रा के दौरान वहाँ स्वतंत्र भारत की कश्मीर में पहली प्रदर्शनी के आयोजन के दौरान उनकी मुलाकात प्रसिद्ध फ्रांसीसी फोटोग्राफर हेनरी कार्टियर ब्रेसन के साथ मुलाकात हुई। फ्रांसीसी फोटोग्राफर की सलाह पर रज़ा ने फ्रांसीसी प्रभाववादी गुरु पॉल सेजॉन (वाजपेयी और इस्साक 2016) के कार्यों का अध्ययन

---

22 मित्तर, पार्थ, *भारतीय कला,* आक्सफोर्ड यूनिवर्सिटी प्रेस, न्यूयार्क, पृ० 18

23 बिकलमैन, उर्सुला एंव निसिम एज़ेकी, *कलाकार आज : पूर्व पश्चिम दृश्य कला मुठभेड़,* द मार्ग फाउण्डेशन, 1 दिसम्बर 1987, पृ० 15

24 बिकलमैन, उर्सुला एंव निसिम एज़ेकी, *कलाकार आज : पूर्व पश्चिम दृश्य कला मुठभेड़,* द मार्ग फाउण्डेशन, 1 दिसम्बर 1987, पृ० 16

करने का निर्णय लिया। हेनरी ने रज़ा से कहा कि आप प्रतिभाशाली हैं लेकिन आपको अपनी पेंटिग का निर्माण करना चाहिए व सेजान का अध्ययन करें।[25] 1948 ई० में फ्रांसीसी वाणिज्य दूतावास द्वारा आयोजित मातिस, ब्रॉक, सेजॉन, पिकासो के प्रिंटस की प्रदर्शनी ने इन यूरोपीय कला आचार्यों (वाजपेयी और इस्साक 2015) के मूल कार्यों का अध्ययन करने की उनकी इच्छा को और मजबूत किया। सन् 1949 में फ्रांसीसी सरकार की छात्रवृत्ति ने उन्हें इकोले नेशनल सुपरियर डेस बीक्स आर्टस, पेरिस (1950–53) में अध्ययन करने की अनुमति दे दी। वर्ष 1950 में फ्रांस जाने से पहले उनकी कृतियों को भारत और लंदन में चार एकल प्रदर्शिनयों और छह समूह प्रदर्शनियों में प्रदर्शित किया जा चुका था।

पेरिस में 'इकोल डे ब्यू आर्टस' में कला के अध्ययन के दौरान उनकी मुलाकात जेनाइन मोंगिल्लेट से हुई जो बाद में रज़ा की दोस्त बन गई और फिर यही दोस्ती प्यार में बदल गई। वर्ष 1959 में रज़ा ने जेनाइन से विवाह कर लिया, जो बाद में एक प्रसिद्ध कलाकार और मूर्तिकार बनी। जब रज़ा जेनाइन को अपने साथ भारत वापस लाना चाहते थे, तो जेनाइन की माँ ने फ्रांस छोड़ने से मना कर दिया। जेनाइन की माँ के अत्यंत अनुरोध करने पर रज़ा ने फ्रांस में ही रहने का फैसला कर लिया। फ्रांस में उनकी पहली प्रदर्शनी 1952 में सेंट प्लासाईड गैलरी में आयोजित की गई। इस प्रदर्शनी में उनके दोस्तों फ्रांसिस न्यूटन सूजा और अकबर पदमसी ने उनके कार्य को सराहा। 1952 तथा 1953 में क्रुज गैलरी में उनकी प्रदर्शनियों ने प्रसिद्ध फ्रांसीसी आलोचक जैक्स लसैग्ने का ध्यान आकर्षित किया, जिन्होंने संयोग से कलाकार ले सोलेइल नोयर का कागज पर गौशे द्वारा चित्रित बहुत प्रसिद्ध कार्य भी खरीदा। 1955 में रज़ा ने एक उपन्यास के लिए कवर भी बनाया। इस उपन्यास का नाम था 'कास्त्रो डी फेरेरा के ला फोरेट विर्ज'। इसका अनुवाद एक विख्यात लेखक और अनुवादक सेंडर्स ब्लेज द्वारा फ्रेंच भाषा में किया गया। वर्ष 1956 में सैयद हैदर रज़ा प्रतिष्ठित प्रिक्स डे ला क्रिटिक पुरस्कार जीतने वाले पहले विदेशी कलाकार बने।[26] सन् 1958 में लारा विंसी गैलेरी, फ्रांस में उनकी पहली एकल प्रदर्शनी आयोजित हुई। इसके कैटेलॉग के लिए जैक्स लैसेन ने प्रस्तावना लिखी। रज़ा स्कूल ऑफ पेरिस के भी सदस्य थे। वर्ष 1960 में संयुक्त राज्य अमेरिका की उनकी यात्रा से पहले उनके कार्यों को वेनिस बिनाले, पेरिस में बिनाले 57, बिनाले डी साओ पाउलो, बिनाले डी ब्रुसेल्स, सैलून डी माई में दिखाया गया था।

सन् 1960 में ही सैयद हैदर रज़ा ने बर्कले विश्वविद्यालय का दौरा किया, जहाँ उन्हें 6 महीने के लिए अतिथि व्याख्याता के रूप में आमंत्रित किया गया, जोकि रज़ा ने स्वीकार कर लिया। इस अवधि के दौरान वह न्यूयार्क स्कूल के कलाकारों के संपर्क में आए और मार्क रोथको और हैंस हॉफमैन जैसे विख्यात कलाकारों के कार्यों की खोज की। बर्कले विश्वविद्यालय में एक निवास के दौरान जैक्सन पोलॉक और मार्क रोथको जैसे कलाकारों से कुछ हद तक प्रभावित हुए।

सैयद हैदर रज़ा द्वारा बनाए गए पेरिस के 'ब्लैक सन' (1953) तथा 'हॉट डे केन्स' (1951) नामक चित्रों में घरों व कार्यस्थलों के बंद समूह दर्शाए गए हैं। जो गर्म, असुविधाजनक और निर्जन हैं। जब उनके समकालीन चित्रकार कला में औपचारिक विषय चुन रहे थे तब रज़ा ने 1940 और 1950 के दशकों के परिदृश्यों के चित्रण पर ध्यान केंद्रित किया। प्रारंभ में फ्रांस के ग्रामीण इलाकों व ग्राम्य जीवन ने रज़ा को बहुत आकर्षित किया। लेकिन फिर उन्हें अचानक अपने ही काम से बेरुखी हो गई।

---

25 सेन, गीती, *बिन्दु : स्पेस एण्ड टाइम एन रज़ा विजन,* मीडिया टांसेसिया लिमिटेड, हांगकांग, नई दिल्ली, पृ० 43

26 गांगूली डॉ० मंजूषा, *चित्रकला रजा : परम्परा और परिवेश,* समानान्तर प्रकाशन, 7/7 दरियागंज, नई दिल्ली 110002, पृ० 15

1970 के दशक तक रज़ा अपने काम से बहुत अधिक नाखुश और बेचैन हो गए थे और अपने काम में एक नई दिशा और गहरी प्रामाणिकता खोजना चाहते थे। जिसे वे 'प्लास्टिक कला' कहते थे उससे दूरी बनाना चाहते थे। भारत की उनकी यात्राएँ, विशेष रूप से अजंता–एलोरा की गुफाओं की यात्रा, बनारस, गुजरात व राजस्थान की यात्राओं ने उन्हें भारतीय संस्कृति का अधिक बारिकी से अध्ययन करने के लिए प्रेरित किया। जिसका परिणाम 'बिंदु' था। बिंदु की उत्पत्ति का एक कारण वह अपने प्राथमिक विद्यालय के शिक्षक को बताते हैं जिन्होंने उनमें पर्याप्त एकाग्रता की कमी पाते हुए ब्लैकबोर्ड पर एक बिंदु बनाया और उन्हें उस पर ध्यान केंद्रित करने के लिए कहा। बिंदु के बाद उन्होंने अगले दशकों में त्रिभुज (त्रिकोण) के आसपास के विषयों को शामिल करने के साथ अपने विषयगत कार्यों में नए आयाम जोड़े। जिससे अंतरिक्ष और समय की भारतीय अवधारणाओं को बल मिला। साथ ही 'प्रकृति–पुरूष' (महिला और पुरूष) के रूप में एक अभिव्यक्तिवादी से अमूर्तता और गहनता के स्वामी में उनका परिवर्तन पूरा हो गया। रज़ा बिंदु को सृजन और अस्तित्व के केन्द्र के रूप में देखते हैं जो रूपों और रंगों के साथ–साथ ऊर्जा, ध्वनि, स्थान और समय की ओर बढ़ रहा है। 2000 के करीब उन्होंने भारतीय आध्यात्मिकता पर अपनी गहरी अंतदृष्टि और विचारों को व्यक्त करना शुरू किया व कुण्डलिनी, नागा, पंचभूत आदि विषयों पर कार्य किया।[27]

जिस तरह से रज़ा के कला जीवन का जब उत्थान हुआ था तो तभी 1947 में माँ तथा 1948 में पिता के निधन ने उनको व्यथित कर दिया। वैसे ही जब 1980 के दशक में रज़ा की कला का पुनर्उत्थान हुआ तो समय ने रज़ा को फिर अंधेरे में धकेल दिया। 5 अप्रैल 2002 को पेरिस में जेनाईन की मृत्यु हो गई। अब फ्रांस को उन्होने हमेशा के लिए अलविदा कह दिया और रज़ा भारत आ गए।

वर्ष 2010 में रज़ा जब भारत वापस आए थे तो उन्होंने अपने कवि मित्र अशोक वाजपेयी के साथ 'रजा फाऊंडेशन' की स्थापना की ताकि भारतीय कला और संस्कृति को बढ़ावा दिया जा सके। इसके लिए उन्होने फाऊंडेशन में युवा कलाकारों, लेखकों, इतिहासकारों के लिए छात्रवृत्ति की सुविधा प्रदान की।

रज़ा का कहना था कि चित्रकला मात्र बौद्धिक विचार–विमर्श और विश्लेषण का प्रश्न नहीं है। निश्चित रूप से कलाकार के पास एक सोचने का तरीका होना चाहिए। कार्य करने में जूनुनी होना बेहद जरूरी है केवल इसी चीज से हम अनंत काल तक पहुँच सकते हैं लेकिन यात्रा, भ्रमण, पठन–पाठन, विचार–विमर्श, बैठक आदि के दौर के बाद जो कुछ भी निर्माण काल में अत्यंत उपयोगी है, उसके बाद आपको अपने आप में वापस आना चाहिए। स्वयं को खाली करना होगा और आपको फिर से शुरूआत करनी होगी। उम्मीद है तभी जीवन शुरू होगा हम भारत में सदियों से हमारे पास आने वाले सभी प्रकार के विचारों के सम्पर्क में है और मुझे लगता है कि हमारे पास उन्हें आत्मसात् करने की क्षमता है।[28]

उनको अपने कार्यों के लिए 2007 में पद्म भूषण और 2013 में पद्म विभूषण पुरस्कार प्राप्त हुआ। उनको फ्रांसीसी सरकार से कमांडर डील आर्ड्रे नेशनेल डे लॉ लीजीयन डी होनर पुरस्कार भी प्राप्त हुआ था। उन्होने अपने जीवन में देश–विदेश में बहुत प्रदर्शनियाँ लगाई और अपने कार्य से कई पुरस्कार और सम्मान अर्जित किए तथा अनेकों संग्रहालयों में उनकी कला को स्थान दिया गया।

दिसंबर 1978 में भारत की मध्य प्रदेश सरकार ने उन्हें विशेष और कृतज्ञ श्रद्धांजलि दी और अब भोपाल में उनकी कलाकृतियों का एक स्थायी संग्रह है। इसके अलावा उनकी कलाकृतियों को विदेशों में भी देखा जा

---

27 https://www.Indiaart.com/artists/s-h-raza.asp

28 बिकलमैन, उर्सुला एंव निसिम एज़ेकी, *कलाकार आज : पूर्व पश्चिम दृश्य कला मुठभेड़,* द मार्ग फाउण्डेशन, 1 दिसम्बर 1987, पृ० 15

सकता है। जैसे – बिब्लियोथेक नेशनल, सेर पींपीडो तथा फ्रांस में मुसी ऑर्ट माडर्न डे ला विले डे पेरिस और लंदन में ब्रिटिश संग्रहालय, अबू धाबी में लौवर एशिया सोसाइटी तथा यू० एस० ए० में पीबॉडी एसेक्स संग्रहालय आदि।

जब 1980 में 'बिंदु' की वजह से उनकी कला में क्रांतिकारी बदलाव आए तो उनके चित्रों में अर्थ अत्यंत गूढ़ हो गए। रज़ा ने बिदुं को अस्तित्व और रचना का केंद्र माना जो रूप–रंग सहित उर्जा, ध्वनि, अंतरिक्ष, समय की दिशा में प्रगति कर रहा है। सन् 2000 में उनके काम में एक बदलाव आया, जब उन्होने कुंडलिनी, नाग, विषयों पर चित्र बनाकर अपनी भारतीय अध्यात्म के प्रति बढ़ती अंतदृष्टि को अभिव्यक्त किया। बाद में चित्रित चित्रों में भावनाओं का चंद्र और सौरमंडल, अनहद नाद त्रिकोण, शांति प्रदर्शित की गई है।

23 जुलाई 2016 को सैयद हैदर रज़ा का देहांत हो गया। जिस 'बिंदु' से बचपन के स्कूल में इनकी जागृति का सफर शुरू हुआ, अंत में उसी बिंदु पर आकर सब विलीन हो गया। जैसे ब्रह्मांड शून्य से प्रारम्भ होकर शून्य में ही नष्ट हो जाता है। जैसा कि इस जीवनगाथा के प्रारंभ में कहा गया था जोकि बिंदु को समर्पित है। 'सब इससे ही आया और फिर इसमें ही समाया' 'बिंदु से प्रारंभ है, बिंदु में ही अंत है।'

4.3 वी० एस० गायतोंडे

समुद्र अनंत, अथाह, विशाल होता है। समुद्र अपने आप में पूरी एक दुनिया है उन जलचरों की, जो इसमें रहते हैं। इसकी गहराई से भी गहरे, इसके रहस्य हैं। समुद्र ने अपने भीतर वक्त को सँभालकर रखा है। ये सब कुछ जानते हुए भी शांत रहता है। समुद्र अपनी असीम विशालता के नजारे से दर्शक को इस कदर सम्मोहित कर लेता है कि इसकी लहरों के पीछे सूदूर क्षितिज से सूर्यास्त व सूर्योदय दोनों ही जीवन का सार बताते हुए प्रतीत होते हैं। कुछ लोग समुद्र में खोज करते हैं तो कुछ समुद्र को देखकर स्वयं की खोज करते हैं। ऐसा ही एक शख्स था जो घंटो तक बैठकर समुद्र का दीदार करता था ऐसा लगता था मानो वह समुद्र से बात कर रहा हो और जीवन का शाश्वत सत्य सीख रहा हो। समुद्र और वासुदेव का रिश्ता बहुत पुराना था।

वासुदेव ने कम उम्र में ही गोवा में रहकर स्वयं में लीन होकर कला गुण विकसित किया जो अंकुर से फूल बनकर प्रफुल्लित हुआ। वासुदेव गायतोंडे के प्रारंभिक जीवन की जानकारी मीरा मेनेजेस के लेख में मिलती है, जो 1997 में लिए गए गायतोंडे के साक्षात्कार पर आधारित है। मीरा लिखती है कि जैसे–जैसे वासुदेव बड़े होते गए, कला के प्रति उनका जूनून और अधिक तीव्र होता गया, एक जूनून की सीमा पर। वह समय और स्थान को भूलकर अपनी ड्राईंग सामग्री को फर्श पर फैला देता था और घंटो पेंट करता था। हर बार, वह गलती से अपने ब्रुश को एक कप चाय में डुबो देता था, जिसे उसकी माँ ने प्यार से उसके लिए तैयार किया था। हालाँकि कि वह जानता था कि उसके पिता ने कला में उसकी रुचि को अस्वीकार कर दिया था।

वासुदेव बचपन में तो जैसे–तैसे अपने पिता की कला के लिए नफरत बर्दाश्त कर गया, परन्तु जब थोड़े बड़े हुए तो इतने वर्षों तक अपनी कला के लिए मिली नफरत से वो इतना आहत हुआ कि उसने घर छोड़ दिया। समुद्र में उठा ज्वार भी शांत होकर भाटा बनकर पानी वापिस ले आता है, लेकिन गायतोंडे के व्यथित हृदय में विचारों का ऐसा तूफान आया कि इन्होने फिर कभी जीवन में अपने परिवार को नहीं देखा। गृहत्याग करने के कारण ही लोग गायतोंडे को 'वैरागी' कहने लगे थे। कला समीक्षक ज्ञानेश्वर नाडकर्णी के अनुसार 'उन्होने अपने करियर के शुरूआत में ही अपने परिवेश की हर चीज से खुद को अलग कर लिया था, जिसे वह एक

चित्रकार के रूप में प्रगति के लिए अप्रासंगिक मानते थे।''[29]

वासुदेव ने परिवार और यादों को बहुत पीछे छोड़ दिया। परिवार से विमुख होकर नाता तोड़ देने के कारण ही हमें उनके प्रारंभिक जीवन की जानकारी नहीं है। वासुदेव ने अपने पारिवारिक जीवन की जानकारी नहीं दी। कम उम्र में ही वे बॉम्बे चले गए और वहाँ गिरगांव के खोटाचीवाडी में एक मजदूर वर्ग के मकान में किराए का कमरा लेकर रहने लगे। ये दिन वासुदेव के संघर्ष और तंगहाली में गुजरे। जिस गायतोंडे को कला जगत जानता है, उसका उदय 1948 में हुआ जब उन्होंने सर जे० जे० स्कूल ऑफ ऑर्ट से स्नातक की योग्यता हासिल की। कला की तकनीकें और बारीकियों सीखकर अपने कला कौशल को विकसित किया।

सोनाटा ऑफ सॉलिटयूड' पुस्तक तीन भागों में प्रकाशित हुई। 2010 में इतने वर्षों बाद गायतोंडे के चले जाने के बाद उनकी ये पुस्तक पूरी हुई। मेनेजस ने कहा कि यह कुछ ऐसा है जिसे मैं इतने वर्षों से करना चाहती थी।

मीरा मेनेजस के अलावा पोद्दार और कला इतिहासकार यशोधरा डालमिया ने भी गायतोंडे के बारे में लिखा। यशोधरा डालमिया ने अपनी पुस्तक 'द मेकिंग ऑफ माडर्न इंडियन ऑर्ट : द प्रोग्रेसिव्स' के लिए गायतोंडे से मुलाकात भी की थी।

जे० जे० स्कूल ऑफ ऑर्ट में वह कलाकारों के संपर्क में आए तो उनकी कला में कई बदलाव हुए। 1948 से 1950 तक जे० जे० स्कूल ऑफ ऑर्ट के फैलो रहने के दौरान उन्होने प्रोफेसर जगन्नाथ एम० अहिवासी के अधीन अध्ययन किया। उन्होंने गायतोंडे को भारतीय भित्ति चित्रकला और लघुचित्रों से जुड़ी रचनात्मक तकनीकों से परिचित कराया।

वर्ष 1948–50 के बीच किशन खन्ना के साथ उन्हें बॉम्बे प्रोग्रेसिन्स आर्टिस्ट्स ग्रुप PAG में शामिल होने के लिए मकबूल फिदा हुसैन द्वारा आमंत्रित किया गया और गायतोंडे इस ग्रुप में शामिल हो गए। उन्होंने सक्रिय रूप से इस समूह की कई गतिविधियों में भाग लिया और भारत के साथ विदेशों में भी कई प्रदर्शनियों में उनके कार्य को प्रदर्शित किया गया। लेकिन वास्तविक सत्य यह था कि वे इस समूह की गौण गतिविधियों में शामिल रहे और फिर कुछ समय बाद उन्होंने इस ग्रुप के साथ काम करना बंद कर दिया। एक साक्षात्कार में जब गायतोंडे से इस बारे में पूछा गया तो उन्होंने कहा कि – मैं इससे अलग था।

एक बार उन्हें एक महिला से प्रेम हो गया और वे दोनों जीवन में बहुत करीब आ गए। एक दिन वह महिला जब गायतोंडे के घर आई और उसने एक रेफ्रिजरेटर खरीदने की इच्छा जताई तो इस एकाकी कलाकार ने अपने शादी के विचार पर तुरंत मन में पुर्नविचार किया और अपनी निजता और एकांत को खतरे में मानकर उन्होंने उस सुंदरी को यह कहकर चकमा दे दिया कि आज यह एक फ्रिज होगा, कल एक कार होगी।

उनके जीवन में महिला कलाकार प्रफुल्ल जोशी आई जिनका भूलाभाई इंस्टीटयूट में गायतोंडे की तरह अपना स्टूडियो था। एक बार फिर से नजदीकियाँ बढ़ी, बात शादी तक पहुँची और प्रफुल्ल की माँ ने भी इस रिश्ते को मंजूरी दे दी। परन्तु जैसे ही शादी के दिन नजदीक आए तो गायतोंडे ने अपने जीवन से इस दीवानी को भी अलविदा कर दिया। बाद में भूलाभाई इंस्टीटयूट में नसरीन मोहम्मदी भी गायतोंडे की दीवानी हो गई। नसरीन ने गायतोंडे से अपने स्टूडियो और काम को साझा किया, लेकिन भूलाभाई इंस्टीटयूट से चले जाने के बाद दोनों के रास्ते अलग हो गए। नसरीन चित्रों में अपनी रेखाओं के लिए जानी गई और गायतोंडे बाद

---

29 खासनिस, गिरिधर, ए साइलेंट मास्टर, अद्यतन तिथि– 1 फरवरी 2014, अभिगम तिथि– 22 जनवरी 2022, https://www.deccanherald.com/features/silent-maestro-2174568

में अपनी कला में अमूर्तता के लिए जाने गए।

बॉम्बे प्रोग्रेसिव आर्टिस्टस ग्रुप में कार्य करने के बाद वे तैयब मेहता की पसंद के रूप में सेमिनल प्रोग्रेसिव आर्टिस्टस ग्रुप में सहयोगी के तौर पर शामिल हो गए और गायतोंडे के लिए 'भूलाभाई मैमोरियल इंस्टीटयूट' मील का पत्थर साबित हुआ। प्रभावशाली शिक्षक शंकर बी पलसीकर के सम्पर्क में आने से गायतोंडे को भारतीय लघु जलरंग तकनीक से परिचय प्राप्त हुआ।[30]

पारम्परिक भारतीय चित्रकला के साथ साथ वे पाल–क्ले की चित्र शैली व विचारो से भी बहुत प्रभावित थे। 1950 व 1960 के दशक के दौरान इन प्रभावो ने उनके कलात्मक जीवन को एक आकार प्रदान किया।

1963 तक गायतोंडे को भारत से बाहर प्रसिद्धि मिलनी आरम्भ हो चुकी थी क्योंकि यह वो दौर था जब पश्चिमी दुनिया की संस्कृति व पुरातन कला की और आकृर्षित हुई। तंत्र, योग व आध्यात्मक के चिन्ह अब भारतीय की कला में देखे जाने लगे, जो अब मात्र खस्ता पश्चिमी अमूर्तन की नकल से बेहद उमदा थे। गायतोंडे ने न्यूयार्क में गैलरी 63 और लंदन में गैलरी वन' में सफल प्रदर्शिनियाँ आयोजित की। जिसके चलते 1964 में उन्हे रॉकफेलर फेलोशिप प्राप्त हुई जिसके तहत न्यूयार्क में साथ रहने के साथ–साथ बैंकॉक, टोक्यो और हांगकांग की यात्रा के लिए वजीफा भी दिया गया। जापान की उनकी यात्रा ने गायतोंडे पर स्पष्ट रूप से प्रभाव डाला। जिसमें 33 वर्ष की उम्र में उन्हे 1957 में टोक्यो में आयोजित युवा एशियाई कलाकारों की पहली प्रदर्शिनी में पुरस्कार जीता।[31]

1964 में रॉक फेलर के दौरान उनके कार्य में बहुत परिवर्तन आए। एक तो उनका एडॉल्फ गोटबिल जैसे मशहूर अमूर्त अभिव्यंजनवादी कलाकारों से मिलना जिससे उन्होंने गीतात्मक एवं अमूर्तता को जाना साथ ही उनके कार्यों को ''गैर–उद्देश्यपूर्ण'' (non – objective) कहना पसंद किया। दूसरा जापान की उनकी यात्रा ने भी उनके भीतर एक नई छवि को जन्म दिया उनके कालांतर कार्यों में जो कैलिग्राफी प्रभाव है वह मानो जापानी व चीनी सुलिपि से प्रभावित है क्योंकि इन देशों में चित्र के साथ लिपि का चलन होकोसाई से पहले ही चलन में था। इससे प्रेरित होकर उन्होंने पाली, प्राकृत जैसी दिखने वाली भारतीय लिपि के रूपों को 'लिफट अप' प्रक्रिया द्वारा बनाया जिसमें समाचार पत्रों आदि के टुकड़ों को कैनवास पर रखकर ऊपर से रोलर द्वारा भिन्न–भिन्न रंगो की तानो को हल्का व गहरा लगाकर बाद में टुकड़ों को उठा लिया जाता था। जिससे एक अद्‌भुत दिव्य प्रकाशमय रोशनी बाहर आती प्रतीत होती थी।

कला समीक्षक गायत्री सिन्हा ने कहा है कि गायतोंड़े के रंगों की आकर्षक पारदर्शिता और स्पष्ट रूप से रुचि के साथ स्पेस में रहने वाले बदलते रूप उनके लगभग 5 दशक लंबे करियर का मुख्य आधार थे।

कला जगत में दर्शकों ने गायतोंडे की पेंटिंग पर अपने–अपने तरीके से व्याख्या दी। पुणे स्थित वास्तुकार लेखक और अकादमिक नरेंद्र डेंगले ने वासुदेव के चित्र को देखते हुए कहा था कि जैसे ही मैंने इसे देखा मैं गहराई में चला गया। एक पल के लिए मैं इसकी गहराई के भीतर की शांति में स्नान करने लगा..... मुझे पता था कि मैं इसे देखते रहना चाहता था लेकिन वास्तव में मैं क्या तलाश रहा था? हर बार जब मैं इस

---

30 पोडर, एस०, *वी० एस० गायतोंडे : पेंटिंग एज़ प्रोसेस, पेंटिंग एज, लाईफ,* गुगेनहेम, फाउंडेशन एण्ड डेल मोनिको बुक्स, प्रेस्टेल पब्लिशिंग, न्यूयार्क, 2014, पृ० 19

31 https://www.sothebys.com/en/artists/vasudeo-s-gaitonde

कैनवास पर नजर डालता था तो ऐसा लगता था जैसे मैं रोलर कोस्टर पर झूल रहा हूँ।[32]

गायतोंडे का कहना था कि 'एक पेंटिंग बस पेंटिंग है वह प्रकाश और रंग का खेल है। प्रत्येक पेंटिंग एक बीज है जो अगली पेंटिंग में अंकुरित होती है। एक पेंटिंग एक कैनवास पर सीमित नहीं है मैं तत्वों को जोड़ता रहता हूँ और इस तरह मेरा काम विकसित होता है। हर कैनवास में एक तरह का कायापलट होता है और कायापलट कभी खत्म नहीं होता''[33]

गायतोंडे अक्सर उन कलाकारों की निंदा करते थे जो बाजार की स्वीकृति और आलोचनात्मक प्रशंसा के लिए तरसते थे। ''मैं काम नहीं करता मैं आराम करता हूँ। मैं इंतजार करता हूँ और फिर रंग लगाता हूँ। दबाव में काम करना पलायन वाद है।'' ऐसा उनका कहना था।

गायतोंडे के शुरुआती संग्रह में परमाणु भौतिक वैज्ञानिक और टाटा इंस्टीट्यूट आफ फंडामेंटल रिसर्च के संस्थापक निदेशक डॉक्टर होमी जहांगीर भाभा (1909–1999) थे। भाभा के लिए जिन्होंने एमएफ हुसैन, एफ० एन० सुजा, एस० एच० रज़ा और के० के० हेब्बार सहित उस युग के लगभग सभी आधुनिक कलाकारों से मित्रता की थी गायतोंडे व्यक्तिगत रूप से पसंदीदा थे। उनकी एक पेंटिंग टी आई एफ आर संग्रह के लिए खरीदी गई कर्दियों में से एक थी।

भाभा ने गायतोंडे को अन्य लोगों के साथ–साथ एक कॉस्मिक रे भौतिक वैज्ञानिक बर्नार्ड पीटर्स (1910–1913) से मिलवाया। पीटर्स ने केवल उत्साह पूर्वक उनकी पेंटिंग एकत्र की, बल्कि कलाकार के साथ एक व्यक्तिगत संबंध भी स्थापित किया।

पीटर्स ने 17 दिसंबर 1977 को अपनी पत्नी को पत्र में लिखा कि आज में गायतोंडे के साथ उनका स्टूडियो देखने गए जो बड़ी छत वाली एक छोटी सी जगह थी। जहाँ वह अकेला कुंवारा रहकर पढ़ता है संगीत बजाता है तथा पेंटिंग करता है। उसके पास घर पर केवल तीन कैनवास है जो कुछ बनाता है उसे बेच देता है।

अन्य संग्रहकर्ताओं में उर्सुला विकलमैन एल्डिंगर (कला इतिहासकार और भारतीय समकालीन कल के इतिहास में अग्रणी) और डॉ० रॉबर्ट ई मार्शक (1916–1992) प्रसिद्ध अमेरिकी सैद्वांतिक भौतिक विज्ञानी जो परमाणु बम के विकास में शामिल वैज्ञानिकों के चुनिंदा समूह में से थे लेकिन जब उन्होंने विस्फोट देखा, तो वे उनके प्रभाव से गहराई से स्तब्ध और प्रभावित हुए।[34]

गायतोंडे एकान्त प्रिय थे। और हमेशा मौन रहते थे। वह कहते है कि हर चीज कि शुरूआत मौन से होती है। ब्रुश की खामोशी, कैनवास की खामोशी, पेंटिग नाइफ (चाकू) की खामोशी।[35]

भूलाभाई मैमोरियल इंस्टीट्यूट के विशाल परिसर में गायतोंडे का पसंदीदा स्थान सीढ़ीयों के पास एक बेंच था, जहाँ वे कई–कई घंटो तक खिड़की से डूबते सूरज को और समुद्र की लहरों को देखते रहते थे। उनके

---

32 खासनिस, गिरिधर, ए साइलेंट मास्टर, अद्यतन तिथि– 1 फरवरी 2014, अभिगम तिथि– 22 जनवरी 2022, https://www.deccanherald.com/features/silent-maestro-2174568

33 द मेडीटेटीव ब्रुशस्ट्रोक, आर्ट इण्डिया मैगजीन, संस्करण–3, अंक–3, 1998, पृ० 69

34 खासनिस, गिरिधर, ए साइलेंट मास्टर, अद्यतन तिथि– 1 फरवरी 2014, अभिगम तिथि– 22 जनवरी 2022, https://www.deccanherald.com/features/silent-maestro-2174568

35 सबकुछ चुप्पी से आरंभ होता है : वी० एस० गायतोंडे का कार्य, https://caravanmagazine.in/vantage/everything-starts-silence-works-vs-gaitonde

मित्र लक्ष्मण 'श्रेष्ठ' को याद है कि वह कई दिनों तक गायतोंडे के साथ बैठकर सूर्यास्त को देखता रहा।[36] नेपाल का युवा कलाकार 'लक्ष्मण श्रेष्ठ' गायतोंडे के परम मित्रों में से एक था। जतिन दास ने भी गायतोंडे के साथ बैठकर समुद्र दर्शन किया जिसके बारे में जतिन दास ने बताया कि कम ज्वार पर, जब पानी पीछे हट गया तो उसने तटरेखा पर काली चट्टानों को तेज राहत में धकेल दिया। झिलमिलाते सफेद समुद्र के साथ जुड़ी काली चट्टानों का ये संयोजन ही वह कारण है जिसने गायतोंडे के अमूर्त कार्यों के लिए बीज बोए थे।

गायतोंडे को 1950 में बॉम्बे ऑर्ट सोसायटी पुरस्कार मिला। वर्ष 1950 के आस–पास गायतोंडे ने गैर प्रतिनिधित्वात्मक ढंग से कार्य करना शुरू कर दिया। उन्होनें अपनी शैली को गैर–अलंकारिक माना। 1956 में उन्होनें भारतीय कला प्रदर्शनी में भाग लिया जो पूर्वी यूरोपीय देशों में आयोजित की गई थी। उन्हें 1957 में जापान के टोक्यों में युवा एशियाई कलाकारों की प्रदर्शनी में प्रथम पुरस्कार मिला। हालांकि कुछ समय के लिए 1957–58 में उन्होने अपने साथियों के साथ प्रिंटमेकिंग का भी काम किया। वासुदेव गायतोंडे को 1957 में पहला कमर्शियल ब्रेक तब मिला जब उन्होंने जापान सांस्कृतिक मंच द्वारा आयोजित युवा एशियाई प्रदर्शनी में फ्लैशमैन अवार्ड जीता। 1959 में गायतोंडे के कला कार्यों में एक बदलाव आया और उन्होने कागज पर रंगीन वाटरकलर और पेस्टल के साथ काम करना छोड़ दिया और साथ ही कैनवास पर अकेले ब्रुश के साथ काम करना बंद कर दिया तथा कैनवास और कागज दोनों माध्यम में उन्होने रोलर से कार्यों को शुरू किया। यह सब उनकी प्रिंटमेकिंग में रुचि का ही परिणाम था।

वर्ष 1961 में मोनोक्रोमैटिक ढंग से कार्य करने के साथ ही उनकी रूचि धर्म की प्राचीन लिपियों और जेन बौद्ध धर्म में भी बढ़ी। उन्होने जेन विचारधारा को आत्मसात् कर लिया। जेन विचारधारा एकांत में मौन रहकर ध्यान लगाने पर जोर देती है और यह गुण तो गायतोंडे में पहले से मौजूद था। 1962 में बनाई गई कलाकृतियों में जेन प्रभाव स्पष्ट झलकता है। MOMA के संग्रह के लिए गायतोंडे की कलाकार प्रश्नावली, मई 1963 की फाइलें उनके आंतरिक वैश्विक दृष्टिकोण और प्रेरणास्त्रोत को बयान करती हैं, जिनमें दर्ज पक्तियाँ इस प्रकार हैं –

मैं एक व्यक्ति के रूप में कार्य करता हूँ। मेरा कोई वैज्ञानिक दृष्टिकोण नहीं है। यह ज्यादातर मेरे जीवन का कुल अनुभव है जो प्रकृति मेरे द्वारा कैनवास पर प्रकट होती है। मेरे लिए मेरी हर पेंटिंग एक चमत्कार है, इसीलिए मैं वास्तव में एक दर्शन नहीं बना सकता। जीवन, सत्य, ईश्वर में मेरा सच्चा विश्वास है, जो कुछ भी चित्रित करने के लिए मुझे प्रेरित करता है।'' अचेतन गहराइयों को उजागर करने वाली इनके चित्र 'गैर उद्देश्यपूर्ण' (non objective) कहे जो अपनी अध्यात्मिक गुणवत्ता और विशिष्ट मौन के लिए जानी जाती है वे शाश्वत व असीम है।[37]

वर्ष 1959–63 में उनकी कलाकृतियाँ कई प्रदर्शनियों में प्रदर्शित हुई। उन्होंने 1964–65 में जे० डी० रॉकफेलर फाऊंडेशन द्वारा रॉकफेलर फैलोशिप से सम्मानित किया गया। गायतोंडे ने 1960 के दशक के दौरान रोलर को उपयोग उपकरण के साथ–साथ पैलेट चाकू की तरह भी प्रयोग किया। इस तरह से गायतोंडे ने स्वयं को कला में सदैव क्रियाशील बनाए रखा।

---

36 मेहता, एकता, गायतोंडे का समुन्द्र के लिए प्रेम, अद्यतन तिथि– 28 जुलाई 2019, अभिगम तिथि– 5 अक्टूबर 2019, https://www.mid-day.com/sunday-mid-day/article/of-gaitonde-love-fer-the-sea-21435516

37 पोडर, एस०, *वी० एस० गायतोंडे : पेंटिंग एज़ प्रोसेस, पेंटिंग एज, लाईफ*, गुगेनहेम, फाउंडेशन एण्ड डेल मोनिको बुक्स, प्रेस्टेल पब्लिशिंग, न्यूयार्क, 2014, पृ० 27–28

रॉकफेलर फाऊंडेशन से सहयोग मिलने पर गायतोंडे न्यूयार्क चले गए, जहाँ उन्होने मार्क रोथको के स्टूडियो का दौरा किया। वर्ष 1972 में गायतोंडे स्थायी रूप से दिल्ली चले गए। इसके बारे में उनके मित्र राम कुमार, जिन्हें गायतोंडे के साथ ही भारत सरकार से पदम श्री पुरस्कार प्राप्त हुआ था, का कहना था कि दिल्ली जाने के बाद गायतोंडें समुद्र से चूक गए।

दिल्ली जाकर एक कमरे का फ्लैट लिया जो अक्सर धूल से भरा रहता था क्योंकि उस कमरे में अकेले रहकर गायतोंडे तन्हाई में खोए रहते थे। कमरे की साफ–सफाई और घरेलू कार्यों को तो तब संभालते जब उन्हें अपने ध्यान रूपी एकांत से फुर्सत होती, जोकि असंभव था।

दिल्ली उनके लिए बॉम्बे से बिल्कुल अलग थी। ''इलेस्ट्रेटेड वीकली ऑफ इंडिया'' के संपादक प्रीतिश नंदी ने दिल्ली में निजामुदीन में बरसाती का दौरा किया, जहाँ वे (गायतोंडे) रहते थे और फिर उन्होंने एक प्रभावशाली लेख लिखा और बताया कि दिल्ली में बाहरी दुनिया के साथ उनका एकमात्र संपर्क उनका मित्र रामकुमार था। अपने इस दोस्त और उनकी पत्नी के एहसानों को कैसे भुलाया जा सकता है। रामकुमार ने हर सुख–दुख में गायतोंडे को संभाला और गायतोंडे को हर रोज खाना रामकुमार की पत्नी भेजती थी। सितंबर 1984 में, गायतोंडे को नई दिल्ली में एक ऑटो दुर्घटना में गंभीर चोटें आई, रामकुमार ने उनको संभाला और फिर धीरे–धीरे वक्त के साथ गायतोंडे के जख्म भर गए, परन्तु अब वे बड़े कैनवास बनाने में असमर्थ हो गए। फिर गायतोंडे ने कागज पर छोटे प्रारूप कार्यों की तरफ रुख किया। 1985–87 में बनाए गए, स्याही के चित्र उनके समग्र कार्य का महत्त्वपूर्ण हिस्सा हैं। इन चित्रों में सुलेख और चित्रलिपि चिह्न शामिल हैं।

चित्रकला के अपने तरीके के बारे में गायतोंडे का कहना था – ''मैं काम नहीं करता, मैं आराम करता हूँ और प्रतीक्षा करता हूँ और फिर मैं कैनवास पर कुछ पेंट लगाता हूँ। पेंटिंग का सबसे महत्त्वपूर्ण पहलू प्रतीक्षा करना, प्रतीक्षा करना और प्रतीक्षा करना है। एक काम और दूसरे काम के बीच आराम और आराम बहुत जरूरी है। मेरे पास कहने के लिए कुछ नहीं है। अगर कोई सवाल पूछता है तो मैं जवाब देता हूँ। मैं ऐसे लोगों के साथ सहज महसूस करता हूँ जो शांत है और बातूनी नहीं हैं। मैं साल में लगभग पाँच या छः काम करता हूँ। मैं हर पेंटिंग पर हफ्तों तक काम करता हूँ। एक पेंटिंग...... कभी पूरी नहीं होती। मैं वह हूँ जो मैं हूँ...... कलाकार जो काम करता है, वह स्वयं उसका आत्म चित्र है।''[38]

1980 और 90 के दशक में गायतोंडे को बार–बार अस्वस्थता का सामना करना पड़ा। बार–बार बीमार पड़ने के बावजूद उन्होंने पेंटिंग करना नहीं छोड़ा। उन्होने अपने कार्य में 'लिफ्ट ऑफ' प्रक्रिया का उपयोग करना शुरू किया। लिफ्ट ऑफ प्रक्रिया में पत्रिकाओं और समाचार पत्रों से फाड़ी गई कतरनों का प्रयोग किया जाता है।

गायतोंडे के काम करने के तरीके के बारे में उनके कलाकार मित्र कृष्ण खन्ना ने गायतोंडे की कार्यविधि का खुलासा करते हुए कहा था कि– ''उनका वास्तविक कार्य उन तत्वों का पता लगाता हैं, जिनके साथ वह एक पेंटिंग शुरू करना चुनते है। वह कहता है कि दो रंग चुनते हैं, जमीन (चित्र की पृष्ठभूमि) को बिल्कुल सही बनाते है और वह नहीं जानते कि वह क्या रंगने जा रहे हैं। यह शून्य का सामना करने के साथ शुरू होता है और शून्यता लगभग शून्य पर जोर देने से शुरू होती है। वह कैनवास पर सफेद रंग की तीन–चार या पाँच परतें लगाता है, ताकि रंग के परावर्तक सूचकांक को बढ़ाया जा सके। फिर वह इसे सूखने के लिए

---

38 https://vs-gaitonde.com

छोड़ देता है, इसमें समय लगता है। इसके पश्चात् वह ठोस रंगो के मिश्रण के साथ काम करता है, जो कि अपारदर्शी रंग होते हैं तथा फिर पारभासी और पारदर्शी रंगो का भी एक ही समय में प्रयोग करता है। वह एक बार चित्र में जहाँ रंग लगा देता है, उसे दोहराता नहीं है। उसे दोहराव बिल्कुल पसंद नहीं है, ना चित्र में और ना अपने कला स्वभाव में....। वह दोहराव बर्दाश्त नहीं कर सकता।''[39]

अवारी के अनुसार यह एक कैनवास है, जो हर दृश्य के साथ नई खोजों को उकसाता है, जो प्रकाश, बनावट, रंग, स्थान के संतुलन को दर्शाता है। जिसे गायतोंडे ने अपने कैरियर में सिद्ध किया है। यह ध्यान खींचने वाला है और फिर भी अविश्वसनीय रूप से सूक्ष्म है।"

वासुदेव गायतोंडे ने जब अपना कला जीवन जे० जे० स्कूल ऑफ ऑर्ट में बिताया था, उसके लगभग पाँच दशक बाद 1999 में पुरा लेखपाल और शोधकर्ता जेसल ठाकर ने पुस्तकालय में एक पुस्तक में उनके काम को देखा। ठाकर ने गायतोंडे के बारे में अधिक जानकारी तलाशना शुरू किया और एक परियोजना जिसके कारण 2005 में बोधना आटर्स एंड रिसर्च फाऊंडेशन की स्थापना हुई। इसमें गायतोंडे के जीवन और कार्य, सोनाटा श्रृंखला पर तीन पुस्तकों और एक वृतचित्र को संकलित करने का निर्णय लिया गया। सोनाटा श्रृंखला का पहला खंड मीरा मेनेजस ने तथा दूसरा खंड कला समीक्षक रोशन साहनी ने लिखा।

गायतोंडे ने 1998 तक चित्रण कार्य किया और उन्होने 1998 में ही कहा था कि– मैं अभी भी पेंटिंग के बारे में सीख रहा हूँ, क्योंकि मेरा मानना है कि यह प्रक्रिया निरंतर है।

जबकि उनके दोस्त रामकुमार ने लगभग 1985 में कहा कि ''यह उनकी आखिरी पेंटिंग होगी, वह पेंटिंग में जो कहना चाहता था, वह कह चुका था और अगर वह पेंट करना जारी रखता, तो वह खुद को दोहराता। जो वह नहीं करना चाहता था।''[40] मीरा मेनेजस के अनुसार– जैसे उन्होंने अपने कलात्मक कैरियर की शुरुआत में रेखा और रूप की बेड़ियों से खुद को मुक्त कर लिया, वैसे ही उन्होंने खुद को सांसारिक जीवन की उलझनों और जालों से अलग करने का प्रयास किया।

गायतोंडे ने हमेशा भ्रम के प्रभाव को नष्ट करके केवल आंतरिक सत्य को प्रकट करने का प्रयास किया। उन्होनें अपने कार्य में रुप और आकार के साथ प्रयोग किया लोग गायतोंडे को अमूर्तता का चित्रकार मानते हैं, जबकि उन्होनें अमूर्ततावादी के संकुचित शीर्षक का तिरस्कार किया। गायतोंडे ने अपने कार्य में सकारात्मक व नकारात्मक दोनो क्षेत्रों का कुशलता से प्रयोग किया। अपने जीवन में बहुत कम चित्रों का निर्माण किया क्योंकि वे धीरे–धीरे सावधानीपूर्वक कार्य करने को प्राथमिकता देते थे। गायतोंडे की जमीनी रेखा की कमी और उनकी गीतात्मक रचनाओं के निर्माण के लिए प्रतीकात्मक तत्वों का उपयोग पॉल क्ली, जोन मीरों, वासिली कैंडिस्की के कार्यों की याद दिलाता है।

क्रिस्टी नीलीमी घर की दक्षिण एशियाई कला की अंतराष्ट्रीय प्रमुख दिपांजना क्लेन कहती हैं, की गायतोंडे कभी भी अमूर्त कलाकार कहलाना नहीं चाहता था। उनकी ज्यादातर मोनोक्रोमैटिक पेंटिग्स में एक गहराई है जो आपको मौन और शांति में डूबा देती है।[41]

अरूण वडेरा कहते है कि 'हर कोई गायतोंडे को एक गुरू के रूप में सम्मान देता था भले ही उनके कई

39 पोडर, एस०, *वी० एस० गायतोंडे : पेंटिंग एज़ प्रोसेस, पेंटिंग एज, लाईफ,* गुगेनहेम, फाउंडेशन एण्ड डेल मोनिको बुक्स, प्रेस्टेल पब्लिशिंग, न्यूयार्क, 2014, पृ० 29

40 https://vs-gaitonde. com

41 https://www. christies.com/features/vs-gaitonde-7387-1.aspx

साथी कलाकारों ने उनकी शैली की पूरी नकल नहीं की हो, लेकिन गायतोंडे की पवित्रता की छाप उनमें बनी रही।[42]

गायतोंडे को अमूर्त चित्रकार कहलाना पसंद नहीं था। वे अपनी कृति को 'गैर–वस्तुनिष्ठ' एक प्रकार का चित्रलेख एवं सुलेख संबंधी खोज बताते हैं जो चित्रित सतह को चौंकाने वाले सहज बोध को ताजा करता है, जिसे उन्होने जेन दर्शन के माध्यम से समझा। उनमें साधारण सी वस्तु को भी आध्यात्मिक तत्व में बदल देने की क्षमता थी। गायतोंडे की कला एक व्रीवता में शुरू होती है, जो स्वयं को परिष्कृत करने की तरफ निरंतर अग्रसर होती है। उनका प्रत्येक क्षण दार्शनिक की चिंतनशील तरह होता है, इसीलिए उन्हें कोई भी चीज अपने भीतरी स्थानों एवं क्षणिक वास्तविकताओं की तलाश करने में सृजनात्मक प्रेरणा के क्षेत्र से नहीं रोक सकती है।

'संध्यापोद्दार' ने अपने एक कला निबंध में दक्षिण एशियाई कला विशेषज्ञ व आलोचक 'रिचर्ड बार्थोलोम्यू' का हवाला देते हुए, गायतोंडे के अमूर्त में विचारोत्तेजक चित्रात्मक तत्वों के लिए आंशिक स्पष्टीकरण प्रदान किया। जिन्होंने कहा कि पारंपरिक भारतीय लघुचित्र विशुद्ध रूप से अलंकारिक नहीं थे, ब्लकि साहित्यिक और अमूर्त तत्वों से बने थे।

संध्या पोद्दार ने बड़ी मेहनत से दो साल के वक्त में गायतोंडे की 45 पेंटिंग, कागज पर बने रेखाचित्रों को एकत्रित करके उनका प्रदर्शन किया। गुगेनहाइम संग्रहालय की सहायक क्यूरेटर संध्या पोद्दार ने इनमें से बहुत सी कलाकृतियाँ प्रदर्शन हेतु दुनियाभर के सार्वजनिक और निजी संग्रहों से उधार ली गई। संध्या पोद्दार ने गायतोंडे के काम को ''बहुरूपी आधुनिकतावाद'' की श्रेणी में रखा

गायतोंडे उम्रभर अकेले ही रहे। उन्होने कभी शादी नहीं की। परिवार को वो पहले ही छोड़ चुके थे। दुर्घटना में रीढ़ की हड्डी में चोट लग जाने से उनके अंतिम वर्ष अस्वस्थता में गुजरे। मकबूल फिदा हुसैन द्वारा 'प्रतिभाशाली' कहे जाने के बाद भी गायतोंडे दिल्ली के उस सुनसान कमरे में अपने अतीत में कहीं खो गए। 10 अगस्त 2001 को हरियाणा के गुड़गाँव (गुरुग्राम) में गायतोंडे इस दुनिया को अलविदा कह गए। समुद्र को आत्मसात् करने वाला अपने अंत समय में अपने साथी 'समुद्र' की चाह में ही चला गया।

4.4 सतीश गुजराल

15 अगस्त, 1947.... भारत की जनता में देश की आजादी की खबर खुशी का पैगाम लेकर आई। सबकी खुशी का कोई ठिकाना नहीं था, लेकिन जैसे ही इस खबर के बाद जब दूसरी खबर फैली तो सारी खुशी खत्म हो गई और यह खबर थी 'देश का विभाजन'।

विभाजन के नाम पर हिंदू–मुस्लिम दंगे भड़क गए। गलियाँ लाशों से भर गई और नालियों में खून बहता गया। जिंदगी भर की कमाई से लोगों ने जो घर बनाए थे, उन्हीं घरो से वो बेघर होकर निकले। कितनी लड़कियों को अगवा किया और कितनी औरतों की इज्जत लूटी गई, इसकी संख्या हजारों से भी ज्यादा थी। कितने बच्चे अनाथ हुए और कितनी औरतें विधवा हुई, इसका तो अंदाजा लगाना भी मुश्किल है। महाभारत में जो नरसंहार हुआ, उसकी वजह थी असत्य पर सत्य की जीत हासिल करना परन्तु 1947 में जो मारकाट मची इसकी वजह थी मजहबी नफरत और दूसरों की जमीन–दौलत पर कब्जा करने का लालच। ये खूनी बहशी मंजर देखा तो सबने था लेकिन इस वक्त को तूलिका से चित्र में कैद करके आने वाली पीढ़ीयों के

---

42 वही

सामने जिस शख्स ने इस कड़वे सच को रखा, उस शख्स को कला जगत में 'सतीश गुजराल' के नाम से जाना जाता है।

सतीश गुजराल का जन्म 25 दिसंबर 1925 को पश्चिमी पंजाब, जो कि अब पाकिस्तान का हिस्सा है, के झेलम जिले की सोहावा तहसील के पारी दरवेजा गाँव में एक पंजाबी खत्री हिंदू परिवार में हुआ। इनके पिता का नाम श्री अवतार–नारायण गुजराल तथा माता का नाम श्रीमति पुष्पा गुजराल था। इसके अलावा इनके भाईयों के नाम इंदर कुमार गुजराल जो कि बड़े भाई थे और राज गुजराल थे। इंदर कुमार गुजराल बाद में अपने जीवन में भारत के प्रधानमंत्री भी रहे।

बचपन में सतीश जी अपनी छुट्टियाँ बिताने के लिए पहलगाम (जोकि भारत में है) में गए। वहाँ तैराकी के दौरान लिदड नदी में उनके साथ जो दुर्घटना हुई, उसने उनका पूरा जीवन ही बदलकर रख दिया। उनकी दोंनो टांगे सुन्न हो गई कई ओप्रेशनों के बाद वे चलने में सर्मथ हुए, किंतु दस वर्ष की आयु में पूर्णतः बहरे हो गए[43] जब सतीश के साथ यह दुर्घटना घटी तब उनकी उम्र आठ साल थी और 10 साल की उम्र में तेज बुखार में उन्होंने अपने बोलने की क्षमता भी खो दी, फिर लंबे ईलाज के बाद उन्होंने अपनी आवाज तो वापिस हासिल कर ली लेकिन सुनने की क्षमता विकसित नहीं हो पाई।

किताबों के सहारे सतीश का वक्त गुजर जाता था, लेकिन जीवन में सन्नाटा अभी बाकी था। उनकी उम्र के बच्चों ने उनके साथ खुद को असहज महसूस किया और उनके साथ खेलना छोड़ दिया। इस घटना की वजह से सतीश का अकेलापन और बढ़ गया। सतीश इस बारे में बताते है कि अपनी खुद की आवाज सुनने में विफलता ने मुझे महसूस कराया कि जैसे मैं किसी प्रेत की तरह घर के कोने में रह रहा था। कभी–कभी मुझे अपने विवेक पर संदेह होता था।

बचपन के मित्रों ने साथ छोड़ दिया तो किताबों के रूप में मुंशी प्रेमचंद, शरतचंद्र चटर्जी, लाला लाजपत राय जैसे महान व्यक्तियों को इन्होने अपना प्रेरणास्त्रोत व साथी बना लिया, लेकिन इन सब किताबों को पढ़ने से तन्हाई का दर्द कुछ तो कम हुआ लेकिन खत्म नहीं हुआ। इस बारे में सतीश जी ने बयान किया कि मेरी हताशा अपार थी। ऐसा लगा जैसे मैं एक बोतल में रह रहा हूँ। जहाँ आप बाहर सब कुछ गति में देख सकते हैं लेकिन कुछ भी सुन नहीं सकते।

दुख में दुख और भी बढ़ गया जब इनके भाई राज गुजराल इस दुनिया में नहीं रहे। इस घटना ने सतीश को अंदर से तोड़कर रख दिया फिर धीरे–धीरे हालात सामान्य हुए। लेकिन सतीश के पिता मन ही मन उनकी इस हालत को देखकर दुखी रहते थे। सतीश ने बताया जब में 14 साल का था और चलने की क्षमता हासिल कर ली तो मेरे पिता ने महसूस किया कि मैं अपनी सुनने की अक्षमता के कारण सामान्य बच्चों के लिए बने स्कूलों में नहीं जा सकता।

सतीश बचपन में खाली वक्त में चित्र बनाते रहते थे, उनके इस लगाव को देखकर उनके पिता ने सोचा कि पेंटिंग का क्षेत्र एक अच्छा विकल्प हो सकता है क्योंकि इसमें सतीश को बहुत अधिक सुनने की आवश्यकता नहीं थी। पहले सतीश को 'लेडी नॉयस' स्कूल भेजा गया जहाँ सिर्फ शारीरिक रूप से असमर्थ गूँगे बहरे बच्चों को ही पढ़ाया जाता था, लेकिन वहाँ केवल सांकेतिक भाषा का प्रयोग होने के कारण सतीश ने वहाँ पढ़ने से इंकार कर दिया।

43 वालिया, डॉ० जे० एस०, *भारतीय चित्रकला का आलोचनात्मक इतिहास*, अहम् पॉल पब्लिर्शज, जालन्धर शहर (पंजाब), संस्करण 2007, पृ० 413

सतीश के कला प्रेम को देखते हुए फिर इन्हें 1939 में 14 वर्ष की आयु में लाहौर के 'मेयो स्कूल ऑफ आर्ट' में प्रवेश लाया गया, जहाँ उन्होने बढ़ईगिरी, मिट्टी की मॉडलिंग, लकड़ी की नक्काशी तथा चित्रकला का कौशल प्राप्त किया। यहाँ आकर सतीश के जीवन को नई दिशा मिली। उस स्कूल में उन्होंने मिट्टी के बर्तन बनाने व मूर्तिकला का काम भी सीखा। बाद में जब कला–कौशल कार्यों में रुचि बढ़ने लगी तो उन्होने डिजाईन, स्केल ड्राईंग, ड्राफ्ट्समैन, आर्किटेक्ट का काम भी सीखा। उस समय मेयो स्कूल ऑर्ट के प्रमुख रुडयार्ड किपलिंग (महान लेखक जिन्होंने मोगली किरदार की पुस्तक जंगल बुक लिखी के पिता जॉन लॉकवुड किपलिंग थे।) उनके बारे में तथा वहाँ के अनुभव के बारे में सतीश ने बताया कि किपलिंग पुराने स्कूल (कला की प्राचीन विचार धारा) के थे, जो मानते थे कि सभी दृश्य भाव एक हैं। इसीलिए हमें हर चीज का एक हिस्सा सिखाया गया– चित्रण, स्क्रिप्ट, ड्रॉफ्ट करना आदि। जब पहले लाहौर के स्कूल में मुझे बर्तन बनाने के लिए कहा गया तो मुझे लगा कि यह समय की बर्बादी है क्योंकि मैं एक चित्रकार हूँ। फिर उन्होंने मुझे एक ईमारत का प्लेन (स्केल ड्राईंग के अंतर्गत ड्राफ्ट्समैन द्वारा बनाया जाने वाला मकान की नींव व दीवारों का जमीनी प्रारूप) बनाने के लिए कहा। इस पूरे समय, मुझे नहीं पता था कि वे मुझे किससे मिलवा रहे हैं। शिक्षा बाद मैंने पाया कि मैं सीखी गई इन कला–कौशल शिक्षाओं में से किसी भी शिक्षा को व्यवसाय के रूप में ले सकता हूँ। माईकल एंजिलो ने रोम के भित्ति चित्रों से लेकर ईमारतों तक सब पत्थर से डिजाइन किया था। यह आधुनिक समय का दुर्भाग्य है कि इन सभी अभिव्यक्तियों को विभाजित किया गया। चित्रकार वास्तुकला को नहीं समझते हैं और आर्किटेक्ट पेंटिंग में दिलचस्पी नहीं लेते।

मेयो स्कूल ऑफ आर्ट, लाहौर इनके जीवन में मील का पत्थर साबित हुआ। वहाँ सीखाई जाने वाली कलाएँ तो सतीश को थोड़ी बहुत पसंद थी लेकिन वहाँ का खराब पका हुआ भोजन उन्हें रास नहीं आता, इसीलिए सतीश जी अपने बड़े भाई इंदर गुजराल के कॉलेज के छात्रावास में खाना खाते थे। जहाँ उनकी मुलाकात कुछ महान हस्तियों से हुई जैसे– फैज अहमद 'फैज', कृष्ण चंदर, अली सरदार जाफरी आदि। जिन्होंने प्रेम तथा राष्ट्रवाद की रचनाएँ लिखी।

मेयो स्कूल ऑफ ऑर्ट में सतीश के शिक्षक एस० एल० पराशर ने उन्हें चित्रकार रूप कृष्ण से मिलवाया, जिन्हें गुजराल भारत के पहले आधुनिकतावादी के रूप में स्वीकार करते हैं। उस वक्त मेयो स्कूल गरीब और अनाथ लड़कों से भरा हुआ था वे सभी लड़के अपने अंदर निहित कला की इच्छा को दबाकर उन कौशलों को सिर्फ आजीविका का माध्यम बनाना चाहते थे। सतीश को लगा कि स्कूल ने उन सबको धोखा दिया है तथा कला के विकास पर ध्यान देने की बजाय वहाँ सिर्फ मजदूर और कारीगर तैयार किए जा रहे हैं, जो सारी उम्र सिर्फ अपनी आजीविका कमा सकें। जब इस बारे में उन्होनें अपने साथियों को जागरुक करने की कोशिश की तो सब सतीश का मजाक उड़ाने लगे। लेकिन फिर भी सतीश गुजराल ने उनके तानों और उपहास का सामना किया। परतु जब दोस्तों ने उनका जीना हराम दिया तो सतीश अपना काफी समय अपने बड़े भाई (इंदर) के छत्रावास में गुजारने लगे।

अब उन्होंने फैसला कर लिया कि वे अब अपना कला का सफर आगे बढ़ायेंगे और फिर उन्होंने मेयो स्कूल ऑफ आर्ट, लाहौर छोड़ने के बाद वर्ष 1944 में बॉम्बे के जे० जे० स्कूल ऑफ ऑर्ट में दाखिला लिया और फाईन आर्टस के अंतर्गत एप्लाईड ऑर्ट (व्यवसायिक कला) का अध्ययन किया। इस दौरान वे प्रोग्रेसिव ऑर्टिस्ट ग्रुप के संपर्क में आए। इस समूह में सैयद हैदर रजा, आरा फ्रांसिस न्यूटन सूजा, पी० एन० मागो, जहाँगीर सबावला और मकबूल फिदा हुसैन जैसे कलाकार शामिल थे। उन्होने इस ग्रुप के साथ संघर्ष करते हुए काफी कठिन तंगहाली दिन, देखने पड़े, जिसे सतीश बयान करते हैं कि– ''पाँच कलाकार– एम० एफ० हुसैन, राम कुमार, सामंत अमीना और मैंने एक शो आयोजित करने और अपने काम बेचने का फैसला किया। हमें ओल्ड

मिल रोड पर एक 'झोपड़ी' मिली। चार दिन हो गए, कोई नहीं आया (शो में चार दिन और एक भी आत्मा नहीं आई), हमारे माता–पिता और भाई–बहन भी नहीं आए। लेकिन पाँचवे दिन हमारे माता–पिता आए। माँ–बाप भी इसीलिए आ गए की कहीं हम खुदकुशी ना कर लें (हमारे माता–पिता केवल हमें खुद को मारने से रोकने के लिए आए थे)'' यह कहते हुए सतीश जी की हँसी फूट पड़ी। अपने बीते वक्त के किस्सों को सतीश गुजराल बड़े उत्साह और चुटकीले अंदाज में हास्य रस के साथ सुनाते थे। फिर आगे बताते हुए सतीश कहते हैं कि– पाँचवे दिन, हमने कहीं जाने का फैसला किया। हमने गार्ड से कहा– ''हमारे कामों का ध्यान रखना। आपकी इस परेशानी के लिए हम आपको दो रुपए देंगे''। वह राजी हो गया। हमारे जाने के तुरंत बाद किसी ने हमे सूचित किया कि कुछ बेचा जा रहा है। हम वापस दौड़े–खुश और जल्दी में। आकर देखा तो पता चला कि सिर्फ '25 आन्ने' में एक कैटलॉग बिका था। इस घटना का वर्णन करते हुए सतीश को बहुत हँसी आती थी।

जे० जे० स्कूल ऑफ आटर्स में उन्होंने गायतोंडे से मित्रता की। दोनों की जोड़ी बड़ी कमाल की थी गायतोंडे एकांतप्रिय व्यक्ति थे, वह किसी की सुनना ही नहीं चाहते थे और सतीश गुजराल जी को सुनाई देता ही नहीं था। दोनों मौन बैठे रहते और मौन ही गायतोंडे के स्वभाव का सार था। 'मागो' ने सतीश के अनुवादक की भूमिका निभाई। प्रोग्रेसिव आर्टिस्टस ग्रुप (PAG) का यूरोपीय अभिव्यक्तिवाद व घनवाद सतीश गुजराल को रास नहीं आया। सतीश गुजराल ने भारतीय परंपराओं में निहित एक प्रकार के आधुनिकतावाद की खोज की। उनकी बार–बार होने वाली बीमारी के कारण उनकी पढ़ाई रुक गई, सन् 1947 में पढ़ाई बंद होने के बाद जब उनका ऑप्रेशन हुआ तब ऑप्रेशन के कुछ दिनों बाद जब उन्होंने खुद को थोड़ा स्वस्थ महसूस किया तो उन्होंने लाहौर में एक ग्राफिक्स स्टूडियो की स्थापना की। लेकिन एक कारण की वजह से स्टूडियो का प्रारंभ में ही, अंत हो गया और सतीश गुजराल के सपने चकनाचूर हो गए। यह कारण था 'भारत का विभाजन'।

सतीश इस दर्दनाक विभाजन का अपने शब्दों में बयान करते हुए कहते है कि विभाजन के समय मैं लाहौर में था और मैंने नरसंहार, हत्या और लूट का उन्माद देखा। मेरे पिता जी शरणार्थियों को पाकिस्तान से भारत आने में मदद करने के लिए काम कर रहे थे और मैं उनके साथ था। 4 महीनों के लिए मैंने जो देखा, वह एक निराशाजनक अनुभव था। आगजनी (आग लगा देना) जुलाई में 1947 शुरू हुई। समय बीत जाने के बाद मैनें यह महसूस किया कि मैनें विभाजन को चित्रित नहीं किया बल्कि स्वंय के दुखों को पेंट किया था।[44]

सतीश गुजराल ने विभाजन के चित्रों में दु;ख व पीड़ा को व्यक्त किया तो 'प्लेमेट्स' से चित्रों की श्रंखला में खुशी के दौर को चित्रित किया। ये जीवंत गुणवत्ता व गीतात्मक लय की सुन्दरता से ओत प्रोत हैं जिनमें विकास की लय को देखा सकता हैं।[45]

विभाजन से सतीश गुजराल की कला पर जो असर पड़ा, उसके बारे में उन्होंने बताया कि मेरी शिक्षा जनवरी 1949 में पूरी हुई। मैं तब 21 साल का था और लाहौर के मैकलियोड रोड पर रह रहा था लाहौर डिजाईन, वास्तुकला, संस्कृति का केंद्र था। वहाँ अपने स्टूडियों में ग्राफिक कलाकार के तौर पर जीवन यापन कर रहा था। लेकिन तभी दंगे भड़क गए, मैनें हर दिन हत्याओं को देखा, आखिरी शरणार्थियों को ले जाने के बाद

---

44 भाकूनी, तनुजा, सतीश गुजराल की विभाजन श्रृंखला, दिल्ली 1952, 15 अक्टूबर 2022, अद्यतन तिथि– 5 अक्टूबर 1952, अभिगम तिथि– 12 जनवरी 2023, https://zikredilli.com/f/satish-gujrals-partition-series-delhi-1952

45 संगीता, *आजादी के बाद भारत में आधुनिक कला आलोचना का विकास : आजादी के बाद भारतीय कला आलोचना*, नोशन प्रेस डॉट कॉम, प्रथम संस्करण 2017, पृ० 92

ही मैंने पाकिस्तान छोड़ा। जब सब समाप्त हुआ तो मैं शिमला चला गया, जहाँ मैं 4 साल तक रहा। वहाँ मैंने मनुष्य की क्रूरता को मनुष्य के प्रति चित्रित करना शुरू कर दिया।

कला समीक्षक और क्यूरेटर यशोधरा डालमिया के अनुसार – ''जब गुजराल दिल्ली आए, तो उन्होने बवंडर स्वीप के साथ बहुत शक्तिशाली कार्यों की एक श्रृंखला बनाई। जिसमें महिलाओं को भागते हुए और निराशा की चौतरफा भावना दिखाई गई।'' गुजराल जब मैक्सिको आए तो प्रसिद्ध कलाकार ओरोज्को की मृत्यु हो चुकी थी लेकिन उनकी कला के किस्से अभी सुर्खियों में थे। गुजराल उनसे प्रभावित थे। ओरोज्को कभी भी राजनीतिक विचारधारा को कला पर हावी नहीं होने देते थे। गुजराल 'ऑस्कर वाइल' के कथन 'सौन्दर्य मर जाता है जब बौद्धिक अभिव्यक्ति शुरू हो जाती है। 'को समझ चुके थे।[46]

सतीश ओरोज्को के जीवन को अपने नजदीक पाते थे आरोज्को ने अपनी एक बाजू के रहते भी बहुत खुबसूरत रचनाएं की। मैक्सिको के एक चर्च में उन्होंने गुम्बद के अन्दर चित्र बनाए जिनके लिए जमीन से ऊपर दस फुट लम्बे बांस के आगे तूलिका बांधकर चित्रण किया था। जिन्हें सतीश 'सिस्टाइन चैपल' की भांति उम्दा मानते थे।

सतीश की रंग संगति व संयोजन रचना पर डेविड सिकिरोस का बहुत प्रभाव था। डेविड स्वयं में बहुत सी शैलियों का जन्मदाता था। जैक्सन पोलॉक भी पहले डेविड के शिष्य थे। सतीश का मानना था कि एक्शन पेंटिंग के नाम से प्रसिद्ध 'जेस्चर ब्रुश स्ट्रोक' की तकनीक भी डेविड ने ही ईजाद की थी। जिसे अपनाकर विलियम डे–कूनिंग कला जगत में प्रसिद्ध हुए। मैक्सिको में डिएगो रिवेरा के सम्पर्क में आने से सतीश की दोस्ती उनकी पत्नी फ्रीदा से भी हुई क्योंकि वह भारतीय उपनिषदों और भारतीय आध्यात्म में गहरी रुचि लेती थी।[47]

सतीश ने मैक्सिको जाकर अंग्रेजी का बोल–चाल की भाषा के रूप में प्रयोग करना सीख लिया था। धीरे–धीरे वक्त खत्म हुआ और वह पल भी आ गया जिसका सतीश को इंतजार था। फ्रैंक लायॅड राईट से हुई मुलाकात के बारे में सतीश ने बताया कि जब राईट आए तो मैंने उनसे पूछा – आप एक महान वास्तुकार हैं और डिऐगो रिवेरा एक महान चित्रकार है, तो फिर ऐसा क्यों है कि आपने अपने भवन में रिवेरा द्वारा कभी भित्ति चित्र नहीं बनवाया?'' राईट ने मेरी तरफ देखते हुए कहा– ''देखो, जब कोई इमारत अधूरी है तो एक मृत दीवार है, तो मैं चाहता हूँ कि एक कलाकार भित्ति चित्र बनाकर मृत दीवार को जीवन दे। लेकिन मैंन कभी कोई दीवार नहीं बनाई।'' फिर उन्होंने कहा– ''वास्तुकला के लिए एक भित्ती चित्र बनाना दोनों माध्यमों के स्वतंत्र होने के अधिकार से इनकार करना है।'' इसने मुझ पर एक अमिट छाप छोड़ी और मुझे विश्वास था कि सभी माध्यम एक हैं। आखिरकार, मैक्सिको में अपनी शिक्षा समाप्त करने के बाद, मुझे लगा कि मैंने अपना समय बर्बाद नहीं किया है[48]।

सतीश गुजराल ने मैक्सिको में 'पलासियो नैशनल डी बेलस आर्टस' में अध्ययन किया, जहाँ उन्हें प्रसिद्ध कलाकारों डिएगो रिवेरा और डेविड अल्फारो सिकिरोस के साथ प्रशिक्षित किया गया। म्यूरलिज्म (भित्तीचित्र वाद) ने उनके पुराने विचारों को पुर्नजीवित किया कि कला एक सामाजिक परिवर्तन का साधन है इसीलिए इसे सार्वजनिक स्थानों पर स्वतंत्र स्थापित होना चाहिए। सतीश गुजराल ने 1947 से 1950 तक विभाजन से

---

46 गुजराल, सतीश, *सतीश गुजराल : ए ब्रुश विद लाइफ,* वाइकिंग पेंगुइंग बुक इण्डिया, नई दिल्ली, शिमला, 2004, पृ० 138

47 सुरूचि, *सतीश गुजराल का भारतीय कला के विकास में योगदान,* तृतीय अध्याय, 2009, पृ० 34, http://hdl.handle.net/10603/138578

48 गुजराल, सतीश, *सतीश गुजराल : ए ब्रुश विद लाइफ,* वाइकिंग पेंगुइंग बुक इण्डिया, नई दिल्ली, शिमला, 2004, पृ० 135

संबंधित चित्र बनाएं जिन्में मानवीय दुख संवेदना, जीवन संघर्ष, सामाजिक त्रासदी, यातना, अत्याचार आदि मानवीय अभिव्यक्तियों को स्थान मिला। एडवांस पेंटिंग और म्यूरल टेक्निक्स में मैक्सिको से डिप्लोमा किया 1952 से 1954 तक मैक्सिकों में रहते हुए ओरोज्को के प्रभाव को आत्मसात् किया। 1954 के बाद के समय में कुछ वक्त सररियलिज्म से भी जुडे। 1955 में सतीश की प्रदर्शनी विक्टोरिया एण्ड अल्बर्ट संग्रहालय में लगी जिसका कैटलॉग आदि का सारा खर्च जॉन इरविन की सिफारिश पर इण्डियन सोसाइटी ने उठाया। इस प्रदर्शनी की सराहना ब्रिटिश प्रेस द्वारा भी की गई साथ ही जॉन बरगर ने प्रदर्शनी का सार 'न्यू स्टेट्समेन' में दिया तो हरबर्ट रीड ने 'द स्पेकटेटर' में प्रशंसा की। एकमात्र विश्व प्रसिद्ध कला पत्रिका स्टूडियो लंदन से प्रकाशित होती थी। जिसका नाम 'गार्डियन' था में भी एक लम्बा लेख छपा। परंतु इन सबसे ज्यादा खुशी सतीश को प्रदर्शनी में रूप कृष्ण व उनकी पत्नी की मौजूदगी से थी। जो एक बेबाक कला आलोचक थे। जिन्होंने अमृता की पेंटिंग उनके सामने ही खिड़की से बाहर यह कहते हुए फेंक दी थी यह पुरानी पाश्चात्य कला की नकल है[49] 1961 में मैक्सिको के प्रभाव से स्वयं को मुक्त करने की इच्छा प्रकट की। इस दौरान चित्र व म्यूरल बनाए अब उनके चित्र अमूर्तता की ओर बढ़े। म्यूरल्स में वे पशु पक्षियों, खिलौनों, आभूषणों व लोककला के मॉटिफ को भी जोड़ते हैं। 1967 में कुछ ऐसे रेखाचित्र बनाए गए जिनमें यौन क्रिया तक को दर्शाया हैं।

इनके ब्रंट वुड स्कल्पचर अपनी मौलिक पहचान के लिए जाने जाते हैं। हालांकि जे० राम पटेल यह कार्य उनसे बहुत पहले ही कर चुके थे किंतु जे०राम ने मात्र अग्नि के ज्वलंत चिन्हों को ही पेश किया जबकी गुजराल ने उनमें रूप व अरूप के कई आयाम स्थापित किए। सतीश के बड़े भाई 'इंदर कुमार गुजराल' राजनीति के क्षेत्र में आए और अभूतपूर्व सफलता प्राप्त की। इंदर कुमार गुजराल पहले तो विदेश मंत्री बने और भारत के अन्य देशों के साथ संबंधों को मजबूत किया तथा बाद में भारत के प्रधानमंत्री बने और भारत और पाकिस्तान के आपसी रिश्तों में तालमेल स्थापित किया क्योंकि पाकिस्तान में उनके अतीत की जड़े थी। इंदर कुमार गुजराल ने सतीश का सदैव मनोबल बढ़ाया और भविष्य के कार्यों के लिए एक वैचारिक आधार प्रदान किया। सतीश जब भारत वापस लौटे तो उन्हें राजनीतिक संरक्षण प्राप्त हुआ। वर्ष 1977 में उन्होंने अपनी वास्तुकला की यात्रा शुरू की।

सतीश ने इस बारे में कहा था कि –जब मैं लगभग 5 वर्षो के लिए भारत वापिस आया था, तो मेरे पास एक अवसर आया। बेल्जियम दूतावास यहाँ एक ईमारत बनाना चाहता था। दूतावास में मेरा एक बेल्जियम का मित्र था, जिसमे दृढ़ता से महसूस किया कि समकालीन आर्किटेक्टस ने खुद को एक बॉक्स तक सीमित कर लिया है और गैर आर्किटेक्टस को डिजाईन करने से मना कर दिया है। जैसा कि आप जानते होंगे, भारत सरकार के पास एक कानून है जिसके लिए ईमारतों को डिजाईन करने हेतु एक वास्तुकार के पास लाईसेंस होना आवश्यक है। इसलिए यदि आप एक भवन डिजाईन करना चाहते हैं तो आपको वास्तुकला में औपचारिक प्रशिक्षण प्राप्त करना होगा। लेकिन सौभाग्य से बेल्जियम में कानून 'प्रतियोगिताओं' पर लागू नहीं है इसीलिए कोई भी एक डिजाईन जमा कर सकता है। अपने मित्र के आग्रह पर, मैंने बेल्जियम दूतावास को डिजाईन करना शुरू किया, हालांकि मैं होशपूर्वक यह नहीं सोच रहा था कि मैं एक ईमारत डिजाईन कर रहा हूँ। मैं वैसे ही बैठ गया, जैसे मैं पेंट करता हूँ या मूर्तिकला करता हूँ। जब भवन का डिजाईन प्रस्तुत किया गया तो मुझे पता चला कि उन्होंने इसी योग्यता के आधार पर मेरा चयन किया है कि इसमें उस देश की भावना है, जहाँ इसे बनाया गया है और इसमें उन लोगों की भावना भी है जिनके लिए मैंने इसे बनाया था। बेलिज्यम

49 सुरूचि, *सतीश गुजराल का भारतीय कला के विकास में योगदान,* तृतीय अध्याय, 2009, पृ० 40–41, http://hdl.handle.net/10603/138578

के वर्तमान राजा जो उस समय के राजकुमार थे, को भवन का उद्घाटन करने के लिए लाया गया था। अपने भाषण में उन्होंने कहा कि – ''पिछली रात जब मैं भारत आया तो मैं इस ईमारत में आया तो मैंने देखा और मुझे लगा कि मैं भारत में हूँ। लेकिन जब मैं उसमें सोया तो मुझे लगा कि मैं बेल्जियम में हूँ। यह मेरे लिए खुशी का पल था हालांकि, भारतीय वास्तुकारों के बीच काफी हंगामा हुआ था। उन्होंने डिजाईन को रद्द करने और अयोग्य ठहराने की पूरी कोशिश की। सौभाग्य से, कुछ प्रमुख आर्किटेक्ट इस हंगामे से सहमत नहीं थे। फिर से किसी ने इस बारे में 'ब्रिटिश आर्किटेक्ट कांऊसिल' को लिखा और कहा कि आधुनिक वास्तुकला का निर्माण करने वाले हर महान वस्तुकार के मामले में यह आपत्ति उठाई गई थी कि उनके पास वास्तुकला का कोई औपचारिक प्रशिक्षण नहीं था। कॉर्बूसियर के पास वास्तुकला में कोई औपचारिक प्रशिक्षण नहीं था और ना ही फ्रैंक राईट के पास था, लेकिन जो दोहराव होता जा रहा था, उसे बदलने के लिए वे अपना दृष्टिकोण लेकर आए। इन सबको देखते हुए भारतीय वास्तुकला परिषद ने मुझे पहचानने का फैसला किया और मुझे वास्तुकला का अभ्यास करने का लाईसेंस दे दिया।

सतीश गुजराल को बेल्जियम दूतावास की डिजाइनिंग के लिए ''ऑर्डर ऑफ द क्राउन'' से सम्मानित किया गया। सतीश ने बेल्जियम दूतावास को वर्ष 1984 में डिजाईन किया था। उसके बाद उन्होंने रियाद में समर पैलेस और दिल्ली में यूनेस्को की ईमारत सहित कई अन्य ईमारतों को डिजाईन किया। उन्होंने कला के लिए कई राजनीतिक प्रयास भी किए। जैसा कि अपने शब्दों में उन्होंने कहा कि– मैक्सिको से लौटने के तुरंत बाद मैं नेहरू से मिला और उनसे कहा कि उन्हें प्रत्येक सरकारी संस्थान के लिए बजट का एक प्रतिशत कला के लिए आंवटित करना चाहिए। नेहरू ने संसद में एक विधेयक भी पेश किया, लेकिन नौकरशाही ने कभी उस पर अमल नहीं किया। कुछ जगहों पर इस कानून के अंतर्गत कला का आवंटित हिस्सा न्यूनतम दो प्रतिशत भी बताया गया है।

वास्तुकला के बाद अब मूर्तिकला का जब जिक्र हो तो कांस्य धातु में 8.5 फीट लंबी मूर्ति 'ट्रिनिटी' का नाम आता है। इस मूर्ति का प्रदर्शन दिल्ली में बीकानेर हाऊस के लॉन में किया गया। इसमें ट्रिनिटी के रूप में ब्रह्मा, विष्णु, महेश को प्रदर्शित किया गया है। बाद में सतीश गुजरात ने यह मूर्ति बीकानेर हाऊस को दान कर दी।

कला जीवन के साथ ही अब सतीश गुजराल के वैवाहिक जीवन की शुरुआत हुई। उन्होंने 'किरण' को अपनी पत्नी बनाया तथा उनके तीन बच्चे हुए। उनमें से आज वर्तमान समय में उनका बेटा मोहित गुजराल फिरोज गाँधी रोड पर गुजराल आवास की बगल में अधिग्रहित जमीन पर कला का एक संग्रहालय सँभालता है। जिसमें सतीश गुजराल की कला को प्रदर्शित किया गया है। इसके अलावा सतीश की दो बेटियाँ अल्पना गुजराल तथा रसील गुजराल हैं। अल्पना एक ज्वैलरी डिजाईनर है तथा रसील इंटीरियर डिजाईनर का कार्य करती है।

सतीश गुजराल को इंटरनेशनल फोरम ऑफ आर्किटेक्टस द्वारा 1000 सर्वश्रेष्ठ में से एक चुन गया था, लेकिन फिर भी उनके कुछ कार्य ऐसे रहे, जिनमें लोग उनकी कला का संदेश समझ ही नहीं पाए क्योंकि इस दुनिया में कला के दर्शक तो करोड़ों हैं परन्तु कला के कद्रदान बहुत कम हैं जो कलाकार की कृतियों की कद्र करते हुए उन्हें खरीदकर भवनों की शोभा बढ़ाते हैं और इससे कलाकार का जीवन भी आर्थिक रूप से सुदृढ़ हो पाता है।

वक्त के पन्नों को पलटते हुए अब हम जरा एक नजर उनके कला सफर पर डालते हैं। 1952 से 1974 तक सतीश गुजराल ने मैक्सिको, न्यूयार्क, नई दिल्ली, मुंबई, कोलकाता, मांट्रिएल, रोम, बर्लिन टोक्यो, ब्यूनस

आयर्स और स्टॉकहोम में अपनी मूर्तियों, चित्रों और ग्राफिक्स की कई एकल प्रदर्शनियाँ की थीं। 80 के दशक के उत्तरार्ध से लेकर बाद के वर्षों तक, सतीश गुजराल की पेंटिंग और मूर्तियों में विविधता आई। उन्होने स्टील, तांबा, काँच, सिरेमिक टाईल आदि अलग–अलग प्रकार के माध्यमों में काम किया। उन्होंने जली हुई लकड़ी से भी कलाकृतियाँ बनाई। उन्होंने बड़े–बड़े चित्र बनाने के लिए समितियों का गठन किया ज्यादातर मोजैक और सिरेमिक टाइलों में तथा बाद में मशीनीकृत स्टील कलाकृतियों में उनकी रुचि बढ़ी। उनके द्वारा किए गए कलाकार्यों के स्थानों का वर्ष सहित विवरण निम्नलिखित है –

1. पंजाब विश्वविद्यालय, चंडीगढ़ (1977) (भित्ति चित्र)
2. ओडियन सिनेमा, नई दिल्ली (1962) (भित्ति चित्र)
3. विश्व व्यापार मेला, न्यूयार्क (1963) (भित्ति चित्र)
4. ओबरॉय होटल, नई दिल्ली (1964) (भित्ति चित्र)
5. उत्तर रेलवे, नई दिल्ली, (1966) (भित्तिचित्र)

उपरोक्त स्थलों पर भित्ति चित्र बनाने के अलावा उन्होंने मूर्तिकला और वास्तुकला, डिजाईनिंग में भी अपने कला–कौशल का प्रदर्शन किया। उन कार्यों के स्थानों का वर्ष सहित विवरण निम्नलिखित है –

1. शिक्षा मंत्रालय, शास्त्री भवन, नई दिल्ली (1968)
2. कृषि विश्वविद्यालय, हिसार (1970, 1973, 1986)
3. ओबरॉय टावर्स, बॉम्बे (1971–72)
4. मस्कट के सुल्तान का महल (1975)
5. दिल्ली उच्च न्यायालय (1976)
6. गाँधी संस्थान, मॉरीशस (1977)
7. वर्ल्ड ट्रेड सेंटर, न्यूयार्क (1980)
8. दरयानी हाऊस, नई दिल्ली (1977)
9. मोदी हाऊस (1978)
10. गाँधी संस्थान (1978–79)
11. दतवानी हाऊस (1979–90)
12. मोदी हाऊस (1980–82)
13. बेल्जियम दूतावास, नई दिल्ली (1980–83)
14. दास हाऊस, नई दिल्ली (1983–85)

इनमें वर्ष 1977 महत्त्वपूर्ण है क्योंकि इसी वर्ष सतीश गुजराल ने आधुनिक वास्तुकला में अंतराष्ट्रीय शैली की आकर्षक शब्दावली की खोज शुरू की।

वर्ष 1986 में सतीश जी ने गोवा विश्वविद्यालय, सी०एम०सी०, हैदराबाद तथा पैलेस, ए० आई० बार्डी, दुबई और जकार्ता व इंडोनेशिया में भारतीय राजदूत के घर को डिजाइन किया।

सतीश गुजराल के बेटे मोहित गुजराल ने 'सतीश गुजराल फाऊडेशन' के माध्यम से एक सार्वजनिक संग्रहालय, गुड़गाँव (गुरूग्राम) में बनाया है। जहाँ सतीश गुजराल की कलाकृतियाँ प्रदर्शित की गई हैं।

30 नवंबर 2012 का इंदर कुमार गुजराल का देहांत हो गया। सतीश गुजराल को वक्त ने एक बार फिर से तोड़कर रख दिया। पहले बचपन और युवावस्था के बीच की उम्र में उन्होंने अपने भाई राज गुजराल के इस दुनिया से चले जाने का दर्द बर्दाश्त किया और अब अपना बड़ा भाई जो उनका प्रिय मित्र भी था, उसको भी

खो देना उनके लिए किसी सदमे से कम नहीं था। उन्होंने तो विभाजन में ही काफी कुछ खो दिया था, जिसे सतीश जिंदगी भर भूल नहीं सके। अब सतीश गुजराल भी काफी बूढ़े हो चले थे, ध्वनियाँ अब उनकी यादों में ही रह गई थी।

भारत का 'लियोनार्डो द विंची' कहा जाने वाला ये अद्भुत कलाकार 94 वर्ष की आयु में 26 मार्च, 2020 को नई दिल्ली में अपने कला संसार को भारत के लिए अमानत के रूप में छोड़कर इस दुनिया को अलविदा कह गया।

4.5 तैयब मेहता

भारत के विभाजन के समय एक नई खेती शुरू हुई। 'मजहबी नफरत' की खेती। इससे पहले हिंदु–मुसलमान मिलकर रहा करते थे, लेकिन विभाजन की लकीर ने जमीन को ही नहीं बल्कि दिलों को भी बांट दिया। इस नफरत की खेती में जो हिंसा के बीज बोए गए, वो आज तक फसल दे रहे हैं।

विभाजन के समय मोहम्मद अली रोड पर मुसलमानों की बस्ती में एक युवक को वहाँ के लोगों ने पत्थर मार–मारकर जान से मार डाला। इस घटना को देखा तो अनेकों ने, लेकिन उनके हाथ में भी पत्थर थे और उनके दिल भी पत्थर थे। जब वहाँ ये सब हुआ तो उन वहशी मजहबी दरिंदो के बीच एक 'इंसान' भी था, जो इन धर्म के ठेकेदारों से उस लड़के को बचा ना पाने के अफसोस में मन ही मन इस कदर कुंठाग्रस्त हुआ कि वह सदमे में चला गया। उसे इंसानों की इंसानियत के चले जाने का बेहद अफसोस था।

दूसरे के दर्द को अपने दिल में महसूस करने वाला यह व्यक्ति आगे चलकर महान चित्रकार बना और उसने इस घटना को अपनी कलाकृति में बनाकर समय को कैद कर दिया। उसकी वह कलाकृति आज भी उस बेदर्द वक्त की घटना बयान करती है। इस कलाकार को इतिहास में 'तैयब मेहता' के नाम से जाना जाता है।

तैयब मेहता का जन्म 26 जुलाई, 1925 को गुजरात के खेड़ा जिले के कपड़वंज कस्बे में हुआ। इनके जन्म के कुछ समय बाद ही उनका परिवार बॉम्बे (मुंबई) चला गया। वहाँ उनका पालन–पोषण बॉम्बे की क्रॉफर्ड मार्केट में हुआ, जहाँ दाऊदी बोहराओं की आबादी रहती थी। उनका परिवार शिया मुस्लिम सम्प्रदाय से था तथा उनके परिवार ने भारत विभाजन के समय पाकिस्तान जाने की बजाय हिंदुस्तान में ही रहने का फैसला किया।

बचपन में तैयब अपनी स्कूल की गर्मी की छुटियाँ अपनी नानी के घर बिताते थे। उन्हें सिनेमा और चित्रकला से बहुत लगाव था। अपनी स्कूली शिक्षा पूरी करने के बाद उन्होंने फिल्मों में अपना कैरियर बनाने की सोची क्योंकि उनके बचपन में तैयब के घर चित्रकला का कोई माहौल नहीं था। वह कहते है कि उन दिनों बोहरा मुस्लिम परिवार में जन्म लेने का मतलब यह भी था कि आपका कोई इतिहास नहीं है, कोई संगीत नहीं. कोई उपन्यास नहीं' यानी कुछ भी ऐसा नहीं' था कि परिवार में कला अध्ययन के प्रति अनुकूल राय बना पाता'[50] उनके परिवार का हिंदी सिनेमा के साथ मजूबत व्यवसायिक संबंध था। उन्होंने छायांकन का अध्ययन करने के लिए सेंट जेवियर्स कॉलेज के फजलभॉय संस्थान में प्रवेश लिया। द्वितीय विश्व युद्ध अभी समाप्त हुआ ही था तथा उस युग में, फिल्म स्टॉक उपलब्ध नहीं था। सिनेमा की पढ़ाई उन्हें रास नहीं आई, क्योंकि वे शाब्दिक ज्ञान की बजाय व्यावहारिक ज्ञान हासिल करना चाहते थे। उन्होंने व्यावहारिक अनुभव हासिल करने

---

50 भारद्वाज, विनोद, *बृहद आधुनिक कला कोश,* वाणी प्रकाशन 21–ए, दरियागंज, नई दिल्ली 110002, पृ० 145

के लिए फिल्म स्टूडियों में काम करने का फैसला किया।

प्रांरभ में, कुछ समय के लिए उन्होंने मुंबई के तारदेव में एक सिनेमा प्रयोगशाला 'फेमस स्टूडियो' में एक सहायक फिल्म संपादक के रूप में 1945 से 1947 तक काम किया। 1947 में भारत विभाजन के वक्त हिंदू–मुस्लिम दंगे भड़क गए, ये दंगे राजनेताओं ने भड़काए और अपराधियों ने फैलाए। वे शख्स अपराधी ही तो थे जिन्होंने धर्म के नाम पर खूनी खेल खेला। उस वक्त तैयब की उम्र 22 वर्ष थी, जब उसने मोहम्मद अली रोड पर एक शख्स को पत्थरबाजों द्वारा मारे जाने की घटना को अपनी आँखों से देखा, जिसे वो बर्दाश्त ना कर सके, अफसोस इसी बात का था कि वो कुछ कर ना सके। उस वक्त तैयब एक परिचित से मिले, जिनका नाम ए० ए० मजीद था। जो पहले से ही बॉम्बे फिल्म उद्योग के लिए एक कला निर्देशक के रूप में प्रसिद्ध थे और वह जे० जे० स्कूल ऑफ आर्टस के भूतपूर्व छात्र भी रह चुके थे। उन्होंने तैयब को कला स्कूल में शामिल होने के लिए प्रोत्साहित किया। उन्होंने तैयब को उसमें प्रवेश के लिए सिफारिश करने की पेशकश भी की। तब तैयब ने भी आत्ममंथन करके देखा तो पाया कि चित्रकला उनका पहला जूनून था। विभाजन के दर्द को तैयब अब चित्रों के रूप में चित्रित करके अपने उद्वेलित हृदय को शांत करना चाहते थे।

वर्ष 1947 से 1952 तक उन्होंने जे० जे० स्कूल ऑफ आर्टस में कला शिक्षा ग्रहण की और 1952 में पेंटिंग में डिप्लोमा के साथ स्नातक की उपाधि प्राप्त की। जे० जे० स्कूल ऑफ आर्टस में तैयब 'अकबर पदमसी' के संपर्क में आए और बाद में वे बॉम्बे प्रोग्रेसिव आर्टिस्टस ग्रुप का हिस्सा बन गए। जहाँ पर उन्होंने फ्रांसिस न्यूटन सूजा, सैयद हैदर रजा, मकबूल फिदा हुसैन के साथ कार्य करते हुए पश्चिमी आधुनिक शैली को अपनाया।

कुछ साल बाद 1959 में तैयब लंदन चले गए, जहाँ उन्होंने अपनी युवावस्था के महत्त्वपूर्ण वर्ष बिताए। इस दौरान वे अभिव्यक्तिवादी चित्रकार 'फ्रांसिस बेकन' के कार्यों से प्रेरित हुए। तैयब ने एक बार कहा था मानव आकृति के प्रति बेकन की प्रतिबद्धता अत्यंत महत्त्वपूर्ण हैं[51]। वर्ष 1964 में तैयब ने लंदन को छोड़ दिया और वे न्यूयार्क चले गए जहाँ उन्हें 1968 में 'जॉन डी० रॉकफेलर 3' फंड से फैलोशिप प्रदान की गई। न्यूयार्क में उनका काम अतिसूक्ष्मवाद से प्रेरित रहा, जिसे वहाँ के नागरिकों ने बहुत पसंद किया। वहाँ 'बार्नेट न्यूमैन' की कला से भी वे काफी प्रभावित हुए। विदेश में कई जगहों पर उन्होंने अपनी कला का प्रदर्शन करके ख्याति प्राप्त की। उसके बाद वे भारत आ गए। तैयब कहते है कि 'दुर्भाग्यवश हम पश्चिमी प्रभावों की उपेक्षा नहीं कर सकते लेकिन जरूरी यह है कि आप अपनी भावनात्मक पहचान बनाए रखें।[52]

भारत वापिस लौटने के बाद तैयब मुंबई में रहने लगे। अब उनकी चित्रकला में काफी निखार आ गया था। 1968 में तैयब के लिए ऐसा कठिन समय आया कि ना तो वो अपनी कला में ध्यान लगा पा रहे थे और ना ही कुछ नया सोच पा रहे थे। कुछ तो ऐसा रहा होगा जो उन्हें अदंर से कचोट रहा था, परन्तु वे उस दुख या उलझन को अभिव्यक्ति नहीं कर पा रहे थे। जब उनकी निराशा चरम सीमा पर पहुँच गई, तो उन्हें तुरंत एक ब्रुश निकाला और अपने कैनवास पर एक काली विकर्ण रेखा खींची, इस उम्मीद में कि इस कृत्य से उनकी निराशा दूर हो जाऐगी। यह एक विकर्ण रेखा उन्हें इतनी प्रभावशाली लगी कि बाद में उन्होंने इसकी पूरी एक 'विकर्ण श्रृंखला' बनाई। जिसमें उन्होंने अपनी कहानियों को दो विशिष्ट भागों में विभाजित किया। डायगनल को हमेशा ऊपर दांए से नीचले बांए तरफ ही बनाने के पीछे तैयब का कहना है कि इसकी कोई

---

51 भारद्वाज, विनोद, *बृहद आधुनिक कला कोश*, वाणी प्रकाशन 21–ए, दरियागंज, नई दिल्ली 110002, पृ० 145

52 वही, पृ० 146

खास वजह नहीं है बल्कि यह तरीका उनके मिजाज को भाता है तथा सरल भी है।[53]

डॉ० फुच्स के अनुसार उनके 'डायगनल' संयोजन बनाने का तरीका असल में एक बहुत पुरानी संयोजन पद्धति है जिसे 'Zed' जेड कहा जाता है इसे मैनेरिस्ट कलाकारों व इटालियन फासिस्ट कलाकारों ने बहुत इस्तेमाल किया था किंतु तैयब ने इसे अपनी संयोजन पद्धति के रूप में खोजा है।[54]

वर्ष 1970 में उन्होंने लघु फिल्म बनाई, जिसका नाम था कुदाल। यह फिल्म मूल रूप से ब्रांदा बूचड़खाने में फिल्माई गई। इसमें असहाय जानवरों परर हो रहे कत्लेआम को दर्शाया गया। इस फिल्म ने उन्हें अपना पहला फिल्मफेयर क्रिटिक्स अवार्ड दिलाया। इसी दौरान उन्होंने 'ट्रस्ड बैल' की पेंटिंग बनाई जो बहुत प्रसिद्ध हुई। उनकी कुछ प्रमुख कलाकृतियों का विवरण निम्नलिखित है –

1. **फॉलिग फिगर्स –** यह श्रृंखला उसी पत्थरबाजी और कत्लेआम की घटना से प्रेरित थी, जब उन्होंने मोहम्मद अली रोड स्थित लहरी हाऊस में रहते हुए एक युवक की जनता द्वारा हत्या देखी थी।
2. **उत्सव –** यह एक त्रिपिटक था, ऐसा कला कार्य जिसे आमतौर पर तीन भागों में विभाजित किया जाता है जिसमें लोगों को खुशी मनाते हुए दिखाया है।
3. **शांतिनिकेतन त्रिपिटक श्रृंखला –** उन्होंने शांति निकेतन में रहते हुए कई त्रिपिटक चित्रों की श्रृंखला तैयार की। जिन्हें बाद में 'शांतिनिकेतन त्रिपिटक श्रृंखला' के रूप में जाना गया। इसके चित्र काफी लोकप्रिय हुए।
4. **काली –** शांतिनिकेतन से प्रेरित होकर नारी शक्ति को चरितार्थ करने के लिए काली देवी का चित्र अपरम्परागत तरीके से किया।
5. **महिषासुर –** इसमें राक्षस महिषासुर को देवी दुर्गा के साथ चित्रित किया था। यह पेंटिंग एक पौराणिक कथा के बारे में है। जिसके अनुसार भैंस दानव 'महिषासुर' ने एक सौ वर्षों तक देवताओं को परेशान व भयभीत किया। इंद्र व अन्य देवताओं ने ब्रहमा, विष्णु, शिव से प्रार्थना की, देवी दुर्गा को दिव्य अस्त्र–शस्त्र प्रदान किए गए और फिर दुर्गा ने महिषासुर का वध किया। यह पेंटिंग 1993 में बनाई गई। इसमें रेखाओं का न्यूनतम प्रयोग है, इसलिए यह कलाकृति 'मिनिमलिस्ट पेंटिंग' मानी जाती है। यह पेंटिंग 1.584 मिलियन डॉलर में बेची गई।
6. **(इशारा) –** जेस्चरस इस श्रंखला में भी मानवाकृतियों के हाव–भाव महत्त्व रखते हैं न कि उनकी बाहरी सुन्दरता।

इसके अलावा उनकी कलाकृति 'ट्रस्ट बुल' जिसमें सांड को दर्शाया गया है और इसके अलावा 'रिक्शा पुलर' नाम की श्रृंखला में उन्होंने रिक्शाचालक को दर्शाया। ये दोनों कलाकृतियाँ भी प्रसिद्ध रही। उन्होंने गति को व्यक्त करने के लिए कई छवियों को बनाने की प्राचीन भारतीय तकनीक का इस्तेमाल किया। उनका बाकी कलाकारों के साथ मिलनसार व्यवहार रहा क्योंकि तैयब सरल स्वभाव के व्यक्ति थे।

अपने कार्य को संवेदना के साथ करना तैयब का स्वभाव था। 'वुमन ऑन रिक्शा' में हाथ से खींची जाने वाली रिक्शा में एक औरत को बैठे दर्शाया है और रिक्शा चालक को भीड़ में फँसा मजबूर चित्रित किया है। तैयब ने इस चित्र की संवेदना को समझाते हुए कहा था कि– 'रिक्शा कोई परिवहन का साधन नहीं है बल्कि ये

---

53 बिकलमैन, उर्सुला एंव निसिम एज़ेकी, *कलाकार आज : पूर्व पश्चिम दृश्य कला मुठभेड़,* द मार्ग फाउण्डेशन, 1 दिसम्बर 1987, पृ० 92

54 बिकलमैन, उर्सुला एंव निसिम एज़ेकी, *कलाकार आज : पूर्व पश्चिम दृश्य कला मुठभेड़,* द मार्ग फाउण्डेशन, 1 दिसम्बर 1987, पृ० 92

मजबूरी है।' इस कथन से उनकी मानवीयता का पता चलता है।

तैयब मेहता ने अपने काम के बारे में कहा था– एक कलाकार के काम पर चर्चा करने की प्रवृत्ति हमेशा माध्यम और उसकी तकनीकी के उपयोग पर ध्यान केंद्रित करने के लिए होती है या विषय वस्तु पर, जो एक बहुत ही तुच्छ अनुभव हो सकता है, न केवल उसे परिचित वस्तुओं की पहचान करने की अनुमति देता है। जब आप पेंटिंग की भाषा समझने लगते है, तो विषय गौण हो जाता है और सामग्री को प्राथमिकता मिल जाती है। विषय एक ऐसी चीज हैं। जिसके बारे में आप बात कर सकते है। परन्तु सामग्री भावनात्मक होती है। यह आप हैं.... जैसे अपने आप को शब्दों में बयाँ करना। यह मेरा जीवन है.... मैं जो कुछ देखता हूँ या अनुभव करता हूँ, उस पर मेरी प्रतिक्रिया बहुत ही निजी होती है।

विभाजन की क्रूर यादों को चित्रित करने के अलावा 'ट्रस्ड बुल' उनका ऐसा विषय रहा जो उन्होंने लगभग 30 वर्षों तक अपने कार्यों में शामिल किया। उनके लिए यह कई स्तरों पर महत्त्वपूर्ण था। यह एक महान ऊर्जा के अवरूद्ध होने का बयान था कि किस तरह से जानवर के पैर बांधकर उसे मारने के लिए बूचड़खाने के फर्श पर फेंक दिया जाता है। 1968 के आसपास, तैयब के कार्यों में एक आमूल परिवर्तन हुआ। उनके कार्य में अतिसूक्ष्मवाद की झलक मिली जोकि अमेरिकी प्रभाव था। 1970 के दशक में उन्होंने विकर्ण रचनाओं को चित्रित किया। तैयब ने बंधे हुए सांड को बनाया या गिरती हुई आकृतियाँ या फिर रिक्शा चालक को–वहाँ मनुष्य और पशु दोनों ही बेबस, लाचार, असहाय व उनकी बंधी–बुझी मुद्रा उन्हें बराबर खींचती हैं[55]।

निक्की टॉय टॉमकिंस सेठ द्वारा एक साक्षात्कार में यह पूछे जाने पर की उनके चित्रों में इतने सारे अंग व स्तन क्यों बनाए गए हैं पर तैयब कहते है कि इन तत्वों द्वारा वे कैनवास को संशोधित करते हैं जब वे मानवाकृति के साथ काम करते हैं तो गति के लिए बाध्य रहते हैं इसलिए व्यक्ति इन अतिरिक्त अंगों या स्तनों को एक तरह का 'एनीमेशन' भी कह सकता है जो 'गति' को दर्शाता है[56]।

हिमाननी मेहता ने बताया कि उनके पिता किसी भी विषय पर तुरंत प्रभाव से कार्य नहीं करते थे, बल्कि वे पहले इसके बारे में कई दिनों, महीनों तक गहराई से सोचते थे और फिर चित्रण करते थे। वे एक चित्र को तब तक बार–बार बनाकर नष्ट करते रहते थे, जब तक उन्हें अपनी कलाकृति से पूर्ण आत्म संतुष्टि नहीं मिल जाती थी। मुझे लगता है कि शायद यही कारण है कि मैंने उनके कई कार्यों में चिंतन की भावना देखी।

संथाल जनजाति के 'चरक पूजा' से प्रेरित त्रिपिटक बहुत मशहूर हैं, जिसमें जीवन भी है, मृत्यु भी है। एक और वसंतोत्सव के रंग रूपाकार है और दूसरी ओर इस हिंसक दुनिया के संदर्भ संकेत हैं। उनके बारे में अक्सर कहा जाता है कि कैनवास पर रूप मूर्तिशिल्प की भांति होते हैं यशोधरा डालमिया से एक बातचीत में वे कहते है कि सुविधा हो तो मैं पेंटिंग की जगह मूर्तिशिल्प ही बनाना चाहूंगा। उन्होंने सांड के कुछ मूर्तिशिल्प बनाए भी हैं कैनवास भी उनकी आकृतियाँ मूर्तिशिल्प जैसी प्रतीत होती है[57]।

तैयब बताते है कि 'मैं प्रायः एक–दूसरे के विरोधी रंगों को अपने चित्रों में रखता हूँ, वे अपनी शक्ति से एक–दूसरे को खारिज करने के लिए बढ़ते हैं। फलतः फलक पर तनाव भी बढ़ता है जैसे पीला रंग अपने स्वभाव में ही फैलाव करने वाला रंग है और नीला संकेन्द्रित होने वाला। इन दोनों को एक साथ रखने से

---

55 भारद्वाज, विनोद, *बृहद आधुनिक कला कोश,* वाणी प्रकाशन, 21–ए, दरियागंज, नई दिल्ली– 110002, पृ० 146

56 होसकोटे, रंजीत, *तैयब मेहता : आइडिया इमेज इक्सचेंज,* वढ़ेहरा आर्ट गैलरी, नई दिल्ली, पृ० 343

57 भारद्वाज, विनोद, *बृहद आधुनिक कला कोश,* वाणी प्रकाशन, 21–ए, दरियागंज, नई दिल्ली– 110002, पृ० 146

पीला रंग जैसे संकट में पड़ जाता है – विपत्ति और दुविधा में[58]।''

तैयब के कार्य में गिरती हुई आकृति विकर्ण के एक या दूसरी तरफ या फिर स्थिर मुद्राओं के साथ बनाई गई है। चौंकी हुई आखों वाले इन चौडे चेहरों में भय है, पीड़ा है, व्याकुलता है। साथ ही अपने अस्तित्व के लिए संघर्ष भी है। तैयब के काम में 'समसामयिकता' हैं। इनके चित्रों में खासतौर पर एक विवरण है जिसे हम विशेष रूप से ध्यान में रख सकते हैं। वह हैं हाथों व पैरों की खास मुद्राएं, एक निश्चित तनाव, बेचैनी, संघर्ष का तत्व – जैसे कि कोई फिर से मानवीय स्थिति को उसकी मूल नग्न अवस्था में मानने की ओर मुड़ रहा हो[59]।

तैयब मेहता का साक्षात्कार 1989 में कला इतिहासकार यशोधरा डालमिया ने लिया था। डालमिया ने प्रगतिशील कलाकारों के समूह के बारे में विस्तार से अध्ययन किया है। वर्ष 2011 में डालमिया ने तैयब मेहता पर 'ट्रायम्फ ऑफ विजन' लिखा था। डालमिया ने कहा कि तैयब ने चित्रों में बलि के लिए असहाय बैल को जनता के रूपक के रूप में प्रस्तुत किया है।

उम्र काफी बीत चुकी थी और तैयब मेहता बहुत बूढ़े हो चुके थे। उनका दिल 30 प्रतिशत ही काम कर पा रहा था। जीवन के आखिरी दिनों में तैयब अपने स्टूडियों में एक दीवार से दूसरी दीवार तक भी बहुत ही सहज–सहज चलकर उठते–बैठते और अपनी कलाकृतियों के साथ जी रहे थे। अचानक 2 जुलाई 2009 को मुंबई के एक अस्पताल में तैयब मेहता इस दुनिया को छोड़कर चले गए। उन्हें दिल का दौरा पड़ने से, तैयब की मृत्यु पर, उनकी पत्नी सकीना मेहता ने कहा कि – ''उन्होंने हमारे लिए जो छोड़ा, उसका सार यही है कि वह आज भी हम सभी के साथ रहता है।''

जब दुनिया के आसमान में जीवन रूपी पतंग की साँसों की डोर बहुत ज्यादा लंबी हो जाती है तो फिर डोर अक्सर अपने आप टूट जाती है। जीवन रूपी पतंग फिर नजरों से ओझल हो जाती है और आगे का सफर पतंग खुद तय करती है।

4.6 गुलाम रसूल 'संतोष'

कहते है कि 'कलाकार कभी नहीं मरते' ऐसा इसीलिए कहा जाता है क्योंकि कलाकार अपनी रचनाओं के जरिए इस दुनिया में अमर हो जाते हैं। जब–जब उनकी बात होती है, लगता है उनसे मुलाकात होती है।

एक ऐसा शख्स जिसने अपनी जन्मभूमि श्रीनगर के 'गुलाम रसूल डार' को अपना नाम और बचपन के प्यार 'संतोष' को अपने नाम में मोती की तरह सजा लिया।[60] इस तरह इस कला के दीवाने ने खुद को 'गुलाम रसूल संतोष' बना लिया।

उनके जीवन का सफर तब से शुरू हुआ जब कश्मीर के श्री नगर में, गुलाम रसूल डार के चिंकराल मोहल्ला के हब्बा कदल के पड़ोस में 20 जून, 1929 को उनका जन्म हुआ। इनके पिता पुलिस में नौकरी करते थे, जिससे इनके घर का गुजारा चलता था। इनके पिता की मृत्यु के बाद इनके कंधों पर परिवार की जीविका कमाने का ऐसा भार पड़ा कि इन्हें अपनी स्कूल की शिक्षा छोड़नी पड़ी और साईन बोर्ड, लेखन पेंटिंग,

---

58 भारद्वाज, विनोद, *बृहद आधुनिक कला कोश*, वाणी प्रकाशन, 21–ए, दरियागंज, नई दिल्ली– 110002, पृ० 88

59 संगीता, *आजादी के बाद भारत में आधुनिक कला आलोचना का विकास : आजादी के बाद भारतीय कला आलोचना*, नोशन प्रेस डॉट कॉम, प्रथम संस्करण 2017, पृ० 88

60 कौल, शांतिवीर, *जी० आर० संतोष की कला*, लस्टर प्रेस रोली बुक्स, पृ० 5

पेपरमैशी का काम, रेशम की बुनाई और दीवारों पर सफेदी करने जैसे कई मजदूरी के काम किए।[61] सन् 1952 में 'गुलाम रसूल' प्रगतिशील कलाकार संघ में शामिल हो गए, जो एक युवा कलाकारों का समूह था। घर के सभी खर्चों के साथ–साथ अपनी कला हेतू सामान के लिए भी वे कुछ पैसे निकाल लेते थे।

शुरूआत के दिनों में उन्होंने जल रंगों के प्रयोग द्वारा कई भू–दृश्य बनाए, जिनमें झेलम और डल झील के चित्र इनके इतने प्रिय विषय रहे कि इन्होंने फिर से अपने रंगों में उतारा। पहले जब वे दीना नाथ रैना जी के पास चित्रकारी सीखते थे और दूसरी बार तब जब वे प्रोफेसर एन० एस० बेन्द्र साहब से चित्रकारी सीखकर आए थे। 1954–1956 तक बड़ौदा विश्वविद्यालय में उन्होंने एन० एस० बेंद्रे के मार्गदर्शन में रंग और उसकी परतों की समझ ली। संतोष ने दिल्ली के गढ़ी स्टूड़ियों में भी कार्य किया था।[62]

शुरूआत से ही कश्मीरी परिवेश में रहने के कारण गुलाम रसूल जी की कला में उनका कश्मीरी लगाव साफ नजर आता है। कश्मीर में रहते हुए संतोष ने कश्मीर के प्राकृतिक सौंदर्य के कई चित्र बनाए, जिनमें कई प्रभावादी शैली लिए हुए थे। कभी–कभी स्वयं के शबीह चित्र व अन्य पोट्रेस भी बना लेते थे। उस समय के दृश्यचित्र अब सब नष्ट हो चुके हैं क्योंकि उन दिनों फोटो लेने का चलन बहुत कम था।

जी० आर० संतोष हमेशा वातावरण के अनुरूप ही रंगों का चुनाव करते हैं। वह सर्दियों में एक्रेलिक के साथ पेंट करते हैं जबकि गर्मियों में तेल रंगों से, ताकि गर्मी में वह तेल रंग से आसानी से व आराम से चित्रण कर सके, बिना किसी इस डर के कि वे एक्रेलिक की भांति जल्दी सूख जाएंगे।

संतोष को एक्रेलिक में कुछ ऐसे फायदे मिलते है जो उसे तेलों में नहीं मिलते क्योंकि एक्रेलिक आधारित रंगों के साथ दरारों की समस्या तेलों की तुलना में बहुत कम है। ये रंग फीके भी नहीं पड़ते हैं, साथ ही रंगों में गंध भी नहीं आती है किंतु वे ऐक्रेलिक के नुकसान से भी वाकिफ है जब वे सूखते हैं तो गहरे पड़ जाते हैं इसलिए पेंटिंग की तान का वह पहले ही ध्यान रखते हैं।[63]

जब वे प्रगतिशील कलाकार संघ में शामिल हुए, तब इस संघ के विचारों पर सेजॉन और घनवाद का अत्यंत प्रभाव था। इसलिए शुरूआती भू–दृश्य चित्रों में उन्होंने घनवाद को अपनाया। विशेष तौर पर उनकी कला पर पिकासों का सबसे अधिक प्रभाव रहा। सन् 1954 में गुलाम रसूल जी ने महाराजा सयाजीराव यूनिवर्सिटी, बड़ौदा में दो साल नॉन–कॉलेजिएट स्टूडेंट रहकर प्रोफेसर एन० एस० बेंद्रे जी के साथ काम किया। जो उस वक्त कला विभाग के प्रधान थे। एन० एस० बेंद्रे साहब व्यक्ति चित्र और शरीर चित्रण में माहिर थे। बेंद्रे जी के साथ रहकर गुलाम रसूल जी ने बहुत ज्यादा मात्रा में चित्र बनाए, जिनमें व्यक्ति चित्र, भू–दृश्य चित्र बहुत मात्रा में थे और इन चित्रों में अधिकतर घनवाद की छाप दिखाई देती है।

पेंटिंग शुरू करने से पहले संतोष ड्राइंग करने में काफी समय लगाते हैं वे अपनी ज्यामितीय संरचनाओं और रंगों की परतों पर काम करते हैं। अपने चित्रों की व्याख्या करते हुए संतोष कहते है कि ज्यामितीय आकृति यंत्र है। एक यंत्र, मंत्र या ध्वनि की संबंधित छवि है चूंकि मंत्र शुद्ध ध्वनि है, ज्यामिति शुद्ध रूप है। संतोष के चित्रों में सीधी छवि त्रिभुज की अवधारणा पर आधारित है। जो लगातार खंडित होती जाती है। वह त्रिभुजों

---

61 वही, पृ० 4

62 चावला, रूपिका सरफेस एण्ड डेप्थ : इण्डियन आर्टिस्ट्स एंट वर्क वाइकिंग पेंगुइंगे बुक्स इण्डिया प्राइवेट लिमिटेड, 210, चिरंजन टॉवर 43 नेहरू पैलेस, नई दिल्ली, 110019, इण्डिया, पृ० 231

63 चावला, रूपिका सरफेस एण्ड डेप्थ : इण्डियन आर्टिस्ट्स एंट वर्क वाइकिंग पेंगुइंगे बुक्स इण्डिया प्राइवेट लिमिटेड, 210, चिरंजन टॉवर 43 नेहरू पैलेस, नई दिल्ली, 110019, इण्डिया, पृ० 228

के अनेक रूपों का प्रयोग करता है। प्रत्येक त्रिकोणीय इकाई की अपील और अर्थ अलग–अलग रंग के ग्लेज और उनके सरल और ज्यामितीय संयोजनों द्वारा लाए गए सूक्ष्म बदलावों पर निर्भर करता है।[64]

वे कई–कई घंटों अपने दोस्तों से कला के बारे में विचार–विमर्श करते रहते थे। उन्होंने विदेशों में भी अपने कई कलाकार मित्र बनाए व 1956 ई० में कश्मीर लौट आए। उन्होंने अपने जीवन में न्यूयार्क, काबुल, शिकागो, तेल अवीव, लॉस एंजिल्स, काहिरा, ज्यूरिख, होनोलूलू, टोक्यो, दुबई, मनीला, मांट्रिएल की यात्राएँ की और कई देशों में उनके चित्रों की प्रदर्शनियाँ लगी। कश्मीर वापिस लौटने के बाद उन्होंने सन् 1959 ई० तक क्यूबिस्ट शैली (घनवाद) में काम किया। संतोष के परिदृश्य का विषय लगभग हमेशा कश्मीर ही था क्योंकि यह उनके दिल में बसा हुआ था। 50 के दशक के उत्तरार्ध में उन्होंने हिन्दू तांत्रिक रहस्यवादी धार्मिक परम्पराओं में स्वदेशी जड़ों की खोज की, जो सदियों से कश्मीर में मौजूद थी, वे सूफी रहस्यवादी काव्य से भी गहनरूप से प्रभावित हुए।[65]

इसके बाद 1964 ई० में उन्होंने अपनी कला में इम्पैस्टो तकनीक के साथ सफलतापूर्वक प्रयोग किए और इस शैली में कुछ यादगार चित्रों का चित्रण किया। बाद में उनके चित्रों में आकृतियाँ अमूर्त होने लगी जो उनके जीवन और विचारों में आए एक बड़े बदलाव का संकेत था। इस बदलाव को जानना बहुत जरूरी है क्योंकि इसके बिना उनके जीवन की कहानी अधूरी है।

सन् 1964 ई० में ही जब उन्होंने दक्षिणी कश्मीर में 'अमरनाथ' की यात्रा की तो इस यात्रा का उन पर इतना गहर असर हुआ कि वे मन से शिव–शक्ति के भक्त बन गए और इनके विचार शिवमय हो गए। इसके फलस्वरूप ये शैव दर्शन की ओर मुड़ गए। एकदम से इनकी तंत्र में रूचि बहुत बढ़ गई। अब चूंकि, शिव को तंत्र विज्ञान का जन्मदाता माना जाता है और शक्ति को उनकी अद्धागिनी जिन्हें अर्द्धनारीश्वर की झलक में दिखाया भी गया है, को देखकर इन्होंने शिव–शक्ति और तंत्र विज्ञान के चित्रण को ही अपना लक्ष्य बना लिया। इसीलिए फिर इनकी कलाकृतियाँ अमूर्त होकर तंत्र के ज्यामितीय चित्रों में बदलने लगी। उन्होंने इस शैली को नव–तंत्र शैली का नाम दिया। वे इस नई शैली के संस्थापकों में गिने जाते हैं। क्योंकि वे इस शैली के अग्र–दूत थे।

जी० आर० संतोष ने गंभीरता से चित्रण पचास के दशक में ही करना शुरू किया। वह अक्सर परिदृश्य ही चित्रित करते थे। इसलिए सेजॉन के कार्य के बहुत प्रशंसक थे। बेन्द्रे के सानिध्य में अध्ययन करते समय एक बार उन्होंने संतोष को कहा था कि 'संतोष, लैण्डस्केप, पेंट करना बहुत आसान है। तुम आकृति (फिगर) पेंट करो।' इस प्रकार संतोष घनवादी शैली में अलंकारिक चित्रकार बन गया। अब फिगर पहले से ज्यादा शैलीबद्ध हो गए। उनका सांस्कृतिक लोकाचार मनुष्य को तब तक उपर उठाता है जब तक कि वह ईश्वर जैसा न हो जाए, जबकि ग्रीक अवधारणा में देवता को एथलीट जैसा दिखाया है जो बिल्कुल विपरीत है। 60 वें दशक की शुरूआत में हमारे देश में तेल रंगों की गंभीर कमी थी। तेल रंग आसानी से उपलब्ध नहीं थे। संतोष का कहना है कि उन्हें इस दौरान बहुत मुश्किलों का सामना करना पड़ा, क्योंकि वे शुरूआत से ही इम्पेस्टो का इस्तेमाल कर रहे थे। उसी समय बड़ौदा में कुछ कलाकार एनकास्टिक तकनीक के बारे में जानते थे जिसे मिस्त्र के लोगों द्वारा ताबूतों पर पेंट करने के लिए अपनाया था। वह तकनीक कुछ समय के लिए संतोष ने अपनाई। इस दौरान उन्हें अपने कार्यों में कुछ कमी महसूस होने लगी। अब उन्होंने दो साल तक पेंटिग

---

64 चावला, रूपिका सरफेस एण्ड डेप्थ : इण्डियन आर्टिस्ट्स एंट वर्क वाइकिंग पेंगुइंगे बुक्स इण्डिया प्राइवेट लिमिटेड, 210, चिरंजन टॉवर 43 नेहरू पैलेस, नई दिल्ली, 110019, इण्डिया, पृ० 228–229

65 डालमिया, यशोधरा एवं अन्य, भारतीय समकालीन कला : आजादी के बाद, वढेरा आर्ट गैलरी, नई दिल्ली, पृ० 258

करना बंद कर दिया और अपनी जड़ों व अपनी पहचान को खोजना शुरू किया और पाया की यहाँ आध्यात्मिक स्पर्श की कमी है। भारत देश में विशुद्ध रूप से ज्यामितीक छवियों की परम्परा है। अब ज्यामिती से लेकर 'राग' तक पर भारत में चित्रण हो चुका था तो कुछ नया करने के लिए संतोष ने 'तांत्रिक कला' को चुना।[66]

नवतंत्र शब्द को डॉ० एल० पी० सिहारे ने उन कलाकारों के काम को परिभाषित करते हुए गढ़ा था जिन्होंने तंत्र की पवित्र ज्यामिति को अपनी दृश्य भाषा के रूप में स्वीकार किया था। नव तंत्रवाद 1960 के दशक में के० सी० पणिकर और उनकी श्रृंखला 'शब्द और प्रतीक' से प्रकट हुआ, जिसमें 'पन्निकर ने ज्योतिषीय तत्वों, तमिल लिपि से प्रेरित सुलेखन रूपों और मंत्रों या ब्रह्माण्डीय कंपन और ध्वनियों से संबंधित कल्पना के माध्यम से एकता की अवधारणा को उजागर करने के लिए दृि–आयामी तांत्रिक आरेखों को शामिल किया।[67]

नव–तांत्रिक कला को न केवल भारतीय कला में अपने भिन्न रूप व अलंकरण की प्रधानता के लिए बल्कि एक प्रमुख अमेरिकी अमूर्तता के लिए भी एक अद्वितीय रूप से अपनाया गया।

ऐतिहासिक रूप से अमूर्त कला के कुछ महान स्वामी जैसे कैंडिंस्की, मोंडियन, मालेक्वि और पॉलक्ले आदि, जो उपनिषद और वेदांतिक शिक्षाओं की ओर बहुत अधिक आकर्षित थे, आंशिक रूप से थियोसिफिस्ट और एंथोसोफिस्ट आदि के लेखन के माध्यम से और आंशिक रूप से प्रत्यक्ष स्त्रोतों के माध्यम से। पहले से ही भारतीय कलाकारों के लिए भारतीय गूढ़ सिद्धांतों के नए क्षेत्रों का पता लगाने का मार्ग प्रशस्त किया ताकि उन्हें अपने सौन्दर्य सिद्धांतों और रचनात्मक दृष्टि को तैयार करने और समृद्ध करने के लिए रूपांतरित किया जा सके।[68]

संतोष की प्राथमिक चिंता स्थूल जगत और सूक्ष्म जगत के बीच एकता के मुद्दों पर प्रकाश डालना है हालांकि उनके चित्रों में मानव रूपों के लिए एक स्पष्ट दृश्य संदर्भ है वे वहां मनुष्यों का जानबुझकर प्रतिपादन नहीं करते हैं बल्कि उन्हें एक आंतरिक परिर्वतन के लिए विचारोत्तेजक प्रतिक्रियाओं के रूप में देखा जाना चाहिए। उनकी आकृतियाँ विशिष्ट प्रतीकात्मक अर्थो, रहस्यवादी मनोदशाओं और अंतरिक्ष की खोज से ओत–प्रोत है। इनकी रचनाएँ गहरी व्यक्तिगत और आध्यात्मिक दृष्टि से प्रेरित रंगों से भरी हुई है।

नव तांत्रिक कला का पश्चिमी रूप तंत्र की विदेशी और गूढ अपील के साथ जटिल रूप से उलझा हुआ था, जो यौन मुक्ति और रहस्यवाद के युग के साथ प्रतिध्वनित होता था। नव तांत्रिक कला का अद्वितीय और शक्तिशाली काउंटरप्वाइंट के रूप में देखा गया था, न केवल भारतीय कला में अलंकरण की प्रधानता के लिए बल्कि एक प्रमुख अमेरिकी अमूर्तता के लिए भी।[69]

इसी दौरान जब उन्होंने हरि पर्वत पर पत्थर में उत्कीर्ण 'शारिका यंत्र' देखा तो इसे देख सम्मोहित से हो गए और बार–बार इसको देखा व इसे अपने दिमाग में इस कदर बसा लिया कि उनमें तंत्र और यंत्र विज्ञान की पहेलियों को सुलझाने की उत्सुकता जाग उठी। इसी दिशा में जब वे प्रयासरत थे तो उन्होंने सिंधु–घाटी

---

66 बिकलमैन, उर्सुला एंव निसिम एज़ेकी, *कलाकार आज : पूर्व पश्चिम दृश्य कला मुठभेड़,* द मार्ग फाउण्डेशन, 1 दिसम्बर 1987, पृ० 53

67 आप्टे, सविता, *नियो तांत्रिक आर्ट एज़ लिबरेशन,* 11 फरवरी 2020, अभिगम तिथि– 19 दिसम्बर 2022, https://www.Sotheby's.com/en/articles/neo-tantric-art, Indian of South Asian modern & contemporary art

68 शर्मा ओ० पी० ओम प्रकाश, *फॉर्टी ईयरस 1958–1998,* ओ०पी० शर्मा, 49 भारती आर्टिस्ट कॉलोनी, विकास मार्ग, दिल्ली 110092, पृ० 124

69 आप्टे, सविता, *नियो तांत्रिक आर्ट एज़ लिबरेशन,* 11 फरवरी 2020, अभिगम तिथि– 19 दिसम्बर 2022, https://www.Sotheby's.com/en/articles/neo-tantric-art, Indian of South Asian modern & contemporary art

सभ्यता के अवशेषों की जानकारी का बहुत गहन अध्ययन किया। उनके अनुसार हड़प्पा की लिपि वास्तव में लिपि नहीं है बल्कि ये प्रतीकों का एक सेट है। प्राचीन सभ्यताओं के लोग जादू–टोना, तंत्र–मंत्र–यंत्र में बहुत लीन रहते थे। इसलिए जी० आर० संतोष ने कहा कि हड़प्पा के प्रतीकों का सही अनुवाद तंत्र की भाषा को समझकर हो सकता है। इसके लिए उन्होंने प्रतीकों की भाषा को समझने के लिए एक पुस्तक भी लिखी जो उनके जीवन में कभी प्रकाशित नहीं हो पाई। क्योंकि कोई भी खोजकर्ता उनकी तरह तंत्र में रूचि नहीं ले रहा था, सब प्राचीन लिपियों में ही अर्थ ढूँढ रहे थे। 'संतोष' खुद प्राचीन लिपि के इतने अच्छे जानकार थे कि 'शारदा' नामक विलुप्त प्राचीन कश्मीरी लिपि के वे एकमात्र जानकार रह गए थे। वे इस लिपि को पढ़ और लिख सकते थे। इसके साथ ही शैववाद और तंत्र साधनाओं व यंत्रों का वह गहन अध्ययन कर चुके थे। सन् 1985 ई० में कैलिफोर्निया विश्वविद्यालय, लॉस एंजिल्स में नव–तंत्र परंपरा से प्रेरित, समकालीन भारतीय कला प्रदर्शनी सहित उल्लेखनीय अंर्तराष्ट्रीय स्तर पर उनकी कृतियाँ प्रदर्शित की गई है। इससे पहले 1969 ई० में साओ पाऊलो की दसवीं कला द्विवार्षिकी में कार्य प्रदर्शित किया जा चुका था। भारत में उन्हें 1958 ई० में पहली बार पेंटिंग के लिए राष्ट्रीय पुरस्कार और बाद में दो बार और प्राप्त हुआ। सन् 1977 में उन्हें सरकार द्वारा 'पदम श्री' से सम्मानित किया गया।

संतोष जी बताते है कि जब मैंने शिव–शक्ति तंत्र को लेकर कार्य करना आरंभ किया तो मैं नहीं जानता था कि मैं इसे कैसे पेश या सांझा कर पाऊँगा, लेकिन यह मुझे बहुत आनन्द देता है साथ ही मुझे पूरा विश्वास है कि 'शक्ति' और 'तंत्र' के लिए मेरा आकर्षण मुझे बहुत आगे तक ले जाएगा।

संतोष का कहना है कि तंत्र बहुत की प्राचीन धारणा है लेकिन यह 'आज' के साथ भी उतना ही सम्बन्धित है। तंत्र आमतौर पर कुछ बुनियादी सार्वभौमिक सिद्धांतों पर आधारित होता है। वे प्रकृति के शाश्वत नियमों की तरह है।[70]

बाद में वे कश्मीर में एक प्रशंसित रहस्यवादी कवि के रूप में विख्यात हुए। वे उर्दू में भी लिखते थे। उनके उर्दू उपन्यास 'समंदर प्यासा है' ने साहित्य में बहुत प्रशंसा बटोरी। 1979 में साहित्य अकादमी ने उन्हें कश्मीर में कविताओं के संग्रह के लिए सम्मानित किया जिसका शीर्षक बेसुख रूह था।[71]

धीरे–धीरे समय बदलता गया और जब उनके प्रशंसको ने उनके काम में विख्यात चित्रकला पॉल क्ले जैसी समानता पाई, तब जाकर इस कला (नव–तंत्र) को समझ पाए और फिर हर तरफ गुलाम रसूल संतोष की तारीफ होने लगी और हिंदुस्तान में उन्हें इस शैली का जन्मदाता माना गया।

बीरेन–डे के चित्र भी नव–तांत्रिक रूपों को समाहित किए हुए है। जो अवचेतन की गहराईयों से उपजे हैं 1959 के अंत में बीरेन ने कुछ प्रतीक रूपों को चुना। इनमें अंग्रेजी के 'यू' अक्षर जैसी वक्रता में प्रकृति को प्रकट किया व फान की भांति चिन्ह को पुरूष का रूप दिया।[72]

संतोष ने कश्मीरी में नाटक, कविता, निबंध भी लिखे। सन् 1980 ई० में उन्होंने महाकाव्य की परंपरा में एक लंबी कविता 'शक्ति विचार' लिखी। उनकी कार्यशैली को सिर्फ तंत्र शैली कह देना सार्थक नहीं होगा। निश्चित रूप से वह ऐसे कलाकार थे, जिनका तंत्र–मंत्र के प्रति लगाव ने उनके जीवन के अंतिम तीन दशकों में मार्ग प्रशस्त किया। लेकिन तंत्र की ओर मुड़ने से पहले वह अन्य शैलियों में निपुण हो चुके थे। वे अपने चित्रों में

---

70 सुलतान, प्रवीन, *फेस टू फेट विद् गुलाम रसूल संतोष*, कला प्रकाशन–2011, पृ० 13

71 डालमिया, यशोधरा एवं अन्य, *भारतीय समकालीन कला : आजादी के बाद*, वढेरा आर्ट गैलरी, नई दिल्ली, पृ० 258

72 मुखर्जी, अजीत, *बीरेन–डे*, ललिता कला अकादमी, नई दिल्ली, 1985, अनुवाद– प्रयाग शुक्ल, पृ० 3

कई अवधारणाओं को प्रतिबिंबित कर पाने में सक्षम थे। केंद्रीकृत नाद बिंदु सहित तांत्रिक प्रतीक, नर और मादा ऊर्जा का शिव–शक्ति संयोजन, ज्यामितीय यंत्र और डिजाईन और रंग का एक वास्तविक ओज विशेष रूप से संतोष के चित्रों को प्रभावशाली बनाता है।

संतोष की कला, विशेष रूप से तथाकथित नव–तांत्रिक कार्य के विश्लेषण से पता चलता है कि सचित्र स्थान लंबवत् रूप से द्विभाजित है और इस काल्पनिक विभाजन के दोनों ओर की छवियाँ एक–दूसरे के प्रतिबिंब है। ये बिल्कुल सटीक, सममित, पार्श्व रूप से उलट प्रतिबिंब हैं। दूसरे शब्दों में, प्रत्येक रचना जुड़वाँ दर्पण छवियों का एक संयोजन है।

एक वृत – अनंत का एक मान

बिंदु – 1 अंक का मान

एक सीधी रेखा – मान 2

एक त्रिभुज – मान 3

एक पंचभुज – मान 5

एक षटकोण – मान 6

और उच्च क्रम के बहुभुज के रूप में देखने को मिलते हैं। इन उच्च बहुभुजों का अंक मान अधिकतर 9, 12, 18, 26, 36 के विन्यास में होता है। इन सभी अंकों का कश्मीर, शैव दर्शन में बहुत महत्त्व है।

(अंक 36) – अंक '36' स्वाभाविक रूप से ज्यामिती और ज्यामितीय रूपों का प्रतिनिधित्व करता है।

(अंक 18) 6×3 = 18 है, छत्तीस का आधा यह शक्ति के 18 औपचारिक गुणों व 18 भुजाओं को दर्शाता है।

(अंक 9) 6+3 = 9 है, छत्तीस का एक चौथाई। यह तिमाही नर या नौ योनि मंडल है, जो श्री यंत्र का आंतरिक घेरा है। इसे 3 त्रिभुजों के ज्यामितीय विन्यास द्वारा दर्शाया जाता है।

(आयत व चतुर्भुज) आयत और अन्य चतुर्भुज चित्रों में बहुत कम देखने को मिलते हैं। इनका चित्रण कम हुआ है।

(हिरण्यगर्भ) अंडाकार आकृति हिरण्यगर्भ या आकाशीय डिंब को दर्शाता है। इसे अंडाकार चित्रों में बार–बार दोहराया है।[73]

माना कि उपरोक्त ज्यामितीय संरचनाएँ द्वि–आयामी हैं। पर यहाँ उनका निर्माण और स्थिति तीसरे आयाम का सुझाव देती है, इस प्रकार त्रिभुज पिरामिड बन जाता है और वर्ग एक घन का रूप ले लेता है। इस प्रकार उच्च बहुभुज संरचनाएँ त्रि–आयामी होते ही जटिल क्रिस्टल बन जाती हैं। ये दर्शक को रंगीन कांच के टुकड़ों की खिड़की की याद दिलाती हैं।

इसके बाद 'संतोष' के कार्य में घुमावदार रूप दिखाई देते है, जो बादल जैसी संरचनाओं को जन्म देते है। एक निश्चित दृष्टिकोण से देखा जाए तो संतोष के अधिकांश नव–तांत्रिक चित्र पदमासन, कमल की स्थिति में बैठे महिला के शैलीगत चित्रों की तरह दिखते हैं। उनके चित्रों में सहस्त्रदल कमल कुंडलिनी सर्प और

73 कौल, शांतिवीर, *जी० आर० संतोष की कला*, लस्टर प्रेस रोली बुक्स, पृ० 12, 13

अन्य कई गूढ़ रचनाएँ भी दर्शाई गई है। बार–बार चित्रों में शिव और शक्ति को प्रतीकों में दर्शाया है।

संतोष ने एक बार कहा था कि "मैं स्कैच नहीं करता, मैं कैनवास को केंद्रीय अक्ष के नीचे विभाजित करता हूँ और शुरू करता हूँ। चूँकि मैं रंग को प्रकाश के रूप में बनाने की कोशिश करता हूँ। पेंटिंग धीरे–धीरे बनाई जाती है किंतु लोग अनायास ही प्रतिक्रिया देते हैं। मैं उनसे कहता हूँ कि इसके लिए समय निकाला और चारों और से कई मार्गो से एक ही मूल बिंदु पर आते हैं इन चित्रों को चिंतनशील जीवन से जोड़ते हुए।[74]

संतोष की पेंटिंग रंगों की जीवंतता, साफ–सुथरी रेखाओं, आध्यात्मिक उर्जा, तंत्र के गूढ़ अर्थों, कामुकता के लिए जानी जाती हैं। कुमारी टीकू ने 1991 के एक अखबार के लेख में कहा था कि संतोष ने ज्यामिती और उच्च रूप में गणित के माध्यम से खुद को व्यक्त किया और उनके पुरूष–महिला निर्माण ने अस्तित्व के हिंदू आधार को मूर्त रूप प्रदान किया। ज्यामिती केवल अंतरिक्ष के विभाजन को समझने में मदद करती है। उन्होंने टीकू से कहा 'हालांकि मैं अंतरिक्ष (स्पेस) की प्राप्ति के लिए प्रयास करता हूँ।

अनायास ही 10 मार्च, 1997 को 68 वर्ष की आयु में दिल का दौरा पड़ने से उनकी मौत हो गई। कला समुदाय अपना शोक व्यक्त करने के लिए उमड़ पड़ा। नई दिल्ली में बहादुरशाह जफर मार्ग स्थित क्रबिस्तान में भीड़ जमा हो गई।

मौत के कई दशक बाद भी उनका बेटा शब्बीर आज भी उनकी सारी सामग्री जुटा रहा है। संतोष के जीवन की अनेकों यादें जो बिखरी पड़ी हैं। हरि पर्वत पर शारिका यंत्र को देखकर जो जीने का मकसद संतोष ने ढूँढ़ा था। उसके फलस्वरूप अपने चित्रों और अपनी प्रतीक भाषा की अप्रकाशित पुस्तक के द्वारा संतोष ने हड़प्पा की पहेली को सुलाझने की बात कही थी।

आज शब्बीर का मानना है कि उनके पिता के चित्रों को तकनीक द्वारा त्रि–आयामी रूप में बदलकर देखने की जरूरत है और साथ ही उनकी प्रतीक की पुस्तक के जरिए वो कुंजी हासिल हो सकती है, जिससे ये दुनिया हड़प्पा की प्राचीन भाषा को पढ़कर उस बीते युग के इतिहास को जान पाऐगी। इसके बारे में संतोष ने स्वयं लिखा था कि ......It is said

> When there was nothing
>
> That, indeed, was everything.
>
> यह कहा जाता है कि
>
> जब कुछ भी नहीं था
>
> तब, वास्तव में, सब कुछ मौजूद था।[75]

सन् 1997 में 'संतोष' की मृत्यु के बाद भी उनके कार्यों की वर्ष 2003 से वर्ष 2011 तक बहुत सारी कला प्रदर्शनियों का आयोजन किया गया। देश–विदेश के कई संग्रहालयों और कला दीर्घाओं में 'संतोष' के चित्र मौजूद हैं तथा उनके कुछ चित्र अनेकों कला प्रेमियों के निजी संग्रहों में भी मौजूद हैं। 'संतोष' की अनेकों रचनाओं को प्रकाशित करने के साथ ही उनका अंग्रेजी में भी अनुवाद किया जा चुका है।

---

74 वही, अंतिम कवर पृष्ठ

75 नायर, उमा (क्यूरेटर), *गुलाम रसूल संतोष : द काश्मीर शैव (1929–1997)*, इण्डियन काउंसिल फॉर कल्चर रिलेशन, पृ० 43

4.7 अनुपम सूद

'छाप' एक अक्स (प्रतिबिंब) है, किसी भी साँचे या रेखांकन में इसके माध्यम अलग–अलग हैं। छाप जब मेहंदी की हो तो लकड़ी के अंलकृत नमूनों की जरूरत पड़ती है और यही नमूने कपड़े पर छाप डालते हैं तो बाटिक कला बन जाती है। इसी तरह धातु से छापा चित्रण में जस्ता (जिंक) धातु की प्लेट का प्रयोग होता है। इन सबके माध्यम व तकनीक भिन्न हैं, परन्तु हैं तो ये सब 'छाप' ही, और ऐसी छाप जिसे नजरों से देखें तो अक्स दिल तक उतर जाए, इसके लिए 'हुनर' की जरूरत पड़ती है।

कलाकार सत्य की छाप अपने चित्रों में उकेरता है। आज हम एक ऐसी कलाकार की जीवन यात्रा के बारे में जानेंगे, जिसने समाज में कड़वे सत्य को देखा और धातु पर उकेर कर कागज पर चित्र की ऐसी छाप छोड़ी कि वह दिलो–दिमाग तक उतर गई तथा साथ ही अपनी एक नई कार्यशैली विकसित की। उन्हें कला जगत में 'अनुपम सूद' के नाम से जाना जाता है।

अनुपम सूद का जन्म सन् 1944 में पंजाब के होशियारपुर में हुआ था। पंजाब (पंच+आब) जहाँ पाँच नदियों के आब (पानी) का संगम और धरती हरियाली की चादर ओढ़े रहती है। उसी पंजाब के पंजाबी परिवेश में अनुपम का पालन–पोषण हुआ। अनुपम को अपनी माँ से बहुत लगाव था। उनकी माँ शास्त्रीय संगीत की प्रशंसक थी, जबकि पिता पंजाबी रंगमंच के मुरीद थे। माँ उपनिषद् पढ़ती थी और पिता जासूसी कहानियाँ पढ़ते थे। उनकी माँ का ध्यान घरेलू कामकाज पर जबकि पिता का शारीरिक सौष्ठव व पहलवानी पर रहता था। इन सब चीजों का अनुपम पर बहुत प्रभाव पड़ा। अनुपम का परिवार धर्म और पारंपरिक रीति–रिवाजों का पालन करता था। धीरे–धीरे वक्त बीतता गया और अनुपम ने युवावस्था में प्रवेश किया। अनुपम ने अपनी अधिकांश युवावस्था हिमाचल प्रदेश की पूर्व ब्रिटिश ग्रीष्मकालीन राजधानी शिमला में बिताई।

अनुपम सूद ने वर्ष 1962–67 तक दिल्ली के कालेज ऑफ ऑर्ट में ललित कला का डिप्लोमा प्राप्त किया। फिर 1967 में, वह अपने गुरु और शिक्षक जगमोहन चोपड़ा द्वारा स्थापित कॉलेज में कलाकारों के एक संघ समूह 'ग्रुप 8' की सबसे कम उम्र की सदस्य बनी। यह ग्रुप भारत में प्रिंटमेकिंग की जागरुकता को बढ़ाने के उद्देश्य से बनाया गया था। इसी दौरान सोमनाथ होरे कॉलेज के प्रिंटमेकिंग विभाग को अपने अथक प्रयासों से पुर्नजीवित कर रहे थे। सोमनाथ होरे के साथ कार्य करके अनुपम ने अपनी कला को विकसित किया जगमोहन चोपड़ा से भी प्रिंट मेकिंग की बारीकियाँ सीखीं। ये दोनों ही अनुपम के प्रेरणा स्त्रोत रहे।

एक बार दिल्ली कॉलेज ऑफ ऑर्ट में प्रिंटमेकिंग के कार्य के दौरान जब अनुपम ने अपने शिक्षक से इस क्षेत्र की संभावनाओं के बारे में पूछा तो उन्हें शिक्षक से यह उत्तर मिला कि ''इस विषय का कॉलेज से बाहर कोई स्कोप नहीं है। प्रिंटमेकिंग की हस्तनिर्मित विधि बहुत पुरानी हो चुकी है और बाजार में प्रिंटमेकिंग का ऐचिंग कार्य आधुनिक मशीनों से कम समय में सटीकता से होने के कारण, कलाकारों ने पुराने कठिन हस्तनिर्मित प्रिंटमेकिंग के कौशल को त्याग दिया है क्योंकि इसमें परिश्रम बहुत लगता है और कार्य भी बहुत धीरे–धीरे करना पड़ता है।

अनुपम ने शिक्षक के उत्तर पर प्रतिक्रिया देते हुए कहा कि यदि कॉलेज के बाहर इसका कोई भविष्य नहीं है तो आप इस विषय को क्यों पढ़ाते हैं ? इस पर गर्मियों में जगमोहन चोपड़ा ने एक मशीन खरीदी और अपने घर के लिविंग रूप में एक अस्थायी स्टूडियो बना डाला। जो लोग यहाँ कार्य करते थे उन्हें बाद में 'ग्रुप 8'

में नाम से जाना गया।[76] सन् 1971 में ब्रिटिश काऊंसिल से छात्रवृति मिलने पर वे अध्ययन के लिए, इंग्लैंड में स्लेड स्कूल ऑफ फाईन आर्टस, लंदन चली गई।

अनुपम सूद ने लंदन के यूनिवर्सिटी कॉलेज में 1971–72 तक प्रिंटमेकिंग की तकनीकों और बारीकियों का अध्ययन किया। लंदन में उन्हें ग्राफिक्स विधा को अंर्तराष्ट्रीय स्तर पर जानने का अवसर मिला। स्लेड स्कूल से लौटने के बाद अनुपम सूद की मानव शरीर की वस्त्रयुक्त तथा निर्वस्त्र आकृतियों में रुचि बढ़ी।

अनुपम सूद ने 1969 और 1985 के बीच 19 पुरस्कार जीते हैं। वर्ष 1977 से 2003 तक उन्होने कॉलेज ऑफ आर्ट, नई दिल्ली में प्रिंटमेंकिंग का अध्यापन कार्य किया और देश के युवा कलाकारों को प्रिंटमेकिंग की कला सिखाई।

1970 के दशक के मध्य में वास्तु शिल्प रूपों, अंगो और मानव आकृतियों से लेकर 1970 के दशक के उत्तरार्ध में बड़े पैमाने पर नारीवादी विषयों तक अनुपम का काम कई चरणों में विकसित हुआ है। अनुपम को पुरुष व महिला दोनों की यौन कामुकता को प्रबल और सार्थक रूप से चित्रित करने में देश–विदेश में पहचान मिली। अनुपम की कला प्रत्यक्ष रूप से दर्शक को आकर्षित करती है जबकि उसके अर्थ उसकी गूढ़ता में निहित होते हैं। उनके चित्र कामुकता, चिंतित भाव, सामाजिक मुद्दों पर चित्रित हैं।

अनुपम सूद न केवल एचिंग, सॉफ्ट–ग्राउड और एक्वाटिंट के तकनीकी पहलुओं में निपुण है ब्लकि उन्होनें एक उमदा रचनात्मक समझ भी विकसित की। वह जिन प्रक्रियाओ का उपयोग करती है वे इंटग्लियो की श्रेणी में आती है जैसे– एचिंग, ड्राइ प्वाइंट, मैजोटिंट, एक्वाटिंट आदि। इनमें सामान्य बात यह है कि सतह में रेखाओं को धरातल से अन्दर खोदा जाता है। सूद ने छोटे आकार (8.5 × 10.5cm) से बड़े आकार (121 × 45m) तक को आसानी से संभाला।

वे विषय की प्रकृति पर ध्यान क्रेंद्रित करने के लिए आमतौर पर पृष्ठभूमि और अग्रभूमि को सरल बनाती है उनमें अनावश्यक विवरण छोड देती है। एसी ही प्रवृति उनके कैनवास चित्रो में भी है। एक ही समय में मजबूत, दृढ, मांसलता लिए हुए आकृतियों के साथ नरम, सौम्य व कोमल रूपाकारों को भी प्रदर्शित करती है। सूद प्रकाश और छाया के नाटकीय उपयोग (इतावली मास्टर्स) और गतिशील, कामुक, मांसपेशियों के रूपों (फ्लेमिश) को जोडती है।[77] उनके संयोजन को क्षैतिज्ञ व उर्ध्वाधर भागों में विभक्त किया जाता है। इसी से उनके डिजाइन के प्रति गहरी समझ का सहज अनुमान लगाया जा सकता है उनके कार्य में कुछ बिंब बार–बार आते हैं। जैसे कमरे, दरवाजे, खिडकियाँ, कश्ती, दीवारें, वास्तुशिल्पी। अपने धातु प्लेट को माध्यम के रूप में चुनने के बारे में वे बताती है कि 'मेरे लिए एक शुद्व व उत्कृष्ट रेखा और गहरी हल्की रंगतो का अत्यधिक महत्त्व है।[78]

अनुपम ने लिथोग्राफी के साथ–साथ स्क्रीन प्रिंटिंग (सेरियोग्राफी) में भी काम किया। मुख्य रूप से उन्होंने इंटैग्लियो विधि में अपना कार्य किया और एचिंग के जरिए मानव आकृतियों का चित्रण किया। उनकी कला में 'कियूरोस्क्यूरो' की झलक दिखाई देती है। इस तकनीक में प्रकाश व छाया का सशक्त विरोधाभास दर्शाया

76 परकला वांगमयी, अनुपम सूद का न्यूयॉर्क में पहला रेट्रोस्पेक्टिव, जनवरी 24, 2020, अभिगम तिथि– 22 मार्च 2022, https://www.thehindu.com/entertainment/art/dag-and-knma-host-anupam-suds-first-retrospective-in-new-york/article30644298.ece

77 मागो, पी० एन० सामाजिक भावनाओं की संघनित अभिव्यक्ति, ललित कला अकादमी–39, ललितकला अकादमी, रविन्द्र भवन, नई दिल्ली – 110001, पृ० 54

78 मोहन, सौमित्र (सहायक सम्पादक), *समकालीन कला, नवम्बर 1985*, संस्करण 5, पृ० 22

जाता है। वह कभी भी अपनी विधा में सिर्फ मोनोक्रोमैटिक (एक ही रंग की अलग–अलग रंगते) पर निर्भर नहीं रही। उन्होंने प्रयोगवादी विचारधारा होने के कारण हमेशा अपनी कला में नवीन प्रयोग किए।

लिथोग्राफी में पत्थर पर कुरेदने की कला और काष्ठ छापों से भी मनचाहे उभार प्राप्त होते हैं। छापा चित्रकला में भारी–भरकम रोलर तथा मशीन व उपकरणों तथा रसायनों के प्रयोग के साथ इसमें कठोर परिश्रम के साथ अधिक समय में कार्य का परिणाम प्राप्त होने की वजह से इसे बहुत कम कलाकार अपनाते हैं। प्रिन्टमेकिंग कभी भी पूर्णतः पूर्वानुमानित नहीं हो सकती। यह एक परिदृश्य पर सूर्यादय जैसा है। आप जानते है कि क्या सामने आने वाला है, लेकिन रहस्योद्धाटन से आश्चार्यचकित होना कभी नहीं भूले।'' ऐसा अनुपम सूद का कहना है।[79]

अगर हम महिला छापा चित्रकारों की बात करें तो देश में ऐसी चित्रकार बहुत कम रही हैं, जिन्होंने छापा चित्रण में काम किया है। उनमें से प्रमुख हैं– नैना दलाल, जरीना हाशमी, कविता नायर, गोगी सरोजपाल, कंचन चंदर, शुक्ला सावंत, सावित्री पाल आदि। परंतु जब भी छापा चित्रकला की बात आती है तो अनुपम सूद का नाम प्रमुखता से लिया जाता है क्योंकि उनकी शैली सबसे अलग स्वतंत्र, रुपक, भावयुक्त, अभिव्यंजना लिए रही है। अनुपम की शैली कथात्मक जरूर है परन्तु उन्होंने अपनी कृतियों को अलंकरणात्मक होने से बचाया है। अनुपम सूद का इस बारे में कहना है कि– ''मेरी प्रिंट छवियाँ कैनवास के लिए कभी भी चित्रमय छवियों में परिवर्तित नहीं हो सकती हैं, क्योंकि माध्यम स्वयं विद्रोह करता है। जब छवियाँ मेरे दिमाग में प्रवेश करती हैं, तो मुझे ऐसी बनावट दिखाई देती है, जो पेंटिंग या एचिंग से संबंधित होती है। मुझे प्रत्येक के मूल स्वभाव के रूप में कोई आसान रूपांतरण नहीं दिखता है। प्रक्रिया भिन्न होती है और इसीलिए अंतिम परिणाम पर पहुँचने के तरीके भी बदलते हैं।''

अगर अनुपम सूद के कार्य की तुलना अतीत के महान प्रिंट मेकरों अल्बर्ट डयूटर, कैथे कोलोविटज से करते हैं तो यह अंतर देखने को मिलता है कि इन महान प्रिंटमेकर कलाकारों ने मोनोक्रोमैटिक में सशक्त अभिव्यक्ति के लिए प्रिंट मेकिंग का उपयोग किया, जबकि इसके विपरीत अनुपम सूद ने मोनोक्रोमैटिक पर निर्भर ना रहकर रूपक की भाषा का गूढ़ता से उपयोग किया और प्रतीकात्मकता से अपनी अभिव्यक्तियों का चित्रण किया। अनुपम के कार्य की तुलना जब उनकी समकालीन महिला कलाकारों जैसे– नीलिमा शेख, अंजलि इला मेनन, गोगी सरोजपाल से करें तो उनकी शैली में एक अजीब सी उदासी और नीरसता है जो सामाजिक कुरीतियों पर मर्दाना ढंग में सीधे तौर पर बगावत करती हुई नजर आती है। फिर वो चाहे समलैंगिकता का मुद्दा हो या नारी की अकथित यौन इच्छाएँ हो, उन्होने बेधड़क होकर शरीरों को नग्नता के साथ बनाया। किसी ने सही कहा है– ये जिस्म रूह का लिबास है।

समकालीन भारतीय कला जगत में महिला कलाकारों के साथ पूरा भेदभाव किया जाता रहा है। महिला कलाकारों के चित्रों को पुरुष प्रधान समाज के कला समीक्षक भी गंभीरता से नहीं लेते। कई बार तो महिला चित्रकारों की कला का मजाक उड़ाया जाता है या उनकी कला पर अश्लीलता या फूहड़पन का ठप्पा लगाकर महिला चित्रकार के चरित्र और विचारों को संदेह के नजरिए से देखा जाता है। लेकिन अब समय बदल रहा हूँ। अब महिला कलाकार जोखिम उठाने लगी है और इसका सबसे प्रबल उदाहरण अनुपम सूद है।

अनुपम सूद के चित्र 'डायलॉग' के एक संस्करण में पुरुषों को कोने में एकत्रित होकर संवाद करते हुए दिखाया है और दूसरे संस्करण में स्त्रियों को बंद कमरे में संवाद करते हुए दिखाया है। तो कहीं पति–पत्नि के बीच

79 चावला, नूर आनंद, अनुपम सूद : प्रिंटमेकर का जुनून, 14 अक्टूबर 2022, अभिगम तिथि– 23 जनवरी 2023, https://openthemagazine.com/art-culture/anupam-sud-a-printmakers-passion/

पारिवारिक मनमुटाव व दूरी को उनके एक दूसरे से मुहँ फेरकर बैठी अवस्था से ही मुखर किया है। सूद मानव आकृतियो को वस्त्र पहने दिखाने से बचती हैं। वे उनके लिए महत्त्व नहीं रखते। अपने कार्य को बुलंद करते हुए वे कहती है कि "कपडे मानव रूप को एक ऐसी पहचान देते हैं जो संस्कृति विशिष्ट होती है। त्वचा वह सर्वोत्तम कपडा है जिसे ईश्वर ने बनाया है मैं चाहूँगी की मेरी आकृतियाँ सार्वभौमिक हो, बिना किसी सांस्कृतिक या धार्मिक संदर्भ के।" ऐसा नहीं है की वो धर्म से परहेज करती हैं, बल्कि वे तो पंजाबी हिंदू परिवार में पली–बढी है। उन्होने द्रोपदी, शक्ति व अन्य देवियों से प्रेरणा लेकर पौराणिक कथाओ की पुनर्व्याख्या की है इसलिए वो कहती है कि हिंदू धर्म का सबसे अच्छा गुण यह है कि यह आपको सोचने और निष्कर्ष निकालने की स्वतंत्रता देता है।[80]

अनुपम द्वारा बनाई गई कृतियाँ समाजिक व्यवस्था, रीति–रिवाज व बनावटी ढकोसलो पर गहरा कटाक्ष करते हैं। वे मनोवैज्ञानिक स्तर पर ऐसे व्यक्तियों का परिचय देते हैं जो स्वयं कि अन्तरंग प्रक्रियाओ को छिपाकर एक छदम चरित्र पेश करके स्वयं का दबदबा बनाते हैं। ये प्रिंटस पुरूष व स्त्री के सम्बंधो के बीच तालमेल विभेद व वैचारिक टकराव को भी दर्शाते हैं। सूद ने पौराणिक आधार लेकर उनके विषय को अपनी नवीन व्यैक्तिक शैली से प्रकट किया। वह रेखांकन के लिए प्रसिद्ध है चेहरे के भाव हाथो के भिन्न–भिन्न मुद्राओं और शारिरीक भंगिमाओं मात्र से वे अपने विचार जाहिर करती है। किस प्रकार पुरूष प्रधान समाज में स्त्री पुरूष द्वारा प्रतिबंधित कि जाती हैं, उन्हे इतना नियन्त्रित किया जाता है कि उसे उसके हर जिंदगी के पल पर अपनी मनचाही बातें नहीं करने देकर बल्कि पंसद व फैसले उस पर थोपे जाते हैं।

द्रोपदी की शपथ (प्रिंट) में दर्शाया है कि किस प्रकार द्रोपदी का चीर हरण उसके पाँचो पति की मौजूदगी में होता है। यहाँ उन्होने द्रोपदी को बिल्कुल नग्न अवस्था में खुले केशो के साथ दिखाया है कि वह कितनी खुबसूरत व मांसलता वाली देह कि स्वामिनी थी। साथ में पाँचों पांडव भी है। क्योंकि उनका पालण–पोषण पौराणिक कथा कहानियाँ सुनकर ही हुआ है। वो कहती है आप हमेशा अपनी जडो और संस्कृति को अपने साथ लेकर चलते हैं। मेरा काम सब बोलता है। शायद इसलिए लोग मुझे नारी वादी कहते है क्योंकि मेरा काम निडर है, मैं एक ऐसे घर में पली बढी हूँ जहाँ नारीवाद की कोई अवधारणा नहीं है।[81]

अनुपम सूद के बनाए चित्रों कि रंग संगति आकर्षक जलरंगो में लयात्मकता, बहाव व सौम्यता के गुण देखे जा सकते हैं यद्यपि उनके प्रिंट में रेखाएँ बहुत ही स्पष्ट व तेज है किंतु कैनवास व पेपर पर चित्रण करते समय रंग, रेखा, बनावट कोमल हैं। इनके कुछ प्रसिद्ध चित्रो में 'द एप्पल स्टोरी, 2004, एक्स फैक्टर (2005), शीर्षकहीन, 1990, योगिनी 1 (2002), द रिवर (2008), योगिनी (2005), आदमी पतंग के साथ 20 कागज की कश्ती (2001), यात्रा के लिए तैयारी 2000, मोहिनी माया की श्रृंखला शामिल है।

इनके कुछ चित्रों पर गॉगिन के ताहिती चित्रण के प्रभाव को देखा जा सकता है। उनमें उत्तर प्रभाववाद शैली की झलक तो हैं हि साथ में रंग संगति भी काफी समानता रखती है किंतु बाद में बनाए गए चित्र जैसे 'योगिनी (2005) में समकालीन भारतीय चित्रकार बिजेंद्र शर्मा की फोटो रियलिस्टिक शैली जैसा चित्रण हैं जिसमें कपडे शरीर के साथ ऐसे चिपक गए है कि सम्पूर्ण शारीरिक उतार–चढ़ाव व मांसलता देखी जा

80 सिंह, मोनिका, अनुपम सूद रिट्रोस्पेक्टिव : मैने पूनम एण्ड ए कैनवास आफ लाइट एण्ड डार्कनैस, अद्यतन तिथि– 16 अक्टूबर 2022, अभिगम तिथि– 24 फरवरी 2023, https://m.tribuneindia.com/news/features/men-women-and-a-canvas-of-light-and-darkness-441806

81 यादव, मेधा दत्ता, मैं नारीवादी नहीं हूँ : अनुपम सूद, अद्यतन तिथि– 14 सितम्बर 2022, अभिगम तिथि– 23 मार्च 2023, www.newsdrum.in/culture/i-am-no-feminist-anupam-sud-89222.html

सकती है।

उनके चित्र 'डोंट टच माई हेलो' में एक कठोर मूर्ति मुद्रा में एक वीर पुरुष आकृति को दर्शाया है। जबकि इसके विपरीत उनके चित्र 'द शिफ्टिंग हेलो' (1980) में रंगीन अम्लांकन छापा चित्र में एक ठोस दीवार के पार्श्व में एक प्रेमी युगल प्रेम में डूबे हुए दर्शाया है। लेकिन चित्र के सामने के भाग में मूर्तिनुमा एक पुरुष आकृति निर्जीव सी पड़ी है। यही रहस्यवाद दर्शक के मन को उद्वेलित करता है।

उनका चित्र 'डाइनिंग विद द एगो' भौतिक वैभव के बावजूद रहस्य रखता है स्त्री चुपचाप बेमन से बैठी हुई है जबकि पुरूष मनमाने ढंग से भोजन ठुँसता जा रहा है। मानो उसकी पत्नी वहाँ मौजूद ही ना हो और उनका 'द सेरेमनी ऑफ अनमास्किंग' मानवीय संबंधों की दुर्दशा की समस्या का समाधान करता है। उनके 'वी ऑवर' प्रिंट में एक महिला को झुकी हुई दिखाया गया है जिसका आकार लगभग मानव कवच के रूप में है, जो सुरक्षा का प्रतीक है लेकिन फिर भी वह कमजोर है तथा अपने सपनों और गुप्त इच्छाओं से सुरक्षित नहीं है। अनुपम सूद सभी दमनकारी बाधाओं को पार करते हुए बड़े आराम से सहज भाव के साथ नर व मादा शरीर को नग्नता में उकेरती हैं। 1970 के दशक में भारत पाकिस्तान के साथ युद्ध के दौर में था जिसके चलते कुछ आवश्यक एसिड पर प्रतिबंध लगा दिया गया था। जिसके चलते जगमोहन चापडा ने कोलोग्राफी की तकनीक खोजी।[82]

अनुपम सूद के शुरुआती काम एक अमूर्त कोलोग्राफ थे, जैसे– कंपोजिशन (1968), कार्डबोर्ड प्लेटों का उपयोग करके बनाया गया था। अनुपम सूद का हाल ही में किया काम ऑल पाथस् लीड टू मी? उनके पिता के निधन से पहले किया गया था। उनकी पहले की कृति 'ऑफ वॉल्स' काफी प्रसिद्ध रही जोकि बचपन की यादों पर आधारित है– पुश्तैनी 'कोठी' की दीवारों पर किया गया बच्चों की बालकला का रेखांकन के रूप में दर्शाई है।

अनुपम सूद के चित्रों में कुछ उदासी और बेचैनी लिए हुए मानवाकृतियाँ खामोशी और मौन प्रतिक्रिया द्वारा ही अव्यक्त को व्यक्त कर देती हैं। अक्सर कहा जाता है कि अनुपम की रचनाएँ नारीवादी या वामपंथी विचारधारा से प्रेरित हैं। परन्तु गहराई से देखने पर पता चलता है कि उनकी रचनाएँ मानवतावादी हैं तथा उनमें नर और नारी दोनों के हितों, इच्छाओं समस्याओं व चुनौतियों को प्रदर्शित किया है। इसके अलावा उन्होने भ्रष्ट सरकारी तंत्र पर भी अपने चित्रों के जरिए कई सवाल खड़े किए हैं उनके एक चित्र में नौकरशाही से त्रस्त जनता को कठपुतलियों के रूप में दर्शाया है और कठपुतलियों की डोर अनजान हाथों ने थाम रखी है और माईक के सामने उपस्थित हैं। अनुपम सुद का प्लेट से पैलेट का सफर बहुत विलक्षण है। 2008 में एक घटना (ब्रेनहैमरेज) के चलते उन्होने पेंटिग करना शुरू किया हालांकि वो कभी कभार पेंटिग किया करती थी। एक महिने तक लकवा ग्रस्त रहकर वे चमत्कारी ढंग से ठीक हो गई। किंतु शारीरिक श्रम करने की असमर्थता के चलते प्रिंटमेंकिग छोडनी पडी। हालांकि वे कुछ समय बाद कार्य पर दोबारा लौट आई ऐसी वे अपने पूर्व छात्र व साथी प्रिंटमेकर राजेश राणा की मदद की वजह से कर पाई।[83]

अनुपम सूद ''कला के लिए कला'' की विचारधारा से बिल्कुल अलग हटकर काम करती है। वास्तविकता की दोहरी प्रकृति सूद को मोहित करती है और ध्रुवीकृत स्थितियों में भी सूद की रुचि देखने को मिलती है। पारंपरिक प्रतीकात्मकता को अपने अभिव्यंजक लक्ष्यों के लिए अनुपयुक्त बताते हुए, वह अक्सर एक सार्वभौमिक

---

82 चावला, नूर आनंद, अनुपम सूद : प्रिंटमेकर का जुनून, 14 अक्टूबर 2022, अभिगम तिथि– 23 जनवरी 2023, https://openthemagazine.com/art-culture/anupam-sud-a-printmakers-passion/

83 वही

प्रतीक का प्रतिनिधित्व करने के लिए सभी सांस्कृतिक मापदंडो – जाति, पंथ, कपड़े और राष्ट्रीयता के मानव रूप को विभाजित करने का प्रयास करती हैं। अपने स्वयं के व्यक्तिगत स्वभाव को दर्शाते हुए, उसके आँकड़े टकराव और सीधे प्रतिशोध को खारिज करते हैं।

अनुपम सूद ने 1967 से 2007 तक भारत और अमेरिका में 17 एकल प्रदर्शनियाँ लगाई हैं। सन् 1968 से 1996 तक उन्होने 34 राष्ट्रीय और अंतरर्राष्ट्रीय प्रदर्शनियों में भाग लिया। अनुपम ने ब्रिटेन, ईटली, कोरिया, स्विटजरलैंड, यूगोस्लाविया, ऑस्ट्रेलिया, जर्मनी, भारत, बंग्लादेश आदि सहित कई देशों में अनेक एकल तथा समूह प्रदर्शनियों में भाग लिया। उन्होंने वैश्विक स्तर पर कई प्रदर्शनियों में भारत का नेतृत्व किया।

अनुपम सूद फिलहाल शहर की भीड़ और शोर व प्रदूषण से दूर एकांत में दिल्ली के मंडी गाँव में रहती हैं और अपने स्टूडियों में तल्लीनता से कठिन परिश्रम के साथ अपने पिता की तरह दृढ़ता से अपने कार्य को अंजाम देती हैं। अनुपम का मानना है कि ''दृढ़ता के अभाव में कुछ भी योग्य नहीं हो सकता है।'' वह आज भी अपने जूनून की छाप वक्त के पन्नों पर अक्स की तरह उतारती है। उनकी मेहनत की छाप बरकरार थी, है और सदा रहेगी।

खंड – 5

समकालीन कलाकारों की कला और तकनीक का तुलनात्मक व आलोचनात्मक अध्ययन

के० के० हेब्बार

के० के० हेब्बार की कला में पूर्व व पश्चिम का अद्भुत समन्वय है। आरम्भिक दौर में वे अमृता के रंग व रूपाकारों से प्रभावित रहें क्योंकि वो अपने समय में कला के क्षेत्र में एक महत्त्वपूर्ण स्थान बना चुकी थी। किंतु जैसे–जैसे हेब्बार की कला शैशव काल से यौवन की तरफ चली तो उसमें प्रभाववाद, अभिव्यंजनावाद तथा अन्य कलावादों का आधिपत्य रहा। अपने व्यस्क रूप में उनकी कला ने अमूर्तता को धारण किया जहाँ मात्र रंगों का विस्तार ही पट पर नजर आता था जिसमें अमूर्त अभिव्यंजनावादी रंग पद्धति दृष्टिगोचर होती है। अपने कला जीवन के मध्यकालीन दौर में वे कैनवास पर बहुत पतली प्राइमर की परत लगाते थे। रंगों को मोटी परत व बहुत ही पतली परत में भी कैनवास पर रंग भरते। कहीं–कहीं तो इतनी पतली रंग की सतह लगाते थे कि कैनवास उसमें से झांकता हुआ प्रतीत होता। तो कभी इतनी मोटी रंग की परत लगाते थे कि फिर चाकू या किसी अन्य चीज से उसे खुरच कर आकृति को रूप देते। गहरे रंग पर और गहरी आकृति बनाने के लिए कभी–कभी सीधा ट्यूब से रंग लगा देते तो 'बाढ़' नामक चित्र में तो पूरा चित्र मात्र पैलेट नाइफ व ट्यूब से सीधा रंग निकालकर बनाया है जिसमें तूलिका का एक स्पर्श भी नहीं है। उनके प्रसिद्ध चित्र 'कविता का जन्म, 1966, कैनवास पर तेलरंग' में ट्यूब से सीधा रंग लगाकर आकृति बनाई है तो कहीं खुरचकर चित्रण किया है। यह चित्र बर्नेट न्यूमैन की 'जिप' तकनीक का बेहतर उदाहरण है जो तियर्क रेखा के रूप में कैनवास को दो हिस्सों में बाँट रहा है।

हेब्बार ने अपने जीवन में मूर्त व अमूर्त दोनों प्रकार की कला को चित्रित किया उनका तकनीकी व कलात्मक अध्ययन निम्नलिखित है–

1. कलात्मक तकनीक विश्लेषण :–

- **हेब्बार का रुचिकर माध्यम**

हेब्बार हमेशा तेल रंगों को महत्त्व देते थे। हालांकि उन्होंने ऐक्रेलिक व जल रंग माध्यम भी अपनाया था। उन्होंने पैन व स्याही से भी कई रेखांकन किए।

- **रंग पैलेट और मनोदशा**

उनकी पैलेट में विभिन्न तानों को देखा जा सकता है। उनकी रंग संगति उतर-प्रभाववाद के प्रसिद्ध कलाकार गोगिन से समरूपता रखती है क्योंकि ये अमृता शेरगिल से प्रभावित थे। साथ ही प्रभाववादी रंग सामंजस्य भी इनकी आरंभिक कृतियों में देखने को मिलता है। गहरे व हल्के रंगों के द्वारा संयोजन को सुंदर बनाया है। मानव आकृतियाँ गहरी व पोशाक सफेद या हल्के रंगों में चित्रित की है।

- **रचना और स्थानिक व्यवस्था**

हेब्बार के चित्रों में गतिशीलता हैं। चित्रों में कृतियाँ कार्यरत है, साथ ही इनकी रेखाओं में गीतात्मकता के गुण

है। मुल्कराज आनंद की पुस्तक 'द सिंगिंग लाईन' इसका अच्छा उदाहरण है। संयोजन में स्थान विभाजन, नकारात्मक व सकारात्मक स्पेस में सामंजस्यता है। आकृतियों की गर्दन, हाथ–पैर अनावश्यक रूप से लंबे हैं किंतु वे श्रमिक वर्ग की मेहनत का प्रतीक है।

- **तूलिका संचालन व बनावट**

चित्रों में इम्पेस्टो तकनीक के इस्तेमाल से तूलिका घातों के उभार को देखा जा सकता है। वे अकसर बोल्ड और अभिव्यंजनात्मक तूलिका घातों का उपयोग करते थे। जिससे गति और ऊर्जा की भावना पैदा हुई है। बनावट का उनका उपयोग इसकी स्पर्शनीय गुणवत्ता के लिए उल्लेखनीय है। जिसे अक्सर लेयरिंग और पेंट की मोटाई को अलग–अलग करके हासिल किया जाता था।

- **अमूर्त और मूर्त**

हेब्बार ने भारतीय लोक कला की सौंदर्य परंपराओं को पश्चिमी अमूर्तता के साथ जोड़ा। आकृतियों को दर्शाने वाले सरल रेखा चित्र जैसे– फार्मर्स (1977), हेब्बार की हस्ताक्षर शैली के प्रतीक है। भारतीय पारम्परिक नृत्य प्रदर्शन की सुंदरता और गतिशीलता को विचित्र किया। अभिव्यंजनावादी चित्रण प्रभाव उनके 'हंग्री सोल (1952) में देखा जा सकता है। किंतु करीब 70 के दशक के बाद चित्रों में अमूर्तता का समावेश होने लगा था।

- **प्रतीकात्मक कल्पना**

यह सत्य है की हेब्बार किसी प्रकार के कमल, स्वास्तिक, लिंग, योनि व तंत्र जैसे प्रतीकों का इस्तेमाल नहीं करते थे। वे बेहद स्वाभाविक चीजों से प्रतीकात्मक भाषा इज़ाद करते थे। उनके चित्र 'सूखे' में उल्टे पड़े घडे व मानवीय कंकाल समरूप मानव सूखे का प्रतीक है, तो 'किसान' नामक चित्र में मात्र एक गठरी से किसान की विपन्नता को चित्रित किया। वहीं 'समृद्धि' चित्र में बड़े आकार की मछली से मछुआरों के संपन्न जीवन को प्रतीक रूप दिया है।

- **गति व लय**

उनके चित्रों में अधिकतर श्रमिकों के झुंड को कार्यरत दिखाया जाता था चाहे वह खेत हो या गृह–निर्माण। मजदूरो का एक के पीछे एक पुनरावृति से चित्र में गति व लयात्मकता के गुण प्रकट होते हैं साथ ही उनके रेखा चित्रों में नृत्यरत मानवाकृति गति व लय का सुंदर उदाहरण है।

5.1 के० के० हेब्बार

किसान (डोंडीबा व उसकी पत्नी), 1952

कागज पर तेल व टेम्परा

7.3 × 7.2 इंच

के० के० हेब्बार आर्ट फांउडेशन

के० के० हेब्बार अमृता शेरगिल के कार्य से बहुत प्रभावित थे जिसके चलते वे पश्चिम में चित्रकला की शिक्षा भी लेने गए। जब वे फ्रांस से भारत लौटे तो पूरी तरह भ्रमित व्यक्ति थे। वे इस दौरान एक साल महाबलेश्वर रहे। जहाँ उन्होंने स्वयं को एक खतरनाक अनिश्चिता की स्थिति में पाया। वे एक साक्षात्कार में बताते हैं कि

वास्तव में मैंने रंगों से खेलकर अपने आंतरिक क्रोध को रोका।[84] परिणाम यह हुआ कि मैंने रूप सहित दृश्य कविताएं रची। इस दौरान मैं अपने प्रयोग से बहुत गहराई में उतर चुका था।

दरअसल हेब्बार गांधीवादी समाजवाद का पालन करते थे न कि मार्क्सवादी समाजवाद का। क्योंकि मार्क्सवादी कलाकार को स्वतंत्र अभिव्यक्ति के अधिकार से वंचित रखता है। 1952 के उथल–पुथल भरे वर्षों के दौरान उनके दोस्त शामराव वेलकर ने एक छोटा–सा फ्लैट उन्हें किराए पर दे दिया, जब तक की वे मुंबई नहीं लौटे।

अब यहाँ दक्षिण कर्नाटक के छोटे से गांव में उनका ग्रामीणों से घनिष्ठ संबंध स्थापित हो गया था। वे अक्सर उनके घर जाते तथा सरल जीवन में महाबलेश्वर की पहाड़ियों और घाटियों को देखते तथा अपने कार्यस्थल पर लौटकर कागज पर जलरंग, पोस्टर रंग व कभी–कभी तेल से छोटे–छोटे आकर्षक कार्य भी करते। उनकी रेखाएं ओर भी प्रभावशाली हो गई। अब उन्होंने भावनाओं में लिप्त जीवन ग्रहण किया। महाबलेश्वर के किसानों के जीवन यापन का साधन स्ट्रॉबेरी की खेती व मधुमक्खी पालन था। ऐसे में अक्सर दलालों से पैसा उधार लेकर वे अपना कार्य करते व कर्ज में ओर डूबते चले जाते। ऐसे ही एक किसान डोंडीबा था जिसने अपने आने वाले जीवन के लिए बहुत सपने देखे थे किंतु भारी कर्ज के चलते उनकी दुर्दशा होती चली गई। इस चित्र में विचारमग्न किसान व उसकी मायूस पत्नी को चित्रित किया गया है।[85]

प्रस्तुत चित्र को कागज के ऊपर टेम्परा व तेल रंगों के साथ बनाया गया है। इस प्रकार का कार्य रामकिंकर बैज के द्वारा भी किया गया था जहाँ कागज पर तेल रंग से उसका रूखापन एक अद्‌भुत बनावट प्रकट करता है जो देखने में लिपी–पुती दीवारों सा आभास देता है। रेखांकन व रंगाकन तकनीक प्रभाववादी तथा अभिव्यंजनावादी है। जिसमें अस्त–व्यस्त तीव्र व धूसर तथा अनियमित तूलिकाघात दर्शनीय है जो किसान की जर–जर दशा को बयां करते हैं किंतु रंगों की कोमलता तथा धुंधली सीमारेखा प्रभाववादी विशेषता है जैसे डेगास के चित्रों में जो रंग संयोजन रहा है कुछ हद तक उसकी झलक हेब्बार के चित्र में दर्शनीय है। दृश्य सौन्दर्यात्मक तत्वों को दरकिनार करके कलाकार ने भावनात्मक दशा को अभिव्यक्त किया है जिसमें हाथों की मुद्राओं का मनोवैज्ञानिक महत्त्व है जो उनके ख्यालों की स्थिति को दर्शा रहे हैं। हेब्बार एक प्रतीकात्मक कलाकार भी रहे हैं वे अक्सर विषयानुसार प्रतीकों का भी प्रयोग अपने चित्रों में करते हैं। एस० एस० रमन से दिए गए साक्षात्कार में वे कहते हैं कि मुझे शिवलिंग, त्रिकोण, योनी, स्वास्तिक, सर्प आदि जैसे घिसे पिटे प्रतीकों की आवश्यकता नहीं है। कोई भी इन्हें काम्पैक्ट पैटर्न में पुनर्व्यवस्थित कर सकता है और फिर बेहद प्राच्य होने का दावा भी कर सकता है। किंतु मैं अपने प्रतीक स्वयं बनाता हूं। मैं किसी भी चीज को भावुक व रूमानी नहीं बनाता। मैं बस अपने व्यक्तिगत प्रतीकों का उपयोग सच्चाई पर जोर देने के लिए करता हूँ।[86]

इस प्रकार उन्होंने प्रस्तुत चित्र में मकड़ी के जाल का प्रयोग प्रतीकात्मक ढंग से किया है। यह उनकी गरीबी दरिद्रता के साथ–साथ जीवन की अड़चनों, उलझनों व साहूकारों के चंगुल में फंसे होने का भी प्रतीक है। इस प्रकार मात्र दो आकृति व जाल से संपूर्ण गाथा कह दी गई। रंगों को तूलिका व पैलेट नाइफ (चाकू) से लगाया गया है। कहीं–कहीं नुकीली चीज से रंग को हटाकर चित्रण किया है जिससे नुकीली किंतु धुंधली रेखाओं का जाल–सा बिछ गया। इस चित्र में हुसैन की शुरुआती अभिव्यंजनावादी चित्रों के गुण नजर आते

---

84 रमन, ए० एस०, *द क्रिटिकल विज़न : सलेक्टेड राइटिंगस*, ललितकला अकादमी, नई दिल्ली, 1993, पृ० 66

85 राव रेखा, बैक टू ट्रैडिशनल, माडर्न एण्ड कैन्टैम्परी इण्डियन आर्ट, अभिगम तिथि– 20 जून 2023, https://auctions.bidandhammer.com/k-k-hebbar-2

86 रमन, ए० एस०, *द क्रिटिकल विज़न : सलेक्टेड राइटिंगस*, ललितकला अकादमी, नई दिल्ली, 1993, पृ० 65

हैं। यहाँ रंग व आकार पर गोगिन या अमृता का प्रभाव रतिभर भी नजर नहीं आ रहा है बल्कि पश्चिमी अभिव्यंजनावादी प्रभाव दृष्टिगोचर है। अब बाहरी रेखाएँ समाप्त कर दी गई है। चित्र में बहुत ही सीमित रंगों का उपयोग किया गया है। गरीब किसान के पास साजो समान के नाम पर मात्र एक गठरी है जो चित्र के केंद्र में है। किसान ने नारंगी रंग का कुर्ता पहना है तथा इसी रंग को पत्नी के पीछे की तरफ एक लंबवत तूलिकाघात के रूप में भी लगाया है जिससे संयोजन को संतुलित व सीमित कर दिया गया है। साथ ही पृष्ठभूमि पर अल्ट्रामरीन ब्लू का इस्तेमाल नारंगी रंग के साथ विरोधाभास प्रस्तुत कर रहा है जो बाकी बचे संयोजन के घूसर रंगों जिसमें सैप ग्रीन, ओशियन ब्लू तथा भूरे व बादामी रंगों का मिश्रण है, को गति प्रदान करता है तथा मटमैले रंगों के बीच क्रीमसन रेड रंग की गठरी भी केंद्र में संयोजन को खिंचाव प्रदान कर रही है। आकृति निर्माण में किसी तरह की बारीकी या अलंकरण का ध्यान नहीं दिया गया है। मोटे इम्पेस्टो तुलिकाघात से हाथ पैरों को चित्रित किया है। रंगों का इस्तेमाल कलाकार ने मनोवैज्ञानिक ढंग से किया है। यहां लाल रंग की गठरी उसके कष्ट व संकट के दिनों का प्रारूप है साथ ही नारंगी रंग उनके संघर्षों की व्याख्या कर रहा है, जो लगातार जीवन जीने के जज्बे को दर्शाता है। चटक व ठंडे रंगों के उपयोग से संयोजन संतुलित प्रतीत हो रहा है।

चित्र 4.1 : किसान (डोंडीबा व उसकी पत्नी), 1952, 7.3 × 7.2 से०मी०, कागज पर तेल व टेम्परा, के० के० हेब्बार आर्ट फाउंडेशन

चित्र 4.2 : नर्तक का झुकाव (1883), एडगर डेगास, **https://www.edgar-degas.org/Dancer-**

ज्पसजपदहणीजउस

थ्रेसिंग (1944)

कागज पर टेम्परा

36.5 × 51 से०मी०

निजी संग्रह, स्विट्जरलैण्ड

हेब्बार की शुरुआती रचनाएं अक्सर भारतीय जीवन के पहलुओं जैसे कि स्थानीय त्योहारों और आम आदमी की दैनिक गतिविधियों को दर्शाती है। इस 'थ्रेसिंग' नामक चित्र में किसान को अनाज की कटाई करके उसकी फलियों में से दाने निकालते हुए दर्शाया है। 1944 में बनाए गए इस चित्र पर अमृता शेरगिल का प्रभाव है। जहाँ साधारण किसान की एक दैनिक जीवन की दिनचर्या को एक बेहतर संयोजन के रूप में प्रदर्शित किया है। यहां रंग संयोजन में अमृता की भांति सफेद, काले तथा हरे, लाल रंगों की भिन्न–भिन्न आभाओं का प्रयोग है। किसान को काला, गहरा भूरा, स्लेटी व इण्डियन रेड रंगों से चित्रित करके सफेद रंग की लूंगी बांधे चित्रित किया है। संयोजन में ताहिती के भांति गहरे रंग की मानवाकृति चारों तरफ बनाई है। अमृता शेरगिल की भांति हेब्बार को भी गहरे श्याम रंग के व्यक्तियों को सफेद पोशाक में दिखाना पसंद था। अमृता के चित्र ब्रह्मचारी में गहरे वर्ण के ब्रह्मचारियों को सफेद रंग की धोती में बड़े ही बेहतर रंग संयोजन के साथ दर्शाया है। अमृता व हेब्बार दोनों ही प्राकृतिक प्रकाश के प्रभाव को कैनवास पर न के बराबर दिखाते थे। पूरा संयोजन लगभग सपाट रंगों में बना है। जहाँ तूलिका के उबड़–खाबड़ आघात तो कहीं–कहीं नजर आते हैं, किंतु मिश्रित रंग (शेडिंग) का अभाव है। मानवाकृतियों में जैन लघु चित्रण की तरह कटाव वाली रेखाएं हैं, किंतु फिर भी संपूर्ण संयोजन में लयात्मकता के गुण है, क्योंकि यहां दृष्टि एक बिंदु से आरंभ होकर पूरे कैनवास पट पर विचरण करने लगती है। संयोजन में कहीं भी आकाश या पेड़–पौधे नहीं है मात्र खेत व किसान ही बनाए गए हैं। किसानों को उनके क्षेत्रीय वेशभूषा के साथ चित्रित किया है। ऐसे चित्र ब्राबिंजा स्कूल के कलाकारों का मनपसंद विषय रहा था। जहाँ उन्हें खेतों में पराली चुनते, अनाज काटते आदि कार्यों में लिप्त दिखाया था। संयोजन आयाताकार है किंतु उसके बीच में एक गोलाकार पल्ली को बिछा हुआ दिखाया है जिससे आकृतियों में विरोधाभास उत्पन्न हुआ है। सफेद व गहरे रंगों से वर्ण विरोधाभास भी प्रदर्शित हो रहा है। कैनवास के सबसे ऊपरी हिस्से से अग्रभूमि तक में मानवाकृतियों को दूरी के अनुसार छोटा व बड़ा दिखाया है जिसमें परिप्रेक्ष्य का पालन किया गया है। संयोजन में पशु–पक्षी मानव के सहयोगी व प्रिय मित्र के रुप में है, जिसमें मुर्गो व कुत्तों को साथ–साथ खेलते हुए दर्शाया है। एक बुजुर्ग व्यक्ति को सभी लोगों पर नजर रखते हुए चित्रित किया है। हेब्बार ने अपने देश के विषयों को चुनकर यह साबित किया कि वे सामाजिक व भारतीय चित्रकार है। एक साक्षात्कार के दौरान उनसे यह पूछने पर कि वे 'भारतीय' है या 'आधुनिक', तो वे स्वयं को पहले भारतीय मानते हैं व बाद में 'आधुनिक'। जबकि वे यह भी कहते हैं कि आज वास्तव में भारतीय कुछ भी नहीं रह गया बल्कि सब कुछ अंतरराष्ट्रीय हो चुका है।[87]

उपयुक्त पेंटिंग में गहरी रेखा से सभी आकृतियों की सीमा रेखा बनाई गई है। पूरे चित्र में भावशून्यता के दर्शन हो रहे हैं। कहीं भी कोई भाव मुख मंडल पर व्याप्त नहीं है। लघु–चित्रों की भांति आँखें मोटी बनाई है जो चेहरे पर अलग से ही नजर आ रही है। किसी प्रकार का अलंकरण कलाकार का उद्देश्य नहीं रहा बल्कि किसानों की गरीबी व उनके व्यस्त कष्ट–पूर्ण दैनिक जीवन का जीवंत चित्रण करना उनका ध्येय है।

---

87 रमन, ए० एस०, *द क्रिटिकल विज़न : सलेक्टेड राइटिंगस*, ललितकला अकादमी, नई दिल्ली, 1993, पृ० 66

कैनवास की पृष्ठभूमि में महिलाओं व पुरूषों को फसल काटकर अग्रभूमि में उसे पिछोरते हुए दिखाया है। साथ ही उन्हें भण्डारित भी किया जा रहा है। अनाज के निकलने पर उसे टोकरों में भरकर गन्तव्य स्थान पर ले जाते दिखाया है। संयोजन में खुरदरी पोत के साथ जमीन का आभास दिया गया है। निगरानी करते बुजुर्ग के पास एक पालतू कुत्ते को प्रहरी के रूप में मुंह को तानकर बैठे हुए इस प्रकार बनाया गया है मानों वह भी पूरी क्रियाकलाप पर निगरानी कर रहा हो।

इस प्रकार कलाकार एक संतुलित और सामंजस्यपूर्ण दृश्य सरंचना बनाते हुए चित्रण के भीतर विभिन्न तत्वों का प्रभावी ढंग से व्यवस्थित करता है। दर्शकों की नजर अग्रभूमि से होते हुए जहाँ थ्रेशिंग में मजदूर व्यस्त है से पृष्ठभूमि में जहाँ विशाल परिदृश्य दूर तक फैला नजर आ रहा है, में विचरण करती है। यह व्यवस्था पेंटिंग की समग्र दृश्य अपील को बढ़ाते हुए गहराई तथा स्थानिक आयाम की भावना पैदा करती है। हेब्बार द्वारा रंग का उपयोग हालांकि अपेक्षाकृत संयमित, दृश्य संयोजन के मूड और वातावरण को व्यक्त करने के उद्‌देश्य में सफल रहा है। मौन मिट्टी के स्वर और छायांकन में सूक्षम विविधताएं ग्रामीण परिदृश्य की भावना पैदा करती है। सीमित रंग पैलेट भी मजदूरों और उनके श्रम पर ध्यान केंद्रित करती है। तकनीक के संदर्भ में हेब्बार तूलिका संचालन और बनावट के कुशल संचालन का प्रदर्शन करता है जबकि चित्र पहली नजर में अपेक्षाकृत सपाट दिखाई देती है किंतु गहन निरीक्षण से कलाकार के रंग के नाजुक प्रयोग का पता चलता है। जिसके परिणामस्वरूप बनावट और सतह की गुणवत्ता में सूक्ष्म बदलाव हुए हैं।

इसके अलावा हेब्बार के मजदूरों की शारीरिक गतिविधियों और मुद्राओं की सार तत्व को पकड़ने की क्षमता ध्यान देने योग्य है। 'थ्रेसिंग' में आकृतियां कुछ हद तक शैलीबद्ध तरीके से दर्शाए गई है। वे लम्बे अंगों और सरलीकृत चेहरे की विशेषता लिए हुए है। यह लय की भावना के साथ–साथ प्रभावी रूप से उनके काम के गतिशील प्रकृति को व्यक्त करता है। मानव शरीर रचना के बारे में कलाकार की समझ और उसे सरल लेकिन अभिव्यंजक तरीके से प्रस्तुत करने की क्षमता पेंटिंग की सौंदर्य अपील में महत्त्वपूर्ण योगदान निभाती है।

चित्र 4.3 : थ्रैसिंग (1944), 36.5 × 51 से०मी०, कैनवास पर तेल रंग, निजी संग्रह, स्विटजरलैंड

चित्र 4.4 : ब्रह्मचारी (1940/41), अमृता शेरगिल, कैनवास पर तेल रंग, नैशलन गैलरी ऑफ मॉडर्न आर्ट, नई दिल्ली

जीवन और मृत्यु (1981)

48 × 48 इंच

कैनवास पर तेल रंग

निजी संग्रह, बेंगलोर

के० के० हेब्बार एक सामाजिक कलाकार थे। अपने आस–पास समाज व देश में हो रहे परिवर्तनों व प्रगति से वे सजग थे। 1970 के दशक के बाद के कार्यों में हेब्बार ने विज्ञान और तकनीकी विकास की ओर ध्यान दिया। दो विश्व युद्धों से गुजरने के बाद हेब्बार का विज्ञान के प्रति रुझान होना स्वभाविक जान पड़ता है। वे कहते थे कि 'मैं विनाश के उन बीजों के प्रति सचेत था जो तकनीक अपने गर्भ में लिए हुए थी।'[88]

यह वो समय था जब मनुष्य आशातीत संभावनाओं को छू रहा था। 1969 में पहली बार मनुष्य ने चांद पर कदम रखा। नील आर्मस्ट्रांग और एडविन 'बज' एल्ड्रिन चंद्रमा पर चलने वाले 12 मनुष्यों में से पहले व्यक्ति थे।[89] जो सपने मनुष्य अचेतन मन में देखा करता था वो अब संभव हो रहे थे। 1984 में भारत से राकेश शर्मा ने अंतरिक्ष की यात्रा की थी।

इन उपलब्धियों का हेब्बार पर गहरा प्रभाव पड़ा। किंतु 1974 में किया गया पोखरण परमाणु परीक्षण ने उन्हें दहला दिया। अथाह ऊर्जा जो मानव जाति को चंद सैकेंड में धराशाही कर दे ऐसी उपलब्धि से वे इतने आंतकित हुए कि उन्होंने इस बार पूरी श्रृंखला बना डाली। इसके बाद ऊर्जा उनके चित्रों में कभी कॉस्मिक एनर्जी बनकर तो कभी विस्फोट के रूप में प्रकट होने लगी। प्रस्तुत चित्र में भी उन्होंने विशाल विस्फोट से मानव जाति के अंत की ओर संकेत किया है। संयोजन का चित्र विधान पॉल क्ले से समानता रखता है। जिस प्रकार अग्रभूमि में महज काली रेखाओं से मानवकृतियों को चित्रित किया है। वह पाल क्ले से प्रभावित है जबकि रंगाकन पद्धति प्रभाववादी है। यह सर्वविदित है कि इन्होंने पेरिस में एकेडमी जूलियन में इंप्रेशनिस्ट पेंटर प्रोफेसर कैवेल्स से चित्रकला की तकनीक सीखी थी। वही से प्रभाववाद की रंगाकन पद्धति से वे प्रभावित हुए। चित्र में हल्के रंगों का प्रयोग व साथ में नारंगी रंग को केंद्र में स्थान दिया है जिससे संपूर्ण संयोजन का महत्त्व बढ़ा है। कलाकार ने मनुष्य द्वारा की गई वैज्ञानिक प्रगति के चलते परमाणु खोज को बेहद विध्वंसकारी दिखाया है। यहां मृत्यु और जन्म को एक साथ चित्रित किया है। अग्रभूमि में हरे रंग की एक पट्टी बनाई गई है जिसमें बच्चों को बाग में पेड़–पौधों के बीच खेलते हुए चित्रित किया है। यहां मात्र काली रेखाओं से आकृति को ऐसे बनाया है जैसे बच्चे अक्सर अपनी नोटबुक में बनाते हैं। यह सारी रचना हरे रंग की पृष्ठभूमि में है जिसे काली बाउंड्री से बंद किया है। यहां कलाकार ने प्रतीकात्मक रूप से संपूर्ण मानव जाति का प्रकृति के साथ मनोरम संबंध तथा प्रेम प्रकट किया है। उसके ठीक ऊपर विशाल रूप से एक विस्फोट को दिखाया है जो आकाश में फैलता जा रहा है जो आग की लपटों से धधक रहा है। मानवता इस विस्फोट के सम्मुख बेहद तुच्छ नजर आ रही है। यहां कलाकार प्रतीकात्मक रूप से यह प्रकट कर रहा है कि किस प्रकार मनुष्य अपने द्वारा बनाए गए अविष्कार के सामने निर्बल व लाचार है। नीले, पीले आसमानी नीले, नांरगी तथा हरे रंगों की हल्की व गहरी तान से चित्र में शांति तथा विनाश को प्रकट किया है। रंग संयोजन प्रभाववादी है। जहाँ छोटे–छोटे रंगों के धब्बों को बिना मिश्रित किए लगाया है। विस्फोट गुब्बारों की

---

88 https://www.christies.com/en/lot/lot-4876296

89 *चांद पर यात्रा किसने की,* अद्यतन तिथि– 23 अप्रैल 2023, अभिगम तिथि– 27 मई 2020, https://solarsystem.nasa.gov/news/890/who-has-walked-on-the-moon

भांति प्रतीत हो रहा है। सम्पूर्ण संयोजन पहली नजर में देखने पर रेडेप्पा नायडू की रचनाओं के जैसे प्रतीत हो रहा है क्योंकि उनके संयोजन भी ऐसे ही रंगों या रेखाओं द्वारा विभाजित किए जाते हैं तथा तूलिका संचालन भी ऐसे ही होता है, जिसमें काली रेखाओं से ही बिना छाया प्रकाश के प्रभाव के रचना की जाती है।

पहले पूरे कैनवास पर ही हल्के नीले रंग से उसे आधार देकर ऊपर नेपल येलो व बादामी रंगों की आभाओं से उसे ढका है। फिर भी नीला रंग भीतर से झांक रहा है। बाद में आवश्यकतानुसार ऊपर अन्य रंगों को लगाया है। काली रेखाओं से आकृतियों को बोल्ड रूप मिला है। विस्फोट के केंद्र में नारंगी रंग के साथ दामिनी के समान ऊर्जा को तड़तड़ाते दिखाया है। आस–पास विशाल बवण्डर है जो विस्फोट की भयावहता को ओर भी विध्वंसकारी रूप दे रहा है। हेब्बार एक बेहतर शबीह कलाकार थे किंतु अपनी कला परिपक्वता के चरम पर पहुंच कर उन्होंने भी मानों पाल क्ले की भांति सरल संयोजन तकनीक को अपना लिया था, जिसमें स्वचालित क्रियाओं को निर्बाध्य रूप से होने दिया जाता है। यहां बालकला बहुत महत्त्व रखती है क्योंकि बालक किसी भी प्रकार के शास्त्रीय कला नियमों व कलावादों से बेखबर होता है। इसलिए उसकी कला मौलिक होती है। चित्र में मुख्य रूप से विस्फोट की प्रभुता है जिसके अनुसार कलाकार ने स्थान (स्पेस) वितरण बखूबी किया है। रंगों में सामंजस्यता के गुण है व लयात्मक रेखाओं से चित्र में गति का समावेश हुआ है।

चित्र 4.5 : जीवन और मृत्यु (1981), 48 × 48 इंच, कैनवास पर तेल रंग, निजी संग्रह, बेंगलोर

सूखा (1973)

19.5 × 100.3 से० मी०

कैनवास पर तेल रंग

निजी संग्रह, मुम्बई

हेब्बार द्वारा बनाई इस कृति में 'सूखे' को चित्रित किया गया है, जिसमें चारों तरफ बंजर उजाड़ जमीन पर पत्थर आदि तीतर बीतर अवस्था में पड़े हैं। हेब्बार ने अपने जीवन में खुशी, उल्लास, नृत्य आदि के बहुत चित्रण किए किंतु उसके साथ ही सामाजिक परिस्थितियों को भी आईना दिखाया। उनकी कलात्मक प्रवक्ता स्वतंत्रता के बाद उभरी जब उन्होंने पहचान बनाने के लिए विभिन्न संघर्षों से गुजरना पड़ा जैसे पूर्व बनाम पश्चिम, परंपरा बनाम आधुनिकतावाद तथा राष्ट्रवाद बनाम अंतरराष्ट्रीय। ऐसे में हेब्बार ने मानव जीवन को प्राकृतिक आपदाओं से भी संघर्ष करते दिखाया है जिसमें बाढ़, सूखा आदि को चित्रित किया। प्रस्तुत चित्र में हेब्बार ने सूखे का बड़ा ही मार्मिक चित्रण किया है। गरीब लोगों को अपनी झोपडियों में हाहाकार करते दिखाया है। चित्र में सूखे के प्रभाव को काले व नारंगी रंग के साथ बड़े ही विरोधाभासी रूप से प्रकट किया है जिससे बेचैनी का माहौल सर्वत्र फैला हुआ प्रतीत हो रहा है। हेब्बार की चित्रण शैली पर पाश्चात्य कला का स्पष्ट प्रभाव था। प्रस्तुत चित्र में अभिव्यंजनावादी शैली का प्रयोग करके कलाकार ने सूखे की विडंबना को मूर्त रूप दिया है। रंग भी मनोवैज्ञानिक ढंग से लगाए गए हैं। काले रंग को सर्वत्र देखा जा सकता है जो निराशा, अंधकारमय जीवन का प्रतीक है। मानव आकृतियों को कंकाल रूप में चित्रित किया है जो उनकी भूख व कुपोषण को दर्शाता है। औंधे 'मटके' पानी की एक भी बूंद का न होने का मूक संदेश दे रहे हैं। आशावादी किरण के रूप में मात्र एक नारियल का वृक्ष हरा भरा दिखाया है, अन्यथा ठूठ व पर्णरहित वृक्ष ही देखे जा सकते हैं। यहां ऊपर पृष्ठभूमि में एक सफेद रंग की हल्का पीलापन लिए हुए पट्टी के रूप में आकाश को दिखाया है जिसमें पक्षियों के झुंड को दाएं से बाएं पलायन करते हुए तीव्र गति के साथ चित्रित किया जिसके पीछे एक बड़े आकार में काले रंग का सूरज है व चारों ओर चटक नारंगी आभामंडल है जो आग बरसा रहा है। चारों तरफ अस्त–व्यस्त वातावरण है। नारंगी पीला व भूरा रंग सूखे की भयावहता को और भी जीवंत बना रहे हैं। आकाश को चित्रित करने के लिए बनाई गई चोड़ी पट्टी बरनैट न्यूमैन की शैली से प्रभावित प्रतीत हो रही है। अक्सर वे कैनवास पर मोटी–बड़ी स्ट्रीप जैसी रचना लंबवत् व क्षैतिज दिशा में बनाते थे। जिसका प्रभाव तैयब मेहता की 'डॉयनल' श्रृखंला पर भी देखा जा सकता है। रंग व रेखाएं अभिव्यंजनावादी हैं जो प्रस्तुत चित्र के विषयानुकूल है। किंतु रूप सादृश्यता पॉल क्ले द्वारा बनाई गई कृति 'कठपुतलियों का रंगमंच (1923), के बेहद नजदीक है। पॉल क्ले ने पहले रंगीन चित्रण करके काले भूरे रंग से उसे ढ़क दिया। वैसे ही हेब्बार ने झोपड़ी के भीतर रंगीन धरातल को गहरे भूरे व काले रंग से भिन्न आकृतियों का रूप देकर ढक दिया। कलाकार का उद्ेश्य अपनी भावनाओं को प्रकट करना है। हेब्बार कहा भी करते थे कि 'एक चित्रकार के रूप में जीवन की शुरुआत से ही मेरा उद्देश्य रहा है कि मैं अपने सुख–दुख को रंगों के माध्यम से व्यक्त कर सकूं। जैसे एक बच्चा रोते हुए अपनी भूख या हंसी से अपनी खुशी व्यक्त करता है। इस उद्देश्य के लिए मुझे कला की शब्दावली सीखनी पड़ी और अतीत से संचित विशाल खजाने से पोषण प्राप्त करना पड़ा। वर्तमान में पूरी दुनिया में इसका अभ्यास किया जाता है।''[90]

---

90 https://www.sothebys.com/en/auctions/ecatalogue/2018/boundless-India-in1801/lot.14.html

चित्र 4.6 : सूखा (1973), 19.5 × 100.3 से०मी०, कैनवास पर तेल रंग, निजी संग्रह, मुंबई

चित्र 4.7 : कठपुतलियों का रंगमंच (1923), पॉल क्ले, कार्डबोर्ड पर प्राईमेड पेपर पर वाटर कलर, https://www.thehistoryofart.org/paul-klee/puppet-theatre/

समृद्धि (1980)

38 × 23 इंच

कैनवास पर तेल रंग

मेयर परिवार संग्रह, स्विट्जरलैण्ड

यह कार्य उनके कलात्मक करियर के उत्तरार्ध का कार्य है। हेब्बार साहब ने अपने विषय सामान्य जनसाधारण के दैनिक कार्यों से भी चुने और उन्हें बड़े ही कलात्मक ढंग से अपनी शैली में पेश किया। प्रस्तुत चित्र में मछवारों के जीवन की सच्ची खुशी को चित्रित किया गया है, जहाँ एक विशालकाय मछली को मछुवारा व मछुआरिन लिए हुए हैं। हेब्बार साहब की रेखाओं की चपलता चाहे वह डाइंग में हो या पेंटिंग में उन आकृतियों की सुंदरता से मेल खाती है जो उन्हें रेखाओं को सजीव करती है। उनके कार्य की अनूठी दृश्य भाषा कर्नाटक की संस्कृति और पारम्परिक कलाओं में उनकी गहरी नींव से उपजी है। वे अक्सर अपने चित्रों में अभिव्यंजनाओं को तूल देते हैं न कि सौन्दर्य को। उन्होंने मानवाकृतियों व मछली की आकृति में भी सजीव रंगाकन न करके मात्र कहीं–कहीं भिन्न रंगों की छटा बिखेरी है। मानवीय शारीरिक अनुपात भी आवश्यकता से बड़ा दिखाया है। अक्सर लम्बी गर्दन व लम्बे हाथ पैर उनके संयोजन में देखने को मिलते हैं। चेहरे जरूरत से ज्यादा छोटे बनाए हैं। इस प्रकार दर्शक की नजर पैर से आरंभ होकर ऊपर की ओर दौड़ती है। यहां कलाकार ने ऊपरी पृष्ठभूमि में समुद्र को एक छोटे से तलछटी के जैसे बनाया है यहां मछली की आकृति मानव से भी बड़ी दिखाई है, जो उनके चित्र के मूल संदेश को गति दे रहा है। मछवारों का जीवन यापन मछली पालन से ही चलता है। इस प्रकार विशालकाय बड़ी व मोटी मछली की प्राप्ति पर वे स्वयं को समृद्ध समझते हैं। यहां रंग भी संयोजन के प्रयोजन अनुसार लगाए हैं। हल्के रंगों द्वारा पूरी पृष्ठभूमि को ढ़क दिया गया है। हल्का पीला, नीला, लाल, नारंगी, भूरे रंगों के छूट–पूट तूलिकाघात सर्वत्र नजर आ रहे हैं। मुख्यतः रेखाएँ ही किसी आकृति को प्रदर्शित कर रही हैं क्योंकि रंगों के क्षेत्र अनियमित रूप से बंटे हुए हैं। प्रकाश–छया का प्रभाव हेब्बार के चित्रों में नहीं मिलता है क्योंकि वे रेखा को मूल रूप से संयोजन में प्रमुख मानते हैं। वे हमेशा शैक्षणिक बंधनों से विमुक्त होकर भारत के पारम्परिक कला रूपों के माध्यम से रचनात्मकता के अर्थ का पता लगाना चाहते थे। रंग व रेखा उनके चित्रों में स्थूल तत्व न होकर जीवंत है जो कलाकार के संदेश को रसिक तक पहुंचाते हैं। हेब्बार साहब की बेटी रेखा अपने पिता के बारे में बताती है कि उन्होंने मुझे हर पत्थर और चट्टान में एक छवि देखना और रचनात्मक प्रक्रिया को लचीला बनाना सीखाया। उनके शब्द मेरे कानों में गूँजते रहते हैं जो कहा करते थे कि रंगों को संगीत के रूप में आपसे बात करने दें।[91]

प्रस्तुत चित्र में भी हेब्बार ने समृद्धि को रंगीन रंगों की आभा से समृद्ध दिखाया है। किसी भी प्रकार के आकाश या पेड़–पौधों को विषय में दिखाकर मात्र विषय को बुलंद व दर्शनीय बनाने के लिए उपयुक्त व सीमित आकृतियों को ही स्थान दिया है। इनकी रेखाएं यहाँ मात्र आकृतियों को आकार देने के लिए इस्तेमाल की है। यहां उन्होंने अपने तीव्र, गतिज्ञ, लयात्मक रेखाओं के जाल को नहीं बनाया। बल्कि रंगों पर अधिक जोर दिया है वे अकसर टेम्परा में कार्य करना पसंद करते थे किंतु इस दौर में उन्होंने टेम्परा त्याग कर तेल रंगों में चित्रण करना आरंभ किया, जिसमें आधार के रूप में टाइटेनियम व्हाइट की एक परत लगा देते थे इसके बाद ऊपर रंगों को लगा दिया जाता था। कहीं–कहीं से रंगों को बाद में हटा दिया जाता, जिससे सफेद

---

91 बहादुर, मुकुल राय, *पेंटर रेखाराव : अपने पिता की विरासत,* बरकरार रखते हुए, अद्यतन तिथि– 20 अगस्त 2017, अभिगम तिथि– 22 मई 2022, https://www.freepressjournal.in/cmcm/painter-rekha-rao-keeping-her-fathers-legacy

आभा झलकती हुई नजर आती। प्रभाववादी शैली का प्रभाव पूरी पेंटिंग में नजर आ रहा है। मानव आकृतियों व मछली की आकृति को लंबवत दिशा में चित्रित करके समूह को क्षैतिज दिशा में चित्रित करने से आकृतियों में विरोधाभास प्रस्तुत हुआ है, जिससे चित्र में नीरसता का भाव कम हुआ। वहीं दूसरी तरफ सारे पट पर हल्के रंगों की छटा तथा समूह के रंगों में गहरे व चमकीले रंग को लगाया, इस प्रकार संयोजन के ऊपरी हिस्से में घनत्व अधिक प्रतीत हो रहा है। यहाँ इस प्रकार समृद्ध व मछली की चित्रण विधि में उल्टे पिरामिडनूमा संयोजन पद्धति का इस्तेमाल है। मानवाकृतियों के पैरों की स्थिति भी गति दर्शा रही है। मछली की मोटी कटी आँख आकर्षक का केन्द्र है। उभारदार खुरदरी उबड–खाबड तूलिकाघात से बनावट को नया रूप दिया गया है। इस समय हेब्बार रंगों और रेखाओं के एक साधारण अमूर्त से आध्यात्मिक की खोज में निकल पड़े।[92]

धीरे–धीरे संयोजन से अतिरिक्त आकृतियों को हटाकर बहुत ही सीमित व मात्र रंगों तक ही सीमित करते हुए हेब्बार ने बाद में चित्रण करना शुरू किया जहाँ पूरे कैनवास पर रंगों की कई आभाएँ झिलमिलाती नजर आती थी। अपने अन्य समकालीनों की भांति उन्होंने भी अमूर्तकला को बनाना आरंभ कर दिया था किंतु तूलिकाघात छोटे–छोटे व अमिश्रित रंगों से ओत–प्रोत होते थे।

मछुआरों के मुख पर किसी भी प्रकार का कोई भाव दिखाई नहीं दे रहा है, क्योंकि रंगों के द्वारा ही यहां रूप को परिभाषित किया गया है और यह सत्य भी है कि फोटोग्राफिक प्रभाव लिए हुए चित्र को उच्च पेंटिंग नहीं कहा जा सकता है, क्योंकि वहां कलाकार के आंतरिक भाव कला के सिद्धांतों व नियमों में बंध जाते हैं जबकि अभिव्यंजनावादी चित्रण भावों को तूल देते हुए नियमों को ताक पर रखते हैं, इसलिए हेब्बार द्वारा शारीरिक आकृति को नियमों के अनुसार नहीं बनाया है। स्टैला क्रैमरिश का कहना था कि 'कला अपनी भाषा बोलती है, जिसमें शब्द नहीं होते और इसकी सामग्री विचार नहीं होती, बल्कि रूप और रंग होते हैं जो एक आंतरिक अनुभव का आकार ग्रहण करते हैं। कला की भाषा अंतरराष्ट्रीय है।[93]

हेब्बार अपनी कृतियों को रूढ़िवादी धारणाओं को हटाकर पेश करना चाहते थे। उनका कहना था कि समकालीन कला की किसी भी कृत्ति का मूल्यांकन उसके सौंदर्यवादी गुणों व सार्वभौमिक अपील से किया जाता है न कि रूढ़ीवादी या चेहरे की शैलीगत विचारों से। फिगरेटिव और नॉन फिगरेटिव के संघर्ष में मैं तालुकात नहीं रखता। क्योंकि अलग–अलग अनुभव अलग–अलग दृष्टिकोणों की मांग करते हैं, इसलिए मैं कोशिश करता हूं कि सिद्धांतों को आत्मसात् किया जाए, ताकि मैं शास्त्रीय कला के साथ–साथ इस सदी के दौरान पश्चिम में विकसित अध्यात्मिक पहलुओं को भी मान्य मानता हूँ।

पॉल क्ले के लिए उनकी रेखाएं बहुत मायने रखती थी। वे बहुत से चित्रों में मात्र जल रंग को आधार देकर पतली रेखाओं से चित्र का सृजन किया करते थे। उनके चित्र 'क्या घोड़ा है!' (पैन, स्याही व जलरंग) $9\frac{1}{4} \times 12\frac{1}{4}$ in (23.4×31 cm) में उन रेखाओं की लय को देखा जा सकता है। यहाँ कलाकार ने मात्र थोड़ी–सी रेखाओं से ही मानव आकृति को रूप दिया है।[94]

---

92 राव, रेखा और रजनी प्रसन्ना, *एक कलाकार की खोज : के० के० हेब्बार*, एक पूर्वव्यापी, एन०जी०एम०ए०, के० के० हेब्बार आर्ट फाउण्डेशन, 2011, पृ० 30

93 संगीता, *आजादी के बाद भारत में आधुनिक कला आलोचना का विकास : आजादी के बाद भारतीय कला आलोचना*, नोशन प्रेस डॉट कॉम, प्रथम संस्करण 2017, पृ० 19

94 क्ले, पॉल, क्या घोड़ा है! 1929 पर पेपर माउण्ड व पैन, स्याही जलरंग, सेन फ्रांसिस्को म्यूजियम ऑफ मॉडर्न आर्ट, कैलीफोर्निया

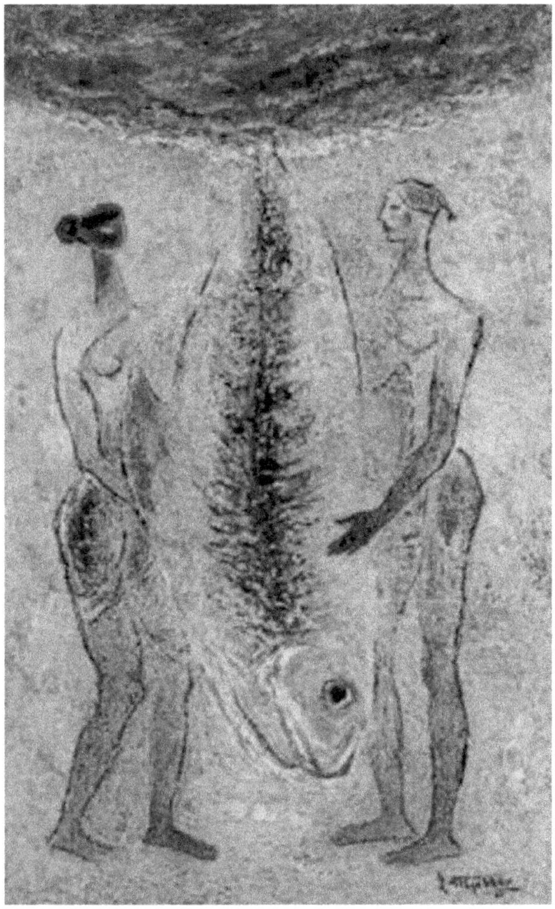

चित्र 4.8 : समृद्धि (1980), 38 × 23 इंच, कैनवास पर तेल रंग, मेयर परिवार संग्रह, स्विटजरलैंड

5.2 सैयद हैदर रज़ा

सैयद हैदर रज़ा एक प्रसिद्ध समकालीन भारतीय कलाकार हैं जिन्हें अपने अमूर्त व ज्यामितीय चित्रों के लिए जाना जाता है। उनकी कला का तकनीकी व कलात्मक अध्ययन कुछ इस प्रकार है।

दृश्य विश्लेषण :–

रज़ा की रेखाएँ लयात्मक, लहरदार, घुमावदार, सरल, सीधी, कटी हुई, प्रचंड व ज्यामितीय रूप लिए हुए हैं। इनके चटक, चमकदार, ठण्डे व गर्म रंग कोठियों की भाँति चमकीले हैं। रज़ा के शुरुआती चित्रों में प्रभाववादी प्रभाव की वजह से इम्पैस्टो तकनीक इस्तेमाल की गई। सेजॉन से प्रभावित होकर बनाए गए पेरिस के चित्र में रंग सपाट है। किंतु अमूर्त ज्यामितीय चित्रों में रंगों की बनावट भारी–भरकम स्पर्शनीय गुणवत्ता लिए हुए प्रतीत होती है। किंतु लेखन ने नेशनल गैलरी ऑफ मॉडर्न आर्ट, नई दिल्ली व वढेहरा आर्ट गैलरी में प्रदर्शित रज़ा के कार्य का व्यक्तिगत निरीक्षण करने पर यह पाया कि उनके अमूक अमूर्त ज्यामितीय चित्रों में एक्रेलिक रंगों की बहुत ही पतली सतह लगाई गई है। जो कहीं–कहीं से तो कैनवास को पूरी तरह ढक भी नहीं पा रही है। ऐसे में अन्य कला आलोचकों के द्वारा कही गई बातें कि उन्होंने इम्पैस्टो तकनीक का इस्तेमाल किया है, बेमतलब जान पड़ती है।

उनके कैनवास के ग्रेन बहुत महीन है साथ ही ऐसा भी प्रतीत हो रहा था कि कलाकार द्वारा बहुत ही पतली प्राइमर की सतह पट पर लगाई है, जिसके चलते कहीं कहीं रंग सोख लिए गए हैं। यद्यपि कुछ में कैनवस का टेक्सचर इतना समतल है कि उसके ग्रेन रंग को पकड़ने में पूर्णतः सक्षम नहीं है जिससे बहुत जगह रंग पट पर टिक नहीं पाए। इसकी एक और वजह रंग का पतला होना भी है। किंतु दो से तीन बार ब्रुश लगाने पर भी रंग का न रुकना कैनवस पट की सतह का बेहद चिकना होना है।

रंग पैलेट और प्रतीकवाद :–

रजा के रंग प्रतीकात्मक रूप लिए हुए हैं। उनके पंचभूत' के चित्रों में रंग पंचतत्वों के पारम्परिक वर्ण संदर्भ में लगाए गए हैं। 'राजस्थान' चित्र में वर्ण विधान वहाँ के चटकीली सूरज की रोशनी में रंगीन घाघरों या चोली पर पड़ने से प्रकट होने वाले वातावरण तथा वहाँ की रंगीन संस्कृति व रहन–सहन (चित्रित दीवारें व दरवाजे) का प्रतीक है। इन्होंने चुनिंदा प्राथमिक रंगों को ही पट पर लगाया है।

ज्यामितीय अमूर्तन :–

प्रकृति, योग, तंत्र को ज्यामितीय रेखाओं के रूपों में बाँटकर रजा ने उसे अपनी व्यक्तिगत शैली में प्रस्तुत किया। रज़ा ने त्रिभुज, वर्ग, आयत, वर्ग व बेलनाकार आकृति को पट पर चुनिंदा प्राथमिक रंगों से चित्रित किया। जिनमें यंत्र की आधारभूत संरचना भी शामिल है।

तूलिका संचालन :–

रजा की तूलिका कैनवास पर अपनी दिशा व रूप समय–समय पर बदलती रही है। आरंभिक जलरंग परिदृ श्यो में तूलिका का स्पर्श बेहद सौम्य व कोमल है जिसमें रंग बहते हुए प्रतीत होते हैं। पेरिस काल के दौरान तूलिका ने सपाट रंग पद्धति को अपनाया। किंतु वहां भी आरंभिक दौर में इम्पैस्टो प्रभाव है। अमूर्त चित्रों में तूलिका के प्रचंड, कटे हुए, तेज, कटावदार, उमड़ते, उछलते तूलिका घातों को देखा जा सकता है। अंतिम चरण में करीब 90 के दशक के बाद तो चित्रों में सपाट रंग ही भरे गए हैं। उनके चित्रों में रेखा को कहीं पर चॉक, चारकोल से या तूलिका से ही सीधा लगाया गया है। जो कहीं–कहीं पट के भीतर से झांकती हुई प्रतीत होती है।

सांस्कृतिक और आध्यात्मिक महत्त्व :–

रज़ा की भारतीय विरासत और आध्यात्मिकता में उनकी रुचि उनकी कलात्मक पसंद में प्रतिबिंब होती है। उन्होंने एक बार टेक्सटाइल इम्पोरियम की यात्रा की जिससे प्रभावित होकर 'सौराष्ट्र' चित्र बनाया। जो वहाँ की दरी व कालीन बनाने की पारम्परिक तरीकों में मॉटिफ से प्रभावित जान पड़ता है। ऐसे ही 'राजस्थान', 'जोधपुर' व 'जयपुर' चित्र वहाँ की सांस्कृतिक विरासत का अमूर्त रूप है। वहीं दूसरी तरफ उनके तंत्र से संबंधित चित्र आध्यात्मिक महत्त्व रखते हैं। जिनमे 'बिंदु', 'नाद बिंदु', पृथ्वी, अंकुरण पर दर्शकों को प्राचीन भारतीय योग तंत्र में आध्यात्मिक पद्धतियों से रूबरू करते है।

नीला समुन्द्र

152 × 152 से०मी०

कैनवास पर एक्रलिक रंग

श्रीमान व श्रीमती लुसियानो जी लुपी, सैन रेमो, इटली

60 के दशक के बाद भारतीय कलाकार अमूर्तता की ओर दौड रहे थे। क्योंकि पश्चिम के अर्मूत अभिव्यंजनावाद ने सभी कलाकारो को आतंकित कर दिया था। 'रूप' अब बेमेल प्रतीत होने लगे। कैंडिस्की ने 'ड्रिप' तकनीक इजाद की तो रोथ्को ने विशाल आकार में रंगो को सपाट रूप से लगाया तो बैरनेट ने उनके मध्य खडी व पडी दिशा में एक चमकीली रेखा खींची जिसका परिष्कृत रूप हमें तैयब की 'डायॅगनल' श्रंखला में दिखा। ऐसे ही हंस होफमन के चित्रों का अर्मूत रूप रज़ा के चित्रों में प्रकट हुआ। रज़ा के चित्रों में रूप विखंडित होने लगा था अब वे वास्तविकता की बाहरी अभिव्यक्ति मात्र नहीं थे। बल्कि वे अब 'वास्तविक चित्रण' बन गए थे। जिनमें अदम्य लय थी किंतु देखी गई प्रकृति नहीं, बल्कि अनुभव कि गई प्रकृति है।

प्रस्तुत चित्र में चित्रकार ने नीले समुद्र का चित्रण किया है। जिसमे अब चारों तरफ नीले रंग के धरातल पर बीच–बीच में भूरे ,लाल ,नारंगी, पीले रंगो का उपयोग किया। नीला रंग समुंद्र के लिए है तथा बीच में रंगीन आकार भिन्न–भिन्न टापुओं के साथ उमडकर उछलती लहरों को दर्शाता है जिन्हे सफेद रंग से बनाया है। कलाकार ने पहले पूरे कैन्वास पर अव्यवस्थित ढंग से रंगो को लगाया बाद में उन्हें नीले रंग से आंशिक रूप से ढंग दिया। जो ऐसा प्रतीत होता है कि मानो आसमान से समुंद्र को देखा जा रहा हो। 1960 के दशक में रज़ा द्वारा किए गए नए प्रयोग अमेरिका में हो रहे नए परिवर्तनों जैसे डे–स्टेल व सर्ज पोलियाकॉफ के कार्यो से प्रेरित थे।[95] रज़ा के कैनवास को जो चीज अलग करती है वह उनकी रंगो की पंसद और रूपों का सहजीवन है। यह पैलेट हमें एक बार फिर भारतीय संवेदनशीलता कि और प्रेरित करती है। रज़ा के प्रस्तुत चित्र में हंस हॉफमेन की कृति गर्मी (1964) केनवास पर एक्रेलिक रंग के जैसी रूप की समानता भी नजर आती है। इसमें हंस ने चित्र को पीले रंग से आंशिक रूप से ढक दिया है। इस प्रकार रज़ा का चित्र अब औपचारिक निर्माण नहीं रहा। बल्कि उस शक्तिशाली संयोजन को उजागर करता है। जिसे हंस हॉफमैन ने 'दिल और दिमाग की सदभावना' के रूपों में वर्णित किया है। ऐसी ही संयोजन शैली रज़ा ने बाद के कई चित्रों में थोडे बहुत परिवर्तन के साथ इस्तेमाल की। यहाँ यह अतियथार्थवादी स्वचालिक क्रियाओं के समीप भी प्रतीत हो रही है। जैसे– पॉल क्ले ने भी इस विचार पर बल दिया था कि स्वचालित क्रियाओं को प्रकट करें। रज़ा के अतीत कि यादें अकसर उन्हें रह–रह कर सताया करती थी। उन्होनें एक बार कहा भी था की रात में घने जंगलो का भय व सन्नाटा उन्हें आज भी याद है। जिसमें कभी–कभी गोंड जाति के लोग आग जलाकर नृत्य किया करते थे।[96] ऐसा ही संयोजन प्रस्तुत चित्र में देखने को मिलता है। रविन्द्रनाथ टैगोर द्वारा भी यह तकनीक थोड़े परिवर्तन के साथ प्रयोग में की गई थी। वे अपने लेखों में हुई त्रुटि को ढकने के लिए पैन की स्याही से उसे कहीं–कहीं से आंशिक रूप से ढक देते और कहीं छोड देते। जिससे अद्भुत रचना प्रस्तुत होती थी। इस प्रकार अचेतन के स्वचालित क्रियाओं में मनुष्य अपनी आंतरिक प्रेरणा के धनीभूत होकर कार्य करता है। इसमें तर्क, सौन्दर्य अथवा नैतिकता आदि किसी बाहरी वस्तु का अकुंश नहीं होता है। इस प्रकार प्रस्तुत चित्र रज़ा के आन्तरिक द्वन्द का भी रूप हो सकता है। क्योंकि वह मूर्त व अमूर्त के बीच जुझ

---

95 सेन, गीती, *बिन्दु : स्पेस एण्ड टाइम एन रज़ा विजन*, मीडिया टांसेसिया लिमिटेड, हांगकांग, नई दिल्ली, पृ० 79

96 सेन, गीती, *बिन्दु : स्पेस एण्ड टाइम एन रज़ा विजन*, मीडिया टांसेसिया लिमिटेड, हांगकांग, नई दिल्ली, पृ० 88

रहा था। नीले व नारंगी रंगो के इस्तेंमाल से संयोजन में विरोधाभास बढ़ा है। चित्र का मनोवैज्ञानिक प्रभाव बहुत ही उलझन व संघर्ष मय है। जो दर्शक की दृष्टि को बाधित करने के साथ–साथ उद्वलित भी करता है। नीला रंग पृष्ठगामी है। नारंगी व पीला अग्रगामी है। उभारदार, रंगो की परतों से बनी बनावट ने चित्र को समतल व सपाट होने से बचाया है। नीले रंग के भीतर से धरातल के रंग झाँकतें हुए नजर आ रहे हैं। चित्र में अर्धपारदर्शिता का गुण है। प्रस्तुत चित्र में अभिव्यंजनावादी गुण है। यह अपने रूप से कहीं ज्यादा गहरी व अर्थग्राहय है। जिस प्रकार रज़ा का स्वभाव बहुत ही गहरा व ज्ञान के प्रति आसक्त था। वैसे ही उसके रंग व रूप भी अपने आस्तिव के लिए आसक्त तथा प्रयत्नशील थे। यह चित्र समुद्र में उठते तूफान के जैसा है। जो रज़ा के आन्तरिक तूफान व सघंर्ष का प्रतीक है जिसके रंग व रूप सही अभिव्यक्ति करने में सफल रहे हैं। आने वाले समय में इन्ही चुनिन्दा रंगो (लाल, पीला, हरा, नीला, काला) तक ही उनकी रचना सीमित हो गई थी। जिस प्रकार अपने कार्य के चरम दौर में पियत मोंद्रियान ने मात्र प्राथमिक रंगो को ही अपनी शब्दावली बना लिया था। तो मालेविच ने काले वर्ग में एक ही रंग का इस्तेमाल करके कला के समस्त अतिरिक्त तत्वो, सिंद्धातो व रंगों को अलविदा कह दिया तथा सूक्ष्म व संकुचित रूप से कला को नवीन परिभाषा दी। रज़ा के चित्र, इतने संश्लिष्ट है कि उनमें रंग व स्पेस इस प्रकार गुंफित है कि वे किसी भी रूप पर सम्पूर्ण माने जा सकते हैं।

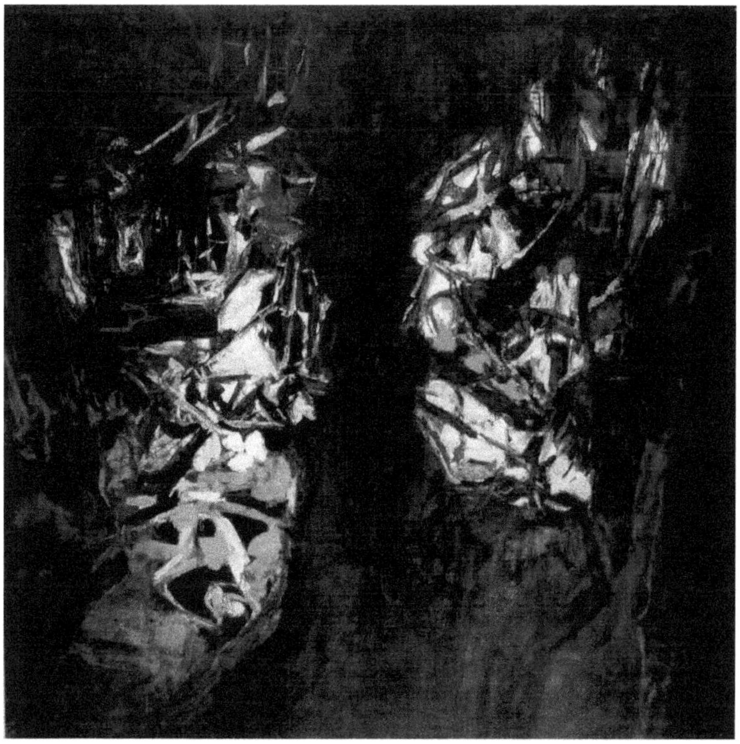

चित्र 4.9 : नीला समुन्द्र, 152 × 152 से०मी०, कैनवास पर एक्रलिक रंग, श्रीमान व श्रीमती लुसियानो जी लुपी, सैन रेमो, इटली

चित्र 4.10 : गर्मी (1964), हंस हाफमैन, कैनवास पर एक्रेलिक रंग, बिंदु : रजा के दृष्टिकोण में स्थान और

समय, गीती सेन, पृ० 77

माँ (1981)

कैनवास पर एक्रेलिक, 175 × 260 से०मी०

संग्रह – बाल छाबड़ा और एम० एफ० हुसैन के संग्रह, बुम्बई

यह चित्र रज़ा साहब ने 1981 में बनाया, इस दौरान वे फ्रांस सें भारत कि यात्रा किया करते थे। यहा 'माँ' चित्र इंडिक कॉस्मोग्राफ का प्रतिनिधित्व करता है। जो सांस्कृतिक विशिष्टता के साथ–साथ ऐतिहासिक विशिष्टता भी प्रकट कर रहा है। फ्रांस की अपनी यात्राओं के दौरान भारतीय भिन्नता को लिए हुए राज्य का दौरा करने से रज़ा को स्थानीय दृश्य परम्पराओं को सार्वभौमिक लेकिन गहन व्यक्तिगत आध्यात्मिक आइकनोग्राफी में परिवर्तित करने कि क्षमता मिली। उमा नायर कहती है कि उन्होनें कहा था कि जब मैं काम कर रहा होता हूँ तो मैं वृति और प्रत्यक्ष धारणा के आधार पर जो आवश्यक है उसे बरकरार रखता हूँ जो ज्ञान से परे जाकर आंतरिक वृति और अंतर्ज्ञान से पैदा हुई लय की एक श्रंखला बनाता है।

प्रस्तुत चित्र में प्रयोग किए गए वाक्य 'माँ' लौटकर जब आऊँगा क्या लाऊँगा' में अपनी 'माँ' के प्रति गहरा प्रेम व भावनात्मक अभिव्यक्ति है। रज़ा का मानना था कि चित्र में चित्रता हमेशा होनी चाहिए वे मात्र इलस्ट्रेटिव प्रतीत ना हो। चित्र कभी भी मात्र रंग रेखा से नहीं बनते हैं बल्कि इनमें तत्वों का समावेश होता है। रंग संगीत की भाँति चित्रों में मिल जाते हैं। यही वजह है कि रज़ा के सभी तत्व स्वयं स्पंदित होते चले जाते हैं। प्रस्तुत चित्र मात्र रंगों का क्षेत्र नहीं है इसमें संस्कारों कि गरिमामय परम्परा विद्यमान है जो रज़ा अपने बाल्यकाल में घर से किशोरावस्था में शिक्षकों व मित्रों से सीखी। हिंदी कविता के वे मुरिद थे यहाँ भी 'माँ' लौटकर जब आऊँगा ?'' एक काव्यात्मक ढंग से प्रश्न पूछा जा रहा है। यहाँ 'माँ' दो अर्थो के संदर्भ में लिखा है। एक तो धरती 'माँ' दूसरी उनकी माँ जिनका विभाजन के बाद स्वर्गवास हो गया था इस प्रकार दोनो ही 'माँ' की दूरी उनके लिए असहनीय हो गई थी। जिसके दर्द को उन्होनें चित्र में उतारा यहाँ चित्र में लाक्षणिकता का गुण है। रज़ा के चित्रों में देवनागरी लिपि इस्तेमाल से हिंदी की दुनिया में रज़ा को बार–बार याद किया जाता रहा है कि उनके विदेश जाने पर भी देश के प्रति उनका यह आकर्षण कम नहीं हुआ। इस प्रकार चित्रों के बीच में लेख व लेखों के मध्य चित्र की परम्परा भारतीय पोथी चित्रण परम्परा प्राचीन है साथ ही यह सर्वज्ञ है कि रज़ा ने पोथी चित्रण को देखा व उनका अध्ययन भी किया था। जिसके चलते वे उनके इस अदभुत रंग शब्द परम्परा को अनदेखा न कर सके। समवसरण, पांडुलिपि, (15वीं शताब्दी पाटन, गुजरात) में लिपि के साथ मध्य में लाल रंग के बिंदु बनाए गए है। रज़ा के कला कार्यो में शब्दों को चित्रों के साथ लिखने का प्रभाव शायद यही से पडा होगा हांलाकि रज़ा के चित्रों में मानव आकृतियों का समावेश कभी भी दिखने को नहीं मिलता। चमकीले चटक रंगो की झलक जैन तथा बौद्धकालीन पोथी चित्रों की भी याद दिलाता है।

प्रस्तुत चित्र को सरसरी नजर से देखने पर ऐसा लगता है कि मानों कल्पसूत्र या ताडपत्रीय शैली के जैन चित्रों को तेजी से घुमा दिया गया हो। जिससे आकृति अपने निश्चित रूप में तो नही किंतु आभास देती प्रतीत हो रही हैं। क्योंकि लगभग वही लाल रंग, पीले, सफेद रंगो का मिश्रित फलक यहाँ–वहाँ बिखरे संवाद के संगीतात्मक क्षण हमें अनायास ही पोथी चित्रण की याद दिलाता है।

हांलाकि शब्दों को चित्रों के साथ प्रयोग जापानी चीनी व यूरोप के बाइबिल चित्रण में सुनहरे शब्दों के बीच ईसा के धर्म प्रचारको के रंगीन पृष्ठों की समृद्ध पुस्तक चित्रण परम्परा के अच्छे उदाहरण है। साथ ही ईरान,

मुगल, फारस में भी लिपिबद्ध चित्र परम्परा मौजूद थी।[97] इस प्रकार रज़ा के चित्रों में पोथी चित्रण से बहुत–सी समानता दिखाई देती है। उनके चित्रों के चारों और हासिये राजस्थान व मुगल परम्परा से प्रभावित जान पडता है। दूसरा, शब्दों का चित्रों के मध्य में स्थान भी उनका पोथी प्रभाव है तो चटक रंग सीधे भारतीय लघुचित्र परम्परा की रागात्मक संप्रेषणीयता का अच्छा उदाहरण है।

रज़ा के संयोजन की निर्माण पद्धति की बात की जाए तो चित्र द्विआयामी प्रभाव लिए है। जिसमें मात्र ज्यामितीय व लयात्मक कोणीय तथा सरल सपाट व ऊबड–खाबड रंगो के तूलिकाघात नजर आ रहे हैं। जिस प्रकार पोथी चित्रण में विभिन्न स्तरों में चित्रण को बाँटा जाता था वैसा ही विभाजन यहाँ भी किया गया है। जहाँ मानवीय आकृतियों के स्थान पर रंगीन किंतु अव्यवस्थित ढंग से तूलिका संचालन है। रज़ा के प्रस्तुत चित्र में 17वी सदी के मेवाड, मालवा के चित्रों कि भाँति गहरे लाल, काले रंगो के साथ चमकीले पीले और सफेद अंतरालों के संयोजन की साफ झलक दिखाई देती है। मालवा के चित्रों में मूल रंगो को बिना मिश्रित किए हुए सीधा प्रयोग किया गया है। आकाश में अकसर काले रंगो का प्रयोग मालवा चित्रों की अलग पहचान है।[98] प्रस्तुत चित्र में लाल, नारंगी, काले, पीले, सफेद हरे रंगो के इस्तेमाल से चित्र में एक आक्रामकता सी आ गई है। क्योंकि सफेद रंग चित्र में रंगों को दूसरों से विभाजित करने के संदर्भ में ही प्रयोग किया गया है। किंतु यह आक्रामकता प्रेम की व्याकुलता को लिए हुए है जो एक पुत्र के मन में माँ के प्रति है। संयोजन को तीन भागो में बाँटा जा सकता है। बाएँ तरफ का हिस्सा जिसमे शब्दो का भी प्रयोग है, में पोथी चित्रण का प्रभाव स्पष्ट रूप से प्रतीत हो रहा है। जबकी मध्य का तथा बिंदु के इर्द–गिर्द बनी आकृतियाँ रज़ा द्वारा अन्य चित्रों में बनाए गए रूपों की ही पुनरावृति है। जिसमे अपने शीर्ष के हिस्से से जुडे त्रिभुज जो शिव–शक्ति के मिलन व नर–मादा, जल–अग्नि आदि का प्रतीकात्मक रूप है। तो इसके थोड़े नीचे 'नाग' को दिखाया है जिसमें दो नाग आपस में मिलकर एक वृत्त का निर्माण कर रहे है। तो बिंदु के दूसरी तरफ वृक्ष, बीज आदि को धुंधले रूप में चित्रित किया है जिससे की मुख्य चित्र में भटकाव न हो। तीसरा हिस्सा जिसमें बिंदु बनाया गया है जो स्वयं में एक स्वतंत्र रचना प्रतीत हो रही है। जिसके चारों तरफ नारंगी, सफेद, मौजुदगी दर्शायी है। मध्य में काला वृत जिसे कलाकार अक्सर बिंदु कहता है वह ब्रह्माण्ड का प्रतीक है। किंतु प्रस्तुत चित्र में यह पृथ्वी (माँ) तथा 'माँ' स्त्री के माथे पर लगाई जाने वाली बिंदी का भी प्रतीक रूप है। समस्त रचना यादों की उलझनों से उभरा हुआ द्वन्द प्रतीत हो रहा है मानों कलाकार अपने सम्पूर्ण जीवन काल व कला कार्य को एक ही पट पर संजोकर अपनी 'माँ' भेट स्वरूप प्रस्तुत करना चाहता हो। उन्होनें एक बार कहाँ था कि आँखे बंद करके चित्र नहीं बनाए जा सकते है किंतु आँखे बंद करके संगीत जरूर सुन सकते हैं। उनके अनुसार आँखो से ही नहीं, मन से भी व हृदय से भी व तमाम सोचने की शक्ति से भी चित्रों को बनाना चाहिए। रज़ा कहते हैं कि हम प्रेम को समझकर उसके मर्म को छूते हैं फिर भाषा व शब्दों को समझते हैं। तब जाकर प्रेम के ऊपर अच्छी कविता लिखी जा सकती है और यही बात चित्रों के लिए भी है। रंगो के बारे में रज़ा कहते है कि सूर्य की किरणों से रंगो के विधान (स्पेक्ट्रम) को मैनें अपने चित्रों के तत्वो के रूप में इस्तेमाल किया है। लेकिन वे दूसरी वस्तुएँ भी हो सकती है, जैसे रिश्ता या कोई भाव लेकिन मेरे लिए तो ये पाँच रंग– काला, सफेद, पीला, लाल, नीला आपस में सारे रंग को बना देते है। मैं अपने चित्रों में रंगो का इंस्तेमाल इस प्रकार करता हूँ जिसमें उसका अर्थ प्रतीकात्मक हो, सजेशन मात्र हो।......... जब ये एक दूसरे पर लगाए जाते हैं या कहुँ जीवन के साथ बढते हैं, सृष्टि के साथ पल्लवित होते हैं तो ये हैल्थ ऑफ नेचर, लाइफ ऑफ नेचर के अर्थ में होते हैं। रंगों में एक सघनता (डैनसिटी) किस तरह आती है? वो तभी आती है

---

97 गांगुली, डॉ० मांजुषा, चित्रकार रज़ा, *परम्परा और परिवेश*, समान्तर प्रकाशन, 7/7 दरियागंज, नई दिल्ली, 110002, पृ० 69

98 गांगुली, डॉ० मांजुषा, चित्रकार रज़ा, *परम्परा और परिवेश*, समान्तर प्रकाशन, 7/7 दरियागंज, नई दिल्ली, 110002, पृ० 69

जब कैनवास पर अन्य रंगो के साथ सम्बन्ध बने। रंगो का चुनाव ही इस सघनता को ठीकठाक ला पाता है।[99] रज़ा के चित्र उनकी अपनी शब्दावली बन गए। जो रंगो के संगीत व रूप के नृत्य का अच्छा उदाहरण तो है ही साथ में भावनाओं की बेहतर भंगिमाओं को भी प्रकट करते हैं। रज़ा ने अमूर्तन के मुहावरे को अपने जीवन में उतारकर भारतीय कला में नया अध्याय जोडा। रज़ा के चित्रों में भारीपन का अरोप लगाया जाता है। किंतु यह स्वयं में एक तत्व है जो सभी तत्वों को मिलाकर उभारता है।[100]

---

99 गांगुली, डॉ० मांजुषा, चित्रकार रज़ा, *परम्परा और परिवेश,* समान्तर प्रकाशन, 7/7 दरियागंज, नई दिल्ली, 110002, पृ० 39
100 *समाकालीन कला,* 1984–85, ललित कला अकादमी, नई दिल्ली, पृ० 21

चित्र 4.11 : माँ (1981), कैनवास पर एक्रेलिक, 175 × 260 से०मी०, संग्रह – बाल छाबड़ा और एम० एफ० हुसैन के संग्रह, बुम्बई

चित्र 4.12 : समवसरण, पांडुलिपि 15वीं शताब्दी पाटन, गुजरात,
https://deccanviews.wordpress.com/category/jaina-art/

बिंदु

50 × 50 से०मी०

कैनवास पर एक्रेलिक रंग,

एनिक बैलेउल, पेरिस

बिंदु का ज्यामिती में और तंत्र कला में बहुत महत्त्व है। यह ध्यान का केन्द्र है। रज़ा का कहना है कि बिंदु शक्ति की एकाग्रता का लघु प्रतीक है, जिस बिंदु से हर एक वस्तु प्रकट होती है और जिसमें हर एक वस्तु विसर्जित भी होती है, चित्रकला उनके लिए एक सजीव वस्तु है जो मनुष्य की भाँति साँस भी लेती है। इसलिए कलाकार के पास वह खास दृष्टि होनी चाहिए क्योंकि एक सजीव अवधारणा और वह यथार्थ जो प्रकट नहीं है उसका अनवेषण इस दृष्टि से ही संभव है।[101]

यह सत्य है कि रज़ा के पास वह खास दृष्टि थी जिससे उसने पंचभूतों को अपने ढंग से कला में नए रूप से पेश करके अपने स्वयं की एक नवीन शैली बना डाली। प्रस्तुत चित्र में कलाकार ने मध्य में काले रंग के वृत कों बनाया है जिसे 'बिंदु' की संज्ञा दी गई है इसे एक वृग के मध्य में कई समान्तर वर्गाकार आकृतियों के भीतर सहेजा गया है। मुख्यतः सभी भारतीय प्राचीन यंत्रो में हमेशा एक वर्गाकार ढाँचे के भीतर सारी सरंचना को बनाया जाता है इसे 'भूपुर' भी कहा जाता है। इस प्रकार सभी यंत्रो की शक्ति बाहर से एकत्रित होते–होते ठीक बीच में समाहित होती है। यहाँ 'बिंदु' ब्राह्माण्ड का प्रतीक है जिसकी न शुरूआत है और न ही अंत। इस प्रकार किसी भी यन्त्र के मध्य का केन्द्र भाग बहुत शक्तिशाली होता है। रज़ा की जिंदगी में यह बिंदु आठ वर्ष की आयु में अनायास ही प्रकट हुआ था। दरअसल रज़ा बहुत ही चंचल बालक थे इसलिए ककैया में उनके मास्टर नन्दलाल झरिया ने दीवार पर बिंदु बनाकर उस पर ध्यान केंद्रित करने को कहा। उन्होने सोचा था कि बिंदु पर एकाग्रता के माध्यम से बालक के चंचल मन को शांति मिल सकेगी। लेकिन इस अभ्यास सें बालक को अनजाने में ही सही किंतु उसके जीवन पंथ का मार्ग प्रशस्त किया।[102] उनके जीवन में फिर केंद्रिय ऊर्जा के रूप में 1978 में बिंदु नए रूप में लगातार अंत तक भिन्न–भिन्न नामों से प्रकट होता रहा। कभी नाद बिंदु, तो कभी जल–बिंदू। रज़ा का बिंदु पंचमहाभूतों में सें एक है यहाँ बिंदु वृत्त के रूप में भी है। तंत्र में वृत से ही ब्रह्माण्ड को बनाया जाता है। यह वह संसार है जहाँ हम रहते है। देवदत्त पटनायक के अनुसार बिंदु अथाह व अनंत सम्भावनाओं को दर्शाने वाला एक लोकप्रिय प्रतीक है। यह किसी भी चीज या कार्य की शुरूआत का प्रतिनिधित्व करता है। दस बिंदु विष्णु के दस अवतारों का प्रतिनिधित्व करता है। यदि बिंदु बीज का प्रतिनिधित्व करता है तो वृग वृत का एक फल है यदि वृत संसार का प्रतिनिधित्व करता है तो केंन्द्र उस का प्रतिनिधित्व करता है जिसने संसार की रचना की – ईश्वर। यह सत्य है कि ज्यामिति का स्वयं कोई अर्थ नहीं है। कला को अर्थ कलाकार और कला के पर्यवेक्षक द्वारा दिया जाता है। कोई भी ज्यामिति को धर्मनिरपेक्ष अर्थहीन रचना कहकर खारिज कर सकता है या उनकी पवित्र प्रकृति को पहचानकर उन पर प्रतिक्रिया कर सकता है।[103] रज़ा के द्वारा बनाया गया बिंदु ध्यान का प्रतीक है। जो चटक लाल रंग के बीच काले वर्ण से बनाया गया है। तंत्र में लाल, नारंगी व काले रंग का बहुत महत्त्व होता है। बिंदु का अर्थ उसकी स्थिति अनुसार बदलता रहता है। जैसे भुपूर के मध्य यह समस्त शक्ति का प्रतीक है।

---

101 धर्मयुग, 18 मार्च 1984, पृ० 36

102 मोहन, सौमित्र (सहायक सम्पादक), *रज़ा*, ललितकला एकादमी, रवीन्द्र भवन, नई दिल्ली, 1990, पृ० 1

103 पट्नायक, देवदत्त, बिटविन तांत्रिक लाईनस, 24 मई 2014, अभिगम तिथि– 5 अप्रैल 2020, https://devdutt.com/articles/between-tantrik-lines/

ओम के शीर्ष पर स्थित बिंदु को 'तुरिया' कहा जाता है। पूर्ण वास्तविकता या शुद्ध चेतना का प्रतीक योगसूत्र और वेदान्त में ओम का विस्तृत वर्णन है। श्री यन्त्र जैसें यन्त्रों में सबसे उन्नत प्रतीक केन्द्र में एक बिंदु है। बिंदु की दिलचस्प वर्णन अन्य रूप में भी है। जहाँ सरसो कें दाने से भी इसकी तुलना की जाती है। गुरू ग्रन्थ साहिब में लिखा है कि मुक्ति का द्वार सरसों के दाने के दसवें हिस्से से भी कम संकीर्ण हैं। मन एक हाथी जितना बडा हो गया है। वह इस द्वार से कैसे गुजर सकता है? यदि कोंई सच्चे गुरू से मिलता है, तो वह अपनी खुशी व दया उस पर दिखाता है। तब मुक्ति का द्वार खुल जाता है, और आत्मा आसानी से पार हो जाती है।'' इस प्रकार बिंदु जिसके चारों और मंडल बनाया गया है वह ब्रह्माण्ड की अभिव्यक्ति का प्रतीक है। हिंदू धर्म में इसे माथे पर कॉस्मेटिक रूप में लगाया या चिपकाया जाता है। दर्शन तत्व मीमांसा की दृष्टि से बिंदु को वह माना जाता है जहाँ से सृष्टि आरम्भ होती है। इसे ब्रह्माण्ड का पवित्र प्रतीक के रूप में वर्णित किया गया है। बिंदु को बूँद के रूप में भी माना जाता है। बिंदु को 'परम' माना जाता है। किसी प्रतीक के भीतर बिंदुओ की उपस्थिति किसी अन्य चीज की अवधारणा की याद भी दिलाता है। पूर्वी मंदिरों के दरवाजों के चारों और सजाये गए बिंदु अकसर इस तरह से दिखाई देते है। जो आस्था के सिंद्धातो के लिए एक प्रकार के आशुलिपि के रूप में कार्य करते हैं। उदाहरण के लिए जैन प्रतीक में बिंदु जैन धर्म के तीन रत्नों को दर्शाते है। अजीत मुखर्जी के अनुसार बिंदु अपने भीतर भविष्य के बीज व अथाह सम्भावनाएँ संजोए रहता है। जो प्रतीकात्मक रूप में सफेद और लाल बिंदुओ द्वारा दर्शाया जाता है।[104] रज़ा अकसर कहा करते थे कि मैं वैसी ही आस्था से काम करता हूँ जैसे कोई धार्मिक आचार्य करता हो।[105] उनका मानना था कि मनुष्य व ब्रह्माण्ड का आन्तरिक सम्बन्ध है इसलिए इस सम्बन्ध को चित्रकला में लाना बहुत बडी बात है। मैं चाहता हूँ चित्र बने, काले रंग से शुरू होकर सभी वर्णो के बने, फिर सफेद कैनवास की तरफ जाए।[106] इस प्रकार रज़ा ने मात्र एक बिंदी से मनुष्य व ब्रह्माण्ड को एक कैनवास पर समेट दिया। किंतु वे बहुत ही सजग तरीके से कहते की मुझे पता है तंत्र जटिल व सूक्ष्म दर्शन है और मेरा ज्ञान उन विश्वासों के प्रति बहुत सीमित है। मेरे चित्रों के बुनियादी सरोवर एक सुंसंगत चित्रात्मक तर्क की ओर ही बन रहें हैं।[107]

---

104 मुखर्जी, अजीत, *तंत्र कला : इसकी दार्शनिकता व भौतिकी,* रविकुमार, बेसल, पेरिस, नई दिल्ली, स्वीटजरलैंड में प्रिंटेड, 1971, पृ०

105 *धर्मयुग,* 18 मार्च 1984, पृ० 36

106 *समकालीन कला,* 1984–85, ललितकला अकादमी, पृ० 19

107 सेन, गीती, *बिन्दु : स्पेस एण्ड टाइम एन रज़ा विजन,* मीडिया टांसेसिया लिमिटेड, हांगकांग, नई दिल्ली, पृ० 137

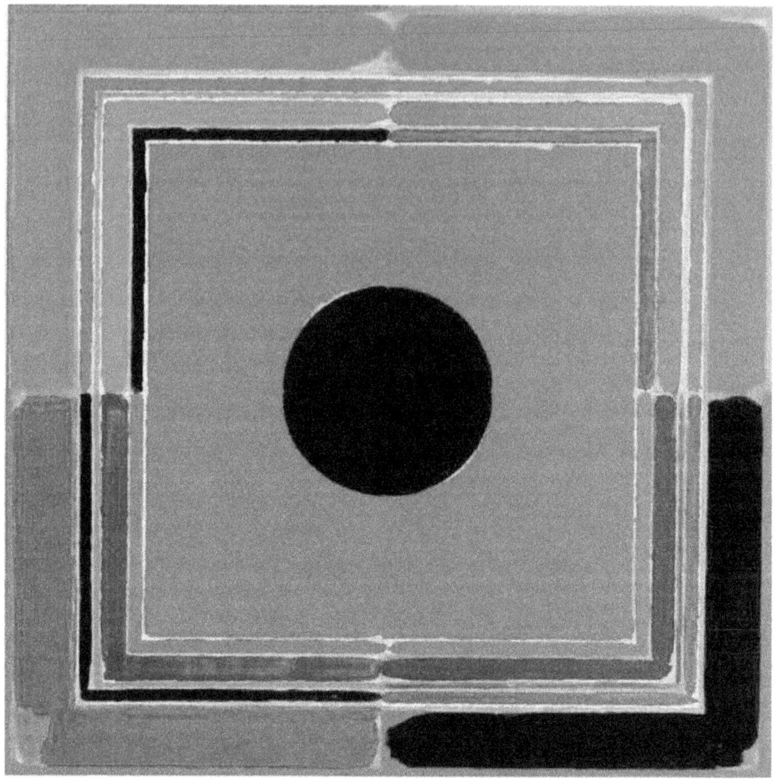

चित्र 4.13 : बिंदु, 50 × 50 से०मी०, कैनवास पर एक्रेलिक रंग,, एनिक बैलेउल, पेरिस

चित्र 4.14 :यंत्र, https://depositphotos.com/vector/bagalamukhi-yantra-mandala-colorful-sacred-tibetan-diagram-vital-energy-hinduism-371417632.html

राजस्थान (1983)

175 × 175 से०मी०

कैनवास पर एक्रेलिक रंग

श्रीमान व श्रीमती चेस्टर हर्विटज, यू०एस०ए०

रज़ा के हृदय में भारत की यादें इस कदर बस गई थी की पेरिस जाने के बाद भी वे उन्हें सताती रही। 60 व 70 के दशक में वे बार–बार भारत आते रहे तथा गैलरी चैमोल्ड में 1968, 1984, 1988, 1990, में अपनी कला की प्रदर्शनी लगातें। साथ ही 1978 में भोपाल में भी प्रदर्शनी की।[108] इस प्रकार वे एक समय के बाद भारत से बार–बार जुडते व इन नियमित यात्राओं में संग्रहालयों, गुफाओं, गाँव, शहरो में अध्ययन करने की कोशिश भी करते। रज़ा साहब बताते हैं कि वे मथुरा, साँची, अजन्नता, एलोरा, एलिफैंटा गए। साथ ही अहमदाबाद के टैक्सटाइल म्यूजियम को भी देखा। विभिन्न राज्यों गुजरात, मध्यप्रदेश, राजस्थान के गाँवों की भी यात्रा की। इन यात्राओं ने उनकी सूक्ष्म दृष्टि को बहुत प्रभावित किया।[109] अब वे अपने कला कार्य की परिपक्वता को धारण करने की स्थिति में थे। यही वजह थी कि वे दर–दर जाकर स्वयं के भीतर के खालीपन को भरना चाहते थे। वे एक ऐसी शैली, विषय व साधना की तलाश में थे जो उन्हें सच्चा भारतीय अमलीजामा दे सके। प्रदेश में देश का प्रेम अब प्रगाढ़ हो चुका था। अतीत उन्हें कचोटते हुए कुछ नया करने के लिए प्रेरित कर रहा था। अब उन्होनें कला रूपों को यथार्थ या सादृश्ता के गुण से विमुक्त कर दिया। अर्मूत की परिभाषा को पट पर साधते हुए रंगीन झांकियाँ बनाना शुरू कर दी।

रज़ा साहब के मन में राजस्थान के प्रति गहरा व तीव्र आकर्षण था उसकी वजह जैसलमेर की रंगारंग दुकानों या गलियों का चित्रण नहीं था। ब्लकि वे तो उस अनुभव व रंग को समझने के लिए व्याकुल थे जो समस्त राजपूत मिनिएचरों, वस्त्रों, पाण्डुलिपियों में मौजूद था। जो पहली नजर में ही एकाएक दर्शक को अपनी ओर खींच लेते है।[110] उस खींचाव को रज़ा अपने पट पर प्रदर्शित करना चाहते थे। इन विचारों, अकांक्षाओं, इच्छाओं को मूर्त रूप देना आसान नहीं था। लेकिन रज़ा ने अभिव्यंजनावादी अभिव्यक्ति से एक नई शैली में राजस्थान की सभी प्रवृति व प्रकृति को उतारा। कला के तत्व को पडांग या सिंद्धान्तों से परे करके अमूर्त रूप में राजस्थान की संस्कृति को प्रदर्शित किया। जिसमें एक भी आकृति मौजूद नहीं थी। यह राजस्थान का अलंकारिक व लाक्षणिक चित्रण था। इसके चारों तरफ रंग–बिरंगी आभाएँ मौजूद रहकर रंगीले व सजीले राजस्थान को प्रदर्शित कर रही थी। रज़ा साहब कहते है कि वे उस जीवन को चित्रित करना चाहते थे जिसने उन्हें विलक्षण रंगोल्लास का दर्शन कराया था। रंगों की रूचि अब तक चित्रण के एक तत्व के रूप में थी, लेकिन इन यात्राओं के दौरान रंग मेरे कार्य में एक महत्त्वपूर्ण तत्व बन गया। अब मेरी इच्छा ऐसे चित्रण में थी जिसमें रंगो का संगीतात्मक सामंजस्य रहें। घनत्व के रूप में रंग मनोभाव, मनोवेग व किसी समय की अभिव्यक्ति के रूप में रंग।[111] प्रस्तुत चित्र में चित्रकार ने लाल, पीले, नारंगी, सफेद, भूरे, काले रंग की चटक आभाओं का इस्तेमाल किया। राजस्थान कि चिलचिलाती धूप व तपतें रेत में रंगीलें परिधानों पर लगे शीशे जिस प्रकार झिलमिल करते है जो काले, लाल रंग के घाघरों को ओर भी आकर्षित बनाते है। ठीक वैसे ही

---

108 गांगुली, डॉ० मंजुषा, *चित्रकार रज़ा : परम्परा और परिवेश*, समान्तर प्रकाशन, 7/7, दरियागंज, नई दिल्ली, 110002, पृ० 11

109 वाजपेयी, अशोक व सैयद हैदर रज़ा, *आत्मा का ताप*, राजकमल प्रकाशन, 2004, पृ० 73–74

110 वही

111 वाजपेयी, अशोक व सैयद हैदर रज़ा, *आत्मा का ताप*, राजकमल प्रकाशन, 2004, पृ० 73–74

चित्र में काले रंग कि चौखाटो के बीच से मानों लाल, पीले, हरे रंग की कतरनों के बीच से शीशे झिलमिला रहे हो। यहाँ पहली नजर से देखने पर ऐसा लगता है। जैसे– जैन लघु चित्रों तथा राजस्थान लघु चित्रों को विकृत रूप दे दिया गया हो। पहाड़ी राजस्थान पोथी चित्रण में चित्र को विभिन्न हिस्सों व स्तरो में बाँटा जाता था। ठीक वैसे ही यहाँ भी अलग–अलग हिस्सो में बाँट दिया गया है। रज़ा के जगमगाते रंगो के नीचे एक सरल व मूल सत्य छिपा है। रज़ा के अनुसार मैं अपनी जडों व अपनी मूल स्रोत की और लौटता हूँ। चित्रण करते समय सभी आकार, रूप तिरोहित होकर मात्र उनका अहसास, उत्साह व विषाद रह जाता है। इन सबसे प्राप्त चित्र मनः दृश्य (मेंटल लैंडस्केप) होगा। जिनमें रंगो की ताकत के सम्मुख रूपाकार स्पष्ट नहीं होगें।[112] इसलिए अमुक चित्र में उल्लास भरे लाल, काले, पीले रंगो से वे प्रदेश मात्र को रेंखाकिंत नही करते बल्कि सम्पूर्ण प्रकृति का एक रंगात्मक– लयात्मक संयोजन हैं। इसमें सजीला राजस्थान भिन्न–भिन्न रंगो कि चमकीली पट्टियाँ तथा धूप की ओर खुलती खिडकियाँ तथा चौखानों के कई समूहों में ज्यामीतिय वंदनवार युक्त राजस्थानी घरों के मजबूत विशाल चित्रित दरवाजें तथा दीवारों में दिए की रोशनी से काले हुए आलों में टिमटिमाती सफेद, नारंगी लाल लौ से सम्पूर्ण राजस्थान जीवन जगमग हो उठता है। इस पर कलाकार कहता है कि यदि मैं किसी चित्र को राजस्थान कहूँ तो उसमे मोर व महल के रूप ही नजर आए यह तो जरूरी नहीं है।[113]

---

112 गांगुली, डॉ० मंजुषा, *चित्रकार रज़ा : परम्परा और परिवेश*, समान्तर प्रकाशन, 7/7, दरियागंज, नई दिल्ली, 110002, पृ० 78

113 गांगुली, डॉ० मंजुषा, *चित्रकार रज़ा : परम्परा और परिवेश*, समान्तर प्रकाशन, 7/7, दरियागंज, नई दिल्ली, 110002, पृ० 79

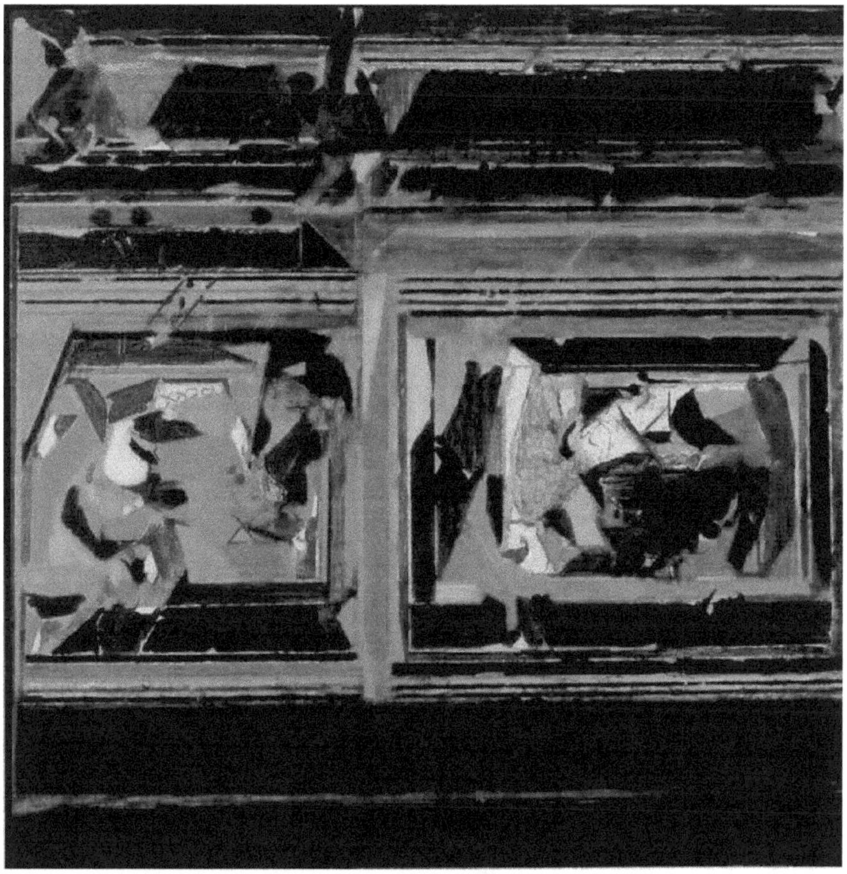

चित्र 4.15 : राजस्थान (1983), 175 × 175 से० मी०, कैनवास पर एक्रेलिक रंग, श्रीमान व श्रीमती चेस्टर हर्विटज, यू० एस० ए०

चित्र 4.16 : राजस्थानी दरी, **https://www.shutterstock.com/image-photo/indian-patchwork-carpet-rajasthan-asia-100482607**

नाग (1989)

54 × 22 से०मी०

कैनवास पर एक्रेलिक रंग

गैलरी चेमौल्ड, मुम्बई

रज़ा ने अपने चित्रों में तंत्र व योग के विभिन्न रूपों व तत्वों को अपनी कला में ढाला। वे कला की सार्वभौमिकता का आग्रह करते हैं। वे 'बिन्दु', 'शून्य' आदि का जिक्र करके भारतीय दर्शन से जुड़ना चाहते हैं। प्रकृति से पोषित रज़ा ने अपने चित्रों में तंत्र को रूपकों की तरह इस्तेमाल किया है। इण्डियन आर्ट टुडे में डेनियल ए० हरविट्ज ने रज़ा के तंत्र से जुड़े चित्रों में ध्यान को पाया है वे कहते हैं कि रज़ा के चित्रों में एक मेडिटेटिव्ह डाइमेंशन नजर आती है इसका महत्त्व रज़ा के लिए एक 'केन्द्रीय' लक्ष्य पर ध्यान लगाने से हैं। हिन्दुस्तान में जिसे बिन्दु कहा जाता है जो उर्जा और शुद्धता की ओर ले जाता हैं......... ये सब प्रतीक मेडिटेटिव्ह आयाम ही हैं।[114]

प्रस्तुत चित्र में रज़ा ने दो नाग को आपस में शीर्ष व पूंछ से गूथें हुए दिखाया है जो वृत्त बना रहे हैं। इसे एक चटक लाल रंग के धरातल पर चित्रित किया गया हैं। एक नाग को काले वर्ण से व दूसरी को नांरगी में चित्रित करने का इनका अर्थ गूढ़ हैं। काला व नांरगी तथा लाल रंग तंत्र में बहुत महत्त्व रखते हैं। इसके ठीक नीचे उतने ही आकार में काले रंग का वर्ग उसके भीतर किसी नुकीली चीज़ से यंत्र का सांचा बनाया हैं। जो एक वर्ग में वृत्त को संजोय हुए हैं। इन दोनों चित्रों का तंत्र में बहुत गूढ़ अर्थ है। एक तो 'नाग' विषय भारतीय प्राचीन कला से बहुत प्राचीन रहा हैं।

नाग को मनुष्य से भी श्रेष्ठ जिन्न माना गया है ये जलीय मूल में निवास करते हैं। नदियों, झीलों और समुंद्र के तल पर रत्नों और मोतियों से जड़े शानदार महलों में वे निवास करते हैं। वे उस जीवन उर्जा के रखवाले हैं जो झरनों, कुओं और तालाबों के पार्थिव जल में संग्रहीत हैं। वे समुद्र के धन–मूंगों, मोतियों व सीपियों के सरंक्षक भी हैं। ऐसा भी माना जाता है कि वे अपने सिर में एक बहुमूल्य रत्न धारण करते हैं। नागों का महत्त्वपूर्ण कार्य 'द्वारपाल' के रूप में भी है। वे अकसर हिंदू और बौद्ध मंदिरों के द्वार पर दिखाई देते हैं।[115] चीन में भी सर्प व नाग पूजा के संबंध में एक चीनी कार्य जिसका शीर्षक है 'द ग्रेट क्लाउड व्हील रेनू आस्किंग 'सूत्र'। यह शाही कृति 1783 में कीन लंग के तत्वाधान में छपी थी।[116]

इस प्रकार 'नाग' बहुत से देशों में पूजनीय रहे हैं। नाग (सर्प) के इस चित्र में कई प्रतीकात्मक महत्त्व हैं। एक तो सर्प रूप को कुण्डिलिनी जागृति में सबसे महत्त्वपूर्ण आकृति माना जाता है। जिसे इंग्लिश में 'सर्पेंट पावर' कहा जाता हैं। हिन्दू शास्त्रों के अनुसार कुण्डिलिनी एक लाल वर्ण के धागे के समान हैं जो सर्प की भांति कुण्डली मारे बैठी हैं। जिसके जागृत होने पर वह सुष्मना से जुड़कर शरीर के सभी चक्रों के द्वार खोलती हैं। यह मानव शरीर की सुप्त शक्ति है। जिसके जागृण पर व्यक्ति मोक्ष के रास्ते की ओर अग्रसर होता है। चित्र के नीचले पैनल में काले रंग के ऊपर कलाकार ने किसी नुकीली चीज़ से खुरच कर यंत्र का

---

114 गांगुली, डॉ० मंजुषा, *चित्रकार रज़ा : परम्परा और परिवेश*, समान्तर प्रकाशन, 7/7, दरियागंज, नई दिल्ली, 110002, पृ० 54

115 जिम्मर, हैनरिक और जोसेफ कैम्बैल, *भारतीय सभ्यता में मिथक और चिन्ह*, मोतिलाल बनारसी प्रकाशक, प्राइवेट लिमिटेड, नई दिल्ली, पृ० 63

116 फर्ग्यूसन, जेम्स, *वृक्ष और साँप पूजा*, द्वितीय संस्करण, एशियन एजुकेशन सर्विस, नई दिल्ली, पृ० 55

मूलभूत ढ़ांचा बनाया हैं। जिसमें एक फ्रेम के भीतर वृत्त बनाया गया हैं। वृत्त ब्रह्माण्ड का तथा वर्ग भुपूर का प्रतीक है। भुपूर किसी भी यंत्र को सीमा प्रदान करता है वह उसकी शक्तियों का बांधता हैं। काला रंग रोशनी की अनुपस्थित, मातम, ताकत, निपुणता, ज्ञान का भी प्रतीक हैं।[117]

किन्तु तंत्र में काला रंग ब्रह्माण्ड के साथ–साथ काली ताकतों का भी प्रतीक हैं पहले पैनल का लाल धरातल है जो खून के साथ–साथ सुरक्षा का भी प्रतीक है, क्योंकि 2000 वर्षो से इसे इसी रूप में देखा जा रहा है। माणिक या गार्नेट से बने ताबीज किसी भी प्रकार की तुलना में कहीं मूल्यवान है जो पहनने वाले को अज्ञेय बनाते है। चमकीला लाल अन्य रंगो की तुलना में हमारा ध्यान सबसे ज्यादा खीचंता है क्योंकि स्पेक्ट्रम में किसी भी अन्य रंगो की तुलना में इसकी कंपन आवृति कम है। यह मनुष्य शरीर में सबरो पहले चक्र से संदर्भित भी हैं। लाल रंग को जीवन शक्ति से भी जोड़ा जाता हैं क्योंकि यह जुनून, कामुकता, प्रजनन क्षमता और पशु आग्रह का प्रतीक हैं इसके ठीक विपरित केसरिया रंग अध्यामिकता, पवित्रता, सौभाग्य का प्रतीक हैं। केसरिया बौद्धों, हिन्दुओं, जैनियों व सिखों के लिए अत्यंत शुभ रंग हैं। हिन्दू देवताओं के माथे पर उनकी दिव्य स्थिति को दर्शाने के लिए केसर के लेप से रंगा जाता हैं।

रज़ा साहब ने प्रस्तुत संयोजन में रंगों को सपाट लगाया हैं। उम्र के एस दौर में उन्होनें उभरे तूलिकाघात लगाने छोड़ दिए थे। सीमित रंग व रेखांकन में उन्होंने जीवन के मूल मंत्र को खोजा। यहां काला वर्ग हमें मालेविच के 'ब्लेक स्कवेयर' की भी याद दिलाता हैं। जिससे उन्होनें कला के सबसे उच्च्य सिद्धान्त को स्थापित करते हुए सभी रंगों व रेखांकन को समाप्त करके अनन्ता व अथाह ब्रह्माण्ड को दर्शाया। जिसमें सब कुछ मौजूद होकर भी शून्य हैं। मानों वह कोई ब्लैक हॉल हो। मार्क रोथ्को के 1959 में बने तेल संयोजन में लाल व काले रंग के विशाल क्षेत्र कैनवास पर लगाए जिसकी तुलना रज़ा साहब के इस चित्र के साथ स्टीक प्रतीत होती है। यह रज़ा की कृति को उल्टा करने पर वैसी ही दिखाई देगी जैसी रोथ्को की है। साथ ही आपस में गूंथे हुए साँप (नाग) का पत्थर में सैमी रिलिफ कार्य नाग प्रतिष्ठा रामानाथ स्वामी, रामेश्वरम् मंदिर में देखा जा सकता है। रज़ा के चित्र में नाग द्वारा बनाया गया वृत्त अनंतत.ा का प्रतीक है। साथ ही जीवन की निरन्तरता का भी संदेश दे रहा है।

117 नोजेदार, एडेल, *एलिमेंट इनसाइक्लोपीडिया ऑफ सिकरेट साइन एण्ड सिम्बल्स : द अलटिमेट ए टू जैड गाइड फ्रॉम एलकेमी टू जोडाइक*, हॉर्पर कालीन (आस्ट्रेलिया), प्राइवेट लिमिटेड–25, राइट रोड़, पाइमबेल (एनएसडब्लयू 2073)

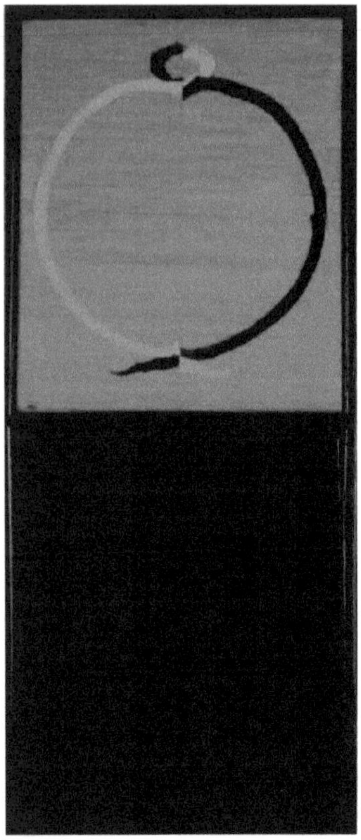

चित्र 4.17 : नाग (1989), 54 × 22 से० मी०, कैनवास पर एक्रेलिक रंग, गैलरी चेमौल्ड, मुम्बई

चित्र 4.18 : कॉम्पोजिशन, (1959), कैनवास पर तेल रंग, लियोपोल्ड संग्रहालय

चित्र 4.19 : नाग प्रतिष्ठा रामानाथ स्वामी,, रामेश्वरम् मंदिर,
https://templesinindiainfo.com/naga-prathista-ramanatha-swamy-rameswaram/

5.3 वासुदेव शांतु गायतोंडे

वी० एस० गायतोंडे की चित्रकला का कलात्मक व तकनीकी अध्ययन :–

1. कलात्मक तकनीकें :–

अमूर्त अभिव्यक्तिवाद

गायतोंडे ने अपनी कला में भावना और सहजता पर जोर देते हुए अमूर्त अभिव्यक्तिवाद को अपनाया। जिसमें उन्होंने रंगों के रहस्यमय विशाल क्षेत्र द्वारा प्रकृति–पुरुष के संबंधों व अध्यात्मकता को प्रकट किया। आंतरिक अनुभवों को व्यक्त करने के लिए जेस्चरल ब्रशस्ट्रोक और गैर प्रतिनिधित्वात्मक रूपों के उनके उपयोग ने उन्हें अंतर्मन की स्थिति व अचेतन की अवस्थाओं को प्रकट करने की सुविधा दी।

लेयरिंग और बनावट

गायतोंडे के चित्रों में रंग की परत लगाने और बनावट वाली सतह बनाने की तकनीक बहुत उमदा है। वह सफेद रंग की तीन–चार परतों को कैनवास पर लगाते थे ताकि एक चमकदार प्रभाव रंगों के पीछे से झलके। वे कट आउट व 'अप लिफ्टिंग' तकनीक से कैनवास पर कागज के टुकड़े चिपकाते तथा उन पर रंगों को रोलर से लगाकर हटा देते थे। जिससे पृष्ठभूमि व अग्रभूमि में एक अद्भुत रंगों की सामजस्यता देखी जा सकती है। पैलेट नाइफ व रोलर के द्वारा अमूर्त अभिव्यक्ति को रूप दिया। इससे चित्रों में गहराई, स्पर्शनीयता व रहस्य की गुणवत्ता प्रकट हुई है।

रंग अन्वेषण

रंग के प्रति उनका सूक्ष्म दृष्टिकोण था। एक ही रंग की विभिन्न तान कैनवास पर हल्की व गहरी रंग संगति के साथ लगाई। गायतोंडे के रंग में प्रभाव उनकी मानसिक स्थिति को व्यक्त करते हैं। वे मौन हैं, सहज स्वभाव से अथाह ब्राह्मण्ड को रूप दे रहे हैं। उनकी सूक्ष्म टोनल विभिन्नताओं ने मोनोक्रोमेटिक पैलेट को एक भावनात्मक अभिव्यक्ति दी।

2. विषय–वस्तु और व्याख्या :–

ध्यानात्मक अमूर्तन

गायतोंडे की कला अकसर चिंतन और ध्यान की भावना का आहवान करती है। उनकी अमूर्त रचनाएँ दर्शकों को आत्म–निरीक्षण के अनुभव से जोड़ती है। ऐसा उनके चित्रों में व्याप्त प्रकाश की मधुर, मध्यम रोशनी की वजह से है। गायतोंड़े का यह प्रकाश इस दृष्टिकोण का एक आदर्श उदाहरण है की सर्वोत्तम चित्र प्रार्थना की स्थिति की आकांक्षा करते हैं। आध्यात्म में भी ध्यान अवस्था के दौरान प्रकाश का प्रस्फुटित होना परमात्मा के सानिध्य का प्रतीक है। वैसा ही दिव्य अनुभव इनके चित्रों में होता है जहाँ ऊपर नीचे गहरे रंग के बीच से प्रकाश प्रकट होता है।

मौन और शांति

गायतोंड़े ने अपने जीवन के आरंभ से अंत तक मौन को समझा व आत्मसात किया। उसी शांति का उन्होंने आत्म निरीक्षण करके चित्रों में प्रकट किया। किसी भी प्रकार की मानव व पशु आकृति यहाँ तक की पहचान लिए हुए किसी भी रूप को चित्रों से निष्काषित करने की विद्या ने चित्र को मौन के समीप ला दिया। उमड़ते, उछलते, तेज, कटे हुए, प्रचंड तूलिका घातों का इस्तेमाल न करके मात्र रोलर द्वारा ही संपूर्ण चित्र बना डाले, जिनमें चाकू से कहीं–कहीं अमूर्त रेखाओं का जाल देखने को मिलता है।

3. आध्यात्मिक और दार्शनिक प्रभाव :–

जेन दर्शन

जेन दर्शन में जे० कृष्णामूर्ति के अनुसार मस्तिष्क को सभी प्रकार के ख्यालों से रहित करके ही ध्यान अवस्था को प्राप्त किया जा सकता है। इसी तरह जेन धर्म की ध्यान रुचि ने उनके चित्रों में शून्यता व अस्तित्व के सार को प्रकट करने में सहायता की।

भारतीय अध्यात्मवाद

भारतीय अध्यात्म के साथ गायतोंडे के संबंध भी स्पष्ट हैं क्योंकि वे अद्वैतवाद व वेदांत जैसे दार्शनिक विचारों के साथ भी जुड़े थे। वे निसर्गदत्त महाराज की अद्वैतवाद की धारणा से बहुत विस्मृत हुए थे।

4. दृश्य प्रभाव :–

सौंदर्य संबंधी अनुभव

गायतोंड़े की कृर्तियाँ विराट की प्रतिछाया प्रतीत होती है। वे दर्शकों के सम्मुख एक अद्वितीय सौंदर्य अनुभव का निर्माण करती है। वे अक्सर घंटो समुद्र को एकटक देखते रहते थे। अपने अंतिम समय में भी खाली कैनवस को घंटो देखते थे मानो वे उससे संबंध स्थापित करना चाहते हो। वे स्वयं कृति बनाते समय किसी भी प्रकार का लेआउट अपने भीतर नहीं बनाते थे। उनकी कृतियाँ स्वचालित स्वतंत्र मानसिक क्रियाओं का

प्रतिफल प्रकट होती है। उनकी कलात्मक तकनीक दर्शक की इंद्रियों को संलग्न करके उन में शांति व अध्यात्म की भावनाएँ प्रकट करती हैं।

चित्र 4, 1962

कैनवास पर तेलरंग (40×49 $\frac{7}{8}$ inch)

श्रीमती जोसेफ जेम्स अक्स्टन से उपहार स्वरूप प्राप्त (MOMA)

गायतोंडे जब मुंबई में थे तो वह घंटों बेंच पर बैठकर (कभी–कभी साथ में लक्ष्मण श्रेष्ठ भी) समुद्र को ताकते रहते थे। मानों वे उससे वार्तालाप करके अथाह की थाह पाना चाहते हो। प्रस्तुत चित्र भी पहली नजर में सूर्यास्त के समय समुंद्र के दृश्य जैसा प्रतीत हो रहा है। जिसमें बंदरगाह व कुछ कश्ती भी है। यकीनन इसके पीछे उनके मुंबई के पल जरूर रहे होंगे। जैन दार्शनिकता की शिक्षा को धारण करके शून्य के प्रति रुझान ने भी उन्हें ऐसे अमूर्त आलौकिक चित्र बनाने के लिए प्रेरित किया होगा। 1960 के दशक में बनाए गायतोंडे के चित्र अमूर्तन के सर्वोत्तम संस्करण है। यह चित्र प्रतीकात्मक रूप से स्थूल और सूक्ष्म जगत का अद्‌भुत दृश्य है। जो 'प्रकृति' व 'पुरुष' के बीच के संबंध को उजागर करता है। पेंटिंग को नीले रंग की पारभासी परत के माध्यम से दो भागों में विभाजित किया है। ऊपरी हिस्सा स्थूल जगत के दृश्य का प्रतिनिधित्व करता है जो की एक प्रतीकात्मक चित्रण है। निचला हिस्सा सूक्ष्म जगत की भूमिका निभाता है जो कि आंतरिक दुनिया है, पुरुष परमात्मा का प्रतीक है।

योग दर्शन में लिखा है कि संपूर्ण ब्रह्मांड को दो भागों में बांटा जा सकता है। एक है प्रकृति व दूसरा है पुरुष। प्रकृति माया है वह परिवर्तनशील है। यह तीन गुणों से निर्मित है जो सभी प्राणियों में भिन्न–भिन्न मात्रा में विद्यमान है।

1. सात्विक गुण – यह आध्यात्मिकता व शांति से संबंधित है। इसका वर्ण सफेद है।
2. राजसी गुण – यह सक्रियता तथा बैचेनी का गुण है। जिसमें अधिक की लालसा रहती है। नारंगी इसका प्रतीक रंग है व सभी चटकीले रंग भी।
3. तामसी गुण – भौतिक गुणवत्ता का गुण है। सभी गहरी रंगत व काला रंग इसके प्रतीक है।

पेंटिंग के मध्य में काले रंग के ऊर्ध्वाधर और विकर्ण तूलिकाघात है। ये ऊर्ध्वाधर स्तंभ सूक्ष्म जगत को दर्शाते हैं, लेकिन रंग में काले होने की वजह से तामसिक गुण का प्रतीक है। इससे पता चलता है कि कलाकार अंधकार से सत्व की ओर मुड़ रहा था। वास्तव में गायतोंडे मन और शरीर के मंथन के माध्यम से खुद को खोजना चाहता था। तांत्रिक सिद्धांत में ऐसे कहा गया है कि यदि हम व्यक्ति का संपूर्ण विश्लेषण करें तो यह संपूर्ण ब्रह्मांड का विश्लेषण होगा। क्योंकि यह सब एक ही तल पर निर्मित है।[118] यहां गायतोंडे ने अपने आंतरिक उद्वलनों से गुजरते हुए मुक्ति के मार्ग को प्रशस्त करने की कोशिश की है। यह सब इस सिद्धांत पर आधारित है कि ''जैसा ऊपर वैसा नीचे।''[119] अर्थात् प्रकृति परम की परछाई है। (यह एमराल्ड टेबल की दूसरी कविता पद्य से है।) लरिकावतार के लेखक ने कहा है कि मन में चित्रण न तो सतह पर न रंगों में है

118 मुखर्जी, अजीत, *इण्डियन ऐस्थेटिक एण्ड आर्ट एक्टिविटी प्रोसेसिंग ऑफ ए सेमीनार,* इण्डियन इंस्टीट्यूट ऑफ एडवांस स्टडी, 1961, पृ० 58

119 एलर्स, रूडोल्फ, *माइक्रोकॉस्मस : एनाक्सिमेंड्रोस से पेरोसेलसस तक,* जेएसटीओआर (JSTOR), संस्करण– 2,(1944), पृ० 319–407, https://www.jstor.org/stable/27830052

न ही प्रतिनिधित्वात्मक रूप में है।[120]

चित्र में पीले और नारंगी रंग के चमत्कदार स्ट्रोक से बने दो छोटे गोले हैं। यह रंग राजसी प्रभाव को दर्शाते हुए ब्रह्मांड की गतिशीलता का घोतक है। सूर्य को भारी इम्पेस्टो तकनीक से बनाया जिसकी चमक दोनों ओर फैल रही है। इसके नीचे इसी की दर्पण तुल्य प्रतिबिंब को चमकदार सफेद रंग से पैलेट चाकू के त्वरित स्पर्श से बनाया है। यह सत्व (पुरुष सर्वशक्तिमान) का प्रतीक है। कलाकार की रंग, बनावट, तान व प्रकाश पर अद्‌भुत पकड़ है। सफेद रंग का बड़ा तूलिकाघात प्रकाश को दर्शाता है। प्रकाश ऊर्जा है जो संसार को परिभाषित करती है। मध्य से नीले रंग की परत जो कि रोलर से लगाई गई है, अंधकार के लिए है। चित्र की पृष्ठभूमि में हल्के बादामी रंग की आभा है। ऐसे ही हल्के रंग की पृष्ठभूमि पर थोड़ी बहुत रेखाओं से चित्र पॉल क्ले द्वारा भी बहुत बनाए गए हैं। किंतु धरातल पर इस प्रकार मात्र रंगों के बड़े–बड़े क्षेत्रों का प्रभाव मार्क रोथको के चित्रों का प्रभाव है। रोथको के चित्र नं० 10, 1950 (कैनवास पर तेल रंग) की तुलना गायतोडें के चित्र से की जा सकती है क्योंकि गायतोडें मार्क रोथको से प्रभावित थे। यहाँ एक जैसे रंगों को सपाट रूप से लगाया गया है। कहीं–कहीं पर सैप ग्रीन रंग की तान भी है। कृष्ण खन्ना द्वारा बताया गया था कि गायतोंडे पहले कैनवास पर तीन–चार परत सफेद रंग की लगाते थे, ताकि रंगों के नीचे से चमकीली पारभासी प्रकाश की भांति चमक नजर आए। गायतोडे ने ठण्डे, गर्म, धूसर व गहरे रंगों को सामंजस्यात्मक ढ़ंग से प्रयोग किया है। हल्की व गहरी तान के साथ संयोजन कुछ हद तक मोनोक्रोमेटिक है। चमकीले रंगों के पैच उभरे हुए नजर आ रहे हैं। यह लैंडस्केप फॉरमेट चित्र है, जिसमें उभरे, समतल बनावट के साथ चाकू व रोलर के आच्छादित रंगों ने चित्र में दिव्य आभा प्रकट की है।

---

120 मुखर्जी, अजीत, *इण्डियन ऐस्थेटिक एण्ड आर्ट एक्टिविटी प्रोसेसिंग ऑफ ए सेमीनार*, इण्डियन इंस्टीट्यूट ऑफ एडवांस स्टडी, 1961, पृ० 91

चित्र 4.20 : चित्र 4, 1962, कैनवास पर तेलरंग ($40 \times 49 \frac{7}{8}$ inch), श्रीमती जोसेफ जेम्स अक्स्टन से उपहार स्वरूप प्राप्त (डब्ड।)

चित्र 4.21 : चित्र नं० 10, (1950), मार्क रोथको, एमओएमए, मंजिल 4, 403, डेविड गेफेन गैलरी

चित्र नं० 6, (1962)

कैनवास पर तेलरंग

101.3 × 114 से० मी०

आधुनिक कला संग्रहालय, न्यूँयार्क

गायतोंडे के द्वारा बनाई गई अमूर्त कृति लौकिक जगत में अलौकिक का प्रतिबिंब है। चित्र शून्य से उभरकर प्रतीकवाद की मनोदशा को प्रकट करता है। उन्होंने दुनिया से खुद को पूरी तरह से अलग कर लिया था व अमूर्तवादियों की भांति रूप को समाप्त करके जटिल विचारों को सरल भाषा में अभिव्यक्ति दी। जैन दर्शन से प्रभावित गायतोंडे की रचनाओं में आध्यात्मिकता का स्वर भी नजर आता है। इनकी गीतात्मक रचनाओं के निर्माण में धरातलहीन और प्रतीकात्मक तत्वों का उपयोग पॉल क्ले, जॉन मीरा और वासिली कैंडिस्की जैसे कलाकारों के काम की याद को दिलाता है जिनसे वे अपने कैरियर की शुरुआत में ही परिचित थे। चित्र में रोलर व पैलेट चाकू के उपयोग से वांछित प्रभाव प्रकट किया है। दरअसल कलाकार रूप, रंग व तकनीक के शानदार हेरफेर के माध्यम से बुनियादी तत्व को आध्यात्मिक रूप से बदलने की उच्च क्षमता रखता है। गायतोंडे ने स्वयं कहा है कि एक चित्र, बस! एक चित्र है– प्रकाश और रंग का खेल..........। प्रत्येक पेंटिंग में एक बीज होता है, जो अगली पेंटिंग में अंकुरित होता है। एक पेंटिंग एक कैनवास तक सीमित नहीं है..... ....। मैं एक तत्व जोड़ता जाता हूं और इस तरह यह विकसित होता है............। हर कैनवास में एक प्रकार का कायापलट होता है और कायापलट कभी समाप्त नहीं होता है।''[121]

यह कायापलट उनके हर कार्य में देखने को मिलता है। पैलेट चाकू से पेंट को सावधानीपूर्वक लगाने और फिर हटाने की गायतोंडे की तकनीक उसे अपने कैनवास को नियंत्रित करने की अनुमति देती है। पाल क्ले की पेंटिंग 'स्टीमशीप एन दा हारबार' 1925 चित्र में रंगों की हल्की आभा को पृष्ठभूमि पर फैलाकर तेल रंग की रेखाओं से बनी कश्तियों को बोर्ड पर स्थानांतरित किया है जो सतह रहित व आकाशविहिन संरचना है। जिसमें मध्य में रेखाओं का जाल मात्र है। ऐसा ही एक ओर चित्र 'ग्रेट वन' और 'लिटल पीपल्स' 1932 (स्याही व पैन) में क्ले ने सतह पर एक हल्की–सी ग्रीन वाश पृष्ठभूमि में देकर उस पर इत्तर–बित्तर बिना आकृति लिए पेन से चिन्ह बनाए हैं ऐसे ही एक चित्र 'ट्विटरिंग मशीन, 1922 में रंगों व रेखा की सादृश्यता गायतोंडे के चित्रों से मेल खाती है जिनकी झलक हम गायतोंडे की अध्यात्मिक अमूर्त चित्रों में देख सकते हैं।

प्रस्तुत चित्र में गायतोंडे ने चित्र को एक लंबे रोलर के अधूरे ऊर्ध्वाधर स्ट्रोक से दो भागों में बांटा है। दोनों तरफ सूरज या बिंदु प्राचीन भारतीय तंत्र में ब्रह्मांड का प्रतीक है। जो बाएं तरफ उर्ध्वाधर व दाएं तरफ क्षैतिज्ञ दिशा में है। पूरी पृष्ठभूमि पर पीले, हरे, टी–ग्रीन व सेप ग्रीन की रंगत उसे पारदर्शिता का आभास देते हुए प्रतीत हो रही है। कृष्ण खन्ना उनकी कार्य विधि के बारे में चर्चा करते हुए बताते हैं कि उनका वास्तविक काम उन तत्वों को खोजना है जिनके साथ वह पेंटिंग करना चुनते हैं। मान लीजिए वे दो रंग चुनते है जिनमें सतह को तैयार करते हैं। किंतु वे नहीं जानते कि वह क्या चित्रित करने जा रहे हैं। इसकी शुरुआत शून्यता का सामना करने से होती है। वे कैनवास पर सफेद रंग की तीन या चार या पांच परते लगाते हैं, ताकि रंग का परावर्तक सूचकांक बढ़ जाए। फिर वह उसे सूखने के लिए छोड़ देते हैं। फिर ठोस रंगों के मिश्रण के साथ काम करते हैं, जो अपारदर्शी रंग होते हैं। फिर पारभासी और पारदर्शी रंगों के साथ एक ही समय में ब्लॉक बनाते हैं। अलग–अलग स्थानों पर यहां–वहां अलग–अलग चीजों पर काम करते हैं। उनकी यह

---

121 मेनेजस, मीरा, 'द मेडिटेटिव ब्रशस्ट्रोक', *आर्ट इंडिया,* खण्ड–3, अंक 3, जुलाई–सितम्बर 1998, मुम्बई, पृ० 69

समस्या भी रहती है कि इन सभी चीजों को कैसे मिलाया जाए। वे कुछ रूपों को जोड़ते हैं और अलग करते हैं। जो रंग वह पाता है उसे दोहराना उसके लिए नामुमकिन होता है। मुझे लगता है कि यह उनका बहुत बड़ा योगदान है, वे वास्तव में घटित हो रहे हैं। वह इसे दोबारा नहीं कर सकता। वह पुनरावृति सहन नहीं कर सकता।[122]

इस प्रकार सफेद रंग की परतों की वजह से रंगो के भीतर से रोशनी के बाहर निकलने जैसा वातावरण देखने को मिलता है। उनके शून्य से आरंभ करने व शून्य से रचना की ऋग्वेद के इस अंश से तुलना की जा सकती है जिसमें लिखा है कि ''पहले किसी का अस्तित्व नहीं था। ना तो हवा थी और ना ही आकाश था।.......... तब ना तो मृत्यु थी, ना ही मृत्यु हीनता, रात या दिन का कोई संकेत नहीं था, जिसने अपने ही आवेग से बिना सांस के सांस ली, इसके अलावा कुछ भी नहीं था..........। सबकुछ अंधाधुन पानी था, तब जो शून्य द्वारा छिपा हुआ था, वह एक, उभरकर, उद्वेलित होकर, आर्दोर की शक्ति के माध्यम से अस्तित्व में आया। (ऋग्वेद C.A 2000–1708 इसापूर्व। अनुवाद– रायमुंडो पणिक्कर)[123]।

वही शून्य उनके चित्रों में बार–बार उभर कर आता है। हरे, विरिडियन ह्यू व पर्शियन रंग के मिश्रण से रोलर द्वारा कैनवास में ऊपर से एक लंबी ऊर्ध्वाधर पट्टी खींची है। जिसके नीचे क्रिमसन लाल रंग की मोटी इम्पेस्टो पैलेट चाकू से परत लगाई है। यह बरनेट न्यूमैन की 'जीप' से प्रभावित लगती है। नीचे पाल–क्ले की पैन इंक ड्राइंग के जैसी काले व कोबाल्ट ब्लू, पर्शियन रंग के इतर–बित्तर तूलिकाघात हैं। मार्क रोथ्को के भी 'नवंबर 3/न० 13 (मर्जेन्टा, काला, नारंगी पर हरा) 1949 (कैनवास पर तेल रंग) नामक संयोजन में हरे, काले, मजेंटा आदि रंगों के पैच क्षैतिज दिशा में लगाए हैं। मध्य से मानों 2 लोकों को अलग किया गया है। पीला पैच प्रकाश का तथा नीला रात्रि का प्रतीक है। यह चित्र मानसिक परिदृश्य का मूर्त रूप प्रतीक हो रहा है।

---

122 पोडर, एस०, वी० एस० गायतोंडे, *पेंटिंग एज प्रोसेस,* पेंटिंग एज लाईफ, गुगेनहेम एण्ड डेल मोनिको बुक्स, प्रेस्टेल पब्लिशिंग, न्यूमार्क, 2014, पृ० 29

123 डेंसर, जी० रोज़र, *द लाइट इन द केव : वासुदेव एस० गायतोंडे एण्ड हिज़ पेंटेड पर्सेप्शन शाइन एट द गुगेनहाइम,* अद्यतन तिथि– 24 अक्टूबर 2014, अभिगम तिथि– 18 जून 2018, https://www.huffpost.com/entry/the-light-in-the-cave-vas_b_6036602/amp

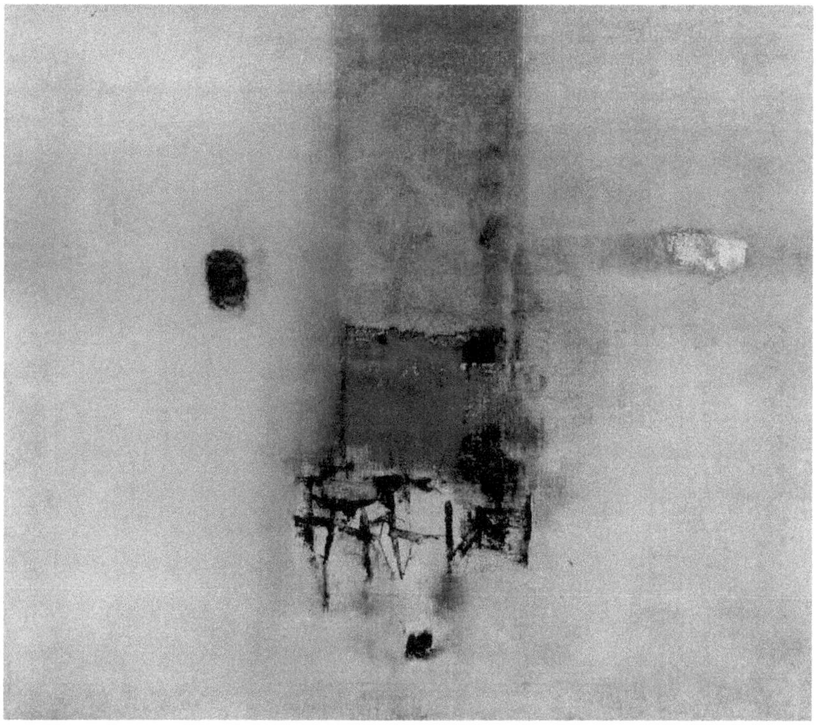

चित्र 4.22 : चित्र नं० 6, (1962), कैनवास पर तेलरंग, 101.3 × 114 से० मी०, आधुनिक कला संग्रहालय, न्यूॅयार्क

चित्र 4.23 : ट्विटरिंग मशीन, (1922), 64.1 × 48.3 से०मी०, पॉल क्ले, MOMA, न्यूयार्क

शीर्षकहीन, 1979

कैनवास पर तेल रंग

175.6 × 101.6 से०मी०

नीजी संग्रह

फोटो कापिराइटस – गुगेनहाइम फाउंडेशन, न्यूँयार्क

"मैं एक व्यक्ति के रूप में काम करता हूं। मेरा कोई वैज्ञानिक दृष्टिकोण नहीं है। यह अधिकतर जीवन व प्रकृति का मेरा संपूर्ण अनुभव है, जो मेरे माध्यम से आता है, जो कैनवास पर प्रकट होता है। मेरे लिए, मैं जो भी पेंटिंग करता हूं वह एक चमत्कार है.....। यह जीवन सत्य, ईश्वर चाहे जो भी हो, में मेरा सच्चा विश्वास है, जो मुझे पेंटिंग करने के लिए प्रेरित करता है।[124]

गायतोडें के चित्र उनकी दार्शनिकता का आईना है। हालांकि वे जब भी कुछ बनाते हैं तो परिणाम से बिल्कुल अनभिज्ञ होते हैं। वे कुछ भी खास विचार लेकर नहीं बनाते, बल्कि स्वयं बनना आरंभ होता है। यहां उनकी जैन दार्शनिकता के प्रति प्रभाव का पता चलता है। जिद्दू कृष्णामूर्ति के अनुसार विचार सीमित हैं क्योंकि ज्ञान सीमित है और जो कुछ भी कार्य करता है, जो कुछ भी अविष्कार करता है वह सीमित होगा। समझने के लिए व्यक्ति के पास स्पष्ट दिमाग और स्पष्ट हृदय होना चाहिए। यह पता लगाने के लिए की धार्मिक मन क्या है, किसी को विचार द्वारा आविष्कृत सभी रीति–रिवाज और प्रतीकों को पूरी तरह से नकारना होगा।[125] साथ ही उनका यह भी कहना था कि जब दिमाग पूरी तरह से विचार व विश्वास से मुक्त होगा तभी वह सही तरीके से कार्य कर पाएगा।

यह सत्य है कि गायतोंडे ने पहले अपने परिवार को त्याग फिर 'पेग' (प्रोग्रेसिव आर्टिस्ट ग्रुप) को तथा एक समय के बाद पश्चिमी प्रभावों को भी त्याग कर अपने विचारों को सभी 'वादों' से मुक्त करके उसे शून्य की ओर प्रेरित किया। वे घंटों अकेले बैठकर खाली सफेद कैनवास को निहारते रहते थे। उन्होंने अजंता, एलोरा, भारतीय पोथी चित्रण का भी अध्ययन किया था। प्रस्तुत चित्र ऐसा प्रतीत होता है मानों किसी सदियों पुरानी गुफा की भिति पर कोई रहस्यमय चित्र हो। रोशन शाहनी पहले ऐसे कला समीक्षक थे जिन्होंने संभवतः 1970 से 1980 के दशक में बनाए गए गायतोंडे के कार्य में अजंता की बौद्ध गुफा चित्रों–सी झलक देखी। इस समय के चित्रों में 1500 साल पुरानी पेंटिंग के अवशेषों के रंग, रूपरेखा, क्षरित व क्षति ग्रस्त चिपकी हुई परतों की सतह का दर्शन होता है। गायतोंडे के चित्रों में ऐसा प्रतीत होता है जिसे कोई साधक या बुद्ध की आकृति मध्य में बैठी है और उसके चारों तरफ भिन्न–भिन्न प्रकार की रचना की गई हो, जैसा अजंता में है। 1980 से 1990 के दशक के अंत में गायतोंडे ने नवपाषाण काल के बाद के जीवन की लिपि या जिसे हम आम तौर पर आदिवासी कहते हैं उनकी लिपि में अपनी प्रेरणा की खोज की।

प्रस्तुत चित्र में कागज की कतरनों को लिपि जैसी रहस्यमयी आकृतियों में काटकर कैनवास पर रखकर उस पर रोलर से रंग भरा गया व बाद में उन्हें हटा दिया गया। किंतु कुछ जगहों पर उन्हें चिपका ही छोड़ दिया गया है। ऐसा कतरनों के बाहरी रंगीन रेखा से पता चलता है। नीले, भूरे, सिपियां, हरे रंगों का एक प्रकाशमय

---

124 पोडर, एस०, वी० एस० गायतोंडे, *पेंटिंग एज प्रोसेस,* पेंटिंग एज लाईफ, गुगेनहेम एण्ड डेल मोनिको बुक्स, प्रेस्टेल पब्लिशिंग, न्यूमार्क, 2014, पृ० 27–28

125 मूर्ति, जे० कृष्णा, *दिस लाईट एज वनसेल्फ : टू मेडिटेशन,* सम्भला बोस्टन एण्ड लंदन, 1999, पृ० 31

चित्रण है जहाँ प्रकाश कहीं पर ढका है, तो कहीं मुखर है। रंगों का सामंजस्य ऐसा प्रतीत हो रहा है मानों किसी गहरी गुफा में सीलन व समय के थपेड़ों से रंग गहरे हो गए हो। यह लिपि सिंधु सभ्यता की लिपि की भांति अपठनीय है। चित्र कलाकार की अवचेतन मन की गहराइयों का भी बिम्ब है जहाँ रहस्यमय लोक ही सृष्टि है जिसमें आध्यात्मिकता के गुण व लक्षण है। अब यहां पूर्णतः भारतीय विचारों के समक्ष उनकी कृति खरी उतरती है जहाँ प्रकृति की सादृश्यता के लिए कोई स्थान नहीं रहता है। यहां प्लेटो की आब्सल्यूट ब्यूटी के भी दर्शन होते हैं। कभी–कभी ये लिपि नुमा आकार संगीत के नोट्स जैसे भी लगते हैं। गायतोंडे कहां भी करते थे कि कलाकार को संगीत, पुस्तक, लेखक व चलचित्र के संपर्क में रहना चाहिए। वे 'झेन इन दा आर्ट ऑफ आर्चरी' से खासे प्रभावित थे साथ ही रामकृष्ण परमहंस, रमण महर्षि, सोहिरोबनाथ, अंबिये, जिद्दू कृष्णमूर्ति जैसे कई महान आध्यात्मिक विभूतियों से प्रभावित थे। इससे भी ज्यादा वे निसर्गदत्त महाराज की अद्वैतवाद की धारणा से खासे विस्मृत हुए। इस प्रकार उनका रुझान अलौकिक से लौकिक तथा प्रकृति से पुरुष, जन्म से मृत्यु के रहस्यों की ओर मुड़ गया।

चित्र 4.24 : शीर्षकहीन, 1979, कैनवास पर तेल रंग, 175.6 × 101.6 से०मी०, नीजी संग्रह, फोटो कापिराइटस – गुगेनहाइम फाउंडेशन, न्यूँयार्क

चित्र 4.25 : देवता की सील, टेन स्टीटाइट, 2.65 × 2.7 से०मी०, 0.83 से 0.86 मोटाई, मोहनजोदाडो, डीके 12050, इस्लामाबाद संग्रहालय, एनएमपी 50.296

चित्र 4.26 : अजन्ता गुफा नं० 4 (विहार गुफा), https://www.trawell.in/maharashtra/ajanta-caves/cave-4

शीर्षकहीन (1987)

कागज पर स्याही

36.5 × 27.6 से० मी०

रामकुमार के संग्रह से

गायतोंडे ने इस समय स्याही से कई कार्य किए। वे किसी भी प्रकार का आंतरिक चित्रण न करके बिल्कुल अर्मूत शब्दावली का ही इस्तेमाल कर रहे थे। नसरीन मोहम्मदी ने भी मात्र बारीक रेखा से ही चित्र बनाये जो किसी प्रकार की प्राकृतिक सादृश्यता नहीं रखते। इस अमूर्त शब्दावली का प्रभाव उन पर किस स्त्रोत का प्रत्यक्ष रुप से रहा यह तो कहना मुश्किल है, किंतु बहुत सी ऐसी समानता उनके कार्य में नजर आती हैं जो उन पर पश्चिमी कला का प्रभाव स्पष्ट करती हैं। न्यूमैन के ऊर्ध्वाधर 'जिप' श्रृंखला ने पश्चिम में बहुत प्रसिद्धि पाई थी। इसके बाद मदरवेल के 'एलीगी टू द स्पैनिश रिपब्लिक श्रृंखला' (140 से अधिक पेंटिंग) जो स्याही चित्र है। जिसे रोशनबर्ग की कविता के चित्रण के रूप में 1948 में बनाया था। उसके एक साल बाद मदरवेल ने उसे कैनवास पर बड़े आकार में बनाया जिसमें काले रंग की ऊध्र्वाधर स्ट्रोक पट्टीनुमा आकार में लगाए हैं। गायतोंडे का चित्र इस कृति से बहुत समानता रखता है। मानों कलाकार ने थोड़े परिवर्तन के साथ उसे क्षैतिज दिशा में बना दिया हो। वैसे मार्क रोथ्को के चित्र (नम्बर 3/ No 13 मजैंटा, काला, हरा, नारंगी,1949)

में भी ऐसी ही रंगीन क्षैतिज्ञ पट्टियां हैं।

इस प्रकार गायतोंडें की यह रचना पहली नजर में किसी किताब के गद्य और पद्य के पन्ने जैसी दिखती है। जिसमें कविता के साथ इलस्ट्रेशन भी दिया गया हो। इसी आधार पर यहां रविंद्रनाथ टैगोर का संदर्भ भी सहसा ही जुड़ जाता है। वे एक कवि कलाकार थे जिन्होंने पंक्तियों के मध्य हुई त्रुटियों को ही अपनी कला बना लिया। जिसे आज का 'डूडलिंग आर्ट' कहा जाता है। गायतोंडे के चित्र में पूर्व–पश्चिम का मिलन है। उनके चित्रों में जिसमें मात्र छोटे–छोटे डॉट (चिह्न) जैसे रेखांकन है में हमें पियत मोड्रियान की संरचना याद आती है।

उनकी 'कॉम्पाजिशन इन लाइन' 1916/17 (कैनवास पर तेल रंग), 'कंपोजिशन 10 इन ब्लैक इन वाइट' 1915 इन चित्रों में पियट ने ऊध्र्वाधर व क्षैतिज्ञ दिशा में छोटे काले चिह्न बनाए जो देखने में गणित के घन व ऋणात्मक रूप जैसे (+, –) दिखते थे। दरअसल यह हिगेल की द्वन्द्वात्मक सिद्धांत पर आधारित है, जिसमें 'प्रत्येक तत्व अपने विपरीत से निर्धारित होता है' के सिद्धांत का पालन किया गया था। इसी तरह गायतोंडे ने भी क्षैतिज्ञ पट्टिनूमा तूलिकाघातों के साथ दो उध्र्वाधर पट्टी भी बनाई जो देखने में वृक्ष जैसी प्रतीत हो रही है। इस प्रकार विरोधी दिशा में लगे स्याही के स्ट्रोक एक दूसरे से निर्धारित हो रहे हैं।

रॉबर्ट रोशनवर्ग द्वारा 1953 में एक ऐसी कृति बनाई गई जिसने सहज चित्रण की परिभाषा ही बदल दी। कलाकार ने टायर के ऊपर स्याही लगा कर उसे पेपर के ऊपर चलाया जिससे टायर इंप्रेशन कागज पर ऐसे प्रतीत हो रहा था मानो किसी कवि ने छोटे अक्षरों में कविता लिख दी हो। इसे कैनवास पर माउंट करके एक स्क्रोल पेंटिंग की तरह पेश किया गया था। यहां भी इसकी गायतोंडें के चित्र के साथ बहुत समानता है। राशन वर्ग ने इसे 'ऑटोमोबाइल टायर प्रिंट 1953' नाम दिया।

कलाकार ने भी गहरी क्षैतिज्ञ रेखाओं के बीच में ब्रुश के छोटे–छोटे पेच इस प्रकार लगाएं कि वह देखने में किसी लेख के जैसा लग रहा है। बिल्कुल रोशनबर्ग के ऑटोमोबाइल टायर प्रिंट के जैसा। एक दृष्टिकोण और है जिसमें यह प्रकृति की इलस्ट्रेशन प्रतीत हो रही है। जिसमें नदी या तालाब किनारे दो वृक्ष है, ऊपर आकाश है तथा वहीं कहीं–कहीं स्थल क्षेत्र पट्टिनुमा आकृति में है। स्याही को पारदर्शी न लगाकर ऑपेक (अपारदर्शी) परत के साथ गाढ़ा लगाया है के साथ ही ड्राईब्रुश से कहीं–कहीं तूलिका के हल्के आघात भी देखे जा सकते हैं।

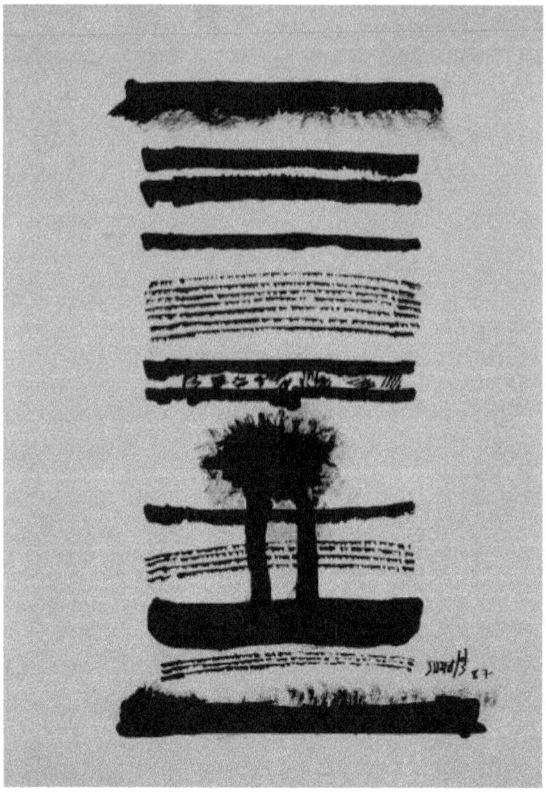

चित्र 4.27 : शीर्षकहीन (1987), कागज पर स्याही, 36.5 × 27.6 से० मी०, रामकुमार के संग्रह से

चित्र 4.28 :एलीगी टू द स्पैनिश रिपब्लिक श्रृंखला नं० 70, 1961, राबर्ट मदरवेल, कैनवास पर तेल रंग, https://www.metmuseum.org/art/collection/search/489403

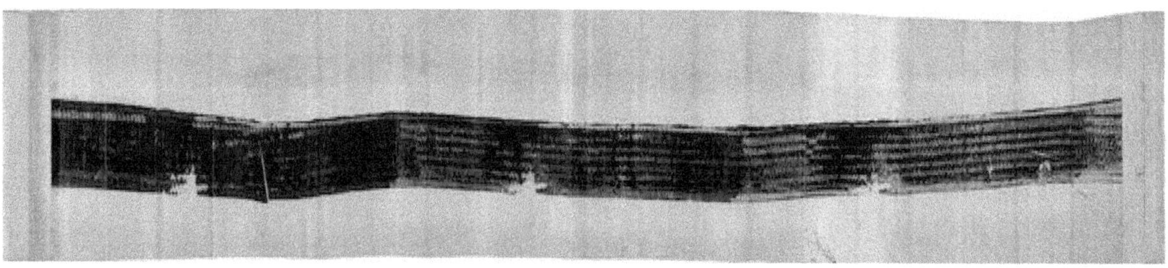

चित्र 4.29 : आटोमोबाइल टायर प्रिंट, (1953), राबर्ट रोशनबर्ग, कागज पर स्याही, 41.9 × 671.8 से०मी०, म्यूजियम ऑफ माडर्न आर्ट, न्यूयार्क

शीर्षकहीन 1974

कैनवास पर तेल रंग

140 × 102.2 से०मी०

छत्रपति शिवाजी महाराज वास्तु संग्रहालय, मुम्बई

गायतोंडे ने अपने आरंभिक दौर में पाश्चात्य संस्कृति की कला को धारण करके उन्हीं के समान चित्रण किया था। जिनमें पाल क्ले, रोथ्को आदि की कला को देखा जा सकता है। किंतु उनके बाद गायतोंडे ने अपने स्वयं की शैली को बनाना शुरू किया। जिसमें प्राचीन भारतीय कला के रूपों की झलक नजर आती है। गायतोंडे के प्रस्तुत चित्र में अमूर्तता का समावेश है, जो देखने में किसी लिपि के जैसा लगता है जैसे प्राचीन समय के ताड पत्रों पर गेरूए रंग की स्याही से कुछ लिखा गया हो। इस समय की उनकी बनाई गई लगभग सभी कृतियों में ऐसा ही प्रतीत होता है। शैल चित्रों जैसे भीमबैठका, पंचमण्डी आदि से गेरूरंग के चित्र शिला के ऊपर उबड़–खाबड़ से प्रतीक होते हैं। वैसे ही लिपिनुमा आकारों को मानों गेरूए रंग से कैनवास पर बनाया गया हो। जिससे समयाघात के चलते शैल कहीं से झड़ जाती है या खुरदरी हो जाती है ठीक वैसा ही प्रभाव सिपिया तान के हल्के गहरे तान से प्राप्त करने की कोशिश की गई है। जिस प्रकार लिपि को लिखने के लिए पहले लाइन लगाई जाती है ठीक वैसे ही हल्के भूरे, लाल, हरे व पीले रंग की मटमैली मिश्रित धुंधली तान से क्षैतिज्ञ दिशा में ब्रुश के साथ रंग लगाया गया है। इस समय गायतोंडे रोलर का इस्तेमाल बहुत ज्यादा करने लगे थे। किंतु यहां कैनवास के दोनों सिरों पर गोलाई लेते स्ट्रोक्स तथा रंग की गतिशीलता व गाढ़ेपन से पता चलता है कि यह तूलिका के द्वारा ही लगाया गया है उसके बाद ऊपर 'कट लिफ्ट' तकनीक से प्राचीन लिपि जैसा प्रभाव दिया गया है इसमें गायतोंड़े ने कागज को अलग तरह के आकार में काटकर उस पर रंग लगाकर कैनवास पर रखकर या तो हाथ से या किसी साफ रोलर से हल्का दवाब दिया ताकि प्रभाव कैनवास पर स्थानांतरित किया जा सके। कुछ चित्रों में गायतोंडे ने इसी तकनीक को दूसरे तरीके से इस्तेमाल किया है। वहां पेपर कटिंग रखकर ऊपर रंग लगाए गए हैं। तत्पश्चात् पेपर कटिंग को उठा लिया जाता, जिससे अद्भुत रोशनी–सा प्रभाव उत्पन्न होता था। कलाकार की इस प्रकार की लिपि की तुलना कला आलोचकों ने सिंधु सभ्यता की अनसुलझी लिपि से की है। साथ ही कहीं–कहीं सैलखडी की मोहरों पर उभरे हुए रूप जैसे पाशुपति मोहर आदि के साथ भी उन रूपों का प्रभाव देखा जा सकता है। गायतोंडे के नोट्स में काली स्याही से लिखी गई कैलीग्राफी, जो पढ़ने में नहीं आई है; कि बहुत ज्यादा समानता छत्तीसगढ़ की आदिवासी जनजाति 'कोरवा' की लिपि से मेल खाती है।[126] चाहे यहां गायतोंडे का इरादा प्रामाणिक वर्णमाला और व्याकरण के करीब रहने का हो या दृश्यलयात्मकता दर्शाने का रहा हो, किंतु समानता अद्भुत है। कुछ सुलेख पात्रों की हड़प्पा लिपि से अचूक समानता भी है जो 4000 साल पुराने लेखन का अनुवाद और व्याख्या करने के सभी प्रयासों के निराशा के कारण एक अमूर्त पहेली बनी हुई है। इस प्रकार स्वदेशी स्रोतों की सादृश्यता बताती है कि गायतोंडे को संवेदनशीलता और आदर्शवाद में सार्वभौमिकतावादी बनना था। यह भारतीय उपमहाद्वीप की संस्कृतियाँ, आस्थाओं व रीति–रिवाजों की विविधता ही थी जिसने उनमें विविध संस्कृतियों और सभ्यताओं को रेखांकित करने व जोड़ने वाली बड़ी सार्वभौमिकताओं को खोजने की लालसा पैदा की। जिसके चलते उन्होंने इस दृढ़ इच्छा शक्ति को पोषित किया।

---

126 डेंसर, जी० रोज़र, द लाइट इन द केव : वासुदेव एस० गायतोंडे एण्ड हिज़ पेंटेड पर्सेप्शन शाइन एट द गुगेनहाइम, अद्यतन तिथि– 24 अक्टूबर, 2014, अभिगम तिथि– 25 जून 2018, https://www.huffpost.com/entry/the-light-in-the-cave-vas_b_6036602/amp

इस समय कलाकार के समकालीन भारतीय प्रतीकों व विचारधाराओं से प्रभावित थे। रजा भारतीय पंच तत्वों की धारणा को लेकर चित्र कर रहे थे तो पन्निकर ने अपने शब्द व प्रतीकों से तंत्र की परिभाषा को मूर्त रूप दिया। बीरेन डे, ओमप्रकाश व संतोष ज्यामितीय रूपों तथा प्राचीन तंत्र कला के रूपों व नर–नारी के योनि व लिंग को कला में प्रदर्शित कर रहे थे। ऐसे में गायतोंडे ने भी अपनी कूची को भारतीयता के रंग में रंग लिया। मानों उन्होंने गुप्त भाषा के मंत्रों को ही कैनवास पर उकेर दिया हो।

लिपि का कैनवास पर लिखना पूर्वी देशों की प्राचीन कला में देखा जा सकता है उसमें चीन, जापान, इरान, फारस, मुगल तथा जैन, राजस्थानी लघु चित्रण आदि शामिल है, परंतु गायतोंडे ने तो लिपि को ही आकृति के रूप में पेश किया है। जिसमें षडांग या प्रकृति के तत्व जैसे पेड़–पौधे, जानवर, पक्षी आदि विलुप्त होकर मात्र लिपि ही उनकी शब्दावली प्रतीत होने लगी। किंतु यह कोई नवीन प्रयोग नहीं था क्योंकि पश्चिमी इतिहास में 50, 60 के दशक में ऐसे प्रयोग किए जा चुके थे, तो यह संभावना प्रतीत होती है कि गायतोंड़े का उन पर प्रत्यक्ष या परोक्ष प्रभाव जरूर रहा होगा।

1950 के दशक के दौरान फ्रैंकोइस डुफ्रेन, रेमंड हेन्स व जैक्स विलेगल के कार्य के माध्यम से 'डिकोलॉज' तकनीक पेरिस में सामने आई। ये यवेस क्लेन के साथ नोव्यू रियलिस्ट्स के सदस्य बन गए। डिकोलॉज पोस्टर कला का निर्माण करने के लिए डुफ्रेन, हेन्स व विलेगल ने मशहूर जगहों को ढूंढा जहाँ बिलबोर्ड पोस्टरों को समय के साथ एक–दूसरे के ऊपर बार–बार चिपकाया गया था। जिससे एक जटिल सांस्कृतिक संदर्भो की परत तैयार हो गई। इन्हें वहां से फाड़कर कैनवास पर लगाया गया।[127]

इस तकनीक में कैनवास पर कई परतें भिन्न–भिन्न कोलॉज की लगाकर ऊपरी परतों को कहीं–कहीं से फाड़ दिया जाता था जिससे अद्‌भुत कृति तैयार होती थी। इस प्रकार गायतोंड़े ने भी भिन्न–भिन्न रंगों का कैनवास पर लगाकर पेपर कटिंग चिपकाई व उन पर रंग लगाकर हटा दिया। ये 'डिकोलॉज' तकनीक विलेंगल के 'अच अल्मा मनेत्रो' (1949) से शुरू हुई थी। इस प्रकार गायतोंड़े की कृति अमूर्त होकर भी बहुत सी प्राचीन व पश्चिमी कृतियों के समानता प्रदर्शित करती है।[128]

---

127 फोस्टर, हॉल व अन्य, *द आर्ट सिन्स 1900 : मॉडर्निज्म, एंटी–मॉडर्ननिज्म, पोस्ट – मॉडर्निज्म,* थेमस एण्ड हडसन, लंदन, पृ० 505–506

128 डेंसर, जी० रोज़र, *द लाइट इन द केव : वासुदेव एस० गायतोंडे एण्ड हिज़ पेंटेड पर्सेप्शन शाइन एट द गुगेनहाइम,* अद्यतन तिथि– 24 अक्टूबर, 2014, अभिगम तिथि– 25 जून 2018, https://www.huffpost.com/entry/the-light-in-the-cave-vas_b_6036602/amp

चित्र 4.30 : शीर्षकहीन 1974, कैनवास पर तेल रंग, 140 × 102. 2 से०मी०, छत्रपति शिवाजी महाराज वास्तु संग्रहालय, मुम्बई

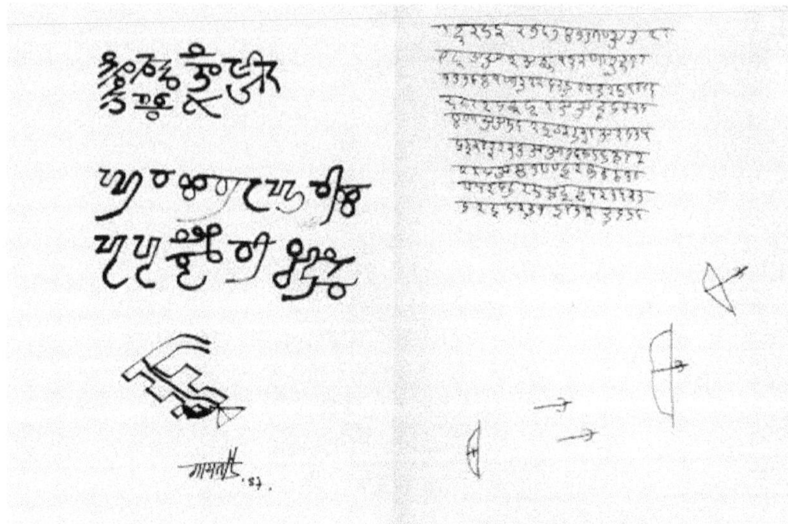

चित्र 4.31 : कोरवा लिपि, कोरवा जनजाति, छत्तीसगढ़, https://www.huffpost.com/entry/the-light-in-the-cave-vas_b_6036602

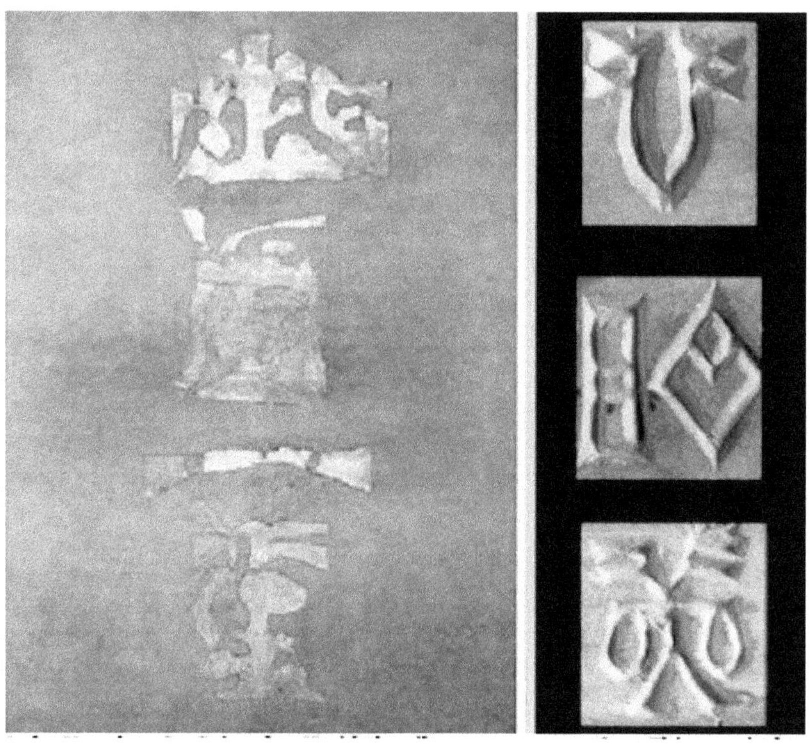

चित्र 4.32 : दायं – गायतोंडे का चित्र, बायं – सिंधु घाटी की सभ्यता, https://www.huffpost.com/entry/the-light-in-the-cave-vas_b_6036602

5.4 सतीश गुजराल

सतीश गुजराल एक प्रतिभासम्पक कलाकार थे। उनकी कृतियों का तकनीकी व कलात्मक अध्ययन कुछ इस प्रकार है।

1. कलात्मक तकनीक :–

गुजराल की बहुमुखी प्रतिभा

गुजराल एक बहुमुखी प्रतिभा के धनी कलाकार थे। इन्होंने तेल, जल, एक्रेलिक, काष्ठ, स्टील आदि माध्यमों को अपनाकर चित्रकला, मूर्तिकला, स्थापत्य कला के द्वारा अपने विचार प्रकट किए। भारत की मिट्टी से जुड़ने के लिए लकड़ी के बुरादे को कैनवास पर इस प्रकार लगाया कि वह देखने में कच्ची पुती हुई मिट्टी की दीवार का अनुभव देती है। लकड़ी को जलाकर कृतियों में तंत्र क्रियाओं–सा माहौल पैदा किया।

प्रायोगिक दृष्टिकोण

लकड़ी को जलाकर देवी–देवताओं के रूप उभारे, बिना किसी शैक्षणिक शिक्षा के स्थापत्य में अभूतपूर्व प्रयोग, लकड़ी के बुरादे से उभरी बनावट प्राप्त की। इन सब नवीन प्रयोगों ने उनके चित्रों को एक अद्‌भुत दृश्य भाषा प्रदान की।

बनावट और रूप

उनके चित्रों में हाथ व पैर अपरंपरागत रूप से दर्शक के बेहद समीप प्रकट होते हैं। जैसे 'द डेज ऑफ ग्लोरी' में महिलाओं के हाथों को बहुत ही जकड़न व सौष्ठक के साथ कैनवास से बाहर निकलते हुए चित्रित किया। बनावट का अद्‌भुत समन्वय उनके उत्तरार्ध के कार्यों में देखने को मिलता है। कविता व संगीत के प्रति प्रेम के कारण कृतियों में गीतात्मकता है। वास्तुकला से प्रेम के चलते भारी व उभरी बनावट का समावेश चित्रों में हुआ है।

2. विषय और आख्यान :–

मानवीय संघर्ष और भावनाएँ

गुजराल का अधिकतर कार्य मानवीय संघर्षों व भावनाओं को प्रकट करता है। उनका विभाजन का दौर दिल दहला देने वाली पीड़ा से सराबोर है। 'नाश का नृत्य' चित्र इसका उदाहरण है। किरण से विवाह होने पर जिंदगी में आई खुशी की लहर को उनके परवर्ती चित्रों में देखा जा सकता है जिसमें मानवाकृतियों को ढपली, ढोलक, सीतार, बांसुरी बजाते चित्रित किया।

सांस्कृतिक संदर्भ

नवीन तकनीक जैसे ब्रंटवुड स्कल्पचर के द्वारा देवी देवताओं को बनाया। जिनमें उनकी उपस्थिति अमूर्त रूप से प्रकट की। यहाँ आधुनिक तरीके से प्राचीन संस्कृति को रूपान्तरित किया है। इनकी स्थापत्य कला में भी बेल्जियम के आधुनिक व भारतीय किलो और मकबरों का अद्‌भुत समन्वय है।

3. दृश्य भाषा और प्रतीक वाद :–

बोल्ड (साहसिक, निर्भीक) रेखाएं और अमूर्त रूप

गुजराल के आरंभिक विभाजन दौर में तूलिकाघात व रेखाएं बोल्ड, प्रचंड व घुमावदार हैं। मानव हाथ ऐसे

प्रतीत होते हैं मानो उन्हें दोनों तरफ से मरोड़ दिया गया हो। किंतु अपने परवर्ती काल में वे चित्रकला, मूर्तिकला में अमूर्त रूपों का समावेश करते हैं। यह उनकी कला प्रगति व गहन अध्ययन का परिणाम है। शुरुआती दौर में भी वे अक्सर महिलाओं के चेहरों को ढका हुआ बनाते थे क्योंकि उनकी व्यंजना अथाह थी।

प्रतीकवाद और रूपक

उनकी मूर्तियों में बार–बार चमड़े की पट्टियाँ व जंजीरों का अर्थ उनके भीतर शारीरिक कष्टों के चलते असमर्थता का प्रतीक है। कौड़ियाँ प्राचीन पूजा पद्धति व तंत्र की ओर संकेत करती है उनके 'आत्मचित्र' चित्र में पसलियों के बीच उन्होंने स्वयं को दिखाया है जो यह दर्शाता है कि वे अपनी शारीरिक विकलांगता के चलते स्वयं को इस शरीर में कैद हुआ मानते थे।

4. भावनात्मक प्रतिध्वनी और दर्शकों की प्रतिक्रिया :–

दर्शक सहभागिता

उनके चित्र में दर्शक की सहभागिता की मौजूदगी उनके द्वारा उत्पन्न हुए उद्वेलित मजबूत भावनात्मक दृश्य रूपांकन की वजह से संभव हो पायी है। उनके चित्रों में प्रकट दुख, सुख, प्रेम, कामरूपी भावनाएँ, उत्तेजना, खुशी के चलते सहसा ही कलाकार से संबंध जोड़ लेती हैं।

डांस ऑफ डिस्कशन (2), 1950

कैनवास पर तेल रंग

'द वर्ल्ड ऑफ सतीश गुजरात एंड हिस ऑन वर्ड' से संग्रहित (पृ० सं० 35)

डेज़ ऑफ ग्लोरी, 1952

कागज पर पेंसिल ड्राइंग

'द वर्ल्ड ऑफ सतीश गुजराल एन हिज ऑन वर्ड' से संग्रहित (पृ० सं० 33)

डांस ऑफ डिस्ट्रक्शन सतीश गुजराल द्वारा 1950 में बनाई गई कृति है। जिसमें उन्होंने विभाजन के समय हुई ध्वंसकारी क्रियाओं को दिखाने का प्रयास किया है। गुजराल साहब स्वयं विभाजन के चश्दीद् कलाकार रहे हैं इसके विषय में सतीश 'ए ब्रुश विद लाइफ' में लिखते हैं कि यह विषय मेरे दिल के बहुत करीब था यह मुमकिन है अगर बटवारा नहीं भी हुआ होता तो मैं कोई पीड़ा दायक और दुखमय दृश्य खोज निकालता। जिससे मैं अपने दिल की पीड़ा को व्यक्त कर पाता। यकीनन उसी समय गुजराल विभिन्न शारीरिक पीड़ाओं से भी गुजर रहे थे। ऐसे में उन्होंने दर्द को मरहम बनाने के लिए कला में उसे संचारित कर दिया। विभाजन के उसी दर्द पीड़ा वह ह्रदय विदारक स्थिति में उपद्रवियों द्वारा मृत्यु का नंगा नाच इस चित्र में देखा जा सकता है जिसमें एक व्यक्ति बेहद क्रोध से चिल्ला रहा है वह अपने गुस्से को बाहर निकालने के लिए मुट्ठी बांधकर ऊपर उठता है मानो वह तबाही के लिए तत्पर है। संपूर्ण वातावरण क्रोध से उद्वलित है।

डेज़ ऑफ ग्लोरी (1952) एक पेंसिल ड्राइंग है जिसमें दो औरतों (पंजाबी रिफ्यूजी) को बैठे हुए दिखाया है। वे कपड़े की मोटी–मोटी तहों के भीतर सिमटी व लिपटी है मानों कलाकार यह बताना चाहता है कि उनके आघात व जख्म इतने गहरे व भयावह है जिन्हें सहन करना और उजागर करना नामुमकिन है। ह्रदय विदारक भावना के साथ वे पंजाबी शरणार्थियों की पीड़ा को बार–बार चित्रित करते हैं। चेहरे कपड़े से आधे ढके हुए हैं उनकी आँखें अक्सर अनदेखी या भारी–भरकम या आधी बंद है ये आकृतियाँ पूरे कैनवास के स्थान को

ढक रही है। जो दर्शक की नजर अपनी ओर सहसा ही खींच लेती है। उनके हाथ उनकी मानसिक स्थिति व दर्द का प्रतिबंध है। गुजराल अक्सर अपने चित्रों में हाथों व पैरों को सामान्य आकार से बड़ा बनाते हैं। ताकि उनकी निष्क्रियता व दुख दर्द की गहराई को सजाया जा सके। वे अक्सर बंद मुट्ठियों के साथ पूरा तनाव प्रकट करते हैं। उनके सफेद फूली हुई मोटी हथेली उनकी शारीरिक व मानसिक अस्वस्था का भी हाथ फैला कर भीख मांगने की कोशिश कर रही है दूसरा हाथ नीचे की तरफ व पीछे खींचा हुआ है जो यह दर्शाता है कि वे स्वाभिमानी है किंतु हालात ने इस कदर मजबूर कर दिया है कि उनके पास इसके सिवाय और कोई भी चारा नहीं है इन शरणार्थियो ने बेहद रक्तपात व नरसंहार को झेला है फिर भी उनकी गरिमा, सहनशीलता दर्शनीय है।

हेराल्ड के साथ बातचीत में गुजराल ने 'शोक' (1952) शीर्षक से अपनी स्मृति को याद करते हुए कहा कि मैंने अपनी यात्रा में कहीं एक टोले के पास तीन महिलाओं को देखा, मृत की तरह शांत वे बहनों की तरह बंधी हुई थी। वह सब कुछ खो चुकी थी। इस छवि ने मुझे परेशान किया।

यकीनन यहीं हादसा बार–बार विस्थापित औरतों के झुंड के रूप में इनकी बहुत सी पेंटिंग्स में देखा जा सकता है। गुजराल शारीरिक रूप से कमजोर या कानों से बहरे हो चुके थे। इस प्रकार इसके ऊपर विभाजन की पीड़ा ने उस आंतरिक दर्द को चित्रकला के रूप में माध्यम प्रदान किया। स्वयं गुजराल का भी कहना है कि 'लंबे समय के बाद मुझे एहसास हुआ कि मैंने विभाजन को चित्रित कि नहीं किया, बल्कि मैंने अपनी पीड़ा को चित्रित किया।

डेविड सिकरोस द्वारा बनाया गया 'द न्यू डेमोक्रेसी एक म्यूरल चित्र है जिसमें फैसिस्टवाद (नाजीवाद) पर लोकतंत्र की जीत को प्रतीक के रूप में दिखाया है। यहां लोकतंत्र का प्रतिनिधित्व एक नग्न औरत ने किया है जिसके धड़ को आगे की तरह बढ़ते हुए चित्रित किया है। हाथ संयोजन में सबसे आगे हैं जो दर्शक के बेहद नजदीक प्रतीत हो रहे हैं हाथों पर जंजीर बंधी है किंतु एक हाथ में टॉर्च व दूसरे हाथ में सफेद फूल है दोनों ही स्वतंत्रता के प्रतीक चिन्ह है। स्त्री ने सिर पर फ्रीजियाई टोपी पहनी है। फैसिस्टवाद पर विजय का प्रतिनिधित्व करने के लिए उसके शरीर से तीसरा हाथ निकला हुआ है विजय के प्रतीक रूप में उसके नीचे एक नाजी सैनिक को ढेर हुआ दर्शाया है यहां नाजीवाद का प्रतीक स्लेटी रंग है तथा लोकतंत्र के रूप में भूरे रंग की विभिन्न घटनाओं का प्रयोग किया गया है।

तुलनात्मक अध्ययन

सतीश गुजराल के चित्रकला में हाथ पैर, कपड़ों की सलवटे अस्वाभाविक रूप से बनाई गई है उन्हें जरूरत से ज्यादा मोटा व मांसलता लिए हुए चित्रित करने के पीछे कलाकार का मानोवैज्ञानिक उद्देश्य रहा है। यहां डेविड व सतीश की चित्रकला में बहुत समानताएं हैं। सतीश के चित्र 'डेज आफ ग्लोरी', 1952 तथा 'डांस ऑफ डिस्ट्रक्शन (2), 1952 में हाथों का आकार व अकड़न अस्वाभाविक है। इनकी बंद मुट्ठी उनके आक्रोश, गुस्से, भय व दयनीय हालात का प्रतीक है। यहाँ प्रभाविता का सिद्धांत हाथों की मुद्राओं द्वारा संचालित हो रहा है। उन्हें कैनवास पर आगे की तरफ बढ़ते दिखाया है ताकि ध्यान इन्हीं पर केंद्रित हो। ऐसे ही मांसलता व हष्ट पुष्ट हथेलियों का चित्रण डेविड ने अपनी क्यूरल 'द न्यू डेमोक्रेसी' में किया है। यहां भी हथेलियों को सबसे मोटा मजबूत बलिष्ट होने के साथ–साथ संयोजन से बाहर की तरफ आते हुए चित्रित किया गया है। मजबूत मांसलता के लिए घुमावदार रेखाओं के सम्मिश्रण से दोनों ही कलाकारों की पेंटिंग्स में बहुत समानताएं प्रतीत हो रही है। रेखाएं तेज त्वरित कोणीयी है। घुमाओं से तेज गति का समावेश हुआ है। 'डांस आफ डिस्ट्रक्शन' में क्रोध के लिए कोणीय रेखाओं की अधिकता से पथ पर व्याकुलता, संघर्ष, भय, बेचैनी का

वातावरण देखा जा सकता है। रंग संगीत भी दोनों कलाकारों की पेंटिंग्स में लगभग समान है। डेविड ने अपने ज्यादातर संयोजनों में अर्थटॉन का इस्तेमाल किया है ऐसे ही रंग संगति जिसमें भूरे, काले, पीले, येलो ऑकर आदि रंगों की विभिन्न छटाओं का इस्तेमाल है 'न्यू डेमोक्रेसी' में डेविड ने नाजीवाद के लिए स्लेटी रंग का इस्तेमाल किया है। स्लेटी रंग की तुलना वैम्पायर से की जाती है। इस रंग का अपना कोई वैभव नहीं है यह अपने आसपास के रंगों की छटा से स्वयं को उभारता है जैसे वैम्पायर दूसरे व्यक्तियों के खून पर जीवित रहता है। डेविड व सतीश के चित्रों में भूरे, लाल, पीले, रंगो की अधिकता उन्हें जमीन से जोड़ती है क्योंकि दोनों कलाकारों ने संघर्षों को दर्शाया है। हाथ की मुद्राएं, बंद मुट्ठी, घुमावदार तूलिका के आघात तथा अप्राकृतिक रूप रो बड़े व मोटी मांसलता लिए हुई उंगलियाँ, ये सब डेविड के चित्रों की विशेषता थी। जिनकी पुनरावृत्ति सतीश के कार्यों में दिखाई देती है वह उनके विचारों से भी प्रभावित था। सिकेरोस के घर पर अक्सर समाजवादी विचारधारा के नेताओं की आवाजाही लगी रहती थी। सतीश के घर भी राजनीतिक लोगों का जमावड़ा रहता था। उनके 'डांस ऑफ डिस्ट्रक्शन' चित्र में पैरों को जरूरत से ज्यादा फुला हुआ मोटा व मांसलता धारण किए हुए चित्रित किया है। ऐसी ही समानता डेविड के 'विक्टिम ऑफ 'वॉर' में मिलती है जहाँ मृत व्यक्ति के पैर कैनवास में आगे की ओर दिखाए हैं ताकि पहली नजर उसके पैरों पर पड़े जो उसकी हालत व दर्द को बयान कर रहे है। दोनों की रंग व रेखा संचालन लगभग समान है। इसमें कोई दोराय नहीं है कि सतीश ने सिकेरोस की चित्रण विधा को बिल्कुल अपनी शैली में आत्मसात कर लिया था।

संयोजन की व्यवस्था

सतीश गुजराल की 'डांस ऑफ डिस्ट्रक्शन' में मुख्य आकृति को कर्णवत रेखा के आधार पर कैनवास के एक छोर से दूसरे छोर तक विस्तारित होते हुए बनाया है। जो ध्वंस्कारी वातावरण को बखूबी प्रकट कर रही है। साथ ही पृष्ठभूमि में पहाड़ के पत्थरों को और रंगो के छाया–प्रकाश के प्रभाव से इस प्रकार चित्रित किया है मानों मुख्य आकृति के पीछे सलवटों से भरी ड्रपरी लगा दी गई है। सारा वातावरण संयोजन के भाव के अनुकूल है। भाव, रंग, रेखा, अंतराल से पोत तक स्पष्ट रूप से अपना संदेश सम्प्रेषित कर रहे है। रात के दृ श्य में विनाश का ये नंगा नाच सतीश की उन दमित विचारों को प्रकट करता है जो विभाजन के दौरान उनके प्रत्यक्षीकरण का विषय कर रहे है। अंधकारमय माहौल में पुरुष आकृति की धोती की सलवटों पर रोशनी बाकी सारे संयोजन की तुलना में थोड़ी ज्यादा है जो कैनवास ठीक केन्द्र में होने की वजह से चित्र में दर्शक का ध्यान एकाएक खींचती है।

डेविड द्वारा बनाई गई कृति 'द न्यू डेमोक्रेसी' में उल्टा त्रिभुज (पिरामिड) रूपी संयोजन है। जिसमें स्त्री की कमर से ऊपर की ओर शरीर को फैलता हुआ दोनों छोरों तक विस्तारित दिखाया है। इसी संयोजन को दो भागों में बांटा गया है। भूरे, पीले, लाल, रंग वाला उपरी भाग लोकतंत्र का प्रतीक है जबकि स्लेटी व नीले रंग की आभाएँ नाजीवाद का प्रतीक है। स्त्री आकृति के हाथों की नसों के द्वारा अस्वाभाविक ताकत व बलिष्ठा को दर्शाते हुए जोश के प्रतीक के रूप में बंद मुट्ठी को मजबूती से इस प्रकार चित्रित किया है मानों वह अपनी ताकत से जंजीरो को तोडकर आजाद होने ही वाली है। तूलिका के घुमाओं व छाया प्रकाश का प्रभाव सतीश व डेविड दोनों के चित्र में एक समान है डेविड अपने म्यूरल में भी तेल रंगो का इस्तेमाल किया करते थे। जो कि बेहद अपारम्परिक तरीका था।

चित्र 4.33 : विनाश का नृत्य (2), 1950, (द वर्ल्ड ऑफ सतीश गुजराल एन हिज ऑन वर्डी), पृ० 35, कैनवास पर तेल रंग

चित्र 4.34 : गर्व के दिन, 1952, (द वर्ल्ड ऑफ सतीश गुजराल एन हिज ऑन वर्डी), पृ० 33, कैनवास पर

तेल रंग

आत्मचित्र, 1959

कैनवास पर तेल रंग,

नेशनल गैलरी ऑफ मॉडर्न आर्ट, नई दिल्ली

सतीश गुजराल अपने बचपन से लेकर युवावस्था तक लगातार आती विपदाओं, शारीरिक परेशानियों से बहुत व्यथित हो गए थे। उनकी यह वेदना उनके चित्रों में स्पष्ट रूप से देखी जा सकती है। प्रस्तुत चित्र में सतीश गुजराल ने अपने स्वयं के चित्र को पस्लिओं के बीच फंसा हुआ दिखाया है। जिस उम्र में व्यक्ति अपने स्वयं के अस्तित्व को मजबूत बनाकर दुनिया में मनमाने ढंग से जीवन जीता है सतीश उस उम्र में अपने वक्तव्य को दूसरों के सामने प्रस्तुत करने में भी सक्षम नहीं थे क्योंकि वह मूक व बधिर थे। ऐसे में वे स्वयं को उस शरीर की कैद में जकड़ा हुआ महसूस करते थे जो उनके लिए एक असहनीय पीड़ा का पिंजरा मात्र रह गया था। यौवन के उदवलन के बीच उनकी अक्षमताएं उन्हें कैद कर रही थी। उसी कैद, बेचैनी व दर्द को सतीश ने चित्र में हड्डियों के बीच दिखाया है मानों उनकी रूह उस हड्डियों के पिंजरे में कहीं फँस गई है। शरीर उनके लिए बीमारियों का गढ़ बन गया था। अपने कार्यो को प्रकट करने के लिए मात्र कला ही उनका सारा थी। अपनी मूक वाणी को मूर्त रूप देकर सतीश कुछ हद तक उस अवसाद से राहत पाते थे। जिस प्रकार विभाजन के चित्रों से कलाकार ने स्वयं के दर्द को प्रकट किया है। इस चित्र की तुलना फ्रांसिस बेकन के चित्र 'मांस के साथ चित्र, 1954' से की जा सकती है। जिसमें पसलियों के साथ मांस के लोथड़ों को पॉप के सिंहासन के एक हिस्से के रूप में चित्रित किया है। फ्रांसिस बेकन के चित्र मानवता की व्यथापूर्ण दृष्टि से ओत प्रोत है जिसमें युद्ध के बाद के युग के अस्तित्व संबंधी लोकाचार को प्रत्येक रूप में दिखाया है। उनका यह चित्र डिएगो वेलाजक्वेज के 'प्राट्रेट ऑफ पॉप इनोसेंट' को समर्पित है किंतु इसमें उन्होंने पॉप को एक बुरे स्वपन जैसी छवि में बदल दिया बजाय कि उसे उसके प्रतिष्ठित रूप के। बेकन ने ड्राइब्रुश से गाय के मांस को बनाया है संयोजन एक गहरे रंग (काले) के कमरे में कैद दिखाया है जिसमें मुख्य्र विचार को हल्के रंगों के प्रभाव से अर्द्धपारदर्शिता प्रकट करते हुए चित्रित किया। उन्होंने पाप को धार्मिक व्यक्ति न दिखाकर एक कसाई की भाँति चित्रित किया है जिसके पीछे गाय के मांस को उसकी शोभा बढ़ाते दिखाया है। यहां गुजराल अपने स्वयं की शारीरिक व मानसिक परेशानियों को भी एक बुरे स्वप्न की भांति दिखा रहे हैं जिसमें वह पूरी तरह से फँस चुके है। बेकन ने भी अपनी जिंदगी में बहुत से दुखों को देखा था। उनके चित्र द्वितीय विश्व युद्ध के अंत में सामने आए आत्याचारों का मूर्त अनुभव है। जिसमें परेशान करने वाले उत्तेजक छवियों को चित्रित किया। सतीश ने अभिव्यंजनावादी तूलिका घातों से लगभग मोनोक्रोमेटिक संरचना की है जिसमें भूरे, हल्के बदामी व काले सफेद रंगो से चित्र बनाया है। सतीश के मुख पर गहन चिंतन के भाव है जिसमें चिरोस्क्युरा तकनीक का प्रभाव चेहरे पर देखा जा सकता है। संयोजन संतुलित व सामंजस्य का गुण लिए हुए है।

चित्र 4.35 : आत्मचित्र, 1959, कैनवास पर तेल रंग, नेशनल गैलरी ऑफ मॉडर्न आर्ट, नई दिल्ली

चित्र 4.36 : माँस के साथ चित्र, 1954, फ्रांसिस बेकन, कैनवास पर तेल रंग, हैरियट ए फॉक्स फंड

अनटाइटल्ड, 1960

कैनवास पर तेल व मोम रंग

35 × 49.5 इंच

https://www.mutualart.com/Artwork/Untitled/932CE16C5059A0A2

1960—1965 के बीच के चरण में गुजराल की शैली ने अमूर्तता के गुणों को धारण किया। इस दौर में पोत ने पट पर अपनी जगह बनाई। जिससे एक नवीन ताजगी का एहसास हुआ। टेक्सटर के ऊपर मिश्रित माध्यमों से अभिव्यक्ति की जाने लगी। इसी चरण में उन्होंने टेराकोटा का कार्य भी किया। उनका अमूर्त कार्य पॉल क्ले व अन्य अमूर्त कलाकारों के समान था। जिसमें सोफी ताएउबर की क्षैतिज्ञ व उर्ध्वाधर, 1917 (जलरंग 23 × 15.5 से०मी०) कृति के समान क्षैतिज्ञ व लम्बवत रेखाओं की काटती हुई रेखाओं से बनी आयताकार पट्टियों में विभिन्न रंगो की आभाएँ है।

रॉबर्ट डेलाउने (1895—1941) ने एक बार टिप्पणी की थी की 'सेजा ने फ्रूट डिश को तोड दिया, अब हमें इसे फिर से एक साथ नहीं चिपकाना चाहिए,जैसा कि क्यूबिस्ट करते है।[129]

यह अमूर्तता के लिए स्पष्ट इशारा था। अमूर्तता के पीछे बहुत सी विचारधाराएँ रही है कुछ कलाकार प्लेटोनिक, हेगेलियन या आध्यात्मवादी दर्शन द्वारा निर्देशित रहे। जिनमें मालेविच, मोंड्रियन, कुफ्का व कैंडिस्की जैसे सभी कलाकार थियोसोफी से प्रभावित थे, जो ये मानते थे कि मनुष्य भौतिक से आध्यात्मिक अवस्थाओं के चरणों कि एक श्रृंखला में विकसित हुआ है। जिसे ज्यामितीय रूपों द्वारा विकसित किया जा सकता है। इवोल्यूशन (1911) में मोंड्रियन ने इस तरह से एक महिला आकृति के ज्यामितीय ऊंचीकरण की नकल की।

साथ ही मोंड्रियन ने 1919 में कहा कि हमें प्रकृति का पालन नहीं करना चाहिए क्योंकि बहुत से क्षेत्रों ने प्रकृति को पीछे छोड़ दिया है। मोंड्रियन की 1915 में बनाई गई कृति कम्पोजीशन नं० 10, 1915 (काली सफेद) में जमा व ऋण' (जमा ,घटा) के चिन्हो द्वारा ही संपूर्ण विचार प्रकट किए। यही उर्ध्वाधर व क्षैतिज्ञ कि रचना सतीश के कार्य में भी है इसी दौर में उन्होंने कुछ और चित्र भी बनाए जिन्में अमूर्त ज्यामितीय आकृतियों के साथ पक्षियों व जानवरों की मूल आकृतियों का समावेश देखा जा सकता है उनके अनटाइटल्ड (1)1963, चित्र (2) 1960 में चिड़ियों की आकृति जॉन मिरो के चित्र में मौजूद पक्षियों व बायोमार्किक आकृतियों के समरूप है। भारतीय लोक कला में भी पक्षियों व पशुओं की मूल आकृतियों को देखा जा सकता है। यह उनके कार्यो में आदिमकला व लोक कला के समावेश का समय था। जब उन्होंने अपने भित्ति चित्रों व टेराकोटा कार्यो में विभिन्न लोक कलाओं (भारतीय, प्री—कोलम्बियन, अफ्रीकन) को समाहित किया।

प्रस्तुत चित्र में गुजराल ने एक जानवर की आकृति के भीतर क्षैतिज्ञ व लम्बवत् रेखाओं के आयाताकार आकृतियों को रंगों के क्षेत्रों के रूप में बाँटा है। जो देखने में थियो वॉन डॉसबर्ग के कार्य की भांति भी प्रतीत होता है। थियो ने पहले आयाताकार आकृतियों का खड़ी स्थिति में चित्रण किया। किंतु बाद में तिरछी रेखाओं और झुके हुए ग्रिड रूपाकारों के द्वारा गतिशील तनाव पैदा प्रस्तुत किया। गुजराल ने आयताकार के साथ—साथ वक्राकार रेखाओं अर्धवृत्त को भी चुना। जो रेखीय विरोधाभाष से गति प्रदान कर रहा है साथ ही संयोजन को आकाश व अग्रभूमि के रूप में नीले व गहरे काले, भूरे रंगतो से बाँटा। सरसरी नजर से देखने पर ऐसे लग

---

129 फोस्टर, हॉल व अन्य, *द आर्ट सिन्स 1900 : मॉडर्निज्म, एंटी—मॉडर्ननिज्म, पोस्ट — मॉडर्निज्म,* थेमस एण्ड हडसन, लंदन, पृ० 131

रहा है मानों कोई जानवर (सम्भवतः कुत्ता) दीवार के पास खड़ा है जिसके दोनों कान चोक्कनें है। यह रामकुमार के अमूर्त कार्य के साथ भी सामानता प्रतीत हो रही है। चित्र में छाया, प्रकाश, परिप्रेक्ष्य कोई स्थान नहीं है। अमूर्त रूप में कलाकार ने अपने व्यक्तिगत विचारों को प्रकट किया है। यह चित्र एक ज्यामितीय संयोजन है। जिसमें तेल रंगों पर सूखने के बाद मोम (वैक्स) रंगों का इस्तेमाल उभार व तान के संदर्भ में किया है।

चित्र 4.37 : लंबवत, क्षैतिज्ञ, वर्गाकार, आयताकार, 1917, सोफी ताएउबर–अर्प, कागज पर गौचे, धात्विक पेंट और पेंसिल
https://www.moma.org/collection/works/282265

चित्र 4.38 : काम्पोजिशन विद लार्ज रेड प्लान, मेलो, ब्लैक, ग्रे और ब्लू, 1921, कैनवास पर तेल रंग, (95.7 × 95.1 से०मी०),
https://www.artsy.net/artwork/piet-mondrian-composition-with-large-red-plane-yellow-black-grey-and-blue

चित्र 4.39 : अनटाइटल्ड, 1960, कैनवास पर तेल व मोम रंग, 35 × 49.5 इंच, **https//www. natualart. com /amp/ artwork/ unititled/ 932E16C5059AOA2**

शीर्षकहीन, 2016

कैनवास पर एक्रेलिक

36 × 36 इंच

संचित आर्ट गैलरी नई दिल्ली

सतीश गुजराल अपनी बदलती शैलीगत विशेषताओ' के लिए जाने जाते हैं। 8 वर्ष की उम्र में ही श्रवण शक्ति को खो देने से मानों उनकी जिंदगी ठहर सी गई थी। स्वयं को गतिशील बनाए रखने के लिए उन्होंने समय के साथ कला के भिन्न–भिन्न माध्यमों में प्रयोग किए। यहाँ उनके ऊपर डेविड सिकिरोस का प्रभाव भी रहा जिससे उन्होंने हमेशा नवीन क्रांतिकारी परिवर्तनों से कला को दर्शकों के सामने पेश किया। वह मात्र ड्राइंग रूम तक कला को सीमित नहीं रखना चाहते थे। उनकी इसी सोच ने उन्हें कैनवास के साथ साथ विभिन्न धातुओं में परिवर्तन करने के लिए भी उत्सुक किया। गुजराल ने अपने कैनवास पर मिट्टी की दीवारों जैसा टेक्सचर दिया ऐसा करने से उन्होंने अपने कार्य में गांधीवाद की सुगंध महसूस की जिसमें स्वदेशी पुट नजर आता है। इस पोत के लिए उन्होंने लकड़ी के बुरादें को कैनवास पर चिपकाया जिससे पुती हुई दीवार का प्रभाव कैनवास पर प्राप्त हुआ।

किरण से शादी के बाद उनके कार्यों में खुशी की लहर दौड़ पड़ी थी। इस खुशी को अपने चित्रों में संगीत, लय, स्पन्दन, दोहराव, घुमाओं व अलंकरण के जरिए दर्शाने की कोशिश की। स्वर्ण शक्ति खोने के बाद अभी उनके पट पर हर तत्व में स्पन्दन व गति है जो उनके लिए पूरक का कार्य करते है। सतीश अपने आरंभिक चरण में बहुत से कलाकारों से प्रभावित थे। जिनमें से एक थे अब्दुल रहमान चुगताई जिन्होंने अपने सहपाठियों की भाँति पुनर्जागरण को अपना मुद्दा तो बनाया, किंतु समय को हिंदू मिथक से संबोधित करने और राजपूत लघु चित्रों की कल्पना को अपनाने की बजाय फारसी में मुगल परम्पराओ को धारण किया जो उनकी मुस्लिम संस्कृति के करीब था। साथ ही आर्ट नूवो का प्रभाव भी परिलक्षित होता है। उनकी कला में शिल्प कौशल के दर्शन होते हैं।

गुजराल जी स्वंय कहते हैं कि सान्याल ने कलाकार के रूप में मेरे सपनों को मूर्त रूप दिया तो चुगताई मैं मैंने अपनी संवेदनशीलता की गुणवत्ता को बहुत करीब से देखा। हालांकि उन्होंने चुगताई के कार्य को अपनी शैली में धारण नहीं किया क्योंकि वे समझ गए थे कि चुगताई समाजिक वास्तविकता के प्रति अपनी उदासीनता के कारण पतन शील हुए। किंतु बहुत समय के अंतराल के बाद विभाजन के दौर को समाप्त करके नवीन चरण को प्रारंभ करते हैं। जीवन संगिनी के आने के पश्चात् वह लय, धुन, गति, स्पन्दन फिर से उनकी कला में प्रकट हुई। यहाँ चुगताई की रेखाओं की लय के साथ आर्ट नूवो की घुमावदार रेखाएं व मॉटिफ नजर आते हैं। यह ज्ञात है कि गुजराल उर्दू जुबान के जानकार थे। ऐसे में उर्दू लिपि की लय, रेखात्मक प्रवाह व दोहराव का भी योगदान रहा है। उनके चित्र में संगीत है, नाद है, नजाकत है और साथ ही नवाचार के रंग भी। प्रस्तुत चित्र में एक व्यक्ति को तबला बजाते हुए दिखाया है। विलियम एच० ब्रेड ली (1868–1962) द्वारा बनाए गए पोस्टर 'द चॉप– बुक 1894 में रेखाओं के सर्पाकार घुमाव व लयात्मकता अद्‌भुत है। बिल्कुल वैसी ही गति मधुरता व लय गुजराल के चित्र में है असित कुमार हलदार के कार्य में भी ऐसी लयात्मकता देखी जा सकती है। उनके 'द फ्लेम ऑफ म्यूजिक' चित्र में लय को ज्वाला के समान दिखाया है जबकि सतीश ने इस लय को और भी परिष्कृत किया जो आर्ट नूवो के नजदीक ज्यादा प्रतीत होती है। ऐसा ही कार्य ऑब्रे बियर्डस्ले के 'द पिकॉक स्कर्ट' नामक इलस्ट्रेशन में भी देखा जा सकता है। मोर 'आर्ट नूवो व 'एस्थेटिक

आंदोलन' का बेहद प्रिय तथा अनोखा रूपांकन रहा है। श्रवण शक्ति खो देने के बाद भी मानो कला उनके कानों में अनहद नाद सुनाने की क्षमता के साथ ही उन्हे रूमानी एहसास भी प्रदान करती हो। अपने बचपन में वे बच्चों के खेल तमाशे उल्लास भरी जिंदगी ने जी कर इकबाल व गॉलिब को पढ़ा करते थे। जब कोई व्यक्ति लेखक व कवि द्वारा बनाए गए संसार में रहना शुरू कर देता है तो वह असल जिंदगी से कट जाता है। इन्हीं परिस्थितियों ने गुजराल के व्यक्तित्व को गढ़ा था और यहीं से उनकी कला में भी नए तत्व शामिल हुए। नाक व आँख के स्थान पर सर्पाकार रेखाओं को बनाकर कलाकार यह दर्शाना चाहता है कि संगीत अब उसकी आत्मा से प्रस्फुटित होते हुए उसके बाहरी शरीर से भी दृश्यमान है। अब हर अंग प्रत्यंग गतिमान है। 'विभाजन' श्रृंखला में बनाई गई मांसलता लिए हुई वे मजबूत अकड़े हुए हाथ उंगली व चेहरा अब मधुरता के स्पर्श से कोमल हो उठे हैं। यहाँ 'डूडलिंग आर्ट' जैसा प्रभाव भी है। पूरे संयोजन की पृष्ठभूमि सपाट रंग से बनाई है। ताकि मुख्य पात्र उभरकर बाहर आ सके साथ ही '♪' यह चिन्ह पृष्ठभूमि के रूप में बनाया है जो संगीत के '♫' नोट्स का एक हिस्सा प्रतीत हो रहा है। चित्र में सर्वत्र संगीत गूंज रहा है। मानवाकृति के साथ एक अद्भुत पशु आकृति है जो मोर व भेड़ का मिलाजुला रूप है। मानव व पशु पक्षियों की मिली आकृतियों को भारतीय कला में देखा जा सकता है गुजराल ने तकरीबन सभी चित्रों में एक खास तौर का पहनावा दिखाया है जो शायद ही किसी और कलाकार की कृति में देखने को मिले। उन्होंने स्त्री व पुरुषों दोनों को ही लंबा कुर्ता व जैकेट पहने चित्रित किया है। नेहरू जैकेट उत्तरी भारतीय 'अचकन' का वंशज है। एक बंद गर्दन कोट जैसा परिधान आमतौर पर भारतीय कूलीनों के लिए कोर्ट ड्रेस माना जाता है। सतीश गुजराल के गाँधी परिवार के साथ बहुत गहरे व मधुर रिश्ते थे। उन्होंने जवाहरलाल नेहरू व इंदिरा गाँधी का चित्र उनके घर जाकर बनाया था तथा उनके साथ किरण की शादी को लेकर किरण का परिवार सख्त खिलाफ था। इस रिश्ते के बीच नेहरू परिवार ने ही मध्यस्था का कार्य किया था। शायद इन उपकारों के चलते उन्होंने अपने सभी चित्रों में नेहरू वस्त्र परिधान को अपना कोड बना लिया। गुजराल की रंग योजना को यदि सरसरी नजर से देखा जाए तो बिंदुवादी कलाकार सोरा के नजदीक प्रतीत होती है। हालांकि यह प्रभाव गुजराल द्वारा लकड़ी के बुरादे का पोत लगाने से प्रकट हुआ है। एक रंग के समाप्त होने पर दूसरा रंग दिव्य आभा के भाँति प्रकट होता प्रतीत हो रहा है।

तबला वादक के बाएं हाथ की छोटी उंगली 'तर्जनी' व भेड़ के सींग को एक रेखा में ऊपर दिखा कर लय को बरकरार रखा है। नीले, नारंगी, व लाल रंगों के साथ भूरे रंग की विभिन्न आभाओं का इस्तेमाल है। यहाँ लाल रंग में 'प्रभाविता' (Dominance) का गुण है। नारंगी पटके ने संयोजन को दो भागों में बाँटा है व अपने चमकीले रंग की वजह से यहां अग्रगामी प्रतीत हो रहा है '♪' इस चिन्ह का निचला गोलाकार हिस्सा शीतल नीला रंग लिए अपने गहरे पृष्ठभूमि में चाँद की भाँति है। यहाँ मानव आकृति मोटी व फूली हुई बनाई है। उंगलियाँ संगीत में लिप्त है अंतराल सुनियोजित है आकृतियों के बाहरी कोने प्रकाश मय है गहरी पृष्ठभूमि के चलते दर्शक की नजर सीधा मुख्य आकृति पर टिकती है।

चित्र 4.40 : शीर्षकहीन, 2016, कैनवास पर एक्रेलिक, 36 × 36 इंच, संचित आर्ट गैलरी, नई दिल्ली

चित्र 4.41 : द पिकॉक स्कर्ट, 1893, कागज पर ग्रेफाइट व स्याही, 16 × 22.7 से०मी०, ऑब्रे बियर्डस्ले (कलाकार), https://www.thehistoryofart.org/aubrey-beardsley/peacock-skirt/, फॉग संग्रहालय (हार्वर्ड कला संग्रहालय), यूएस

चित्र 4.42 : द चैप – बुक, नं० 1, 1894, विल एच० ब्रैडली, https://www.alamy.com/will-bradley-artwork-the-twins-1894-american-art-nouveau-old-and-vintage-poster-image466100704.htm

सतीश गुजराल ने 1986–1990 व 1990–92 के बीच जो कार्य किया वह आपस में एक दूसरे के पूरक प्रतीत होते हैं। 1986 से 90 के बीच सतीश गुजराल ने जले हुए लकड़ी की अर्धरिलीफ कलाकृतियाँ बनाई है। यह भारतीय कलाकारों व दर्शकों के लिए यकीनन एक नवीन प्रयोग था। सतीश गुजराल डेविड अल्फरो की भांति स्वयं को नवाचारों की परिभाषा में सक्रिय रखते थे। लकड़ी को आग से कहीं जलाकर तो कहीं घिसाकर नई–नई रूपाकारों को उभारा गया जिसमें सुनहरी रंगों की धातु की चादरों को कहीं से उखाड़कर उनमें लाल सुर्ख रंग भर दिया गया। इस प्रकार विभिन्न घुमावदार कपड़े के समान परतों में से सुनहरी परत के भीतर से झाँकता लाल रंग व काला धुआँ ऐसा प्रतीत होता है जैसे किसी पहाड़ से ज्वालामुखी प्रस्फुटित होकर तितर–बितर हो रहा है। जो कहीं लाल सुर्ख रंग में दधक रहा है तो कहीं ठंडा पकड़कर काला हो गया है। किंतु भारत में ऐसी परम्पराओं का वर्णन का चित्रण हमें देखने को मिलता है जहाँ दीपक की लौ से सनी काली दीवारों में लकड़ी या पत्थर की मूर्तियों पर लाल सुर्ख सिंदूर लगाया जाता था। यहाँ भारतीय धार्मिक कर्मकांड व परम्पराओं के दर्शन होते हैं। सतीश गुजराल के इस प्रकार के कार्य को लकड़ी के अर्धस्कल्पचर व कैनवास दोनों ही धरातलों पर देखा जा सकता है इस सामंजस्य की विचारधारा के चलते उनके कार्य गूढ़ प्रतीत होते हैं। जो कृष्ण मूर्ति का वक्तव्य है कि ''कुछ बनाना हो तो आपको किसी विशिष्ट क्षेत्र में प्रवीन होना होता है और जब कोई चित्र किसी विशिष्ट क्षेत्र में सीमित हो जाता है तो उसका क्षय हो जाता है, वह मर जाता है। क्योंकि विशेषज्ञता का अर्थ है सामंजस्य का अभाव। जिस वस्तु में सामंजस्य की या लचीलापन की क्षमता है, केवल वही जीवित रह सकता है। इसलिए सतीश गुजराल ने हमेशा किसी नए माध्यम तथा नई शैली में प्रयोग करने की कोशिश की है इसी खोज में उन्होंने पाया कि मौन ध्यान का पर्याय है।

अपनी जीवन की कठिनाइयों से निकलने के लिए वे हमेशा बेचैन रहे जिसके चलते वे एक शैली से दूसरी शैली और एक माध्यम से दूसरे माध्यम में लगातार प्रवेश करते रहे कभी उसे लोहार तो कभी बढ़ई, सुनार या इंजीनियर, स्थापत्यकार बनना पड़ता है। लेकिन इस बीच जो एक खास हुनर व गुण है जिसे काव्यात्मक अंतर्दृष्टि कहा जाता है। यही गुण कलाकार को निरा शिल्पी होने से बचाता है। गुजराल ने भी मेयोस्कूल में मॉडलिंग, ड्राफ्ट्मैनशिप, कारपेंट्री आदि सीखी थी।[130]

उनके इस दौर के कार्य पर जादू–टोने और देहाती लोक पूजा के स्थलों सा प्रभाव नजर आता है। एक साक्षात्कार के दौरान वे कहते हैं कि परम्पराएं हर कलाकार को प्रभावित करती है क्योंकि कला भ्रम को मूर्त रूप देती है। मुझे लोक और परिष्कृत सभी ने प्रभावित किया मेरे विचार में ऐसे बहुत कम कलाकार होंगे जो परम्पराओं व रीति–रिवाजों से प्रभावित न हो। मुझ पर तो इनका बहुत असर है।[131]

सतीश गुजराल के ब्रंट स्कल्पचर की तुलना यवेस क्लेन के कार्य से की जा सकती है। या ये कहें कि सतीश गुजराल कहीं ना कहीं यवेस क्लेन के कार्य से प्रभावित थे। क्योंकि उनके कार्यों के बीच दृश्य समरूपता देखने को मिलती है। यवेस आग के द्वंदात्मक पहलू से आकर्षित थे। जो अच्छाई–बुराई विनाश और उत्थान और जीवन और मृत्यु दोनों का प्रतीक है। उन्होंने कहा था कि ''अतीत को भूले बिना मेरे लिए आग भविष्य है। यह प्रकृति की स्मृति है....... यह अच्छा और बुरा दोनों तरह का संरक्षक और भयानक देवता है। मौलिक तत्वों (वायु, जल, अग्नि) पर अपने शोध की निरन्तरता में यवेस ने ''वायु की वास्तुकला को परिभाषित किया

---

130 भारद्वाज, विनोद (संपादक), *बृहद आधुनिक कला कोश,* वाणी प्रकाशन 4695, 21–ए दरियागंज, नई दिल्ली 110002, प्रथम संस्करण 2006, आवर्ती संस्करण 2015, पृ० 122

131 सुरूचि, सतीश गुजराल का भारतीय कला के विकास में योगदान, 2009, पृ० 24 http://hdl.handle.net/10603/138578

और जून 1959 में सोरबोन में एक सम्मेलन के दौरान इसके सिद्धांतों को उजागर किया। 1961 में वेफेल्ड संग्रहालय में एक मोनोग्राफिक प्रदर्शनी में उन्होंने आग के साथ अपने प्रयोगों को एक अलंकारिक तत्व के रूप में दिखाया। उनके कुछ जले हुए चित्रों में पिंटयोर डे फेउ सैंस टाइट्रे (F6) (1961) पिंटयोर डे फेड सैंस ट्राइट्रे (F82), (1961), पिंटुर डे फेड सैंस टाइट्रे (F271), (1961)।[132] यवेस द्वारा बनाया गया उनका चित्र शीर्षकहीन (fire-coulor painting 1962) mediam- coated paper on board 24 (24 1/2×19) (बॉर्डर पर एस्वेस्टस–कोटेड पेपर पर मैटेलिक पेंट के साथ साधारण रेजिन में जले हुए ड्रायॅड पिगमेंट[133] 1961 में यवेश क्लेन ने मृत्यु से एक साल पहले अपनी अग्नि चित्रों की एक आश्चर्यजनक श्रृंखला बनाने के लिए एक फ्रांसीसी गैस कंपनी प्रशिक्षण केंद्र की यात्रा की थी। अपनी यात्रा के दौरान क्लेन ने 40kg वजन की एक औद्योगिक ब्लोटॉर्च का उपयोग किया, यह सिखाते हुए की मीटर लंबी लौ और उससे निकलने वाली गर्मी को कैसे नियंत्रित किया जाए।[134]

चित्र 4.43 : देवता, 1990, ब्रन्टवुड स्कल्पचर, (द वर्ल्ड ऑफ सतीश गुजराल एन हिज ऑन वर्ड), पृ० 134

चित्र 4.44 : आदमी, 1992, ब्रन्टवुड स्कल्पचर, (द वर्ल्ड ऑफ सतीश गुजराल एन हिज ऑन वर्ड), पृ० 142

132 https://www.tornabuoniart.com/en/yves-klein-on-fire/

133 https://www.moma.org/collection/works/34571

134 द ऑर्ट ऑफ फायर : यवेस क्लेन आर्टिकल june 28 /2021, visited on- 2 Jan, 2023, https://eldvarm.com/stories-the-fire/the–art-of-fire-yves-klein/

चित्र 4.45 : महिला और पुरूष, 1992, कैनवास पर तेल रंग, (द वर्ल्ड ऑफ सतीश गुजराल एन हिज ऑन वर्ड), पृ० 141

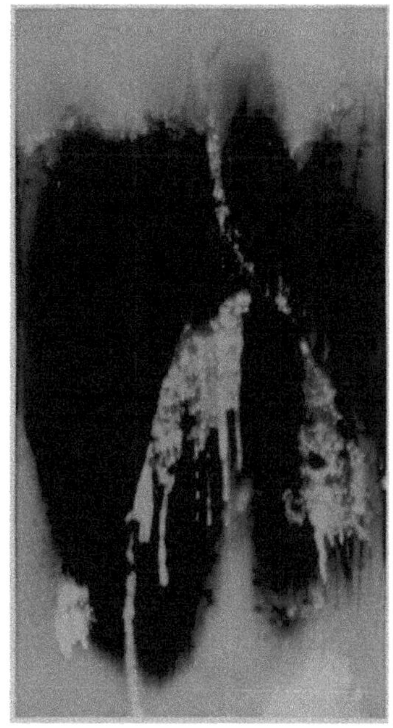

चित्र 4.46 : पेइंटच्योर डे फ्यू सेन्स टाइट्रे (F27I), (1961), यवेश क्लेन, https://www.tornabuoniart.com/en/yves-klein-on-fire/

इस प्रकार यवेश ने आग का कलात्मक रूप से इस्तेमाल किया। हालांकि उन्होंने प्लाईवुड पर आग के प्रभाव को दिखाया है। जो देखने में गुजराल द्वारा बनाए गए। 1990–92 के बीच की पेंटिंग्स के समान है। यहाँ सतीश ने अपने ब्रंट स्कल्पचर में गहराई व उभार को दिखाया जो आदिवासियों के देवता या लोक कला में कुल देवताओं की मूर्तियों की समकक्ष प्राचीन समय की याद दिलाते हैं। इन अर्ध रीलीफ स्कल्पचर में सलवटों को इस प्रकार दिखाया है मानों लहरदार मोटे लबादे को घूमाकर चिपका दिया हो। जिसमें कौढी चिपकाई गई है। जेराम पटेल ने भी ब्रंट वुड कार्य किया था। इन्होंने 1960 के दशक में जापान की यात्रा के बाद जले हुए प्लाईवुड पर कार्य किया।[135] सतीश ने रंग–बिरंगे मनको, धागों व चमड़े की रस्सी को कहीं–कहीं बाँध दिया गया है। यह परम्परा बहुत प्राचीन है जिसमें इस प्रकार की चीजों का इस्तेमाल जादू टोने के साथ–साथ पशुओं के गले में बाँधी जाने वाली रस्सी में भी इन मनको का इस्तेमाल नजर से बचने के लिए किया जाता है।[136] इस दौर के ब्रंट सैमी रिलीफ स्कल्पचर पीछे से सपाट है इनमें विभिन्न लहरदार सलवटों को उभारा गया है। कहीं गहराई तो कहीं उभार को दर्शाया है। उन्हें काले रंग से पोतकर उनके गहराई वाले स्थान पर लाल रंग का कागज व ऊपर सुनहरे रंग का कागज लगाकर उन्हें ब्लो टॉर्च से कहीं कहीं से जला दिया है जिससे प्राचीन धार्मिक कर्मकांड का माहौल तैयार हो गया साथ ही नुकीली चीजों से खरोचें भी लगाई है। कहीं–कहीं उभार वाली सतहों को सुनहरे रंग से पोतकर उन पर लाल सिंदुरी व काले रंग के धब्बे लगाकर उसे एक प्राचीन दर्शाया है उन पर किसी–किसी स्थान पर कोड़ी व मनके बाँध दिए हैं। जैसे कुल देवताओं

135 पटेल, जेराम. https://mapacademy.io/article/jeram-patel/

136 गुजराल सतीश, डाईटी 1990. द वर्ल्ड ऑफ सतीश गुजराल इन हीज़ ऑन वर्डस, पृ० 135

की मूर्तियों में आदिवासी लोगों द्वारा देवताओं की मूर्तियों को व स्वयं अलंकरण के लिए जो मनके बाँधे जाते हैं उन जैसा दृश्यात्मक प्रभाव प्रकट किया है। यहाँ भी लयात्मकता का गुण है। दोहराव से कलाकृति में गति के दर्शन हो रहे हैं साथ ही काले, लाल सुनहरे रंगों से एक रहस्यमय वातावरण में विरोधात्मक तत्वों का समावेश प्रतीत हो रहा है। Deity 1990 चित्र (page n. 135) कैनवास पर पोत व मिश्रित माध्यमों के द्वारा बनाया गया चित्र है जो ब्रंटवुड स्कल्पचर का द्विआयामी रूप है। जिसमें गणेश के दर्शन हो रहे हैं। इसके बाद बनाए गए चित्र 'दा मेन' (1992), कफन (1992), जीवीत हो उठना (1992), पुरूष और महिला (1992) आदि कैनवास चित्रण के ब्रंट वुड स्कल्पचर के साथ–साथ भारतीय पारम्परिक पूजा स्थलों लोककला आदिवासियों के कुल देवताओं के साथ–साथ यवेश क्लेन इनकी फायर पेंटिंग्स के गुणों को समाहित किए हुए हैं। उनकी लाक्षणिकता व अलंकारिता व कलात्मकता के दर्शन सतीश के कार्य में देखने को मिलते हैं 1990 से 1992 के बीच उन्होंने पूर्णतः त्रिआयामी ब्रंट वुड स्कल्पचर भी बनाए जिनमें वही विषय जैसे–मेन (1992), कफन (1992), और पुरूष और महिला (1992) शामिल थे। जिस प्रकार प्राणनाथ मागो से तथा डेविड एल्फरो से प्रभावित होकर उनके कार्य में बलखाती मोटी–मोटी सलवटें तथा घुमाओं देखने को मिलते थे वहीं प्रभाव इस दौर के कार्यो में भी देखने को मिलता है।

5.5 तैयब मेहता

तैयब मेहता एक प्रसिद्ध समकालीन भारतीय कलाकार थे। चित्रों में मानवीय पीड़ा व दुख को एक बेहद व्यक्तिगत ढंग से प्रकट किया। उनके चित्रों का तकनीकी व कलात्मक अध्ययन इस प्रकार है :–

1. कलात्मक तकनीकें :–

विकर्ण और गतिशील रचनाएँ

तैयब मेहता अपनी कला–कृतियों में गति व तनाव पैदा करने के लिए विकर्ण रेखा का इस्तेमाल करते हैं। उनके अनुसार क्षैतिज्ञ व उर्ध्वाधर रेखाओं से कहीं ज्यादा गति विकर्ण रेखा द्वारा पैदा की जा सकती है। उनकी 'डॉयग्नल' श्रृंखला इस संदर्भ में उचित उदाहरण पेश करती है।

न्यूनतम पैलेट

मेहता ने अमेरिका की यात्रा के बाद अपनी रंग पैलेट को बहुत सीमित कर दिया था। बर्नट न्यूमैन व मार्करोथ्को के मोनोक्रोमेटिक व प्राथमिक रंगों के इस्तेमाल करने की तकनीक की ओर आकर्षित हुए। जिसके चलते उन्होंने अक्सर बोल्ड व प्राथमिक रंगों पर ही ध्यान केंद्रित किया। यही वजह है कि उनके चित्रों में भावनात्मक तीव्रता का विकास हुआ। वे नीले रंगों के बीच में चटक नारंगी का इस्तेमाल करते हैं जिससे चित्र में विशिष्ट तत्वों की ओर ध्यान केंद्रित होता है। सपाट धरातल व अमिश्रित रंगों के साथ गहरे काले वर्ण की बाह्य रेखा से रंगों के क्षेत्रों को अलग किया गया है।

अलंकारिक अमूर्तन

मेहता की अलंकारिक अमूतर्न की शैली फ्रांसिस बेकन से प्रभावित है। जिसमें शरीर को एक विकृत अमूर्तन प्रभाव दिया जाता था। मेहता ने भी अपने मानव व पशु रूपों को सरल व अमूर्तन जैसा प्रभाव दिया। फिर भी उनकी आवश्यक विशेषताएं बरकरार रही। उनकी शैली जटिल भावनाओं व आख्यानों को व्यक्त करने में सक्षम है क्योंकि वे किसी भी प्रकार के आवश्यक विवरण से बचते थे।

2. विषयवस्तु व प्रतीकवाद :–

पीड़ा व अलगाव

मेहता के काम में दुःख, अलगाव और अस्तित्व संबंधी पीड़ा के आवर्ती विषयों पर चर्चा की गई है। उनके चित्रों में एक से ज्यादा हाथ, नाक, चेहरे व्यंजना को प्रकट करते हैं साथ ही इनीमेशन की भाँति गति का समावेश भी सहज ही हो जाता है। कटे अंग, खुले मुंह, झटपटाते हाथ—पैर, विभाजन, मुंबई दंगों या कलाकार की व्यक्तिगत पीड़ा को मूर्त रूप देते हैं।

फंसी हुई आकृतियाँ

मेहता के चित्रों में फंसी हुई मानव या पशु आकृतियाँ सर्वत्र देखी जा सकती है। जिन्हें अक्सर पीड़ा भरी मुद्रा में दर्शाया गया है। इन आकृतियों के पीछे एक प्रतीकवाद की धारणा है जिनसे व्यापक सामाजिक या मानवीय संघर्षों को प्रतिबिंब किया। रिक्शा में फंसा रिक्शाचालक, सांड व पक्षी तथा मानव की आपस में उलझी हुई आकृतियों का अथाह गहराई में गिरना यह सब तत्काल समाज के नैतिक पतन, सामाजिक गिरावट तथा मानवीयता के हास होने का प्रतीक है।

3. भावनात्मक अभिव्यक्ति एवं प्रभाव :—

अभिव्यंजनावादी तत्व

मेहता की कला में अभिव्यंजनावादी पहलुओं को देखा जा सकता है हालांकि यह तत्व उनके रेखांकन व रूप द्वारा उद्घोषित होता है। इन्होंने भावनाओं को तीव्र करने के लिए ठंडे रंगों के समूह में किसी एक गर्म रंग के इस्तेमाल से संपूर्ण संयोजन में अभिव्यंजना के गुण को प्रकट किया। साथ ही विरूपण भी इनकी भावनाओं को व्यक्त करने का एक साधन प्रतीत होता है। रंगों से करुण रस, विभत्स रस, रौद्र रस, व अन्य रंगो की भी निष्पति हुई है।

सार्वभौमिक भावनाएँ

उनकी कृतियाँ कला की संस्कृति और भौगोलिक सीमाओं को पार करते हुए सार्वभौमिक भावनाओं व अनुभवों को छूती हैं। जैसे—रिक्शा चालक (1982), काली (1997), ड्रमर (2000), ट्रस्ड बुल (1956) कंसाई खाने में बंधा हुआ सांड, मौत व जीवन की कशमकश में तड़पता है जो एक सार्वभौमिक समस्या है। एक रिक्शा चालक जीविकापार्जन के लिए स्वयं को साधन में परिवर्तित कर लेता है जो उसकी अनैच्छिक मजबूरी है।

4. सांस्कृतिक एवं ऐतिहासिक संदर्भ :—

विभाजन और आघात

1947 के भारत विभाजन के अनुभव ने उनके कलात्मक विषयों और दृष्टिकोणो को बहुत प्रभावित किया। जिससे 'फॉलिंग फिगर' श्रृंखला संदर्भित है तो कसाई खाने के अनुभव ने 'ट्रस्ड बुल' श्रृंखला को जन्म दिया। मुंबई के दंगों से 'काली' श्रृंखला प्रकट हुई। रिक्शा चालकों के व्यस्त व दर्द पूर्ण जीवन को देखा तो 'रिक्शा पुलर' श्रृंखला उभर कर आई।

पश्चिमी कला के प्रभाव

लंदन में अपनी पढ़ाई और उसके बाद की यात्राओं के दौरान मेहता ने पश्चिमी तकनीक को देखा व समझा जिससे बर्नट न्यूमैन, मार्करोथ्को, फ्रांसीसी बेकन के प्रभाव चित्रों में परिलक्षित हुए। जिन्हें मेहता ने अपने व्यक्तिगत अनुभवों से प्राप्त विषयों जैसे रिक्शा चालक, ट्रस्डबुल, शांतिनिकेतन त्रिपिटक में शामिल किया।

5. दृश्य प्रभाव :–

सशक्त दृश्य भाषा

उनकी साहसिक व भावनात्मक दृश्य भाषा ने कला आलोचकों व इतिहासकारों का ध्यान आकर्षित किया। विशाल पट पर सपाट में सीमित रंग–संगती से मात्र बाह्य रेखाओं से ही संपूर्ण आकृतियों के निर्माण करने की विधा ने उन्हें अपने समकालीनों से भिन्न स्थान प्रदान किया।

तैयब मेहता एक प्रसिद्ध समकालीन भारतीय कलाकार थे। चित्रों में मानवीय पीड़ा व दुख को एक बेहद व्यक्तिगत ढंग से प्रकट किया। उनके चित्रों का तकनीकी व कलात्मक अध्ययन इस प्रकार है :–

1. कलात्मक तकनीकें :–

विकर्ण और गतिशील रचनाएँ

तैयब मेहता अपनी कला–कृतियों में गति व तनाव पैदा करने के लिए विकर्ण रेखा का इस्तेमाल करते हैं। उनके अनुसार क्षैतिझ व उर्ध्वाधर रेखाओं से कहीं ज्यादा गति विकर्ण रेखा द्वारा पैदा की जा सकती है। उनकी 'डॉयग्नल' श्रृंखला इस संदर्भ में उचित उदाहरण पेश करती है।

न्यूनतम पैलेट

मेहता ने अमेरिका की यात्रा के बाद अपनी रंग पैलेट को बहुत सीमित कर दिया था। बर्नट न्यूमैन व मार्करोथ्को के मोनोक्रोमेटिक व प्राथमिक रंगों के इस्तेमाल करने की तकनीक की ओर आकर्षित हुए। जिसके चलते उन्होंने अक्सर बोल्ड व प्राथमिक रंगों पर ही ध्यान केंद्रित किया। यही वजह है कि उनके चित्रों में भावनात्मक तीव्रता का विकास हुआ। वे नीले रंगों के बीच में चटक नारंगी का इस्तेमाल करते हैं जिससे चित्र में विशिष्ट तत्वों की ओर ध्यान केंद्रित होता है। सपाट धरातल व अमिश्रित रंगों के साथ गहरे काले वर्ण की बाह्य रेखा से रंगों के क्षेत्रों को अलग किया गया है।

अलंकारिक अमूर्तन

मेहता की अलंकारिक अमूतर्न की शैली फ्रांसिस बेकन से प्रभावित है। जिसमें शरीर को एक विकृत अमूर्तन प्रभाव दिया जाता था। मेहता ने भी अपने मानव व पशु रूपों को सरल व अमूर्तन जैसा प्रभाव दिया। फिर भी उनकी आवश्यक विशेषताएं बरकरार रही। उनकी शैली जटिल भावनाओं व आख्यानों को व्यक्त करने में सक्षम है क्योंकि वे किसी भी प्रकार के आवश्यक विवरण से बचते थे।

2. विषयवस्तु व प्रतीकवाद :–

पीड़ा व अलगाव

मेहता के काम में दुःख, अलगाव और अस्तित्व संबंधी पीड़ा के आवर्ती विषयों पर चर्चा की गई है। उनके चित्रों में एक से ज्यादा हाथ, नाक, चेहरे व्यंजना को प्रकट करते हैं साथ ही इनीमेशन की भाँति गति का समावेश भी सहज ही हो जाता है। कटे अंग, खुले मुंह, झटपटाते हाथ–पैर, विभाजन, मुंबई दंगों या कलाकार की व्यक्तिगत पीड़ा को मूर्त रूप देते हैं।

फंसी हुई आकृतियाँ

मेहता के चित्रों में फंसी हुई मानव या पशु आकृतियाँ सर्वत्र देखी जा सकती है। जिन्हें अक्सर पीड़ा भरी मुद्रा में दर्शाया गया है। इन आकृतियों के पीछे एक प्रतीकवाद की धारणा है जिनसे व्यापक सामाजिक या मानवीय

संघर्षों को प्रतिबिंब किया। रिक्शा में फंसा रिक्शाचालक, सांड व पक्षी तथा मानव की आपस में उलझी हुई आकृतियों का अथाह गहराई में गिरना यह सब तत्काल समाज के नैतिक पतन, सामाजिक गिरावट तथा मानवीयता के हास होने का प्रतीक है।

3. भावनात्मक अभिव्यक्ति एवं प्रभाव :–

अभिव्यंजनावादी तत्व

मेहता की कला में अभिव्यंजनावादी पहलुओं को देखा जा सकता है हालांकि यह तत्व उनके रेखांकन व रूप द्वारा उद्घोषित होता है। इन्होंने भावनाओं को तीव्र करने के लिए ठंडे रंगों के समूह में किसी एक गर्म रंग के इस्तेमाल से संपूर्ण संयोजन में अभिव्यंजना के गुण को प्रकट किया। साथ ही विरूपण भी इनकी भावनाओं को व्यक्त करने का एक साधन प्रतीत होता है। रंगों से करुण रस, विभत्स रस, रौद्र रस, व अन्य रंगो की भी निष्पति हुई है।

सार्वभौमिक भावनाएँ

उनकी कृतियाँ कला की संस्कृति और भौगोलिक सीमाओं को पार करते हुए सार्वभौमिक भावनाओं व अनुभवों को छूती हैं। जैसे रिक्शा चालक (1982), काली (1997), ड्रमर (2000), ट्रस्ड बुल (1956) कंसाई खाने में बंधा हुआ सांड, मौत व जीवन की कशमकश में तड़पता है जो एक सार्वभौमिक समस्या है। एक रिक्शा चालक जीविकापार्जन के लिए स्वयं को साधन में परिवर्तित कर लेता है जो उसकी अनैच्छिक मजबूरी है।

4. सांस्कृतिक एवं ऐतिहासिक संदर्भ :–

विभाजन और आघात

1947 के भारत विभाजन के अनुभव ने उनके कलात्मक विषयों और दृष्टिकोणो को बहुत प्रभावित किया। जिससे 'फॉलिंग फिगर' श्रृंखला संदर्भित है तो कसाई खाने के अनुभव ने 'ट्रस्ड बुल' श्रृंखला को जन्म दिया। मुंबई के दंगों से 'काली' श्रृंखला प्रकट हुई। रिक्शा चालकों के व्यस्त व दर्द पूर्ण जीवन को देखा तो 'रिक्शा पुलर' श्रृंखला उभर कर आई।

पश्चिमी कला के प्रभाव

लंदन में अपनी पढ़ाई और उसके बाद की यात्राओं के दौरान मेहता ने पश्चिमी तकनीक को देखा व समझा जिससे बर्नट न्यूमैन, मार्करोथ्को, फ्रांसीसी बेकन के प्रभाव चित्रों में परिलक्षित हुए। जिन्हें मेहता ने अपने व्यक्तिगत अनुभवों से प्राप्त विषयों जैसे रिक्शा चालक, ट्रस्डबुल, शांतिनिकेतन त्रिपिटक में शामिल किया।

5. दृश्य प्रभाव :–

सशक्त दृश्य भाषा

उनकी साहसिक व भावनात्मक दृश्य भाषा ने कला आलोचकों व इतिहासकारों का ध्यान आकर्षित किया। विशाल पट पर सपाट में सीमित रंग–संगती से मात्र बाह्य रेखाओं से ही संपूर्ण आकृतियों के निर्माण करने की विधा ने उन्हें अपने समकालीनों से भिन्न स्थान प्रदान किया।

डॉयगनल, 1975

कैनवास पर तेलरंग

168.6 × 129.9 से०मी०

गैलरी चेमौल्ड, मुम्बई

सन 1968 में तैयब की दृश्य शब्दावली में अनायास ही बडा परिवर्तन आया। उन्हें अमेरिका में रोकफेलर 3rd फंड फैलोशिप के तहत एक साल कला शिक्षा लेने का अवसर प्राप्त हुआ। यह समय उनके जीवन में बहुत ही महत्त्वपूर्ण साबित हुआ। अब अभिव्यंजनावादी कठोर भारी भरकम रंगों की परतों वाली आकृतियाँ रंग के बडे क्षेत्र व द्विआयामी आकृतियों में बदल गई। यह कायाकल्प अमेरिकी कलाकार बार्नेट न्यूमैन के मूल कार्य के सम्पर्क में आने से हुआ। तैयब ने उनकी सपाट रंगों की श्रंखला के बीच में तथा किनारों पर दूसरे रंग की ऊर्ध्वाधर व क्षैतिज्ञ रेखाओं के उपयोग को देखा जिसमें पट पर विरोधाभास के तत्व और दृश्यगति के गुण भी प्रतीत हो रहे थे। मेहता अब न्यूमैन की ऊर्ध्वाधर रेखा से विभाजित मोनोक्रोमेटिक 'जिप' पेंटिंग से आकर्षित हुए। न्यूमैन की ओनेमेंट, 1948 में गहरे भूरे रंग पर नारंगी रंग की उर्ध्वाधर लाइन लगाई गई है।[137] यह दौर तैयब के लिए बेहद परेशानी भरा था। वह नये की तलाश में तल्लीन थे। इस प्रकार न्यूमैन की शैली ने उन्हें नई दिशा दी। इसी आनन–फानन में मेहता ने कैनवास पर एक तिर्यक रेखा को तीव्र गति से खींचा। इस बेहतरीन काम ने उन्हें दुनिया भर में प्रसिद्ध किया। तैयब ने क्षैतिज्ञ और ऊर्ध्वाधर रेखा की बजाए विकर्ण रेखाओं का उपयोग किया। ऊर्ध्वाधर रेखा को 'फिगर आर्टिस्ट लाइन' तथा क्षैतिज्ञ को 'लैन्डस्केप चित्रकार' की रेखा भी कहा जाता है।[138] विकर्ण रेखा द्वारा उन्होनें कैनवास को दो भागो में बाँटा। इससे कैनवास पर गति पैदा हुई व रंगों के क्षेत्रों को कर्णवत दिशा में विभाजित किया जिससे तनाव की अभिव्यक्ति और भी मुखर हो गई। क्योंकि केवल कोणिए व तिरछी रेखाएँ ही तनाव का सही प्रतिनिधित्व करती है। विभाजन के दिनों को याद करते हुए तैयब ने डॉयगनल श्रृंखला की आकृतियों को रूप दिया। जिसमें रेखा मानवकृति को दो हिस्सों में बाँटती है। प्रस्तुत चित्र में एक औरत के शरीर को कटा हुआ दिखाया है। यह विभाजन दृष्टिगत कम व मानसिक ज्यादा है। विभाजन के दंगों में न जाने कितने लोगों की हत्याएँ हुई व कितनी ही लडकी व औरतों की अस्मत लूटी गई। उन दर्दनाक घटनाओं का असर मेहता के मस्तिष्क पर अमिट था। चित्र में औरत अपनी योनि को हाथ से छिपा रही है। वह नग्न अवस्था में है व अपनी अस्मत को बचाने के लिए सुरक्षात्मक ढंग से शरीर को छिपाने की कोशिश कर रही है। भिन्न–भिन्न रंगों के क्षेत्रों को गहरी सीमा रेखा से बाँटा गया है। नारंगी, लाल, सैप ग्रीन, एमराल्ड ग्रीन व लीफ ग्रीन रंग, स्लेटी भूरे व सफेद रंग से संयोजन को आकर्षक बनाया है। एमराल्ड रंग की तिर्यक रेखा कैनवास में बिजली की भाँति गति का संचार करके दर्शक को रोमांचित कर रही है। रेखा की दाएँ तरफ के हिस्से में लाल, नारंगी व हरे रंग को एक साथ लगाकर कॉन्ट्रास्ट दिखाया है। कैनवास के लगभग मध्य में गुलाबी रंग से स्त्री के धड को रंगा है। जिसके ऊपर नीचे सैप ग्रीन से उसे संतुलित किया गया है। साथ ही बाएँ तरफ के नारंगी रंग से दाएं तरफ की नारंगी तान को बराबर किया है। स्लेटी रंग दर्द, करूणा, बेसहारा औरत की दशा को प्रकट कर रहा है। चेहरे में अनचाही रेखाओं द्वारा कंपित आभास दिया है जो डर से कपकपा रही है। शारीरिक गठन अस्त–वस्त है। विकृत कंधे, टांगे व उगंलियाँ यहाँ दर्शक से किसी भी प्रकार की सौन्दर्यता की अपील न करके बल्कि अपने दर्द बयान करने की कोशिश में है। कटावदार व सरल रेखाओं का प्रयोग है। सपाट रंगों को बिना

137 डेविस, टॉबि बेकन फ्रायड मेहता सूजा, https://www.grosvenorgallery.com/usr/library/documents/catalogues/catalogue.pdf

138 https://www.culturalindia.net/indian-art/painters/tyeb-mehta.html

मिश्रित किए लगाया गया है। चित्र को अनावश्यक विवरण से बचाया है। अलकाजी ने मेहता के काम का वर्णन करते हुए कहा कि उनके कार्य में भावुकता का कोई स्थान नहीं है लेकिन फिर भी उनकी गरिमा है। उनमे मनुष्य को अपमानित दिखाया है। त्रस्त किया है और उसकी भारी सुन्दरता, आकर्षण, मांसल सौन्दर्य व अच्छा रूप छीन लिया गया है। लेकिन वह विचित्र नहीं है। ऐसी कला निराशा की नहीं बल्कि आशा की कला है।[139]

चित्र 4.47 : डॉयगनल, 1975, कैनवास पर तेलरंग, 168.6 × 129.9 से०मी०, गैलरी चेमौल्ड, मुम्बई

139 होसकोटे, रंजीत, *तैयब मेहता : आइडिया इमेज इक्सचेंज,* वढ़ेहरा आर्ट गैलरी, नई दिल्ली, पृ० 321

चित्र 4.48 : ओनेमेंट, 1948, बार्नेट न्यूमैन, कैनवास पर मास्किम टेप व तेल रंग,
https://www.moma.org/audio/playlist/249/112

शीर्षक (शांतिनिकेतन त्रिपिटक), 1986–87

4440 × 2090 से०मी०

कैनवास पर तेल रंग

नैशनल गैलरी ऑफ मॉडर्न आर्ट, नई दिल्ली

सन् 1978 में तैयब पीलिया के रोग से ग्रस्त रहे तथा 1983 में उन्हें हृदय आघात हुआ जिसके चलते उनके जीवन में दुख, निराशा, वेदना ने घाव बोल दिया था। लेकिन इसके बाद तैयब मेहता ने अपने जीवन का कुछ समय शांतिनिकेतन में बिताया जहाँ उन्होंने 'शांतिनिकेतन' नाम का त्रिपट बनाया।[140] जिससें एक सकारात्मक परिप्रेक्ष्य ने उनके विभाजन से लेकर अब तक के दुख, तनाव के उद्धलन को शांत किया। यही से उन्हें शक्ति के रूप में काली व दुर्गा बनाने की प्रेरणा भी प्राप्त हुई। यह चित्र 'चरक त्यौहार' को दर्शाता है जिसे शिव पूजा से भी जोडा जाता है। हर साल संथाल जनजाति द्वारा नए साल के आगमन व गत साल की बुरी घटनाओं के अंत के प्रतीक रूप में यह त्यौहार मनाया जाता है। इस त्यौहार में चरक का पेड़, जो

140 होसकोटे, रंजीत, *तैयब मेहता : आइडिया इमेज इक्सचेंज,* वढ़ेहरा आर्ट गैलरी, नई दिल्ली, पृ० 29

बिना शाखाओं व जड़ के एक बड़ा–सा तना होता है जिसकी ऊँचाई 30 से 40 फुट के करीब होती है। उसे पुजा के साथ जमीन में गाड़ कर इसके साथ एक बाँस का मंच बनाया जाता है जिसके नीचे नुकीली चीजें जैसे– चाकू, शीशें के टुकड़े डाले जाते हैं। भक्तजनों का समूह चरक से बंधी रस्सी के साथ इसके ऊपर से चक्कर लगाता है। उनका विश्वास है कि भगवान शिव उन्हें गिरने नही देंगे। ये लोग रस्सी से लगे हुक से स्वयं को बाँधते है। प्रस्तुत चित्र के पहले दृश्य में ढ़ोलक के साथ लोगों के समूह को चरक पूजा के लिए जाते हुए दिखाया है। यहाँ हमेशा की तरह मानव आकृतियों के अधिक व अनियमित अंग दृश्यमान है। फुले हुए दस्ताने जैसे हाथ व आँखों को मात्र दो रेखाओं से चित्रित किया है। पृष्ठभूमि आसमानी रंग की है, जिससे शांति का वातावरण व्याप्त हुआ है। दो ढ़ोलक वादक ढ़ोलक तो बजा रहे हैं किंतु चेहरे पर खुशी के भाव लेश मात्र भी नहीं है। तैयब चेहरे की सुन्दरता व हावभाव से नहीं बल्कि रंग व इशारों से संदेश देते हैं। ऊपर आकाश में एक अस्पष्ट सफेद वर्ण की आकृति है जो चरक के साथ रस्सी से बंधी हुई। दूसरे पैनल में एक बुढ़ी आकृति को बकरी के साथ आलिंगन करते दिखाया है। साथ ही रहस्यात्मक बिना पैरों की मानवाकृति व गहरे हरे वर्ण में बिना शीर्ष की आकृति भी है। तैयब के लिए शारीरिक सौष्ठव कोई मायने नहीं रखता था उनकी शब्दावली अर्थ में है रूप में नहीं। क्योंकि शुरूआती दिनों से ही उनका रूझान मानवीय संवेदनाओं, संघर्षो व यातनाओं को रूप देने में रहा है। चाहे वो मनुष्य हो या पशु उन्होंने हर रूप में भावों को ही पोषित किया बाह्रय सादृश्य को नहीं। 1985 में जे० स्वामीनाथन ने तैयब की कृति के बारे में कहा था कि तैयब ने जो हासिल किया था वह एक दोहरा परिवर्तन है अपने पूर्व चरण में उन्होंने मनुष्य के अकेलेपन को अलग और पृथक कर दिया था।.......... अब उसने इसे अपने अधिकार में स्थापित कर लिया है। मानवीय स्पर्श से अप्रभावित फिर भी मनुष्य की आज्ञाकारिता को खतरे में डालने वाली यह कठपुतली अब जीवित है।[141] पश्चिम में मार्करोथ्को, बरनैट न्यूमैन जैसे कलाकारों की मूल रंग को बिना मिश्रित किए कैनवास पर लगाने की तकनीक से बहुत से भारतीय कलाकार प्रभावित हुए। रज़ा व तैयब भी इसके प्रभाव से न बचे। इसलिए जहाँ उनके आरम्भिक चरण में अभिव्यंजनात्मक व प्रभाववादी शैली के मोटे रंगों की सतह है तो बाद में सपाट व पतली सतह से रंगों को लगाया। रंगों के बडे–बडे क्षेत्रों को गहरी सीमाकंन से विभाजित किया गया है। केन्द्र के पैनल ने चटक लाल व गहरे काले रंग के मानवीय अंगों को मनोवैज्ञानिक ढ़ंग से चित्रित किया है। लाल व काला रंग दोनों ही खतरे के रंग है। अन्य पैनल में इनका उपयोग आशिंक है मध्य में ये रंग दर्शक को सहसा ही अपनी और आकर्षित करते हैं। प्रथम पैनल में गहरे यैलो ऑफर रंग की आकृति आकर्षण का केंन्द्र है। वहीं दूसरे पैनल में भी वह बकरी को आलिंगन करती है। तो तीसरे पैनल में उसे तटस्थ स्लेटी रंग में चित्रित किया है। क्योंकि अब बलि दी जा चुकी है। आकाश में उड़ती मानव आकृति प्रथम पैनल में सफेद व अंतिम पैनल में हरे रंग की है। जो बलि के बाद भगवान की समृद्धि व सुरक्षा के रूप में चित्रित की गई है। चित्र चलचित्र की भांति क्षणिक पल का विवरण है जिसमें गति है और रील की भाँति आकृतियाँ एक से दूसरे पैनल में जाती हुई प्रतीत भी हो रही है। चित्र में लाल रंग खतरा, काला पशु की बलि के अंधविश्वास से जोड़ा जा सकता है। पीला रंग प्रेम का प्रतीक है। तैयब के चित्र भारतीय नव रस का भण्डार है। इनमें हास्य रस, शांत रस, अद्भुत रस को देखा जा सकता है। चित्र में आकाश का प्रभुत्व अग्रभूमि से अधिक है जिससे विशालता का भाव प्रकट हुआ है।

---

141 होसकोटे, रंजीत, *तैयब मेहता : आइडिया इमेज इक्सचेंज*, वढ़ेहरा आर्ट गैलरी, नई दिल्ली, पृ० 332

चित्र 4.49 : शीर्षक (शांतिनिकेतन त्रिपिटक), 1986–87, 4440 × 2090 से०मी०, कैनवास पर तेल रंग, नैशनल गैलरी ऑफ मॉडर्न आर्ट, नई दिल्ली

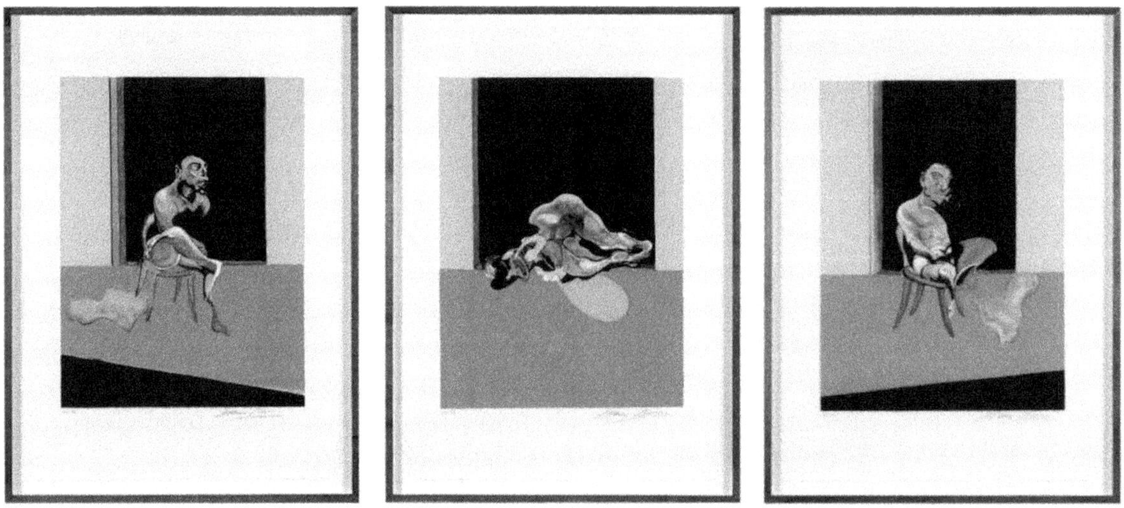

चित्र 4.50 : ट्रिप्टिच अगस्त, 1972, 1989, फ्रांसिस बेकन, आर्चेस पेपर पर लिथोग्राफ, 35 × 24 इंच/89 × 61 से०मी०, लेलॉन्ग गैलरी, पेरिस

बंधा हुआ बैल, 1956

कैनवास पर तेर रंग

94 × 105 से०मी०

वढेरा आर्ट गैलरी, नई दिल्ली

तैयब मेहता के चित्रों में 'बैल' एक केन्द्रिय विषय बनकर बार–बार उभरा है। अपने समकालीन प्रगतिवादियों की भाँति इन्होंने भी बंगाल द्वारा प्रचरित राष्ट्रवादी कला से हटकर यूरोपीय कला से प्रभावित होकर भारतीय उग्र दल के रूप में कार्य किया। 1958 में लंदन जाने पर अभिव्यंजनावादियों के कार्यों को देखा व उनके गाढ़े रंग के अनुप्रयोग और बोल्ड लाइनों की पसंद से प्रेरित हुए। कुछ कला आलोचकों के अनुसार वे फ्रांसिस बेकन की विशिष्ट भयावह विकृतियों से प्रभावित थे जो अस्त–वस्त, उथल–पुथल, संघर्ष व पीड़ा को दर्शाते हैं। मेहता ने 1947 के विभाजन के दंगो को देखा था जिनकी भयावहता ने उनकी कल्पना को झकझोर दिया। इस प्रकार उनकी विषय शब्दावली में यह अत्याचार एक अमिट यादें बन गई। मेहता का कहना है कि जब हम कला विद्यालय से शिक्षा पूर्ण करके निकले तो हमारी समस्या यह नहीं थी कि कैसे पेंट करे ? बल्कि यह थी कि क्या पेंट करें। हम ऐसी छवियों की तलाश में थे जो हमारी भावनाओं और हमारे विचारों को पर्याप्त रूप से व्यक्त कर सकें। क्योंकि जब से मैंने कला विद्यालय छोड़ा है तो कभी जीवन से नही बल्कि कल्पना, अवलोकन और स्मृति से चित्रकारी की है।[142] मेहता ने एक दिन बूचड़खाने में बंधे हुए एक बैल को देखा, जो स्वयं को उन रस्सियों से आजाद करना चाहता था। विभाजन का वह आघात उस बैल के साथ जुड़ गया। किंतु फिर भी तत्काल तैयब ने किसी प्रकार का चित्रण 'बुल' पर नही किया। ब्रिटिश संग्रहालय में मिस्त्र के फूलदान पर एक बंधे हुए बैल के रूप को देखने पर मेहता कि वह 'बूचड़खाने' वाली यादें ताजा हो गई और उन्होंने 'बुल' विषय पर श्रृंखला बना डाली।[143] तैयब मेहता का कहना था की छवि को कैनवास पर स्थानांतरित करने में, मैं कैनवास को संशोधित करने व रंग के क्षेत्रों को वितरित करने और स्थान को विभाजित करने के संदर्भ में सोचना शुरू करता हूँ। मैं दृष्टा के रूप में अपने और दृश्य के रूप में कैनवास के बीच एक निश्चित दूरी रखता हूँ ताकि पेंटिग अपने आप में एक इकाई के रूप में मौजूद रह सके।[144] तैयब की शब्दावली में बैल सबसे पहले 1956 में प्रकट हुआ और उसके बाद अंत तक रह–रह कर प्रकट होता रहा। मेहता के लिए बैल एक प्रतीकात्मक रूप बन गया था। मेहता स्वयं कहते हैं कि 'ट्रस्ट बैल' मेरे लिए कई स्तरों पर महत्त्वपूर्ण है। महान ऊर्जा के रूप में अवरूद्ध या बंधा हुआ। जिस तरह से वे जानवर को काटने से पहले उसके पैरों को बाँधते है और उसे बूचड़खाने के फर्श पर फैंक देते हैं।................ आपको लगता है कि बहुत महत्त्वपूर्ण चीज खो गई है। बंधा हुआ बैल भी राष्ट्रीय स्थिति का प्रतिनिधि लग रहा था........ मानवता का जनसमूह अपनी जबरदस्त ऊर्जा को प्रसारित करने में असमर्थ है।[145] प्रस्तुत चित्र तैयब द्वारा बनाया गया पहला बैल चित्रण है। बैल को उसके पैरो से बांधकर दीवार के पास फर्श पर फेंक रखा है। वह अपनी पूरी ताकत के साथ छटपटा रहा है। इसका अंदाजा उसके ऊपर उठे मुँह से किया जा सकता है। पूरा चित्र एक रहस्यात्मक अंधेरे से भरा है जिसमे हरे, पीले रंग की मिश्रित तान को दीवार पर पृष्ठभूमि के रूप में लगाया है तो भूरे

---

142 बिकलमैन, उर्सुला एंव निसिम एज़ेकी, *कलाकार आज : पूर्व पश्चिम दृश्य कला मुठभेड़,* द मार्ग फाउण्डेशन, 1 दिसम्बर 1987, पृ० 89

143 होसकोटे, रंजीत, *तैयब मेहता : आइडिया इमेज इक्सचेंज,* वढ़ेहरा आर्ट गैलरी, नई दिल्ली, पृ० 357

144 होसकोटे, रंजीत, *तैयब मेहता : आइडिया इमेज इक्सचेंज,* वढ़ेहरा आर्ट गैलरी, नई दिल्ली, पृ० 343

145 वही, पृ० 341

रंग की भिन्न तानों से बैल को चित्रित किया है। काले रंग की सीमा रेखाओं से चित्र को उभारा गया है साथ ही खुर व पैर के साथ पूँछ में भी सफेद रंग के मिश्रण से हाईलाईट किया गया है। यह इनके शुरूआती दौर का चित्र है। क्योंकि बाद के चित्रण में तैयब ने किसी भी प्रकार की हार्डलाइट, मिश्रण व छाया प्रकाश को स्थान नहीं दिया है। बैल का शरीर पुष्ट व बलिष्ठ है जो उसकी ताकत का पतीक है। किंतु बंधा हुआ होने के कारण वह पूर्णतः असमर्थ व असहाय मनुष्य का भी प्रतीक है जो ताकत के सम्मुख कठपुतली बनता नजर आ रहा है। बैल मृत्यु के डर से बचने के लिए छटपटा रहा है। यहाँ बैल गुब्बारे की भांति प्रतीत हो रहा है। लयात्मक रेखाओं के द्वारा उसके गोल मटोल शरीर को सादृश्यता का गुण दिया है। बाद के चित्रों में तैयब ने आवश्यकता से ज्यादा निकले अंग दिखाए हैं किंतु यहां सटीक चित्रण ही किया है। तैयब स्वयं कहते हैं कि मेरे लिए बंधा हुआ बैल एक ऐसी आकृति है...... जो जीवन के अनुभवों में हिंसक संघर्षों के लिए एक रूपक के रूप में कार्य करता है।..... बैल एक शक्तिशाली जानवर है और जब उसके पैर बांध दिए जाते हैं और उसे नीचे फेंक दिया जाता है तो यह जीवन पर ही हमला होता है।[146]

चित्र 4.51 : बंधा हुआ बैल, 1956, कैनवास पर तेर रंग, 94 × 105 से०मी०, वढेरा आर्ट गैलरी, नई दिल्ली

---

146 डालमिया यशोधरा, *तैयब मेहता : बियॉड नैरेटिक पेंटिंग,* आर्ट हैरिटेज, नई दिल्ली, 1989–90, पृ० 76, 84

दुर्गा महिषासुरमर्दिनी, 1993

माध्यम – कैनवास पर ऐक्रेलिक

149.5 × 105 से०मी०

सोदबी द्वारा 1993 में कलाकार से संग्रहित

तैयब मेहता के 60 व 70 के दशक तक के अधिकांश कार्यों में मानव आकृति का चित्रण है। 80 के दशक में जब वे शांतिनिकेतन गए थे तो वहां उन्होंने एक नई ऊर्जा को महसूस किया। वहां के संथाल जनजाति के चरक उत्सव का दौरा करते समय उन्होंने एक आदिवासी महिला में देवी की उपस्थिति को महसूस किया। वे स्वयं बताते हैं कि वह औरत देवी की भांति गायब हो गई, फिर मैंने सहसा उसे झोपड़ी के भीतर बैठे पाया। ऐसा मैंने बाहर से ही देखा क्योंकि मुझे अंदर जाने की इजाजत नहीं थी। वह चुपचाप भीतर बैठी थी। उसकी उपस्थिति इतनी सशक्त थी कि मैं आज भी उस उपस्थिति को मन में रखता हूँ। मैं कभी किसी इंसान से इतना प्रभावित नहीं हुआ था। इससे मुझे यह एहसास हुआ कि 'काली' को क्या होना चाहिए।[147]

इस प्रकार उन्होंने दुर्गा देवी के रूप को चित्रित किया। महिषासुर मर्दिनी का हिंदू ग्रन्थों में बहुत व्यापक वर्णन है। वराह पुराण अध्याय 94 के अनुसार, महिषासुर एक असुर राजा था जिसने त्रिकाल पर विजय प्राप्त करने के लिए देवताओं और राक्षसों के साथ युद्ध शुरू किया। त्रिकाल ब्रह्मा, विष्णु, महेश के संयुक्त रूप से प्रकट हुई एक देवी थी। महिषासुर बहुत शक्तिशाली था जिसके चलते उसने इंद्र पर विजय हासिल भी कर ली थी।

शिल्प शास्त्र में महिषासुर को तमस के घोर नकारात्मक पहलू का प्रतिनिधित्व माना है जो आध्यात्मिक प्रगति में बाधा डालता है। तामसिक अहंकार के अवतार के रूप में उसका जब भी सामना दुर्गा से होता है तो वह बड़ी कुशलता से अपना रूप बदलता है।

सामान्यतः हिंदू धर्म ग्रंथों के अनुसार महिषासुर, असुरों के राजा रंभा का पुत्र था। जब रंभा राजा रास्ते से जा रहा था तो उसने एक सुंदर भैंस को देख कर उसे अपनी वासना का शिकार बना डाला। इसी मिलन से राक्षस महिषासुर का जन्म हुआ।[148] महिषासुर को अंत में देवी दुर्गा ने अपने त्रिशूल से मौत के घाट उतारा जिसके बाद उसे महिषासुर मर्दिनी (महिषा का वध करने वाली) की उपाधि मिली।

पश्चिम में भी बैल व सांड़ एक लोकप्रिय विषय रहा है। प्राचीन ग्रीक में भी राक्षस मिनोतौर नामक एक मानवबैल की कथा प्रचलित है जो एक रानी व बैल के संभोग से पैदा हुआ था। पिकासों ने भी 'बुल' की श्रृंखला चित्रित भी की व मूर्ति भी बनाई थी। उनके द्वारा बनाई गई पेंटिंग 'मरता हुआ बैल' (1939) में महिषासुर की भांति भाव देखे जा सकते हैं।

इस प्रकार इस ऐतिहासिक संदर्भ को तैयब ने अपनी समकालीन कला शब्दावली से एकदम नवीन रूप दिया। उनकी देवी आभूषणों से लदी अष्ट भुजाओं वाली, लंबे केश लिए तथा लाल चटक वेशभूषा से सुसज्जित नहीं है जैसा कि आम जनमानस की धारण में वह व्याप्त है। बल्कि तैयब की देवी सामान्य जनमानस की भांति ही है क्योंकि उसका जन्म भी आसपास की घटनाओं के चलते ही कलाकार के मानस पटल पर उभरा था। जिस प्रकार पीटर पॉल रूबैंस ने 'निर्दोषों का नरसंहार' (1611–12) एंटवर्प में प्रोटेस्टेंट कैथोलिक के बीच युद्ध के

---

147 Dalmia, Yashodra. *Tyeb Mehta : Triumph of vision*, Vadehra Art Gallery, New Delhi, 2011, P. 17.

148 https://www.wisdomlib.org/definition/mahishasura

दौरान चित्रित की थी ठीक वैसे ही तैयब ने अपने प्रस्तुत चित्र को 1993 में मुंबई में बढ़ते संप्रदायिक तनाव के समय चित्रित किया था।

1992 में मुंबई में दक्षिणपंथी समूहों ने क्रूरता से पूरे शहर में दंगों को फैलाया। जिससे मेहता बहुत प्रभावित हुए। वे ऐसे शख्स थे जिन्होंने द्वितीय विश्वयुद्ध, विभाजन की भयावहता तो देखी ही थी साथ में 1992 के मुंबई दंगों में उन्हें बहुत व्यथित कर दिया था। वह कहते हैं कि 'भिवंडी' और अयोध्या दंगों के बाद, हम हिंदू या मुस्लिम होने के बारे में बहुत सचेत हो गए। मुझे याद है मैं दंगों पर एक फिल्म बनाना चाहता था। मैं दिल्ली में दंगा पीड़ित महिला से मिला जो रोना बंद नहीं कर पा रही थी और मैं मुंह नहीं खोल पा रहा था।[149]

इस प्रकार दंगों से तनाव से घिरे होने के बावजूद भी यह चित्र आशा का प्रतीक है। इन दो आकृतियों में 'देवी दुर्गा व महिषासुर' जो आपस में युद्ध में व्यस्त है, अमूर्तता और मूर्तता के बीच का रूप है। जहाँ फ्रांसिस बेकन की आकृतियों जैसा विकृत रूप भी है। तैयब की दुर्गा देवी अपने त्रिशूल से महिषासुर का वध करते समय पौराणिक विषयों के अनुसार रौष में या प्रचंड रौद्र रूप में नहीं है बल्कि चिंता व हताशा से भरी हुई है जो तत्काल समय के लिए उपयुक्त थी। बदला लेने के रूप में यहां देवी क्रोध की वजह दुःख की भावना से ओतप्रोत है। समाज में वैमनस्यता के कारण सामाजिक ताने–बाने का छिन्न–भिन्न होने का खतरा है। धर्म निरपेक्षता, सद्भावना और हिंसा को देवी दुर्गा तथा राक्षस महिषासुर के रूप में प्रतीकात्मक ढंग से चित्रित किया गया है। तैयब बताते हैं कि ''मैं हमेशा से एक देवी का चित्र बनाना चाहता था..... बंगाल के शांतिनिकेतन में मैंने काली और दुर्गा की उपस्थिति महसूस की थी।''[150]

प्रस्तुत चित्र में दुर्गा देवी को उठी हुई भुजाओं के साथ वीरता की छवि के रूप में चित्रित किया है, जो राक्षस के दिल को भेदकर त्रिशूल को लहरा रही है और विजय की देवी की भांति उसके ऊपर खड़ी है। यहां यह बुराई पर अच्छाई और अज्ञानता पर ज्ञान का प्रतीक है। देवी की आकृति अपनी आसमानी नीले रंग की पृष्ठभूमि के सामने हल्के रंग के साथ विशाल प्रतीत हो रही है। यहां एक शांति का प्रतीक है। जबकि भैंसें (महिषासुर) को हरे रंग में चित्रित किया है। साथ ही हल्के मानवीय त्वचा के जैसा एक हाथ भी बनाया है जो महिषासुर के मानव से पशु व पशु से मानव बनने की शक्ति को प्रकट करता है। वह ऊपर उठकर मानों देवी से अपने प्रहार को रोकने का संकेत बड़ी ही विनम्रता से कर रहा है। यहां हरा रंग समृद्धि का नहीं बल्कि पाश्विक ताकतों का प्रतीक है। चित्र में करुण व वीर रस का संचार हुआ है। देवी के कपाल पर तिलक व कानों में कुंडल (शिव का प्रतीक) दिखाया है। त्रिशूल की जगह तीर दर्शाया है। यहां यह प्रतीत हो रहा है कि जिस राक्षस ने इंद्र को पराजित कर दिया देवी उसे मात्र एक तीर से ही खत्म कर देगी। चित्र में गति है साथ ही खड़ी अवस्था में देवी तथा क्षैतिज्ञ दिशा में महिषासुर की स्थिति में विरोधाभास है, तीर की तिर्यक दिशा उसे और भी गति दे रहा है। धरातल को क्षैतिज न दिखाकर तिरछा बनाया है ताकि संयोजन में स्थिरता की भावना प्रकट न हो। तीर नीचे की दिशा में व महिषासुर का हाथ ऊपर की दिशा में बढ़ रहा है। इस प्रकार संयोजन पूर्णतः गतिशील है। हल्के व गहरे रंगों का सामंजस्य पूर्ण चित्रित है। सम्पूर्ण बुराई गहरे हरे रंग में सिमट गई है और चारों ओर हल्के रंगों से अच्छाई का विस्तार हो रहा है। तैयब के चित्र बेहद नाटकीय होते हैं। वहां यथार्थ की भांति छाया–प्रकाश का प्रभाव नहीं होता और ना ही अनावश्यक अलंकरण देखने को मिलता है। यही वजह है कि चित्र में सीधा ध्यान आकृति पर केन्द्रित होता है।

---

149 होसकोटे, रंजीत, *तैयब मेहता : आइडियाज इमेजेज एक्सचेंज,* वडेहरा आर्ट गैलरी, नई दिल्ली, 2005, पृ० 366

150 होसकोटे, रंजीत, *तैयब मेहता : आइडियाज इमेजेज एक्सचेंज,* वडेहरा आर्ट गैलरी, नई दिल्ली, 2005, पृ० 346

चित्र 4.52 : दुर्गा महिषासुरमर्दिनी, 1993, माध्यम – कैनवास पर ऐक्रेलिक, 149.5 × 105 से०मी०, सोदबी द्वारा 1993 में कलाकार से संग्रहित

चित्र 4.53 : मरता हुआ बैल, (1934) पिकासो, कैनवास पर तेल रंग, जैक्स और नताशा जेलमैन संग्रह

रिक्शा चालक, 2002

149.9 × 90.2 से०मी०

कैनवास पर एक्रेलिक

अमृता झावेरी के संग्रह से निजीसंग्रह में, नई दिल्ली

तैयब का अमूर्त और अभिव्यक्तिवादी तत्वों का संयोजन फ्रांसिस बेकन और बार्नेट न्यूमैन दोनों के काम से प्रभावित था। उन्होंने एक बार कहा भी था कि कलाकार कुछ छवियों के साथ तालमेल बिठाता है। वह कटौती की प्रक्रिया द्वारा कुछ निश्चित रूढ़ियों पर पहूँचता है।

तैयब ने अपना अधिकांश जीवन मानवीय स्थिति पर चिंतन करते हुए बिताया। गरीब, लाचार व्यक्ति को देखकर वे स्वयं को नहीं रोक पाते हैं। इसी के चलते वह रूप स्थाई तौर पर उनके पट का हिस्सा बन जाता है। रिक्शा वालों को देखकर भी वे इतने व्यथित हुए कि उनकी शारीरिक दशा मानों फोटो की भांति मस्तिक में रम गई। इसलिए उन्हें रिक्शा, चालक का एक शारीरिक अंग ही प्रतीत होने लगी जिसमें वह फँस चुका है। तैयब ने कहा भी है कि ''वह एक वाहन में कैद है जो उसके शरीर का एक दुखदाई विस्तार बन गया है।''[151]

तैयब मेहता ने अपने जीवन के कुछ पल कोलकाता में बिताए। वे वहां गर्मियों में नाना–नानी के घर जाया करते थे। वहां उन्होंने बहुत से रिक्शा चालकों को दिन प्रतिदिन अपने दिनचर्या को पूरा करते हुए देखा। उनकी संवेदनशील आंखों ने रिक्शा चालकों की जटिलताओं और दुविधाओं के हर पल को कैद किया। वे अक्सर एक विषय पर पूरी चित्रित श्रृंखला ही बना देते थे। रिक्शा चालक चित्र में कलाकार ने दर्शाया कि कैसे उन्होंने रोटी कमाने के लिए रिक्शा के साथ अपना जीवन बिताया लेकिन इस बीच वे इसका हिस्सा बन गए। रिक्शा चालक रिक्शा का प्रयोग करते हुए मानों स्वयं उसका रूप बन गया है। किसी प्रकार की मानवीय अनुभूति जैसे–सुख–दुख, प्रेम आदि अब उसमें नाम मात्र भी नहीं है।

कलाकार ने प्रस्तुत चित्र (रिक्शा चालक, 2002) में मुख्य आकृति, रिक्शा चालक को कैनवास के बीच में संतुलित किया है। हालांकि शारीरिक विज्ञान के अनुसार आकृति विकृत है क्योंकि तैयब यथार्थवादी कलाकार नहीं बल्कि अभिव्यंजनावादी रहे हैं। जिन्होंने रूप से ज्यादा भाव को महत्त्व दिया है। मानव आकृति को स्लेटी व हल्के सफेद रंग के साथ चित्रित किया है जो हरे रंग की पृष्ठभूमि के सामने स्पष्ट रूप से देखा जा सकता है। स्लेटी रंग तटस्थ वर्ण है लेकिन हरा रंग 'समृद्धि' व 'श्रृंगार रस' का प्रतीक है। यहां वर्ण विरोधाभास के जरिए कलाकार ने अपने वक्तव्य को रुप दिया है। हरा वर्ण भौतिक जीवन का रूपक है साथ ही अमीर लोगों के समुदाय के लिए भी इस्तेमाल किया है जो रिक्शा की यात्रा का आनंद लेते हैं। स्लेटी रंग यहां 'करुण रस' का प्रतीक है जो दुःख व करुणा के भावों को परिलक्षित कर रहा है। साथ ही रिक्शा चालक की गरीबी, संघर्ष, तंगहाली व समस्याओं को भी दिखाया गया है। स्लेटी रंग यह स्पष्ट करता है कि रिक्शा चालक गरीबी के चलते कुपोषण का भी शिकार हैं। उसमें खून या चमड़ी की रंगत का अंश मात्र भी सादृश्ता नहीं है।

रिक्शा का जुआ देखने में रिक्शा चालक के शरीर का अभिन्न अंग प्रतीत हो रहा है। यह उसके द्वारा रिक्शा का जरूरत से ज्यादा दोहन की वजह से है। जिसके लिए वह मजबूर भी है। रिक्शा अब मात्र 'परिवहन का

151 https://www.artnet.com/artists/tyeb-mehta/

सरल साधन' नहीं रहा है बल्कि उसके लिए वह 'बंधन व गुलाम' का रूपक बन गया है।[152]

होसकोटे ने इस संदेश को 'सदमे और ठंडक' के द्वंद्व के माध्यम से व्यक्त करते हुए कहा है कि सदमे का एक प्राथमिक अनुभव तैयब मेहता की कल्पना के मूल में गूंजता है। इनमें से किसी एक से दूर जाना मुश्किल है.......। यह संरचना के प्रोग्रामेटिक शीतलन द्वारा काफी हद तक शांत व सौम्य किया गया है क्योंकि उनमें रंग के उपचारात्मक आघात हैं जिसके लिए तैयब प्रसिद्ध है। हम इन स्मारकीय सरीखे पट के सामने खड़े होकर उन सुविधाओं के असहाय गवाह बनते हैं जिसमें कलाकार अपने विलक्षण अलग–थलग नायकों को बुनता है।[153]

रंजीत होसकोट के अनुसार फ्रांसिस बेकन की कृतियों में चिल्लाने वाले व मुड़े–तुड़े मॉडल उनकी मानवीय पतनशीलता का चित्रण है जिन्हें बेरहमी व शरीर के अपशिष्ट, थूक, पसीने व वीर्य के साथ लथपथ दिखाया है जबकि तैयब की आकृतियों को चमकदार रंग व सपाट तूलिका द्वारा सुचारू रूप से चित्रित किया गया है। वे 'मृत्यु चिह्नित' बैल को प्रतिरोध के प्रतीक के बदले देते हैं साथ ही गिरते हुए शरीर को गुरुत्वाकर्षण से मुक्त प्राणी के रूप में प्रकट करते हैं।[154]

इस प्रकार तैयब मेहता की रिक्शा चालक कृति में संवेदनाओं को बेहतरीन तरीके से पेश किया है। वे अपनी पृष्ठभूमि को हमेशा सपाट व खाली बनाते हैं। किसी भी प्रकार का वस्तु हस्तक्षेप उन्हें पसंद नहीं। यही वजह है कि दर्शक पहली नजर में ही तैयब के संदेश को समझकर नायक के साथ भावनात्मक स्तर पर एक हो जाता है। मानवीय अतिरिक्त वर्णन जैसे– नाक, आंख, मुँह व उंगलियों को त्वरित तूलिका घात से बिना गहन अध्ययन के बनाते हैं। उनकी मानवाकृति एक रफ खाका या स्केचिंग जैसी प्रतीत होती है क्योंकि अलंकरण भावनाओं को दबा देता है जबकि सादगी स्पष्टता को उजागर करती है। इसी के चलते तैयब के नायक सपाट रंग से भरे तथा गहरे रंग की सीमारेखा से घिरे होते हैं। ऐसा लगता है जैसे भिन्न–भिन्न रंग क्षेत्रों को रेखाओं से विभाजित किया गया हो। रिक्शा के लिए भूरे व ऑकर यैलो का उपयोग किया है।

152 https://www.christies.com/en/lot/lot-4346842

153 https://www.saffronart.com/auction/Postwork.aspx?-34190

154 होस्कोटे, रंजीत, तैयब मेहता : द प्यूर आर्टिस्ट July 24, 2009, updated on- 12 Aug, 2022, https://www.forbesinatea.com/artist/review/tyeb-mehta-the-pure-artist/2442/1

चित्र 4.54 : रिक्शा चालक, 2002, 149.9 × 90.2 से०मी०, कैनवास पर एक्रेलिक, अमृता झावेरी के संग्रह से निजीसंग्रह में, नई दिल्ली

5.6 गुलाम रसूल संतोष

जी० आर० संतोष एक प्रसिद्ध समकालीन भारतीय कलाकार हैं जो कला में अपने विशिष्ट दृष्टिकोण के लिए जाने जाते हैं। उनकी कला का तकनीकी व कलात्मक अध्ययन कुछ इस प्रकार है :–

1. कलात्मक तकनीक :–

प्रतीकवाद और पौराणिक संदर्भ

संतोष का भारतीय पौराणिक, अध्यात्म व तंत्रवाद से गहरा संबंध था। वे कश्मीर से थे जहाँ तंत्र का एक विस्तृत इतिहास है। उन्होंने शैववाद को अपनाकर अपनी कला में उसे स्थान दिया। उन्होंने तंत्र के प्रतीकों जैसे– लिंग, योनि, कमल, त्रिभुज को अपनाया।

रंग पैलेट :–

उनकी रंग पैलेट समृद्ध रंगों के लिए जानी जाती है। वे सीमित रंगों का इस्तेमाल न करके बहुधा रंगों की कई तानों को एक साथ पट पर लगाते थे। जिनमें पारदर्शी, अपारदर्शी तथा आच्छादित रंग क्षेत्रो को देखा जा सकता है। नीले व नारंगी रंगों की उपस्थिति उनके चित्रों में रहस्य व तंत्र के तत्वों को समाहित करती है।

ज्यामितीय अमूर्तन :–

ज्यामितीय के प्रति संतोष की रुचि अद्वितीय है। वे यथार्थवाद से परे एक अद्भुत दृश्य भाषा बनाने के लिए घनवादी प्रवृत्ति को अपनाते हैं। हालांकि उनके ये ज्यामितीय तत्व तंत्र से आए हैं। किंतु उनका मानव रूप में चित्रण घनवादी रूप लिए हुए है।

बनावट और सतह :–

कश्मीर के शुरुआती सौरादृश्य को जल रंगों के द्वारा चित्रित किया। किंतु अपने वयस्क चित्रण में उन्होंने सपाट रंगों को अधिकतर अमिश्रित रूप से रेखाओं द्वारा क्षेत्रों में बाँटा है। रंगों के ऊपर दूसरे वर्ण की सतह भी लगाई है। परंतु फिर भी उभार प्रकट नहीं होता है। उनकी स्पर्श गुणवत्ता सपाट ही है।

आधुनिक और पारम्परिक का मिश्रण :–

पारम्परिक भारतीय आध्यात्म के साथ आधुनिक कलात्मक दृष्टिकोण को जोड़ने की संतोष की क्षमता अद्‌भुत है। उनके चित्र 'शारिका' में उन्होंने शारिका देवी के यंत्र को मानव रूप में चित्रित किया। जिसकी चित्रण विधि घनवादी ज्यामितीय तकनीक रही है। इन्होनें शिव–शक्ति को ज्यामितीय रूप दिया साथ ही कुण्डिलीन व सहसदल कमल जैसी विभिन्न योग क्रियाओं को आधुनिक चित्र परिपाटी से मूर्त रूप दिया।

विषयवस्तु :–

संतोष के चित्र आध्यात्म, योग, रहस्यवाद व तंत्र पर आधारित है जिनके द्वारा उन्होंने शिव–शक्ति, प्रकृति–पुरुष को चित्रित किया। इनके विषयों व रूपों में पुनरावृत्ति है।

रचना पद्धति :–

कला के तत्वों में रेखा, रंग, रूप, स्थान आदि को सुव्यवस्थित व सुनियोजित तरीके से पेश किया है। जिसमें संतुलन, लय व केंद्र बिंदु शामिल हैं। इनके ज्यामितिय चित्र दर्पण की भाँति एक हिस्से का प्रतिरूप दूसरा हिस्सा है।

आध्यात्मिक गहराई :–

संतोष के चित्रों में चिंतन मनन व ध्यान अवस्था विद्यमान है। क्योंकि 1964 में अमरनाथ की यात्रा के बाद से अंतिम समय तक कलाकार ने तंत्र के ऊपर गहन अध्ययन किया था। वही तल्लीनता उनके चित्रों में स्पष्ट दृष्टिगोचर है जो दर्शकों को भी ध्यान की अवस्था में छोड़ देते हैं।

शारिका, 1989

24 × 36 इंच

कैनवास पर एक्रेलिक

हनुत सिंह के संग्रह से

संतोष ने तंत्र को अपनी साधना बना लिया था। जिसके चलते उन्होंने बाद में अपनी पूरी जिंदगी पुरूष व प्रकृति तथा तंत्र को परिभाषित करने में ही लगा दी थी। इनका रंगाकन व रेखांकन बहुत ही सधा हुआ था। वे प्रतीकात्मक ढ़ग से जिंदगी के सार को चित्रित करते थे। इनके शुरूआती कला चरण पर सेजॉन के परिदृश्यों तथा घनवाद का प्रभाव था। घनवाद के साथ–साथ उनका मोह अपने आस–पास के प्राकृतिक रूपों में भी रहा। उनके बेटे शब्बीर जो स्वंय एक अच्छे कलाकार हैं। बताते है कि भले ही मेरे पिता क्यूबिज्म से प्रभावित थे लेकिन उनका अपने मूल स्थान के प्रति भावनात्मक लगाव महसूस किया जा सकता है। वह सत्य भी है। कलाकृति को बनाते समय विषय व शैली दो महत्त्वपूर्ण पहलू है जो कलाकार को अन्यों से भिन्न बनाते हैं। ऐसे में शैलीगत प्रभाव यहाँ घनवाद का रहा जिसमें आकृतियों को अलग ज्यामितीय रेखाओं द्वारा काट दिया जाता था। एनालिटिकल घनवाद (विश्लेषणात्मक घनवाद) में लगभग मोनोक्रोमेटिक रंग योजना होती थी। साथ ही ऐसा प्रतीत होता था कि तल गइराई में पीछे हटनें के बजाय कैनवास की सतह से आगे की ओर बढ़ रहे हो। इन पेंटिग में आमतौर पर केन्द्र में रूप कॉम्पैक्ट तथा घने होते हैं जैसे–जैसे वे कैनवास के किनारों की और बढ़ते जाते है वे बड़े होते प्रतीत होते हैं।[155]

संतोष ने भी अपनी आकृतियों को ज्यामितीय रेखाओं से काटकर या आकृतियों को जोड़कर बनाया था। किन्तु उनके चित्रों में अंडाकार, वर्ग, वृत्त, त्रिभुज आदि सभी आकृतियों को सुव्यवस्थित ढ़ग से स्थापित किया गया है। जबकि घनवाद में वे अस्त–व्यस्त प्रतीत होती थी। दूसरा परिवर्तन जो संतोष ने किया वह आकृति को केन्द्रित व संगठित करना हैं। घनवाद में आकृतियां कभी अग्रभूमि तो कभी पृष्ठभूमि में फैलती हुई नजर आती है। जबकी इनकी रेखाएं उन्हें एक स्पष्ट बाह्य आवरण प्रदान करती है। शैलीगत प्रभाव में यहां संरचनावाद व सर्वोच्चवाद की समानता भी है। नौम गाबों द्वारा 1916 में बनाया गया। 'कंस्ट्रक्टेड हैड नं० 2' की समानता संतोष के चित्रों में प्रकट हो रही है। जिसमें मानव धड़ को कई ब्लॉक में बांटा गया है।[156] इन दोनों कलावादों ने बढ़–चढ़कर ज्यामितीय आकारों जैसे– वृत, वर्ग, त्रिभुज आदि से चित्रण किया। जिनसे प्रभावित होकर भारत में भी इनका तंत्रवाद के साथ संयोग करके चित्रण हुआ। फर्क इतना है कि पश्चात्य् ज्यामितीय आकृतियों का मकसद एकमात्र रेखाओं से विभिन्न रूपाकारों को प्रकट करना था किंतु संतोष ने इन ज्यामितीय रूपों के द्वारा सृष्टि की रचना में व्याप्त पुरुष व प्रकृति के संबंध को उजागर किया है।

हालांकि संतोष की कृतियाँ अपने रूप से ज्यादा अर्थ में गंभीर है क्योंकि उनके पीछे का दर्शन बहुत महान

155 https://www.britannica.com/art/Cubism

156 https://www.theartstory.org/movement/constructivism/

है। इसलिए उनका विषयगत महत्त्व बहुत ज्यादा है।

प्रस्तुत चित्र में देवी शारिका को चित्रित किया गया है जो दुर्गा देवी का ही रूप है। मुख्यतः यह देवी एक पक्षी (मैना) के रूप में जानी जाती है। किंतु देवी यहां प्रकृति (माया) के रूप में प्रतीकात्मक ढंग से प्रस्तुत की गई है। क्योंकि किसी भी प्रकार का लाक्षणिक समानता यहां देखने को नहीं मिल रही है। संतोष अक्सर कैनवास के केंद्र में स्त्री रूप को बनाते हैं। जिससे दो गोल स्तन से उसे पहचाना जा सकता है। नीले, हरे, काले, व नेपाल येलो रंग की आभाओं को ही पूरे पट पर देखा जा सकता है। शारिका देवी का यंत्र भी है। जिसे 'शारिका यंत्र' के नाम से जाना जाता है। संतोष ने हरी पर्वत पर पत्थर में उत्कीर्ण 'शारिका यंत्र' देखा तो वे उससे इतने प्रभावित हुए कि उसे बार–बार देखते रहे। हरी पर्वत शारिका पीठ कश्मीर में एक मशहूर पवित्र स्थान में से एक है। किद्वंती कहती है कि इसी स्थान पर देवी शारिका ने राक्षस 'जालोभ्दव' का वध करने के लिए मैना का रूप धारण कर उस पर ऊपर से एक कंकड़ गिरा दिया जो गिरते–गिरते आकार में बड़ा होकर एक पहाड़ी जितना विशाल हो गया तब वह राक्षस उसके नीचे कुचल कर मर गया। तभी से वह देवी यहां 'शारिका' या 'त्रिपुरसुंदरी' के नाम से निवास करती है।

शारिका यहां 'श्री यंत्र' के रूप में है। जो हिंदुओं का बहुत शक्तिशाली एवं प्रसिद्ध यंत्र है। यह कमल की पंखुड़ियों से बना होता है। जिसमें नौ स्वतंत्र त्रिकोण होते हैं जो रहस्यमय रूप से एक–दूसरे के भीतर खीचें जाते हैं। ऊपर की ओर इशारा करने वाले चार त्रिकोण 'शिव' का प्रतिनिधित्व करते हैं और अन्य पांच नीचे की ओर इशारा करते हुए शक्ति का प्रतिनिधित्व करते हैं। यहां शिव त्रिकोण को 'श्रीकंठ' व 'शिव तत्व' तथा 'शक्ति त्रिकोण' को 'शिव युवती' या 'शक्ति तत्व' के रूप में जाना जाता है। वास्तव में 'श्री यंत्र' नौ स्वतंत्र त्रिकोणों की सबसे शानदार रचना है। इसमें त्रिकोण अपने ऊपर और नीचे की स्थिति में एक–दूसरे को काटते हुए तैंतालिस बड़े व छोटे त्रिभुजों का निर्माण करते हैं। ये सभी त्रिभुज पहले भीतरी चक्र में मौजूद है जिसके ऊपर 'अष्टदल' नामक 8 पंखुड़ियों वाला एक कमल खींचा गया है जो सृष्टि के रहस्यमय कमल को पेश करता है। इसके पीछे 16 पंखुड़ी वाले कमल के साथ एक और चक्र बनाया जाता है। जिससे 'पडषदल' कहा जाता है। इन सभी को तीन संकेद्रित वृतों या 'त्रीमेखला' नामक तीन गुना करधनी में संजोया गया है। यह संपूर्ण आरेख एक वर्ग में समेटा हुआ है। तीन समानांतर रेखाओं के साथ इनके चार मुख्य बिंदुओं पर चार द्वारा होने से यह देवी की हवेली बन जाती है। पूरी रचना के केंद्र में बिंदु होता है।

इस प्रकार इस पूरे यंत्र को संतोष ने अपने जहन में बसा लिया, फिर अपने आंतरिक अनुभवों व भाषा में उसे मानव कृति के साथ संगठित करके एक नए तंत्र की शब्दावली पेश की। यहां स्त्री को देवी रूप में दिखाया है जिसके सिर के स्थान पर यंत्र रुपी सरंचना है। इसमें चार त्रिभुजों के एक–दूसरे के साथ गुंफित करते हुए बारह कोणों की संरचना बनाई है। जिसके बाहर पंखुडियों को स्थापित करके एक गोलाकृति में बांध दिया है। संतोष ने यहां तीन समानान्तर बाह्य रेखाओं को हटा दिया क्योंकि उनका मकसद पारम्परिक शारिका यंत्र की अनुकृति पेश करना नहीं था बल्कि उसे अपनी नवीन परिभाषा में प्रस्तुत करना था। दो गोल काले वृतों से स्तन दर्शातें हुए नाभी के स्थान को दो त्रिभुजों, एक उल्टा व एक सीधा जो नर–नारी, शिव–शक्ति का मिलन का प्रतीक है के रूप में दर्शाया है। यह समय की अनंत ध्वनि शिव के 'डमरू' को भी प्रतीकात्मक परिभाषा देता है। पृष्ठभूमि में बैंगनी, कोबाल्ट ब्लू व अल्ट्रामरीन की मिली–जुली तान का इस्तेमाल चित्र को रहस्यात्मक रूप दे रहा है। संतोष ने कहा भी था कि मेरा कैनवास शून्य के एक प्रक्षेपण का प्रतिनिधित्व करता है। शून्य जो समय और आयाम में अगम्य है जिसकी न शुरूआत है, न ही अंत है। आस–पास गहरे रंग के रूप में महासागर को संदर्भित किया गया है जो कैनवास की सीमाओं को अथाह व अगम्य बनाता है। अब कैनवास स्वंय प्रतीक बन गया है। स्पेस को कम से कम तीन दिशाओं या तीन रेखाओं के बिना परिभाषित

नहीं किया जा सकता है। यह त्रिकोण बनाता है जो मूलतः मूल त्रिकोण है। इस प्रकार सर्वव्यापी रचनात्मक शक्ति की प्रारंभिक प्रकृति शक्ति 'ब्रह्म' हैं। ब्रह्म वह मौलिक ध्वनि है जो निरंतर चिरस्थायी व जीवंत हैं।[157] उनकी हर रचना शिव–शक्ति के मिलन को पेश करते हुए उस 'ब्रह्म' की ओर ध्यान आकर्षित करती है जो अनन्त व सर्वत्र है। चित्र की संरचना लंबवत् है किन्तु मानवाकृति के आधार के रूप में एक लाईन लगाई गई है जो क्षैतिज है। इस प्रकार रेखा से विरोधाभास प्रकट हुआ है, जो चित्र को उदासीन होने से बचाता है। पृथ्वी का प्रतीकात्मक चित्रण हरे रंग के छोटे–छोटे पत्थरों रूपी संरचना से किया है। यह सत्य है कि संतोष अकसर रंगों को इस्तेमाल करने से हिचकते नहीं थे। यह नीले के विरोधी रंग नारंगी व हरे के लाल विरोधी रंग को न दिखाकर मात्र नीले व हरे रंग से ही संपूर्ण रचना की जो बहुत कठिन रंग सामंजस्य प्रतीत होता है। ठंडे रंगों का चयन ध्यान की ओर खिंचता है। संयोजन के चारों ओर हासिया भी बनाया गया है जो उनकी लगभग सभी चित्रों में देखा जा सकता है। संतोष कहते हैं कि मेरे अधिकतर कैनवास में फ्रेमिंग व मार्जिन को देखा जा सकता है। दरअसल यह ब्रह्मांडीय स्थान के भीतर कैनवास को प्रभावित करता है। यह दृश्य परिभाषा रंगों के द्वारा पेश की जाती है।[158]

संयोजन में कलाकार ने नकारात्मक व सकारात्क स्पेस (अंतराल) का उचित प्रयोग किया है। यहाँ सम्मलित संतुलन को देखा जा सकता है। क्योंकि संतोष की कलाकृतियों को लम्बवत् दिशा में दो भागों में बांटा जा सकता है। क्योंकि कृतियाँ एक–दुसरे की दर्पण प्रतीत होती है। दरअसल संतोष के चित्रों का चित्रात्मक स्थान लम्बवत् रूप से द्विभाजित है और काल्पनिक विभाजन के दोनों ओर के चित्र एक–दूसरे के स्टीक सममित पार्श्व रूप से उल्टे प्रतिबिम्ब हैं। दुसरे शब्दों में कहें तो हर रचना एक जुंडवा दर्पण छवियों का एक संयोजन है। साथ ही एक से अधिक बार्डर की अपरिवर्तनीय उपस्थिति वास्तव में कैनवास से उसका प्रतिनिधित्व किए बिना एक खिडकी का आलौकिक अनुभव देता है।[159]

---

157 नायर, उमा (क्यूरेटर), *गुलाम रसूल संतोष : द काश्मीर शैव (1929–1997)*, इण्डियन काउंसिल फॉर कल्चर रिलेशन, पृ० 7

158 वही, पृ० 41

159 वही, पृ० 41

चित्र 4.55 : शारिका, 1989, कैनवास पर एक्रेलिक, 24 × 36 इंच, हनुत सिंह के संग्रह से

चित्र 4.56 : कंस्ट्रक्टेड हेड नं० 2, 1916 (इन्लार्जमेंट, 1975), 177.8 × 137.8 × 121.9 से०मी०, स्टेनलेस स्टील, नौम गाबो, नैशेर मूर्तिकला केन्द्र, डलास

शीर्षकहीन, 1968

51.1 × 27.1 इंच

कैनवास पर तेल रंग

संचित जोशन के संग्रह में

1960 से पहले संतोष घनवाद से प्रभावित होकर अपने आस–पास के प्राकृतिक परिदृश्यों को ही पेंट करते थे। वह बहुत ही सतही चित्रण था। जिसमें किसी प्रकार की भावना या रहस्य के लिए कोई स्थान नहीं था। किंतु 1964 में एक ऐसा समय आया जब संतोष की शैली पूर्णतः बदल गई। यह परिवर्तन उनके जीवन में अमरनाथ की यात्रा के बाद आया। जहाँ से वे एक दार्शनिक परंपरा के अनुभव के साथ वापिस लोटे। वहीं से उनका तंत्र की ओर रूझान हुआ। अब कश्मीरी शैववाद का आठवीं शताब्दी का तांत्रिक दर्शन उनका मूल मंत्र बन गया। जो ब्रह्मांड की सभी वस्तुओं व प्राणी मात्र की एकता पर जोर देता है। जहाँ शिव की शक्ति व 'शक्ति', 'पार्वती' तथा ब्रह्मांड के सभी पहलुओं से उर्जा के उत्सर्जन को कायम रखा जाता है।[160] इस प्रकार अब संतोष ने शहरी दृश्य त्यागकर आत्मा–परमात्मा के मिलन अर्थात् शिव–शक्ति के मिलन को अपनी स्वयं की शब्दावली में प्रस्तुत करना आरंभ किया। यह उनके लिए कोई मात्र बौद्धिक क्रिया न होकर बल्कि चिंतन का आधार बन गया था। भारतीय चेतना व विद्वता का हजारों वर्षों से अटूट संबंध है। स्वंय संतोष के शब्दों में मेरे लिए भी तंत्र का कोई बौद्धिक अभ्यास नहीं था बल्कि मेरी आंतरिक इच्छा थी। जिसने सत्य को समझने का आह्वान किया। वह सत्य जो हमारी रचनात्मक अभिव्यक्ति की रूपरेखा तैयार करता है। इस प्रकार तंत्र ने प्राचीन विचार प्रक्रिया को दृष्टिगत रूप देने में मेरी मदद की।[161]

इस चित्र में अब चित्रकार ने मानव आकृतियों को विलुप्त कर दिया। ऐसा वर्ष 1968 की कृत्तियों में पहली बार देखने को मिली। यह प्रभाव बीरेन डे की कलाकृतियों से स्थानांतरित हुआ प्रतीत होता है क्योंकि बीरेन डे० ने तंत्रिक कला के साथ प्रयोग करते हुए अमूर्त प्रतीकों के माध्यम से पुरुष और महिला के शारीरिक मिलन को व्यक्त करने की कोशिश की। उन्होंने महिला रूप को 'यू' जैसा 'U' रूप दिया व पुरुष के रूप को सीधा और पच्चर जैसा आकार दिया।[162]

इसी से प्रभावित होकर संतोष ने भी मानव सिर, हाथ, पैर व शरीर को त्यागकर मात्र प्रतीकात्मक रूप से शिव शक्ति के मिलन को पेश किया। लिंग रूपों को ही शिव शक्ति का अनंत रूप माना। उन्होंने कहा था कि मैंने मिथुन को आकृति रूप दिया जिसमें दो शरीर प्रकृति और पुरुष रूप में एक हो गई है। पुरुष व प्रकृति की एकता को उसके वास्तविक रूप से ढालने के लिए मैंने आकृति के सिर और अंगों को अलग–अलग कर दिया। इस प्रकार मानव आकृतियों ने अंत में एक प्रकार से समरूपता प्राप्त की। मुझे द्विपक्षीय समरूपता के लिए प्राकृतिक प्रगति को तब तक रोकना पड़ा जब तक कि एक आंतरिक इच्छा नहीं उठती।[163]

प्रस्तुत संयोजन में संतोष ने स्त्री की योनि को इस प्रकार बनाए हैं जो देखने में स्त्री के कुल्हों से नीचे तक

---

160 नायर, उमा (क्यूरेटर), *गुलाम रसूल संतोष : द काश्मीर शैव (1929–1997),* इण्डियन काउंसिल फॉर कल्चर रिलेशन, पृ० 13

161 वही पृ० 31

162 https://dagworld.com/birende.html

163 नायर, उमा (क्यूरेटर), *गुलाम रसूल संतोष : द काश्मीर शैव (1929–1997),* इण्डियन काउंसिल फॉर कल्चर रिलेशन, पृ० 37

की शारीरिक रचना प्रकट हो रही है। जिसके ऊपर दो त्रिभुजों के मिलने पर षट्भुज की आकृति बनी है। शैव तंत्र में षट्भुज का मान 6 माना है जो एक तांत्रिक गणितीय अंक है। इसका वर्णन 'अध्याय 3' में संतोष की जीवनी में किया जा चुका है। जिसके मध्य तेज चटक नारंगी व लाल रंग के भीतर एक ज्योति समान प्रकाश को दिखाया है। योनि भी संपूर्ण संयोजन में चमकीली व प्रकाशमय रूप लिए हुए है। जी० आर० संतोष ने शैव सिद्धांतों और प्रकाश व विमर्श (प्रकाश का आत्म चिंतन) की अवधारणा को समझते हुए प्रकाश और चमक को समझा। यहां उन्होंने वर्ण को प्रकाश समझा। वर्णक जो अपने रंग का भ्रम है। इस सिद्धांत को मानते हुए भ्रम वर्णक सतह को उसकी पारदर्शिता देता है और अंत में प्रकाश–भ्रम, अंतरिक्ष भ्रम को परिभाषित करता है और चिन्हित करता है।[164]

संपूर्ण योनि को शिवलिंग की रचना से ढका गया है जो उसके लिए पृष्ठभूमि तैयार कर रहा है तथा शिवलिंग के पीछे गोल कोने वाले आयतकार आकृति को भी दर्शाया है जिसका तंत्र में बहुत महत्त्व है। सबसे पहले संतोष ने गहरे भूरे रंग का धरातल पूरे कैनवास पर दिया। उसके बाद नारंगी व भूरे हल्के रंग से ड्राई ब्रुश की तकनीक से संरचना तैयार की जिसके भीतर से धरातल का रंग झाँकता हुआ नजर आ रहा है। योनि को सफेद व नेपैल येलो रंग से बनाया है जो प्रकाश पुंज की भांति पूरे पट पर चमचमा रही है जो शक्ति के तेज व शिव के मिलन से प्राप्त शक्ति का भी प्रतीक है। योनि के आधार रूप से त्रिशूल की रचना की गई है जो शिव की प्रतीकात्मक उपस्थिति को दिखा रहा है। भारतीय दार्शनिक और सौंदर्य शास्त्रीय अभिनव गुप्त भी कश्मीर से ही थे। उन्होंने 'तंत्र लोक' नामक विस्तृत टिप्पणी के साथ तंत्र की व्याख्या दी थी। उनके अनुसार व्यवहार में तंत्र की दो अभिव्यक्तियाँ है। एक श्रव्य जिसे तंत्र के रूप में जाना जाता है। दूसरा दृश्य जिसे यंत्र के रूप में जाना जाता है। उन्होंने 960 यंत्रों का उल्लेख किया हालांकि संतोष व अन्य नव तांत्रिक कलाकारों की कला इससे प्रभावित भी रही है परंतु वह कला यंत्रों के निर्धारित प्रारूप के अनुसार पेचीदा नहीं है। नव तांत्रिक स्कूल नामकरण मोटे तौर पर सांकेतिक है।[165]

संतोष की रंगों की समझ के बारे में रुपिका चावला ने अपनी पुस्तक में लिखा है कि वह किसी भी रंग को सफलतापूर्वक दूसरे रंग पर आरोपित कर सकते थे। इसकी आवश्यक समझ संतोष द्वारा आजमाई व परखी गई थी। उदाहरण के लिए भूरे रंग की जमीन को ढकने वाला पीला रंग पूरी तरह से अपनी चमक खो देता है। भूरे रंग पर लगाने से पहले यदि गहरे रंग के साथ मिश्रित किया जाता है शायद लाल, जिसमें वह अपनी जीवन शक्ति को पुनः प्राप्त करता है।[166]

यहां उन्होंने स्त्री योनि का शिव प्रतीक के साथ मिलन होते दर्शाया है। चारों तरफ नारंगी व लाल रंग की छटा है। इसी आकृति के पीछे बहुत ही धुंधले रूप से पुरुष के पैरों को घुटनों से नीचे तक बैठी अवस्था में दिखाया है। मानों शिव अपने आसन पर विराजमान हो। सीधा त्रिभुज शिव का व उल्टा त्रिभुज शक्ति का प्रतीक है जिसके बीच ज्योति प्रकट हो रही है। लयात्मक व ज्यामितीय रेखाओं का सुंदर सामंजस्य है। चटकीले रंग से चित्र में उत्साह प्रकट हो रहा है जो कामोत्तेजक अवस्था का भी प्रतीक है।

---

164 वही पृ० 39

165 कौल, शांतिवीर, जी० आर० संतोष की कला, लस्टर प्रेस रोली बुक्स, पृ० 78

166 चावला, रूपिका सरफेस एण्ड डेप्थ : इण्डियन आर्टिस्ट्स एंट वर्क वाइकिंग पेंगुइंगे बुक्स इण्डिया प्राइवेट लिमिटेड, 210, चिरंजन टॉवर 43 नेहरू पैलेस, नई दिल्ली, 110019, इण्डिया, पृ० 229

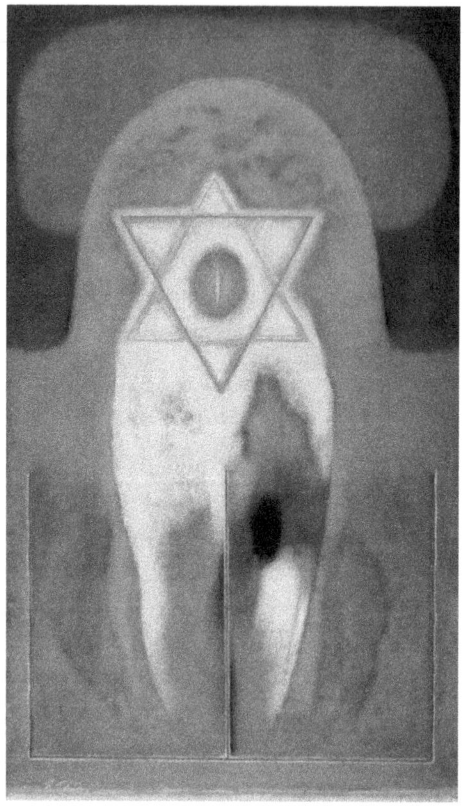

चित्र 4.57 : शीर्षकहीन, 1968, 51.1 × 27.1 इंच, कैनवास पर तेल रंग, संचित जोशन के संग्रह में

चित्र 4.58 : दिव्य योनि का प्रतीक, 19वीं शताब्दी, दक्षिण भारत, 8 × 7 इंच, नक्काशीदार लकड़ी, तंत्र : परमानंद का भारतीय पंथ, फिलिप रॉसन, पृ० 43

शीर्षकहीन, 1987

70 × 50 इंच

कैनवास पर एक्रेलिक

संचित जोशन के संग्रह में

संतोष के बनाए चित्र शैव दर्शन से संबंधित है। इन्होंने कश्मीर शैववाद के तीन उप–विद्यालयों में से एक 'क्रम' (वृद्धिशील) तरीके से औपचारिक दीक्षा ली व कई वर्षों तक साधना की।[167] 'क्रम प्रणाली' के बारे में जागरूकता आर्थोर एवलॉन द्वारा लाई गई थी। उन्होंने कश्मीर स्कूल ऑफ फिलॉसफी पर ध्यान केंद्रित किया था।[168]

तंत्र की सच्ची अभिव्यक्ति परमसत्य को पाने में है। इस प्रकार संतोष का कई वर्षों का काम ऐसे तथ्य की उनकी सहज लेकिन गहरी समझ को धारण करने के लिए है। वह एक कला योगी की उस परंपरा को अग्रसर करता है जो मूलतः 'निज' से परे व सार्वभौमिकता को आत्मसात् करता है। संतोष के तांत्रिक रूप में भाव समाधि की ऊंचाई है जो प्रत्येक दर्शक चाहे वह स्त्री हो या पुरुष उन्हें अपने भीतर के बीज कोष के प्रति जागरूक करता है। उस अंतः प्रेरणा के प्रति जो विराट में लीन हो जाने के लिए प्रेरित करती है।

संयोजन को ज्यामितीय ढंग से बनाया गया है। यह सर्वविदित है कि यंत्रों में हमेशा ज्यामितीय संरचना होती है। यहीं से प्रेरित होकर उन त्रिभुज, आयत, वर्ग, बिंदु को संतोष ने मानव आकृति के रूप में ढाल दिया, जो अब तक तंत्र कला में एक नवीन अविष्कार था। हालांकि यहां उनका आरंभिक घनवादी प्रभाव भी प्रेरणा का स्त्रोत रहा है।

संतोष के चित्र मुख्यतः शिव–शक्ति मिलन पर आधारित है। जहाँ बहुत ही प्रतीकात्मक ढंग से इस मिलन को अलग–अलग चिन्हों व रूपाकारों से प्रकट किया गया है। प्रस्तुत चित्र में भी शिव शक्ति से उत्पन्न होने वाली ऊर्जा तथा शिवनेत्र या दिव्य चक्षु के खुलने पर समस्त वातावरण को दिव्य व अलौकित होते चित्रित किया है। शिव चेतना व पुरूष सिद्धांत का प्रतीक है। शक्ति, स्त्री सिद्धांत व सक्रिय तथा ऊर्जा का प्रतीक है। संतोष कहते हैं कि वे ऐसी छवि की तलाश में थे जिसमें उसकी पारंपरिक परंपरा की गंध हो। शैववाद और तंत्र के अपने शोध में उन्होंने महसूस किया कि उनकी परंपरा दृश्यों के नहीं, बल्कि एक 'दर्शन' की थी। कश्मीर शैववाद ने उन्हें रंगों के संदर्भ में भी गहन रूप से प्रभावित किया। वे रंग को प्रकाश का ही एक रूप मानते थे। उनके चित्रों में नारंगी रंग सिंदूर के रूप में है जो तंत्र से संबंध को दर्शाता है।[169]

संतोष के लिए चित्र साधना ध्यान का जरिया प्रतीत होता है। उनकी चित्रण समझ इतनी परिपक्व हो चुकी थी कि चित्रों में उर्जा कि वे शक्तियां झलकती थी। पुरुष व प्रकृति दोनों के संगम से ब्रह्मांड का निर्माण होता है। उनके कार्यों में स्पंदनों की एक लहर निकलती है जैसे कि कर्मकांड और पारलौकिक अनुभवों के सिद्धांत से उभरती है।

इस प्रकार संतोष द्वारा केंद्र में बनाई गई मानव आकृति प्रदीप्त और रैखिक आकृति में एवं शाश्वत प्राणी है

---

167 कौल, शांतिवीर, जी० आर० संतोष की कला, लस्टर प्रेस रोली बुक्स, पृ० 10

168 महालक्ष्मी, एस०, सीडगगन चन्द्रिका, अभिगम तिथि– 27 मई, 2023, https://www.wisdomlib.org/hinduism/book/cidgaganacandrika-study

169 नायर, उमा (क्यूरेटर), *गुलाम रसूल संतोष : द काश्मीर शैव (1929–1997)*, इण्डियन काउंसिल फॉर कल्चर रिलेशन, पृ० 17

जो ऊर्जा के निराकार दिव्य सिद्धांत से घिरा हुआ है। यहां सूर्य, हवा, आकाश सभी एक साथ मिलकर आत्मा का निर्माण करते हैं। जो प्रकृति की उपस्थिति को दर्शाता है। पेंटिंग में यह प्रबुद्ध ऊर्जा केंद्र बिंदु बन गई।[170]

प्रस्तुत चित्र में संतोष ने अपने स्वयं के कलानुभाव से रेखा रंग, तान, आकार से यंत्र का निर्माण किया है। केंद्र में एक काले वर्ण का त्रिभुज है उसके ऊपर चरम बिंदु से तीन कमल की पंखुड़ियां निकल रही है जिनके बीच वाली पंखुड़ी को मानवीय नेत्र की भांति चित्रित किया है। जो शिव नेत्र का प्रतीकात्मक रूप है। इसे चमकीले पीले रंग के साथ तथा मध्य से सफेद लघु बिन्दु (वृर्त) शक्तिपुंज, ऊर्जा व ज्ञान का प्रतीक है।

इनके पीछे सूर्य को आभामंडल की भांति ऑरा बनाते हुए एक दिव्य रुप दिया है। चित्र के मध्य में नारी की स्तन के समरूप दो लाल रंग के वृत्त है, जो लगातार दोनों दिशाओं में एक–दूसरे को काटते व ढकते हुए बढ़ रहे हैं। यहां सबसे महत्त्वपूर्ण बात यह है कि संतोष ने रंगों को आच्छादित किया है। किंतु फिर भी पारदर्शिता बनाए रखी। यह तकनीक सीधे तौर पर उन्हें गगेंद्रनाथ के घनवाद के नजदीक ले जाती है। जिन्होनें पारदर्शिता बरकरार रखते हुए घनवादी ज्यामितीय रूपों का इस्तेमाल किया। किंतु यह सर्वज्ञ है कि उनकी शैली पश्चिमी घनवाद से थोड़ी भिन्न थी। जहाँ ब्रॉक व पिकासों में सरल व कोणीय रेखाओं का ही ज्यादा प्रयोग किया है क्योंकि उनका मानना था कि सरल रेखा, वक्र रेखाओं की तुलना में ज्यादा शक्तिशाली होती है। किंतु गगेन्द्रनाथ ने अपनी कृतियों में वक्र व लयात्मक रेखाओं को भी स्थान दिया। उनके पीछे बंगाल स्कूल की अजंता आधारित लयात्मक रेखाओं का प्रभाव यकीनन दिखता है। संतोष के चित्र में मानव आकृति को यंत्र की भांति बनाया है जो बैठी अवस्था में है। समस्त तांत्रिक कला यंत्रों पर ही आधारित है। यंत्र की परिभाषा सामान्य रूप से इस बात का प्रतीक है कि उनके द्वारा एक स्थान पर देवता की शक्ति नियंत्रित या केंद्रित की जाती है। यह शक्ति दो उद्‌देशों की पूर्ति के लिए होती है।[171]

1. शांति के लिए
2. विनाश के लिए

त्रिभुज के ऊपर बनाया गया कमल व पदम का प्रतीक तंत्र में बहुत महत्त्व रखता है। पदम के माध्यम से व्यक्ति अविद्या के अंधकार को नष्ट करके आंतरिक ज्ञानरूपी ज्योति प्राप्त करता है। पदम की सृष्टि का द्वार मुख या योनि का प्रतीक भी माना जाता है।[172] इस प्रकार साधक की आत्मिक शक्ति सांसारिक सीमाओं से ऊपर उठकर माया और अविद्या की उलझनों से प्रभावित हुए बिना साधना की ऊंचाई प्राप्त करती है। पदम् या चक्रों की स्थिति शक्ति के उर्ध्वमुखी विकास का क्रम अभिव्यकत करती है।

प्रस्तुत चित्र में भूरे, पीले, नीले, काले, सफेद तथा सैपग्रीन रंग की बहुत–सी तानों का इस्तेमाल किया गया है। आधार रूप में तीन से चार समान्तर रेखाओं की पांच कीनारों वाली आकृति को आसन रूप में दिखाया है। साथ ही एक चमकीले नारंगी आभा युक्त प्रकाश की रेखा ने उसे घेरा हुआ है। इस प्रकार की समांतर रेखाओं की रचनाओं से यंत्रों को सीमित किया जाता है। त्रिभुज व वृत्ताकार के साथ त्रिभुज के मध्य में वर्गाकार आकृति से पूरे चित्र में भिन्न रूप प्रकट हुआ है, जिससे उदासीनता खत्म हुई है साथ ही चटक व विरोधी रंगों से चित्र में चमक आई है। चित्र में स्थान विभाजन रूचिकर है व संयोजन लम्बवत् दिशा में बनाया

---

170 वही पृ० 17

171 मिश्र, डॉ० रवीन्द्र नाथ, *'तंत्र कला में प्रतीक'*, राष्ट्रीय कला एंव धर्म शोध संस्थान, सभापति भवन, नरिया, बी० एच० यू० 5, 1996, संस्करण 1996, पृ० 31

172 वही, पृ० 35

है जो आध्यात्मिक प्रगति को दर्शाता है किसी भी प्रकार का उभार नहीं है। सतही बनावट सपाट है। इंद्रधनुषी रंगों के इस्तेमाल से चित्रण चमक उठा है यहां त्रिभुज के मध्य में वर्गाकार 'भूपुर' है जिसके गर्भ में हीरे के समान एक रचना की है जो हल्के रंगों के त्रिभुज (उल्टे व सीधे) को अपने ऊपर शीर्ष बिंदु पर मिला हुआ दर्शाता है।

चित्र 4.59 : शीर्षक, 1987, कैनवास पर एक्रेलिक, 70 × 50 इंच, संचित जोशन के संग्रह से

शीर्षकहीन, 1970

49.4 × 34 इंच

कैनवास पर तेल रंग

संचित जोशन के

संतोष द्वारा बनाए गए 1970 के इस कार्य में हम लैंगिक प्रतीक और स्त्रीत्व का मिलन देखते हैं। सुप्रसिद्ध लेखक व इतिहासकार देवदत्त पटनायक कहते हैं कि "सांख्य विश्लेषणात्मक तत्वमीमांशा के स्कूल में दुनिया को मुख्यतः दो भागों में बांटा है। पहला अध्यात्मिक (पुरुष) और दूसरा भौतिक (प्रकृति)। पुरुष को 'मनुष्य' व प्रकृति को स्त्री माना है, लेकिन संख्या के तत्वों के लिए लिंग का यह आरोपण सही होने के साथ अधिक सुविधाजनक व सरल भी है।[173]

कलाकार ने इस चित्र में शिव शक्ति के मिलन को ज्यामितीय मानव कृतियों के माध्यम से ना दिखाकर मात्र उनके यौन अंगों के द्वारा मिलन को चित्रित किया है। विभिन्न तंत्र शास्त्रों में स्त्री योनि को पुरुषों योनि के साथ अलग–अलग रूपों में प्रदर्शित किया है।[174]

संतोष ने योनि के प्रचलित रूप का इस्तेमाल किया है जिसमें एक वृत्त है जो चमकीला है। यहां योनि का आकार नारियल के जैसा प्रतीत हो रहा है। अजीत मुखर्जी और फीलिप राउसन जैसे विद्वानों ने दक्षिण भारत की तांत्रिक परंपरा में प्रचलित नारियल के आवरण का प्राकृतिक रूप योनि के रूप में पूज्य बताया है। ऐसे रूप जो प्रकृति में नारी योनि से मेल खाते हो उन्हें तंत्र व पूजा के लिए पवित्र माना जाता है।[175] योनि को सृष्टि की उत्पत्ति का मूलभूत केंद्र माना जाता है। प्रागैतिहासिक काल में भी इसका प्रतीकात्मक स्वरूप था। अजीत मुखर्जी के अनुसार योनि के प्रतीकात्मक रूप को दक्षिण भारत के भौगोलिक स्मारकों में भी देखा जा सकता है।[176] हालांकि योनि को त्रिकोण, बिंदु, चतुष्कोण, पदम आदि के प्रतीकात्मक रूप में भी किया जाता है। पुरुष शिवलिंग का शैव आगमन में वर्णन से पता चलता है कि लिंग के मुख्यतः तीन भाग है– एक भूमि में, दूसरा वेदी में, तीसरा ऊपर का पूजा वाला भाग।[177] लिंगपुराण के अनुसार योनि रूप आधार में लिंग की स्थिति को अर्धनारीश्वर का ही रूप माना जाता है।[178]

बीरेन डे० के द्वारा ऐसे चित्र बहुत बनाए गए थे जिन्होंने शिव शक्ति को प्रतीकात्मक ढंग से बनाया था। अंधेरे में उल्टे 'यू' जैसी रचना पुरुष लिंग या शिवलिंग का प्रतीक है। जिसके नीचे स्त्री योनि को स्थापित किया गया है। लाल, नारंगी रंग के द्वारा ऊर्जा को दर्शाया है जो शक्ति का प्रतीक है। साथ ही नीले, काले रंगों की आभा से संसार रूपी अंधकार जो तंत्र कला में बहुत महत्त्व रखता है, को प्रकट करता है। प्राचीन तांत्रिक उदाहरणों में अधिकतर काले पत्थरों पर सिंदूर को लगाया जाता था। इसी संदर्भ में यहां घने अंधेरे में शिव शक्ति का मिलन रात्रि का भी प्रतीक है। इस प्रकार संतोष ने बहुत ही सीमित रेखांकन से पूर्ण सृष्टि को

---

173 नायर, उमा (क्यूरेटर), *गुलाम रसूल संतोष : द काश्मीर शैव (1929–1997)*, इण्डियन काउंसिल फॉर कल्चर रिलेशन, पृ० 21

174 रॉउसन, फिलिप, *तंत्र : परमानंद का भारतीय पंथ*, विकास पब्लिशिंग हाऊस, प्राइवेट लिमिटेड, नई दिल्ली, बुम्बई, पृ० 16

175 मुकर्जी, अजीत, *'तन्त्र आर्ट कला'*, दी आर्ट आफ तन्त्र, फलक 38, पृ० 41–42,

176 मिश्र, डॉ० रवीन्द्र नाथ, *'तंत्र कला में प्रतीक'*, राष्ट्रीय कला एंव धर्म शोध संस्थान, सभापति भवन, नरिया, बी० एच० यू० 5, 1996, संस्करण 1996, पृ० 82

177 वही, पृ० 80

178 वही, पृ० 113

चित्रित कर दिया। विश्वसार तंत्र के अनुसार तंत्र में जो है वह और भी जगह हो सकता है, किंतु जो इसमें नहीं है वह कभी भी नहीं है।[179]

प्रस्तुत चित्र में कलाकार ने अपनी ज्यामित्तीय रेखाओं को त्याग दिया व सर्वत्र कोमल, लयात्मक रेखाओं के द्वारा रचना को गूढ़ अर्थ दिया। यह सत्य है कि कला में एक स्पष्ट आध्यात्मिक स्थिति पाना असंभव प्रतीत होता है क्योंकि यह विशुद्ध रूप से औपचारिक स्थिति बन जाती है या यह कलाकार को अपने तरफ से छवि को पूरी तरह से त्यागने के लिए प्रेरित करती है।

संतोष शैववाद के अनुयायी थे। कश्मीर शैव दर्शन, जिसे शैववाद के अर्ध– त्रयंबक स्कूल के रूप में भी जाना जाता है। यह भारतीय दर्शन यहां तक कि शैव विघालय से भिन्न विचार रखता है। यह सूक्ष्म जगत के साथ–साथ स्थूल जगत के स्तरों पर अस्तित्व को समझाता है। यहाँ मानवीय भौतिक शरीर को आत्म साक्षात्कार की प्राप्ति का जरिया माना गया है।[180]

तंत्र में योनि के जरिए ही आध्यात्म का रास्ता माना गया है। जबकि संतमत में 'काम' को ध्यान या समाधि में सबसे बड़ी रुकावट माना है। लेकिन तंत्र योनि के द्वारा परमात्मा के ध्यान का दावा करता है। संतोष ने भी इसी तंत्र के द्वारा स्वयं को जानने की कोशिश की। यह संघर्ष उनका 1964 में अमरनाथ की यात्रा के दौरान हुआ। क्योंकि कश्मीर में अमरनाथ की गुफा में बना हुआ बर्फ का प्राकृतिक लिंग बहुत प्रसिद्ध है जो सदियों से तांत्रिक पूजा का गढ़ रहा है।[181]

---

179 मुखर्जी, अजीत एवं मधु खन्ना, *दी तांत्रिक वे,* थेम्स एण्ड हडसन, 1977, पृ० 9

180 कौल, शांतिवीर, *जी० आर० संतोष की कला,* लस्टर प्रेस रोली बुक्स, पृ० 8

181 मिश्र, डॉ० रवीन्द्र नाथ, *'तंत्र कला में प्रतीक',* राष्ट्रीय कला एंव धर्म शोध संस्थान, सभापति भवन, नरिया, बी० एच० यू० 5, 1996, संस्करण 1996, पृ० 81

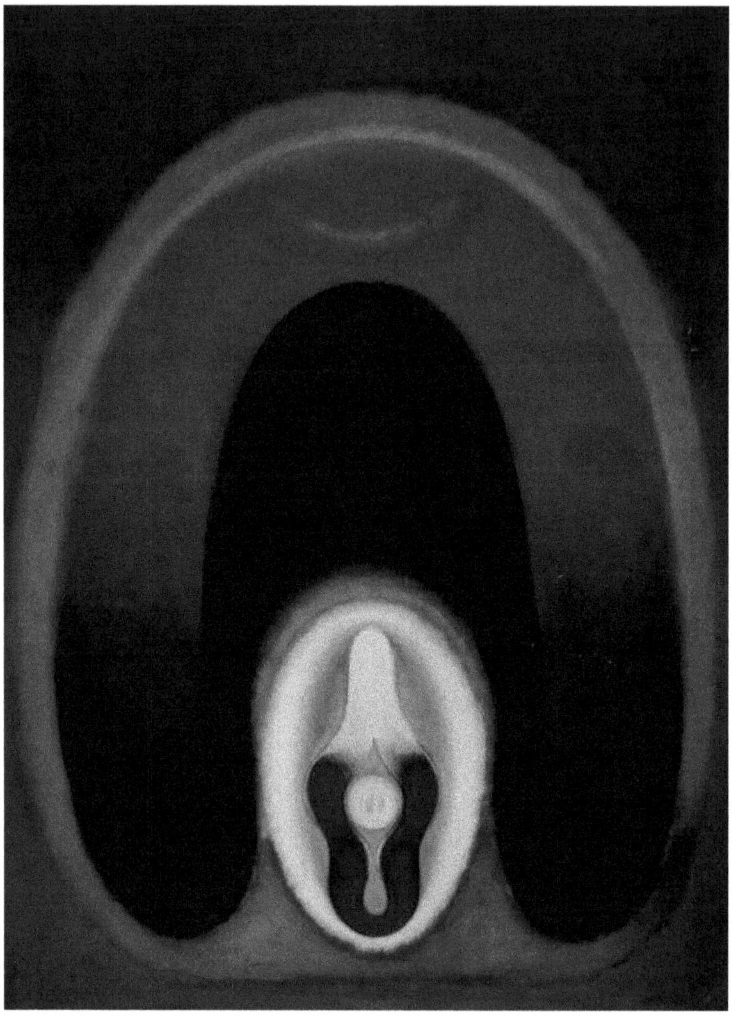

चित्र 4.60 : शीर्षकहीन, 1970, 49.4 × 34 इंच, कैनवास पर तेल रंग, संचित जोशन के

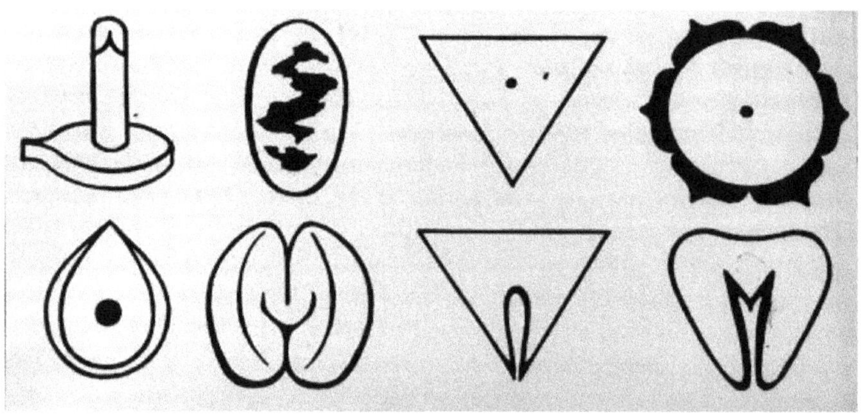

चित्र 4.61 : पुरूष के साथ और उसके बिना, महिला जननांग अंगों पर आधारित शैलीबद्ध प्रतीक, तंत्र : परमानंद का भारतीय पंथ, फिलिप रॉसन, पृ० 16

शीर्षकहीन, 1994

12 × 16 इंच

आर्चिज पर जलरंग

शब्बीर संतोष के संग्रह से

प्रस्तुत चित्र में एक स्त्री आकृति को पट के मध्य में पद्मासन आकृति में बैठा दिखाया है। यहां यह देवी प्रकृति व शक्ति के रूप में है। जिसके फूले हुए उरोज व लंबे खुले बाल उसकी संपूर्ण शक्ति व ऊर्जा को प्रदर्शित करते हैं। देवदत्त पटनायक कहते हैं कि हिंदू दर्शन में प्रकृति धन, ज्ञान और शक्ति का पात्र है। यह पुरुष को उत्तेजित व क्रियाशील करती है। पुरुष वह है जो चाहे तो कुछ भी बना सकता है या बनाए रख सकता है, साथ ही नष्ट भी कर सकता है। फिर वह धन, ज्ञान व शक्ति ही क्यों ना हो। इस प्रकार पुरुष हमारे भीतर का परमात्मा है जो कुछ भी सृजित व नष्ट कर सकता है जबकि प्रकृति हमारे चारों ओर धन, ज्ञान और शक्ति के रूप में प्रकट होने वाली ताकत (परमात्मा) है। पुरुष अपना निर्माण करता है लेकिन प्रकृति भीतर ही मनुष्य के शरीर में जीवन का निर्माण करती है इसलिए पुरुष (परमात्मा) सबसे अच्छी तरह से पुरुष के रूप में प्रतिष्ठित है जबकि प्रकृति सबसे अच्छे रूप में महिला के रूप में प्रतिष्ठित है। इस प्रकार भीतर ईश्वर है व बाहर देवी रूप। इन दोनों के बिना कुछ भी नहीं है।[182]

यहाँ देवी को उसके खुली जटाओं के साथ ध्यानमग्न अवस्था में चित्रित करके कलाकार उसके दिव्य ऊर्जा स्वरूप को प्रकट कर रहा है। साथ ही उमड़ते बादलों के झुंड जो कलात्मक ढंग से बनाए हैं देखने में रुई के गुच्छे प्रतीत हो रहे हैं। पूरे संयोजन में रंगों को कलाकार ने अपने अनुसार लगाया है। नारंगी रंग से स्त्री रूप के ओज, गति, क्रियाशीलता व तेजस्व को प्रतीकात्मक रूप दिया है। अन्य कृतियों की तुलना में यहां संतोष ने ज्यामितीय तनाव व कठिन रेखांकन का उपयोग कम करके लयात्मक, सौम्य, लहरदार रेखाओं का उपयोग ज्यादा किया है। साथ ही पारदर्शिता का गुण अब समाप्त पर्याय हो गया। नीले और नारंगी दोनों विरोधी रंगों से संयोजन में चमक के साथ उदासीनता का गुण समाप्त हुआ है। प्रतीकात्मक कमल पर विराजमान इस आकृति के अधिक विवरण जैसे आंख, नाक, कान आदि को चित्रित नहीं किया है ताकि मुख्य उद्देश्य को समझने में कठिनाई ना हो। संतोष के चित्र शैव संप्रदाय से प्रभावित थे। कई वर्षों के ध्यान व अध्ययन से उन्होंने इस प्रतीकात्मक कला शैली जिसमें तांत्रिक गुण व्याप्त है को धारण किया था। जबकि पश्चिम में कुछ कलाकार मात्र सतही जानकारी के चलते अपने चित्रों में अध्यात्मिकता के गुण होने का दावा करते हैं। दिल्ली के मशहूर कला आलोचक के० वी० गोयल के अनुसार स्टैल, राथको, न्यूमैन व गोटेबिल के दिखावटी रहस्यवाद से प्रभावित न्यूयार्क के चित्रकारों को प्लेटोनिक और पाइथागोरसियन मिस्टरीज में बहुत कम रुचि थी। धर्म में उनकी रुचि मुख्यतः सांस्कृतिक व मनोवैज्ञानिक कंडीशनिंग का एक उत्पाद है, जो कि हालांकि सेजॉन व मॉन्ड्रियन के लिए सच नहीं है। उनके लिए प्रकृति की पूर्व वास्तविकता एक अहम–विघटित मनोवैज्ञानिक कार्य नहीं है।[183] हालांकि कुछ कलाकारों के लिए धर्म ने सही मायने में अफीम का काम किया है। जैसे सेजॉन बेहद धार्मिक व्यक्ति था उसकी बहन मेरी एक कट्टर कैथोलिक से प्रभावित

---

182 नायर, उमा (क्यूरेटर), *गुलाम रसूल संतोष : द काश्मीर शैव (1929–1997)*, इण्डियन काउंसिल फॉर कल्चर रिलेशन, पृ० 25

183 नायर, उमा (क्यूरेटर), *गुलाम रसूल संतोष : द काश्मीर शैव (1929–1997)*, इण्डियन काउंसिल फॉर कल्चर रिलेशन, पृ० 127

थी। इसी तरह क्ले का प्रकृतिवादी दर्शन थियोसोफिकल विचारधारा का प्रभाव था।[184]

किंतु 1940 के दशक के उत्तरार्ध के अस्तित्वगत संदर्भ में जब अमूर्त कला प्रमुख विद्या बन गई और इसे गहन मनोवैज्ञानिक और अस्तित्ववाद की रहस्यवादी भाषा में उचित ठहराया जाने लगा तो कला इतिहासकारों और आलोचकों ने कहा कि अमूर्त कला ने हमें 'परम' के बारे में नई जागरूकता दी है, क्योंकि यह कलाकार से दर्शक तक अधिक सीधे संवाद करती है। उन्होंने यहां तक कहा कि उनके द्वारा नियोजित रूप और रंग एक प्राथमिकता थी वह आध्यात्मिक सामग्री से भरे हुए थे। इतना ही नहीं, वह अपनी उर्जा के बारे में भी निश्चित है क्योंकि उनका यह मानना था कि सांकेतिक कला न केवल दर्शक की आत्मा में एक समान प्रतिक्रिया उत्पन्न करती है बल्कि उनकी संवेदी धारणा को बढ़ाती है। के० बी० गोयल का कहना है कि खुशी की बात है कि संतोष ने बहुत पहले ही इस अमूर्त अभिव्यंजनवादी कोकून को छोड़ दिया था।[185]

इस प्रकार संतोष ने चित्रों में पाश्चात्यवादी कलाकारों की भांति सपाट रंगों को कैनवास पर लगाकर यह डिंग नहीं हाकी की वहां परतत्व का समावेश या अध्यात्म के दर्शन होंगे बल्कि उन्होंने पहले शैववाद को समझा फिर उस मूलभूत ज्ञान तथा घनवादी शैली के द्वारा तांत्रिक विद्या को मूर्त रूप दिया।

दूसरा पहलू इस पेंटिंग का यह भी है कि यहां ध्यानावस्था में व्यक्ति की कुंडलिनी शक्ति को जागृत होते भी दर्शाया है जिस दौरान व्यक्ति अपने अस्तित्व को समझता है वह स्वयं का आत्मसाक्षात करता है। कुंडलिनी जागृति से पहले वह मात्र साधारण प्राणी होता है किंतु जागृति के बाद वह स्वयं उस परमात्मा के गुणों को धारण करता है तथा अपने भीतर उस सर्वश्रेष्ठ ताकत को देख पाता है। ऐसा माना जाता है कि कुंडलिनी शक्ति मूल स्तर (मूलाधर चक्र) से होते हुए कई मध्यवर्ती चरणों के माध्यम से अपने उच्चतम स्तर (सहस्त्रार) तक बढ़ती है। यहां से सहस्त्र कमलदल (एक हजार कमलों का समूह) पर उसे आत्मसाक्षात्कार की प्राप्ति होती है।[186]

संतोष के चित्र दर्शक को ध्यान की स्थिति में छोड़ते हैं क्योंकि कलाकार ने भी ध्यानावस्था से ही संयोजन को बनाया है। इसलिए वे संदेश रंग–रूप, आकार द्वारा रसिक तक संप्रेषित होता है। ऐसा करके उन्होंने साधारण जनमानस के भीतर तंत्र, ध्यान, समाधि व वैदिक कर्मकांडों के प्रति जिज्ञासा प्रकट की क्योंकि तांत्रिक मात्र अपने तक ही इन विधाओं को सीमित रखते हैं। वे या तो हिमालय की गोद में या कहीं एकांत में इनका इस्तेमाल करते हैं, व ध्यान लगाते हैं किंतु कलाकार ने उनके रूपों को सरल करके उस जनता के मध्य लाकर खड़ा कर दिया। यहां जोहान्स इटेन का कथन सही साबित होता है कि हम भारत के इतिहास से चेतावनी ले सकते हैं जहाँ उच्च आध्यात्मिक परिपूर्णता के साथ व्यस्त होने के कारण, रहस्यवादी यह भूल गए कि भौतिक जीवन भी साधना और दिशा की मांग करता है।[187]

---

184 वही, पृ० 126

185 पार्थसारथी, श्रूति (सम्पादक), *के० बी० गोयल : कला पर आलोचनात्मक लेख (1957–1998)*, शेरगिल सुन्दरम, आर्ट फाउण्डेशन (एसएसएफ), 3/9 (प्रथम तल), शांतिनिकेतन, नई दिल्ली, 110021, इण्डिया, पृ० 127

186 कौल, शांतिवीर, जी० आर० संतोष की कला, लस्टर प्रेस रोली बुक्स, पृ० 9

187 बीरेन, फबैर (सम्पादक), *ईटन : द एलिमेन्ट ऑफ कलर*, वैन नास्ट्रण्ड रीनहोल्ड कम्पनी, न्यूयार्क, पृ०

चित्र 4.62 : शीर्षकहीन, 1994, 12 × 16 इंच, आर्चिज पर जलरंग, शब्बीर संतोष के संग्रह से

5.7 अनुपम सूद

अनुपम सूद ने चित्रकला व प्रिंट मेकिंग दोनों ही विधाओं में अपना हुनर आजमाया है। सूद अकसर सामाजिक जीवन से ही अपने विषय चुनती है किंतु किसी एक विषय से ही जुड़े रहना उन्हें पसंद नहीं। उनके कार्यों का तकनीकी व कलात्मक अध्ययन कुछ इस प्रकार हैः–

1. कलात्मक तकनीक विश्लेषण :–

सूद का 'विषय'

अनुपम सूद के विषय बहुत ही दिलचस्प होते हैं चाहे वह प्रिंट में हो या चित्रकला में। वे अक्सर पुरुष व स्त्री के बीच संबंधों में चलते उतार–चढ़ाव, खिंचाव, बंदिश को बेहद संजिदगी से रूप देती है। 'कागज की कश्ती' चित्र में महिला पुरुष की जीवन यात्रा में एक दूसरे के बीच अंतर संबंधों को चित्रित किया है। 'डॉयलॉग' श्रंखला (प्रिंट) में औरत के ऊपर पुरुष के वर्चस्व को प्रकट किया। तो 'ओलम्पिया' चित्र में बेबाक औरत को पुरुष के सामने स्वयं की नुमाईश करते दिखाया है। 'डिनर विद् ईगो' में अपनी मनमानी करते हुए पति के साथ पत्नी की मूक उपस्थित उसके प्रति पुरुष के गैर जिम्मेदार रवैये को दिखता हैं। साथ ही पौराणिक विषयों व महाकाव्य के संदर्भों को भी समकालीन समय में उद्घाटित किया। 'द्रोपती चीर हरण', 'गोड्स इन मेकिंग' इसके अच्छे उदाहरण हैं। 'आरक्षण' विषय को लेकर भी इन्होंने प्रिंट बनाए हैं।

रंग पैलेट

उनके प्रिंट अक्सर काले, सफेद वर्णन में ही होते हैं। इसके ठीक विपरीत उनके चित्र बेहद रंगीन व विविधता लिए हुए हैं। उनकी रंग संगति में उत्तर प्रभाववाद के प्रसिद्ध कलाकार गॉगिन से समरूपता है क्योंकि यहाँ गहरी वर्ण व घूसर रंगों की अधिकता है। किंतु परवर्ती चित्रों में फोटोरियलिज्म को देखा जा सकता है। 'योगिनी' चित्र इसका अच्छा उदाहरण है। उनके चित्रों की पृष्ठभूमि में अधिक डिटेल नहीं है। साथ ही आकृतियों में भी विभिन्न तानों को देखा जा सकता है। इनके प्रिंटस में 'जेस्चरस' बहुत अहमियत रखते हैं जो मात्र हाथ के इशारों से ही अपना संदेश दे देते हैं। इनके जलरंग बहुत ही पारदर्शिता के साथ प्रवाह व लय का गुण लिए हुए हैं।

तूलिका संचालन व बनावट

तेल रंगो द्वारा बनाए चित्रों में इम्पैस्टो तकनीक के इस्तेमाल से तूलिका घातों के उभार को देखा जा सकता है। रंगों में अभिव्यजंनात्मक गुण स्पष्ट है। चित्रों में स्पर्शनीय गुणवत्ता विद्यमान है जिसे अक्सर लेयरिंग और पेंट की मोटाई को अलग–अलग करके हासिल किया जाता है। उनके बाद के कार्यों में कम रंग व मिश्रित तकनीक का प्रभाव ज्यादा है।

प्रतीकात्मक तुलना

'योगिनी' चित्र में एक साधारण गृहस्थ 'नारी' की प्रतीकात्मक तुलना सिद्ध योगिनी से की है। 'गोड्स इन मेकिंग (2007) प्रिंट में एक युवती को अपने अंतःवस्त्र पहन कर कंधे पर बेसबॉल बैट रखकर अपनी गली में निर्डर होकर घूमते हुए दिखाया है जिसमें दूसरी तरफ देवी काली शिव के ऊपर खड़ी है मध्य में शेर व चीता है। यहाँ यह साधारण स्त्री में दुर्गा व काली का प्रतीक है। यह संदर्भ सूद ने एक समकालीन सच्ची घटना से प्रेरित होकर बनाया था।

कभी–कभी

कैनवास पर तेल रंग

24×36 inch (61×91.4cm)

https://www.saffronart.com/auctions/postwork.aspx?l=307

अनुपम सूद द्वारा बनाई गई कृति 'समटाइम्स' 2001 एक तेल रंग चित्र है जिसमें एक व्यक्ति को फुर्सत के पल में चाय पीते चित्रित किया है। पाल गॉगिन द्वारा ऐसे बहुत से चित्र बनाए गए है जिनमें ताहिति महिलाओं को समुद्र किनारें आलसी व सुस्त अवस्था में लेटे व बैठे दिखाया है। गॉगिन के रंग चटक व तेज थे जो वहाँ कि गर्म जलवायु व चिलचिलाते सूरज की किरणों को उचित रूप देते है। यहाँ भी सूद ने गर्म रंगों का इस्तेमाल कर पूरे संयोजन में ताहिती जैसा वातावरण प्रस्तुत किया है। संयोजन में परिप्रेक्ष्य का सही इस्तेमाल है। पुरूषाकृति को स्पष्ट रेखा से दिखाया है पास में एक चाय का कप व कुछ ताश के पत्ते हैं जिससे यह प्रतीत होता है कि व्यक्ति अपने फुर्सत के पलों में समय व्यतीत कर रहा है। संयोजन में नजर बाएँ तरफ से प्रवेश करके पैंरों की तरफ से दाएं और निकल जाती है। कहीं भी चित्र में रूकावट नहीं है। पुरूष की नजर एक टक किसी चीज को निहारने में या विचारों में व्यस्त है। हाथों व पैंरों की मुद्रा विषयानुकूल है। छाया के लिए वर्ण का इस्तेमाल किया है। संयोजन के रंग व आकृति की स्थिति गॉगिन के ताहिती से बेहद साम्य रखती है।

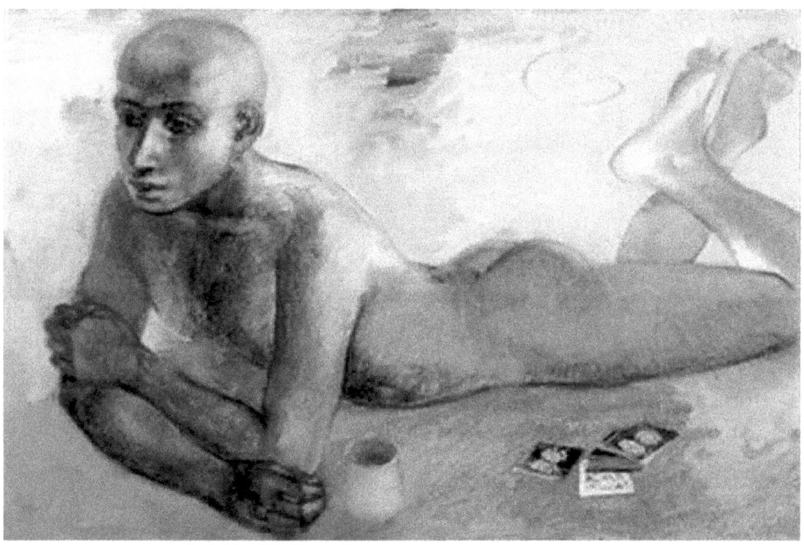

चित्र 4.63 : कभी–कभी, कैनवास पर तेल रंग, 24×36 पदबी (61×91.4 बउ), https://www.saffronart.com/auctions/postwork.aspx?l=307

कागज की कश्ती, 2001

56.5 × 56.5 cm

कैनवास पर तेल रंग

द गिल्ड आर्ट गैलरी, मुंबई

"मेरी मुद्रित (प्रिंट) छवियां कभी–कभी कैनवास के लिए चित्र में परिवर्तित नहीं हो सकती, क्योंकि माध्यम

समय विद्रोह करता है। जब छवियां मेरे दिमाग में प्रवेश करती है तो मुझे बनावट दिखाई देती है जो या तो इचिंग या पेंटिंग से संबंधित होती है। मैं प्रत्येक के मूल स्वभाव के रूप में कोई आसान रूपांतरण नहीं देखती हूं प्रक्रिया भिन्न होती है और अंतिम परिणाम पर पहुँचने के तरीके भी भिन्न होते हैं।''[188]

अनुपम ने स्वयं यह बात स्वीकार थी कि उनके प्रिंट व कैनवास के चित्र भिन्न–भिन्न हैं उन्हें एक नहीं किया जा सकता है। यह सत्य भी है क्योंकि प्रिंट में सूद के चित्र व आकृति बिल्कुल सटीक सीमांकन व आकार लिए होती है। जबकि उनके चित्रों में जो कि तेल व जल रंगों से बनाए गए हैं में धुंधली आकृति व रंगों के बहाव को स्पष्ट देखा जा सकता है। इनके कार्य को कई चरणों में बांटा जा सकता है। 1971–72 में ब्रिटिश काउंसिल की छात्रवृत्ति के तहत लंदन के स्लेड स्कूल में प्रिंट–मेकिंग का अध्ययन किया। इस दौरान वह बाद में भी जैसे– 'संयोजन 1973', 1969 आदि में अतियथार्थवाद तथा 'संयोजन 1969' में मातिस के कोलॉज जैसे मानव आकृतियों को बनाया किंतु बाद में 70 व 80 के दशक में वास्तुशिल्प रूपों, अंगों और मानव आकृतियाँ, पुरानी इमारतों को अपना विषय बनाया। 80 के बाद के दशकों में नारीवादी विषयों का ही प्रभुत्व है। प्रस्तुत चित्र में कलाकार में पुरुष व नारी (संभवतः पति व पत्नी) को एक कागज की कश्ती के साथ चित्रित किया है। यहां नाव एक रूपक है। जिसके कई मायने हैं। हिंदू धर्म में सामान्य रूप से जीवन की तुलना नाव में यात्रा से की गई है। जो जीवन के सभी उतार–चढ़ाव से गुजरकर ऊबड–खाबड़ सतहों व प्रचंड पानी की झाल को पार करके तब तक चलती है जब तक की दूसरे छोर तक नहीं पहुंच जाती– जहाँ आत्मा जन्म–मरण के बंधनों से मुक्त हो जाती है। मिस्र में नाव को देवताओं व राजाओं के रूप में तथा विशिष्ट रूप से समाज के संदर्भो में देखा जाता था। जहाँ कप्तान शासक है नाविक लोग है तथा नाव राज्य का प्रतीक है।[189]

इस प्रकार नाव समय–समय पर अन्य कलाकारों द्वारा भी पेंटिंग में चित्रित की जाती रही है। प्रस्तुत चित्र में भी नाव को कई संदर्भो में दिखाया है। सूद स्त्री व पुरुष के सामाजिक, सांस्कृतिक व वैवाहिक रिश्ते को अपनी तूलिका से प्रकाश में लाती है। धुंधले धूसर रंगों के द्वारा एक रहस्यमय धुंधनुमा माहौल पूरे संयोजन में है कहीं भी कोई किनारा या स्पष्टता नहीं है। यकीनन यह पत्नी के जीवन की भाँति ही है जो पति के अत्यधिक एकाधिकार में धुंधला हो चला है। छाया प्रकाश का प्रभाव नहीं है यहां रंगों का इस्तेमाल पात्र की मानसिक व्यथा के अनुसार है। बनावट में उभारदार प्रभाव, इम्पैस्टो तकनीक के साथ रंगों को परत दर परत लगाया है। संयोजन संतुलित है ठंडे रंगों से संयोजन में सामंजस्य की भावना पैदा हुई है। अनुपम सूद की कृतियों में संकीर्ण 'नारीवाद' का अंश बहुत कम है इसके बजाय पुरुषों और महिलाओं की उनकी दृढ़ता से खींची गई आकृति सामान्य मानवीय स्थिति, पुरुष और समाज के बीच मनोवैज्ञानिक तनावों की ओर हमारा ध्यान आकर्षित करती है।

यहां नाव पारिवारिक जीवन का भी प्रतीक है जिसमें पति–पत्नी अपने जीवन को पार करते हैं किंतु यहां पुरुष महिला के कंधे पर हाथ रखकर नाव को घूर रहा है। कंधे पर रखा हाथ पुरुष वर्चस्व भी हो सकता है तथा धैर्य व सहानुभूति की प्रतिज्ञा भी, क्योंकि सूद अक्सर अपने चित्रों में पुरुष की पौरुषत्व की धाक को नारी के ऊपर बलित होते दर्शाती है कि किस प्रकार समाज में वह स्त्री के जीवन पर एकाधिकार जमाता है। यहां भी

---

188 https://www.saffronart.com/artists/anupam-sud

189 वानहुल्ले, डोरयिन. बोट स्मिबॉलिज्म इन प्री एण्ड प्रोटोडायनिस्टरी इजिप्ट (4500–2600 ई० पू०) : एन एथनो–आर्कियोलोजिकल अप्रोच July, 2017, visited on- 22 May, 2020, https://www.researchgate.net/publication/320558703_Boat_Symbolism_in_Pre-_and_Protodynastic_Egypt_ca_4500-2600_BC_an_Ethno-Archaeological_Approach

स्त्री अपनी जीवन रूपी नाव में अपनी मर्जी या मंशा के अनुसार नहीं चल सकती बल्कि जिस दिशा में पुरुष उसे ले जाना चाहता है उसे उसी तरफ रुख करना होगा। संयोजन की रचना शैली उतर प्रभाववाद की भाँति है जिसमें अपरम्परागत व धुंधले रंगों के उपयोग के साथ आकृतियों को रूप दिया है। यह व्यवहार वाकई उनके प्रिंटस से बिल्कुल भिन्न है। रंगों से चित्र को लगभग दो भागों में बांटा गया है। स्त्री को हरे व नीली आभा में समुंद्र के धुंधले वातावरण में पिघलते हुए चित्रित किया है। एक खास चीज जो सूद ने इस चित्र में की है वह है औरत के आधे हिस्से को जिस पर पुरुष का हाथ रखा है उसे चट्टान या पत्थर जैसी संरचना के रूप में दिखाकर वे मानो यह संदेश देना चाह रही है कि पुरुष के वर्चस्व व एकाधिकार से उसका वह अंग सुन्न या पत्थर (निर्जीव) हो चुका है। जबकि दूसरी तरफ उसकी आंखों में करुणा के भाव हैं। वह उम्मीद की नजर से दर्शक की ओर एकटक ताक रही हैं जबकि पुरुष की नजर नाव पर है। पूरा वातावरण नीले, जामुनी, भूरे, हरे रंग की अभाव से सराबोर है। सूद ने तूलिका के साथ नाइफ का भी उपयोग किया है जिससे कहीं कहीं स्क्रेच लगाए है।

चित्र 4.64 : कागज की कश्ती, 2001, 56.5 × 56.5 से०मी०, कैनवास पर तेल रंग, द गिल्ड आर्ट गैलरी, मुंबई

यात्रा के लिए तैयारी, 2000

कैनवास पर तेल रंग

183 × 183 से०मी०

पैलेट आर्ट गैलरी, नई दिल्ली

अनुपम सूद एक स्वाभिमानी आत्मविश्वासी तथा सामाजिक कलाकार है। उनकी कृतियां हमेशा उनके जीवन या उनके आस–पास के माहौल, सामाजिक व राजनैतिक गतिविधियों से ओत प्रोत होती है। उन्होंने कभी विवाह नहीं किया इसलिए भी उनके कार्य में एक भिन्न स्तर की तल्लीनता तथा तटस्था नजर आती है। बेबाकी के साथ अपने नायक व नायिकाओं को पट व प्रिंट में पेश करना उनका स्वाभाविक अंग बन चुका है। अपने परिवार के साथ सूद को अगाध प्रेम था। क्योंकि उनके माता–पिता अंतिम समय तक उनके साथ रहे। इसलिए उनके जाने का गम वह सहन नहीं कर सकी। जिसको उन्होंने अपने कैनवास पर चित्रित भी किया। प्रस्तुत चित्र में कलाकार ने अपने बचपन से लेकर पिता की मृत्यु के समय तक के वक्त को हमेशा के लिए अपनी तूलिका से कैद कर लिया। चित्र को कई भागों में बांटा गया है जो मिनिएचर चित्रों की भांति कई घटनाओं व संदर्भों को एक साथ प्रकट कर रहा है। चित्र के ठीक केंद्र में सूद ने अपने भाई–बहनों के साथ माँ को भी चित्रित किया है। हालांकि उन्हें (माँ) भी चित्र में संतुलन बनाए रखने के लिए बच्चों के जितना ही छोटा चित्रित किया है। मात्र चेहरा परिपक्व है। संयोजन की रंग संगति में सिपिया तान है जो अक्सर पुरानी यादों के लिए एक उपयुक्त रंग संगति मानी जाती है। चित्र में दाएं तरफ एक वृद्ध व्यक्ति मात्र लंगोट पहने हुए खड़ी अवस्था में दाएं तरफ देख रहा है। इसके समीप ही हॉस्पिटल की टेबल रखी है जिसमें कैची, पट्टी आदि के साथ ही ग्लूकोज स्टैंड भी है। इसके ठीक पीछे व्हीलचेयर है। बांय और कलाकार ने स्वयं को अपना श्रृंगार करते हुए चित्रित किया है। पोथी चित्रण में नायिका का दर्पण में स्वयं को देखना, पश्चिम शैली में भी नारी का दर्पण के सामने खड़े होना या स्वयं को निहारना बहुत लोकप्रिय विषय रहा है। किंतु सूद ने स्वयं को आधुनिक ढंग से लिपस्टिक लगाते हुए तथा झीने वस्त्र में यात्रा के लिए तैयार होते बनाया है। सूद के पैर के पास कूडादान भी है तथा ड्रेस के साथ मैचिंग सैंडल भी रखे हैं बगल में ही लाल रंग का बैग उनकी यात्रा का सूचक है। बैंच के पास कालीन पर कलाकार का बेहद प्रिय डेलामिशयन नस्ल का कुत्ता दर्शक की ओर आराम पुस्त पॉज में देख रहा है। कैनवास के ऊपर वाले हिस्से में एक वृद्ध स्त्री कुत्ते को पट्टे के साथ घूमा रही है जो संभवतः कलाकार की स्वर्गवासी मां है। एक ही चित्र में कलाकार ने बचपन से जवानी तक के सभी पहलुओं व परिवार के सदस्यों को दिखाकर दर्शक के सम्मुख अपनी यात्रा वृतांत को मूर्त रूप दिया है। सूद के माता–पिता उनके आदर्श रहे हैं क्योंकि अंतिम समय तक वे कलाकार के साथ ही रहे। उनकी मां ने 1989 में आर्ट हेरिटेज, दिल्ली में सूद का पहला एकल शो देखा है उसके कुछ समय पश्चात ही वे अक्समात् मृत्यु को प्राप्त हुई। किंतु कई वर्षों के बाद उनके पिता की मृत्यु ने उन्हें बहुत गहरा सदमा दिया। सूद ने स्वयं कहा कि पिता बहुत बीमार थे वे उस समय केवल मुझे अपने पास देखना चाहते थे। जब वे अस्पताल में थे तो रुबीना कॉलेज की एकमात्र सहकर्मी थी जो मुझसे मिलने आई थी और वह सोचती थी कि जीवन की यह स्थिति मेरे काम में कैसे भूमिका निभाएगी। इसलिए इसे चित्रित करते समय मैं अक्सर उनके बारे में सोचती थी। चित्र में पिता को ड्रिप और व्हीलचेयर के साथ अपने अंतिम दिनों में दिखाया गया है जबकि दूसरी तरह मैं खुद को तैयार करके एक और यात्रा के लिए तैयार हो रहा हूँ। मेरे साथी भाई बहनों के साथ एक पारिवारिक चित्र और मेरे सबसे अच्छे दोस्त (कुत्ते) के साथ एक दृश्य रचना

को पूरा करता है जो मेरे दिल के बहुत करीब है।''[190] सूद के चित्र में रंग संगति चटक है जिसमें रंगों के क्षेत्र एक दूसरे के साथ मिलते हुए प्रतीत हो रहे हैं।

प्रस्तुत चित्र में परिप्रेक्ष्य का सही इस्तेमाल है। दर्शक की नजर सूद के सैंडल से होते हुए बैंच, बैग व फिर पारिवारिक चित्र पर ऊपर आकाश तक पहुंचती है। रंगों की विविधता देखने लायक है। जितने काले व सफेद सूद के प्रिंट होते हैं। उसके ठीक विपरीत सूद ने संयोजन में रंगों को लगाया है। येलो ऑकर व ब्रंट साइना रंग से पहले पूरे कैनवास को आधार दिया है उसके बाद अन्य तानों को दर्शाया है। आकाश को नीले व सफेद रंग से तथा अपनी जवानी की उमंग व श्रृंगार को समृद्धि के हरे रंग से भरा है। हालांकि शरीर में त्वचा के यथार्थ रंगों के ऊपर सतही रंगों को आच्छादित भी किया। बीच में रखा लाल वर्ण का बैग अपने रंग की भांति यात्रा की उत्तेजना को दर्शा रहा है। सूद ने खास यात्रा के लिए तैयार होते हुए एक संदेश पूरे चित्र में दिया है। अपने बचपन से जवानी तथा माँ–पिता के खोने तक का दुख, किंतु फिर भी जीवन की यात्रा पर अकेले सफर करने के लिए उनमें किसी भी प्रकार की थकावट या उदासीनता नहीं है। उनकी माँ धार्मिक विचारों की थी जो सूद को भी रामायण, महाभारत के किस्से सुनाती थी। इस प्रकार वह जीवन के सफर को समझ चुकी थी कि किसी के भी जाने या आने से जीवन की यात्रा रूकती नहीं बल्कि मृत्युपर्यन्त चलती रहती है। आकाश में बादलों को क्षैतिज्ञ के साथ दूर कहीं मिलते हुए चित्रित किया है। एक ही कैनवास पर कलाकार ने बचपन, जवानी, बुढ़ापा, हॉस्पिटल, ड्रेसिंग रूम, पॉर्क, आकाश आदि को बड़े ही तकनीकी तरीके से विभाजित किया। मात्र रंगों के विभाजन से ही क्षेत्र एक दूसरे से भिन्न है वह धुंधली सीमा रेखा से सभी तलों को आपस में मिश्रित होते दर्शाया है। चेहरे के हाव भाव बहुत ही स्वाभाविक है। यह चित्र जीवन की यात्रा को दर्शाने में बहुत सफल हुआ है। किसी भी प्रकार का प्रकाश व छाया प्रभाव नहीं है। रंगों की पतली परत व लगभग समतल तरीके से रंगों को लगाया है। सूद के पिता अपने समय में बॉडीबिल्डर हुआ करते थे किंतु चित्र में उन्हें उनकी मरणासन्न अवस्था में दर्शाया है। अनुपम सूद कहती है कि मैं जैसी हूं वैसा ही महिला शरीर चित्रित करती हूँ। क्योंकि इससे ही मैं सबसे अधिक परिचित हूँ। यह मेरे टेफ़िटरी है। यह मेरे लिए उतनी ही ग्लैमरस है जितना पुरुषों के लिए, महिलाओं के लिए यह अस्तित्व और दर्द का स्रोत है। पुरुष डर को नहीं समझ सकते उनके लिए रात खूबसूरत हो सकती है। एक महिला के लिए यह है अगर वह अकेली है और यदि उसके पास कोई आता है जो यह डरावना है तो वह असुरक्षित महसूस करती है।

---

190 Chawla, Noor Anand. *Anupam sud : a printmaker's passion.* 19 oct 2022, https://openthemagazine.com/art-culture/anupam-sud-a-printmakers-passion/

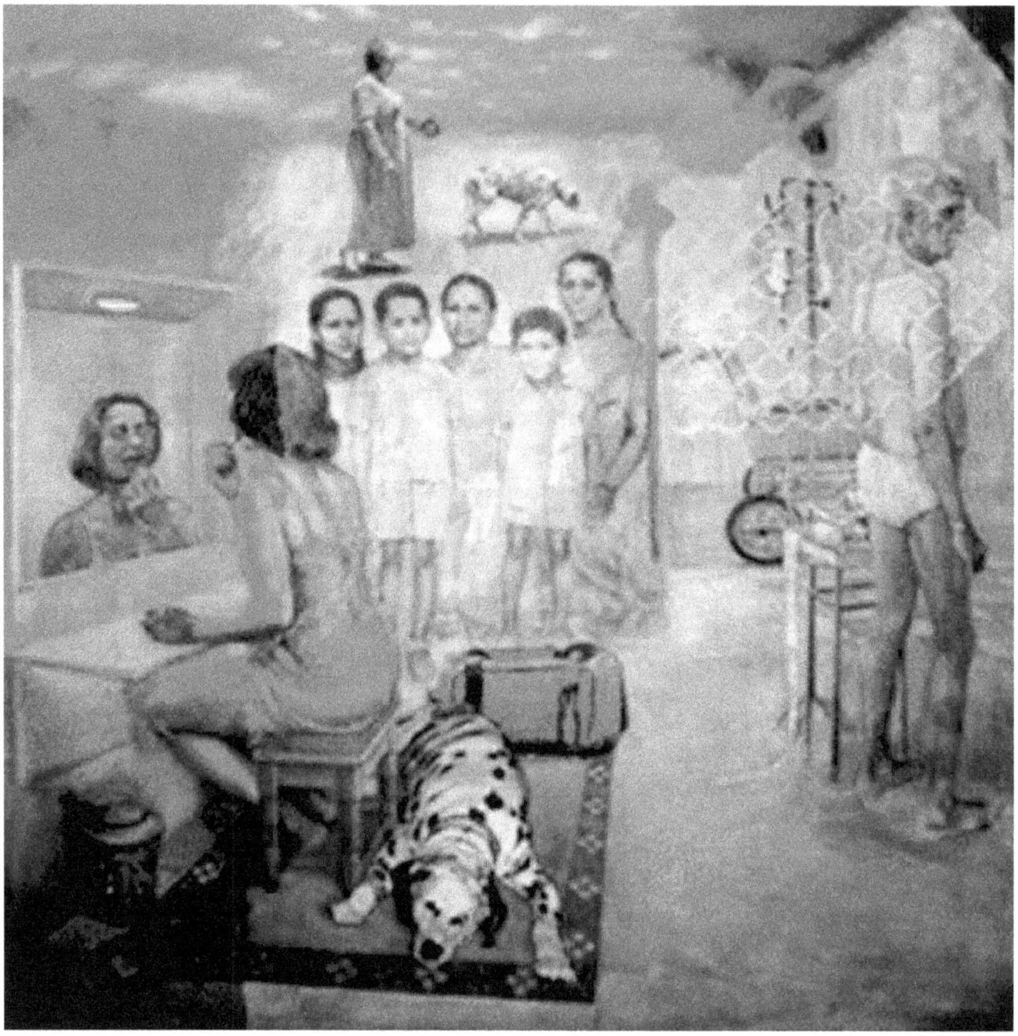

चित्र 4.65 :यात्रा के लिए तैयारी, 2000, कैनवास पर तेल रंग, 183 × 183 से०मी०, पैलेट आर्ट गैलरी, नई दिल्ली

योगिनी (2010)

48 × 48 इंच

कैनवास पर तेल

projectartworm.com/selectedwork/details/95/anupam-sud-yogini

अनुपम सूद ने एक कलाकार के रूप में समाज के बहुत ही ज्वलंत विषयों तथा दैनिक जीवन की समस्याओं को अपने तूलिका से उद्घाटित किया। नारी का समाज में स्थान से लेकर पुरुष का उस पर वर्चस्व व दमन की नीति को भी उन्होंने बड़े ही अच्छे तरीके से पेश किया है। किंतु ऐसा करने से ही वो फेमिनिस्ट नहीं बन जाती है बल्कि वो तो समाज में स्त्री या पुरुष के संबंधों को मुखर करती है। कभी उनके बीच अनबन व सामाजिक ढकोसला के चलते भीतर ही भीतर घुटते यौन कुण्ठाओं से उनका बिखरता जीवन। सूद ने स्वयं भले ही विवाह न किया हो किंतु वह नारी के जीवन के हर पल की साक्षी है। यह बात उनके चित्रों से स्पष्ट होती है। प्रस्तुत चित्र का शीर्षक 'योगिनी' है। योगिनी शब्द प्राचीन भारतीय शास्त्रों में पाया जाने वाला बहुत पुराना शब्द है। पं० जानकीनाथ कौल ने योगिनी के बारे में बताया है कि एक योगिनी वह है जो जादुई शक्तियों से युक्त है। इसी को पराशक्ति, सर्वोच्च शक्ति वह दुर्गा के रूप को योगिनी कहा गया है। वह ब्रह्मांड में सामंजस्य बनाए रखने, बुराई व असत्य से लड़ने और अच्छाई व सत्य को बनाए रखने के लिए विभिन्न रूप धार सकती है। एक महिला जो साधना में परलोक की स्थिति धारण कर लेती है वह एक दिव्य योगिनि या भैरवी व योग में निपुण महिला के रूप में वापस आती है। अपने भीतर दुर्गा की उर्जा रखती है। एक सच्ची योगिनी प्रबुद्ध महिला होती है जिसमें जुनून, आध्यात्मिक शक्तियां व गहरी अंतदृष्टि होती है। शाक्त ग्रंथ महिलाओं और पृथ्वी दोनों को ऊर्जा, जीवन शक्ति, शारीरिक व आध्यात्मिक कल्याण के स्रोत के रूप में समान रूप से सम्मान देते हैं। वह शिव कों अपने गुरू रूप में मानती है।[191]

चौंसठ योगिनी का मंदिर जो मध्य प्रदेश खजुराहो में है। चौसठ योगिनी देवियों को समर्पित है। जो कभी तांत्रिक कलाओं का गढ हुआ करता था। सूद द्वारा बनाई गई योगिनी कोई तांत्रिक देवी नहीं है बल्कि साधारण स्त्री है जो समाज के बीच रहकर अपने सभी कर्तव्यों को निभाती है। चित्र एक कहानी की भांति है। केंद्र में एक स्त्री योग मुद्रा में चीते की छाल के ऊपर पद्मासन ध्यानमुद्रा में लीन है चेहरे से भक्ति व ध्यान का भाव है। यहां चीते की छाल पर विराजमान दिखा कर उसे शिव–शक्ति के रूप में दर्शाया है साथ ही दाएं तरफ नीचे एक पात्र में ज्वाला व धुंआ (धुनी) योगी की जीवन का प्रतीक है बाएं तरफ एक स्त्री सो रही है। जिसके पास एक घड़ी है जिसमें करीब 5:17 मिनट का समय है जो उसके प्रातः शीघ्र उठने का प्रतीक है। मध्य में दाएं तरफ उसे योगासन करते हुए चित्रित किया है। तो इसके ठीक विपरीत एक स्त्री लैपटॉप पर कार्य में विलीन है। ऊपर पृष्ठभूमि में दाएं तरफ प्रसाधन तथा शरीर को कामरूपी क्रिया में लिप्त बनाया है। ठीक पीछे धुंधली आकृति में एक कैमरामैन के सामने स्त्री पुरुष नाच रहे हैं जो संभवतः फिल्मी दुनिया में स्त्री के योगदान को प्रतिबिंबित कर रहा है। सूद ने इन सब क्रियाओं से एक नारी के भीतर छिपी अपार ऊर्जा व शक्ति का परिचय दिया है कि किस प्रकार वह सुबह से शाम तक एक पावर वुमन की भाँति जीवन में उलझी रहती है किंतु फिर भी समाज व परिवार से राजनैतिक जीवन तक को भलीभाँति संभालती है। वह योगिनी की भाँति सभी के बीच एक सामंजस्य बना कर रखती है। सूद की नारी आकृतियाँ हमेशा स्पष्ट सौष्ठव, कमनीय किंतु शक्तिशाली शरीर वाली होती है। केंद्र आकृति में योगिनी के भांति शरीर एकदम

---

191 Frawley, Dr. david. *Yogini : The Enlightened Woman.* accessed on- 2 sep, 2020, visited on- july 8, 2019, https://www.vedanet.com/yogini-the-enlightened-woman/

मजबूत तथा कसा हुआ है। जो ध्यान मुद्रा के लिए एकदम सही है। कभी वह रंभा बनकर अपनी कामुकता के जलवे बिखेर कर अपने जीवन साथी को खुश रखती है, तो कहीं व्यायाम से स्वस्थ शरीर व मन को संचालित करके अपनी जीविका पार्जन का कार्य भी भली–भाँति संभालती है। सूद की योगिनी या तांत्रिक क्रियाओं में व्यस्त न रहकर सामाजिक व व्यावहारिक कार्यों के लिए 'ब्यूटी विद ब्रेन' है। ऑफिस से सिनेमा तक वह पूरी शक्ति व ऊर्जा के साथ कार्य करती है। इसलिए सूद ने एक साधारण महिला की तुलना एक योगिनी से की है। उनके तात्पर्य में वही सच्ची योगिनी है जो आंतरिक मन के साथ–साथ बाहरी जीवन द्वन्द्वों पर मजबूती से नियंत्रण करती है। केंद्रित आकृति को सफेद रंग की झीनी संघाती पहन दर्शाया है। जो उसके योगिनी होने का संकेत है। इस चित्र में फोटोरियलिस्टिक प्रभाव है। यही चित्रण शैली समकालीन भारतीय कलाकार विजेन्द्र शर्मा के चित्रों में देखी जा सकती है। जहाँ कपड़े शरीर के साथ ऐसे चिपके हुए हैं कि शारीरिक बनावट स्पष्ट देखी जा सकती है। वह भी अकसर सफेद रंग की साड़ी या चादर से स्त्री के गिले बदन को ढकते हैं। सूद के अनुसार मानव शरीर में बहुत सुंदरता है जब उस पर प्रकाश पड़ता है तो एक जबरदस्त चिरोस्क्यूरो प्रभाव की प्रतिमा प्रकट होती है। सम्पूर्ण संयोजन का नारंगी, सिंदूरी व पीले रंग से रंगा है क्योंकि नारंगी रंग भगवा (योगी की वेशभुषा) के साथ–साथ तंत्र में भी अहम् भूमिका निभाता है। साथ ही यहां ऊर्जा के रूप में भी नारंगी रंग शक्ति का प्रसार पर कर रहा है। संयोजन पूर्णतः संतुलित है प्रकाश छाया के द्वारा शरीर के विभिन्न उभारों को दिखाकर शरीर की सुंदरता को बनाया गया है। लयात्मक रेखाओं द्वारा चित्र में गति का समावेश हुआ है साथ ही बैठी आकृति के समीप उल्टी आकृति विरोधात्मक तत्वों को प्रकट कर रही है। मुख्य आकृति को स्पष्ट बनाकर अन्य को धुंधला चित्रित किया है जिससे चित्र में प्रभाविता का प्रभाव तो उत्पन्न हुआ ही साथ में संयोजन में उलझ पैदा नहीं हुई है तथा गहराई भी उत्पन्न हुई। संयोजन में अग्रभाग के बाएं तरफ से दृष्टि अंदर जाते हुए पृष्ठभूमि के बाएं तरफ ऊपरी हिस्से में धुंधली आकृतियाँ से बाहर की ओर निकलती है। बहुत सारी मानवाकृतियों के बनने के बाद भी संयोजन में भीड़ भाड़ में उलझन प्रकट न होकर एक सामजस्य व एकता का भाव प्रकट हो रहा है। ऐसा कलाकार के द्वारा मोनोक्रामेटिक रंग संगति चुनने की वजह से भी संभव हो पाया है। तुलिका घात मिश्रित विधि द्वारा लगाए हैं, पैंच नहीं है। सफेद चादर को गुप्त काल के बुद्ध की संघाति के भाँति चिपका हुआ बनाया है जिससे शरीर के हर अंग को देखा जा सकता है। किंतु कहीं भी नग्नता व फूफडपन नहीं है।

चित्र 4.66 :योगिनी (2010), 48 × 48 इंच, कैनवास पर तेल,
projectartworm.com/selectedwork/details/95/anupam-sud-yogini

आदमी पतंग के साथ

120.6 × 76.2 cm

कैनवास पर तेल रंग

सोथबी द्वारा 2000 के दशक की शुरूआत में कलाकार से प्राप्त की गई।

अनुपम सूद की कृतियाँ उनके अपने आस–पास के वातावरण से प्रेरित तो हैं ही साथ ही वह मानव जीवन के मानसिक पहलुओं को भी बखूबी चित्रित करती है। स्त्री–पुरुष के संबंधों को मनोवैज्ञानिक स्तर पर उजागर करके वे समाज को आईना तो दिखाती हैं और एक सच्ची कलाकार होने का कर्तव्य भी निभाती हैं। सूद के कला पर वैसे तो किसी कलाकार का प्रभाव स्पष्ट नजर नहीं आता है हालांकि एक बार किसी कला रसिक द्वारा उसके प्रिंट्स में बनी आकृतियाँ की तुलना माइकलऐंजिलो कि मानवाकृतियों से की गई किंतु यह बेमेल तुलना ही है क्योंकि माइक्लऐंजिलो की औरत व पुरुष बहुत ही गठीले हष्ट पुष्ट व रोमन साम्राज्य के बलिष्ठ एथेलिटों के जैसे प्रतीत होते हैं जिनमे बालों को भी उनकी सुंदरता को बढ़ाने का एक अभिन्न अंग माना जा सकता है। इसके ठीक विपरीत सूद की कृतियाँ एक सामान्य जनसाधारण के जैसी है यहां तक कि बालों को भी सूद ने अपनी खूबसूरती के पैमाने में कम ही शामिल किया है। वे अक्सर स्त्री पुरुषों को निर्वस्त्र व गंजा दिखाना ही पसंद करती है। क्योंकि उनके लिए खूबसूरती मानव शरीर में है न कि कपड़ों में। सूद के चित्रों में रंगांकन पद्धति व रंग संयोजन के ऊपर उतर–प्रभाववाद का प्रभाव जरूर परिलक्षित होता है। उनके तूलिका घात उतर–प्रभाववाद के ही समक्ष है। रंगों को मिश्रित न करके धुंधली सीमा रेखा से पट को भिन्न रंगो के क्षेत्रों में बाँट दिया गया है। प्रस्तुत चित्र में सूद ने एक आदमी को अपने हाथ में पतंग लिए हुए दिखाया है। यह मात्र सतही रचना नहीं है क्योंकि सूद अपने मनोवैज्ञानिक चित्रण के लिए प्रसिद्ध है। चित्र में नायक झुकी नजरों से पतंग को देख रहा है यह पतंग इसकी इच्छाओं, कामनाओं, संवेगो व विचारों का प्रतीक है जिसमें वह उलझा हुआ है अपने इस मानसिक उदवलन के चलते व असमंजस में है कि दुनिया के विशाल आकाश में कहीं वह खो ना जाए इन विचारों से वह डर रहा है। पृष्ठभूमि में धुंधले आकाश में कटी पतंग को देखा जा सकता है साथ ही एक स्त्री की उड़ती छवि भी बादलों के बीच प्रतीत हो रही है। प्राचीन समय में आकाशचरी या गंधर्वो को आकाश या बादलों में उड़ता दिखाया जाता था। यहां यह नारी आकृति कोई परी भी हो सकती है। दूसरा पहलू इस चित्र का यह भी प्रतीत हो रहा है कि पुरुष अपने यौवनावस्था के दौरान सच्चे प्रेम की तलाश में है और उसे डर है कि कही प्रेम में धोखा न मिल जाए या वह जिस स्त्री को चाहता है उसे प्राप्त कर पाएगा या नहीं, इस दुनिया में उसकी प्रेम रूपी पतंग कटकर कहीं विलुप्त हो जाए या किसी वीरान में खो जाए। इन्हीं सब सवालों के चलते वह उसे हाथों में थामे हुए हैं। पृष्ठभूमि में कटी पतंगो को उसकी निराशा से जोड़ा जा सकता है। 16वीं शताब्दी के सूफी कवि शेख मंझन ने अपनी रचना 'मधुमालती' में पतंग की उड़ान की तुलना प्रेमी के उड़ते दिल से की है। 13वीं शताब्दी के संत नामदेव ने अपने लेखों में भी पतंग का जिक्र किया है। साक्ष्यों के आधार पर पतंग सबसे पहले चीन में उड़ाई गई थी।[192] नीले, पीले (ऑकर), भूरे, बैंगनी रंगों के साथ एक्वाग्रीन रंगों को सफेद रंग में मिलाकर पैच लगाए हैं। पूरा दृश्य एक धुंधला वातावरण लिए हुए है। प्रकाश छाया का कोई प्रभाव नहीं है। सूद के प्रिंटस में चिरोस्क्यूरो प्रभाव देखा जा सकता है किंतु उनके चित्रों में उसका सर्वदा अभाव रहता है। सूद द्वारा पहले पट पर गहरे व रंगीन रंगो को लगाया गया व बाद में ऊपर आवश्यकतानुसार सफेद रंग व हल्के रंगो द्वारा एक प्रभावी वातावरण पैदा

---

192 काईट फ्लाईंग, *ए कल्चरल ट्रैंड अरांउड द वर्ल्ड,* january 14, 2021, visited on- 2 May, 2022, https://www.theheritagelab.in/kite-flying-world-culture/

किया गया है तुलिकाघात किसी एक दिशा में ना करके अस्त–व्यस्त प्रतीत हो रहा है। शांत व ठंडे रंग लगाए गए हैं। कहीं भी आक्रामकता नहीं है। पुरुष के मस्तक पर गहन चिंतन मनन के चिन्ह हैं।

चित्र 4.67 : आदमी पतंग के साथ, 120.6 × 76.2 cm, कैनवास पर तेल रंग, सोथबी द्वारा 2000 के दशक की शुरूआत में कलाकार से प्राप्त की गई

संदर्भ ग्रन्थ सूची

पुस्तकें

1. एशर, एफ० एम० (सम्पादक), *आर्ट ऑफ इण्डिया : प्रिहिस्ट्री टू दा प्रेजेंट,* इनसाइक्लोपीडिया ब्रिटानिका, (यूके), लिमिटेड, 2003, पृ० 130
2. एंटिलिफ, मार्क एवं पेट्रीसिया लीटेन, *ए क्यूबिज्म रिडर : डाक्यूमेन्टस और आलोचना 1906–1911,* (जीन मैरी टोड–अनुवादक), यूनिवर्सिटी ऑफ शिकागो प्रैस, शिकागो व लंदन, पृ० 4
3. एच० जॉनस, एलेन, *मॉडर्न आर्ट एण्ड द ओब्जेक्ट : ए सेंच्यूरी ऑफ चेंजिंग एटि्टयूड,* थेमस एण्ड हडसन, लंदन, पृ० 97
4. एलगर, डिटमार, *अभिव्यंजनावाद : जर्मन कला में एक क्रांति,* बेनेडिक्ट टैस्चेन वेरलाग जीएमबीएच, होहेन जोलर्नरिंग, 53, क– 50672, कोल्न, पृ० 7
5. खन्ना, बलराज एवं अजीज कुर्था, *आर्ट ऑफ मॉडर्न इण्डिया,* थेम्स एण्ड हडसन, लंदन, पृ० 21
6. शुक्ल प्रयाग, *आज की कला,* राजकमल प्रकाशन, नई दिल्ली, इलाहाबाद, पटना, प्रथम संस्करण 2007, पृ० 41
7. शुक्ल, प्रो० रामचन्द्र, *आधुनिक चित्रकला,* साहित्य संगम, इलाहाबाद, 2006, पृ० 25
8. झावेरी, ए, *ए गाइड टू 101 मॉडर्न एण्ड कन्टेम्पररी इण्डियन आर्टिस्ट,* इण्डिया बुक हाऊस, मुम्बई, 2005, पृ० 40–41
9. प्रताप, रीता, *भारतीय चित्रकला एवं मूर्तिकला का इतिहास,* राजस्थान हिन्दी ग्रन्थ अकादमी, जयपुर, पृ० 179
10. *इण्डिया मॉडर्न : नैरेटिवस फ्रॉम 20th सैन्चयूरी इण्डियन आर्ट,* दिल्ली आर्ट गैलरी, नई दिल्ली, जनवरी 2015, पृ० 31
11. बीरेन, फबैर (सम्पादक), *ईटन : द एलिमेन्ट ऑफ कलर,* वैन नास्ट्रण्ड रीनहोल्ड कम्पनी, न्यूयार्क, पृ०
12. बेथलेनफाल्वी, गेजा, चार्ल्स लुईस फेब्री : उनका जीवन और कार्य, स्टलिंग प्रकाशक, प्राइवेट लिमिटेड, नई दिल्ली, 110016, पृ० 95
13. बेहर, शुलमिथ, *वुमन इक्सप्रेशनिस्ट्स,* 'शुलमिथ बेहर', रिजोलियन, पृ० 14
14. बर्जर, जॉन, *द मोवमेन्ट ऑफ क्यूबिज्म : सलेक्टेड ऐंससे और आर्टिकलस,* पेनगुइंग, हार्मंड्सवर्थ, 1972, पृ० 150
15. कक्कड़ कृष्ण नारायण (सम्पादक), *समकालीन कला : संदर्भ तथा स्थिति,* प्रकाशन ललित कला अकादमी, नई दिल्ली, प्रथम संस्करण 1980, पृ० 36

16. कौल, शांतिवीर, *जी० आर० संतोष की कला*, लस्टर प्रेस रोली बुक्स, पृ० 5

17. मागो, पी० एन०, *कंटेम्परी आर्ट इन इण्डिया : ए पर्सपेक्टिव*, नेशनल बुक ट्रस्ट, नई दिल्ली, 2012, पृ० 80

18. मुखर्जी, अजीत एवं मधु खन्ना, *दी तांत्रिक वे*, थेम्स एण्ड हडसन, 1977, पृ० 9

19. मुखर्जी, अजीत, *योग आर्ट*, न्यूयार्क ग्राफिक सोसाइटी, बोस्टन, पृ० 141

20. मुखर्जी, अजीत, *इण्डियन ऐस्थेटिक एण्ड आर्ट एक्टिविटी प्रोसेसिंग ऑफ ए सेमीनार*, इण्डियन इंस्टीट्यूट ऑफ एडवांस स्टडी, 1961, पृ० 58

21. मुखर्जी, अजीत, *इण्डियन ऐस्थेटिक एण्ड आर्ट एक्टिविटी प्रोसेसिंग ऑफ ए सेमीनार*, इण्डियन इंस्टीट्यूट ऑफ एडवांस स्टडी, 1961, पृ० 91

22. मुखर्जी, अजीत, *बीरेन–डे*, ललिता कला अकादमी, नई दिल्ली, 1985, अनुवाद– प्रयाग शुक्ल, पृ० 3

23. मुखर्जी, अजीत, *तंत्र कला : इसकी दार्शनिकता व भौतिकी*, रविकुमार, बेसल, पेरिस, नई दिल्ली, स्वीटजरलैंड में प्रिंटेड, 1971, पृ०

24. मुकर्जी, अजीत, *'तन्त्र आर्ट कला'*, दी आर्ट आफ तन्त्र, फलक 38, पृ० 41–42,

25. मेनेजस, मीरा, 'द मेडिटेटिव ब्रशस्ट्रोक', *आर्ट इंडिया*, खण्ड–3, अंक 3, जुलाई–सितम्बर 1998, मुम्बई, पृ० 69

26. मूर्ति, जे० कृष्णा, *दिस लाईट एज वनसेल्फ : टू मेडिटेशन*, सम्भला बोस्टन एण्ड लंदन, 1999, पृ० 31

27. बिकलमैन, उर्सुला एंव निसिम एज़ेकी, *कलाकार आज : पूर्व पश्चिम दृश्य कला मुठभेड़*, द मार्ग फाउण्डेशन, 1 दिसम्बर 1987, पृ० 9

28. मिश्र, डॉ० रवीन्द्र नाथ, *'तंत्र कला में प्रतीक'*, राष्ट्रीय कला एंव धर्म शोध संस्थान, सभापति भवन, नरिया, बी० एच० यू० 5, 1996, संस्करण 1996, पृ० 31

29. मित्तर, पार्थ, *भारतीय कला*, आक्सफोर्ड यूनिवर्सिटी प्रेस, न्यूयार्क, पृ० 171

30. मित्तर, पार्थ, *औपनिवेशिक भारत में कला और राष्ट्रवाद, 1850–1922 : पाश्चात्य और अभिविन्यास*, कैम्ब्रिज यूनिवर्सिटी प्रेस, 12 जनवरी 1995, पृ० 17

31. सिन्हा, जी (सम्पादक), *भारत में कला और दृश्य संस्कृति*, मार्ग पब्लिकेशन, मुम्बई, 2009, पृ० 9

32. सिन्हा, जी० (सम्पादक), *आर्ट एण्ड विज़ुअल कल्चर इन इण्डिया*, मार्ग पब्लिकेशन, मुम्बई, 2009, पृ० 9

33. जिम्मर, हैनरिक और जोसेफ कैम्बैल, *भारतीय सभ्यता में मिथक और चिन्ह*, मोतिलाल बनारसी प्रकाशक, प्राइवेट लिमिटेड, नई दिल्ली, पृ० 63

34. हयूस्टन, केर, *कला आलोचना का परिचय : इतिहास, रंणनीतियाँ, आवाजें*, पीयर्सन, प्रथम संस्करण, 15 जनवरी 2013, पृ० 24

35. होसकोटे, रंजीत, *तैयब मेहता : आइडिया इमेज इक्सचेंज*, वढ़ेहरा आर्ट गैलरी, नई दिल्ली, पृ० 59, 67, 64

36. हॉज, विलियम, *ट्रेवल्स इन इण्डिया : डयूरिंग द इयर 1780, 1781, 1783*, ज्ञान पब्लिशिंग हाऊस, पृ० 8–19

37. हेब्बार, के० के०, द सिंगिंग लाईन, अभिनव पब्लिकेशन ई–37 हॉज खास, नई दिल्ली, पृ० 1–4

38. भारद्धाज, विनोद, *वृहद आधुनिक कला कोश*, वाणी प्रकाशन, 21–ए, दरियागंज, पृ० 160

39. *भारतीय कला आरंभ से ही पहचान की तलाश में*, कलाकार हस्तशिल्प संघ चोलामण्डल, कलाकार विलेज, मद्रास, 60004, पृ० 7

40. पार्थसारथी, श्रूति (सम्पादक), *के० बी० गोयल : कला पर आलोचनात्मक लेख (1957–1998)*, शेरगिल सुन्दरम, आर्ट फाउण्डेशन (एसएसएफ), 3/9 (प्रथम तल), शांतिनिकेतन, नई दिल्ली, 110021, इण्डिया, पृ० 127

41. पोडर, एस०, वी० एस० गायतोंडे, *पेंटिंग एज प्रोसेस*, पेंटिंग एज लाईफ, गुगेनहेम एण्ड डेल मोनिको बुक्स, प्रेस्टेल पब्लिशिंग, न्यूमार्क, 2014, पृ० 29

42. पॉल, प्रतापदित्य, रविन्द्रनाथ टैगोर : 150वीं सालगिरह, वाल्यूम, मार्ग पब्लिकेशन, मुम्बई, संस्करण 62, अंक–3, पृ० 34

43. पदमसी, अकबर, *एण्डिया मिथ एण्ड रियलिटी : आस्पेक्ट्स ऑफ मॉडर्न आर्ट*, आक्सफोर्ड, 1982, पृ० 17

44. रंजन राय, नीहार, *भारतीय कला का अध्ययन*, दि मैकमिलन कंपनी ऑफ इंडिया लिमिटेड नई दिल्ली, बुम्बई कलकत्ता, मद्रास प्रथम संस्करण, 1978, पृ० 113

45. राव, रेखा और रजनी प्रसन्ना, *एक कलाकार की खोज : के० के० हेब्बार*, एक पूर्वव्यापी, एन०जी०एम०ए०, के० के० हेब्बार आर्ट फाउण्डेशन, 2011, पृ० 30

46. रोबिंसन, माइकल, *इम्प्रेशनिस्ट मास्टरपिस्जि ऑफ आर्ट*, फ्लेम ट्री पब्लिशिंग, पृ० 10

47. राओ, पी० आर० रामाचन्द्रन, *मॉडर्न इण्डियन पेंटिंग*, अक्षरा, 16–11–1/3, मलकपेट, हैदराबाद – 36, पृ० 7

48. रॉउसन, फिलिप, *तंत्र : परमानंद का भारतीय पंथ*, विकास पब्लिशिंग हाऊस, प्राइवेट लिमिटेड, नई दिल्ली, बुम्बई, पृ० 16

49. शर्मा ओ० पी० ओम प्रकाश, *फॉर्टि ईयरस 1958–1998*, ओ०पी० शर्मा, 49 भारती आर्टिस्ट कॉलोनी, विकास मार्ग, दिल्ली 110092, पृ० 124

50. संगीता, *आजादी के बाद भारत में आधुनिक कला आलोचना का विकास : आजादी के बाद भारतीय कला आलोचना*, नोशन प्रेस डॉट कॉम, प्रथम संस्करण 2017, पृ० 76

51. सी० पापाडाकेस, एंड्रियास, *अमूर्तकला और आध्यात्मिक की पुन : खोज*, अकादमी ग्रुप लिमिटेड, 7 हौलेंड स्ट्रीट, लंदन W84NA, पृ० 25–28

52. साखलकर, र० वि०, *आधुनिक चित्रकला का इतिहास*, राजस्थान हिंदी ग्रंथ अकादमी, जयपुर, संस्करण 25वां 2013, पृ० 43

53. सुरूचि, सतीश गुजराल का भारतीय कला के विकास में योगदान, 2009, पृ० 24 http://hdl.handle.net/10603/138578

54. सुलतान, प्रवीन, *फेस टू फेट विद् गुलाम रसूल संतोष*, कला प्रकाशन–2011, पृ० 13

55. सेठ, प्रतिमा, *कलाकारों की भारतीय कला का शब्दकोश : तकनीकी कला शब्द सहित*, मैपिन पब्लिशिंग प्राइवेट लिमिटेड, 31, सोमनाथ रोड़, उसमनपुरा, अहमदाबाद 380013, पृ० 128

56. सेन, गीती, इमेज एण्ड इमेजिनेशन, ग्रंथ कॉरपोरेशन, अहमदाबाद, 1999, पृ० 74

57. सेन, गीती, *बिन्दु : स्पेस एण्ड टाइम एन रज़ा विजन*, मीडिया टांसेसिया लिमिटेड, हांगकांग, नई दिल्ली, पृ० 43

58. सूजा, एफ० एन०, *एफ० एन० सूजा : शब्द और रेखा*, नितिन बहयान प्रकाशक, नई दिल्ली, 1997, पृ० 10

59. डब्ल्यू, बंस, फ्रेड्रिक, *एन इनसाइक्लोपीडिया ऑफ हिन्दू डाइटस, डेमी–गूलस, गोडलिंगस, डेमस एण्ड हीरोज : विद स्पेशल फॉक्स ऑन आइकनोग्राफी एट्रिब्यूटस*, डी० के० प्रिंट वर्ल्ड, प्राइवेट लिमिटेड, नई दिल्ली 110015, पृ० 1450

60. डालमिया यशोद्यरा, *तैयब मेहता : बियॉड नैरेटिक पेंटिंग*, आर्ट हैरिटेज, नई दिल्ली, 1989–90, पृ० 76, 84

61. डालमिया, यशोधरा एवं अन्य, *भारतीय समकालीन कला : आजादी के बाद*, वढेरा आर्ट गैलरी, नई दिल्ली, पृ० 9

62. डालमिया, यशोधरा, *द मेकिंग ऑफ मॉडर्न इण्डियन आर्ट : द प्रोग्रेसिव*, आक्सफोर्ड यूनिवर्सिटी प्रेस, नई दिल्ली, 2002, पृ० 37

63. डेनियल, थोमस, *चीन के रास्ते भारत की एक सुरम्य यात्रा*, लंदन, प्रिंटिंग फॉर लॉगमैन क्लेवलैंड स्ट्रीट, फिटजरॉय – स्क्वायर, पृ० 96–104

64. दत्ता, इला, अकबर पद्मसी, आर्ट हैरिटेज 8, नई दिल्ली, 1988–1989, पृ० 40

65. दत्ता, ईला, *गणेश पाईन : लाइफ एण्ड टाइम*, बी० एच० एशिया, कलकत्ता, 1998, पृ० 146

66. वालिया, डॉ० जे० एस०, *भारतीय चित्रकला का आलोचनात्मक इतिहास*, अहम् पॉल पब्लिर्शज, जालन्धर शहर (पंजाब), संस्करण 2007, पृ० 413

67. वाजपेयी, अशोक व सैयद हैदर रज़ा, *आत्मा का ताप*, राजकमल प्रकाशन, 2004, पृ० 73–74

68. चावला, रूपिका सरफेस एण्ड डेप्थ : इण्डियन आर्टिस्ट्स एंट वर्क वाइकिंग पेंगुइंगे बुक्स इण्डिया प्राइवेट लिमिटेड, 210, चिरंजन टॉवर 43 नेहरू पैलेस, नई दिल्ली, 110019, इण्डिया, पृ० 231

69. चौधरी, अरूण, भारतीय विज्ञापन 1780 से 1950 तक टाटा मैकग्राव हिल पब्लिशिंग कम्पनी, लिमिटेड, न्यू दिल्ली, पृ० 8

70. चतुर्वेदी, डॉ० ममता, *समकालीन भारतीय कला : 1850 ई० से वर्तमान तक*, राजस्थान हिंदी ग्रंथ अकादमी, जयपुर, तृतीय संस्करण 2012, पृ० 69

71. चटर्जी, राम, *बेंद्रे : द पेंटर एण्ड व पर्सन*, द बेंद्रे फांउडेशन फार आर्ट एण्ड कल्चर एण्ड इंडस कॉर्पोरेशन, पृ० 22

72. फार्थिंग, स्टीफन (सम्पादक), *आर्ट : द हुल स्टोरी*, थेमस एण्ड हंडसन, लंदन, पृ० 28

73. फोस्टर, हॉल व अन्य, *द आर्ट सिन्स 1900 : मॉडर्निज्म, एंटी–मॉडर्ननिज्म, पोस्ट – मॉडर्निज्म*, थेमस एण्ड हडसन, लंदन, पृ० 98

74. फर्ग्यूसन, जेम्स, *सांची और अमरावती में वृक्ष और नाग की पूजा*, एशियाई शैक्षिक सेवा, नई दिल्ली, द्वितीय संस्करण, पृ० 74

75. फर्ग्यूसन, जेम्स, *वृक्ष और साँप पूजा*, द्वितीय संस्करण, एशियन एजुकेशन सर्विस, नई दिल्ली, पृ० 55

76. नायर, उमा (क्यूरेटर), *गुलाम रसूल संतोष : द काश्मीर शैव (1929–1997)*, इण्डियन काउंसिल फॉर कल्चर रिलेशन, पृ० 43

77. नोजेदार, एडेल, *एलिमेंट इनसाइक्लोपीडिया ऑफ सिकरेट साइन एण्ड सिम्बल्स : द अलटिमेट ए टू जैड गाइड फ्रॉम एलकेमी टू जोडाइक*, हॉर्पर कालीन (आस्ट्रेलिया), प्राइवेट लिमिटेड–25, राइट रोड़, पाइमबेल (एनएसडब्लयू 2073)

78. आर्य, जयदेव, कला अध्ययन, पृ० 178

79. अर्नासन, एच० एच० एवं मार्ला एफ० प्रेथर, *आधुनिक कला का इतिहास : चित्रकला*, स्थापत्य, वात्सुकला, फोटोग्राफी, थेमस एण्ड हडसन, लंदन, चतुर्थ संस्करण, पृ० 224

80. अग्रवाल, गिर्राज किशोर, *आधुनिक चित्रकला*, ललित कला प्रकाशन, अलीगढ़, द्वितीय प्रकाशन, पृ० 72

81. अग्रवाल, डॉ० गिर्राज किशोर, *कला निबंध*, ललित कला प्रकाशन, 27–ए, साकेत कॉलेनी, अलीगढ, (उ० प्र०), द्वितीय संस्करण 1989, पृ० 241

82. गांगुली, डॉ० मंजुषा, *चित्रकार रज़ा : परम्परा और परिवेश*, समान्तर प्रकाशन, 7/7, दरियागंज, नई दिल्ली, 110002, पृ० 11

83. गांगुली, डॉ० मंजुषा, *चित्रकार रज़ा : परम्परा और परिवेश*, समान्तर प्रकाशन, 7/7, दरियागंज, नई दिल्ली, 110002, पृ० 79

84. गोम्ब्रिच, आर० एच०, आलोचक मैकस ओसबोर्न, रूपम से उद्धृत, वाल्यूम 14–15 (1923), 74 'ए सेंस ऑफ ऑर्डर, लंदन, पृ० 149

85. गोस्वामी, डॉ० प्रेम, *आधुनिक भारतीय कला के आधार स्तम्भ*, राज हिंदी ग्रंथ अकादमी, जयपुर, चौथा संस्करण 2011, पृ० 38

86. गुप्ता, श्यामला, *सौन्दर्य तत्व मीमांसा*, सीमा साहित्य भवन, प्रकाशक एंव वितरक, 283 जी, न्यू लायल पुर, दिल्ली 110051, संस्करण –1996, पृ० 149

87. गुजराल, सतीश, *सतीश गुजराल : ए ब्रुश विद लाइफ*, वाइकिंग पेंगुइंग बुक इण्डिया, नई दिल्ली, शिमला, 2004, पृ० 138

88. गैरोला, वाचस्पति, *भारतीय चित्रकला का संक्षिप्त इतिहास*, लोक भारती प्रकाशन, इलाहाबाद, 2009, पृ० 97–98

89. लोगो, एम० एवं रोनाल्ड वारविक, *रविन्द्रनाथ टैगोर : पर्सपेक्टिव टाईम*, पालग्रेव मैकमिलन, लंदन, 1989, पृ० 21

90. लुईस, मैरी टोम्पकिन्स (सम्पादक), *प्रभाववाद व उत्तर–प्रभाववाद में आलोचनात्मक अध्ययन : एक संकलन*, यूनिवर्सिटी ऑफ कैलिफोर्निया प्रैस, 2007, पृ० 1

पत्रिकाएं एवं शोध पत्र

1. एलर्स, रूडोल्फ, *माइक्रोकॉस्मस : एनाक्सिमेंड्रोस से पेरोसेलसस तक*, जेएसटीओआर (JSTOR), संस्करण– 2,(1944), पृ० 319–407, https://www.jstor.org/stable/27830052

2. धर्मयुग, 18 मार्च 1984, पृ० 36

3. बार्थोलोम्यू रिचर्ड, *आधुनिक भारतीय चित्रकला*, ललितकला कंटेम्परारी–34, ललितकला अकादमी, नई दिल्ली, पृ० 45

4. कपूर, गीता, के० जी० सुब्रमण्ययन, ललितकला अकादमी, नई दिल्ली, पृ० 37

5. कपूर, गीता, रिचिंग आउट टू द पार्ट, ललितकला अकादमी 40 : स्पैशल ईशू ऑन, जे० स्वामीनाथन, अमित मुखोपाध्याय (सम्पादक), ललितकला अकादमी, मार्च 1995, पृ० 17

6. कुलकर्णी, के० एस०, *ललित कला अकादमी,* नई दिल्ली, 110001, 1988

7. *के० एस० कुलकर्णी,* ललित कला अकादमी, 1988

8. मंडल, दिशा, भूले हुए बंगाली क्युबिस्ट कलाकार गगेन्द्रनाथ टैगोर, क्वेस्ट जर्नल, मानविकी और सामाजिक विज्ञान में अनुसंधान जनरल, वाल्यूम, संस्करण 9, अंक– 3, पृ० 35–37, https://www.questjournals.org/jrhss/papers/vol9-issue3/2/H09033537.pdf

9. मार्टिन्ज, एण्ड्रियू, ए मिक्सड रिसेप्शन फॉर माडर्निज्म : द 1913 आर्मरी शो एट इंस्टीट्यूट ऑफ शिकागो, जस्टर जर्नल, वाल्यूम 19, नं० 1, पृ० 31, अभिगम तिथि– 1 अप्रैल, 2023, https://www.jstor.org/stable/4108763

10. मोहन सौमित्र (सं०), लक्ष्मण पै, *ललित कला अकादमी,* नई दिल्ली, अनुवाद– शैल चोयल, हिन्दी संस्करण 1986, पृ० 6

11. मागो, पी० एन० सामाजिक भावनाओं की संघनित अभिव्यक्ति, ललित कला अकादमी–39, ललितकला अकादमी, रविन्द्र भवन, नई दिल्ली – 110001, पृ० 54

12. रामकिंकर, *ललित कला अकादमी,* नई दिल्ली, हिंदी संस्करण, 1982

13. *रज़ा,* ललित कला अकादमी, रवीन्द्र भवन, नई दिल्ली, 1990, पृ० 1

14. *समकालीन कला,* नवम्बर 1987, मई 1988, अंक 9–10, ललित कला अकादमी, पृ० 21

15. *समाकालीन कला,* 1984–85, ललित कला अकादमी, नई दिल्ली, पृ० 21

16. *समकालीन कला,* नवम्बर 1987, मई 1988 अंक 9–10, पृ० 47

17. द मेडीटेटीव ब्रुशस्ट्रोक, आर्ट इण्डिया मैगजीन, संस्करण–3, अंक–3, 1998, पृ० 69

18. *वाई० के० शुक्ला,* ललित कला अकादमी, नई दिल्ली, 1988

19. जोशी, डॉ० ज्योतिष (संपादक), *समकालीन कला,* भुवनेश्वर भास्कर की प्रख्यात चित्रकर मनु पोरख से बातचीत, कैनवास एक मंच है और रंग चरित्र है (अंतरंग), ललित कला अकादमी, नई दिल्ली, अंक– 42–43, पृ० 72

20. *अमरनाथ सहगल,* ललित कला अकादमी, ब्रिजेन्द्र त्रिपाठी, पृ० 6

21. *ललित कला कंटेम्परारी,* ललित कला अकादमी, रविन्द्रा भवन, नई दिल्ली, पृ० 5

Web Site Reference

1. यादव, मेधा दत्ता, मैं नारीवादी नहीं हूँ : अनुपम सूद, अद्यतन तिथि– 14 सितम्बर 2022, अभिगम तिथि– 23 मार्च 2023, www.newsdrum.in/culture/i-am-no-feminist-anupam-sud-89222.html

2. खासनिस, गिरिधर, ए साइलेंट मास्टर, अद्यतन तिथि– 1 फरवरी 2014, अभिगम तिथि– 22 जनवरी 2022, https://www.deccanherald.com/features/silent-maestro-2174568

3. 20वीं सदी में भारत–चीन कलात्मक जुड़ाव, द न्यूज लैटर, नं० 87, 2020, अभिगम तिथि– 2 मार्च 2023, पृ० 18, https://ega.shanghai.nyu.edu/wp-content/uploads/2020/42/11AS-NL87.pdf

4. Britannica.com/art/cubism

5. बहादुर, मुकुल राय, *पेंटर रेखाराव : अपने पिता की विरासत,* बरकरार रखते हुए, अद्यतन तिथि– 20 अगस्त 2017, अभिगम तिथि– 22 मई 2022, https://www.freepressjournal.in/cmcm/painter-rekha-rao-keeping-her-fathers-legacy

6. Chawla, Noor Anand. *Anupam sud : a printmaker's passion*. 19 oct 2022, https://openthemagazine.com/art-culture/anupam-sud-a-printmakers-passion/

7. बरैनसन, माइकल, हास्य कलाकार और व्यंग्यकार का गैलरी दृश्य : एक चित्रकार का विकास, अद्यतन तिथि– 13 मई 1990, अभिगम तिथि– 22 मार्च 2023, https://www.nytimes.com/1990/05/13/arts/gallery-view-from-comic-artist-and-caricaturist-a-painter-evolves.html

8. सिंह, मोनिका, अनुपम सूद रिट्रोस्पेक्टिव : मैन वूमन एण्ड ए कैनवास आफ लाइट एण्ड डार्कनैस, अद्यतन तिथि– 16 अक्टूबर 2022, अभिगम तिथि– 24 फरवरी 2023, https://m.tribuneindia.com/news/features/men-women-and-a-canvas-of-light-and-darkness-441806

9. ब्लूमबर्ग, नाओनाई, *व्हॉट एज दा डिफरेंस बिटविन मॉडर्न एण्ड कंटेम्परर आर्ट?,* अभिगम तिथि– 22 मार्च, 2023, https://www.britannica.com/story/whats-the-difference-between-modern-and-contemporary-art

10. Dagworld.com/amritasher-gil.html

11. Dagworld.com/g.r.santosh.html

12. Dagworld.com/primitivism-and-modern-indian-art-second-edition.html

13. Dagworld.com/sohanqadri.html

14. Dalmia, Yashodra. *Tyeb Mehta : Triumph of vision*, Vadehra Art Gallery, New Delhi, 2011, P. 17.

15. काईट फ्लाईंग, *ए कल्चरल ट्रैंड अरांउड द वर्ल्ड,* january 14, 2021, visited on- 2 May, 2022, https://www.theheritagelab.in/kite-flying-world-culture/

16. महालक्ष्मी, एस०, सीडगगन चन्द्रिका, अभिगम तिथि– 27 मई, 2023, https://www.wisdomlib.org/hinduism/book/cidgaganacandrika-study

17. मुथलाली, शोनाली, अच्युथन कुदल्लूर : भारत के प्रभावशाली अमूर्त कलाकार और कई लोगों के लिए एक गुरू, अद्यतन तिथि– 25 जुलाई, 2022, अभिगम तिथि– 12 जनवरी 2023,

https://www.thehindu.com/entertainment/art-indias-influential-abstract-artist-achuthankudallur-passes-away-aged-77/article65653221.ece/amp/

18. मेहता, एकता, गायतोंडे का समुन्द्र के लिए प्रेम, अद्यतन तिथि– 28 जुलाई 2019, अभिगम तिथि– 5 अक्टूबर 2019, https://www.mid-day.com/sunday-mid-day/article/of-gaitonde-love-fer-the-sea-21435516

19. पिकासो : इबेरिया की गूंज, मिनरवा मैगजीन, तिथि– 17 जून 2021, https://the-past.com/feature/picasso-echoes-of-iberia/

20. रिचमैन कैली, किस प्रकार जापानियों ने यूरोपियन प्रभाववादी कलाकारों को प्रभावित किया, अद्यतन तिथि– 14 दिसम्बर 2017, अभिगम तिथि– 27 अक्टूबर 2018, https://mymodernmet.com/japanese-art-impressionism-japonism

21. Frawley, Dr. david. *Yogini : The Enlightened Woman*. accessed on- 2 sep, 2020, visited on- july 8, 2019, https://www.vedanet.com/yogini-the-enlightened-woman/

22. होसकोटे, रणजीत, *समकालीन भारतीय कला : एक संक्षिप्त सर्वेक्षण*, पृ० 92, https://www.jpl.go.jp/j/publish/asia_exhibition_history/pdf/22-privateMythology_3_e_pdf

23. होस्कोटे, रंजीत, तैयब मेहता : द प्यूर आर्टिस्ट July 24, 2009, updated on- 12 Aug, 2022, https://www.forbesinatea.com/artist/review/tyeb-mehta-the-pure-artist/2442/1

24. हेब्बार के० के०, *कला व कलाकार*, अभिव्यक्ति पत्रिका में लेख, 16 दिसम्बर 2002, अभिगम तिथि– 15 सितम्बर 2022, www.abhivyakti-hindi.org/kaladirgha/kalaakaar/hebbar.htm

25. भाकूनी, तनुजा, सतीश गुजराल की विभाजन श्रृंखला, दिल्ली 1952, 15 अक्टूबर 2022, अद्यतन तिथि– 5 अक्टूबर 1952, अभिगम तिथि– 12 जनवरी 2023, https://zikredilli.com/f/satish-gujrals-partition-series-delhi-1952

26. भारत में कला आलोचना : एक संक्षिप्त इतिहास और आलोचनात्मक अनिवार्यता https://criticalcollective.in/CC.Archivelnner/aspx?Aid=o&Eid=255

27. http://bharatbhawan.org/html/urban_art002.html

28. http://www.ha-gade.com

29. http://www.historyofmuseums.com/

30. http://www.ngmaindia.gov.in/virtual-tour-of-ramkinkar-baij.asp

31. http://www.Subodh-gupta.com/

32. https:/ www.thecollector.com/contemporary.art/

33. https:// dagworld.com/k.khebhar.html

34. https://artiana.com/Artist/George-Keyt

35. https://dagworld.com/artist.html

36. https://dagworld.com/avinashchandra.html

37. https://dagworld.com/birende.html

38. https://dagworld.com/india-s-rockfeller-artists.html

39. https://dagworld.com/k.k.hebbar.html

40. https://dagworld.com/krishenkhanna.html

41. https://dagworld.com/nikhilbiswas.html

42. https://dagworld.com/ramkinkarbaij.html

43. https://dagworld.com/s.l.haldankar.html

44. https://sites.google.com/view/ngmaindia/collection/progressive-artists-group-calcutta

45. https://vs-gaitonde. com

46. https://vs-gaitonde.com

47. https://www. christies.com/features/vs-gaitonde-7387-1.aspx

48. https://www.artnet.com/artists/tyeb-mehta/

49. https://www.britannica.com/art/Cubism

50. https://www.christies.com/en/lot/lot-4346842

51. https://www.christies.com/en/lot/lot-4876296

52. https://www.culturalindia.net/indian-art/painters/tyeb-mehta.html

53. https://www.getty.edu/research/special_collections/notable/guerrilla_girls.html

54. https://www.iesa.edu/pais/news-events/contemporary-art-definition

55. https://www.Indiaart.com/artists/s-h-raza.asp

56. https://www.k.k.habar.com/magazine/features/celebrating-londons-india-house-art.aspx

57. https://www.metmuseum.org/-/media/files/exhibitions/2019/mrinalini_mukherjee_label_book.pdf

58. https://www.moma.org/collection/works/34571

59. https://www.nationalgalleries.org/art-and-artists/glossary-terms/decollage

60. https://www.oxfordreference.com/display/10.1093/oi/authority.20110803095634671;jsessionid=14625B C5 DCBBBA7A7021391117BEFFA5

61. https://www.saffronart.com/artists/anupam-sud

62. https://www.saffronart.com/artists/r-b-bhaskaran

63. https://www.saffronart.com/auction/Postwork.aspx?-34190

64. https://www.sothebys.com/en/artists/vasudeo-s-gaitonde

65. https://www.sothebys.com/en/auctions/ecatalogue/2018/boundless-India-in1801/lot.14.html

66. https://www.theartstory.org/movement/constructivism/

67. https://www.theartstory.org/movement/expressionism

68. https://www.theartstory.org/movement/surrealism

69. https://www.thehindu.com/children/new-india-emerging/article19384732.ece

70. https://www.tornabuoniart.com/en/yves-klein-on-fire/

71. https://www.vam.ac.uk/content/exhibitions/mfhusain/about-the-exibition

72. https://www.wisdomlib.org/definition/mahishasura

73. पंत, गरिमा, एक कलाकार अपनी पेंटिंग के दायरे तक सीमित नहीं रहता, अद्यतन तिथि– 14 फरवरी 2003, अभिगम तिथि– 19 दिसंबर 2022, https://www.tribuneindia.com/2003/20030214/ncr2.htm

74. परकला वांगमयी, अनुपम सूद का न्यूयॉर्क में पहला रेट्रोस्पेक्टिव, जनवरी 24, 2020, अभिगम तिथि– 22 मार्च 2022, https://www.thehindu.com/entertainment/art/dag-and-knma-host-anupam-suds-first-retrospective-in-new-york/article30644298.ece

75. पट्नायक, देवदत्त, बिटविन तांत्रिक लाईनस, 24 मई 2014, अभिगम तिथि– 5 अप्रैल 2020, https://devdutt.com/articles/between-tantrik-lines/

76. पटेल, जेराम. https://mapacademy.io/article/jeram-patel/

77. राव रेखा, बैक टू ट्रैडिशनल, माडर्न एण्ड कैन्टैम्परी इण्डियन आर्ट, अभिगम तिथि– 20 जून 2023, https://auctions.bidandhammer.com/k-k-hebbar-2

78. राजा दीनदयाल, फोटोग्राफरों का राजा, अभिगम तिथि– 5 सितम्बर, 2022, http://www.rajadeendayal.com/photography.html

79. राजलक्ष्मी, के०, अमूर्तकला भारतीय चित्रकला के परिप्रेक्ष्य में, 2018, पृ० 123, https://hd/.handle.net/10603/371486

80. सबकुछ चुप्पी से आरंभ होता है : वी० एस० गायतोंडे का कार्य, https://caravanmagazine.in/vantage/everything-starts-silence-works-vs-gaitonde

81. समीक्षावाद चित्र, from http:// ramchandrashukhla.tt. com/photo3 html.

82. स्टॉयन, वी० एसगौरेव, *कैसे पेरिस ने कट्टरपंथी नवाचार में क्यूबिज़्म (और पिकासो) की अस्पष्टता और विखण्डन को जन्म दिया,* प्रकाशित 23 अप्रैल 2013, अभिगम तिथि– 26 अक्टूबर 2022, https://doi.org/10.1287/orsc.1120.0819

83. डेंसर, जी० रोज़र, *द लाइट इन द केव : वासुदेव एस० गायतोंडे एण्ड हिज़ पेंटेड पर्सेप्शन शाइन एट द गुगेनहाइम,* अद्यतन तिथि– 24 अक्टूबर 2014, अभिगम तिथि– 18 जून 2018, https://www.huffpost.com/entry/the-light-in-the-cave-vas_b_6036602/amp

84. डेविस, टॉबि बेकन फ्रायड मेहता सूजा, https://www.grosvenorgallery.com/usr/library/documents/catalogues/catalogue.pdf

85. द ऑर्ट ऑफ फायर : यवेस क्लेन आर्टिकल june 28 /2021, visited on- 2 Jan, 2023, https://eldvarm.com/stories-the-fire/the–art-of-fire-yves-klein/

86. दतार, एस० के० पलाडे, सूत्राधार की कहानियाँ : एक बहुत ही प्रतिभाशाली मूल निवासी, अद्यतन तिथि– 13 अप्रैल 2022, अभिगम 12 अगस्त 2022, https://www.hindustantimes.com/cities/pune-news/sutradharas-tales-a-very-ingenious-native-gangaram-chintaman-navgire-tambat-101649846597006.html

87. दत्ता, अनन्या, जोफनी की 'द लास्ट सपर' की पुनस्थापना, अद्यतन तिथि– 19 मार्च, 2010, अभिगम तिथि– 12 जून, 2019, https://www.thehindu.com/arts/Zoffanys-The-Last-Supper-to-be-restored/article 16576799.ece

88. वानहुल्ले, डोरयिन. बोट स्मिबॉलिज्म इन प्री एण्ड प्रोटोडायनिस्टरी इजिप्ट (4500–2600 ई० पू०) : एन एथनो–आर्कियोलोजिकल अप्रोच July, 2017, visited on- 22 May, 2020, https://www.researchgate.net/publication/320558703_Boat_Symbolism_in_Pre-_and_Protodynastic_Egypt_ca_4500-2600_BC_an_Ethno-Archaeological_Approach

89. *चांद पर यात्रा किसने की,* अद्यतन तिथि– 23 अप्रैल 2023, अभिगम तिथि– 27 मई 2020, https://solarsystem.nasa.gov/news/890/who-has-walked-on-the-moon

90. चावला, नूर आनंद, अनुपम सूद : प्रिंटमेकर का जुनून, 14 अक्टूबर 2022, अभिगम तिथि– 23 जनवरी 2023, https://openthemagazine.com/art-culture/anupam-sud-a-printmakers-passion/

91. चतुर्वेदी अमित, मुस्कुरात बुद्ध : कैसे भारत ने पोखरण में पहलों परमाणु परीक्षण सफलतापूर्वक किया, अद्यतम तिथि– मई 2018, अभिगम तिथि– 27 अक्टूबर, 2022, https://www.hindustantimes.com/india-news/smiling-buddha-how-india-successfully-conducted-first-nuclear-test-in-pokhran-101621301524390.html

92. आप्टे, सविता, *नियो तांत्रिक आर्ट एज़ लिबरेशन,* 11 फरवरी 2020, अभिगम तिथि– 19 दिसम्बर 2022, https://www.Sotheby's. com/en/articles/neo-tantric-art, Indian of South Asian modern & contemporary art

93. ऑटो एलिजाबेथ, बाहोस एण्ड इण्डिया, अभिगम तिथि– 1 अगस्त 2022, https://artsandculture.google.com/story/bauhaus-and-india/cAXBuNF0R1tPNw?hl=en

94. www.dagworld.com/mohansamant.html

95. गणेश, वी० शिव स्वामी, राजारवि वर्मा और 1893 की शिकागो प्रदर्शनी, अभिगम तिथि– 22 जनवरी 2022, https://artsandculture.google.com/story/fwXB7XBV5G-HIA

www.ingramcontent.com/pod-product-compliance
Lightning Source LLC
LaVergne TN
LVHW072304081026
849580LV00033B/2886
9798892332477